Lara J. Winter

Schiff der verlorenen Träume

Goldtinten Press

AF286673

SCHIFF DER *verlorenen* TRÄUME

LARA J. WINTER

Historischer Roman

GOLDTINTEN | PRESS

Impressum

Bibliografische Information der Deutschen Nationalbibliothek: Die Deutsche Nationalbibliothek verzeichnet diese Publikation in der Deutschen Nationalbibliografie; detaillierte bibliografische Daten sind im Internet über http://dnb.dnb.de abrufbar.

Die automatisierte Analyse des Werkes, um daraus Informationen insbesondere über Muster, Trends und Korrelationen gemäß §44b UrhG („Text und Data Mining") zu gewinnen, ist untersagt.

© 2025 Goldtinten Press (Selbstverlag), Lara J. Winter

l.winter.autorin@gmail.com

Texte & Umschlaggestaltung: © Lara J. Winter

Schriften: Canva

Verlag: BoD · Books on Demand GmbH, Überseering 33, 22297 Hamburg, bod@bod.de

Druck: Libri Plureos GmbH, Friedensallee 273, 22763 Hamburg

ISBN: 978–3–7693–9801–4

FSC
www.fsc.org

MIX
Papier aus verantwortungsvollen Quellen
Paper from responsible sources
FSC® C105338

∞

Liebe Leser:innen,

Dieses Buch enthält Elemente, die triggern können.
Deshalb findet ihr auf der letzten Seite
eine Triggerwarnung.

Wir wünschen euch allen das
bestmögliche Leseerlebnis.

∞

∞

Für alle, die bereit sind,
die Reise zu sich selbst zu wagen.

Und für alle, die wissen, dass das Leben
manchmal ganz unerwartet
die schönsten Wendungen nimmt.

∞

Als ich zu meiner Kabine ging, sah ich
zum ersten Mal die großartigen Proportionen
des Schiffes ... die Titanic schien
ein schwimmender Palast zu sein.

– LAWRENCE BEESLEY

∞

Ich erinnere mich, dass es sehr schön und
sehr groß war ... ich stand einfach da und
staunte, wie wunderschön alles war.

– RUTH BECKER

∞

1

JOSEPHINE

1912 | SOUTHAMPTON

Siebenmal drang das hohle Scheppern der Kirchenglocken durch den dichten Nebel. Josephine beschleunigte ihre Schritte, zog ihren Mantel enger und rieb sich den Schlaf aus den Augen. Ihr Atem ging zügig und ihr Rippenbogen schmerzte, doch sie wagte es nicht, ihr Tempo zu zügeln.

Die dichten Nebelschwaden nach dem nächtlichen Regen hingen in den zu Figuren geschnittenen Büschen. Die blauen Hortensien, die sonst am Fuß der Steinmauern die Gäste schon von Weitem begrüßten, waren an diesem Tag kaum zu erkennen. Sie verließ die Schotterstraße und setzte ihren Weg über den getrimmten englischen Rasen fort, wobei sie sich wie ein Einbrecher fühlte, immerhin war es ihr strengstens untersagt über diesen heiligen Boden zu laufen. Als sie zum Anwesen gelangte, raffte sie mit einer Hand ihren Rock, mit der anderen tastete sie nach Halt, als sie sich mühsam zwischen den Zweigen hindurchzwängte. Dornen zerrten am Stoff ihrer Schürze, und ihr Fuß geriet ins Straucheln, doch sie fing sich gerade noch. Der dahinter versteckte Pfad führte direkt an den Apfelbäumen vorbei zum Südanbau. An sonnigen Tagen bildeten die Efeuranken einen schönen Kontrast zu der Fassade. Sie kletterten über die Ziegelsteine, die Fenster, die Balkone empor, bis hin zum Dach. Aus zwei der sechs roten Schornsteine stieg unaufhörlich weißer Rauch.

Es dämmerte und die ersten Frühlingsvögel zwitscherten in den Ästen, als sie endlich den Eingang erreichte. Leise verfluchte sie sich und ihren Bruder gleich mit. Aber wie hätte sie nein sagen sollen, als er vor Wochen am Küchentisch saß und sie zu sich winkte. Der Rest des Hauses schlief schon, aber er drückte ihr ein Blatt Papier in die Hand und deutete auf die kohlschwarzen Buchstaben.

»Möchtest du wissen, was da steht, Josephine?«

Sie hatte eifrig genickt und im Kerzenschein brachte er ihr die ersten Worte bei. Seitdem konnte sie kaum noch an etwas anderes denken. Ein Leben lang würde sie sich an diesen Satz erinnern:

Wir bitten Sie um zeitlichen Aufschub der oben genannten Fristen.

Für eine Frau ihres Standes war es keineswegs selbstverständlich, lesen zu können. Es reichte, wenn ein Dienstmädchen einfache Wörter wie Eier oder Brot entziffern konnte, um Besorgungen zu machen. Für alles andere hatte sie weder die Zeit noch Verwendung. Würde sie es denn überhaupt verstehen, was sich die wichtigen Männer auf den Papieren zu sagen hatten, selbst wenn sie die Wörter sinnvoll aneinanderreihen könnte? Solange sie einen Haushalt zu führen imstande war und die Arbeit nicht mit zwei linken Händen anging, war alles andere einerlei.

Einmal hatte sie betont beiläufig das Lesen erwähnt, als eine ihrer Freundinnen zugegen war, die sie prompt dafür auslachte. Seitdem hütete sie ihr Geheimnis wie einen wertvollen Schatz.

Josephine zog die schwere Tür zum Anbau einen Spalt breit auf, gerade genug, um hineinzupassen, und schlüpfte hindurch. In der Küche herrschte trotz der frühen Stunde reges Treiben. Die Köchin hatte allerhand Kessel und Bräter in verschiedenen Größen und Formen über dem Feuer, der heiße Dampf stieg davon auf und sammelte sich an der gerundeten Decke. In der Ecke neben der Spüle saß die Küchenhilfe auf einem umgedrehten Bottich, schälte handgroße Kartoffeln und ließ sie mit einem lauten Donnern in den Waschtrog fallen. Schweiß rann ihr über das von Hitze gerötete Gesicht in die Kleidung.

»Guten Morgen!«, flötete Josephine und durchquerte die Küche, während sie sich aus ihrem Mantel schälte.

»Auch schon wach«, maulte die Köchin und verzog ihr faltiges Gesicht zu einem herzlichen Lächeln.

2

»Ich habe verschlafen.«

»Das wundert mich nicht. Aber wart nur ab! Nicht mehr lang, dann zwingt dich Mister Byron, in einem der Zimmer im Dachgeschoss zu schlafen.« Josephine lief es kalt über den Rücken.

Als Zimmer konnte man die Besenkammern im obersten Geschoss wohl kaum bezeichnen. Als Josephine diese Anstellung ergattert hatte, wurde ihr angeboten, eines der Zimmer für eine geringe Abgabe zu beziehen. Sie war erst fünfzehn gewesen, als sie dankend abgelehnt hatte. So nah an der Stadt konnte sie noch zuhause schlafen. Außerdem sparte sie sich die Streitereien mit der Zimmergenossin über unterschiedliche Bettzeiten, und ob das Fenster in der Nacht geöffnet oder geschlossen bleibt. Daheim hatte sie sich zwar auch jahrelang ein Zimmer mit ihrer älteren Schwester geteilt, doch die war so nachgiebig wie ein Grashalm. Abgesehen davon war Annie schon mit ihrem Mann zusammengezogen und Josephine hatte das Zimmer nun ganz für sich allein.

»Hat er schon nach mir gefragt?«

»Natürlich, was glaubst du denn? Und glücklich war er nicht, dass du schon wieder zu spät bist.«

Lautlos fluchend verließ Josephine die Küche, um in den versteckten Gängen unerkannt die Treppe nach oben zu steigen. Doch noch bevor sie die Stufen erreicht hatte, wurde sie von der Haushälterin aufgehalten, die mit verschränkten Augen und tief in die Stirn gezogenen Augenbrauen auf sie wartete. Ihr einst so dunkles Haar war straff zum Knoten gebunden, doch da, wo früher nur ein Hauch von Grau durchschimmerte, zeichneten sich nun feine, silberne Strähnen ab.

»Du kommst nachher zu mir, Josephine, so ein Verhalten kann ich nicht länger dulden!« Ihre Stimme war noch immer streng, aber nicht mehr ganz so scharf wie noch vor einigen Jahren. »Und um Himmels willen, binde dir den weißen Schurz ordentlich um, oder willst du, dass den Herrschaften die Augen aus dem Kopf fallen? Beil dich, ab ins Speisezimmer.«

»Ja, Misses Walsh. Wo ist Millie?«

»Das dürfte deine geringste Sorge sein!«

Wenig mädchenhaft stürmte sie die Stufen nach oben.

Misses Walsh war schon so lange hier, dass Josephine sich kaum vorstellen konnte, dass es einmal anders sein könnte.

Aber wie lange konnte eine Haushälterin überhaupt ihrem Dienst nachgehen? Irgendwann würde sie nicht mehr in der Tür stehen, die Stirn gerunzelt, die Stimme streng – und dann? Würde Miss Clarke übernehmen? Bei dem Gedanken verzog Josephine das Gesicht.

Miss Clarke war nicht annähernd so nachsichtig wie Misses Walsh. Strenger vielleicht, aber nicht … wärmer. Misses Walsh konnte zumindest manchmal wie eine richtige Mutter sein. Nicht oft – aber gerade oft genug, dass Josephine sie vermissen würde. Der erste Diener des Hauses stand bereits im frisch gestriegelten Frack neben dem Tisch und richtete die Gabeln aus. Er grüßte nicht, beachtete sie kaum, doch dies war eine seiner Eigenarten.

Wie immer, wenn sie das Speisezimmer betrat, wurde sie von der Vornehmheit beinahe erschlagen. Die Wände waren hoch und mit teurem Tafelholz und floralen Tapeten verkleidet. Der Tisch war groß genug, dass er zehn Gästen Platz bot und keiner an den Ellbogen des nächsten stieß. Ein handgeschmiedeter Kronleuchter beschien die Porzellanteller, die an den Rändern mit blauen Linien verziert waren. Die Diener polierten die Kristallgläser jeden Tag und die Küchenhilfe heizte den mit Gold verzierten Kamin im Winter. Ob den Herrschaften das überhaupt noch auffiel?

Es fehlte ihnen an nichts. Auf einer Anrichte waren gebratener Speck, gekochte Eier, Würstchen und Gemüse angerichtet. Frisches Obst thronte auf einem Silbertablett daneben. Durch die Fenster sah Josephine den gepflegten Garten, der sich meilenweit zu erstrecken schien.

Jeder der Dienstboten und Dienstmädchen arbeitete hart daran, alles so makellos zu erhalten, wie es war. Doch es war eine ehrbare Aufgabe – etwas Besonderes, für eine Familie von hohem Stand zu arbeiten. Dieser Stand brachte es mit sich, dass die Familie in einem Anwesen lebte, dessen Wände die Geschichten vieler Generationen erzählten. Ihre Feste, stets mit größter Sorgfalt geplant, zogen die angesehensten Leute der Gesellschaft an. Kein Detail in ihrem Leben war dem Zufall überlassen. Weder die schönen Gemälde an den Wänden, noch die Art, wie sie miteinander sprachen. Alles war von einer feinen Eleganz, die nicht nur Wohlstand, sondern auch Geschichte und Tradition atmete.

Selbst wenn die Arbeit schwer war, war es für jeden Angestellten ein Privileg, in einem solch angesehenen Haushalt zu dienen. Eine so einflussreiche Familie öffnete Türen. Sie verschaffte Respekt und bot die Möglichkeit, eine Welt kennenzulernen, die den meisten verborgen blieb. Josephines Magen meldete sich mit einem lautstarken Knurren. Schnell räusperte sie sich, um das Geräusch zu übertönen.

Alles in allem war Josephine äußerst zufrieden über ihre Anstellung. Ihr wurde ein guter Lohn ausbezahlt, der ihrer Familie nur zugutekam. Die Männer konnten zwar einen Teil beitragen, aber ihr Tageslohn hing stark von den Launen der Geschäftsmänner und der Wirtschaftslage ab. *Früher war es einfacher. Damals, als Mama noch arbeiten konnte.*

Josephines Mutter war auch Haushälterin für die Hardings gewesen, bevor sie ihre Anstellung aufgab, um eine eigene Familie zu gründen. Da danach das Geld vorne und hinten kaum reichte, fing sie in einer großen Wäscherei an. Die harte Arbeit dort war Grund für ihre Nierenleiden und nun konnte sie kaum noch das Haus alleine verlassen. Vom Arbeiten ganz zu Schweigen.

»Guten Morgen.« Die Stimme des Hausherrn dröhnte durch das Zimmer, als er mit großen Schritten eintrat.

Richard Kenneth Harding strahlte Erfolg aus, in einem Maße, die andere Männer vor Neid erblassen ließ. Nach dem Tod seines Vaters hatte er die Zigarrenfabrik übernommen und mit seinem wirtschaftlichen Gespür zu neuem Glanz geführt. Männer aus der ganzen Welt rauchten seine Zigarren. Der Name Harding war auch über die englischen Grenzen hinaus wohlbekannt. Ihm hatte die Hochzeit mit der Tochter des Vanderbilt–Familien–Imperiums in die Karten gespielt – so lautete zumindest der Tratsch unter den Bediensteten. Ganz seinem Stand entsprechend achtete er auf sein Erscheinungsbild, auch wenn ihn die leichte graue Färbung seiner schwarzen Haare zusehends störte. Josephine hingegen war der Meinung, das elegante Silber über seinen Ohren verlieh ihm etwas, was die Madame des Hauses als *Raffinesse* bezeichnen würde.

»Guten Morgen, Milord. Wünschen Sie Tee?«, fragte der erste Diener des Hauses und trat um den Tisch herum. Mister Harding brummte. Er ließ sich am Kopf des Tisches nieder, wo der gebügelte *Banbury Guardian* darauf wartete, gelesen zu werden. Der Diener stellte sich zurück auf seinen Platz neben Josephine und blickte stur gerade aus. Nur das Ticken der großen Standuhr und das Rascheln der Zeitung störten die Stille. Josephine hasste das lange Stillstehen, wollte die langsam verstreichende Zeit lieber sinnvoll nutzen. Ihr Blick glitt sehnsüchtig zur Zeitung. Sie mochte den Geruch der frischen Druckerschwärze, die Wärme des Papiers, wenn es gerade gebügelt worden war. Aber zum Lesen der Zeitung hatte sie fast nie Zeit und selbst wenn, musste sie es in aller Heimlichkeit tun, was zwar einen gewissen Reiz mit sich brachte, aber schrecklich unpraktisch war.

Die Tür zum Speisezimmer glitt auf und der Butler trat ein. Er übte seinen Beruf bereits so lange aus, dass er gänzlich damit verschmolzen war. Als sei er ein Möbelstück des Hauses passte er ins Bild des vornehmen Anwesens, wie ein Schlüssel in das dazugehörige Schloss. Er grummelte, als er Josephine erblickte, richtete dann aber sein Augenmerk auf Harding.

»Guten Morgen, Milord. Verzeihen Sie, dass Sie noch unter diesen Bedingungen bedient werden.«

Josephine senkte den Blick und knirschte mit den Zähnen. Die Worte des Butlers machten unmissverständlich klar, dass er damit ihre Anwesenheit meinte. Josephine selbst wollte doch auch nicht hier sein, doch in diesem Belang waren ihnen allen die Hände gebunden. Der alte Saaldiener war vor wenigen Wochen überstürzt vom Anwesen geflohen und die Dienstmädchen mussten einspringen, bis ein passender Ersatz gefunden worden war.

Mister Harding legte die Zeitung beiseite und blickte lächelnd auf.

»Aber nicht doch, Byron. Ein Gentleman genießt ein hübsches Gesicht in aller Frühe.«

»Sehr wohl, Sir. Trotzdem werde ich versuchen, noch bis Ende dieser Woche, einen Ersatz zu finden. Was für ein Bild würden wir machen, wenn die Hausdame ein Bankett geben wollte.«

»Ich vertraue Ihren Fähigkeiten vollkommen, Byron«, entgegnete Mister Harding und widmete sich wieder seiner Zeitung. Der Butler nickte, ehe er mit einem letzten strengen Blick auf Josephine das Speisezimmer verließ.

Einen Augenblick lang war es vollkommen still, nur das leise Rascheln der Zeitung war zu hören. Dann, ohne den Blick zu heben, sagte Mister Harding: »Du machst deine Sache gut, Josephine.«

Überrascht hob sie den Kopf. Lob war selten – und von jemandem wie ihm umso mehr.

»Mit deinen Fähigkeiten könnte ich mir gut vorstellen, dass du eines Tages eine wichtige Position innehaben könntest. Vielleicht sogar als Haushälterin dieses Hauses – wie deine Mutter einst.«

Josephine spürte, wie sich etwas in ihrer Brust regte. Die Haushälterin? Sie? Bisher hatte sie nie ernsthaft darüber nachgedacht, doch so abwegig war der Gedanke gar nicht. Misses Walsh war nicht mehr die Jüngste – irgendwann würde jemand ihren Platz einnehmen müssen. Aber wollte Josephine dieser Jemand sein?

Sie öffnete den Mund, wollte etwas erwidern, aber wusste nicht, was sie sagen sollte. Schließlich senkte sie nur den Kopf. »Danke, Milord.«

Mister Harding schien ihre Überraschung zu bemerken, schmunzelte und vertiefte sich wieder in seine Lektüre.

Während Josephine weiter servierte, kreisten ihre Gedanken um seine Worte. Noch vor wenigen Minuten hätte sie darüber gelacht – doch jetzt ließ sie der Gedanke nicht mehr los. Haushälterin zu sein bedeutete Verantwortung. Es bedeutete, den gesamten Haushalt zu leiten, Dienstpläne zu erstellen, mit Lieferanten zu verhandeln, das Personal zu beaufsichtigen. Es bedeutete aber auch Respekt – selbst Byron hätte es sich dann zweimal überlegt, ob er ihr so überheblich ins Gesicht sprach.

Aber war das wirklich ein Leben, das sie wollte?

Josephine biss sich auf die Unterlippe, während sie vorsichtig die schwere Porzellankanne anhob und nachschenkte. Ihr ganzes Leben lang hatte sie Anweisungen befolgt, nie welche gegeben. Die Vorstellung, dass sie eines Tages Misses Walsh Platz einnehmen könnte, fühlte sich merkwürdig an. Und doch… war es so abwegig? Ihre Mutter hatte diesen Rang einst bekleidet, bevor sie sich entschied, die Dienstbotenwelt hinter sich zu lassen. Wäre sie stolz, wenn Josephine in ihre Fußstapfen trat? Vielleicht hätte sie ihr gesagt, dass es eine Chance sei, ein besseres Leben zu führen. Aber bedeutete das nicht auch, dass sie sich dem Haus auf eine Weise verschrieb, die keinen Raum mehr für anderes ließ? Hatte ihre Mutter das Haus Harding nicht genau deshalb hinter sich gelassen – für die Familie?

Sie schluckte und stellte die Kanne behutsam zurück auf das silberne Tablett, darauf bedacht, kein Klirren zu verursachen. Vielleicht war es lächerlich, vielleicht auch vermessen – aber zum ersten Mal fragte sie sich, ob die Stelle als Haushälterin möglicherweise ihre Zukunft sein könnte. Allerdings gab es etwas, das es ihr schwer machte, sich auf immer bei den Hardings vorzustellen – und genau dieses Etwas betrat in diesem Moment den Speisesaal.

Mit selbstgefälliger Miene stolzierte George hinein, ließ sich neben seinem Vater nieder und schnippte den Diener zu sich heran. »Guten Morgen Vater, wir sollten heute den Vertrag für die Miltons aufsetzen lassen. Winnifred hat gestern einen Kommentar fallen lassen, indem es um das viel zu langsam drehende Uhrenwerk der Hardings ging.«

»Ein langsames Uhrwerk dreht dafür länger.«

Der Hausherr blickte nicht auf, sonst hätte er gesehen wie sich Georges blasses Gesicht vor Scham über die Schelte rot färbte.

»Es wird sich irgendwann gar nicht mehr drehen, wenn es so weiter geht. Du weißt, dass die Lage im Moment …«

»Was ich weiß, ist, dass es dich nichts angeht. Das Abkommen mit Gould wird uns eine Galgenfrist ermöglichen, die es uns erlaubt, in der Zwischenzeit unsere Schäfchen ins Trockene zu bringen. Ich habe alles im Griff, aber das sollte dich nicht weiter kümmern.«

George räusperte sich, fuhr sich mit der Zunge über die Lippen und bemühte sich um ein Lächeln. »Natürlich nicht, Vater.« Er spie das Wort aus, als wäre es ein Gift, das ihm die Zunge verätzte.

Ein eigenartiges Gefühl breitete sich in Josephines Brustgegend aus. Sie hatte sich nie für George erwärmen können. Sein schönes Äußeres trog nur über sein hässliches Inneres hinweg. Er besaß zwar die Gesichtszüge seines Vaters, dessen Charme hatte er jedoch nicht geerbt. Er gab gerne und offen zu, dass es das Leben äußerst gut mit ihm gemeint hatte, und das Personal behandelte er, als wäre es der letzte Abschaum.

Eine Eigenschaft, die er zweifelsohne von seiner Mutter geerbt hatte, denn als Eliza Maria Harding das Speisezimmer betrat, sank die Temperatur im Raum.

Die Madame stammte aus einer angesehenen amerikanischen Familie. Ihre dunklen Haare und die schwarzen Augen spiegelten ihre Persönlichkeit wider. Sie trug immer die neuesten Kleider aus Paris, die ein Vermögen kosteten. Die Hüte waren so groß und schwer, dass Josephine nur darauf wartete, dass der Madame irgendwann der Kopf von den Schultern fallen würde.

Auch ihre Tochter Catherine zierte ihren Körper mit teurer Seide und behängte ihn mit Steinen und Perlen. Aber wenigstens hatte die junge Miss Harding die angenehme Persönlichkeit ihres Vaters geerbt. Sie waren gleich alt und wäre Josephine nicht nur ein Dienstmädchen oder Catherine ein normaler Mensch, hätten sie vielleicht sogar Freundinnen werden können. Fast zehn Jahre kannten sie sich schon und obwohl Josephine Miss Catherine um all ihre Privilegien beneidete, hatte diese ihr nie Grund gegeben, sie nicht zu mögen.

Als Catherine Isabel Harding den Raum betrat, glaubte Josephine, die Königin von England wäre eingetreten. Wo immer sie hinging, strahlte sie eine Eleganz aus, um die sie all ihre Freundinnen beneideten.

Der Hausherr blickte auf, als seine Tochter in ihrem Reitkostüm den Raum betrat, sagte jedoch nichts. Eliza hingegen zog eine Schnute und betrachtete ihre Tochter pikiert. »Nein, Catherine, muss das wirklich sein?

Die neuen Kleider aus London sind gekommen, und wir wollten doch zur Anprobe. Wir haben nicht mehr viel Zeit dafür.«

»Ich gehe reiten, Mutter, dafür habe ich schließlich ein Pferd.« Sie setzte sich an den Tisch und weigerte sich offensichtlich, mit ihrer Mutter dieses mühselige Gespräch erneut zu führen.

Josephine bemühte sich, nicht zu schmunzeln. Abgesehen davon, dass sie in zwei verschiedenen Welten lebten, eine in teuren Kleidern steckte und die andere eben diese bügelte, beneidete Josephine die junge Miss um ihren Mut. Niemals würde sie es wagen, ihrer Mutter zu widersprechen, in keinem Belang.

Doch Catherine war schon immer etwas eigen gewesen. Wenn alle ihre Freundinnen sich zum Tee trafen, wollte sie am liebsten mit ihrem Araber die Gegend erkunden. Zuhause traf man sie öfter in Reitstiefel als in einem Korsett. Und, wenn ihre Mutter nicht im Haus war, zog sie sich an wie ein Junge. Josephine hatte ihr versprechen müssen nichts zu verraten, aber angeblich reite es sich so leichter. Sie war nicht dumm, sie wusste natürlich, dass das nicht der einzige Grund war für Miss Catherine entgegen der Konvention zu handeln. Beobachtete man sie genau, dann erkannte man in ihren Augen, dass sie niemals wirklich anwesend war. Vor allem nicht, wenn sie ausstaffiert in ihren Rüschenkleidern, stramm wie eine Kerze, neben den Damen saß und ihren Gesprächen lauschte.

Obwohl Josephines Familie oft kaum genug zu essen hatte, fragte sie sich insgeheim, ob sie nicht glücklicher war als das reiche Töchterchen in ihrem goldenen Käfig.

Nach neun Uhr zogen sich die Herren zurück, um Geschäftliches zu erledigen, und die Hausdame beendete im Schreibzimmer einen Brief an ihre Eltern. Erst als sich auch die Miss erhoben und zu den Stallungen begeben hatte, konnte Josephine den Tisch abräumen. Millie stieß genau in dem Moment dazu, als der Tisch abgedeckt und das saubere Tischtuch seinen Platz gefunden hatte.

»Du bist zu spät. Ich sollte deinen Lohn bekommen, wenn ich schon deine Arbeit machen muss«, schimpfte der Saaldiener, der nun einen Großteil seines Vormittags damit verbringen würde, den Tisch für das Mittagessen vorzubereiten. Josephine packte das Tableau mit den letzten Tassen und drückte es Millie in die Hand.

»Tut mir leid, ich musste die Vorbereitungen für die Reise treffen. Unglaublich, wie viele Schuhe die Miss hat!«

»Catherine verreist?«

Gemeinsam stiegen sie die Treppen nach unten in die Küche. »Weißt du davon noch nichts?«, fragte Millie, »Du weißt doch sonst immer alles … Sie besucht nächsten Monat ihre Großeltern.«

»Ihre Großeltern? Die in Salisbury? Das ist doch nur eine Zugfahrt entfernt, warum solltest du dafür ihre ganzen Schuhe einpacken müssen?«

»Nein, Dummerchen. Nicht die in England. Die anderen.«

»In Amerika?« Mit offenem Mund blieb Josephine stehen. Millie schritt schmunzelnd weiter.

Amerika, das Land der Träume.

Josephines Bruder erzählte ihnen nach dem Abendessen oft, was ihm in den Tavernen zu Ohren gekommen war. Die Männer dort sprachen darüber, wenn sie ein paar Pint intus hatten und sich nach einem anderen Leben sehnten, als das karge, das sie hier im trostlosen England fristeten.

Der Name wurde geflüstert, gehaucht, wie eine Legende wurden Geschichten weitergereicht von Gold geteerten Straßen und Treppen, die bis in den Himmel reichten. Auch wenn die vermeintlichen Wunder und Merkwürdigkeiten sich bei jeder Erzählung veränderten, waren sich doch alle Erzähler in einem einig: In Amerika war alles besser.

»Aber wieso denn das? Catherine ist bisher noch nie nach Amerika gefahren. Sie kommen doch immer nach England?« Ein Schauer glitt Josephine über den Rücken. Die Madame ließ das Personal doppelt so hart schuften, wenn sich Besuch aus Amerika ankündigte. Jeder Winkel des großen Herrenhauses musste blitzen und wenn man vom Fußboden nicht essen konnte, war er nicht sauber genug.

»Was weiß ich. Clarke weiß etwas, aber du weißt ja, wie sie ist. Der Madame loyal ergeben bis in den Tod.« Millie verdrehte die Augen und kicherte. »Aber das Beste hab ich dir noch gar nicht gesagt.« Ihre Augen glitzerten. »Die Tickets für das Schiff liegen in Hardings Schreibzimmer.«

»Aber Millie, wir dürfen dort doch nicht hinein!«

»Wer sagt, dass ich drinnen war? Ich weiß doch, dass das nicht erlaubt ist. Aber wenn jemand dort drinnen gewesen wäre … Dann wüsste dieser jemand jetzt, dass Miss Catherine nicht mit irgendeinem Dampfer den Ozean überquert. Sie wird auf dem größten und luxuriösesten Liner übersetzen, den die Welt je gesehen hat.«

Josephine schnappte aufgeregt nach Luft. »Ist es ein Schiff der Cunard Line? Oder der White Star Line! Oh Himmel, sag bloß es ist die Olympic?«

»Nein, noch viel besser! Harding hat Tickets für die Jungfernfahrt auf dem größten Schiff, das jemals gebaut wurde: der Titanic.«

2

CATHERINE

1912 | SOUTHAMPTON

Während Catherine in das Foyer eintrat, streifte sie sich die Reithandschuhe von den Händen. Ein kühler Luftzug folgte ihr, und der feine Duft von Leder und Pferd hing noch an ihrem Mantel, als Byron ihn ihr mit routinierter Bewegung abnahm. »Wie war der Ausritt, Miss Catherine?«

»Angenehm, danke Byron.«

»Miss, verzeihen Sie meine Offenheit, aber es ziemt sich nicht, dass eine Dame so viel Zeit in den Stallungen verbringt. Striegeln, Hufe auskratzen, Putzen – das ist die Aufgabe des Stallburschen, nicht die Ihre.«

Catherine hob eine Braue und zog sich eine widerspenstige Strähne aus dem Gesicht. »Byron, das Bürsten und Hufe auskratzen gehören genauso zum Reiten wie die Zeit im Sattel – Dame hin oder her. Wer reitet, sollte auch das Tier pflegen, das ihn trägt.«

Byron verzog kaum merklich die Lippen, als würde er widersprechen wollen, besann sich dann aber eines Besseren.

»Und außerdem«, fuhr Catherine mit einem amüsierten Unterton fort, »war ich nicht den ganzen Tag im Stall. Ich habe Mary in ihrem Stadthaus besucht, bevor ich zurückgeritten bin.«

Byron neigte den Kopf, akzeptierte die Erklärung. »Ein erfreulicher Zeitvertreib, gewiss.«

»Sagen Sie, wo ist Vater? Ich muss mit ihm sprechen.«

»In der Bibliothek, Miss Catherine. Er hat Besuch – ein Herr aus London.«

»Besuch? Bleibt er länger?«

»Mister Harding ließ mich darüber im Unklaren.«

Ihr Vater mochte es ungestört zu bleiben, wenn er geschäftlich zu tun hatte, doch eigentlich war ihr Anliegen ebenfalls dringend. Auch wenn sie der kleine Goldschatz ihres Vaters war, zögerte sie.

»Hmmm … Ich gebe ihm Bescheid, dass ich zurück bin. Rufen Sie Clarke. Ich brauche Hilfe beim Umziehen.«

Byron verneigte sich. »Sehr wohl Miss. Sie wird in Ihrem Ankleidezimmer auf Sie warten. Übrigens, ein Brief für Sie ist in Ihrem Zimmer hinterlegt worden. Von Madame Virginie.«

Catherine hielt kurz inne. Sie seufzte leise, mehr amüsiert als besorgt. »Schon wieder? Wahrscheinlich letzte Anweisungen vor ihrer Abreise.«

Byron neigte zustimmend den Kopf. »Darf ich fragen, wann Madame Virginie wieder zu Besuch weilen wird?«

»Morgen brechen sie zu einer Reise in die Stadt Wien auf, also nicht so bald.« Catherine warf ihm ein herausforderndes Lächeln zu. »Machen Sie sich aber keine Sorgen, Byron, sie lässt uns gewiss nicht für immer allein.«

Sie wollte sich gerade abwenden, als ihr Blick auf die Wand vor ihr fiel – und sie abrupt innehielt. Etwas stimmte nicht. »Warten Sie Byron. Wo ist das Bild?«

»Mister Harding verkaufte es heute Morgen an einen Herren aus Sussex.«

Das Gemälde war nichts Besonderes gewesen. Es zeigte eine grüne Landschaft mit Bauernhäuschen und Catherine würde es nicht vermissen, aber trotzdem kam ihr der plötzliche Verkauf seltsam vor.

»Aber es ist Vaters Lieblingsbild, warum würde er es verkaufen?«

»Das weiß ich nicht, Miss Catherine. Ich kann Ihren Vater um die Zustimmung bitten, Ihnen die Geschäftsbücher zu zeigen.«

Ihr entging sein hochnäsiger Ton nicht.

»Nein danke, Byron.«

Byron nickte und verschwand im Gang zum Westflügel.

Catherine war selten der Meinung des Butlers. Seine Ansichten waren schrecklich altmodisch. Da draußen, außerhalb dieser unbezwingbaren Mauern, veränderte sich die Welt! Frauen setzten sich gegen die Unterdrückung zur Wehr. Sie wollten wählen, genau wie die Männer, und aktiv zum politischen Weltgeschehen beitragen. Wäre Catherine nicht eine Harding, wäre sie bereits an der Seite ihres Vorbilds Emmeline Pankhurst und würde mehr Rechte für Frauen fordern. Aber eine Harding zu sein, bedeutete in erster Linie, ein Tauschgut zu sein.

Söhne hatten die Aufgabe, das Familienvermächtnis über Generationen hinwegzutragen, Töchter wurden nur benötigt, um durch einen Ring am Finger noch mehr Geld anzuhäufen. War man ehrlich, war eine Tochter nur Marktvieh, das an den Höchstbietenden ging.

Als Catherine in die Bibliothek eintrat, sah sie ihren Vater in einem der gepolsterten Sessel sitzen. Obwohl die Bibliothek der Hardings voller alter Bücher war, sich Klassiker im literarischen Wettstreit mit neuen Bestsellern wiederfanden, wurde der größte Raum des Anwesens selten zum Lesen verwendet. Die Frauen nahmen hier ihren Nachmittagstee ein und vor dem Dinner traf man sich hier mit den Gästen, um sich auf das kommende Essen vorzubereiten. Daher überraschte es Catherine auch nicht, dass ihrem Vater ein Unbekannter gegenübersaß. Der Gast nippte an seinem Glas mit einer braunorangenen Flüssigkeit. Bourbon.

Auf diesen Old Fitz schworen die Vanderbilts und brachten bei jedem Besuch kistenweise Whiskey nach England.

»Catherine, gut, du bist zurück!« Ihr Vater erhob sich, ein Lächeln breitete sich auf seinem Gesicht aus. Der jüngere Mann tat es ihm gleich.

»Ich wollte dir nur mitteilen, dass ich wieder da bin. Die Felder hinter dem Fluss sind immer noch nicht erreichbar.«

Ihr Vater brummte und zog die Stirn in Falten. »Ich werde Benjamin bitten, die Brücke zu reparieren. Er wird sich noch diese Woche darum kümmern. Komm her, Catherine. Lass mich dir Andrew Dolan vorstellen. Er ist Korrespondent der Morning Post.«

Obwohl sie keinen Überblick über die Geschäfte ihres Vaters hatte, konnte dies kein Geschäftstreffen sein, da er seine Geschäfte lieber in seinem Büro in der Stadt tätigte. Außerdem konnte sie ihren Bruder nirgendwo entdecken, der normalerweise wie ein Schatten am Rockzipfel ihres Vaters hing.

»Es ist mir eine Freude, Sie kennenzulernen.«

Seine Stimme rann wie flüssiger Honig ihren Gehörgang hinunter und sie verstand sofort, dass dieser Herr mit Leichtigkeit an jede Information kam, die ihm von Nutzen war.

»Die Freude ist ganz meinerseits, Mister Dolan.«

»Sie waren Reiten?« Sein Kopf deutete zu ihrem Reitkostüm, doch seine Augen wandte er nicht einen Moment lang von ihrem Gesicht ab. »Welchen Stil reiten Sie?«

»Englisch, im Damensattel. Western ist für eine Frau nicht angemessen … So hörte ich zumindest.«

»Und wie würden Sie einen Westernsattel besteigen? Ihr Kostüm verspricht nicht sehr viel Beinfreiheit.«

Sie schmunzelte. »Ich würde Hosen tragen.«

Kaum hatte sie das Unaussprechliche in den Raum geworfen, räusperte sich ihr Vater. »Was für eine lächerliche Konversation. Hosen für Frauen, ha! Was gibt es dann als Nächstes?«

Das schallende Lachen hallte durch den Raum. Obwohl Dolan noch einen Moment zu Catherine blickte, wandte er bald seinen Blick ab und stieg in das Lachen des Hausherrn ein.

Ihr Vater war es, der ihr das erste Pferd schenkte und sie ermutigte, eine gute Reiterin zu werden. Trotzdem würde er vermutlich einem Herzinfarkt erliegen, sollte er jemals herausfinden, dass sie sehr wohl in Hosen den Westernsattel bestieg.

»Ich sollte mich langsam für das Dinner umziehen.«

»Ist es schon so spät?« Ihr Vater drehte sich zur Standuhr um. »Bleiben Sie zum Dinner, Andrew?«

»Ich fürchte, ich bin nicht angemessen gekleidet.«

»Ach, das macht doch nichts. Ich sage Byron Bescheid, dass Sie mit uns essen. Sie müssen Misses Hills Apple Crumble probieren! Etwas Besseres haben Sie noch nie gegessen.«

∞

Das Kleid für den Abend hing bereits frisch gebügelt draußen, damit es keine Falten warf. Schweigsam half die Kammerzofe Catherine aus dem Kostüm und in das Korsett.

Miss Clarke war seit Jahren ihre persönliche Zofe und hatte die schwierige Aufgabe, sowohl ihr als auch ihrer Mutter zu dienen. Es war eine Herausforderung, beiden Frauen gerecht zu werden, doch was Clarke nicht zu schaffen vermochte, übernahmen Josephine oder Millie – und sie erledigten ihre Aufgaben ebenso gut. Besonders Josephine war ihr ans Herz gewachsen.

Catherine und sie waren gleich alt, und Josephine war schon so lange im Haus, dass Catherine in ihr längst mehr sah als nur ein Dienstmädchen.

Catherine setzte sich vor den Spiegel und Clarke fing an, ihr die Haare zu bürsten, als ihre Mutter das Zimmer betrat. »Oh gut, du ziehst dich um.«

Die Hausherrin trug ein Kleid aus altrosa Seidenchiffon, welches ihre blasse Haut noch weißer erscheinen ließ. »Oh nein, Catherine. Zieh doch das neue Kleid an. Das Rote mit dem Ballonrock und den Perlenschnüren, das betont deine Augen.«

Eliza trat zum Kleiderschrank und suchte das Kleid, das Catherine von Anfang an nicht sonderlich gefallen hatte. Sie legte es über die Lehne eines Sessels und stellte sich neben ihre Tochter. »Clarke, steck ihr die Haare hoch. Ordentlich. Sie soll nicht aussehen wie eine Kokotte, sondern wie eine anständige Frau.«

Clarke nickte und begann die dunklen Locken zu drehen, um sie in einem Käfig von Haarspangen nach oben zu zwingen. Ein leichtes Ziehen machte sich in Catherines Schläfen bemerkbar.

»Nun gut, Mutter. Raus mit der Sprache. Was macht der Reporter hier?«

»Woher sollte ich das wissen? Du weißt ganz genau, dass dein Vater mich in keine geschäftlichen Unternehmungen einweiht.«

Catherine schnaubte. Ihre Mutter musste nicht das Unschuldslamm spielen. Nichts geschah hinter diesen Mauern, ohne dass Eliza Maria Vanderbilt davon im Bilde war. Niemand kam oder ging aus diesem Haus ohne ihre Zustimmung. »Ich denke ... Nein, ich weiß sogar, dass es außerordentlich wichtig sein muss. Sonst würdest du kaum hier sitzen, um sicherzustellen, dass ich passabel aussehe.«

»Ich weiß wirklich nicht, was du meinst.«

»Hat es mit meiner Reise nach Amerika zu tun?«

Bereits als Catherine eröffnet wurde, dass sich die Pläne geändert hatten, hatte sie geahnt, dass mehr dahintersteckte. Ihre Großeltern reisten einmal im Jahr nach Europa, um ihre geschätzten Enkelkinder zu sehen. Außer der üblichen Korrespondenz über Postweg hörten sie nicht viel voneinander, aber Großmutter Beatrice pflegte stets zu sagen: Solange man nichts von seinen Liebsten hört, geht es ihnen gut.

Seit entschieden wurde, dass Catherine dieses Jahr den Atlantik überqueren sollte, machte sie sich Sorgen.

»Geht es Großmutter und Großvater nicht gut? Ist Großvater krank?«

»Ach was. Ihnen geht es hervorragend«, Eliza erhob sich, »Lass uns später darüber sprechen, ja? Heute ist nur wichtig, dass du dich von deiner besten Seite zeigst.«

Die Beherrschtheit ihrer Mutter ging ihr durch Mark und Bein. Catherine spürte, wie sich die Wut langsam einen Weg durch ihren Körper suchte. Sie sprang auf und schlug Clarkes Hände weg, die sie dabei schmerzhaft an den Haaren zog.

»Ich wusste es! Sagst du es mir oder gehe ich direkt zu Vater?«

»Beruhige dich, Himmel Herrgott.« Eliza seufzte. »Du wirst auf dem Schiff einen Freund der Familie kennenlernen. Er kehrt nach einer Geschäftsreise nach Amerika zurück. Da er der einzige Erbe des Vermögens und der Eisenbahnfirma seiner Familie ist, wäre es von Vorteil, wenn wir die Verbindung zu ihm stärken. Außerdem ist Matthew im heiratsfähigen Alter.«

Catherine schnaubte. Sie sollte also nicht nach Amerika, um ihre Großeltern zu besuchen, sondern um sich einem reichen Söhnchen irgendwelcher Bekannter anzubiedern, in der Hoffnung, dass er sich erbarmte und sie zur Frau nahm.

»Was erwartest du also von mir? Dass ich ihn auf Knien anflehe, mich zu heiraten? Sind wir schon so verzweifelt?«

»Könntest du weniger dramatisch sein, bitte.« Eliza verdrehte die Augen und strich sich eine Locke aus dem Gesicht.

»Ich bin erst vierundzwanzig, ich habe noch reichlich Zeit!«

Eliza wirbelte herum, packte Catherine und grub ihre Fingernägel schmerzhaft in ihren Unterarm. Ihre Gesichter waren einander so nah, Catherine konnte den Atem ihrer Mutter auf der Haut spüren.

»Könntest du dich nur sprechen hören! Dein Vater würde sich für dich schämen. Deine Zeit ist fast abgelaufen. Wie viele Saisons möchtest du noch allein nach Hause gehen? Die Thatchers werden in diesem Jahr ihre Zwillinge in die Gesellschaft einführen, spätestens dann bist du genau so überflüssig, wie deine ständigen Versuche zu rebellieren.«

Catherine stieß ein verächtliches Schnauben aus. Ihre Familie war wohlhabend und einflussreich, mit mehreren Anwesen und weitläufigen Ländereien. Dazu kam eine große Zahl an Bediensteten, die ihnen zu Diensten standen.

Catherine war gebildet, hübsch und talentiert – wie sollte sie da keinen Ehemann finden?

Ihre Mutter ließ ihren Arm los, trat einen Schritt zurück und strich sich das Kleid zurecht. Emotionale Ausbrüche gehörten nicht ins Repertoire der Dame, die Eliza tagein tagaus mimte.

Einige Augenblicke war es totenstill im Raum, erst als Eliza sich die Handschuhe nachzog, begann sie mit ruhiger Stimme zu sprechen. »Wenn es nach mir ginge, Catherine, wärt ihr bereits verheiratet. Dein Vater meinte, wir sollten euch die Möglichkeit geben, einander kennenzulernen. Doch missverstehe dieses Entgegenkommen nicht. Es ist keine Gelegenheit Nein zu sagen. Es ist lediglich der Versuch, bei Matthew einen guten ersten Eindruck zu hinterlassen. In der nächsten Ausgabe der Morning Post wird eure Verlobung bekannt gegeben. Das ist der Grund, warum der Reporter da ist und warum du dich heute benehmen wirst.«

Eliza schritt zur Tür und öffnete sie. »Kein Wort verlässt dieses Zimmer, ist das klar?«

Clarke, die sich die ganze Zeit über zurückgehalten hatte, nickte. »Natürlich Ma'am.«

Kaum fiel die Tür ins Schloss, drehte sich Catherine zum Spiegel um, packte eine der Bürsten und schmetterte sie gegen das Spiegelglas. Das Korsett schnürte ihr die Brust ab und nahm ihr die Luft zum Atmen.

Wie eine Mausefalle schnappte die unsichtbare Hand ihrer Herkunft über ihr zu und nahm sie gefangen. Ihr blieb keine Wahl. Sie war nur Marktvieh, das gerade versteigert wurde.

3

JOSEPHINE

1912 | SOUTHAMPTON

In wenigen Tagen würde der Ozeanriese, der den Namen der griechischen Titanen trug, aus dem Hafen von Southampton auslaufen.

Vor einem Jahr hatte die Olympic, das Schwesterschiff der Titanic, ebenfalls von hier aus ihren Dienst angetreten. Wochenlang zog dieses Spektakel Neugierige aus ganz England in die Hafenstadt, die das Wunderschiff mit eigenen Augen sehen wollten. Bei der noch größeren Titanic würde es wohl nicht anders sein.

Als Josephine die Neuigkeiten beim Abendessen ihrer Familie kundtat, wurde sofort über den Luxusliner diskutiert. Unabhängig vom wirtschaftlichen Nutzen für die Stadt, warfen sich ihr Vater und ihr Bruder auf die Seite der Werftarbeiter, die für die Konstruktion und den Bau dieses Monsters ausgebeutet wurden. Gracie, das Nesthäkchen der Familie, war nur neugierig auf all die namhaften Gesichter, die auf der Jungfernfahrt dabei sein würden. Und Mutter Louise schmiedete Heiratspläne. Jeder junge Mann, der eine Anstellung auf diesem Schiff ergatterte, und sei es nur als Heizer, wurde zu einer guten Partie für Gracie. Louise wollte ihre jüngste Tochter so schnell wie möglich unter die Haube bringen, denn eine Ehe bedeutete Sicherheit und Stabilität. Und ein Maul weniger, das zu Hause gestopft werden musste.

Es blieben nur noch ihre zwei Jüngsten übrig und um Walter machte sie sich keine Sorgen. Bei Gracie hingegen …

Sie war zwar ein hübsches Ding, aber mit ihrem Glauben an die wahre Liebe noch zu grün hinter den Ohren. Bisher hatte ihr keine der älteren Schwestern die Wahrheit gesagt, sie würde schließlich noch früh genug herausfinden, dass es bei einer Heirat nur darum ging einen Mann zu finden, der für die Familie sorgen konnte.

»Was sagst du dazu, Josef?« Walter begrüßte den Ankömmling mit einem Klopfen auf die Schulter. Josephine hatte gar nicht bemerkt, dass jemand die kleine Küche betreten hatte. Josef zog sich die Baskenmütze vom Kopf und setzte sich zu Josephine.

»Um was geht's?«, fragte er mit einem Lächeln an seine Verlobte und schöpfte sich dann eine Kelle Eintopf aus dem Kessel in den Teller vor sich.

Josef und Josephine.

Wie füreinander geschaffen. Das war einer der Sätze, die sich Josephine viel zu oft von ihrer Mutter anhören musste. Da Josef nur eine Straße weiter wohnte, kannte sie ihn schon so lange, wie sie denken konnte.

Und eigentlich … mochte sie ihn ja auch.

Schon als er noch in der Lehre war, hatte sie sich immer ein wenig auf seine Heimkehr gefreut. Er hatte es sich zur Angewohnheit gemacht, ihr eine Kleinigkeit mitzubringen. Manchmal ein paar gepflückte Blumen, eine selbst geschnitzte Holzfigur oder eine Nähnadel, die er irgendwo aufgesammelt hatte, weil er wusste, dass sie beim Nähen oft fluchte, wenn ihr wieder eine abbrach.

Kleinigkeiten. Und doch hatte es ihr jedes Mal ein Lächeln entlockt. Vor einem halben Jahr hatte der Elektriker wie aus dem Nichts um ihre Hand angehalten. Es gab eigentlich keine guten Gründe, der Heirat nicht zuzustimmen. Josef war freundlich, verdiente ehrliches Geld und da er der älteste von neun Kindern war, um die er sich alle gekümmert hatte, nachdem sein Vater verstorben war, würde er selbst einen guten Vater abgeben. Also hatte sie der Heirat zugestimmt.

Als die Frauen den Tisch abräumten und das Geschirr wuschen, zündeten sich die Männer ihre Zigaretten an. Der Qualm sammelte sich unter der Petroleumlampe und tauchte die Küche in ein schummriges Licht.

Ein Klopfen an der Tür zog die Aufmerksamkeit auf sich. Aus der Dunkelheit erschien Millies bleiches Gesicht, ihre Wangen waren rot, ihre Augen vor Aufregung weit aufgerissen.

»Es ist was passiert! Die junge Harding ...«

Ein ungutes Gefühl stieg Josephine in die Brust. Keiner rührte sich, alle blickten gespannt zu Millie.

»Geht es ihr gut?« Louise fand als Erstes die Worte wieder.

»Ja. Ja doch! Es ist nur ... Misses Walsh meinte, da Catherine einen eigenen Haushalt gründen wird, bräuchte sie eine eigene Zofe. Und Catherine wählte Josephine!«

»Was?« Josephines Stimme überschlug sich.

»Du fährst nach Amerika!«

∞

Die ganze Nacht über tat sie kein Auge zu. Aufregung mischte sich mit Nervosität und vertrieb jegliche Müdigkeit. Sie war noch nie gereist, nirgendwo hin!

Ihr Bruder Jimmy fuhr manchmal mit dem Zug durch England und einmal hatte er sogar mit einem Schiff nach Frankreich übergesetzt, um eine Lieferung zu kontrollieren. Doch Amerika klang so weit entfernt, dass es nicht wahr sein konnte.

Am Morgen stand sie zeitig auf, rannte zum Anwesen, betrat noch vor dem Butler die Küche und wartete darauf, dass Catherine endlich nach jemandem klingelte. Als der Butler die Küche betrat und Josephine erblickte, grummelte er und setzte sich an den Tisch, um zu frühstücken. Sie beobachtete, wie er an seiner Tasse nippte und immer wieder seufzte. Einige Minuten ging das so, bis ihm schließlich der Kragen platzte. »Was, Miss Patterson?«

»Nichts. Ich warte nur.«

Er schnaubte, schob seine Tasse zur Seite und verschränkte seine Hände auf dem Tisch. »Und worauf warten Sie, wenn ich fragen darf?«

»Ich muss mit Miss Catherine sprechen. Ich habe unendlich viele Fragen, wegen Amerika!«

Mister Byron wies ihr still zu sein. »Eine Frage nach der anderen. Los.«

»Was ist noch vorzubereiten?«

»Nichts mehr. Die Koffer für die Überfahrt sind fertig gepackt. Der Rest wird später nachgeschickt.«

»Und warum ich? Ich freue mich darüber, aber ...«

»Miss Clarke ist die Kammerzofe der Madame und bleibt selbstverständlich hier. Und wir werden Miss O'Connor nicht zwingen, ihren Mann und ihren Sohn zurückzulassen.«

Eine heiße Welle der Scham goss sich über Josephine. Sie hatte geglaubt, Catherine hätte sie gewählt, weil sie ihre Arbeit besonders gut machte oder weil ihr etwas an ihr lag.

»Und wie lange wird die Reise dauern?«

Der Butler zog seine buschigen Augenbrauen in die Stirn. »Reise? Sie sind falsch informiert, Josephine. Sie sind ab dem Tag der Abreise die Kammerzofe von Miss Catherine persönlich und exklusiv. Selbstver-ständlich erhalten Sie mehr Gehalt dafür. Sollte alles nach Plan laufen, wird Miss Harding den jungen Herrn aus Amerika heiraten und für immer auswandern.« Tiefe Furchen entstanden auf seiner Stirn. »Wenn diese Heirat nicht zustande kommt, könnten die Hardings die Firma und sehr viele Menschen ihre Arbeit verlieren. Uns eingeschlossen.«

»Das verstehe ich nicht.«

»Das müssen Sie auch nicht. Machen Sie einfach Ihre Arbeit und alles wird gut werden.«

Erst als Josephine am Abend nach Hause ging, wurde ihr das Ausmaß dieser Neuigkeit bewusst. Wenn die Hardings alles verlieren würden, würden sie nicht allein untergehen.

Zwei Dutzend Bedienstete würden von einem Tag auf den anderen ihre Lebensgrundlage verlieren. Ganz zu schweigen von den Hunderten Arbeitern in der Zigarrenfabrik.

Darunter auch Josephines älterer Bruder. Jimmy musste eine Familie ernähren und ohne sein Einkommen würden sie kaum noch über die Runden kommen.

Ohne Josephines Gehalt könnten sie sich noch eine Zeit lang über Wasser halten. Wenn alle Dämme brächen, könnte Gracie anfangen, im Pub an der Ecke abzuwaschen. Josephine würde bestimmt wieder Arbeit finden, aber einfach würde es nicht werden, immerhin hatten die großen Herrenhäuser bereits ihre Dienstmädchen.

Sie bog in die Straße ein, wo das Backsteinhaus ihrer Eltern stand. Schon von Weitem vernahm sie das glockenhelle Lachen ihrer Schwester Annie. Sie trug einen langen Mantel, doch den kugelrunden Bauch konnte sie damit nicht verstecken.

»Was macht ihr denn hier?«

Annie deutete auf die braune Kutsche, vor der ein geschecktes Pferd eingespannt war. »Wir wollten euch vor der Geburt noch einmal besuchen.«

»Mutter wird sich so freuen. Was für eine schöne Überraschung! Bist du aufgeregt?«, erkundigte sich Josephine und strich über den dicken Bauch ihrer älteren Schwester.

Das Wiedersehen der Familie war eine willkommene Abwechslung und Josephine vergaß, dass ihr gewohntes Leben auf der Kippe stand. Josef kehrte noch ein und sie aßen gemeinsam, auch wenn der Tisch bei weitem nicht genug Platz für so viele Gäste bot. Die Männer standen an die Arbeitsfläche gelehnt, während Josephines Mutter immer wieder schimpfte, wenn sie ihr im Weg waren. Es war wie immer – ein vertrautes Durcheinander. Und doch war jetzt alles anders.

Sie wusste, dass sie nach Amerika musste. Die Entscheidung war gefallen, auch wenn sie noch nicht ausgesprochen war. Josef sollte es als Erster erfahren – eigentlich.

Josephine schluckte, drehte den Löffel in ihrer Hand und suchte nach den richtigen Worten. Wenn sie ihn bitten würde, mitzukommen …

Sie hob den Blick, betrachtete sein Gesicht – das vertraute Lächeln, die ruhige Selbstverständlichkeit, mit der er sich ein Stück Brot nahm und in die Suppe tunkte. Dann schweifte ihr Blick ab, hinüber zur Tür, hinter der draußen das Leben wartete, das Josef bestimmte.

Neun Geschwister. Eine Mutter, die auf seine Unterstützung angewiesen war. Rechnungen, die bezahlt werden mussten. Wie sollte er das alles zurücklassen?

Sie wusste die Antwort längst. Seine Familie brauchte ihn hier – so wie ihre Familie sie immer gebraucht hatte. Josephine presste die Lippen zusammen, atmete leise aus und ließ die Worte unausgesprochen. Stattdessen zwang sie sich zu einem Lächeln und sah zu, wie Josef einen Löffel Suppe kostete.

»Salz fehlt, oder?«, fragte er kauend.

Sie lachte leise. »Vielleicht ein bisschen.«

Und so blieb es unausgesprochen. Die Geräusche der Unterhaltungen, das Hämmern des Bestecks auf den Tellern, das Lachen – alles schien sie langsam erdrücken zu wollen.

Schließlich verabschiedete sie sich mit der Ausrede, am nächsten Tag früh arbeiten zu müssen, und zog sich in ihr Zimmer zurück. Annie folgte ihr und legte sich zu ihr aufs Bett, wie sie es früher immer getan hatten, als sie das Zimmer noch geteilt hatten. Minutenlang lagen sie nur da und starrten an die Decke.

»Wann dürfen wir endlich mit dem Hochzeitsdatum rechnen?«

Josephine seufzte und schloss die Augen. »Wir wollen noch warten.«

»Du willst noch warten.« Annie drückte sich auf und blickte zu ihrer Schwester. »Ich habe mit Mutter gesprochen und sie meinte, Josef wäre schon lange so weit. Und sie hat die Sitzordnung schon seit Monaten fertig.«

»Was ist so verkehrt daran zu warten? Soll man sich nicht sicher sein, wenn man diesen Schritt geht?«

Eine Ausrede. Wie immer.

Josephine hatte jede Ausrede schon einmal versucht: Sie könnten sich nicht auf ein Datum einigen; sie würden noch warten, weil Josef vielleicht versetzt wird; sie warteten auf die Geburt von Annies Kind. Letzten Endes musste sie sich eingestehen, dass sie es nicht ewig aufschieben könnte.

»Bist du dir unsicher? Er wird bestimmt ein guter Vater und Ehemann sein, du musst keine Angst haben.«

Josephine war dieses ewige Thema leid. Nicht mal ihre Schwester verstand, dass dies nicht ihr Problem war. Jede Frau, die als Dienstmäd-chen arbeitete, hatte genau zwei Möglichkeiten in ihrem Leben. Entweder sie heiratete und verließ die Arbeit, um sich künftig dem Mann, den Kindern und dem Haushalt zu widmen, oder sie versuchte aufzusteigen und eines Tages Haushälterin zu werden. Und der Gedanke irgendwann wie Misses Walsh zu sein gefiel ihr.

»Es ist nicht wegen Josef«, brach es aus ihr hervor, »Josef ist großartig, wirklich. Aber die Hardings haben mir eine Beförderung in Aussicht gestellt. Ich kann die Kammerzofe von Catherine werden.«

»Aber das sind doch unglaublich gute Neuigkeiten! Dann bist du wie Mutter!«

»Ja, aber dann kann ich keine eigene Familie haben.«

Annie formte ihren Mund zu einem stummen O, ehe sie seufzte und die Stirn in Falten zog. »Wer sagt das? Nur weil unsere Mutter die Arbeit für die Familie aufgegeben hat, heißt das noch lange nicht …«

»Doch das heißt es. Sonst hätte sie jederzeit zurückgehen können, das hat sie aber nicht getan.«

»Vielleicht gab es einen anderen Grund?«

»Zofe für eine Dame zu sein ist aufwendig. Ich kann mir zumindest gut vorstellen, dass das der Grund war.«

»Hast du sie mal gefragt?«

Josephine schnaubte. »Natürlich. Aber wann immer ich damit anfange, wird sie wütend und verlässt das Zimmer.«

Annie wandte sich um, stützte ihren Kopf auf ihre Hand. »Und wenn du mit Josef redest? Vielleicht wäre es für ihn in Ordnung, dass du–«.

»Catherine wird bald einen reichen Junggesellen heiraten und nach Amerika gehen. Wenn ich ihre Zofe bin, muss ich mitgehen.«

»Das ändert alles! Du müsstest dann Vater und Mutter verlassen. Und Josef.«

Es nun ausgesprochen zu hören, machte Josephines Herz schwer wie Blei. Sie wollte Josef nicht verletzen, das hatte er nicht verdient.

»Und wenn du es nicht tust?«

»Es klang nicht danach, als hätte ich eine Wahl. Wenn ich mich weigere, verliere ich vielleicht meine Arbeit. Und außerdem … aufzusteigen habe ich mir schon lange gewünscht und ich habe es mir auch verdient.«

Stille legte sich über das Zimmer. Minuten vergingen. Josephine hatte das Gefühl sich für ihren Wunsch rechtfertigen zu müssen, als wäre es nicht in Ordnung sich als Frau gegen eine Familie zu entscheiden. Hatte Gott sie nicht genau aus diesem Grund erst erschaffen?

»Du musst es tun, du musst gehen! Wir sagen den anderen nichts, es bleibt unser Geheimnis, bis du weg bist. Und ich werde es ihnen dann schonend beibringen.«

»Aber Annie! Ich kann sie doch nicht alle belügen!«

»Es ist eine unglaublich großartige Gelegenheit. Mehr Gehalt ist eine gute Sache. Du könntest Mutter jeden Monat etwas davon schicken und Vater entlasten.«

Josephine hatte mit vielem, aber nicht mit dieser Reaktion gerechnet. Annie war eine Vorzeigehausfrau und Mutter, die ihre eigenen Bedürfnisse immer hinter ihre Kinder stellte und niemals aus der Reihe tanzte.

»Die meisten Frauen können keine Entscheidungen treffen, aber du schon! Du hast die Möglichkeit, etwas zu tun, was keine von uns je konnte. Dein Leben ist nicht mehr hier, Josie.«

4

MURDOCH

1912 | BELFAST

Weißer Nebel kroch durch die düsteren Gassen. Bald würden sich die Werftarbeiter aus ihren Betten wälzen und in den Hafen marschieren.

William rückte seinen Mantel zurecht und beschleunigte seine Schritte. Er hätte länger schlafen müssen, doch der immer wiederkehrende Albtraum ließ ihn kaum die Augen schließen. Nachdem er sich nur noch von einer Seite auf die andere gewälzt hatte, war er aufgestanden und spazierte seitdem durch die Gassen.

Schon von Weitem konnte er die vier Schornsteine des wohl größten Schiffes seiner Zeit erblicken. Tiefschwarz hoben sich die massiven Türme vom vernebelten Grau des Himmels ab. Stolz ragten sie empor, streckten sich in die Länge, als versuchten sie, die Wolkendecke zu durchbrechen. Da die Werkstätten in Hafennähe die Sicht auf den Rest des Schiffes verdeckten, zeigte sich ihre volle Schönheit erst, als Murdoch direkt vor ihr stand.

Nur noch wenige Tage lagen zwischen heute und dem Auslaufen der Titanic aus ihrem Geburtshafen Belfast. Murdoch hatte vor Monaten Bescheid bekommen, dass er auf dem Luxusdampfer dienen sollte. Kapitän Edward J. Smith selbst hatte ihn empfohlen. Als er seine Unterschrift auf das Papier mit dem White Star Line Logo gesetzt hatte, wusste er, dass er seinem

Traum erneut einen Schritt nähergekommen war. Auf der Titanic zu dienen war zwar noch nicht der Gipfel seiner Karriere auf hoher See, doch diese Beförderung machte einiges her in seinem Lebenslauf.

Endlich würde er als Chief Officer über die Decks wandern. In seinen Fingerspitzen kribbelte es beim Gedanken, die Kabine zu beziehen, seine Uniform in den Schrank und seine Offiziersmütze auf den Haken neben der Tür zu hängen.

Nur die Albträume, die ihn seit Tagen plagten, sorgten ihn. Sie endeten immer damit, dass er in eiskaltem Wasser um sein Leben schwamm.

Er war zwar ein Schotte, aber hielt nichts von Vorahnungen. Dieser Aberglaube gehörte für ihn ins Land der Träume. Vermutlich vermisste er bloß seine Frau, schließlich hatte er sie wochenlang nicht gesehen. Eine weitere Überfahrt würde nur dazu führen, dass sie noch länger getrennt voneinander blieben.

Sie lebten gemeinsam in Southampton, sahen sich aber nicht oft. Murdoch war selten zu Hause, verbrachte sein Leben lieber auf dem Wasser als an Land.

Gott, wie oft er und Ada deshalb gestritten hatten. Sie verstand, dass seine Arbeit Opfer forderte, trotzdem verweigerte sie ihm eine Familie zu gründen, bevor er nicht den Seemannshut an den Nagel gehängt hatte. Und sehr zu ihrer beider Leidwesen hatte Murdoch das nicht vor.

Sie hatten sich auf der Runic kennengelernt, aber seine Liebe zur See hatte Ada niemals wirklich geteilt. Obwohl er dachte, sie seien glücklich miteinander und auch mit dem Leben, das sie führten, musste er sich eingestehen, dass er seine Frau nicht so sehr liebte wie seinen Beruf.

Er hatte ihr einen Brief geschrieben, er würde mit der Titanic einige Tage in Southampton liegen und sie solle ihn doch besuchen kommen, wenn ihr Tag es zuließe. Ein Teil in ihm hoffte, sie würde keine Zeit haben. Ihm graute davor, dass ihr Besuch wieder damit enden könnte, dass sie sich in den Haaren lagen. *Ach Aid*, dachte er bei sich.

Der Name ließ ihn unwillkürlich lächeln – ein leises, wehmütiges Lächeln, das kaum über seine Lippen kam. Er hatte ihr diesen Spitznamen verpasst, irgendwann in jenen frühen Tagen.

»Aid?«, hatte sie damals mit hochgezogenen Augenbrauen wiederholt, sichtlich skeptisch. »Weil ich ständig auf deine Hilfe angewiesen bin?«

Er hatte den Kopf geschüttelt, ohne zu zögern. »Nein«, hatte er gesagt, während sein Blick an ihr hängen blieb. »Weil du meine Stütze bist.«

Damals hatte sie nur die Augen verdreht, als wollte sie den Moment nicht größer machen, als er war. Aber sie hatte nichts mehr dagegen gesagt. Und irgendwann war es einfach ihr Name geworden.

Jetzt klang er in seinem Kopf nach wie ein Echo aus einer anderen Zeit. Die ersten Arbeiter erreichten die Docks. Sie würden von früh bis spät das Schiff beladen. Hunderte von Holzkisten mit der Aufschrift Achtung zerbrechlich türmten sich am Steg. Das Porzellan und die Bettlaken mussten in den Bauch des Schiffes gebracht, hunderte Tonnen an Fisch und Fleisch in die Kantinen geschleppt werden.

William hatte bereits das Vergnügen gehabt das Innere des Schiffes zu begutachten. Als hätten sie das Ritz–Carlton abgerissen und direkt hier auf dem Wasser neu aufgebaut. Die Unterkünfte der zweiten Klasse waren auf der Titanic so komfortabel wie die teuersten Zimmer man-cher noblen Hotels in London.

Murdoch zog die Taschenuhr aus der Innentasche seines Mantels und blickte auf das Zifferblatt. Es näherte sich der vollen Stunde. Um acht Uhr würden sich der Kapitän und die Offiziere in einem der Büros der White Star Line zur letzten Besprechung treffen.

Kapitän Edward J. Smith hatte erst vor wenigen Tagen bekannt gegeben, dass es seine letzte Überfahrt sein würde, ehe er in den Ruhestand trat. Die einwandfreie Karriere des bärtigen Kapitäns diente Murdoch als Ansporn. Eines Tages wollte er selbst das Kommando über sein eigenes Schiff führen und seinem Sohn den Unterschied zwischen Steuer– und Backbord erklären.

Sofern Aid sich umstimmen ließe …

Murdoch passierte die Eingangstür zu den Räumlichkeiten der White Star Line und blickte in die Gesichter seiner baldigen Kollegen.

»Murdoch. Guten Morgen!«

»Lights! Ich dachte nicht, dass ich dich noch mal zu Gesicht bekom-me. Die Kellnerin im Pub schien dir etwas zu angetan.«

Die jüngeren Offiziere neben Lightoller versuchten nicht zu lachen.

»Das ist nicht lustig, da war rein gar nichts! Lass das ja nicht meine Frau hören. Seit sie wieder schwanger ist, ist sie unausstehlich.« Murdoch lächelte und klopfte Lightoller auf die Schulter. Seit sie zusammen auf der Arabic gedient hatten, waren sie durch dick und dünn gegangen. Nur Murdochs rascher Reaktion hatten sie es zu verdanken, dass sie damals nicht mit dem fremden Schiff kollidierten. Beinahe zehn Jahre war das her, doch die Freundschaft zwischen Charles Herbert Lightoller und William McMaster Murdoch blieb fortbestehen.

Sie gingen den Korridor entlang und betraten das Zimmer mit der roten Tür. Teure Holzpaneele zierten die Wände des Salons, auf einer Anrichte standen leere Gläser und eine Flasche Whiskey bereit und auf einem Tisch lag eine Karte ausgerollt, über die sich einige Männer beugten.

»Das sind die Letzten«, erklärte Bruce Ismay, der Inhaber der White Star Line. Er nahm am Ende des Tisches in seinem Sessel Platz, wie ein König in seinem Thron und begann seinen Schnauzer zwischen zwei Finger zu zwirbeln.

Ismay hatte unter den Offizieren nicht viele Freunde. Ihm ging es nur ums Geld und er hatte nur etwas für die See übrig, solange er damit Geschäfte machen konnte. Ismay hatte kein Gespür für die richtigen Dinge im Leben, seinen beruflichen Erfolg konnte er kaum auf seine eigenen Fähigkeiten zurückführen, sondern nur auf das Glück, der Erstgeborene zu sein.

»Sehr wohl, Mister Ismay«, sprach ein adretter Herr im Tweed und schloss die Tür, ehe er sich an alle wandte, »Guten Tag, Gentlemen. Für alle, die mich noch nicht kennen: Mein Name ist Thomas Andrews, ich bin der Chefkonstrukteur der Titanic und heute, Gentlemen, schreiben wir Geschichte.«

5

JOSEPHINE

1912 | SOUTHAMPTON

Die Sonne schien durch das Fenster und blendete Josephine, die hinter Catherine stand und ihr die Haare bürstete.

Kammerzofe von Catherine zu sein war alles andere als einfach, aber tief in ihr fühlte es sich richtig an. Sie konnte nicht mehr zählen, wie oft sie überfordert und am Ende des Tages schrecklich müde war, aber sie kam sich wichtig und unersetzbar vor.

Josephine hatte nicht mehr zu Hause geschlafen, seit sie die Beförderung angenommen hatte. Catherine verlangte oft spät abends noch eine Tasse lauwarme Milch, daher war es nötig gewesen, sich in einer der Besenkammern unter dem Dach einzuquartieren.

Josephines Eltern freuten sich für ihre Tochter. Sie wussten allerdings noch nichts von ihrem baldigen Aufbruch in ein neues Leben in Amerika.

Das Klopfen an der Tür riss Josephine aus ihren Tagträumen. »Ja bitte?«

»Sehr schön Josephine.« Misses Walsh trat ein und betrachtete Catherines Frisur, »Wirklich. Du wirst von Tag zu Tag besser.«

»Brauchen Sie etwas?«, fragte Catherine, während sie sich die Ohrringe ansteckte.

»Ich konnte Mister Byron die Zeitung abnehmen. Die Anzeige ist gedruckt worden.« Die Haushälterin fuchtelte mit einer gebügelten Zeitung in der Luft herum.

»Oh! Geben Sie her!« Catherine stand auf, riss Misses Walsh die Zeitung aus der Hand, überflog die Anzeige und stöhnte auf.

»Sie wurden gut getroffen, Miss Catherine.«

»Natürlich wurde ich das. Ich wurde auch gestriegelt wie ein Preispferd.« Catherine straffte die Schultern und atmete tief ein.

»Darf ich es sehen?«, fragte Josephine. Sie ergriff die ihr hingehaltene Zeitung und nahm sie unter die Lupe. Die Anzeige war keine Viertelseite groß und wenn man nicht wusste, wonach man suchte, konnte man sie leicht übersehen.

Catherine Isabel Harding und Matthew Charles Gould geben ihre Verlobung bekannt. Die Tochter des Zigarrenfabrikanten Richard K. Harding und seiner Frau Eliza M. Vanderbilt heiratet noch kommenden Herbst den Erben des Eisenbahnentwicklers George J. Gould. Die Feier wird in New Jersey in Goulds Privatresidenz ausgerichtet. Jeder der Rang und Namen hat, wird erwartet. Präsident Tafts Zusage steht noch aus.

Darunter waren ein Foto von Catherine und Mister Gould abgedruckt. Er trug seine Haare nach der neuesten Mode. Obwohl Josephine seine Augenfarbe auf dem Schwarzweiß-Foto nicht erkennen konnte, war sie sich sicher, dass er die schönsten Augen der Welt hatte. Sein Blick wirkte auf eine anziehende Weise zugleich streng wie geheimnisvoll.

»Er wirkt freundlich.« Sie räusperte sich und gab Misses Walsh die Zeitung zurück, »So italienisch.«

»Seine Vorfahren sind schottisch«, entgegnete Catherine, »Ich habe einen Artikel im Standard über ihn gelesen. Er soll einer der begehrtesten Junggesellen Amerikas sein.«

»Er ist auch sehr hübsch«, sagte Josephine.

Catherine lachte trocken auf und stemmte die Hände in die Hüfte. »Sein Aussehen spielt dabei wohl keine Rolle.«

»Ach nein?«

»Die Welt begehrt nicht sein hübsches Gesicht. Sie interessiert nur die Millionen, die er irgendwann von seinem Vater erben wird.« Catherine verdrehte die Augen und setzte sich wieder an den Frisiertisch.

Sie griff nach der Kette mit den Saphiren und ließ sie sich von Josephine umlegen.

»Diese schrecklich oberflächliche Welt! Was ist, wenn ich ihn nicht mag? Wenn er mich einsperrt und von mir verlangt Kunststückchen aufzuführen, wie ein dressierter Pudel?«

Josephine verstand Catherines Sorgen, immerhin befand sie sich in der gleichen Zwickmühle. Wenn sie an die eigene bevorstehende Hochzeit dachte, war da nur die Angst ihre Selbstständigkeit zu verlieren. Vielleicht machte sie sich zu viele Gedanken, denn ihr Umzug nach Amerika würde alles verändern, was Josef betraf.

»Ach herrje! Das hätte ich beinahe vergessen!« Misses Walsh zog einen Brief aus der Tasche an ihrem Rock und übergab ihn Catherine, »Der ist heute Morgen für Sie angekommen.«

Catherine riss ihn auf und überflog ihn.

»Zum Glück!« Sie seufzte und steckte den Brief zurück in den Umschlag, »Virginie konnte ihren Mann überzeugen, dass es eine großartige Idee sei, einen entspannten Urlaub an der Ostküste Amerikas zu verbringen. Ich könnte mir keine Reise vorstellen, bei der sie nicht dabei ist.«

»Das sind wunderbare Nachrichten«, Misses Walsh klatschte in die Hände, »Wie geht es Mister Rutherford?«

»Wie soll es einem Mann schon gehen, der alles hat?«

Erneut klopfte es an der Tür.

Misses Walsh öffnete sie und Millie trat ein. Als sie bemerkte, dass das Zimmer voller Menschen war, wechselte die Farbe ihres Gesichts zu einem kräftigen tomatenrot. »Verzeihung, ich wusste nicht, dass …«

»Schon in Ordnung. Was ist los?«, fragte Misses Walsh. Millie trat an sie heran und senkte ihre Stimme zu einem Flüstern.

Obwohl Josephine hören wollte, was gesprochen wurde, konnte sie kein Wort verstehen. Misses Walsh nickte und trat schließlich an den Frisiertisch heran.

»Josephine, draußen wartet jemand auf dich. Du kannst ruhig gehen, ich mache hier fertig.«

Verwundert ließ Josephine die Bürste sinken. Es gab nicht viele Menschen, die sie hier erwartet hätte. Vor allem nicht während der Arbeitszeit.

Ihr Besuch saß auf der Holzbank unter der Trauerweide in der Nähe des Personaleingangs. Die Baskenmütze hatte er abgenommen und knetete sie nervös in seinen Händen. Als Josef sie erblickte, stand er auf und ging ihr die letzten Schritte entgegen.

»Mein Mädchen.«

»Josef, was machst du hier?«

Er zog die Augenbrauen zusammen und Furchen entstanden auf seiner Stirn. »Ich habe dich gesucht! Wir haben uns wochenlang nicht gesehen.« Während er sprach, glitt sein Blick über ihr Gesicht und seine Züge erhellten sich, als sei sie das Schönste, das er je gesehen hatte.

»Wir sind mitten in den Vorbereitungen für die Überfahrt. Ich wollte dich nicht kränken.« Ihr Herz hämmerte heftig gegen ihre Brust.

Josef seufzte, schien sich dann aber an etwas zu erinnern. Mit einem schiefen Lächeln zog er einen kleinen, etwas zerzausten Blumenstrauß hinter seinem Rücken hervor. »Hier. Ich dachte, du freust dich vielleicht.«

Josephine blinzelte überrascht und nahm die Blumen nur zögernd entgegen. Die Blüten waren hübsch, wenngleich ein wenig mitgenommen - als hätte er sie eilig gepflückt und dabei nicht allzu sehr auf ihre Unversehrtheit geachtet.

»Allerdings«, fuhr er mit einem schiefen Grinsen fort, »fürchte ich, dass ich mich in nächster Zeit nicht mehr in der Nähe von Misses Whitmores Garten blicken lassen sollte.«

Josephine runzelte die Stirn. »Warum das?«

»Sie hat mich ertappt, als ich ihre Margeriten stibitzt habe.« Er schüttelte grinsend den Kopf. »Ich schwöre, sie hat nach mir geschlagen – mit einer Bratpfanne! Und einer Gusseisernen obendrein.«

Trotz allem musste Josephine schmunzeln. Sie konnte sich die empörte Misses Whitmore lebhaft vorstellen, die mit einer Bratpfanne bewaffnet hinter Joseph herjagte. Doch ihr Lächeln verblasste wieder, als ihr Blick auf die Blumen in ihren Händen fiel. Sie waren schön … aber sie waren auch ein Zeichen für etwas, das sie bald hinter sich lassen musste.

Josef bemerkte ihr Schweigen und streckte die Hand nach ihr aus. »Lass uns doch ein Stück zusammen gehen.«

Sie wich zurück. »Lieber nicht. Ich muss wieder hinein. Miss Harding mag es nicht, wenn ich sie warten lasse.«

Ein Schatten huschte über sein Gesicht, ehe er wieder lächelte. Die Grübchen, die sich dabei bildeten, ließen ihn jünger erscheinen. »Ich habe mit deiner Mutter gesprochen. Sie erzählte mir von der Überfahrt und …«, plötzlich zog er ein Stück Papier aus seiner Westentasche und faltete es auseinander, »Ich fahre mit.«

Zuerst begriff Josephine nicht im Geringsten, was vor sich ging. Sie nahm das Stück Papier in die Hand, auf dem eine rote Flagge mit einem weißen Stern gedruckt war, darunter der Schriftzug White Star Line.

»Ich habe an Bord eine Arbeit bekommen. Als Elektriker. Das ist nicht so besonders, wie es sich anhört. Sogar Alfred hat eine Arbeit bekommen. Kannst du dir das überhaupt vorstellen? Dass die Alfred einstellen?« Er lachte auf. Das Lachen erreichte seine Augen und für einen kurzen Moment hätte sich Josephine vorstellen können, ihn zu heiraten und mit ihm glücklich zu werden. »Aber sie zahlen mir mehr, als ich hier bekomme. Ich habe Barrett schon eingebläut, dass er sich gut um die Kleinen kümmern muss, wenn ich weg bin. Er ist dann ja der Älteste daheim.«

»Das ist großartig. Wirklich …«, stammelte Josephine. Doch in ihren Augen war diese Neuigkeit alles andere als erfreulich. Wie konnte sie ihm begreiflich machen, dass er hierbleiben sollte? Wäre er ebenfalls an Bord des Schiffes, würde das die Sache nur verkomplizieren.

»Ich weiß! So können wir vor der Hochzeit mehr Zeit zusammen verbringen. Du kannst die Misses um ein paar freie Tage bitten, bevor ihr wieder zurückfahrt. Dann könnten wir unsere vorzeitigen Flitterwochen in Amerika verbringen.«

Erneut griff er nach ihren Händen, diesmal ließ sie es zu. Ein Knoten bildete sich in ihrer Brust, während er darüber sinnierte, was sie zusammen im Land der unbegrenzten Möglichkeiten erleben könnten.

Die Zeit war gekommen. Sie musste es jetzt beenden, aber sie konnte ihm nichts von ihrer Zukunft in Amerika sagen, schließlich würde er sofort zu ihrer Mutter rennen und es ihr erzählen. Nein, sie konnte ihm nicht die Wahrheit sagen! Aber irgendeine Wahrheit hatte er verdient. »Warte. Ich kann das nicht.« Sie schluckte. »Ich kann dich nicht heiraten.«

Mit einem Schlag verschwand sein Lächeln und damit auch seine Grübchen. »Was?«

»Ich kann dich nicht heiraten«, wiederholte sie langsamer und mit Nachdruck, »Das mit uns … das ist nicht richtig.« Sie blickte zum Boden, damit sie nicht sah, wie sehr sie ihn verletzte.

»Nicht richtig? Josephine, wir sind seit einem halben Jahr verlobt. Wir … du und … wir haben Pläne, wir haben …«

Er suchte ihren Blick, doch sie verwehrte es ihm. Zu seinem Besten. Wenn sie ihn jetzt ansehen würde, würde sie weich werden und alle ihre Worte zurücknehmen.

Doch was würde das bringen? Die Tatsachen zu ignorieren, machte sie nicht weniger wahr.

»Du hattest Pläne. Ich wollte das nie.«

Einen Moment sagte keiner von beiden ein Wort. Langsam hob Josephine den Blick und überlegte, was sie ihm sagen konnte, welche Worte noch einen Unterschied machten.

»Es tut mir leid.«

Josef ließ ihre Hände los. Sie konnte in seinem Gesicht keine Gefühlsregung erkennen. Er wandte sich ab und stakste über die Wiese zurück zur Stadt.

6

MURDOCH

1912 | SOUTHAMPTON

Murdochs Schlaf wurde durch das Klopfen an seiner Kabinentür beendet. Grummelnd hievte er die Beine aus dem Bett. »Ja?« Seine Stimme kratzte. Er hörte das Drehen des Türknaufs. Ein Lichtstrahl drang durch den größer werdenden Spalt zwischen Tür und Wand. Plötzlich breitete sich Licht bis in die letzte Ecke der Kabine aus. Er kniff die Augen zusammen, die sofort anfingen zu brennen und ein Brummen machte sich in seinem Schädel bemerkbar.

»Sir, Kapitän Smith will Sie auf der Brücke sehen.«

Die Stimme kam ihm bekannt vor, doch um diese Uhrzeit konnte er sie nicht einordnen. Ein schneller Blick auf die Taschenuhr, die er am Beistelltisch liegen hatte, ließ ihn aufstöhnen. Keine sechs Stunden waren vergangen, seit er sich zurückgezogen hatte. Mit der Hand rieb er sich den Schlaf aus den Augen und brummte ein unverständliches Ich komme. Die Tür fiel wieder ins Schloss.

Murdoch raffte sich auf und zog seine Uniform an, während die Ereignisse der letzten Tage zurück in sein Bewusstsein glitten. Kurz hielt er inne, blickte sich um. Ein Lächeln stahl sich auf sein Gesicht.

Es war kein Traum gewesen, er war Chief Officer der Titanic.

Murdoch überprüfte sein Erscheinungsbild im Spiegel über dem Waschbecken. Gott sei Dank, hatte er sich noch rasiert, bevor er sich schlafen gelegt hatte. Als ranghöchster Offizier wurde ihm die Kabine zugeteilt, die der Brücke am nächsten war. Das war eine der vielen Annehmlichkeiten, die seine hohe Position mit sich brachte.

Kaum hatte er die Tür geöffnet, schlug ihm die frische, nebelverhangene Luft entgegen, klatschte ihm ins Gesicht und vertrieb die letzten Spuren der Müdigkeit.

Kapitän Smith stand backbord und blickte mit am Rücken verschränkten Händen in die Ferne. Er trug seine Kapitänsmütze, der weiße Bart passte zu seiner weißen Uniform. Murdoch stellte sich neben ihn und verschränkte die Arme, um sich zu wärmen. Er hatte die Wetterverhältnisse in der Hafenstadt unterschätzt. Es war bereits hell, doch nach Stand der Sonne, die sich durch den Nebel arbeitete, auch erst seit kurzem.

»Guten Morgen, Sir!« Trotz der Müdigkeit klang seine Stimme munter.

»Guten Morgen, Mister Murdoch. Ist es nicht ein herrlicher Tag?« Der Kapitän blickte über das Städtchen, das sich vor ihnen ausbreitete. Am Hafen tummelten sich bereits Dutzende Arbeiter. »Ich wollte nur hören, ob alles ohne Vorkommnisse abgelaufen ist.«

»Ja, Sir. Wir haben kurz vor Mitternacht angelegt.«

Der Kapitän hatte sich schon früh am Abend zurückgezogen und das Schiff seinem Chief Officer anvertraut.

»Wer hat die erste Schicht?«

»Mister Lightoller, Sir.«

»Hmmm.« Kapitän Smith breitete seine Arme auf der Reling aus und lächelte.

Angespannt blieb Murdoch neben ihm stehen. Auch wenn er die Frischluft genoss, läge er lieber schlafend in seiner Kabine.

»Nun denn, Murdoch. Ich werde später an Land gehen. Ismay will mich sprechen. Wir brauchen unbedingt mehr Kohle.«

Der Streik der Kohlearbeiter bereitete nicht nur der Schifffahrt Probleme. Sie hatten in der Nacht Funkverkehr mit der Olympic, die Kohle im Speisesaal der dritten Klasse bunkerte. Auch die Titanic hatte nicht genügend Kohle in den Kesselräumen. Wenn sich die White Star Line nicht schnell etwas einfallen ließ, würde sich die Titanic nicht aus dem Hafen bewegen.

»Ich kann darauf vertrauen, dass Sie in meiner Abwesenheit das Schiff im Auge behalten?«

»Selbstverständlich, Sir.«

Murdoch würde einen Teufel tun. Er vertraute Lightoller voll und ganz. Er würde später in seine Kabine zurückkehren und Schlaf nachholen, den er in der Nacht versäumt hatte. Nachdem die Titanic sicher im Hafen angelegt hatte, hatten sich er und der Steuermann Rowe im Aufenthaltsraum der Besatzung einen Whiskey eingeschenkt und auf die glückliche Fahrt von Belfast nach Southampton angestoßen.

Sogar der fünfte Offizier Boxhall und zwei Vollmatrosen waren zu später Stunde noch dazu gestoßen. Eigentlich trank Murdoch während seiner Arbeit keinen einzigen Tropfen, doch dieses Mal hatte er sich von seinen Kollegen überreden lassen. Es gab eine Menge Gründe, um anzustoßen. Der Weg von hier bis zum Posten des Kapitäns war nicht mehr weit und sein Traum schien endlich in greifbare Nähe gerückt.

Wer weiß, vielleicht würde er eines Tages sogar der Kapitän der Titanic sein. Er kannte jeden Winkel und jeden Zentimeter des 269 Meter langen Luxusdampfers, wusste um jede Niete und könnte sich mit verbundenen Augen mühelos im Inneren dieses wunderschönen Schiffes zurechtfinden. Er fühlte sich nach wenigen Tagen auf der Titanic mehr zu Hause als in Southampton – oder sonst irgendwo auf der Welt.

Sehr zu seinem Glück wurde er bis nach Mittag nicht mehr geweckt. Er nahm sich genügend Zeit, sich ordentlich zu waschen und zu rasieren. Sein leerer Magen führte ihn schließlich in die Offiziersmesse.

»Murdoch!«

Am hinteren Tisch saß der fünfte Offizier Lowe und winkte ihn heran. Murdoch setzte sich zu ihm. Sie hatten sich innerhalb der letzten Tage kennengelernt. Obwohl der junge Offizier noch mit keinem der anderen Offiziere gearbeitet hatte, hatte er sich schnell integriert und wurde von allen gemocht.

Er war kaum dreißig Jahre alt und seine Karriere befand sich noch in ihren Kinderschuhen. Er war zwar schon für die White Star Line unterwegs gewesen, doch dies war sein erstes Mal auf einer Transatlantikroute.

»Boxhall meinte, ihr hättet gestern noch gefeiert.«

»Feiern ist wohl übertrieben.«

»Also keine Kopfschmerzen heute?« Lowe grinste.

Auch auf Murdochs Gesicht erschien ein Lächeln. »Wenn du mal in mein Alter kommst, hast du sowieso ständig Schmerzen. Heute der Kopf, morgen der Rücken …«

»Und übermorgen liegst du im Grab«, unterbrach ihn eine scharfe Stimme. Die Köpfe drehten sich gleichzeitig zur Tür. Ein breiter Mann, der fast die ganze Türöffnung füllte, mit glatt rasiertem Gesicht und überheblichen Grinsen stand dort.

Obwohl er hier nichts zu suchen hatte, blickte er über die Offiziere, als gehörte ihm das Schiff.

»Wilde.«

»Murdoch.«

»Was machst du hier?«

Obwohl der Groll gegen diesen Mann tief in ihm verwurzelt war, versuchte er ihm gegenüber höflich zu bleiben. Sie hatten oft Seite an Seite gearbeitet, trotzdem war Wilde ihm in Erfahrung weit voraus. Seit die Olympic, das Schwesterschiff der Titanic, vor knapp einem Jahr in Betrieb genommen wurde, hatte Wilde als leitender Offizier auf ihr gearbeitet, während Murdoch sein erster Offizier gewesen war. Und diese Überlegenheit hatte er Murdoch stets subtil zu zeigen gewusst.

»Ich war in der Nähe. Wollte die kleine Schwester meines Schiffes besuchen. Und mit Freunden plaudern. Das Übliche.«

In der Offiziersmesse war es mit einem Schlag totenstill. Keiner wagte, das angespannte Gespräch der beiden zu unterbrechen.

»Dann will ich das Wiedersehen alter Freunde nicht weiter stören.« Murdoch erhob sich, ließ seinen Teller halb voll stehen und schritt an Wilde vorbei zum Ausgang.

Wilde hatte hier keine Freunde. Es gab keinen Matrosen, der nach der Arbeit mit ihm nicht gemault hätte.

Murdoch hatte die Tür noch nicht erreicht, da hielt Wilde ihn zurück. »Ich traf deine Frau in der Brücke. Du solltest sie nicht warten lassen, sie wirkte aufgebracht.«

∞

Murdochs Frau stand dort, wo er sich in der Früh mit dem Kapitän unterhalten hatte. Sie hatte ihren Mantel fest um ihren Körper geschlungen, ein großer Hut mit Feder zierte ihren Kopf. Ada drehte sich nicht zu ihm um, auch nicht als er ihren Namen aussprach, mit aller Zärtlichkeit, die er aufbringen konnte. Sie starrte weiter mit verkniffenem Gesicht auf die Stadt.

»Du weißt, dass ich nicht will, dass du gehst.«

Ihre Worte ließen keinen Raum für Widerspruch. Schon zu oft hatten sie dieses Gespräch geführt.

Ein paar Mal setzte er zum Sprechen an, aber aus seinem Mund kam kein Wort. Noch vor wenigen Jahren konnte er sie mühelos zum Lachen bringen. Jede Sekunde in ihrer Gegenwart verliebte er sich mehr in die Lehrerin aus Neuseeland. Nun konnte er sich nicht erinnern, wann er sie zuletzt lächeln gesehen hatte.

»Ich habe aufgehört zu bluten.«

Ein Blick in ihr Gesicht genügte, um zu sehen, wie enttäuscht sie war. Ihre Unterlippe bebte, doch sie starrte weiterhin geradeaus.

»Bist du dir sicher?«

»Ich war beim Arzt. Es meinte, es lag wohl in meiner Natur, nie Mutter zu werden. Jetzt ist es aber gewiss. Ich bin alt, William. Und du bist alt. Selbst wenn es jemals eine Möglichkeit gegeben hätte ... jetzt ist es zu spät.«

Ihre Worte trafen ihn unerwartet. Die Jahre auf See vergingen schnell und auch wenn er mit neununddreißig Jahren für den Posten als leitender Offizier noch nicht zu alt war – als Mann war er es womöglich. Und für Ada war es nun zu spät.

»Aid ...«, meinte er und berührte sie am Arm, doch sie entzog sich ihm. Tränen schimmerten in ihren Augen, als sie sich zu ihm drehte. Der Wunsch sie in den Arm zu nehmen und zu trösten regte sich in ihm.

»Du hast uns mit deinem lächerlichen Traum das Leben zerstört.«

Er atmete tief ein und zügelte seinen plötzlich aufwallenden Zorn. Er empfand tiefstes Mitleid für seine Frau und er verstand, wie verletzt und gekränkt sie sich fühlen musste. Doch sein Traum war nicht lächerlich! Die Schifffahrt war sein ganzes Leben und ohne sie konnte er sich sein Dasein nicht vorstellen. Der Preis, den man dafür zahlte, war zwar hoch, trotzdem würde er sich immer wieder dafür entscheiden.

»Was kann ich tun, damit es dir besser geht?« Sein Versuch war erbärmlich, das wusste er. Alle Worte dieser Welt konnten es nicht mehr richten.

»Bleib hier. Bleib in Southampton und lebe mit mir die Jahre, die uns noch bleiben.«

»Aid, versteh doch. Ich bin endlich leitender Offizier. Nur noch wenige Fahrten und ich könnte Kapitän sein.« Noch während des Versuchs, es ihr zu erklären, verstand er, wie unnötig dies war. Sie würde ihn nie verstehen. »Es tut mir leid, Ada, ich kann nicht.«

Sie schaute ihm einen Moment in die Augen, presste dann ihre Lippen aufeinander und nickte. »Gut. Und ich kann dir nicht versprechen, dass ich noch da bin, wenn du wiederkommst.« Sie drückte sich an seinem Körper vorbei und lief das Deck entlang.

»Verdammt noch mal, Ada! Warte!«

Er wollte sie überzeugen zu warten, schließlich konnte sie ihn nicht einfach so verlassen, nach all der Zeit. Doch Ada hörte nicht auf ihn und verließ das Schiff.

∞

Pünktlich vor der Abfahrt hatte die White Star Line eine Lösung für die Kohleknappheit gefunden und der Streik wurde beendet. Um die Jungfernfahrt der Titanic zu retten, wurde die Kohle der anderen im Hafen liegenden Schiffe umgeladen.

Täglich wurden riesigen Mengen an Lebensmitteln, Gläsern und Porzellan an Bord gebracht. Die letzten Möbel und Dekorationen fanden ihren Platz, während Böden und Fenster ein letztes Mal auf Hochglanz poliert wurden.

Die Besatzung bezog ihre Bunkerbetten auf den unteren Decks. Darunter waren über 300 Stewards, 100 Köche und Küchengehilfen und zahlreiche Angestellte der Hauswirtschaft.

Der große Tag rückte unaufhaltsam näher. Am Abend vor dem Auslaufen hatte sich Murdoch früh zurückgezogen, er wollte für die vielen Stunden an Deck ausgeruht sein. Die Überfahrt musste fehlerfrei ablaufen, schließlich sollte der Streit mit seiner Frau nicht umsonst gewesen sein. Er öffnete gerade die Knöpfe seiner Uniform, als es an der Tür klopfte.

»Will, schnell! Der Kapitän hält eine Ansprache in der Offiziersmesse!« Lightoller wartete nicht, sondern lief schon vor.

Als Murdoch die Offiziersmesse erreichte, sprach der Kapitän bereits. Die Offiziere hatten sich um ihn versammelt, doch auch das verhasste Gesicht von Wilde war unter ihnen. Er lehnte entspannt in der Ecke. Die Uniform der White Star Line mit den drei goldenen Streifen an den Armen und die Offiziersmütze waren genau dieselben, die auch Murdoch trug. Eine ungute Vorahnung beschlich ihn.

»Es ist nötig, diesen Schritt zu wagen. Mister Wilde wird demnach als leitender Offizier eingesetzt. Dies bedeutet, dass Mister Murdoch auf den Posten des ersten Offiziers rückt, Lightoller auf den des zweiten Offiziers und Offizier Blair wird uns morgen verlassen. Alles andere bleibt, wie es ist. Die betroffenen Offiziere mögen mich bitte noch im Kartenraum aufsuchen, um die Papiere zu unterzeichnen. Da nun alles geklärt ist, wünsche ich allen anderen eine gute Nacht und morgen ein gutes Auslaufen.«

Smith räusperte sich und verließ die Offiziersmesse.

Wilde durchquerte den Raum. Bei jedem Schritt wiegte er leicht hin und her, sein Gesicht zierte ein Lächeln. Er stellte sich breitbeinig vor Murdoch. »Wer hätte damit nur gerechnet?«

Mit einem Zwinkern folgte er dem Kapitän.

Murdochs Hoffnungen waren mit einem Schlag zerschmettert worden. Die Stelle als leitender Offizier zu verlieren war ein herber Rückschlag und das nicht nur, weil damit eine Kürzung seines Lohns einherging. Die Demütigung zurückgestuft zu werden, nach so vielen Jahren der Treue, war untragbar!

»Verdammt.« Lightoller warf die Hände in die Luft und stöhnte auf. Murdoch hingegen verharrte einen Moment lang reglos, seine Gedanken rasten. Dann straffte er die Schultern und verließ wortlos die Offiziersmesse.

Er war ein erfahrener Mann. Er wusste, wann eine Diskussion sinnlos war. Doch das bedeutete nicht, dass er diese Entscheidung einfach hinnehmen musste. Mit entschlossenen Schritten durchquerte er die Korridore und betrat schließlich den holzvertäfelten Raum, wo Smith bereits an seinem Schreibtisch saß. Neben ihm stand Henry Wilde mit verschränkten Armen.

Smith sah Murdoch einen Moment lang direkt an, ehe er ruhig sprach: »Ich weiß, das ist eine unerwartete Umstellung, Mister Murdoch.«

Murdoch nickte knapp. »Darf ich fragen, warum sie notwendig wurde, Sir?«

Smith lehnte sich in seinem Stuhl zurück und faltete die Hände. »Ich habe Mister Wilde von der Olympic angefordert. Ich kenne seine Fähigkeiten in– und auswendig, und die Titanic ist das größte Schiff, das jemals in Dienst gestellt wurde – ich wollte einen Chief Officer, dem ich unter allen Umständen vertrauen kann.«

Murdoch hielt dem Blick des Kapitäns stand, sein Gesicht unbewegt. »Verstehe, Sir.«

Lightoller, der bisher geschwiegen hatte, schüttelte leicht den Kopf. »Und was ist mit uns? Murdoch hat monatelang darauf hingearbeitet,

Chief Officer dieses Schiffes zu sein. Und ich hatte mich auf meinen Posten als Erster Offizier vorbereitet.«

Smith musterte ihn mit dem leichten Anflug eines Lächelns. »Ich schätze Ihre Loyalität Ihrem Kollegen gegenüber, Lightoller. Aber das ist eine Entscheidung, die über Ihnen und mir liegt.«

Lightoller verschränkte die Arme vor der Brust und trat einen halben Schritt vor. Seine Miene war reglos, doch in seiner Stimme schwang unverhohlene Frustration mit. »Also, wenn es nicht Ihre Entscheidung war, Sir – wer hat das dann angeordnet?«

Smith seufzte leise und lehnte sich in seinem Stuhl zurück. Er strich sich mit der Hand durch den dichten weißen Bart, bevor er mit ruhiger Stimme antwortete: »Die Reederei. Bruce Ismay und die Herren in Liverpool hielten es für das Beste, einen erfahrenen Mann wie Wilde an Bord zu holen.«

Murdoch verzog keine Miene. Nur das kurze, knappe Nicken deutete an, dass er die Worte verarbeitet hatte. »Verstehe. Sie wollten jemanden, der bereits in dieser Position auf der Olympic gedient hat.« Seine Stimme war ruhig, doch in seinem Inneren brodelte es.

Smith erwiderte den Blick und nickte. »Ja. Ich habe mit Henry Wilde lange zusammengearbeitet. Und mit der Titanic wollen wir nichts dem Zufall überlassen.«

Lightoller schnaubte leise, sein Blick wanderte kurz zu Wilde, dann wieder zu Smith. »Nun, für uns fühlt es sich gerade verdammt zufällig an.«

Smiths Augen verengten sich, als er Lightoller einen festen, prüfenden Blick zuwarf. Seine Stimme, nun ein wenig schärfer, ließ keinen Raum für Diskussionen. »Ich verstehe Ihre Enttäuschung, Mister Lightoller. Aber ich erwarte von Ihnen allen, dass Sie sich dieser Herausforderung mit Professionalität stellen.«

Ein kurzes Schweigen folgte. Schließlich hob Murdoch den Kopf, atmete langsam aus und richtete sich ein wenig gerader auf. Seine Stimme klang fest, als er schließlich sagte: »Natürlich, Sir. Ich werde meinen Dienst als Erster Offizier mit der gleichen Sorgfalt versehen, mit der ich ihn als Chief Officer ausgeführt hätte.«

Smith nickte zufrieden. »Das habe ich von Ihnen erwartet, Mister Murdoch.«

In diesem Moment öffnete sich die Tür, und David Blair betrat den Raum. Sein Gesicht war versteinert. »Also, das war's dann wohl für mich?«

Seine Stimme war ruhig, doch in seinen Augen stand eine Mischung aus Enttäuschung und Fassungslosigkeit.

Smith sah ihn bedauernd an. »Es tut mir leid, Mister Blair. Leider gibt es keinen Platz mehr für Sie an Bord.«

Blair lachte bitter. »Ich verstehe.«

Murdoch schloss kurz die Augen, bevor er sich wieder aufrichtete. »Wo muss ich unterschreiben, Sir?«

Smith schob ihm das Papier hinüber. »Hier.«

Murdoch nahm den Füllfederhalter zur Hand und setzte mit fester Hand seinen Namen darunter.

7

CATHERINE

1912 | APRIL 10

Laute Stimmen drangen durch die Glasscheiben. Das Automobil holperte über die Backsteine. Eine schrille Pfeife, gefolgt von dem Jauchzen der Menschen erregten Catherines Aufmerksamkeit.

Josephine klebte mit ihrer Nase am Fenster und beobachtete das Treiben auf den Straßen. »Es sind so viele Menschen da draußen.« Ihre Stimme hatte die Tonlage gewechselt, wie bei einem Kleinkind an seinem Geburtstag, wenn es die Geschenke erhält.

Catherine hatte nicht mehr aus dem Fenster geblickt, seit sie das Anwesen verlassen hatten. Sie mochte große Menschenansammlungen nicht besonders. Das Korsett, das sie am Morgen angezogen hatte, kam ihr vor wie ein Gefängnis und kaum war sie in den Ford gestiegen, wurde sie das Gefühl nicht mehr los, dies wäre ihre Fahrt zur Schlachtbank. Sie redete nicht viel, versuchte nach außen hin keine der Emotionen zu zeigen, die in ihrem Inneren wüteten.

Das Einzige, was sie etwas beruhigte, war Josephine, die alles kommentierte, was sie erblickte. Wenigstens sie freute sich über den Ausflug.

Ausflug ... Als würde sie in ein paar Wochen wieder nach Hause zurückkehren. Aber das würde nicht geschehen. Catherine schnaubte und blickte auf die in ihrem Schoß gefalteten Hände.

»Dort drüben sind so viele Fotografen, wen sie wohl fotografieren? Glauben Sie, berühmte Menschen sind hier? Werden wir ihnen begegnen?«

Catherine wunderte sich nicht über das Verhalten von Josephine. Sie wusste, wie die Arbeiterfamilien lebten. Ein Dienstmädchen aus so einer Familie hatte Southampton vermutlich noch nie verlassen. Für sie war es eine großartige Gelegenheit. Eine, die nur die wenigsten ihrer Gesellschaftsschicht erhielten.

Catherines Bruder George rümpfte die Nase. »Wie bei der Weihnachtsfeier der Johnsons. Kannst du dich erinnern?« Er saß vorne neben dem Chauffeur und begutachtete das Treiben mit einer ihm typischen Gleichgültigkeit.

»Mir wäre lieber, ich könnte es endlich vergessen. Archie war monatelang beleidigt, weil wir ihn bloßgestellt haben.«

George zischte. »Er hatte es verdient. Wer zieht denn auch so kurze Hosen an. In unserem Alter hätte es jeder so gemacht«, fügte George hinzu und schnalzte mit der Zunge. Das Prinzip eines Gewissens kannte er nicht, das hatte sich schon bei vielen Gelegenheiten gezeigt.

Catherine schwieg. George mochte sich keine Gedanken darüber machen, welche Folgen ihr Spott damals für Archie gehabt hatte, aber sie wusste es besser. Gerüchte hatten Gewicht. Sie konnten Leben zerstören, Familien ruinieren.

Einmal hatte sie selbst ein unbedachtes Wort über Virginie fallen lassen. Die Auswirkungen hätten ihr fast ihr Ansehen gekostet. Obwohl nie jemand erfahren hatte, dass es Catherines Worte gewesen waren und im Rückblick alles gut ausgegangen war, nagten die Erinnerungen immer noch an ihr. Auch wenn sie sich damals im Recht fühlte, schließlich hatte Virginie doch angefangen, fühlte es sich nicht wie ein Sieg an. Damals nicht – und auch nach all den Jahren nicht.

Sie wusste gar nicht, wann er zu diesem unausstehlichen Ekel geworden war. Als Kinder waren sie wie Pech und Schwefel gewesen, hatten jedes Geheimnis miteinander geteilt. Aber dann irgendwann hatten sie den Draht zueinander verloren. Vielleicht einfach, weil ihr älterer Bruder es leid war mit ihr zu spielen und sie zu unterhalten.

»Wir sind da, Sir.« Der Chauffeur hielt den Wagen an und stieg aus. George setzte sich die Melone auf. Josephine verließ das Automobil und stieß einen Laut aus, der zwischen Unglauben und Freude lag. Als Catherine den ersten Fuß über die Schwelle des Autos hob, stieg das Bedürfnis, wegzulaufen in ihr auf. Doch in dem Moment, in dem sie das Schiff zum ersten Mal erblickte, vergaß sie, warum sie so ungern aufgebrochen war.

Noch nie hatte sie vergleichbar Majestätisches erblickt. Die vier Kamine reckten sich wie Berggipfel stolz in die Höhe, doch nur aus den vorderen drei quoll Rauch – ein Zeichen der arbeitenden Kessel tief im Inneren des Schiffes. Der vierte führte lediglich Abluft und Dampf aus den Maschinenräumen ab, doch er vervollständigte das kraftvolle Erscheinungsbild des Schiffes. Der Wind trug den dunklen Qualm in ungleichmäßigen Schwaden davon, während Murdoch unwillkürlich die Stärke der Maschinen darunter bewunderte. Auf den oberen Decks konnte sie Matrosen ausmachen, einzelne Passagiere, die bereits das Schiff betreten hatten. Der Rumpf des Schiffes glänzte schwarz in der frühen Mittagssonne.

Gänsehaut lief über ihre Arme und sie zog den Reisemantel enger. Es war warm an diesem Mittwoch im April, doch es wehte ein frischer Wind von Osten her. Wenigstens hatte sich der Nebel verzogen, der sonst das Städtchen verschluckte.

Hunderte Menschen tummelten sich am Dock, stiegen an den Gangways empor und warteten darauf die Titanic, das Schiff der Träume, zu betreten.

»Wo treffen wir Gould?«

»Du meinst deinen Zukünftigen?« Der Hohn in Georges Stimme war nicht zu überhören. »Erst im Schiff.« Er trat zu Catherine heran und senkte seine Stimme, »Keine Sorge Schwesterchen, deine Unschuld bleibt noch etwas länger bewahrt.« Seine Augen blitzten auf.

Noch bevor Catherine etwas darauf entgegnen konnte, hupte ein Fahrzeug hinter ihnen und sie drehte sich danach um. Ihre Eltern waren ihnen hinterhergefahren, um sich zu verabschieden.

»Benimm dich, Catherine. Es hängt sehr viel davon ab«, ermahnte ihre Mutter sie. Kein ich wünsche dir Glück oder viel Spaß auf der Reise. Solange Catherine tat, was von ihr verlangt wurde, war alles in bester Ordnung, aber sie bezweifelte stark, dass die Gefühle ihrer Mutter tiefer gingen.

Ihre Mutter trat zu George, sprach zu ihm und es schien, als würde sie ihm etwas übergeben, doch Catherine konnte nicht sehen, was es war, denn ihr Vater trat in ihr Blickfeld.

»Meine liebe Tochter. Pass auf dich auf, ja?«

Catherine lächelte. »Immer. Wann kommt ihr nach?«

»So bald wie möglich. Deine Mutter war der Meinung, es wäre gut, wenn du und Matthew Zeit hättet euch besser kennenzulernen, aber ich verspreche dir, dass wir dich besuchen, sobald ich deine Mutter überredet habe. Aber spätestens …«

»Spätestens bei der Hochzeit. Ich hoffe, ihr schafft es vorher.« Sie warf einen Blick auf ihre Mutter und seufzte. »Ich bezweifle es aber.«

Ihr Vater legte seine Hand auf ihre Schulter. »Es tut mir leid, dass du die Fehler unserer Familie tragen musst.« Sein Blick wurde weich, beinahe mitleidig.

Welche Fehler?, wollte Catherine fragen, doch der Kammerdiener ihres Bruders trat zwischen sie.

»Sir, wir sollten uns beeilen. Es ist fast elf Uhr.«

»Ja, Sie haben recht, Callahan. Sie kümmern sich um die Koffer. Catherine, beeil dich«, sagte George und klopfte mit dem Gehstock auf den Boden.

»Sehr wohl, Sir.« Callahan trat um das Automobil herum, um sich den unzähligen Koffern und Taschen zu widmen.

Catherine schloss die obersten Knöpfe ihres Reisemantels. »Josephine, du bleibst bei mir.«

Die Zofe nickte und holte den kleinsten Koffer von der Ablage des Autos. Catherine hatte ihr bei Besteigen des Automobils eingebläut, dass sie den kleinen roten Koffer nicht aus den Augen lassen durfte, immerhin befand sich ein kleines Vermögen darin.

Ihre Eltern stellten sich vor das Automobil, ihre Mutter hakte sich bei ihrem Vater ein.

»George, vergiss nicht, was ich dir gesagt habe«, sagte Eliza und tippte mit dem Finger gegen ihre Brust.

Catherine schnaubte, drehte sich weg und schritt durch die Menschenmenge. Sie hasste es, wenn ihre Mutter wieder Intrigen spann, und leider tat sie das immer. Catherine hatte nur die Möglichkeit, sich so gut es eben ging, aus den ganzen Machenschaften herauszuhalten.

Die Kluft zwischen den Gesellschaftsschichten wurde hier am Dock deutlich. Die Passagiere vor ihnen auf der Gangway trugen die neuesten Kostüme, die ausgefallensten Pelze und die größten Hüte, die zurzeit in den Läden für horrende Summen gekauft werden konnten. Sie hatten Rassehunde an der Leine und Dienstmädchen und Kammerdiener, die ihnen die Reisetaschen und Regenschirme trugen. Auf den anderen Gangways hingegen herrschte lebhafte Unordnung. Die Passagiere waren schlicht gekleidet und seltsame Sprachen wurden vom Wind in Catherines Richtung getragen.

An der Luke, die ins Innere führte, wurden sie von zwei Offizieren in marineblauen Uniformen empfangen. »Guten Morgen, Sir, Miss. Darf ich Sie nach dem Namen fragen?« Er hielt ein Klemmbrett vor sich und lächelte.

»Harding. George und Catherine Harding.«

Catherine versuchte, einen kurzen Blick ins Innere zu erhaschen, doch die vielen Passagiere versperrten ihr die Sicht.

»Ich wünsche Ihnen eine gute Reise«, wünschte der Offizier mit hörbar irischem Akzent und gab ihnen den Weg frei.

Die Wände, von oben bis unten mit weiß gestrichenem Tafelholz verkleidet, waren vollgestellt mit Gepäckstücken. Fleißige Träger versuchten mit anmutigem Elan, dem Andrang standzuhalten und die Taschen flott in die Kabinen zu tragen. Stewards und Stewardessen standen bereit, um die Passagiere zu den richtigen Kabinen zu geleiten. Der Geruch von frischem Holz und nasser Farbe stieg Catherine in die Nase. Sie schloss die Augen und atmete tief ein.

»Hör auf zu trödeln, ich will pünktlich zum Lunch!«

Sie zuckte zusammen und schloss zu ihm auf.

Den ganzen Weg bis zu ihrer Kabine bestaunte Josephine jeden Pfahl und jede Bodenfliese. Sie folgten einem Steward über eine große gewundene Treppe nach unten. Sie blieb auf jeder Stufe stehen und betrachtete die wertvollen Schnitzereien an den Säulen und die polierten Geländer.

»Hier ist es. C62–64–66.« Der Steward schob die Tür auf und Catherine trat hinter ihm ein. Die Wände waren mit teurem Holz verkleidet, die Decke zierte aufwendiger Stuck und ein Kristallkronleuchter. In der Mitte des Raumes befand sich ein runder Tisch mit einer Tischdecke aus dunkelrotem Brokat. An der Wand befand sich unter einem großen Spiegel ein mit Gold verzierter Kamin. Hinter dem Salon befand sich ein Zimmer mit zwei Betten, die mit weichem Satin bezogen waren. Die weißen Wände bildeten einen schönen Kontrast zu dem königsblauen Teppich, wie ein kristallklarer Bergsee im Winter.

Sogar ein privates Bad samt Wanne und Heizgerät befand sich in der Suite. Jeder Raum war mit elektrischem Licht ausgestattet, auch wenn das helle Sonnenlicht über die Bullaugen hereinströmte und Elektrizität überflüssig machte.

»Himmel Herrgott! Wer bezahlt das denn alles?« Catherine trat an den Kamin und tastete mit den Fingern die Schnitzereien ab, »Das muss ein Vermögen kosten.«

»Es hat auch Vorteile, wenn man in die Familie der Goulds einheiratet«, sagte George, der entspannt in der Tür gelehnt stand.

»Sie haben das bezahlt?«

Der Steward öffnete eines der Fenster und frische Luft drang in die Kabine, die den Geruch nach neuem Holz vertrieb.

»Dachtest du im Ernst, sie lassen ihren Sohn in einer ihm unwürdigen Unterkunft reisen?« George verdrehte die Augen, als ihm bewusst wurde, dass Catherine keine Ahnung hatte, worauf er hinauswollte. »Wirklich Catherine? Und ich dachte, in deinem hübschen Köpfchen wäre mehr als nur Stroh.«

Er ließ sich einen Moment Zeit, kostete ihre Unsicherheit aus, ehe er fortfuhr: »Ihr werdet euch die Kabine teilen. Du bist schließlich mit Matthew verlobt – oder etwa nicht? Außerdem wäre es höchst unangemessen, wenn du als unverheiratete Frau alleine reisen würdest. Was da alles passieren könnte! Mir ist viel wohler, wenn ich weiß, dass jemand auf dich aufpasst.«

»Und du? Ich dachte, dafür bist du mit!«

»Du musst dich meinetwegen nicht sorgen. Ich beziehe meine eigene Kabine auf dem A–Deck. Ich werde also nicht ständig auf dich achten können. Tu uns beiden doch einen Gefallen und benimm dich.«

Sprachlos sah sie zu, wie sich sein Gesicht zu einer hässlichen Fratze verzog. Ein schadenfrohes Lachen lag auf seinen Lippen.

»Du kannst mich nicht mit einem Fremden allein lassen!«

»Er ist dein Verlobter, kein Fremder.« Er zuckte mit den Schultern. »Abgesehen davon hat die Suite drei Zimmer. Ich denke, du schaffst es ihm aus dem Weg zu gehen, selbst wenn du es nicht darauf anlegst.«

Er betrachtete sie mit gespielter Unschuld. »Ach Catherine, du solltest mir wirklich dankbar sein. Nicht jede junge Dame bekommt die Chance, auf hoher See so viel Zeit mit ihrem zukünftigen Ehemann zu verbringen. Außerdem ist es die perfekte Gelegenheit, euch näherzukommen. Wer weiß, vielleicht entdeckst du ja noch eine Seite an ihm, die dir zusagt.« Er beugte sich ein wenig vor, seine Stimme wurde süffisant. »Oder ihm an dir ...«

Er lachte leise, als er sah, wie Catherine sich versteifte. »Vergiss nicht, Schwesterchen: Deine Unschuld ist eine zarte Blume. Und in einer gemeinsamen Kabine ... nun, wer weiß, ob sie den Sturm übersteht?« Sein Blick glitt über sie, voller spöttischer Belustigung. »Aber mach dir keine Sorgen. Vielleicht gefällt es dir ja sogar.«

Er schnalzte mit der Zunge und holte seine Taschenuhr aus der Weste. »Wir treffen uns mit ihm um ein Uhr zum Lunch im Speisesaal am D-Deck. Komm nicht zu spät.«

Georges Silhouette verschwand aus der Tür. Catherine eilte ihm nach und sah gerade noch, wie er den Gang entlang spazierte, eine unendliche Leichtigkeit in seinen Schritten.

Erzürnt ließ sie sich in einen der Sessel sinken. »Er genießt es, mich leiden zu sehen.«

Wie konnten sie von ihr verlangen, dass sie sich die Suite mit einem fremden Mann teilte! Es war zwar nur noch eine Frage von Zeit, bis sie seine Frau war, doch sie hatte ihn noch nie zu Gesicht bekommen. Was, wenn er ein Rüpel war?

Josephine, die das Szenario von der Ecke aus betrachtet hatte, trat an sie heran. »Sehen Sie es doch von einer positiven Seite. Sie sind nun hier, auf dem schönsten und größten Schiff aller Zeiten. Auch wenn es nicht von Dauer ist, versuchen Sie es zu genießen.«

Catherine schnaubte. Etwas anderes würde ihr wohl auch nicht übrig bleiben.

Nach und nach wurden die Koffer in das Zimmer gebracht. Josephine schlichtete die Kleidungsstücke sofort in den Schrank des hintersten Zimmers. Es hatte eine eigene Tür nach draußen auf den Gang und war für Catherine daher die beste Option. So hatte sie wenigstens einen Ausgang aus der Suite, wenn sie schon keinen aus ihrem Leben hatte.

»Wissen Sie schon, welches Kleid sie zum Lunch anziehen wollen? Ich empfehle einen Mantel, wenn Sie sich draußen an Deck die Abfahrt ansehen.«

»Nein, ich brauche kein anderes Kleid.«

»Aber Miss, Sie können nicht in Ihrem Reisekleid zum Lunch erscheinen!«

»Stimmt.« Catherine hob schmunzelnd den Blick. »George spielt gern Spielchen und ich spiele gern mit.«

Der Plan, der in ihrem Kopf Gestalt annahm, würde sie in Schwierigkeiten bringen. Doch was waren schon Konsequenzen im Vergleich zum gedemütigten Gesichtsausdruck ihres Bruders?

»Ich habe eine Idee, Josephine.«

8

JOSEPHINE

1912 | APRIL 10

Josephine starrte auf das goldene Ziffernblatt der Uhr. Der Zeiger bewegte sich quälend langsam. Vor fünfzehn Minuten hatte Miss Catherine sie in der Kabine zurückgelassen, doch es kam ihr vor, als wären seitdem Stunden vergangen. Sie stand hinter einem gepolsterten Sessel und hatte ihre Finger in die Rückenlehne gegraben. Das grüne Seidenkleid lag noch auf der Lehne des gegenüberliegenden Sessels. Die Glasperlen, die das Dekolleté säumten, blitzten bedrohlich auf, wie die Augen einer Wildkatze in der Nacht. Ihre Knie wurden nur beim Gedanken an diesen fürchterlichen Befehl weich.

Ein lautes, dröhnendes Pfeifen ertönte, das ihr bis in Mark und Bein ging. Ein leichtes Vibrieren rollte über den Boden und hallte an den Wänden wider. Sie eilte zu dem offen stehenden Fenster. Langsam glitt die Welt vorbei. Am liebsten wäre sie mit Catherine an Deck gegangen und hätte ihrer Heimat Lebewohl gesagt. Würde sie England jemals wiedersehen?

Sie vergewisserte sich, dass sie allein war, und schloss die Kabine ab, ehe sie die Bänder ihrer Schürze löste. Die Knöpfe der Uniform sprangen fast wie von selbst auf und rasch schlüpfte sie heraus, um sich das Tageskleid der Miss überzustreifen. Catherine und sie hatten beinahe dieselbe

Größe. Den weichen Stoff nicht nur beim Bügeln zwischen den Fingern, sondern auf ihrer ganzen Haut zu spüren war seltsam. Irgendwie falsch. Sie nahm die Kopfbedeckung ab und legte sie ordentlich zu ihren restlichen Sachen.

Mister Gould würde sie sofort enttarnen, wie sollte es anders sein? Selbst in wunderschöne Kleider gehüllt war sie nur Josephine: Ein junges Mädchen aus einer ärmlichen Arbeiterfamilie.

Beim Einräumen der Kleider hatte Josephine festgestellt, dass Mister Gould schon in die Kabine eingezogen war. Seine Hemden und Hosen hingen gebügelt und ordentlich gefaltet im Schrank des mittleren Zimmers. Er bewies modisches Feingefühl. Josephine verstand ja nichts von diesen Dingen, doch sie erkannte den feinen Stoff zwischen ihren Fingern, aus dem seine Jacketts bestanden.

Ein letzter Blick in den Spiegel über dem Kamin, ehe sie sich aus der Kabine begab und den Weg zum Speisesaal der ersten Klasse suchte.

Catherine hatte von Josephine verlangt, zum geplanten Lunch mit Mister Gould zu erscheinen, während sie selbst am Bootsdeck die Sonne genießen und die Abfahrt mitansehen wollte. Kaum erreichte Josephine die große Eichenholztreppe war ihr bereits so unwohl, dass sie sich am liebsten in der Suite versteckt hätte, bis Catherine von ihrem Ausflug zurückkam.

Wenn Josephine allerdings die Zofe der Miss bleiben wollte, blieb ihr nichts anderes übrig, als ihren Befehlen Folge zu leisten. Den ganzen Weg über hielt sie den Kopf gesenkt, damit niemand erkannte, dass sie ein Dienstmädchen in den Kleidern ihrer Dame war. Jeder würde es ihr sofort ansehen und sie käme in große Schwierigkeiten.

Am D–Deck angekommen folgte sie den anderen Passagieren an Korbsesseln und Zimmerpalmen vorbei zum Speisesaal, an dessen Eingang ein Platzanweiser stand und die eintreffenden Gäste begrüßte. Josephine passierte ihn, als er das Wort an sie richtete. »Guten Tag, Madame. Kann ich Ihnen helfen, Ihren Tisch zu finden?«

Josephines Hände zitterten und ihr war unangenehm heiß, trotz des federleichten Kleides. Was würde geschehen, wenn das Bordpersonal herausfände, dass sie eigentlich nicht in diesem eleganten, großen Speisesaal sein dürfte? »Äh ja. Ich treffe mich hier mit Gou... äh ... Gould. Mister Matthew Gould.« Ihr Herz hämmerte immer heftiger gegen ihre Brust. Nicht mehr lange, dann würde es dem Käfig ihres Brustkorbes entfliehen und vor dem Steward auf den Boden kullern.

»Selbstverständlich. Bitte folgen Sie mir.«

Eine Welle der Erleichterung überrollte sie, als der Platzanweiser ihr den Rücken kehrte und in den Speisesaal voranging. Sie folgte dem Mann an den vielen Tischgarnituren vorbei. Während sie seine behandschuhten Finger betrachtete, verfluchte sie Catherine für ihren Hang zur Dramatik.

Miss Catherine war schon als Kind eigensinnig gewesen und hatte sich ständig gegen die Anweisungen des Butlers aufgelehnt. Wenn sie sich umziehen sollte, um rechtzeitig zum Dinner zu erscheinen, lief sie erst im strömenden Regen zu den Pferden. Triefnass kehrte sie zurück und setzte sich neben die Countess, die harschen Worte ihrer Mutter belächelnd.

Das bockige Verhalten der jungen Miss veränderte sich nach ihrem Debüt dramatisch. Von einem auf den anderen Tag benahm sie sich wie eine manierliche Dame. Warum sich Catherine so abrupt verändert hatte, wusste keiner. Je älter sie wurde, desto weniger brach ihre rebellische Seite durch, nur noch ab und an, wenn ihr Bruder sie zur Weißglut trieb.

Josephine hingegen hatte schnell verstanden, dass ihre Kindheit mit einem Schlag vorbei war, als sie ihre erste Stelle annahm, um die Familie zu unterstützen. Sie durfte sich ein Verhalten wie das von Catherine nie erlauben, auch wenn sie es sich oft wünschte.

Der Weg, den der Platzanweiser einschlug, führte Josephine an Dutzenden Tischen vorbei. Die Tischdecken waren penibel ausgelegt, jede Gabel im genau selben Abstand zueinander gedeckt. Wie sollte man sich während des Essens erheben und denselben Tisch bei der Rückkehr wiederfinden?

»Bitte.« Der Platzanweiser blieb abrupt stehen und zog den gepolsterten Stuhl heraus, ehe er sich mit einem Nicken und einem höflichen Lächeln verabschiedete.

Josephine hob ihren Blick vom Boden und zum ersten Mal erblickte sie ihn.

Matthew Charles Gould.

Der Name rollte ihr von der Zunge wie Butter von einem warmen Löffel. Er sah besser aus als auf dem Zeitungsdruck. Das Foto hatte weder seine Grübchen, die sich bildeten, wenn er lächelte, noch die verblassten Sommersprossen um seine Nase eingefangen.

Er erhob sich und deutete eine Verbeugung an. »Catherine. Es ist schön, Sie endlich kennenzulernen. Sie sehen …« Er räusperte sich und sein Lächeln wurde breiter. »Verzeihung, ich bin etwas nervös. Das Foto in der

Annonce wird Ihnen nicht gerecht. Aber durch diese Schwarzweiß–Bilder ist das meist so.« Er schnaufte und lächelte. »Entschuldigen Sie, ich wollte damit nur sagen, dass Sie noch hübscher sind, als ich erwartet hatte. Bitte, setzen Sie sich.«

Josephine hatte aufgehört zu atmen. Er deutete mit der Hand zu ihrem Stuhl und unbeholfen ließ sie sich darauf nieder. Ihre Zunge klebte an ihrem Gaumen, sie konnte nicht antworten. Allein die Tatsache, dass er sie mit Catherine verwechselte, war absurd! Josephine und Catherine hatten nur die dunklen Haare und die Augenfarbe gemein. Ansonsten hatten sie grundverschiedene Gesichter. Und Josephine besaß nichts von Catherines Anmut, mit der sie jeden Raum betrat.

»Es ist eine etwas ungewöhnliche Situation. Dort wo ich herkomme, lernt man die Frau kennen, bevor man sich mit ihr verlobt. Doch wer sagt, dass es so nicht besser ist?«

Die Hochzeit zwischen den Hardings und den Goulds war arrangiert, so viel hatte Josephine aus Catherines Hasstiraden über die Ungerechtigkeit des Lebens herausgehört. Die Welt, in die Catherine geboren wurde, ließ keinen Raum für die Wünsche von Frauen. Josephines Schicksal war zwar ähnlich, es waren aber doch zwei vollkommen verschiedene Dinge.

Josephine konnte nicht durch Heirat ihren Stand verbessern, aber welcher Arbeit sie nachging und wen sie heiratete, entschied sie allein.

Catherines Familie blickte auf einen alten und wohlhabenden Stammbaum zurück, aber wie der Butler stets zu sagen pflegte: *Noblesse oblige* – Adel verpflichtet. In dem Moment, in dem Catherine zum ersten Mal geatmet hatte, war ihr gesamtes Leben vorgegeben. Die Familie entschied, welche Ausbildung ihr zuteilwürde, mit welchen Töchtern der anderen Familien sie zur Teestunde zu erscheinen hatte und welchen Mann sie heiraten würde. Die Ehen in den adeligen Häusern waren häufig arrangiert und die Eheleute lernten sich oft erst vor dem Altar kennen.

Aber in den letzten Jahren veränderte sich die Welt. Ob zum Besseren konnte Josephine nicht sagen. Immer mehr Amerikaner heirateten nach England und zerstörten die althergebrachten Bräuche.

Sie blickte auf die cremefarbene Tischdecke, betrachtete die blauen Verzierungen auf den Tellern, nur damit sie Mister Gould nicht in die Augen schauen musste.

Sie waren grüner als eine taufrische Wiese. Schöner als in der Zeitung.

»Mister Gould, ich …«

»Nenn mich bitte Matthew«, unterbrach er sie sanft mit einem Lächeln.

»Nein, ich … Danke. Aber ich bin nicht Miss Catherine.«

Sein Blick wurde von einem Moment auf den anderen hart, sein Gesicht fror ein und er lehnte sich nach hinten, als müsse er Platz zwischen sich und Josephine bringen.

»Wie kann ich das verstehen?«

»Ich bin ihre Zofe.« Josephine hatte ihre Stimme gesenkt, sie wollte nicht, dass die Menschen um sie herum mitbekamen, wer sie wirklich war.

»Ich verstehe nicht ganz. Was machen Sie dann hier? Ist das ein Scherz? Wo ist Catherine?«

Er stützte sich mit einer Hand am Tisch ab und sah ihr in die Augen, als fände er dort die Antworten auf all seine Fragen.

Die Wahrheit konnte sie ihm kaum auftischen. Catherines genaue Worte waren nämlich gewesen: Dieser Taugenichts kann sich schwarzärgern, wenn ich nicht da bin, um sein Püppchen zu spielen.

Sie fand Catherines Reaktion unangebracht, schließlich konnte Mister Gould nichts dafür, dass ihr die Entscheidung aufgezwungen wurde. Selbst wenn sie es so gemeint hatte, würde Josephine Mister Gould damit nur unnötig kränken. Josephine musste es also gelingen, dass sie weder Mister Gould verletzte, noch Catherine in Schwierigkeiten brachte.

»Miss Harding schickt mich vor, damit ich ihr einen ersten Eindruck vermitteln kann. Sie ist schrecklich nervös und da sie mir vertraut, hielt sie es für das Beste, wenn …«

Ein trockenes Lachen unterbrach sie. »Dieses Biest!«

George Harding drängte sich in Josephines Blickfeld. »Matthew, verzeihen Sie die Spielchen meiner Schwester. Sie hat noch nicht gelernt, dass Erwachsene keine Zeit haben für ihr infantiles Einmaleins.«

George schnaubte, trat um den Tisch herum und reichte Matthew die Hand. »Lassen Sie uns auf diesen Schrecken was trinken. Bourbon?«

Er ließ Mister Gould nicht antworten, als er schon nach einem Kellner rief und zwei Doppelte ohne Eis bestellte.

Bevor er sich jedoch auf den freien Platz setzte, widmete er sich Josephine. Er packte sie grob am Arm, zog sie hoch und näherte sich ihrem Gesicht, damit sie jedes seiner Worte genauestens verstand. »Verschwinde! Wenn ich dich noch einmal allein in der ersten Klasse wiedertreffe, hole ich den Bootsmann und du verbringst die restliche Überfahrt im Arrest.«

Josephines Herzschlag setzte aus. Angst strömte ihr durch die Adern, ließ ihre Hände zittern und ihre Knie weich werden.

»Haben wir uns verstanden?«

Es bestand kein Zweifel daran, dass er seine gezischte Drohung wahr machen würde, wenn sich ihm die Gelegenheit bot. Sie nickte.

»Gut.« Er lockerte seine Finger.

Josephine riss sich von ihm los und eilte, ohne noch einmal zurückzublicken, aus dem Speisesaal.

9

CATHERINE

»Ich ersuche Sie dringlichst, dies zu unterlassen, Miss.«

Die Kammerzofe befand sich kniend zu Catherines Füßen. Ihre Finger krallten sich im Saum von Catherines Rock fest. Mit einem von Angst gezeichneten Blick und für Catherines Geschmack zu emotional, bat Josephine sie, George nicht weiter zu provozieren.

Catherine atmete tief ein und unterdrückte den Impuls, laut zu stöhnen. Josephine befand sich seit ihrer Rückkehr in die Kabine in einem Zustand der Panik, und Catherine war nicht imstande, sie zu beruhigen. Ihr Plan, der vielleicht als etwas leichtsinnig bezeichnet werden konnte, war nicht wie erhofft verlaufen und Josephine war besorgt, dass ihr mittäglicher Auftritt Konsequenzen nach sich ziehen könnte. Sie fürchtete sich vor George.

Catherine war sich der einschüchternden Wirkung von Georges Verhalten auf andere durchaus bewusst, jedoch fiel es ihr schwer, die Sorge ernsthaft zu teilen. Vielleicht hatte sie auch deshalb keine Angst, da sie seine Schwester war. Aber Hunde, die bellen, beißen bekanntlich nicht.

Bereits in seiner Kindheit zeigte George eine starke Neigung zu Impulsivität und Jähzorn. Da diese Eigenschaften in ihrem Elternhaus nicht toleriert wurden, lernte er, sein impulsives Verhalten zu unterdrücken. Catherine zeigte Verständnis für George, da auch von ihr erwartet wurde, sich stets angemessen zu verhalten und niemals ihren Unmut zu zeigen. Im Gegensatz zu ihr war George lediglich in der Lage, seine Emotionen bis zu einem gewissen Grad zu kontrollieren. Er konnte sich, anders als Catherine, eine gewisse Impulsivität jedoch auch leisten, schließlich war er ein Mann.

Ein energisches Klopfen unterbrach ihre Gedanken. Kopfschüttelnd ging sie zur Tür und öffnete sie. Sie erblickte lediglich einen Schatten, ehe sie sich in einer festen Umarmung wiederfand. Ein helles, glockenartiges Lachen drang an ihr Ohr und sie nahm den ihr vertrauten Geruch nach Rosenwasser wahr.

»Oh Chérie! Es ist mir eine außerordentliche Freude, dich endlich wiederzusehen. Es ist viel zu lange her!«

Die junge Frau löste sich von ihr und sie blickten einander an. Virginies rotblonde Haare waren zu einem kunstvollen Knoten hochgesteckt, ihre Wangen schimmerten rosafarben und … hatte sie an Gewicht verloren? Sie sah aus wie das blühende Leben selbst. Im Vergleich zum letzten Mal hatte Virginie noch an Schönheit gewonnen.

»Gott sei Dank, du bist endlich da!« Die Erleichterung in Catherines Stimme ließ keinen Zweifel daran, dass sie diesem Moment bereits lange entgegengefiebert hatte, doch bei Virginie musste sie sich nicht verstellen.

»Es war mir überaus wichtig, dich nicht allein nach Amerika reisen zu lassen. Jahrelang wäre ich gezwungen gewesen, mir anhören zu müssen, dass ich noch nicht mit der Titanic gereist war, während dies bei dir bereits der Fall gewesen ist.«

Virginie trat von ihr weg und musterte die Räumlichkeiten anerkennend. »Die Parlour Suite. Selbstredend würde eine Reise für dich keineswegs unterhalb deines gewohnten Standards stattfinden. Wie typisch für dich.« Sie schnaubte.

Catherine nahm ihrer Freundin den Ton nicht übel. Virginie zeichnete sich dadurch aus, dass sie eine größere Ehrlichkeit an den Tag legte, als ein Christ vor Gott.

»Wusstest du, dass die Suiten am B–Deck über ein privates Promenadendeck verfügen? Wie bedauerlich, dass es hier fehlt. Nun, man kann nicht alles haben, nicht wahr?« Virginie streifte sich den Mantel von den Schultern und reckte ihn mit einem pikierten Blick Josephine entgegen, welche sich umgehend vom Boden erhob und den Mantel an sich nahm.

Unter dem Mantel trug Virginie ein edles Kleid aus bestickter salbeigrüner Seide.

»Wieso bist du nicht schon eher gekommen? Wir hätten uns zusammen an Deck die Füße während der Abfahrt vertreten können.«

Sie hatte jede Minute dort oben genossen. Die Abfahrt war ein wahnsinniges Spektakel gewesen. Hunderte von Menschen standen an der Reling und winkten ihren Liebsten, die wiederum am Dock warteten. Catherine hatte sich unerkannt unter die Passagiere gemischt und hatte einen guten Ausblick auf das Desaster, das sich beinahe ereignet hätte, als die Titanic aus dem Dock lief.

Sie hatte gar nicht verstanden, was passiert war, so schnell war es geschehen, sie hörte nur das Schnalzen der Taue und plötzlich kam ihnen ein Schiff, das im Hafen angedockt war gefährlich nahe. Im Nachhinein hörte sie einen Passagier darüber sprechen, und es war wohl der gigantische Sog der Titanic gewesen, der die SS New York praktisch aus seiner Vertäuung riss.

Schlepper zogen die Schiffe wieder auseinander und die Titanic konnte unbeschädigt und mit nur einer halben Stunde Verspätung weiterfahren. Doch Catherine machte sich keine Sorgen um die Titanic. Ein so großes Schiff konnte unmöglich von der viel kleineren SS New York an ihrer Jungfernfahrt behindert werden.

»Wo wart ihr die ganze Zeit über?«, fragte Catherine. Sie betrachtete ihre Freundin, die wie ein Kunsthändler durch die Kabine stolzierte und jedes Möbelstück einer detaillierten Inspektion unterzog.

»Oh, wir sind soeben erst an Bord gekommen. Aufgrund geschäftlicher Verpflichtungen in Paris hat Larry die Entscheidung getroffen, die freien Tage vor dem Antritt der Reise an Bord für einen Aufenthalt an Frankreichs Küste zu nutzen.«

»Die französische Küste? Aber Virginie, wir sind doch noch niemals in Frankreich!«

»Liebes, hast du geschlafen? Sieh zum Fenster raus und du erblickst in unmittelbarer Nähe die Halbinsel Cotentin. Ein Tender hat uns vom Hafen zum Schiff übergesetzt. Ich sag dir, Larry hat sich aufgeführt! Mindestens fünfmal hat er mich heute darum gebeten, in Frankreich zu bleiben. Er wollte mit dem nächsten Schiff zurück nach London reisen und erst zu deiner Hochzeitsfeier nach Amerika kommen. Larry wurde wohl die ganze Nacht von Albträumen geplagt und hat nur wenig Schlaf gefunden.

Kannst du dir das vorstellen? Die Teilnahme an der legendären Jungfernfahrt wäre mir aufgrund der emotionalen Verfassung meines Ehegatten verwehrt geblieben. Ha! Lächerlich! Ich ging eigentlich davon aus, die Frau in dieser Ehe zu sein. Schienbar ist dem doch nicht so.« Sie lachte auf.

Catherine hatte die unbekümmerte Art von Virginie vermisst. Es war, als könne sie zum ersten Mal seit Jahren wieder uneingeschränkt atmen.

»Du, Dienstmädchen«, adressierte Virginie Josephine, »Hol ihr ein Kleid, passend fürs Dinner. Ich war noch nicht mal in der Kabine, sondern begab mich unverzüglich zur Auskunftsstelle, um für den heutigen Abend einen Tisch im À–la–carte–Restaurant für uns beide zu reservieren.«

»Und Lawrence?«

»Was weiß ich?! Bin ich seine Amme? Er soll sich zu deinem Bruder gesellen. Die Männer wollen uns doch sonst auch nicht dabei haben.«

Erneut lachend, schwebte sie durch die Suite, während sie sprach. »Es gibt eine Fülle von Neuigkeiten, die wir miteinander teilen können. Mir wurde zu Ohren gebracht, dass du einen begehrenswerten Junggesellen ehelichen wirst. Einen mit hübschem Gesicht … und noch viel hübscherer Brieftasche, heißt es. Es erstaunt mich, dass du es nicht für nötig hieltest, mich darüber in Kenntnis zu setzen. Ich musste es von Mary erfahren! Du kannst dir sicherlich vorstellen, wie hochnäsig sie mich wissen ließ, dass ich nicht über den neuesten Tratsch informiert war.«

»Verzeih mir Virginie, ich selbst bin erst seit kurzem über diese Angelegenheit im Bilde. Es ging alles so furchtbar schnell. Mutter konnte es wohl kaum erwarten, mich endlich zu verheiraten.«

»Ja, das kann ich mir denken, schließlich hängt euer Vermögen davon ab. Aber nachdem der Streik jetzt vorbei ist, sollten die Aktienkurse wohl wieder steigen.«

Josephine begab sich mit einem Kleid in der Hand aus dem angrenzenden Zimmer, um die Erlaubnis einzuholen, es zu bügeln.

»Wovon redest du?«

»Ich kann dir beim Abendessen in aller Ausführlichkeit Bericht erstatten.«

Catherine seufzte leise und warf einen Blick auf das Kleid in Josephines Händen. Es war seltsam – so viele Entscheidungen wurden über ihren Kopf hinweg getroffen, als wäre sie nur ein weiteres schönes Stück Stoff, das zurechtgelegt und in Form gebracht werden musste.

»Na gut«, sagte sie schließlich und nahm das Kleid entgegen.

Virginie lächelte zufrieden. »Beeil dich. Ich will schließlich nicht hungrig sterben.«

Mit einem letzten Blick auf ihre Freundin verschwand Catherine hinter den Paravent. Es sollte französische Haute Cuisine serviert werden, doch Catherine fürchtete, dass die Wahrheit, die auf den Tisch gebracht wurde, bitterer schmecken konnte, als erwartet.

10

MURDOCH

1912 | SOUTHAMPTON

»Alles in Ordnung, Murdoch?«

Die Stimme kam von der Seite, begleitet von gemessenen, sicheren Schritten. Wilde trat neben ihn, die Hände wie gewohnt auf dem Rücken verschränkt, das Kinn leicht angehoben. Die Kälte der Nacht schien ihm nichts auszumachen.

Murdoch sah ihn nur aus dem Augenwinkel an. »Natürlich, Sir.«

Wilde schnaubte leise. »Sir. Hätte nie gedacht, das noch einmal von dir zu hören, Will.« Er ließ seinen Blick kurz über das Deck schweifen, dann fügte er mit einem spöttischen Unterton hinzu: »Nun ja, Veränderungen gehören dazu. Manchmal fallen sie eben nicht zu unseren Gunsten aus. Ich hoffe, du findest dich damit ab.«

Murdoch presste die Lippen aufeinander. Er hätte viel darauf gegeben, Wilde eine passende Antwort zu geben – eine, die ihn genauso treffen würde, wie diese Worte es taten. Doch er wusste es besser. Ein Offizier bewahrte Haltung. Also nickte er nur knapp. »Selbstverständlich, Sir.«

Wilde musterte ihn einen Moment lang, als wolle er einschätzen, ob Murdoch es wirklich so meinte. Dann lächelte er schmal. »Nun, ich überlasse dir die Nachtwache. Lass mich wissen, falls etwas Ungewöhnliches passiert.«

Er verschwand in Richtung der Kapitänskajüte. Murdoch atmete tief durch und wandte sich wieder dem dunklen Horizont zu. Die Luft war schneidend kalt, der Wind trug die salzige Gischt des Meeres mit sich. Das war nicht das, was er sich vorgestellt hatte. Er hatte sich darauf gefreut, als Chief Officer der Titanic zu dienen. Er hatte es sich verdient.

»Ich nehme an, wir sollten dankbar sein, dass sie nicht auch noch die Schichten durcheinandergeworfen haben«, sagte Lightoller schließlich spöttisch, als er sich neben Murdoch stellte, »Immer wenn Wilde den Mund aufmacht, vergesse ich glatt meine Manieren.«

Murdoch verzog leicht die Lippen. Wenigstens das hatte man ihnen erspart. Die Schichten waren geblieben, wie sie waren – zu kompliziert wäre es gewesen, alles neu zu strukturieren. Auch seine Kabine hatte er behalten dürfen. Ein schwacher Trost.

»Wilde scheint sich gut eingelebt zu haben«, bemerkte Lightoller.

Murdoch zuckte kaum merklich mit den Schultern. »Er hat seine Erfahrungen auf der Olympic gemacht. Es überrascht mich nicht.«

Lightoller schnaubte. »Und doch hättest du es sein sollen, Will.«

Murdoch antwortete nicht sofort. Was hätte er auch sagen sollen? Dass es ihm immer noch in der Brust brannte? Dass er die Demütigung mit jedem Blick in Wildes Richtung erneut spürte? Nein. Das war nicht seine Art.

»Es ist, wie es ist«, sagte er schließlich.

Lightoller warf ihm einen prüfenden Blick zu. Dann schüttelte er den Kopf und richtete sich wieder auf. »Nun, das ändert nichts daran, dass du immer noch einer der besten Männer bist, die diese Flotte je gesehen hat.«

Murdoch ließ ein knappes Lächeln zu. »Danke, Lights. Aber jetzt sollten wir lieber sicherstellen, dass wir diesen Ruf auch aufrechterhalten.«

Lightoller lachte leise. »Aye, aye, Sir.«

Murdoch wandte den Blick wieder nach vorn. Die Titanic schnitt durch die Wellen, majestätisch und gewaltig.

In den Speisesälen hinter ihnen genossen die Passagiere ihr Abendessen. Die Damen in ihre schimmernden Kleider und die Herren in makellose Smokings gehüllt. Sie nippten an französischem Wein, ließen sich zartes Filet servieren, unterhielten sich über Politik und Geschäfte, lachten über belanglose Anekdoten. Hier draußen aber, in der kühlen Nachtluft, standen Männer wie er und Lightoller Wache, hielten das Schiff sicher, während unter ihnen Champagnerkorken knallten.

Murdoch atmete langsam aus. Er mochte seinen Rang verloren haben.

Aber seine Pflicht – die gehörte noch ihm. Und er würde sie mit derselben Sorgfalt ausführen wie immer.

Egal, was es ihn kostete.

11

CATHERINE

Keine volle Stunde später wurden Catherine und Virginie im noblen Restaurant vom prächtig gedeckten Tisch empfangen.

Bereits beim Betreten des Restaurants hatte Catherine vergessen, dass sie sich auf einem Schiff befand, sondern wähnte sich in der Nähe des Trafalgar Squares in London.

Die Wände waren aus hochwertigem Tafelholz, jeder Kerzenleuchter aus Messing handgefertigt und der Stuck an der Decke mit goldenen Borten verziert. Das Licht der Kronleuchter, welches in einem warmen Gelbton erstrahlte, war etwas gedimmt, sodass das Porzellanservice elegant schimmerte.

»Luigi Gattis Handschrift«, sagte Virginie, als sie an den prachtvollen Blumengestecken vorüber gingen.

Wann immer es ging, waren Catherine und Virginie nach London gereist, um in einem von Luigi Gattis Restaurants zu dinieren. Insbesondere das Oddenino wurde als das Beste in ganz England bezeichnet. In ihrer Erinnerung war die Begrüßung durch den kleinen Italiener mit Schnurrbart bei einigen ihrer Besuche präsent.

Sie mochte seine überdrehte, ganz typisch italienische Art. Außerdem war das Essen stets köstlich gewesen. Dass nun ebendieser Italiener das

À–la–carte–Restaurant auf der Titanic führte, war ein Luxus der besonderen Art.

An ihrem Nebentisch saßen Mister Guggenheim und Miss Aubart. Miss Aubart genoss in der Gesellschaft einen ausgezeichneten Ruf. Obwohl sie die Mätresse Guggenheims war, wurde sie trotzdem zu diversen Veranstaltungen mitgenommen. Der Grund für die freundliche Aufnahme Miss Aubarts unter den Damen lag unter anderem in Guggenheims Vermögen, sowie der Hoffnung, die eigenen Kinder mit seinen Kindern zu verheiraten.

Er stammte aus einer jüdischen Familie und zählte, dank des erfolgreichen Geschäfts im Bergbau, zu den vermögenderen Passagieren an Bord.

»Sie hatten alle recht. Es ist in der Tat bemerkenswert. Als säße man im Buckingham Palace und warte auf die Ankunft der Königsfamilie.« Virginies Augen glitzerten, während sie sich mit neugierigem Blick umsah.

In diesem Moment trat ein junger Kellner an den Tisch und nahm aufmerksam ihre Bestellung entgegen.

»Oh, und bitte eine Flasche Chardonnay«, fügte Virginie hinzu und beobachtete den jungen Kellner, wie er sich entfernte. Mit einem verträumten Augenaufschlag seufzte sie, »Italiener. Eindeutig. Hast du seinen Akzent vernommen?«

Virginie war in ihrem Leben auf die Sonnenseite gefallen. Ihr Ehemann entstammte einer angesehenen Familie und sie übte die alleinige Kontrolle über ihn aus. Lawrence war derart verliebt in seine Ehefrau, dass er ihr nahezu jede Verfehlung verzieh. In seiner unerschütterlichen Liebe zu ihr entschuldigte er ihr Verhalten stets mit der Begründung, dass sie eine Lebefrau war und er das Feuer in ihr, das sie ausmachte, nicht ersticken wollte. Wahrlich dachten nicht viele Männer so, wenn es um ihre Frauen ging. Die meisten Männer wünschten sich eine hübsche, gebildete, aber auch ruhige Frau, die selten den Mund aufmachte und mehr Zierde an des Mannes Arm war. In diesem Sinne hatte Catherines Mutter über die Jahre stets versucht, aus ihrer Tochter eine solche Frau zu machen.

Der Abend zog rasch an ihnen vorbei, begleitet von Lamm in Mintsoße und Petite Farcis. Sie unterhielten sich angeregt, äußerten sich mit verstreichender Zeit in einem immer derberen, vulgäreren Tonfall und konsumierten eine beträchtliche Menge an hochwertigem Wein. George würde mit Sicherheit rasen, wenn er wüsste, wie gut es sich Catherine hier gehen ließ, während er ein weiteres Mal allein mit Mister Gould am Tisch saß und ihn unterhalten durfte. Selbstverständlich würde sie sich dafür noch verantworten müssen, doch hier am Tisch mit ihrer besten Freundin sah sie diese Probleme weit in die Ferne rücken.

Mit fortschreitender Stunde schien sich Virginies Zunge zu lockern. Alkohol floss in rauen Mengen und selbst die Kellner schienen das Spektakel, das Virginie veranstaltete zu genießen und bedachten sie mit einem Schmunzeln, wann immer sie ihr ein neues Glas brachten.

Catherine beobachtete sie für einen Moment nachdenklich. Natürlich, Virginie trank oft, doch heute schien es anders. Nicht ausgelassen, nicht unbekümmert – sondern gezwungen. Fast so, als wollte sie etwas betäuben, ihre Probleme in die Ferne rücken. Sie überlegte kurz, ob sie Virginie darauf ansprechen sollte.

Doch noch bevor sie die richtigen Worte gefunden hatte, wurde der Nachtisch abgeräumt, und Virginie wandte sich mit einem strahlenden Lächeln dem Kellner zu.

»Sie sind ja ausgesprochen aufmerksam«, säuselte sie und ließ ihre Fingerspitzen flüchtig über seinen Handrücken streifen, als er ihren Teller nahm.

Der junge Mann errötete leicht, erwiderte jedoch charmant: »Eine Dame wie Sie verdient nur den besten Service, Signora.«

Catherine seufzte innerlich. Die Gelegenheit war verstrichen.

»Wir würden uns sehr verbunden fühlen, wenn Sie uns noch eine Flasche Champagner servieren würden. Den Besten den Sie haben, er darf ruhig teuer sein. Der Verlobte dieser reizenden Dame, Matthew Gould,, wird die Rechnung begleichen.«

Catherine quittierte Virginies Aussage mit einem überraschten Lachen.

»Was? Glaub mir, er verfügt über die finanziellen Mittel. Diese eine Flasche – und möge sie so kostspielig sein wie dieses gesamte Schiff – sind für ihn lediglich Peanuts.«

Bislang hatte sich Catherine noch keine Gedanken über den tatsächlichen Wert ihres zukünftigen Ehemannes gemacht. Das Geld, welches er in die Familie miteinbringen würde, würde Catherine nie zu Gesicht bekommen.

Bis auf das Geld, das Frauen für die Führung des Haushalts erhielten, hatten sie nie die Möglichkeit, sich mit den finanziellen Hintergründen vertraut zu machen.

»Virginie, kannst du mir jetzt endlich erklären, was genau dieser Streik mit … meiner Familie zu tun hat?« Catherine senkte die Stimme und schaute sich kurz um, um sicherzustellen, dass niemand am Nachbartisch ihre Worte hörte.

»Ach, der Streik, ja ...«, begann Virginie und schwenkte mit der Hand, als würde es sich um eine Kleinigkeit handeln, »Das ist wirklich nichts Besonderes. Die Arbeiter streiken, die Kohlepreise steigen, weil weniger Kohle verfügbar ist. Und nicht nur die Maschinen in den Fabriken benötigen Kohle, auch der Überseetransport hängt davon ab. Mit den gestiegenen Transportkosten können die Waren nicht mehr zu den gewohnten Preisen verkauft werden. Eure Fabrik hat darunter gelitten. Aber nun, da der Streik beendet ist, wird sich alles wieder normalisieren. Die Preise sollten wieder sinken und die Lage sich beruhigen.«

Catherine atmete erleichtert auf. »Also muss ich mir keine Sorgen machen?«

Virginie lächelte sanft und ergriff Catherines Hand, die sie drückte. »Nein, keine Sorgen mehr. Aber du weißt, das Leben kann immer wieder Überraschungen bereithalten. Und selbst wenn sich alles wieder zum Besseren wendet, kann es nicht schaden, einen reichen Mann an seiner Seite zu haben, der einen durch die Vergnügungen des Lebens trägt. Nicht wahr?«

Catherine starrte sie einen Moment lang an, dann zuckte sie mit den Schultern und versuchte sich an einem Lächeln, das nicht gespielt wirkte. »Ja, da hast du wohl recht, ein reicher Mann kann nicht schaden. Woher weißt du das alles?«

Virginie hob eine Augenbraue und schmunzelte dann. »Larry tätigt lukrative Geschäfte an der Börse. Er hat ein feines Gespür dafür, sich mit den richtigen Leuten einzulassen und bei den richtigen Geschäften zuzuschlagen. Vielleicht ist der wahre Schlüssel zum Wohlstand nicht nur die richtige Heirat, sondern auch ein geschicktes Handeln an der Börse.« Virginie erhob sich. »Aber, Gott, ihm stundenlang zuzuhören und so zu tun, als interessiere ich mich für das Geplapper über Zahlen und Geschäfte ... das ist wahrlich ermüdend.«

Catherine konnte sich ein kleines Lächeln nicht verkneifen, als Virginie den Blick auf den Kellner richtete, der mit einer Flasche an ihren Tisch trat. Der Kellner zog sich überrascht zurück, nachdem Virginie ihn bat, nicht die Gläser nachzufüllen, sondern lediglich die Flasche zu entkorken und sie ihr zu überreichen. Während sich Catherine erhob und Virginie aus dem Restaurant folgte, versuchte sie, ihre Gedanken zu ordnen und etwas klarer im Kopf zu werden. Für eine Frau war es schließlich gefährlich, in alkoholisiertem Zustand und ohne männliche Begleitung ein Restaurant zu verlassen.

Andererseits waren sie auf einem Schiff, was konnte schon groß passieren? Am Ende des Abends würden sie in ihre Kabine gehen und am darauffolgenden Morgen mit höllischen Kopfschmerzen aufwachen.

Virginie klammerte sich an die Flasche, als sei sie ihr Rettungsanker, während sie in den Lift stiegen und sich bis ganz nach oben bringen ließen.

Die kalte Nachtluft an Deck klatschte Catherine entgegen und ließ den Alkohol in die Beine sinken. Ein angenehmer Schleier legte sich über ihre Gedanken. In der Zwischenzeit hatte sich Virginie zu einer weniger damenhaften Version ihrer selbst gewandelt. Sie nahm den Flaschenhals in den Mund und trank aus der Flasche. In diesem Zustand der Euphorie kicherte sie und tanzte über das Deck wie ein Kind.

Catherines Kopf war so vernebelt, dass sie kaum ihre Füße im Griff hatte. Dennoch gab sie sich als gebildete Dame, während sie Virginie folgte. Mit jeder zurückgelegten Distanz schien es ihr zunehmend schwieriger zu werden, die Fassade aufrechtzuerhalten.

Als sie den vorderen Teil des Schiffes erreicht hatten, klammerte sich Virginie an die Reling und überblickte den Bug der Titanic. Catherines Schritte verlangsamten sich. Vor ihr breitete sich eine finstere Dunkelheit aus. Das Schiff bewegte sich unaufhaltsam durch das tiefe Wasser in Richtung Irland.

»Es ist wunderschön, nicht wahr?«, fragte Virginie, wobei sie beinahe die Flasche fallen gelassen hätte.

»Verzeihen Sie, die Damen. Es ist Passagieren nicht gestattet, sich hier vorne aufzuhalten.« Die tiefe Stimme, die wie aus dem Nichts zu kommen schien, drang Catherine bis ins Rückenmark und von dort breitete sich ein Schauer über ihren gesamten Körper aus. Als ein Mann aus dem Schatten der Kommandobrücke heraustrat, identifizierte Catherine die Offiziersmütze sowie die goldenen Streifen an seinen Mantelarmen. Die Hände des Mannes waren durch Handschuhe bedeckt und lagen vor dem Körper ineinander verschränkt. Sein Kinn war glatt rasiert, seine Wangen gerötet von der Kälte und seine Augen von einem intensiven Blau, das an das Meer erinne

12
MURDOCH

1912 | SOUTHAMPTON

Murdoch hatte nicht mehr damit gerechnet, dass an diesem Abend noch
etwas Außergewöhnliches passieren würde. Die Schicht auf der Offiziers-
brücke verlief ruhig, der Atlantik lag schwarz und endlos vor ihm. Nur
das leise Pfeifen des Windes und das gleichmäßige Dröhnen der Maschinen durchbrachen die Stille der Nacht.

Dann sah er sie.

Zwei Damen standen an der Reling nahe der Brücke, wo sie nichts zu
suchen hatten. Die eine stützte sich leicht mit den Händen auf das kalte
Metall, während die andere sich lachend zu ihr beugte. Ein Windstoß erfasste ihre Röcke, ließ Seide und Spitze flattern.

Murdoch zog die Stirn kraus. Das hier war nicht der richtige Ort für einen nächtlichen Spaziergang. Als seine Stimme die Stille durchbrach, drehten sie sich zu ihm um.

Für einen Moment vergaß er fast, was er hatte sagen wollen. Die junge
Frau, die vor ihm stand, war Anfang, höchstens Mitte zwanzig. Ihr aufge-
stecktes Haar war von der Brise in Unordnung gebracht worden, sodass
einige dunkle Locken ihr Gesicht umrahmten. Ihr Blick war aufmerksam,
fast herausfordernd, als würde sie jede seiner Bewegungen abwägen. Ihre
Wangen waren von der Meeresluft gerötet. Ihre Lippen öffneten sich leicht,

71

als wollte sie etwas sagen – dann hielt sie inne, während auch sie ihn zu betrachten schien.

Murdoch bemerkte die Eleganz ihrer Kleidung, edel, aber nicht prunkvoll, ein sicheres Zeichen, dass sie aus gutem Hause stammte. Doch es war ihre Ausstrahlung, die ihn innehalten ließ. Es lag etwas Lebendiges in ihr, etwas Ungezähmtes, als sei sie nicht nur eine Passagierin auf diesem gewaltigen Schiff, sondern eine Erscheinung, die sich nicht so einfach in eine Schublade stecken ließ.

Neben ihr stand die zweite junge Dame, ein starker Kontrast zu ihrer Begleiterin. Sie war blond, mit nahezu unnatürlich heller Haut, die im Licht der Sterne beinahe durchscheinend wirkte. Ihr Gesicht war schmal, feine Züge verliehen ihr eine zerbrechliche Anmut, doch ihr spitzbübisches Lächeln verriet, dass sie keineswegs so unschuldig war, wie sie auf den ersten Blick wirken mochte. Sie trat kichernd ein paar Schritte von der Reling zurück, ehe sie sich mit einem spitzen Aufschrei abwandte und die Treppe nach unten lief.

Murdoch blinzelte und wandte seinen Blick wieder der anderen zu. Er war hergekommen, um sie darauf hinzuweisen, dass sie hier nicht sein durften – doch stattdessen stand er nur da und betrachtete sie.

»Es tut mir leid. Es wird nicht wieder vorkommen«, sagte sie, ihre vollen Lippen zu einem verlegenen Lächeln verzogen.

Murdoch hatte schon unzählige Stimmen gehört – schrille, hastige, kühle, fordernde –, doch als sie sprach, war es, als würde ihre Stimme die Nacht durchschneiden, ohne sie zu stören. Warm, klar, mit einer leichten Tiefe, die ihn innehalten ließ. Nicht zu sanft, nicht zu laut, sondern genau richtig, als wüsste sie, dass Worte Gewicht hatten. Eine Stimme, die leicht über das Rauschen des Meeres trug, ohne sich aufzudrängen.

»Virginie weiß sich normalerweise zu benehmen …«, sagte sie, fing dann aber an zu lachen, wobei es mehr wie ein Gluckern klang, »Und das war dreist gelogen. Aber sie zeigt es nicht in der Öffentlichkeit.«

Murdoch ließ ihren Worten einen Moment nachklingen, während er sie weiter musterte. Die Art, wie ihre Lippen sich bei jedem Wort formten, wie ihr Blick seinen für einen Sekundenbruchteil suchte und dann doch wieder abschweifte, als könne sie ihn nicht ganz halten.

Sie war angeheitert.

Nicht lallend oder unkontrolliert, aber gerade so weit, dass die Grenzen zwischen gesittetem Anstand und ungezwungener Offenheit verschwammen. Für eine Dame, war das vielleicht bereits mehr, als gut für sie war. Doch es schien sie nicht zu stören – im Gegenteil. Sie sprach mit einer unbekümmerten Leichtigkeit, als genieße sie es, für einen Moment nicht den Erwartungen ihrer Gesellschaft zu entsprechen.

»Sie scheint mir lebensfroh«, erwiderte Murdoch schließlich, sein Lächeln wurde etwas breiter.

»Das ist sie auch. Ich wäre …«

Ein plötzlicher Aufschrei durchschnitt die Luft. Dann folgte ein ungehemmtes Lachen.

Murdoch sah, wie die Frau vor ihm herumfuhr, ihr Körper spannte sich an. Einen Augenblick lang zögerte sie, als ob sie sich entscheiden müsste, ob sie wirklich gehen sollte oder nicht.

Er würde es genießen, wenn sie noch länger bliebe. Das Gespräch fortsetzte, damit er ein wenig mehr von ihr erfahren konnte. Wie sie wohl hieß? Sie hatte bestimmt einen wohlklingenden Namen, nach einer Heldin aus einem alten Epos, dachte Murdoch. Ein Name, der geschmeidig über die Lippen glitt wie eine Melodie. Vielleicht etwas Französisches, Elegantes, das zu ihrer Erscheinung passte. Oder etwas klassisches. Sie könnte nach einer Göttin benannt sein, würdevoll und zeitlos.

Er merkte, dass er sich zu lange mit dieser Frage beschäftigte. Es war nur ein Name. Und doch wünschte er sich, er könnte sie einfach danach fragen.

»Verzeihung«, murmelte sie hastig, bevor sie die Treppe hinuntereilte.

Murdoch blieb zurück und beobachtete, wie sie in der Dunkelheit verschwand, ihre Silhouette sich langsam auflöste, als hätte die Nacht sie verschlungen. Was auch immer dort unten geschehen war – sie hatte nicht gezögert, ihrer Freundin beizustehen, ihre Entschlossenheit war spürbar gewesen. Das gefiel ihm. Diese unerschütterliche Loyalität. Es war eine Eigenschaft, die in einer Welt wie dieser selten war, wo oft nur das eigene Wohl zählte. Sie schien anders zu sein.

Kurz überkam ihn ein Hauch von Bedauern. Warum hatte er sie nicht doch nach ihrem Namen gefragt? Doch irgendetwas in ihm sagte ihm, dass er sie nicht zum letzten Mal gesehen hatte.

13

CATHERINE

Das Echo von Virginies Lachen hallte noch in der Luft, als Catherine sich über das Deck drängte. Einige Passagiere drehten sich neugierig nach ihr um, während sie an einem älteren Ehepaar vorbeihuschte und ihnen mit einem entschuldigenden Lächeln zunickte.

Erst als Virginie das Ende des Schiffs erreicht hatte, wo sie sich am Bug der Titanic befand, vor ihr nichts als das Meer, und sich an der Reling festklammerte, schien sie sich zu beruhigen. Sie hatte die Füße auf eine Erhöhung gestellt und blickte zu Catherine nach unten, während diese sich neben sie stellte und den Blick hinauf in die Sterne richtete.

»Du wirst morgen Kopfschmerzen haben«, bemerkte Catherine leise.

Virginie lachte trocken. »Möglich. Aber weißt du was? Manchmal ist ein Kater erträglicher als das, womit man sich sonst herumschlagen muss.«

Catherine musterte ihre Freundin nachdenklich. »Virginie, was ist los? Du hast heute mehr getrunken als an jedem anderen Abend, seit ich dich kenne. Hat Lawrence etwas getan?«

Virginie schnaubte und lehnte den Kopf gegen das kalte Metallgeländer. »Larry?« Sie schüttelte kaum merklich den Kopf. »Nein. Nicht direkt. Es ist eher …« Sie verstummte und nahm noch einen Schluck. »Ich habe etwas erfahren, das alles verändert.«

Catherine wartete, doch Virginie sprach nicht weiter. Ihr Blick war in der Ferne verloren, irgendwo zwischen den Sternen und der unergründlichen Schwärze des Ozeans.

»Etwas aus der Heimat?«, versuchte Catherine es erneut.

Virginie lachte leise, aber es war ein freudloses, müdes Lachen. Sie drehte die Flasche in ihrer Hand, betrachtete das schimmernde Glas, als könnte es ihr Antworten geben. »Weißt du, was das Schlimmste im Leben ist, Catherine?« Ihre Stimme war rau vom Alkohol. »Zu erfahren, dass man alles hätte haben können. Nur jetzt ist es zu spät.«

Catherine runzelte die Stirn. »Wovon redest du?«

»Von verpassten Chancen. Von Entscheidungen, die man nicht selbst getroffen hat. Und von dummen Gerüchten.«

Catherine erstarrte. Ein Prickeln lief ihr über die Haut, wie eine böse Vorahnung. »Gerüchte?«, fragte sie vorsichtig.

Virginie drehte die Flasche in ihren Händen, betrachtete sie, als könnte sie darin Antworten finden. »Stell dich nicht dumm. Ich weiß genau, dass du es auch weißt. Jeder wusste davon. Kannst du dir vorstellen, wie es ist, wenn ein einziger Satz, ausgesprochen im falschen Moment, das ganze Leben verändert?« Sie schnaubte leise. »Man hätte mich gesehen – allein mit einem Mann, ohne Anstandsdame. Mehr brauchte es nicht. Plötzlich war ich das Mädchen, deren Tugend in Frage stand. Und du weißt, was das für meinen Ruf bedeutete.«

Sie ließ ein leises, zynisches Lachen hören. »Ein Wort hier, eine kleine Geschichte da – und plötzlich bist du nicht mehr die Person, die du einmal warst. Dabei habe ich mich immer an die Regeln gehalten.«

Catherine spürte, wie ihr Herz schneller schlug.

Virginie zuckte die Schultern. »Mein Mann war vor kurzem bei einer Pokerrunde. Die Männer reden viel, wenn sie trinken. Weißt du, was er mir erzählt hat?« Sie schüttelte den Kopf, als könne sie es selbst kaum glauben. »Dass … dieser Mann … mich geliebt hat. Damals. Dass er mich wollte.« Virginie lachte bitter. »Er hat es nie gesagt. Nie gezeigt. Und warum? Weil er dieses verdammte Gerücht geglaubt hat.«

Catherine blinzelte. Ein Mann? Sie hatte nie bemerkt, dass Virginie damals für jemanden geschwärmt hatte. Wer konnte es gewesen sein? »Welcher Mann?«, fragte sie zögernd.

Virginie sah sie an, ihre Augen suchten Catherines Gesicht, als würde sie abwägen, ob sie es ihr sagen sollte. Einen Moment lang schien sie nahe daran, es auszusprechen – dann schüttelte sie den Kopf. »Das ist jetzt auch schon egal …«

Catherine wollte protestieren, insistieren, doch etwas in Virginies Miene hielt sie zurück. Da war Bitterkeit, ja, aber auch eine Müdigkeit, die tiefer ging.

»Er hat Abstand genommen, weil er dachte, ich sei nicht gut genug. Meine Eltern haben mich in diese Ehe gedrängt, weil sie annahmen, mein Ruf sei ruiniert. Und nun bin ich hier, die perfekte Ehefrau, das perfekte Vorzeigestück, ganz so, wie es sich gehört. Nun ja nicht ganz … Weißt du, mir ist bewusst, dass von mir erwartet wird, dass ich Kinder bekomme. Welche andere Option hätte ich denn, als diesen Schritt zu tun?«

Virginie ließ das Seil los, stürzte beim Heruntersteigen beinahe und nahm schließlich auf dem Boden Platz, den Rücken an ein gusseisernes Objekt gelehnt.

»Mutter drängt mich, Verantwortung über richtige menschliche Wesen zu übernehmen. Aber schau mich an. Ich sitze angetrunken auf dem Boden und habe ehrlich gesagt keine Ahnung, wie ich meine Kabine finden soll.« Sie lachte trocken auf und seufzte.

Der plötzliche Stimmungsumschwung Virginies beunruhigte Catherine. Sie hockte sich neben sie, wie es von einer guten Freundin in einer solchen Situation zu erwarten war.

»Dann bekomm noch keine. Es ist schließlich dein Leben und dein Körper«, äußerte Catherine. Gleichzeitig wusste sie aus eigener Erfahrung nur zu gut, wie herausfordernd es sein konnte, den eigenen Wünschen zu folgen.

»Ich bin sechsundzwanzig. Jünger werde ich bestimmt nicht mehr. Weißt du«, fing Virginie an und zog sich die Schuhe von den Füßen, während sie ein schrecklicher Schluckauf überfiel, »Manchmal denke ich, dass ich für ein derartiges Leben nicht geeignet bin. Ich will mich nicht zu einer dieser Frauen entwickeln, die sich dem Zustand der Verwahrlosung hingeben. Ständig schimpfen und unzufrieden sind … mit sich und ihrem Mann und dem Leben … und dabei ständig Karottenbrei im Haar haben, ohne sich dessen bewusst zu sein.«

Sie rutschte noch etwas tiefer, um eine möglichst bequeme Position einzunehmen. Sie schien die Kälte nicht mehr zu spüren. Virginie würde sich niemals mit Karottenbrei auseinandersetzen müssen. Ihr Vermögen ermöglichte es ihr, für die Betreuung ihrer Kinder auf eine Hausangestellte oder Ammen zurückzugreifen. So konnte sie sich auf die Rolle der liebevollen Mutter und Ehefrau konzentrieren.

»Ich verspreche dir, dass ich dich aus deiner trostlosen Lage befreien werde, sobald du zu einer solchen Frau geworden bist. Ich werde dich nach Frankreich entführen! Dort sind die Frauen deutlich freizügiger.«

»Nicht jede von uns hat das Privileg, nach den eigenen Regeln zu spielen … Dieses trostlose Dasein erwartet dich auch, Catherine.«

Catherines Herz setzte für einen Moment aus. »Nein. Das lasse ich nicht zu.«

Virginie lachte auf. »Als könntest du dich diesem Schicksal entziehen. Ihr mögt vermögend sein, aber so vermögend nun auch wieder nicht.«

Innerlich war sich Catherine bewusst, dass sie keinen wirklichen Einfluss auf die Gestaltung ihres Lebens hatte und dass ihre bevorstehende Entwicklung eine ähnliche sein würde. Als keine Reaktion ihrer Freundin erfolgte, warf sie ihr einen Blick zu, um festzustellen, ob sie noch bei Bewusstsein war. Virginie hatte die Augen geschlossen und gab, wenn man genau hinhorchte, leise Schnarchgeräusche von sich.

Catherine atmete tief durch und blickte für einige Augenblicke in die Sterne. Es war so unglaublich ruhig. Sie lauschte lediglich dem Rauschen des Wassers, welches an das Schiff schwappte, sowie dem monotonen, leisen Surren der Maschinen, welche das Schiff in seiner glanzvollen Pracht durch die gewaltigen Massen des eiskalten Atlantiks manövrierten. Sie könnte durchaus noch länger so dasitzen und die Stille genießen, doch allmählich drang die Kälte durch den dünnen Stoff des Kleides.

»Virginie, wach auf. Wir müssen uns auf den Rückweg begeben.«

Doch Virginie schlief tief und fest, auch mehrmaliges Stupsen und Ziehen half nicht. Nicht mal als Catherine ihr die Nase zu hielt, reagierte sie darauf. Der Kiefer von Virginie sackte nur leicht nach unten, während das Schnarchen lauter wurde.

»Wir erfrieren, wenn wir hier sitzen bleiben.«

Es war ihr nicht möglich, Virginie zu tragen, da sie beim Versuch, die erste Treppe zu überwinden, scheitern und gemeinsam mit ihr hinunterfallen würde. Sie hier zu lassen war keine Option, folglich blieb nur die Möglichkeit, Hilfe zu holen. Es schien jedoch, als sei keine Menschenseele mehr unterwegs. Nicht einmal einen Seemann entdeckte sie, also lief sie wieder zurück zur Brücke des Schiffes, wo sie als letztes menschliches Leben gesehen hatte.

Es befand sich nur der Steuermann wachsam am Steuer, ansonsten war auch die Brücke leer.

»Verzeihen Sie bitte, darf ich Sie fragen, ob Sie mir weiterhelfen können? Meine Freundin ist dort unten eingeschlafen und ich kann sie nicht tragen. Sie können kaum das Schiffsruder verlassen, um mir zu helfen, aber vielleicht könnten Sie mir sagen ...«

»Lass nur Dan, ich mach das schon«, sagte der Offizier von vorhin, der plötzlich aus der Dunkelheit in das beleuchtete Ruderhaus trat. Erneut war es ihm gelungen, sich vor ihrem Blick zu verbergen. Hatte er beobachtet, wie Catherine die Treppe nach oben gelaufen war?

»Wo befindet sich Ihre Begleiterin?«

Ungewohnt zurückhaltend brachte Catherine ihn zu der Stelle. Es wollte ihr nicht gelingen, auch nur ein Wort, geschweige denn einen zusammenhängenden Satz, zu formulieren. Mit Leichtigkeit hob der Offizier Virginie hoch, als sie sie erreicht hatten. Catherine nahm die zurückgebliebene Handtasche, die Schuhe sowie die nunmehr leere Flasche an sich und folgte dem Offizier.

»Wohin, Miss?«, fragte er, als sie die Tür zur ersten Klasse erreicht hatten.

»Äh, einen Moment bitte.« Sie öffnete Virginies Handtasche und hoffte, darin einen Hinweis auf die Lage ihrer Kabine zu finden. Im schlimmsten Fall bestünde noch immer die Möglichkeit, sich an die Auskunftsstelle zu wenden. »Oh, hier! B88–92.«

Der Offizier nickte und ging trittsicher voran, als wüsste er um den genauen Standort jeder einzelnen Kabine auf dem Schiff. Auf dem Weg zur Kabine sprachen sie kein Wort. Glücklicherweise war es bereits spät, sodass sich nur noch wenige Passagiere in den Gängen befanden. Hätte man sie zu dieser Uhrzeit in diesem Zustand angetroffen, wäre zweifelsohne ein Eklat die Folge gewesen.

Während sie dem Offizier durch die Gänge folgte, kam sie nicht umhin, seine breiten Schultern zu betrachten, und wie hervorragend sich die Uniform an seinen Körper schmiegte. Was dieser respektable Offizier nun von ihr und Virginie dachte, wollte sie sich gar nicht ausmalen. Sie verhielten sich wie ungezogene Gören, dabei sollten sie es besser wissen. Mit einem leisen Seufzen versuchte sie, ihre Gedanken zu ordnen, während sie weiterging, doch der Blick auf den Offizier und die Scham über ihr Verhalten ließen ihr Herz schneller schlagen.

14

MURDOCH

1912 | SOUTHAMPTON

Als sie die Kabine erreicht hatten, klopfte die junge Frau an die Tür. Sie öffnete sich sofort, und vor ihnen stand eine kleine, zierliche Frau in Diensttracht, die ihren Blick zuerst auf Murdoch richtete, dann sofort auf das Bündel in seinen Armen. Eine tiefe Besorgnis schlich sich in ihre Augen. »Oh Gott! Madame! Was ist mit ihr geschehen?«

Murdoch versuchte, seine Stimme ruhig zu halten, obwohl ihm die Situation alles andere als leicht fiel. »Es besteht kein Anlass zur Sorge. Sie hat nur zu viel getrunken. Bringen Sie sie ins Bett und achten Sie darauf, dass sie ausreichend Wasser zu sich nimmt, wenn sie nochmal aufwacht.«

Er trat in die Kabine ein und legte Virginie vorsichtig auf das Bett. Das Dienstmädchen nickte verunsichert und begab sich umgehend zum Wasserhahn, um ein Glas Wasser zu holen. Währenddessen legte die Freundin die Schuhe und die Tasche auf einen Sessel, nahm die Flasche jedoch mit. Es sollte wohl niemand denken, Virginie hätte die ganze Flasche Champagner allein getrunken, obwohl es ihrem Zustand nach zu urteilen genauso gewesen war.

Als die Tür hinter ihnen wieder ins Schloss fiel, standen sie im hell erleuchteten Gang. Murdoch sah sie an. Sie blieb unschlüssig stehen, den Blick auf den Boden gerichtet, unfähig, ihn zu heben. Die Etikette verbot es ihr, alleine mit einem Mann zu sein, der nicht zu ihrem Haushalt gehörte, das wusste Murdoch.

Von Kindesbeinen an hatte man ihr beigebracht, dass sie zu schwach sei, um sich vor einem Mann zu schützen, dass ihre Unversehrtheit ihr einziges wertvolles Gut war. Wenn sie es verlieren würde, wäre sie nichts mehr wert. So zumindest hatte man es damals seiner Schwester erklärt und er glaubte nicht, dass es bei Frauen aus besseren Kreisen anders gewesen war.

Sollte er sich entfernen? Sie alleine lassen? Das kam ihm auch falsch vor. »Nun, wo darf ich Sie hinbringen?«

Zurückhaltend blickte sie zu ihm auf. Ein leichtes Lächeln umspielte seine Lippen und er vernahm ein seltsames Ziehen in seiner Magengegend.

»Ich werde wohl auch in meine Kabine zurückkehren«, antwortete sie und erwiderte sein Lächeln, »Sie befindet sich auf dem C–Deck, sodass es für Sie nur ein Umweg wäre.«

»Es macht mir nichts aus. Meine Schicht ist bereits zu Ende.« Er entledigte sich des Handschuhs und griff in die Innentasche des Mantels, um eine Taschenuhr hervorzuholen. »Seit exakt sechs Minuten.« Er verstaute die Uhr wieder in der Manteltasche und wartete. Sie sollte entscheiden dürfen, ob sie begleitet werden wollte.

»Mein Name ist übrigens Catherine Harding«, sagte sie, als sie die ersten Schritte machte, »Ich hätte mich schon viel eher vorstellen sollen. In dieser ungewöhnlichen Situation habe ich wohl meine Manieren außer Acht gelassen.«

Endlich wusste er ihren Namen. Catherine Harding. Es klang elegant und fest, ein Name, der sich ebenso sicher und unaufdringlich in den Raum legte wie die Frau selbst. In all den Jahren seines Dienstes hatte er unzählige Frauen getroffen, doch bei ihr war es anders. Ihre Präsenz war keine von denen, die sich durch das bloße Auftreten aufdrängte; sie war subtil, aber fesselnd. Ihr Name schien ebenso in diese Seltsamkeit zu passen – nicht übermäßig auffällig, aber dennoch nicht zu übersehen. Er fragte sich, wie viel mehr er von ihr erfahren könnte, wie viele Schichten hinter dieser ruhigen Fassade verborgen lagen.

Sie sah ihn einen Moment abwartend an, doch bevor er zu begreifen verstand, dass er sich ebenfalls hätte vorstellen sollen, sprach sie weiter. »Darf ich erfragen, wem ich diese Rettung in höchster Not zu verdanken habe? Ich würde gerne ein gutes Wort beim Kapitän für Sie einlegen.«

»William Murdoch. Chie–« Er räusperte sich. »Erster Offizier.«

Für einen Moment spürte er ihren Blick auf sich, abwartend, prüfend. Ihre Augen, die ihm fast wie ein Rätsel erschienen, schienen einen Moment lang eine seltsame Wehmut in ihm zu erahnen. Doch dieser Blick verflog ebenso schnell, wie er gekommen war. Murdoch atmete tief durch, versuchte, die flüchtige Regung in seinem Inneren zu ordnen, die der Kontakt mit ihr ausgelöst hatte. Sie hatte ihren Blick auf ihn gerichtet, und in ihrer Miene lag eine neue Erkenntnis, als sie plötzlich begriff, wer er war.

»Oh Gott. Sie hatten heute Abend sicher Wichtigeres zu tun, als Virginie durch das Schiff zu tragen.«

»Was für ein Offizier wäre ich, wenn ich Ihnen nicht geholfen hätte? Ich habe es gerne getan.«

Sie betrachtete ihn von der Seite und lächelte. »Ich will mir gar nicht vorstellen, was Sie nun von mir denken. Ich trinke normal nicht viel. Wirklich! Es ist nur …«

Sie hielt inne und schwieg, und in diesem Moment schien ihre Unsicherheit und ihre Verletzlichkeit greifbar zu sein. Murdoch spürte, wie sich der Raum zwischen ihnen für einen Augenblick füllte, doch er wusste, dass er nichts weiter tun konnte. Nachdem sie die Tür zur Kabine erreicht hatte, drehte sie sich zu ihm und zwang sich zu einem müden Lächeln. »Ich weiß gar nicht, wie ich mich für Ihre Hilfe erkenntlich zeigen kann.«

»Das müssen Sie nicht. Wie gesagt: Ich tat es gerne.« Als er lächelte, merkte er, wie dieses Lächeln seine Augen erreichte – ein Moment der Offenheit, den er sonst selten zuließ. Ihre Reaktion darauf ließ etwas in ihm aufsteigen, ein flüchtiges Gefühl, das er sich nicht sofort erklären konnte. Ihr Blick schien ihn zu messen, und für einen Augenblick war er sich unsicher, ob er sich über dieses Gefühl freuen oder es lieber abwenden sollte. Er musste es beiseiteschieben, aber der Gedanke blieb wie ein Schatten in seinem Hinterkopf. Sie schien plötzlich in Gedanken versunken zu sein, und er fragte sich, ob sie sich ebenfalls fragte, warum er ihr überhaupt geholfen hatte.

»Nun denn. Ich wünsche Ihnen eine gute Nacht, Miss Harding.« Die Worte verließen seine Lippen mit einer Höflichkeit, die in dieser Situation beinahe automatisch kam.

»Gute Nacht, Mister Murdoch.« Sie nickte knapp, trat in ihre Kabine und schloss die Tür hinter sich.

Murdoch verharrte noch einen Augenblick vor der Tür, der schwach erleuchtete Gang des Schiffes schien vor seinen Augen zu verschwimmen. Dann drehte er sich um und ging zurück nach oben. Als er die Brücke erreichte, hatte Lightoller bereits seinen Posten bezogen und blickte auf die See. In einer Hand hielt er eine Tasse Tee. Das schwache Licht im Steuerhaus warf matte Reflexionen auf seine Uniform, während das stetige Dröhnen der Maschinen tief unter ihnen den Takt der Nacht bestimmte.

»Da bist du ja endlich. Wo warst du? Ich dachte schon, du willst die Brücke heute ganz für dich allein und dann bist du nirgends zu finden!«

»Gott, bitte nimm sie. Ich will nur noch ins Bett.«

»So schlimm?« Lightoller drehte sich grinsend zu ihm um.

»Langer Tag«, brummte Murdoch. Er war schon gute achtzehn Stunden auf den Beinen, was zwar bei einem Tag wie dem Heutigen zu erwarten war, trotzdem sehnte er sich danach, seine Beine hochzulegen und die Augen zu schließen.

»Du glaubst mir nicht, was passiert ist, Lights.«

»Oh doch. Dany hat es mir vorhin erzählt. Murdoch, der Frauenheld. Gleich zwei Frauen, die ihn zum Ritter in glänzender Rüstung erklären.«

Lightollers Lächeln wurde breiter, während Murdoch die Situation zunehmend unangenehm wurde. »Ich hoffe, du verliebst dich nicht schon wieder so schnell.«

»Was soll das bitte heißen?«, fragte Murdoch etwas zu schroff.

Lightoller schwenkte die Tasse spielerisch in seiner Hand. »Die Letzte, der du geholfen hast, hast du geheiratet.« Lightoller wackelte mit den Augenbrauen.

Murdoch schüttelte belustigt den Kopf. »Mach deine Arbeit, Lights.«

»Wann stellst du sie uns vor? Dany meinte, sie wäre bildhübsch. Eure Kinder werden gewiss wunderschön.«

Murdoch hörte nicht mehr hin. Wenn Lights sich auf seine Kosten amüsieren wollte, sollte er es tun, er würde nicht darauf eingehen. Aber ja, sie war wunderschön, das musste er wohl zugeben.

»Herrgott nochmal Lights! Sie ist doch nur eine Frau«, antwortete er und verfluchte seinen Freund, dass er ihm diese Flausen in den Kopf setzen wollte. Lights lachte und der Steuermann stimmte in das Gelächter mit ein.

Murdoch verdrehte die Augen und verließ kopfschüttelnd die Brücke. Als er endlich seine Kabine erreichte, ließ er die Tür leise hinter sich zufallen, zog sich rasch aus und ließ sich ins Bett sinken.

Die Matratze war hart, das stetige Summen der Maschinen vibrierte sanft durch das Metallgehäuse der Wände – ein vertrautes Geräusch, das ihn sonst mühelos in den Schlaf begleitete. Doch in dieser Nacht fand er keine Ruhe. Er drehte sich auf die Seite, dann auf den Rücken, starrte die dunkle Decke an. Die Müdigkeit lag schwer auf ihm, aber sein Geist weigerte sich, nachzugeben. Immer wieder kehrte sein Denken zurück zu einer bestimmten Szene, zu einer bestimmten Frau.

Wenn sie doch nur irgendeine Frau war – warum zum Teufel ging sie ihm dann nicht mehr aus dem Kopf?

15

JOSEPHINE

1912 | APRIL 11

Das energische Klopfen an der Kabinentür riss Josephine aus ihrem tiefen Schlaf. Als sie ihre Augen öffnete, war ihr zunächst nicht bewusst, wo sie sich befand. In ihrer kleinen Kabine vor ihrem Bett stand eine Frau mit gelockten blonden Haaren. Sie hatte Josephine den Rücken zugedreht und knöpfte sich ihr Kleid am Nacken zu.

Langsam sickerten die Erinnerungen in ihr Bewusstsein. Josephine hatte sie am Vorabend kennengelernt, nachdem sie sich nach einem langen Tag schließlich in ihre Kabine begeben hatte. Clara war ein Dienstmädchen, das mit ihren Herrschaften nach einer ausgedehnten Europareise nach Amerika zurückkehrte.

Schon nach wenigen Worten verstanden sich die zwei Frauen so gut, als würden sie einander schon jahrelang kennen und scherzten die halbe Nacht im Dunkeln und erzählten sich Geschichten.

»Wie spät ist es?«, fragte Josephine, während sie sich erhob und sich das Gesicht am Waschbecken wusch, welches sich neben dem Bett an der Wand befand.

»Halb acht. Beeil dich. Um acht gibt es Frühstück.«

Frisch angezogen und gekämmt verließen sie zusammen die Kabine. Der Korridor war gut besucht. Die meisten Dienstmädchen befanden sich, ebenso wie sie, auf dem Weg zum Speisezimmer. Nach einem ausgiebigen Frühstück, welches durch angeregte Konversation bereichert wurde, unternahmen sie noch einen Spaziergang auf dem offenen Deck.

»Was für ein herrlicher Tag! Wann musst du zu den Herrschaften?«

»Noch nicht so bald. Miss Harding schläft meist lange.«

»So ein Leben hätte ich auch gern«, sagte Clara seufzend und führte sie über die Promenade und durch eine Tür am hinteren Teil des Schiffes. In einer gut versteckten Nische befand sich ein großer offener Raum, in dem sich eine Vielzahl von Menschen aufhielt. Einige Personen saßen an langen Tischen und spielten Karten, wobei sie sich angeregt unterhielten und Bier aus großen Tonkrügen tranken.

»Wo sind wir hier?«

»Wir sind im Aufenthaltsraum der dritten Klasse. Die zweite Klasse ist zwar vornehmer, aber hier ist es viel lustiger. Mein Mann reist in der dritten Klasse. Er ist der Chauffeur der Herrschaften.«

»Oh. Und wie findet er es?«

»Besser als das Häuschen, das wir in Denver haben.«

Sie lächelte und wurde daraufhin von einem gut gebauten Mann mit blonden Haaren in die Arme gezogen.

Josephine blickte sich um. Das durch die großflächigen Fenster einfallende Tageslicht, sowie das in der Luft liegende Kinderlachen, verliehen dem Raum eine Atmosphäre, die ein unmittelbares Wohlbefinden in ihr auslöste. Obwohl die Einrichtung hier sehr viel einfacher gehalten war, als in der zweiten oder gar ersten Klasse, trotzdem oder gerade deswegen, wirkte es viel einladender auf sie. Es wirkte mehr wie … zuhause.

»Josephine?«

Sie wandte sich nach der Stimme um, die ihren Namen durch den Raum geschrien hatte. Aus der Menschenmenge trat Alfred und winkte ihr zu. Er war ein Bekannter von Josef und hatte, wie dieser berichtete, eine Anstellung an Bord erhalten.

»Alfred! Wie schön dich zu sehen. Ich dachte, du arbeitest auf dem Schiff? Was du hier tust, sieht nicht nach Arbeit aus.«

Ihre selbstbewusste Art wurde von Alfred stets wohlwollend aufgenommen und auch dieses Mal konnte er sich ein Schmunzeln nicht verkneifen. »He! Meine Schicht beginnt erst am Abend. Bis dahin habe ich noch jede Menge Zeit Karten zu spielen, zu rauchen und mir den Bauch vollzuschlagen. Und mit hübschen Frauen wie dir zu reden.«

Er ergriff ihre Hand und führte sie zu dem Tisch, an dem er sich gerade mit anderen Personen zu einer Spielrunde zusammengefunden hatte. Zu Josephines Missfallen befand sich auch Josef in der Runde. Sein Blick war nach unten gerichtet und er studierte eingehend seine Karten.

»Du hast schlechte Karten.« Alfred lachte laut auf, als Josef genervt die Karten auf den Tisch knallte. Josephine nahm auf der hölzernen Bank neben Alfred Platz.

»Wie ist es da oben? Wir Arbeiterbienchen dürften eigentlich nicht mal hier in der dritten Klasse sein, aber du hast doch bestimmt schon alles gesehen?«

»Es ist unglaublich. Alles ist neu und wunderschön. Als wäre man in einem Traum.«

»Albtraum trifft es wohl eher«, murmelte Josef. Josephine erstarrte. Alfred hingegen ignorierte seinen Freund bewusst. Es war weder die Zeit noch der Ort, um diesen Streit auszutragen, das wusste sie auch.

»Du solltest morgen Abend herkommen, Josie. Wir haben Frühschicht und werden den ganzen Abend hier sein.«

»Oh, ich weiß nicht.«

»Doch sicher musst du kommen. Wir werden Bier trinken und tanzen. Einige Passagiere haben ihre Instrumente mit und spielen richtig gut. Nicht wahr, Josef?«

Josephine bemerkte, dass Josef den Kopf hob und sie zum ersten Mal wirklich ansah. Er gab eine rüde Äußerung von sich und zuckte schließlich mit den Schultern. Der freundliche Josef, der stets ein Lächeln im Gesicht trug, behandelte sie, als wäre sie ihm völlig egal.

»Ich geh an die frische Luft rauchen. Wer kommt mit?«

Alfred hatte sich bereits erhoben, holte eine Zigarette aus seiner Jackentasche und steckte sie hinter sein Ohr. Er wartete ihre Antwort nicht ab, sondern verließ den Tisch.

Somit waren Josephine und Josef allein. Einen Moment lang schwiegen sie sich an, bis es ihr unerträglich wurde. »Ich sollte wieder nach oben. Catherine wacht sicher bald auf.« Josephine erhob sich, stieg mit einem Bein über die Holzbank hinweg und wandte dem Tisch gerade den Rücken zu, als sie Josefs Stimme vernahm.

»Warum?«

»Warum was? Warum sie aufwacht?«

Verwirrt blickte sie zu Josef, der die Augen verdrehte, die Augenbrauen tiefer zog und schnaubte. »Warum hast du das getan? Gibt es einen anderen?«

»Nein!«

Die Möglichkeit, dass sie einem anderen Mann Avancen gemacht haben könnte, war absurd. Allerdings konnte sie seine Besorgnis sehr gut nachvollziehen. Es war zu erwarten, dass er sich Gedanken machen würde, wenn sie ihm die Wahrheit verschwieg.

Würde sie ihn jedoch in ihre Pläne einweihen, bestünde die Möglichkeit, dass er bei seiner Rückkehr nach Southampton zu ihren Eltern laufen und ihnen alles brühwarm erzählen könnte. Aber irgendwann mussten sie es herausfinden, was machten da schon ein paar Tage mehr oder weniger aus.

»Ich komme nicht mehr zurück. Ich begleite Miss Catherine nach Amerika. Sie benötigt eine Person, die mit ihr vor Ort lebt und sich um sie kümmert.«

Sein Blick war auf sie gerichtet und wirkte konzentriert. Keine Gefühlsregung konnte sie aus seinem Gesicht ablesen.

»Als sie mir die Stelle anboten, gab es keine andere Möglichkeit für mich, als sie anzunehmen. Was hätte ich sonst tun sollen?«

»Du hättest es mir sagen sollen, Josephine. Ich wäre, ohne zu zögern, mit dir gekommen.«

In seinen Augen spiegelte sich Entschlossenheit wider. Obwohl seine Worte ihr schmeichelten, offenbarte sich, dass er keine Sekunde an die Konsequenzen verschwendet hatte.

»Und deine Geschwister? Sie sind auf dich angewiesen.«

»Es wäre nicht einfach gewesen, da gebe ich dir recht. Aber ich liebe dich, Josephine, ich wäre dir bis ans Ende der Welt gefolgt!«

Er setzte seinen Krug an, trank ihn in einem Zug leer, knallte ihn wütend auf den Tisch und verließ zügig den Aufenthaltsraum. Josephine seufzte frustriert auf. Ihr war vollkommen bewusst, dass einige der Frauen sie neugierig beobachteten und hinter vorgehaltener Hand über sie tratschten.

Ganz bei Trost war sie wirklich nicht. Sie hatte die Möglichkeit einer Ehe mit einem tüchtigen Mann ausgeschlagen, der ihr die Chance auf die Gründung einer Familie geboten hätte. Doch war es das, was sie wirklich wollte?

Den ganzen Weg in die erste Klasse dachte sie über das Für und Wider ihrer Entscheidung nach. Sie war sich doch sicher gewesen, dass ihre Entscheidung die richtige war, warum zweifelte sie nun daran? In tiefen Gedanken versunken, bog sie um die Ecke. Als sie das Treppenhaus passierte, erblickte sie den Passagier leider zu spät, sodass sie nicht mehr rechtzeitig abbremsen konnte und geradewegs in ihn lief.

»Oh Gott! Bitte verzeihen Sie! Ich habe Sie nicht gesehen.«

Der Herr zupfte sein Jackett zurecht und lächelte sie mit freundlichem Ausdruck an. Ihr Herz rutschte ihr in das Mieder. Sie war gegen Mister Gould gelaufen. Ausgerechnet er!

»Es besteht kein Anlass zur Sorge, Miss. Es ist nichts geschehen. Moment … Ich glaube, ich habe das Vergnügen, Sie bereits zu kennen!«

Er blickte sie forsch an und betrachtete ihr Gesicht. Josephine erstarrte unter seinem Blick. Sie war noch nicht bereit ihm für den Lunch am vorigen Tag Rede und Antwort zu stehen.

»Sie sind doch Catherines Kammerzofe. Wie war der Name noch mal?«

»Josephine Patterson, Sir.« Ihre Stimme zitterte wie Espenlaub. Sein Lächeln hingegen wurde breiter und Grübchen bildeten sich an seinen Wangen.

»Gut, dass ich Sie hier antreffe. Ich bitte Sie, Catherine mitzuteilen, dass ich noch einige Angelegenheiten zu erledigen habe, jedoch im Anschluss gerne mit ihr frühstücken würde. Das Frühstück wird im Kaminzimmer serviert. Ist es Ihnen möglich, die entsprechenden Vorbereitungen zu treffen?«

Josephine nickte und Mister Gould entfernte sich mit einem letzten Lächeln. Er schien nicht wütend zu sein wegen der Geschehnisse am Vortag. Josephine fragte sich jedoch, ob er die Situation mit Humor nahm oder ob er lediglich den geeigneten Zeitpunkt abwartete, um seinem Unmut freien Lauf zu lassen. Mister George Harding hätte, ohne zu zögern, die Gelegenheit ergriffen, um Josephine erneut zu konfrontieren und ihr Angst einzujagen.

Wenn man vom Teufel spricht, dachte sie bei sich, als sie am Zahlmeisterbüro neben der großen Treppe vorbeikam und Mister George erblickte.

Er empfing soeben einen Zettel von einem Herrn, bedankte sich und steckte den Zettel ohne eine weitere Betrachtung in seine Tasche.

Hätte er den Zettel gelesen, wäre die Situation weniger verdächtig erschienen. So allerdings wirkte es zwielichtig genug, um es später der Miss zu erzählen.

Josephine war nicht gewillt, in seine Intrige zu tappen, und wollte sich mit schnellen Schritten entfernen, doch er hatte sie bereits entdeckt und näherte sich ihr.

»Schnüffelst du mir nach?«, motzte er sie an und umkreiste sie wie ein Geier seine Beute.

»Nein, Sir. Ich befand mich zufällig in der Nähe. Ich bin auf dem Weg zu Miss Catherine.«

Er stank nach zu viel Parfüm und wenn er den Mund öffnete, roch sie den herben Geschmack des Kaffees, den er sich jeden Tag in aller Frühe bringen ließ. Diese Gewohnheit hatte er bereits im Anwesen gepflegt und beabsichtigte offenbar, sie auch weiterhin beizubehalten.

»Ich warne dich«, sagte er mit leiser, aber bedrohlicher Stimme, »Halte dich aus meinen Angelegenheiten heraus, sonst wirst du es bitter bereuen.«

16

CATHERINE

1912 | APRIL 11

Die Person, mit der Catherine zukünftig ihr Leben verbringen würde, unterschied sich von der Vorstellung, die sie sich von ihm gemacht hatte. Sie hatte einen selbstbewussten Junggesellen erwartet, einen Mann mit tadelloser Manier, dafür aber schrecklich hochnäsig. Aber damit tat sie dem Mann, der ihr gegenübersaß, vollkommen unrecht.

»Auf jeden Fall freut sich Mama, dich kennenzulernen.«

Er nahm einen Schluck Kaffee aus seiner Tasse. Sein Haar war nach hinten gekämmt, das Hemd frisch gebügelt.

»Ich freue mich ebenfalls«, entgegnete Catherine höflich. Seit dem Aufstehen am Morgen litt sie unter einem unangenehmen Druckgefühl im Schädel und Übelkeit, weshalb sie sich zu einem Frühstück zwingen musste.

»Ich finde, wir sollten uns so gut wie möglich kennenlernen. Aus diesem Grund möchte ich – mit deiner Erlaubnis – das Hochzeitsdatum um einige Wochen nach hinten verschieben. Dies würde uns zudem mehr Zeit für die Vorbereitungen einräumen. Ich würde dich gern ein paar Tage mit aufs Land nehmen. Wir haben dort ein Anwesen mit Stallungen. Dein Bruder äußerte, dass du eine Vorliebe für das Reiten hegst.«

Der Millionenerbe überraschte sie. Vielleicht sollte sie ihm eine Chance geben. Ihm und ihr. Unter Umständen könnte sie eines Tages darüber hinwegsehen, dass sie nicht aus Liebe zueinander verbunden waren, sondern einzig und allein das Pflichtgefühl Basis ihrer Ehe war.

»Infolge des Einbruchs der Aktien haben mein Vater und ich beschlossen, die Hochzeit zu finanzieren. Lade ein, wen immer du möchtest – auf unsere Kosten versteht sich.«

»Du bist über den Streik informiert?«

Er nickte und begann, einen Apfel mit einem Messer in exakt gleich große Stücke zu schneiden.

Dies alles ergab absolut keinen Sinn. Wenn Matthew über die finanziellen Schwierigkeiten der Hardings informiert war, stellte sich die Frage, welche Motive ihn dazu bewogen, eine Ehe mit ihr einzugehen. Eine Mitgift würde es in diesem Fall nicht geben, zudem würde das Anwesen der Hardings zu einem späteren Zeitpunkt auf George übergehen.

»Du weißt, dass Vater die Firma verlieren könnte, und stimmst dennoch einer Heirat zu?«

»Mit meiner finanziellen Unterstützung wird er die Firma nicht verlieren. Außerdem besteht eine Vereinbarung zur Absicherung für etwaige Risiken. Das Unternehmen wird am Tag der Geburt unseres ersten Sohnes auf diesen überschrieben. Sollte es keinen männlichen Erben geben, gelangt die Fabrik nach Richards Ableben direkt in meinen Besitz. Für meine Familie ist es ein lukratives und sicheres Geschäft.«

Catherine seufzte und nahm einen Schluck ihres Schwarztees. Mit jeder weiteren Äußerung schwand ihre Hoffnung, dass sich eines Tages eine romantische Beziehung zwischen ihnen entwickeln könnte. Für ihn war es scheinbar ein rein vertragliches Arrangement.

Allerdings würde sie sich mit der Situation arrangieren. Nachdem sie für Erben gesorgt hätte, würde er sich einer Mätresse widmen, sodass sie mit etwas Glück in Amerika neue Freundinnen finden könnte. Mit diesen Damen würde sie sich bei Tee und Champagner über die neueste Mode und die Missgeschicke anderer Personen austauschen.

»Es ist nicht erforderlich, dass du dir darüber den Kopf zerbrichst, Catherine. Es hat alles seinen Sinn und Zweck. Könnten wir frei entscheiden, würden wir wohl jemand anderen wählen. Da dies jedoch nicht der Fall ist, erübrigt sich eine Diskussion. Ich verspreche dir, dass ich dich gut behandeln werde. Du bekommst einen monatlichen Beitrag, über den du frei verfügen kannst. Du kannst dir neue Schuhe und tausend Kleider kaufen, wenn du möchtest. Das ist mir egal.«

Die Falle, in der sich Catherine befand, schloss sich langsam, wodurch ihr jede Möglichkeit genommen wurde, sich den Umständen zu entziehen. Anstelle eines erfüllten Lebens würde sie eine endlose Farce fristen.

Nachdem sie ihr Frühstück beendet hatten, erhob sich Matthew von seinem Sitzplatz und blickte aus einem der Fenster auf das wogende Meer. Ein Steward kümmerte sich währenddessen darum, die leeren Teller und die Reste auf einen Servierwagen zu stellen und den Tisch zu putzen.

»Lass Josephine kommen und zieh dich an. Wir werden an Deck einen Spaziergang machen, solange das Wetter noch so herrlich ist. Zum Lunch sind wir mit den Astors verabredet.«

Catherine lachte trocken auf, während sie sich erhob und ihr Aussehen im Spiegel über dem Kamin überprüfte. »Ich werde mich keineswegs zu einem geschiedenen Mann und seiner neuen Nachtblume setzen. Willst du, dass man hinter meinem Rücken über mich urteilt? Ich verzichte dankend.«

Das Privatleben von John Jacob Astor war schon lange Gegenstand einer breiten öffentlichen Diskussion. Er war ein amerikanischer Geschäftsmagnat, trotzdem hatte er es geschafft, in England eine bekannte Persönlichkeit zu werden.

Als er seine Ehefrau für dieses junge Mädchen verließ und sie kurz darauf in die New Yorker Gesellschaft einführte, stürzten sich die Zeitungen auf diesen Skandal. Madeleine war zwar hübsch, aber ihre bürgerliche Herkunft wurde von der Gesellschaft nicht anerkannt.

Die Scheidung allein würde genügen, um die Astors zu meiden. Ein weiterer nicht unerheblicher Fauxpas war jedoch, dass Madeleine, obwohl sie erst sieben Monaten einen Ring am Finger trug, bereits im siebten Monat schwanger war. Diese Umstände ließen wenig Spielraum für Spekulationen über einen Ehebruch von Astor.

Catherine wollte lieber den Rest ihres Rausches ausschlafen und später Virginie aufsuchen, anstatt ihren guten Ruf in der Gesellschaft zu gefährden. Wenn man sie mit Astor sah, könnte jemand noch den Schluss ziehen, sie würde sein fragwürdiges Verhalten gutheißen.

Matthew instruierte den Steward mit einer kurzen Handbewegung, die Kabine zu verlassen. Der Steward kam dieser Aufforderung umgehend nach. Kaum hatte sich die Tür hinter ihm geschlossen, wandte sich Matthew an seine Verlobte. Er näherte sich ihr und musterte sie von oben bis unten.

»Ich denke, es gab ein kleines Missverständnis.«

Catherine, lediglich in ihre Morgenrobe gehüllt, empfand eine deutliche Unsicherheit in Anbetracht seiner Blicke. Sie zog ihren Mantel enger und verschränkte die Arme. Ihr Kopf schepperte bei jedem gesprochenen Wort.

»Unsere Ehe wird zwar auf geschäftlicher Basis stattfinden, jedoch hoffe ich, dass du Verständnis dafür aufbringst, dass ich den Ruf, den ich mir in der Vergangenheit erarbeitet habe, auch weiterhin bewahren möchte.«

Die Stimme hatte jegliche Wärme verloren. Obwohl er in ruhigem Ton und mit angenehmer Lautstärke sprach, gelangte doch die deutliche Warnung zu ihrem Bewusstsein.

»Du wirst dich wie eine ordentliche Frau aufführen. Wie es im Volksmund heißt: Der Mann erwirbt das Haus, die Frau gestaltet es zu einem Heim. Ich erwarte von dir, dass du dich bei jeder sozialen Veranstaltung, bei jeder Gala und jedem Dinner, als schöne und reizende Misses Gould blicken lässt. Du wirst an den richtigen Stellen lachen und geistreiche, aber sehr wenige, Kommentare in Gespräche einfließen lassen. So etwas wie gestern – dass du nicht zum Essen erscheinst oder dich betrinkst – wird nicht wieder geschehen. Haben wir uns verstanden?«

Sein zuvor als warmherzig wahrgenommenes Gemüt hatte sich schlagartig verändert. Sein Erscheinungsbild ließ ihn um mindestens zehn Jahre älter wirken, wenn er die Stirn runzelte und sie mit einem derart unnachgiebigen Blick betrachtete, dass ihr das Blut in den Adern gefror. Woher wusste er, dass sie getrunken hatte? In ihrer Erinnerung erschien ein verschwommenes Bild, wie sie Virginie die leere Flasche abgenommen und sie mit in die Suite genommen hatte. An dieser Stelle war sie sich unsicher, an welchem Ort sie die Flasche platziert hatte, bevor sie in ihr Bett getorkelt war. Catherine wagte nicht, zu widersprechen, geschweige denn einen Laut von sich zu geben, und nickte verunsichert.

»Sehr gut. Ich wusste, du bist einsichtig.« Matthew zog sich die Weste zurecht und wobei sich seine Gesichtszüge merklich entspannten. »John Jacob Astor ist ein wichtiger Geschäftspartner. Die Meinung der Engländer über ihn interessiert mich nicht, ich schätze ihn und seinen Geschäftssinn. Ich möchte dich ihm als meine Verlobte vorstellen. Hier, damit ihr Frauen ein Gesprächsthema habt.«

Er begab sich zu ihr, griff in seine Westentasche und holte einen mit Diamanten besetzten Ring aus Weißgold hervor. Er ließ ihr den Ring in die offene Handfläche fallen. Das kühle Metall wog schwer. Ein letztes Mal betrachtete Matthew sie, ehe er das Kaminzimmer ohne weitere Worte verließ.

17

MURDOCH

1912 | APRIL 11

Mit gefülltem Magen saß Murdoch an einem der Tische und bemühte sich, seine Gedanken zu Papier zu bringen. Er war noch nie ein Mann großer Worte gewesen. Dennoch hegte er die stille Hoffnung, dass seine Hände die erforderlichen Worte von selbst niederschreiben würden, um sein Leben wieder in geordnete Bahnen zu lenken.

»Geliebte Aid«, las Lightoller laut vor, bevor Murdoch das Papier mit dem White Star Line Logo außer Reichweite hatte bringen können.

»Ein Liebesbrief? Wie lang ist euer letztes Treffen her? Zwei Tage?« Lightoller bemühte sich, ein verschmitztes Lächeln zu unterdrücken, was ihm jedoch nur unzureichend gelang.

»Einen«, entgegnete Murdoch in einem barschen Tonfall. Er hätte den verdammten Brief in seiner Kabine schreiben sollen. Nun würden seine Männer ihn auslachen, statt ihm mit Respekt zu begegnen. Lights war ein guter und langjähriger Freund, und es war in einer Männerfreundschaft nicht ungewöhnlich sich gegenseitig auf den Arm zu nehmen.

»Und was schreibst du? Wie sehr du ihr Antlitz vermisst, ihre goldbraunen Locken, ihren üppigen Busen und ...«

Murdoch holte aus und versetzte Lights einen Schlag gegen die Schulter. In der Folge dessen duckte sich Lights zur Seite und lachte. Die Tür zur

Offiziersmesse wurde geöffnet und Lowe betrat den Raum. Es waren nur wenige Männer anwesend, da die Meisten, deren Schicht noch nicht begonnen hatte, an Deck die warme Sonne genossen. Der Atlantik war für seine stürmische Wetterlage bekannt, weshalb den Matrosen, die ihn überquerten, bewusst war, wie wichtig die Möglichkeit war, noch einige Sonnenstrahlen auf der Haut zu spüren.

»Was ist los, Will? Du schreibst doch sonst nie Briefe«, bemerkte Lights mit sanfterer Stimme und betrachtete seinen Freund aufmerksam.

Über den Zeitraum von mehreren Monaten hinweg hatten sie gemeinsam auf denselben Schiffen gearbeitet und keine andere Erfahrung hatte sie mehr zusammengeschweißt als die gemeinsame Dienstzeit an Bord. Lights war zweifelsfrei ein Freund, wie man sich einen solchen nur wünschen konnte. Er hätte ihm ohne zu zögern sein Leben anvertraut, wäre dies erforderlich gewesen.

»Worum geht's?« Lowe setzte sich schwungvoll neben Lights. Er wirkte ausgeschlafen und munter.

Eine Tatsache, die Murdoch von sich selbst nicht behaupten konnte. Die ganze Nacht über hatte er sich in seinem kleinen Bunkerbett herumgewälzt. Erst war es ihm zu heiß, dann zu kalt. Dann summte die Stromleitung des Lichtschalters zu laut. Schließlich waren es die Gedanken an seine verärgerte Ehefrau, die ihn wach hielten. Als zusätzlicher Umstand manifestierte sich das Bild einer jungen Frau in seinem Geist, mit der er keinerlei Verbindung hatte, geschweige denn haben dürfte. Es war zum Verzweifeln.

»Frauen«, lautete die Antwort von Lights auf die Frage ihres jüngeren Kollegen.

»Ehefrauen oder unverheiratete Frauen?«, fragte er und wackelte mit den Augenbrauen.

»Als würden wir in unserem Alter noch über unverheiratete Frauen sprechen.«

Murdoch hörte nicht mehr richtig zu. Er ließ das Papier unbemerkt in seiner Jackentasche verschwinden, damit nicht die ganze Offiziersmesse auf seine Probleme aufmerksam wurde. Nach Ende seiner Schicht würde er den Brief in der Sicherheit und Anonymität seiner Kabine beenden.

»Bist du verheiratet?«, fragte Murdoch Lowe, der sofort eine Augenbraue in die Höhe zog.

»Nein. Ich bin nicht verheiratet und strebe auch keine Ehe an.«

»Wie? Wurde dir das Herz schon gebrochen, dass du redest wie eine alte Witwe? Oder bist du nicht für den Gedanken zu erwärmen, die Nächte zwischen den weichen Schenkeln einer Frau zu liegen?«

»Doch! Aber eine heiraten? Damit sie dann mit all den Kindern allein schauen muss, wie sie zurechtkommt? Ich bin das ganze Jahr auf See.«

»Wir haben keine Kinder«, entgegnete Murdoch und spürte dabei einen Stich in seiner Brust. Er würde auch nie welche haben, nun da Aid aufgehört hatte zu bluten. Nur der Gedanke an ihre Vorwürfe zerrissen ihn.

»Dann ist deine Frau zu beneiden, in Gegensatz zu Lightollers. Wie viele Kinder hast du schon? Zehn?«

»Vier«, entgegnete dieser mit einem Lachen, »Und Sylvia ist wieder schwanger.«

Lowe riss die Augen auf und begann, in einem hohen Ton zu lachen, sodass die Geräuschkulisse vermutlich auch an Deck von anderen wahrgenommen werden konnte.

»Wie machst du das? Du bist doch ständig auf einem Schiff!« Er erhob sich. »Will wer Kaffee? Ich mach welchen.«

»Aye«, bejahten Murdoch und Lights gleichzeitig. Kaum war Lowe aus der Messe verschwunden, ließ Murdoch aber wieder den Kopf hängen.

»Sie ist unglücklich, Lights. Ich weiß es«, sagte er mit gedämpfter Stimme.

Die Erkenntnis, als Ehemann nicht imstande zu sein, die eigene Frau glücklich zu machen, wog für Murdoch offenbar schwerer als die Aussicht, nie wieder zur See fahren zu dürfen. Als wäre er nicht Manns genug für die einzig wichtige Aufgabe eines Ehemannes.

»Es ist nicht ratsam, den Aussagen der Ehefrau allzu große Beachtung zu schenken, wenn diese einmal nicht zufrieden ist. Meine jammert ständig und wir haben bald fünf Kinder. Es liegt im Blut der Frauen, sich zu beschweren.«

»Ich denke, sie will mich verlassen«, äußerte Murdoch, was er am meisten zu vermeiden wünschte. In diesen Zeiten grenzte es an gesellschaftlichem Selbstmord sich scheiden zu lassen. Seine Familie würde es ihm nie verzeihen, sie mit diesem Schandfleck zu beschmutzen. Mit etwas Glück konnte Ada noch einmal heiraten. Sie war zwar nicht mehr die Jüngste, aber sie war gebildet und eine angenehme Gesellschafterin.

Aber Murdochs Leben wäre dahin. Man brauchte einen tadellosen Ruf, wenn man Kapitän eines großen Schiffes werden wollte. Eine Scheidung wäre für die White Star Line ein inakzeptabler Skandal, insbesondere, wenn sie einen ihrer Kapitäne beträfe. Würde sie sich tatsächlich von ihm trennen, rückte dieser lang gehegte Wunsch in ungreifbare Ferne. Folglich wären alle Opfer, die er über Jahre erbracht hatte, vergebens gewesen.

»Will, ich glaub nicht, dass sie das tut. Sie wusste ja, worauf sie sich einließ, als sie dich kennenlernte.«

»Mag sein. Aber jetzt ist sie unglücklich und macht mich dafür verantwortlich. Ich bin es ja auch. Ich weiß nicht, was ich tun soll.«

»Zum Briefeschreiben ist es auf jeden Fall zu spät. Deine Schicht beginnt in fünf Minuten und die Titanic verlässt in einer halben Stunde den Hafen. Der Brief verlässt das Schiff nicht mehr bis New York.«

Panisch zog er die Taschenuhr aus der Tasche. Es war schon kurz vor eins.

»Verdammt!« In höchster Eile stand er auf und begab sich zur Tür. Er durfte auf keinen Fall zu spät kommen, nicht wegen dieser Frauengeschichte.

»Schick ihr ein Telegramm!«, rief Lightoller ihm nach.

Auf dem Weg zur Brücke richtete er sich die Krawatte und dachte über Lightollers Vorschlag nach.

Lange nachdem die Titanic Irland hinter sich gelassen hatte, nur noch der offene Ozean vor ihnen lag und er eine seiner gewohnten Runden machte, kehrte er kurz im Funkraum ein.

Philips saß am Funkgerät, hatte die Kopfhörer auf und fluchte leise vor sich hin, während er emsig die Nachrichten in den Telegrafen morste. Bride stand hinter ihm und holte die Papierrollen aus dem Sendesystem der Titanic.

»Guten Tag, Mister Murdoch«, begrüßte er ihn.

»Irgendetwas zu berichten?«

»Nein, Sir. Alles in bester Ordnung. Jack übermittelt nur die letzten Nachrichten an Irland, ehe wir die Funkverbindung verlieren. Wir machen dann bei Einbruch der Dunkelheit weiter.«

Murdoch nickte und wollte bereits wieder zurück zur Brücke gehen, als ihm in den Sinn kam, was Lightoller ihm ans Herz gelegt hatte.

»Könntet ihr für mich eine Nachricht schicken?«

»Selbstverständlich, Sir. An ein Schiff oder den Hafen?«

»Eigentlich ist sie privater Natur.«

Bride zog die Augenbrauen hoch, während er zu einem Stück Papier und einem Bleistift griff. »Hier bitte. Adresse, Name und Nachricht. Wir übermitteln sie, so schnell es geht.«

Murdoch nahm das Papier dankbar entgegen. Bride wagte nicht, nachzufragen, was Murdoch wohl seiner Position zu verdanken hatte. Als er fertig war, reichte er den Zettel Bride und begab sich sodann zurück zur Brücke.

Von: William Murdoch
An: Ada Florence Banks
Adr: 94 Bellmont Road, Portswood, Southampton

Warte auf mich. Ich komme zurück. Und bleibe.

18

CATHERINE

1912 | APRIL 11

Die Atmosphäre war ausgelassen. Lachen und Gläserklirren erfüllten die Luft. Im Anschluss an das Abendessen mit den Thayers hatte Matthew Catherine in die Lounge begleitet. Während des Abendessens hatte sie eine kurze Konversation mit Thomas Andrews, dem Chefkonstrukteur der Titanic, geführt. Sie mochte ihn. Es schien, als dachte er zuerst nach, bevor er zu sprechen begann. Damit unterschied er sich wesentlich von anderen Männern seines Alters.

In der Lounge würden sie nun noch einige Drinks zu sich nehmen, bevor Matthew mit den Herren in den Rauchersalon entschwinden und seine Verlobte für den weiteren Verlauf des Abends allein lassen würde.

Misses Margaret Brown nahm auf einem der gepolsterten Stühle in der Ecke Platz, umgeben von mehreren Frauen und Männern, die ihren Ausführungen lauschten. Die Frau war Mitglied des Denver Women's Club, einer Organisation, die sich für die Förderung, Bildung und Gleichberechtigung der Frau einsetzte. Dabei hatte sie nie ihren forschen Charme verloren oder ihre einfache Herkunft vergessen. Catherine hatte schon so viel von ihr gehört und gelesen und sie war ihr zu einem Vorbild geworden. Solange Matthew jedoch jeden ihrer Schritte im Blick hatte, war es Catherine nicht möglich, sich ihr zu nähern und eine Konversation zu beginnen.

»Oh, Richard!«, rief Matthew aus und erreichte mit Catherine am Arm eine kleine Gruppe in der Mitte der Lounge, nahe dem Streichquartett. »Richard, gestatten Sie mir, Ihnen meine Verlobte vorzustellen? Miss Catherine Harding.«

Catherine hob ihre Hand, der Herr ergriff sie und deutete einen Handkuss an.

»Harding. Die Tochter meines Namensvetters, Richard Harding?«

Sie nickte höflich, während seine Frau nähertrat und ihr Kleid musterte.

»Richard hier war an der Yale«, erklärte Matthew, »und ist gegenwärtig bei der Immobilienfirma Ruland & Benjamin angestellt. Wie gefällt es dir unter Walther? Er meinte letztens, ohne dich wäre die Firma verloren.«

»Du sprichst zu gut über mich.«

Matthew erfüllte die an ihn gestellten Anforderungen in exzellenter Weise. Er war mit den Namen der Anwesenden sowie ihren beruflichen und privaten Kontakten vertraut. Es hätte Catherine nicht gewundert, wenn ihm auch deren Schuhnummern geläufig wären. Sie nahm einen großzügigen Schluck aus dem Weinglas, das sie seit dem Essen umklammert hielt. Sie beabsichtigte, es nicht aus den Augen zu lassen, es sei denn, sie wollte es befüllen.

»Das ist meine Frau Sarah. Und unsere Tochter Helen.«

Matthew ergriff nacheinander die Hände der Damen. Insbesondere die junge Helen zeigte eine deutliche Begeisterung für den Gould–Erben, als er ihre Hand zu seinem Mund führte und ihr einen Handkuss darauf hauchte.

»Wie schade, dass Sie schon vergeben sind«, raunte Sarah an Matthew gewandt. Die Frau um die vierzig lächelte Matthew an und blinzelte für Catherines Geschmack einige Male zu oft. »So einen Mann wie Sie wünsche ich mir für meine Tochter. Sie haben nicht möglicherweise einen jüngeren Bruder, der noch nicht verheiratet ist?« Sie lachte auf, während ihre Tochter pikiert ihre Mutter ermahnte.

»Bedauerlicherweise muss ich diese Frage verneinen. Ich bin mir jedoch sicher, dass Miss Helen bereits eine Vielzahl an Interessenten hat, die sie nur allzu gerne ehelichen würden, so hübsch wie sie ist.« Matthew lächelte das junge Mädchen charmant an.

Sie war noch blutjung. Aber was machte das schon? Sähe Matthew einen guten finanziellen Grund, dieses junge Mädchen zu heiraten, würde er es glatt tun.

Erneut nahm Catherine einen Schluck des Getränks zu sich und spürte, wie der Alkohol ihre Kehle befeuchtete. Gleichzeitig hegte sie den Wunsch, dass die betäubende Wirkung sich endlich entfalten möge.

Die Herren lachten und begannen eine Diskussion über geschäftliche Themen. Catherine bemühte sich, den Verlauf der Diskussion zu verfolgen und an den relevanten Stellen durch ein charmantes Lächeln zu glänzen.

Es war nicht ihre Absicht, sich die Namen der Personen zu merken, mit denen sie in Kontakt kam. Kontakte zu Amerikanern waren für sie von untergeordneter Bedeutung. In England war es wichtiger, einflussreiche Beziehungen zu Familien zu pflegen, die einen einflussreichen Stammbaum vorweisen konnten. Nur damit gehörte man der Gesellschaft an. Die meisten hier Anwesenden konnten jedoch nicht mit einem solchen Stammbaum aufwarten.

Andererseits …

Sofern Catherine und Matthew Kinder haben sollten, wäre es sicherlich von Vorteil, geeignete Partner für sie aus dem Bekanntenkreis zu finden. Mit einem Seufzen leerte sie ihr Glas in einem Zug. Selbstredend würden sie Kinder haben. Nach der Eheschließung würde sich die Frage der Familiengründung mit hoher Wahrscheinlichkeit innerhalb eines überschaubaren Zeitraums stellen.

»Lächle«, vernahm sie plötzlich die leise schnarrende Stimme ihres Bruders im Ohr. »Die Leute sollen nicht glauben, du würdest dein Leben nicht genießen.«

Sie wandte sich zu ihm um und schnaubte. Das Korsett war so eng geschnürt, dass sie kaum Luft bekam. Schon vor dem Abendessen hatte sie ein leichtes Ziehen hinter den Schläfen gespürt und mit fortschreitender Stunde und mit jedem geleerten Glas wurden die Kopfschmerzen nun unerträglicher. »Wo warst du?«, fragte sie ihn und war insgeheim dankbar, dass sie einmal nicht mit unbekannten Geschäftspartnern Matthews sprechen musste. Sie hatte ihnen sowieso nichts zu sagen.

»Ich weiß es und für dich reicht ein Fragezeichen, kleine Schwester.«

Sie unterdrückte eine Reaktion auf sein Verhalten, denn sie wäre in jedem Fall unangemessen gewesen.

»Ich sehe, du verhältst dich endlich wie eine richtige Dame.« Sein zynischer Unterton war unüberhörbar.

Sie drehte sich zu ihm um und setzte ein freundliches Lächeln auf. »Würdest du mit mir ein Glas trinken?«

Er betrachtete sie mit einer gewissen Amüsiertheit und signalisierte schließlich seine Zustimmung.

An der Bar wurde Catherines Glas gefüllt und George bestellte sich den teuersten Bourbon, den sie führten.

»Und worauf stoßen wir an?«

»Darauf, dass euer Plan aufgeht. Ich kenne die Einzelheiten zwar nicht, und weiß nicht, was genau du Mutter versprochen hast, aber du hast gewonnen. Ich gebe auf.«

George schmunzelte und nahm genüsslich einen Schluck. »Weißt du Catherine, du könntest es viel schlimmer treffen. Matthew ist kein schlechter Mann. Zumindest nicht in der Öffentlichkeit.«

»Was genau weißt du über ihn?«

»Nicht alles. Aber Mutter hatte wohl einen guten Trumpf in der Hand, als sie die Konditionen eurer Heirat aushandelte.«

Es hätte Catherine wohl treffen sollen, dass ihre Mutter sogar in ihrer Heirat die Finger im Spiel hatte. Es war für sie nichts Neues mehr, dass ihre Mutter sich in Angelegenheiten einmischte, die sie nichts angingen, und es war bekannt, dass sie über exzellente Kontakte verfügte. Ihr Vater zeigte nur wenig Interesse an gesellschaftlichen Verpflichtungen, es sei denn, diese dienten dem Zweck der Förderung der Zigarrenfabrik. Soziale Pläne wurden ausschließlich von ihrer Mutter entworfen.

Sie verharrten in stillem Schweigen, während sie die Menschen beobachteten, die die ausgelassene Stimmung und Alkohol in beträchtlichen Mengen genossen. Doch was sollte man auch sonst auf dem größten und luxuriösesten Schiff aller Zeiten machen?

»Wo ist Mable?«, brach es plötzlich aus George hervor, während er in sein Glas stierte.

»Wer? Du meinst Virginie? Ich habe sie heute noch nicht gesehen.«

»Nach meinem Kenntnisstand ist ihr Name Mable«, rechtfertigte er sich. Ein leicht roter Schimmer legte sich auf seine Wangen.

»Und nach meinem Kenntnisstand lehnt sie diesen Namen ab. Und das wüsstest du auch, wenn du dich einmal im Leben um etwas anderes gekümmert hättest, als dich selbst.«

Die von ihr gewählten Worte waren zu scharf formuliert. Beinahe hätte sie eine Entschuldigung angefügt. George hegte seit jeher eine tiefe Zuneigung für Virginie und hatte dabei zugesehen, wie diese jahrelang bei ihnen zu Hause ein und ausging, nur um dann einen anderen zu heiraten.

»George, können wir nicht … endlich Frieden schließen? Du bist mein Bruder und alles, was ich hier habe.«

Sie betrachtete ihn, sein Blick lag noch immer auf dem Eiswürfel in seinem Bourbon. Sie war es leid sich ständig mit ihm in den Haaren zu liegen. Waren sie nicht langsam zu alt für kindische Streits?

»Frieden«, er schnaubte, »Frieden werden wir schließen, sobald du Misses Catherine Isabel Gould bist und ich mir sicher sein kann, dass du niemals wieder auch nur einen Fuß auf englischen Boden setzt.«

Er entfernte sich mit schnellen Schritten von der Bar, durchquerte die Lounge und ließ sie allein zurück.

∞

Bis Matthew lange später an Catherine herantrat, hatte sie ihr Glas bereits wieder aufgefüllt.

»Liebling, wie wäre es mit einem Spaziergang an Deck?«

Ihre Wangen waren von Alkohol und der stickigen Luft in der Lounge gerötet. Sie nickte und nahm seine Hand. Die Nachtluft war schneiend kalt, aber zumindest die ersten Minuten angenehm auf ihrer erhitzten Haut. Der Himmel war klar und wolkenlos, während die Sterne in einem beeindruckenden Schauspiel funkelten.

Eine leichte Brise befreite einige Haarsträhnen aus ihrem Knoten. Nach dem anstrengenden Abend war sie erfreut, bald in ihre Kabine zurückzukehren und Zeit für sich selbst zu haben. Es bestand die Möglichkeit, dass Josephine noch anwesend war und ihr ein Bad einlassen konnte.

»Es ist ein unglaubliches Schiff«, murmelte sie.

»Hm. Mir gefiel die Lusitania besser. Die Titanic ist zwar hervorragend ausgestattet, das muss ich zugeben, aber ich finde den Konkurrenzkampf der Reedereien um Geschwindigkeit interessanter … und wesentlich lukrativer für die Zukunft.«

Ihre Meinung war nicht erwünscht, das spürte sie, also erwiderte sie nichts. An Matthews Arm eingehängt spazierten sie über das Deck, bis die Promenade der ersten Klasse ein Ende fand und sie kurzerhand der Treppe nach unten folgend ihren Spaziergang über die Promenade der zweiten Klasse fortsetzten.

»Matthew, wenn ich dich etwas frage, sagst du mir die Wahrheit?«

»Das kommt auf die Frage an.«

»Mein Bruder erwähnte, dass unsere Mutter ein überzeugendes Argument für die Heirat einbrachte. Was war es?«

Sie nahm wahr, dass er sich versteifte, ohne dass sich dazu ein Anlass geboten hätte. »Zerbrich dir darüber nicht den Kopf.«

»Aber das mache ich. Ich willige zu all deinen Forderungen ein, aber ich muss dir vertrauen können.«

Er ließ sich Zeit mit seiner Antwort. Konnte es schlimm genug sein, dass man einer Hochzeit ohne Wenn und Aber zustimmte?

»Sie verfügte über Informationen, die im Falle einer Veröffentlichung meine Enterbung zur Folge haben könnten.«

Obwohl er sich vage ausdrückte, zeigte er seinen guten Willen ihr gegenüber, indem er sich öffnete. Während sie schweigend weitergingen, reflektierte sie im Stillen die potenzielle Nutzung der Informationen zu ihrem Vorteil.

»Handelt es sich dort unten nicht um deine Kammerzofe? Hat sie nicht eine Kabine in der zweiten Klasse?«

»In der Tat, warum?«

»Das dort ist die dritte Klasse.«

Catherine sah nach unten und beobachtete Josephine verwundert. Sie stand einem Mann gegenüber, mit dem sie eine lautstarke Konversation führte. Sie hatte ihre Arme um den Körper geschlungen, während er vor ihr auf und ab tigerte und dabei die Hände wiederholt in die Luft warf.

»Ich denke, ich sehe besser nach, um sicherzustellen, dass alles in Ordnung ist«, erklärte Catherine und als Matthew nickte, öffnete er das Gatter, um auf das untere Deck zu gelangen.

In diesem Moment durchbrach ein lauter Ruf die Nacht.

»Halt! Bleiben Sie sofort stehen!«

Catherine fuhr herum, doch bevor sie den Ursprung der Stimme ausmachen konnte, hörte sie ein Poltern, gefolgt von einem heftigen Krachen – als würde eine Tür mit voller Wucht zuschlagen.

Ihr Herz setzte einen Schlag aus. Noch bevor sie realisieren konnte, was geschah, verspürte sie plötzlich einen harten Stoß in die Rippen. Sie keuchte, stolperte zur Seite und trat dabei auf die Schleppe ihres Kleides. Im letzten Moment konnte sie sich an der Reling festklammern, und verhinderte damit einen Sturz.

Ein Schatten flog an ihr vorbei, vermischte sich mit Matthew – und im nächsten Moment stürzten sie die

19

JOSEPHINE

1912 | APRIL 11

»Wieso sagst du das immer wieder?«

Verzweifelt schlang Josephine die Arme um ihre Körpermitte. Josef hatte angefangen zu trinken, lange bevor sie in die dritte Klasse gekommen war. Sie wollte Zeit mit ihm verbringen, schließlich hatte sie ihn vermisst. Sie hatte sich derart an seine Anwesenheit gewöhnt, dass sie es als seltsam empfand, wenn er nicht täglich nach der Arbeit bei ihr erschien, um das Abendessen gemeinsam einzunehmen.

Mit jedem weiteren Schluck Bier schien er jedoch einen Teil seiner Manieren abzulegen und sich im Aufenthaltsraum vor allen Augen in einer Weise zu verhalten, die sie nicht erklären konnte.

Josephine hatte ihn gepackt und nach draußen gezogen, wo sie nun seit einer halben Ewigkeit in der kalten Nachtluft standen. Er beschwor ihr zum wiederholten Mal, dass er sie liebte und der Richtige für sie sei.

»Weil ich es weiß, Josephine. Sag mir nicht wieder, dass du mich nicht liebst.«

Josephine seufzte, schloss kurz die Augen. Sie war müde. So müde, ihm wehzutun – und sich selbst gleich mit. »Ich kann dich nicht heiraten, Josef.«

»Warum nicht?«

Sie biss die Zähne zusammen. »Weil mein Leben nicht mehr mir gehört.«

Er runzelte die Stirn. »Was soll das heißen?«

Josephine wandte sich von ihm ab, starrte auf das tiefblaue Meer. »Ich bin nicht mehr nur Josephine, das Dienstmädchen. Ich bin die persönliche Zofe der Miss. Ich lebe nach ihren Regeln, nicht nach meinen eigenen. Ich reise mit ihr nach Amerika. Ich werde mich anpassen, so wie es von mir erwartet wird.«

Stille.

Dann ein leises Lachen. Bitter. Enttäuscht. »Gott, Josephine.« Josef rieb sich über das Gesicht. »Hörst du dir eigentlich selbst zu?«

Sie ballte die Fäuste. »Was willst du, dass ich sage?«

Er trat einen Schritt auf sie zu, sein Blick bohrte sich in ihren. »Die Wahrheit!«

Sie schüttelte den Kopf. »Die Wahrheit ist, dass ich keine Wahl habe.«

»Doch, verdammt noch mal, die hast du!« Josef packte sie sanft an den Schultern. »Du hast dich so sehr in Catherines Leben verstrickt, dass du vergessen hast, dass du selbst eines hast!«

Josephine riss sich los. »Das ist nicht wahr!«

»Oh doch, das ist es!« Seine Stimme war leise, aber unerbittlich. »Du tust so, als wäre sie die Einzige, die nach Freiheit strebt. Aber sie ist genauso gefangen wie du. Der einzige Unterschied ist, dass ihre Ketten glänzen.«

Josephine öffnete den Mund, schloss ihn wieder. War das wahr?

Josef seufzte, ließ die Schultern sinken. »Ich liebe dich, Josephine. Und ich sage das nicht, um dich unter Druck zu setzen. Ich sage es, weil ich dich sehe. Nicht als Dienstmädchen, nicht als Catherines Schatten. Ich sehe die Frau, die du sein könntest, wenn du dich nicht mehr versteckst.«

Sein Blick war so durchdringend, so ehrlich, dass es wehtat. Dann fuhr er sich durch die Haare, suchte nach Worten. »Und wenn wir eine Lösung finden? Es gibt doch Wege. Es muss nicht heißen, dass du alles aufgibst.«

Josephine schüttelte den Kopf. »Josef, das ist nicht so einfach. Du weißt, was mit Frauen passiert, die versuchen, aufzusteigen. Sie müssen sich entscheiden: ein Leben für sich selbst oder eine Familie. Beides gibt es nicht.«

»Wer sagt das?« Seine Stimme war jetzt fester. »Alte Männer mit alten Gedanken? Die Welt ändert sich, Josephine. Frauen fangen an, für sich selbst einzustehen. Sie arbeiten, sie verdienen ihr eigenes Geld – und manche schaffen es, beides zu haben. Arbeit und Liebe. Warum nicht auch du?«

»Weil ich nicht träumen kann wie du!«

»Doch, das kannst du.« Er nahm ihre Hände, hielt sie warm in seinen.

»Du bist eine der stärksten Frauen, die ich kenne. Und eine starke Frau zu sein, die arbeitet, heißt nicht, dass du für immer allein sein musst. Es heißt, dass du dir das nimmst, was du willst. Und ich will, dass du weißt, dass ich mit dir gehe – egal, wohin.«

Josephine schluckte schwer.

Sie konnte nicht. Noch nicht. Aber zum ersten Mal spürte sie, dass sie vielleicht irgendwann könnte.

Ein kühler Windstoß trug das entfernte Murmeln der Wellen und das gedämpfte Lachen einiger Passagiere über das Deck. Doch plötzlich wurde die nächtliche Ruhe von einem markerschütternden Schrei durchbrochen.

Josephine riss den Kopf herum. In der flackernden Beleuchtung erblickte sie eine Gestalt, die auf der Treppe das Gleichgewicht verlor – und im Fallen einen anderen mit sich riss. Sekundenbruchteile später stürzten sie beide nach unten.

Trotz des Alkoholpegels reagierte Josef sofort, rannte hin, packte denjenigen, der abhauen wollte um die Mitte und riss ihn zu Boden. Josephine hingegen begab sich unverzüglich zum Verletzten, welcher sich am Fuße der Treppe befand. Auf den letzten Metern erkannte sie ihn: Mister Gould.

»Oh nein! Ich hole Hilfe«, stammelte sie und begab sich mit schnellen Schritten in den Aufenthaltsraum der dritten Klasse zurück. Sie alarmierte den ersten Steward, den sie zwischen die Finger bekam, und erst als sie zurück an Deck war, wurde ihr bewusst, was geschehen war. Ihr Herz begann schnell zu schlagen und in ihrem Kopf schien die Welt sich um sich selbst zu drehen.

Josef pinnte den Übeltäter immer noch am Boden fest, da er größer und muskulöser als sein Widersacher war. In der Zwischenzeit hatte sich Miss Catherine neben ihren Verlobten gekniet, der mit dem Oberkörper gegen die Treppe gelehnt dasaß. Ein dünner Rinnsal tiefroten Blutes lief von seiner rechten Augenbraue herab, doch er war bei Bewusstsein und blickte Josephine direkt an.

Ihr Magen begann zu rumoren. Auch die Miss schien von den Geschehnissen sichtlich mitgenommen. Die Haarspangen lösten sich eine nach der anderen und die Haare fielen in ungeordneten Locken über die Schultern. Ihr Antlitz war von Entsetzen gezeichnet.

»Was ist passiert?«, schrie eine kräftige Stimme durch die Nacht. Ein Matrose rannte quer über das Deck und half Josef, den Unruhestifter festzumachen.

»Steve, hol den Bootsmann!«

Josephine näherte sich Miss Catherine, zog ein sauberes Taschentuch aus der Tasche, welches sie stets bei sich trug, und reichte es ihr, damit diese es gegen Mister Goulds Stirn pressen konnte.

Sie erhob sich und fand sich plötzlich in Josefs Umarmung wieder. Ihr Gesicht vergrub sie in seiner Halsbeuge und empfand die Nähe seines warmen Körpers als äußerst angenehm. Josef strich ihr über den Hinterkopf, was bei ihr ein Gefühl der Geborgenheit auslöste.

Als sie ihren Blick wieder hob, erblickte sie einen Matrosen, gefolgt von zwei Männern in Offiziersuniformen, welche die Treppe zum Deck herabkamen.

»Guten Abend, die Herrschaften. Ich bin der ranghöchste diensthabende Offizier, Murdoch.«

Er sprach mit einem schnurrenden schottischen Akzent. Miss Catherine hob den Blick, erstarrte und riss die Augen auf. Der Offizier reagierte ähnlich, konnte es aber wesentlich besser verstecken.

»Könnte mich bitte jemand aufklären?«

Während Josef und Mister Gould schilderten, was vorgefallen war, klammerte sich Josephine an Josefs muskulösem Körper fest.

»Nun gut. Ihr zwei!« Der Offizier deutete auf die Matrosen, die den Missetäter festhielten, »Bringt ihn in den Zwinger. Ich schicke euch Chief Officer Wilde, er wird sich darum kümmern.«

Danach wandte er sich an Mister Gould, wobei er seine Augenbrauen in besorgter Weise in die Stirn zog. »Sie sollten zuerst zum Schiffsarzt und sich die Wunde ansehen lassen, danach werde ich Sie noch einmal aufsuchen. Im Namen der White Star Line und der gesamten Besatzung versichere ich Ihnen, dass wir diesen Vorfall sehr ernst nehmen. Es ist unerklärlich, wie so etwas passieren konnte, doch wir werden den Angreifer der Polizei übergeben, sobald wir das Festland erreichen.«

Mister Gould nickte dankbar und richtete sich mit Hilfe seiner Verlobten auf. Kaum stand er aufrecht, sich noch immer an der Wand festhaltend, trat Catherine zu Josephine. »Sei so gut und begleite ihn. Ich möchte nicht, dass er allein ist.«

Im ersten Moment reagierte Josephine nicht, der Schock saß ihr so tief in den Gliedern, dass sie sich kaum bewegen konnte. In den Augen der Miss spiegelte sich echte Sorge wider. Josephine nickte, ließ von Josef ab und eilte zu Mister Gould, der die Hilfe dankbar annahm, als sie ihre zitternden Finger an seinen Rücken legte. Ein Matrose begleitete sie und stützte ihn zusätzlich auf der anderen Seite.

Auf dem Weg zum Schiffsarzt sprachen sie kein Wort. Herr Gould hatte Mühe, das Gleichgewicht zu halten, da das Adrenalin, das ihn bisher wach gehalten hatte, nun nachließ. Das Taschentuch wurde rasch mit Blut benetzt, welches über die Augenbraue auf die Wange des Mannes tropfte.

Der Schiffsarzt musste erst geweckt werden, also setzte Josephine Mister Gould in der Zwischenzeit im Arztzimmer auf die Pritsche. Sie hielt es nicht aus nur tatenlos herumzustehen, also durchsuchte sie die Schränke und Kästen nach Jod. Als sie das Fläschchen mit der gelbbraunen Flüssigkeit gefunden hatte, goss sie etwas davon auf einen Wattebausch und näherte sich seinem Gesicht.

»Darf ich?«, fragte sie und Mister Gould nickte, ehe sie vorsichtig das Jod auf die Wunde tupfte, die gesäubert kleiner war, als es den Anschein gehabt hatte. Mister Gould zog zischend die Luft durch die Zähne.

Plötzlich packte er ihre Hand und hielt sie fest. Er sah ihr in die Augen und sie wagte es, kaum noch zu atmen.

»Es scheint als hätten Sie Ihre Berufung verfehlt, Frau Krankenschwester.«

Sie senkte ihren Blick, Hitze stieg ihr in die Wangen. »Wenn Sie meinen Bruder und seinen Hang zur Gefahr kennen würden, würden Sie verstehen, warum das in unserer Familie jeder kann.«

Mister Goulds Mund verzog sich zu einem schiefen Lächeln. »Sobald ich die Gelegenheit habe, ihn kennenzulernen, werde ich mich für seinen waghalsigen Lebensstil bedanken.«

Er ließ ihre Hand los, ihre Blicke trafen sich.

Bis der Arzt endlich kam – mit seinem Hemd unsauber in die Hose gesteckt – schwiegen sie. Und es war das schönste Schweigen, das Josephine je erlebt hatte.

20

CATHERINE

1912 | APRIL 11

Catherine sah wie benebelt dabei zu, wie Josephine mit Matthew das Deck verließ und in das Schiffsinnere zurückkehrte. Auch der Mann, der Matthew die Treppe nach unten gestoßen hatte, wurde aus ihrem Sichtfeld gezogen. Der Bootsmann stieg mit ihnen in die Dunkelheit des Schiffsrumpfes hinab.

Obwohl sie den ganzen Tag gehofft hatte, den Offizier wiederzusehen, hätten die Umstände nicht unpassender sein können.

»Darf ich Ihren Namen wissen?«, fragte Mister Murdoch.

»Josef Fisher, Sir. Ich bin Elektriker an Bord.«

»Wer ist ihr Vorgesetzter?«

»Chefelektriker Peter Sloan, Sir.«

»Gut. Es wird Sie in den nächsten Tagen jemand aufsuchen, um Sie nach dem Vorfall zu befragen. Ich danke Ihnen für Ihre schnelle Reaktion.«

Mister Murdoch erweckte den Eindruck auf Catherine, unglaublich kompetent zu sein, auch wenn er lediglich seiner Arbeit nachging.

»Selbstverständlich, Sir.« Josef Fisher deutete eine Verbeugung an und begab sich mit unsicherem Schritt in die dritte Klasse zurück.

Mister Murdoch wandte sich um und näherte sich Catherine. Sie waren die letzten Personen, die sich an Deck befanden. Er hatte seine Handschuhe ausgezogen und in die Taschen seines Mantels gesteckt. Er hielt ihr die ausgestreckte Hand hin, in der sich eine Goldkette mit gefassten Rubinen befand, welche zweifelsfrei ihre Kette war.

»Gehört die Ihnen? Sie befand sich am Fuße der Treppe.«

Erschrocken fasste sie sich an den Hals, wo sie nur noch nackte Haut zu spüren bekam. Ein Schauer zog sich über ihren Rücken. In der allgemeinen Hektik war ihr nicht aufgefallen, dass sich der Verschluss gelöst hatte.

Mister Murdoch schien zu verstehen, dass sie in ihrem Schock nicht imstande war, die Kette entgegenzunehmen. Er sah ihr in die Augen und deutete ein Lächeln an. »Darf ich?«

Sie nickte.

Mister Murdoch trat um sie herum, legte ihr die Kette um den Hals und strich ihr die Haare zur Seite. Sie nahm wahr, wie seine Fingerkuppen ihren Hals berührten und als würde sie eine unsichtbare Macht leiten, schloss sie die Augen. Diese unschuldige Berührung löste in ihr eine Flut an Emotionen aus. Es war ihr nicht möglich, zu bestimmen, ob die Reaktion auf den Offizier oder den Übergriff zurückzuführen war.

»Frieren Sie? Sie zittern.«

Die besorgte Stimme des Mannes ließ Catherine in die Realität zurückkehren. Ihr Kopf war wie leergefegt. Sie nahm einen dumpfen Schmerz in ihrer Rippengegend sowie ein wattiges Pochen an ihrem Handgelenk wahr.

»Miss, möchten Sie sich setzen?«

»Bitte?«, entfuhr es ihr, während sie seine tiefblauen Augen fixierte, bis ihr schwindlig wurde. Plötzlich überkam sie ein überwältigendes Gefühl, dessen Ursprung und Natur sie nicht zu bestimmen vermochte, während Tränen über ihre Wangen liefen.

Mister Murdoch entledigte sich seines Mantels und legte ihn ihr um die Schultern. Catherine spürte den schweren Stoff und die Wärme, die davon ausging. Vorsichtig, mit einem unsicheren Ausdruck, näherte er sich ihr und schloss sie unbeholfen in die Arme. In der Nähe seines Halses nahm sie den Duft von Seife und Rasierwasser wahr.

Obwohl es schrecklich unangebracht war, dass sie sich an diesem Ort und in der Gegenwart eines ihr unbekannten Mannes von diesem umarmen ließ, empfand sie die damit einhergehende Geborgenheit als beruhigend. Würde er sie jetzt loslassen, würde sie glatt in sich zusammenfallen, wie ein verblühter Strauß Blumen.

»Soll ich Sie nach drinnen begleiten? Zu Ihrer Kabine?« Sein Körper bebte, wenn er sprach. Sie fühlte sich so sicher wie noch nie zuvor in ihrem Leben. Solange er in ihrer Nähe war, würde ihr nichts zustoßen.

»Nein«, hauchte sie, ihre Stimme nicht mehr als ein sanftes Flüstern, »Lassen Sie mich nicht allein.«

Eine innere Stimme mahnte sie, von einer solchen Bitte abzusehen. Wenn ihr Bruder herausfinden würde, was sie hier tat, wäre der Übergriff vergleichsweise harmlos.

Sie blickte zu ihm empor. Mister Murdoch zog seine Stirn in Falten und begann, sich zu überlegen, wie er sich ausdrücken sollte, ehe er seufzte und schließlich sagte: »Kommen Sie mit.«

Auf dem gesamten Weg bis zur Kommandobrücke des Schiffes stützte er sie. Der Mantel um ihre Schultern erweckte den Anschein, als würde er sie noch immer fest im Arm halten. Er brachte sie in einen Raum, angrenzend an die Kommandobrücke, in dessen sich ein großer Eichentisch befand und Sternenbilder an der Wand hingen. Als sie sich auf den einzigen Stuhl setzen wollte, verspürte sie einen starken Schmerz seitlich am Brustkorb. Sie stöhnte auf und presste die flache Hand gegen die betreffende Stelle.

»Hat er Sie verletzt, Miss? Wünschen Sie, dass ich den Schiffsarzt rufe?«

»Nein, es geht schon.« Sie setzte sich und bemühte sich, ihre Atmung zu kontrollieren, um den Schmerz zu lindern. Das Korsett kam ihr noch einengender vor als sonst. »Meine Hand wird allerdings noch alle Farben annehmen, fürchte ich.« Ihre rechte Hand zitterte unter dem Pochen, das Handgelenk schwoll bereits an.

Mister Murdoch blickte darauf, ehe er wie von der Tarantel gestochen den Raum verließ. Nach wenigen Minuten kehrte er mit Eiswürfeln zurück, die er in ein Taschentuch wickelte. Er ging vor ihr in die Knie, nahm ihre Hand zärtlich in seine und legte ein Taschentuch auf ihr Handgelenk. Auch wenn sie bei der Berührung des kalten Tuchs mit ihrer Haut zusammenzuckte, war der Schmerz für den Bruchteil einer Sekunde vergessen, als sie aufblickte und ihm in die Augen sah.

»Darf ich Ihnen Tee servieren?«

Sie schüttelte den Kopf und war nicht mehr imstande, ihren Blick von seinem Antlitz zu lösen. Über einen Zeitraum von mehreren Minuten hinweg betrachtete sie ihn mit geöffnetem Mund.

»Ist alles in Ordnung, Miss?«, fragte er und schmunzelte. Sie blinzelte und drehte den Kopf weg, während sie vorgeblich ein starkes Interesse für die Sternbilder heuchelte. Was auch immer gerade in ihr vorging, sie musste dem sofort Einhalt gebieten.

Sie bemühte sich, ihre Aufmerksamkeit auf die Atmung zu lenken und sich zu vergegenwärtigen, wer sie war. Sie war Catherine Isabel Harding, ein Mädchen aus gutem Hause, die Verlobte von Matthew Charles Gould. Die Heirat diente dem Zweck, ihr eigenes Leben sowie das ihrer Familie zu sichern. Ihr Leben war durchdacht und strukturiert. Es existierten klar definierte Richtlinien, an die sie sich zu halten hatte und mit dem ersten Offizier in diesem Raum sitzen und sich von ihm versorgen lassen, gehörte eindeutig nicht dazu. Auch wenn sie sich nichts sehnlicher wünschte, als dass er niemals wieder ihre Hand losließe.

In ihrer Welt war kein Raum für Wünsche. Erst recht nicht als Frau. Ihr wurde auferlegt, eine Hülle ohne Verstand zu sein, um sich somit am leichtesten Zugang zu der Gesellschaftsschicht der Wohlhabenden zu verschaffen. Der Preis, den Catherine dafür zu zahlen hatte, erschien ihr jedoch auf einmal unermesslich hoch.

Mit einer hastigen Bewegung stand sie auf und hätte dabei beinahe Mister Murdoch umgestoßen. Die Entscheidung, hierher zu kommen, war ein Fehler.

»Ich sollte besser gehen.«

Sie war sich sicher, dass sie den entstandenen Schaden reduzieren könnte, wenn sie nun den Rückzug antreten würde. Es war lediglich erforderlich, dass sie vor Matthew wieder in der Kabine war, damit sie sich ihm gegenüber nicht rechtfertigen musste.

Er folgte ihr ohne Widerspruch, während sie sich nach draußen begab. Als sie den Bug der Titanic erblickte, wurde ihr schwer ums Herz und sie blieb stehen.

Das Mondlicht reflektierte sich auf der Wasseroberfläche. Über ihr spannte sich der Himmel, dunkel und weit, die Sterne funkelten so hell, dass es schien, als könnten sie ihr den Weg weisen. Sie wusste, dass sie weitergehen sollte, dass sie diesen Moment nicht weiter ausdehnen durfte. Doch ihre Füße gehorchten ihr nicht. Sie trat an die Reling und stützte sich dort ab.

Der salzige Wind strich über ihr Gesicht, kühl und beruhigend. Das sanfte Auf und Ab des Wassers lullte sie ein, und für einen kurzen Moment vergaß sie, warum sie überhaupt hatte gehen wollen. Die Verantwortung, die Erwartungen, die Konventionen – sie alle verloren an Bedeutung, während sie in die unendliche Weite des Ozeans blickte.

Sie zog den Mantel enger um sich. Mister Murdochs Mantel. Er war zu groß für sie, schwer auf ihren Schultern, und doch spendete er eine eigentümliche Wärme.

Es wäre so einfach, noch ein paar Minuten länger zu bleiben. Nur ein bisschen. Niemand musste es wissen. Niemand musste erfahren, dass sie für einen Moment vergessen hatte, wer sie sein sollte – und stattdessen einfach nur die war, die sie wirklich war.

»Es ist herrlich, das Meer zu betrachten.«

Mister Murdoch stellte sich neben sie und verschränkte die Hände hinter dem Rücken. Außer ihnen war nur der Steuermann auf der Brücke, der angestrengt in die Dunkelheit starrte, die sich vor dem Schiff ausbreitete.

»Miss Harding, kommen Sie nicht aus Southampton? Die Stadt befindet sich doch in direkter Nähe zum Meer.«

Sie konnte an seiner Stimme hören, dass er schmunzelte.

»Meer? Diese Bezeichnung erscheint mir vollkommen fehl am Platz. Mein Badewasser ist sauberer als das Wasser im Hafen«, entgegnete sie, zog die Augenbrauen in die Höhe und schenkte ihm ein spitzbübisches Lächeln, »Ich meinte richtiges Meer. Tiefblaues, klares Wasser. Kalt wie Eis. Voller Gefahren und trotzdem voller Leben.«

Der gesamte Abend und der damit einhergehende Schrecken schienen in ihrer Erinnerung bereits zu verblassen, als sie sich dem Wasser entgegen lehnte. Das Stechen in ihren Rippen war die einzige Empfindung, die sie daran erinnerte, dass sie nicht einfach ihre Flügel ausbreiten und davonfliegen konnte.

»Haben Sie schon einmal eine Überfahrt gemacht?«

»Oh Gott, nein«, schnaubte sie, »So etwas ist völlig neu für mich. Aber ich war mit meinem Vater in Italien. Wir fuhren mit dem Zug durch Frankreich über die Schweizer Alpen. Er hatte dort geschäftliche Verpflichtungen zu erfüllen.«

In ihrer Vorstellung sah sie die Piazza del Duomo, hörte das Rauschen der Wellen in den Navigli–Kanälen und roch die Köstlichkeiten, die die Italiener in ihren Gassen angeboten hatten.

»Auf der Rückreise nahmen wir die Strecke an der Küste Frankreichs. Ich sah kilometerlang nichts anderes als Wasser. Diese Freiheit war atemberaubend. Was würde ich geben für ein Leben auf See.«

Der Gedanke ließ sie für einen Moment träumen – von endlosen Horizonten, vom Wind, der ihr Gesicht streifte, von einer Existenz ohne enge Salons und stickige Erwartungen.

»Sie sprechen recht ungewöhnlich für eine Frau.«

Sein Kommentar, gewiss nicht böse gemeint, holte sie rapide wieder in die Wirklichkeit zurück und ließ sie mit voller Wucht auf dem Boden der Tatsachen aufschlagen.

Für eine Frau. Wie oft hatte sie diese Worte schon gehört? Die gesellschaftliche Konvention schrieb Frauen über Jahrhunderte hinweg vor, dass sie keine eigenen Gedanken und kein eigenes Leben haben durften, welches nicht von früh bis spät von den Wünschen ihres Ehemannes abhängig war. Sie sollten sich mit Haushaltsführung, modischen Hüten und dem perfekten Teeservice zufriedengeben, während sie sich in einem Leben aufopferten, das nie wirklich ihnen gehörte.

»Ich möchte Sie darauf hinweisen, Mister Murdoch, dass ich nicht auf den Kopf gefallen bin.« Die Worte, die ihren Mund verließen, waren scharf, »Ich weiß, wie ich mich zu verhalten habe, ich kenne alle Regeln. Sie sind vielleicht der Meinung, dass eine Frau sich ausschließlich um den Haushalt kümmern soll, sich mit der neuesten Mode beschäftigen und ihrem Ehemann huldigen … Aber ich kann ich Ihnen versichern, dass ich keine solche Frau bin.«

Sie erwartete Widerstand. Ein herablassendes Lächeln. Vielleicht sogar eine Korrektur.

»Nein«, sagte er stattdessen leise, fast nachdenklich, »Das denke ich nicht.«

Er schenkte ihr ein warmes Lächeln, bevor er seinen Blick erneut in die Ferne schweifen ließ. »Ich denke nur, dass eine derart offene Kommunikation für eine Frau gefährlich sein kann. Dies gilt insbesondere, wenn die Gesprächsteilnehmer einander nicht kennen und keine Kenntnis darüber haben, ob und an wen solche Worte weitergegeben werden.«

Sie spürte, wie sich ihre Schultern anspannten. Für einen Moment betrachtete sie ihn von der Seite, den Mund leicht geöffnet, während ihr Verstand die Bedeutung seiner Worte durchkaute. War es eine Warnung? Ein wohlmeinender Rat? Oder eine subtile Drohung?

»Sie werden mich nicht verraten«, schlussfolgerte sie schließlich und drehte sich zu ihm.

»Wieso sind Sie sich da so sicher? Ich könnte Ihnen dreist ins Gesicht lügen.«

Er wandte ihr ebenfalls seinen Oberkörper zu, der Schatten eines Lächelns auf seinen Lippen. Er war größer als Catherine, sodass sie gezwungen war, aufzusehen, um seinem Blick zu begegnen. Ein leichtes Lächeln umspielte seine Mundwinkel, während sich kleine Falten um seine Augen bildeten.

»Ihre Augen. Sie sind so tief wie unter uns der blaue Ozean. Sie lügen nicht.«

Für einen Sekundenbruchteil regte sich etwas in seinem Blick – Überraschung vielleicht, oder Belustigung. Dann vertiefte sich das Lächeln an seinen Mundwinkeln, und die feinen Falten um seine Augen wurden deutlicher.

Sie hielten den Blick des anderen fest.

Es war einer dieser stillen Momente, die an die Beschreibungen magischer Momente in Romanen erinnerte, die Catherine in ihrer Jugend gelesen hatte. Vielleicht war es auch nur Wunschdenken. Ein Wunsch, der sich an die Oberfläche bohrte und von dem sie wusste, dass sie ihn nicht hegen durfte.

Sie wollte gesehen werden. Nicht als Tochter oder Verlobte, nicht als Dame von Stand, sondern als sie selbst. Sie wollte Außergewöhnliches leisten, von Bedeutung sein, Spuren hinterlassen – anders sein als die unzähligen Frauen, deren Leben sich in einem Flüstern zwischen Salons, Bällen und gesellschaftlichen Erwartungen verlor.

Oder vielleicht war der Grund viel einfacher.

Vielleicht war es William Murdoch.

Er hatte etwas an sich, dass sie in seinen Bann zog. Und würde er nicht sofort wegsah, würde sie eine schreckliche Dummheit begehen.

Er schien sie nicht nur anzusehen, sondern durch sie hindurch, als könnte er etwas in ihr lesen, das sie selbst kaum verstand. Eine angenehme Wärme machte sich in ihrem Körper breit und ein Kribbeln wanderte über ihre Haut. *Unsinn*, redete sie sich ein. Es waren nur die Nachwirkungen des Schreckens. Nichts weiter.

»Was für eine klare Nacht.« Die Stimme eines Offiziers, der soeben die Brücke betreten hatte, durchschnitt die Anspannung.

Catherine wandte sich umgehend ab. Ihr Herz pochte schmerzhaft gegen ihre Brust.

Was zum Himmel hatte sie sich dabei nur gedacht? Wenn sie jemand gesehen hätte!

»Ich mach meine Runde«, verkündete der Offizier und ging an ihnen vorbei, ohne die junge Dame im Offiziersmantel zu beachten. Mister Murdoch richtete sich auf, zog seine Offiziersjacke zurecht und räusperte sich. Das unsichtbare Band war zerrissen, die Magie des Moments verflogen.

Auch wenn Catherine sich nunmehr in ihre Kabine begeben sollte, zeigten ihre Füße keine Bereitschaft, den Anweisungen Folge zu leisten. Der Gedanke, in die Enge ihrer Kabine zurückzukehren – in die Enge ihres Lebens –, ließ sie zögern. Hier, unter dem offenen Himmel, mit nichts als der unendlichen Weite des Ozeans vor sich, fühlte sie sich für einen flüchtigen Augenblick frei.

»Sagen Sie, was machen Sie in Ihrer Freizeit?«

William Murdoch schien von der plötzlichen Frage überrascht. Für einen Moment musterte er sie, dann wich die Anspannung in seinen Schultern einer fast spitzbübischen Gelassenheit. »Sie meinen in der nichtexistenten Freizeit an Bord der Titanic?« Ein amüsiertes Lächeln spielte um seine Lippen.

»Genau die.«

Er schüttelte leicht den Kopf, als belustige ihn die Vorstellung, dass ihm überhaupt so etwas wie Freizeit vergönnt sein könnte. »Ich lese. Sehr viel und sehr gern.«

»Sie werden mir doch nicht sagen, dass sie ein Musterschüler waren?«

»Schuldig im Sinne der Anklage. Ich war einer der besten in Mathematik. Aber meine ganze Familie wurde damit gesegnet, also bin ich nichts Besonderes.«

Während er sprach, veränderte sich etwas in seinem Ausdruck. Seine Augen leuchteten, seine Stimme klang lebhafter, als ob allein die Erinnerung an seine Familie etwas in ihm weckte – einen Funken, der ihn durchdrang und ihn für einen Moment aus der Strenge seines Offiziersdaseins löste. »Meine Schwester unterrichtet Mathematik und mein älterer Bruder James war Chemiker, ehe …« Er räusperte sich.

»Und Ihre Eltern?«

»Mein Vater ist Kapitän, genau wie mein Großvater es war und ich es hoffentlich irgendwann sein werde.«

Catherine seufzte gespielt dramatisch. »Im Gegensatz zu Ihrem Leben ist meines ja schrecklich langweilig! Wie verlockend, den ganzen Tag auf

See zu verbringen, ohne zu wissen, welchen Hafen man als Nächstes anlaufen wird.« Sie lächelte, während er sie von der Seite betrachtete. »Was ist Ihr Lieblingsbuch? Sie sagten Sie lesen gern.«

Mister Murdoch blickte erneut über den stillen Ozean und kniff die Augen zusammen. »Eine wirklich schwere Frage. Ich denke, am liebsten lese ich Charles Dickens.«

»Oliver Twist«, sprachen sie beide gleichzeitig und sahen sich dann wieder lächelnd an.

»Ja, woher wussten Sie das?«

Catherine zuckte mit den Schultern. »Es scheint, als würde ich Sie einfach gut kennen.«

Ein Schauer durchlief ihren Körper, als sie sich der Avancen bewusst wurde, die sie ihm machte. Um sich selbst abzulenken, griff sie das Gespräch erneut auf. Sie sprachen über die Thematik der Geschichte, die Sprache, die Figuren.

Die Zeit verging wie im Flug, so einfach fiel es ihr, mit ihm zu reden. Zum ersten Mal seit Langem fühlte sie sich nicht gezwungen, jedes Wort sorgsam abzuwägen.

»Sie erinnern mich etwas an Nancy, wenn ich ehrlich sein darf«, äußerte er sich unvermittelt.

»Nancy, die Hure? Wunderbar«, entgegnete sie mit einem herzlichen Lachen.

»Ich muss doch bitten, Miss Harding!« Er zog die Augenbrauen empört nach oben, »Es wird nicht mit einem Wort erwähnt, dass sie ihren Körper verkauft. Die Charaktere in diesem Buch lassen sich in zwei Kategorien einteilen: gut oder böse. Und etwas dazwischen ist nicht vorhanden. Nancy hingegen kann als ein Charakter beschrieben werden, der sich nicht eindeutig einer der beiden Kategorien gut oder böse zuordnen lässt. Sie ist wie die Dämmerung zwischen Licht und Schatten.«

»Erklären Sie mir das.«

»Mit allem Respekt, Miss. Die Personen, mit denen Sie üblicherweise zu dieser Tageszeit in der Lounge verkehren, gehören zur Welt des Lichts – Gold, Seide, Brandy, stimmungsvolle Musik. Wir hier«, er nickte hinüber zur Kommandobrücke, »sind der Schatten. Die, die im Hintergrund arbeiten, das Schiff am Laufen halten, während andere feiern. Und Sie … Sie stehen irgendwo dazwischen. Wie eine Blume, die nicht weiß, wohin sie ihren Kopf wenden soll.«

Betroffen schnaufte sie. Natürlich war es ihm nicht entgangen, dass sie sich in seiner Nähe wohler fühlte als inmitten der steifen Gesellschaft im Salon, bei ihren geschniegelten Gesprächspartnern und ihrem Brandy.

»Aber Sie sind nicht bloß ein Schatten, Mister Murdoch.«

Er neigte leicht den Kopf. »Nein? Was bin ich dann?«

Catherine zögerte einen Moment, ehe sie sich überwand. »Sie sind das Zwielicht – der sanfte Schein, der zwischen Dunkelheit und Licht existiert. Die Morgendämmerung, die neue Hoffnung verspricht.« Sie hielt seinem Blick einen Moment lang stand, bevor sich ein leichtes Lächeln auf ihre Lippen stahl. »Und vielleicht … sind Sie auch der Tau am Morgen, der die Blume zum Erblühen bringt.«

Kaum hatte sie diese Worte ausgesprochen, spürte sie, wie Hitze in ihre Wangen stieg. Ihr Herz schlug schneller, als Murdoch den Blick senkte – nicht aus Verlegenheit, sondern mit etwas, das fast wie Nachdenklichkeit wirkte.

»Es wäre wohl ratsam, sich zur Ruhe zu begeben«, versuchte sie sich aus der Misere zu winden, »Ganz offensichtlich denke ich nicht mehr nach, bevor ich spreche.«

Sie riskierte noch einen letzten Blick, doch Mister Murdoch vermied es sie anzusehen. Catherine spürte ein eigenartiges Ziehen in der Brust, ein leises Bedauern über die unausgesprochenen Worte, die zwischen ihnen in der kühlen Nachtluft hängen blieben.

Sie streifte den schweren Mantel von ihren Schultern, und sofort lief ihr eine Gänsehaut über die Arme, als die frische Brise des Ozeans sie umspielte.

»Ich wünsche Ihnen eine gute Nacht, Mister Murdoch. Und vielen Dank.«

Sie reichte ihm den Mantel zurück, und in dem Moment, in dem er ihn entgegennahm, berührten sich ihre Finger – nur für einen Herzschlag lang, kaum mehr als eine zufällige Berührung. Doch sie spürte es trotzdem.

Sie hatte sich bereits weggedreht, als sie seine Stimme vernahm. »Gute Nacht, Miss Nancy.«

21

MURDOCH

1912 | APRIL 12

Eine weitere Nacht war vergangen, ohne dass Murdoch Schlaf gefunden hatte. Der letzte Abend hatte sich in seinem Geist unzählige Male wiederholt.

Er wusste nicht, was es war – dieses seltsame, unvernünftige Verlangen, das ihn jedes Mal überkam, wenn sie in seiner Nähe war. Vielleicht lag es an ihrer Art, Worte auszusprechen, als gehörten sie nur ihr. Vielleicht an der Art, wie ihre Augen im Mondlicht aufgeleuchtet hatten, als hätte sie für einen Moment alles um sich herum vergessen.

Aber es spielte keine Rolle.

Es existierten Regeln. Klare, unumstößliche Vorschriften, an die sich ein Offizier der White Star Line zu halten hatte – insbesondere im Umgang mit Damen der ersten Klasse. Hätte der Falsche ihn mit ihr gesehen, dann … Die meisten mochten ihn und hätten es ihm vermutlich nachgesehen. Aber es gab genügend Männer, allen voran Henry Tingle Wilde, die es genossen hätten, seinen unangetasteten Ruf in den Schmutz zu ziehen, und mit nur neununddreißig Jahren wäre seine berufliche Laufbahn beendet gewesen.

In ihrer Anwesenheit war er jedoch nicht imstande, klare Gedanken zu fassen, wenn sie ihn mit Augen anblickte, die wie zwei leuchtende Sterne in der Nacht funkelten. Sie war anders als die Frauen, denen er auf seinen vorherigen Überfahrten begegnet war. Ein Offizier der White Star Line zu sein, bedeutete, gelegentlich Avancen zu erhalten – meist von alleinstehenden Damen, die sich nach Gesellschaft sehnten oder sich Vorteile von seiner Aufmerksamkeit versprachen. Manche suchten eine harmlose Schwärmerei für die Dauer der Überfahrt, andere einen Ehemann mit einem soliden Einkommen. Ein Offizier der White Star Line verdiente nicht schlecht, gewiss nicht genug, um die Ansprüche einer Harding zu erfüllen, doch genug, um eine große Familie ohne Probleme zu unterhalten.

Murdoch hatte im Laufe der Jahre sogar eine schöne Summe gespart. Er könnte sich jetzt sofort irgendwo ein nettes Häuschen mit Garten kaufen, genug Platz für Kinder und Enkelkinder.

Bisher hatte er mit Ada, nach ihrer Ankunft in England, in einer Wohnung gelebt. Er hatte sich immer geschworen, wenn erst Kinder unterwegs seien, ein größeres Haus zu kaufen. Jedoch wäre ein solches für Ada, solange diese kinderlos war, lediglich eine unnötige Umständlichkeit gewesen.

Frustriert zwang er sich aus den weichen Laken und zog sich an. Wenig Schlaf und viele Überstunden waren auf einem Schiff dieser Größe und besonders auf der Jungfernfahrt völlig normal. Dass sich ständig das Gesicht einer viel zu jungen und schrecklich bezaubernden Dame in seine Gedanken schob, war es allerdings nicht.

Er konnte sie einfach nicht abschütteln. Ihre Stimme hallte in seinem Kopf nach, ihre Worte schienen ihm wie Streicheleinheiten über die Haut zu gleiten. Sie hatte ihm schöne Augen gemacht, da war er sich sicher. Warum auch sonst all das Gerede von der Sonne und der Blume. Aber was dann? Was wollte sie von ihm? Und was, bei allem, was heilig war, wollte er von ihr?

Eigentlich sollte es ihm egal sein. Schließlich war er verheiratet und eine Liaison auf diese kurze Zeit half weder ihm noch ihr. Aber er musste sich eingestehen, dass es ihm schmeichelte. Hätte die junge Frau für Lowe geschwärmt, hätte er es ohne Verwunderung hingenommen. Der Bursche war jung, noch keine dreißig, mit scharf geschnittenen Zügen und dem Leichtsinn eines Mannes, der sich für unsterblich hielt. Aber nein – Catherine hatte ihm schöne Augen gemacht. Bei der Erinnerung daran schwoll seine Brust vor Stolz an. Immerhin war er auch nur ein Mann.

Als er die Kommandobrücke betrat, war der fünfte Offizier Lowe bereits zur Stelle, als hätte dieser seine Gedanken erahnt.

»Guten Morgen, Will«, grüßte er ihn und Murdoch nickte zurück. Er war kein Mann vieler Worte am Morgen. Und was noch schlimmer war, er hatte noch keinen Kaffee gehabt. Es war ein angenehmer Morgen und es versprach ein schöner und ruhiger Tag auf See zu werden.

»Guten Morgen, die Herrschaften.« Kapitän Smith setzte sich seine Kapitänsmütze auf, als er nach draußen trat. Sein Erscheinungsbild ließ auf einen ausgeruhten Zustand schließen. »Es haben sich für heute Vormittag Passagiere angekündigt. Mister Lowe, bitte schließen Sie die Manschettenknöpfe. Mister Murdoch, dürfte ich Sie wohl um eine kurze Unterredung bitten?«

Murdoch folgte ihm ins Navigationszimmer, sein Herz schlug schneller. Kaum hatte er die Türschwelle überschritten, wurde ihm heiß und kalt zugleich. Hatte ihn jemand mit Miss Harding gesehen und dem Kapitän Bericht erstattet?

Er schluckte hart, während sein Verstand fieberhaft nach einer passenden Erklärung suchte. Welche Ausrede könnte er präsentieren, falls Smith ihn zur Rede stellte? Würde eine harmlose Erklärung genügen, oder hatte der Kapitän bereits seine eigenen Schlüsse gezogen?

Smith schloss die Tür hinter sich mit bedächtiger Ruhe. Dann wandte er sich zu Murdoch um, die Hände hinter dem Rücken verschränkt, sein Blick durchdringend.

»Sollte ich über den gestrigen Abend unterrichtet werden?«, fragte er schließlich, seine Stimme ruhig, doch mit einem Ton, der keinen Raum für Ausflüchte ließ. »Ein Dieb an Bord, ein verletzter Passagier der ersten Klasse! Wie ist es möglich, dass ein derartiges Ereignis unter Ihrer Aufsicht stattfindet?«

Murdoch spürte sein Herz vor Erleichterung bis in seine Hose rutschen, während er versuchte Haltung zu wahren. Er hatte die Geschehnisse, abgesehen von seinem Zeitvertreib mit der attraktiven Engländerin, aus seinem Bewusstsein verdrängt. »Nun, Sir, wie Sie wissen, gibt es leider häufig Diebe auf Schiffen dieser Größe. Wir haben ihn gefasst und in den Zwinger bringen lassen. Der Bootsmann wird sich um ihn kümmern.«

Smith schnaubte und richtete seine Krawatte. »Es wäre Ihre Pflicht gewesen, mich umgehend zu informieren, Murdoch. Ich möchte darauf hinweisen, dass ich keine Zierde des Schiffes bin, sondern der Kapitän!«

»Selbstverständlich, Sir.«

»Können Sie sich vorstellen, welche Gedanken mir durch den Kopf gingen, als man mich informierte, dass Passagiere aufgrund eines Vorfalls an die Brücke kommen wollen und es dringend sei. Ich hatte das Schlimmste angenommen! Gab es Verletzte?«

»Mister Gould erlitt eine kleine Platzwunde, aber keine ernsten Verletzungen. Seine Begleiterin, Catherine Harding, kam mit einem Schrecken davon.«

Smith nickte nachdenklich. »Und der Dieb?«

»Er wurde von einem Elektriker, der gerade nicht im Dienst war, festgehalten, bis die Matrosen kamen und in Verwahrung genommen haben. Nach der Durchsuchung stellte sich heraus, dass er Wertgegenstände mehrerer Passagiere bei sich trug, darunter eine goldene Taschenuhr und mehrere Schmuckstücke.«

Smith lehnte sich zurück. »Ein blinder Passagier?«

»Nein, Sir. Er war auf der Passagierliste – ein gewisser Thomas Reed aus der dritten Klasse. Wahrscheinlich ein Gelegenheitsdieb, der sich Zutritt zu den Kabinen verschafft hat, während die Passagiere beim Dinner waren.«

»Haben wir Hinweise auf Komplizen?«

Murdoch schüttelte den Kopf. »Bisher nicht, aber ich habe das Sicherheitspersonal angewiesen, ein wachsames Auge auf verdächtige Aktivitäten zu haben.«

Smith seufzte und schüttelte langsam den Kopf. »Das Letzte, was wir brauchen, sind Geschichten über Verbrechen an Bord der Titanic.«

Murdoch zögerte einen Moment, ehe er die Wahrheit etwas zu seinen Gunsten dehnte: »Miss Harding hat sich gestern Abend sehr gefasst gezeigt. Sie meinte, es sei ein Unfall gewesen und dass sie sich keine Sorgen mache.«

Smith hob eine Braue. »Eine bemerkenswerte junge Dame.«

»Ja, Sir.«

Der Kapitän musterte Murdoch kurz, bevor er mit einem leichten Schmunzeln fragte: »Sind Sie ihr etwa persönlich bekannt, Mister Murdoch?«

Murdoch hielt dem Blick stand, blieb jedoch neutral. »Ich habe sie an Bord kennengelernt. Eine intelligente Frau, sehr entschlossen.«

Smith nickte, beließ es aber dabei.

Dann wurde sein Gesichtsausdruck wieder ernst. »Der Dieb wird nach unserer Ankunft den Behörden übergeben. In der Zwischenzeit sorgen

Sie dafür, dass die Sicherheit verstärkt wird. Ich will nicht, dass noch ein Vorfall dieser Art unsere Reise überschattet.«

»Selbstverständlich, Sir.«

Smith warf einen letzten Blick auf den Bericht, legte ihn dann beiseite. »Gut. Sie können gehen, Mister Murdoch.«

Murdoch salutierte leicht und wandte sich ab. Doch als er die Tür erreichte, hielt Smith ihn noch einmal auf.

»Oh, und Murdoch?«

Er drehte sich um. »Sir?«

Smiths Blick war schwer zu deuten. Für einen Moment schien er nach den richtigen Worten zu suchen, dann sagte er nur: »Seien Sie vorsichtig.«

Murdoch zögerte einen Augenblick, nickte dann und verließ das Navigationszimmer. Erst als Murdoch wieder draußen neben dem Maschinentelegrafen stand, wurde ihm die Tragweite von Smiths Worten bewusst. Sie würde herkommen.

Unmittelbar verspürte er ein beklemmendes Gefühl in der Brust, welches bis zum Ende des Vormittags anhielt. Das Warten kam ihm schlimmer als die Ewigkeit vor. Bei jedem Geräusch, das nicht zweifelsfrei auf das Schiff zurückzuführen war, drehte er sich danach um. Er hatte das Gefühl, von Geistern verfolgt zu werden.

Als er sie endlich entdeckte, spürte er, wie ihm die Hitze in den Nacken schoss. Sein Hemd klebte unangenehm auf der Haut. Ihr fliederfarbenes Kleid umspielte bei jedem Schritt ihre Beine, während ihre seidene Stimme vom Wind zu ihm getragen wurde. Murdoch richtete seinen Kragen und die Offiziersmütze und bemühte sich, eine unbeteiligte Miene aufzusetzen, so als wäre er nicht die letzten Stunden in freudiger Erwartung des Wiedersehens gewesen.

Neben Catherine schritt derselbe Mann von gestern Abend, den er zum Schiffsarzt geschickt hatte. Einige Schritte hinter ihnen, schnell aufholend, ein weiterer Herr, der sich bei Miss Harding einhakte, als er sie erreichte. Ein heißer Stich von Eifersucht flammte in Murdoch auf und er wandte seinen Blick ab. Was zum Teufel war nur los mit ihm!

Auch der Kapitän hatte die Gäste längst bemerkt. Mit gewinnendem Lächeln ging er auf sie zu, während Murdoch sich zwang, Haltung zu bewahren. Erst als Smith ihn direkt dazu aufforderte, trat er schließlich zu ihnen.

»Selbstverständlich möchten wir auch Ihnen unsere höchste Verbundenheit aussprechen.«

»Mister Gould, es ist für uns eine Selbstverständlichkeit, uns für unsere geschätzten Passagiere nach Kräften einzusetzen«, erklärte der Kapitän, während er dessen Hand schüttelte.

Murdoch war nicht imstande, eine weitere Reaktion zu zeigen, als Geste der Zustimmung, abgesehen von einer leichten Kopfbewegung. Smith war nicht umsonst als Kapitän der Milliardäre bekannt. Er besaß die Fähigkeit, die Menschen dieser Gesellschaftsschicht mit Worten geschickt zu umgarnen.

»Ich bin Ihnen zu großem Dank verpflichtet, dass Sie meine Schwester vor Schlimmerem bewahrt haben.«

Murdoch spürte eine plötzliche Leichtigkeit in ihm aufsteigen. Der Mann, der noch immer Catherines Arm gepackt hielt, war ihr Bruder! Noch immer kämpfte er damit, die Fassung zu bewahren und seine tobenden Gefühle in sich nicht preiszugeben.

»E.J.«, sagte der Herr und wandte sich an den Kapitän, »wir würden Sie gerne heute zum Abendessen einladen, sofern Sie keine anderweitigen Verpflichtungen haben. Wir haben einen großen Tisch im Restaurant reserviert.«

Murdoch nahm die Worte kaum noch wahr. Sein Blick glitt so unauffällig wie möglich zu Catherine. Ihre Augen waren auf den Kapitän gerichtet, doch es schien, als hätte sie seinen Blick gespürt – denn im nächsten Moment sah sie direkt zu ihm. Ihr ehrliches Lächeln traf ihn unerwartet, als hätte es ihm für einen Moment die Luft aus den Lungen gepresst.

»Oh, wie freundlich! Natürlich komme ich Ihrer Einladung gerne nach. Es gibt kaum etwas Angenehmeres, als einen Abend in guter Gesellschaft zu verbringen.«

Der Kapitän hatte bereits Erfahrung mit derartigen Einladungen. Die Möglichkeit, mit dem Kapitän des größten Schiffes der Welt zu dinieren, wurde von allen Passagieren des Schiffes mit großem Interesse wahrgenommen. Es war nicht ungewöhnlich, dass er sich zwischen sieben und elf Uhr abends nicht auf der Brücke befand.

»Es ist mir eine große Freude, dass Sie kommen«, äußerte sich Miss Harding mit spürbarer Begeisterung, wobei ihre Augen in der Sonne funkelten, »Mister Murdoch, würden Sie uns die Ehre erweisen, ebenfalls mit uns zu dinieren?«

Die Anwesenden richteten ihre Blicke erwartungsvoll auf ihn. Für einen kurzen Moment schien die Welt stillzustehen. Murdoch mochte es nicht, im Mittelpunkt zu stehen. Er räusperte sich leise. »Liebend gerne würde ich zusagen, Miss Harding, allerdings bin ich bis in die späten Abendstunden hinein im Dienst.«

War das ein Anflug von Enttäuschung in ihrem Blick? Oder spielte ihm seine Einbildung einen Streich?

Kapitän Smith verschränkte die Hände hinter dem Rücken und lächelte vielsagend. »Ich denke, wir können Lightoller bitten, die Schicht früher zu übernehmen.«

Murdoch blieb unschlüssig. Sollte er den Mut aufbringen, zuzusagen? Dabei war ihm das Essen oder die vornehme Gesellschaft von untergeordneter Bedeutung. Schließlich wurde er bei solchen Essen nur von den Geschäftsleuten zu seinem Verdienst und den Konditionen seines Vertrages ausgefragt. Hier ging es nur um sie.

»Selbstverständlich besteht keine Verpflichtung, zuzusagen«, bemerkte Mister Harding mit hochgezogener Augenbraue, »Es wird mit Sicherheit ein andermal …«

»Oh, bitte! Sie werden doch kommen, nicht wahr?«, unterbrach Catherine ihren Bruder und blickte ihn hoffnungsvoll an.

Murdoch erwiderte ihren Blick. Er wusste, dass es vernünftiger wäre, abzulehnen, doch in diesem Moment spürte er, dass seine Entscheidung bereits gefallen war. Kein Mann konnte einer Frau mit diesem Blick etwas ausschlagen!

Er räusperte sich, richtete seine Uniform und nickte schließlich. »Wenn der Kapitän es erlaubt … dann wäre es mir eine Ehre.«

Catherines Lächeln fiel nicht überschwänglich aus, doch es lag eine Wärme darin, die ihn für einen Augenblick seine Zweifel vergessen ließ.

Nachdem die Gäste die Kommandobrücke verlassen hatten, sandte er ein Stoßgebet gen Himmel, dass er sich am Abend nicht blamieren möge.

»Mister Murdoch, ich ziehe mich zurück. Es gibt noch Berichte abzufassen. Halten Sie Kurs und Geschwindigkeit bei. Bitte informieren Sie mich umgehend, sofern sich Probleme ergeben sollten.«

»Aye, Sir.«

Das glückliche Grinsen haftete an Murdochs Gesicht und nichts schien seine Laune trüben zu können.

Bevor der Kapitän jedoch in seiner Kabine verschwand, trat er erneut zu Murdoch hin. »Ich werde Sie am Abend von Ihrer Kabine abholen. Sie verstehen, dass ich tadelloses Benehmen von Ihnen erwarte? Matthew Gould ist ein geschätzter Passagier der White Star Line und wird voraussichtlich auch in Zukunft regelmäßig unsere Schiffe nutzen. Es ist daher von Bedeutung, dass er mit unserem Service rundum zufrieden ist.«

Murdoch nickte knapp. »Verstanden, Sir.«

Die Worte des Kapitäns waren eine nüchterne Erinnerung daran, dass dieser Abend nicht nur eine persönliche Einladung, sondern auch eine gesellschaftliche Verpflichtung war. Es ging nicht nur um Catherine oder das ungewohnte Kribbeln, das ihre Gegenwart in ihm auslöste – es ging um die Reputation der Reederei und um seine eigene Professionalität.

Kapitän Smith strich sich nachdenklich über den Bart. »Männern wie Mister Gould gewogen zu sein, ist immer von Vorteil, Murdoch. Die Reederei weiß das nur zu gut. Man sagt, seine Hochzeit werde ein gesellschaftliches Ereignis ersten Ranges – angeblich soll sogar Präsident Taft anwesend sein.«

»Er heiratet? Kennt man Sie, Sir?«, erkundigte sich Murdoch aus reiner Höflichkeit. Die Machtschauspielchen der Reichen hatten ihn noch nie sonderlich interessiert.

»Ich hoffe es doch, Murdoch. Sie stand Ihnen nämlich gerade gegenüber. Die junge Miss Harding.«

Murdoch hatte angenommen, dass nichts seine Laune trüben könnte. Diese Nachricht konnte es sehr wohl.

22

CATHERINE

1912 | APRIL 12

Wie ein Wirbelwind trugen ihre Beine sie über das mit Menschen gefüllte Deck der Titanic. Die Sonne strahlte warm vom Himmel und in Catherines Brust hatte sich eine unbändige Freude angesammelt.

Mit der Begründung, sie wolle sich im Schreibzimmer zum Verfassen eines Briefs an ihre Eltern zurückziehen, hatte sie sich von ihrem Bruder und Matthew entfernt.

Josephine bemühte sich, mit ihrem Tempo Schritt zu halten. Eine Vielzahl von Passagieren, die sich zu einem Spaziergang an Deck begeben hatten, drehten sich nach der jungen Frau um.

Catherine stoppte abrupt, beugte sich über die Reling und blickte lächelnd auf den Horizont. Als sich ihre Lungen mit kalter Morgenluft füllten und die Sonne ihr Haupt wärmte, verspürte sie ein Gefühl von Freiheit und Schwerelosigkeit, das sie in dieser Form noch nie zuvor erlebt hatte. Die Strapazen des gestrigen Abends waren vergessen. Außer dem blauen Fleck an ihrem Handgelenk erinnerte sie nichts mehr daran.

Niemand durfte ahnen, warum Catherines Freude über die Anwesenheit des ersten Offiziers beim Dinner über bloße Höflichkeit hinausging. Sie wusste nur zu gut, dass es für eine Frau nicht schicklich war, Zuneigung zu einem Mann zu zeigen, der nicht ihr Verlobter war.

Doch die Erinnerung an die vergangene Nacht ließ ihre Wangen warm werden – ein Moment, den sie allein für sich bewahren musste.

»Chérie!«

Sie vernahm die helle Stimme ihrer Freundin Virginie und fand sich kurz darauf in ihren Armen wieder.

»Virginie! Wie froh ich bin, dich zu sehen. Du warst wie vom Erdboden verschluckt.«

»Ich werde zunehmend älter. Noch nie benötigte ich eine derart lange Zeit, um mich von ein paar Schlucken Alkohol zu erholen. Du brauchst dich nicht nach ihm umzusehen. Larry befindet sich gegenwärtig in der Kabine, er ist seekrank. Daher habe ich mich aus der Kabine entfernt. Ich ertrage den Anblick einfach nicht, wenn er leidet.«

Virginie drückte Catherine eine Armlänge von sich und studierte ihr Gesicht. »Du wirkst anders. Viel entspannter. Welche Umstände sind hierfür verantwortlich?«

»Es besteht kein Anlass zur Sorge. Der Tag ist wunderschön und ich bin glücklich«, entgegnete Catherine. Der Drang, ihrer engen Freundin von William Murdoch zu erzählen, stieg in ihr hoch, doch sie unterdrückte ihn. Je weniger Mitwisser, desto sicherer wäre ihr Geheimnis.

»Bemerkenswert. Du warst nicht mehr richtig glücklich, seit … Warst du es jemals schon mal? Bitte sag mir, dass deine Glücksgefühle daher rühren, weil George verschwunden ist und wir davon ausgehen können, dass er über Bord gegangen ist.« Ein böses Lächeln erschien auf ihrem Gesicht.

»Nein, Virginie!«

Diese verdrehte die Augen und seufzte. »Wäre ja auch zu schön gewesen. Komm, begleite mich ein Stück. Wenn ich dir einen Vorschlag unterbreiten darf, so wäre ein geeigneter Ort für ein Gespräch bei einem Glas Champagner das Café Parisien.«

»Es ist erst elf Uhr.«

»Na und? Für Champagner ist es nie zu früh«, sie lachte auf, »Und offenbar gibt es einen Anlass, der eine Feier rechtfertigt. Auch, wenn du mir mal wieder nicht erzählst, wer dir den Kopf verdreht hat.«

Catherine schlug sich die Hand vor den Mund und trat einen Schritt zurück. »Ist es derart offensichtlich?«

»Liebes.« Virginie stoppte ebenfalls, drehte sich zu Catherine um und sah ihr tief in die Augen. »Ich kenne dich schon so lange. Wenn du glaubst, mir würde so etwas entgehen, dann kennst du mich schlecht. Außerdem brauche ich neuen Tratsch, mein Leben an Bord dieses Schiffes ist so langweilig.«

Catherine haderte mit sich. Sie hegte den Wunsch, die Neuigkeit zunächst für sich zu behalten, doch Virginie war ihre älteste Freundin und hatte ihr stets zur Seite gestanden. »Ich hatte eine nette Unterhaltung«, platzte es aus ihr heraus, »Ich habe ihm von mir erzählt und er mir von sich.«

Virginie zog eine Augenbraue hoch, ein wissendes Lächeln umspielte ihre Lippen. »Eine nette Unterhaltung also?« Sie ließ das Wort genüsslich auf der Zunge zergehen. »Liebes, wenn du so rot wirst, dann war es bestimmt mehr als das.«

Catherine seufzte und rang die Hände. »Es ist nicht das, was du denkst. Ich … ich habe mich einfach nur wohlgefühlt. Er hat mir zugehört, mich nicht wie eine naive, verwöhnte Göre behandelt. Es war … anders.«

Virginie musterte sie mit einem Ausdruck, der zugleich wissend und besorgt wirkte. »Liebes, es ist nicht meine Absicht, dir den Spaß zu verderben, aber du bist verlobt und eine gewisse Zurückhaltung wäre angebracht. Vergiss das nicht.«

Ihre Stimme war von Sorge geprägt, während ihr Gesichtsausdruck zwischen Freude und purer Skepsis schwankte. Catherine presste die Lippen aufeinander. Natürlich wusste sie das. Es war ihr von Kindesbeinen an eingebläut worden: Haltung bewahren, keine Schwäche zeigen, sich nicht von Gefühlen leiten lassen. Und doch …

»Ich habe nichts Unrechtes getan«, murmelte sie, mehr zu sich selbst als zu ihrer Freundin.

Virginie hob eine Augenbraue, ihr Blick blieb jedoch weich. »Und dennoch siehst du aus, als würdest du dich selbst dafür tadeln.«

Catherine senkte den Kopf und ließ die Schultern sinken. Sie verstand sich selbst nicht. Hätte sich Virginie in ihrer Lage befunden, hätte sie ihr dieselbe Ermahnung erteilt. Und doch fühlte es sich an, als hätte man ihr die Luft zum Atmen genommen. War es so verwerflich, für einen Moment nicht das Gefühl zu haben, nur eine Schachfigur in einem Spiel zu sein, das andere für sie lenkten?

»Wirst du ihn wiedersehen?« Virginies Augen blitzten auf, sie näherte sich Catherine erneut, hakte sich bei ihr ein und zog sie weiter.

Ob Catherine ihn wiedersehen wollte? Seiner Stimme lauschen und in seinen Augen versinken? Ja, natürlich wollte sie. Sie wollte hören, was er zu sagen hatte – nicht über Geschäfte, nicht über Etikette, sondern über das, was ihn bewegte. Sie wollte wieder spüren, was sie empfunden hatte, als sich ihre Finger gestreift hatten.

Doch was sie wollte, spielte keine Rolle.

Catherine schluckte die Antwort herunter, die ihr auf der Zunge lag, und sagte schließlich mit gedämpfter Stimme: »Ich weiß es nicht.«

»Es ist gefährlich, die Nähe eines anderen Mannes zu suchen, wenn man sich nicht sicher ist, wie man für den Eigenen empfindet.«

Virginie hatte recht. Selbstverständlich hatte sie dies! Was hatte Catherine sich auch dabei gedacht. Es war ihr nicht gestattet, sich in ihn … Sie erschauerte. Der Gedanke, dass sie sich in ihn verlieben könnte, war für sie derart abwegig, dass sie ihn nicht einmal zu Ende denken konnte.

»Schließ deine Augen.«

»Was?«

»Jetzt mach schon. Wir machen einen Versuch. Gut. Nun was siehst du, wenn du die Welt um dich herum vergisst?«

Catherine zögerte, doch dann tat sie, was Virginie verlangte. Sie schloss die Augen und atmete tief ein. Die Geräusche des Schiffes verschwammen, das Stimmengewirr der Passagiere wurde leiser. Sie konzentrierte sich auf das, was in ihr aufwallte – ein Bild, eine Erinnerung, ein Gefühl.

Zunächst war da nichts als Dunkelheit. Dann tauchten verschwommene Konturen auf. Ein Blick. Ein Lächeln, zurückhaltend, aber aufrichtig. Eine Stimme, ruhig und tief, die ihren Namen aussprach, als würde er Bedeutung haben. Wärme, die sich ausbreitete, als ihre Finger sich streiften.

Sie riss die Augen auf und wich zurück, als hätte sie sich verbrannt.

Virginie beobachtete sie aufmerksam, ihre Miene schwer zu deuten. »Nun?«

Catherine öffnete den Mund, um eine Antwort zu geben, doch die Worte blieben ihr im Hals stecken. Wie sollte sie in Worte fassen, was sie gesehen, was sie gespürt hatte?

Sie hätte Matthew sehen müssen. Ihr Verlobter, der Mann, den sie heiraten sollte. Sein Gesicht, sein Lächeln, seine Berührung hätten es sein müssen, die vor ihrem inneren Auge auftauchten. Doch stattdessen war da nur einer gewesen.

William Murdoch.

Ihr Herz begann schneller zu schlagen, als sie die Erkenntnis traf.

»Ich … ich sah nichts«, log sie schließlich und wandte sich abrupt ab, als könnte sie damit auch ihre eigenen Gedanken verdrängen. »Es war töricht, darüber nachzudenken.«

Sie holte tief Luft und versuchte, die aufkommende Unruhe in ihrer Brust niederzukämpfen. Es war nichts weiter als eine flüchtige Begegnung gewesen, ein Moment, der bald verblassen würde. Oder etwa nicht?

»Oh, Chérie«, sagte Virginie mit einem belustigten Seufzen. »Ich vermute, du bist drauf und dran, dich zu verlieben. Du grinst von einem Ohr zum anderen.«

Virginie grinste nur verschmitzt, während Catherine spürte, wie ihr das Blut in die Wangen schoss. Nein. Das durfte nicht sein. Es war unmöglich – und doch fühlte es sich erschreckend echt an.

Ihr Verstand verbot ihr, weiter darüber nachzudenken, aber ihr Herz tat es längst. Wie wäre es, wenn er seine Arme um sie legen würde? Wenn sie sich an seine Brust lehnen könnte, nur für einen Moment? Der Gedanke war ebenso beunruhigend wie verlockend.

Sie sammelte ihre Gedanken und versuchte, ihrer Aussage eine gewisse Bestimmtheit und Endgültigkeit zu verleihen. »Nein, Virginie. Dieses Mal täuschst du dich. Es handelte sich lediglich um eine äußerst ansprechende Konversation.«

Virginie hob eine Braue, ein Schmunzeln zuckte um ihre Lippen. »Oh Chérie, es besteht absolut kein Anlass zur Annahme, dass ich mich jemals täuschen würde.« Doch anstatt weiter nachzuhaken, beließ sie es dabei.

»Heute Abend werden wir mit dem Kapitän speisen. Es wäre wünschenswert, wenn du und Lawrence ebenfalls teilnehmen würdet. Falls er sich wieder besser fühlt.«

»Auch ohne ihn ist mein Kommen gewiss. Ich hege keinerlei Einwände, mich einer angenehmen Gesellschaft anzuschließen. Auch ein Gläschen guten Chardonnay würde ich nicht ablehnen.« Gerade in diesem Moment erklangen die Posaunen, die das Mittagessen ankündigten.

»Gott, als müsste ich daran erinnert werden, dass ich Hunger habe«, empörte sich Virginie, »Wie die Posaunen zum jüngsten Gericht.«

Mit einem glockenhellen Lachen verabschiedete sie sich und verschwand aus Catherines Blickfeld. Catherine blieb noch in der Mittagssonne und beobachtete das Treiben der Passagiere, die das Innere aufsuchten, bis sie schließlich nahezu allein an Deck war.

Nervosität kroch in ihr hoch, ein kribbelndes Unbehagen, das sie nur schwer unterdrücken konnte. Sie musste sich beruhigen. Doch jedes Mal, wenn sich das Bild seines Gesichts in ihre Gedanken schlich, spürte sie, wie ihre Lippen sich unwillkürlich zu einem Lächeln verzogen. Fast ärgerlich über sich selbst atmete sie tief durch und schloss die Augen für einen Moment.

Es war an der Zeit, sich der Realität zu stellen. Die Rolle anzunehmen, die man ihr auferlegt hatte – die einer gut erzogenen jungen Dame, geformt durch gesellschaftliche Erwartungen und den unerbittlichen Willen ihrer Mutter. Also straffte sie die Schultern, zwang sich zu einer gelassenen Miene und trat ins Schiffsinnere.

23

JOSEPHINE

1912 | APRIL 12

Die Standuhr tickte laut und mit jedem Ticken schwoll die Nervosität in Josephine an. Sie saß tief versunken in einem der bequemen Sessel und blickte sich zum wiederholten Male um. Vielleicht würde sich irgendwo noch ein Kleidungsstück finden, das sie aufhängen konnte, oder ein Staubkorn am Kaminsims, um es wegzuwischen.

Jede Sekunde, die sie in dieser Suite verbringen musste, war die reinste Qual. Seit ihrem Besuch beim Schiffsarzt gemeinsam mit Mister Gould war sie nicht in der Lage, seine Anwesenheit zu ertragen. Solange sie sich in seiner Suite aufhielt, war ein Aufeinandertreffen nicht ausgeschlossen. Wann immer er in der Nähe war, schien es, als würde sie zwei linke Hände haben. Es war ihr kaum möglich, eine Tasse gerade zu halten, von einer Unterhaltung ganz zu schweigen. Irgendwann würde sich ihre Nervosität ihm gegenüber legen, dessen war sie sich sicher.

Als sie die Bewegung des Türknaufs wahrnahm, erhob sie sich von ihrem Sitz und wartete mit verschränkten Händen das Eintreten der Miss ab. Doch es war nicht Catherine.

»Wo ist Catherine?«

George betrat den Raum, schloss die Tür hinter sich und durchquerte die Kabine mit schnellen Schritten, um seine Schwester zu finden.

»Beim Lunch, Sir«, antwortete Josephine und vermied den Blickkontakt.
Er schnaubte verärgert. Es war nicht ungewöhnlich, dass er sich auf-
regte. Er hasste es, sich ausgeschlossen zu fühlen, und sollte Catherine
ohne ihn gegangen sein, so war dies offenbar von ihr und Misses Rutherford so beabsichtigt gewesen. Die Damen hatten sich schon immer mit großem Eifer darum bemüht, den jungen Harding–Sprössling zu ärgern.

Seit Josephine bei den Hardings eine Anstellung gefunden hatte, konnte sie beobachten, wie George seiner jüngeren Schwester nacheiferte. Nicht
ohne Grund, schließlich hatte sie mit ihrem Vater mehr gemeinsam als
George. Obwohl er in sämtliche Geschäfte eingeweiht wurde und sich täglich unter der Aufsicht und dem wachsamen Auge seines Vaters befand.

Dennoch verfügte der Herr des Hauses über eine bessere Beziehung zu
Catherine als zu seinem erstgeborenen Sohn. Woran dies jedoch lag, wusste Josephine nicht.

»Was machst du eigentlich noch hier?«, fragte er sie in einem aggressiven
Tonfall und kam ihr bedrohlich nahe.

Auch dieses Verhalten zeigte sich oft, wenn er sich ungerecht behandelt
fühlte. Wie oft hatte er bereits aus Trotz die Sauciere auf den Boden geworfen, nur weil etwas nicht nach seiner Nase ging.

»Ich erwarte Miss Harding, um ihr beim Anlegen ihres Nachmittags-
kleids behilflich zu sein.«

»Es ist bemerkenswert, dass Frauen ständig auf Unterstützung angewiesen zu sein scheinen.« Mit bedächtiger Langsamkeit umkreise er sie
wie ein Adler seine Beute. Sein Blick war ernst, seine Stimme ruhig, doch
Josephine konnte die Wut aus seinen Ohren pfeifen hören.

»Ein Korsett ist für eine Person allein recht schwer zu öffnen oder zu
schließen, Sir.«

Sie bemühte sich, die Contenance zu bewahren, da dies die einzige Möglichkeit war, mit ihm in dieser emotionalen Verfassung umzugehen. Allerdings führte die Konfrontation mit seinem Blick dazu, dass auch sie
unruhiger wurde. Seine weißen Zähne blitzten auf, während sich seine
Mundwinkel zu einem verzerrten, abartigen Grinsen formten. »Trägst du
ebenfalls ein Korsett, Josephine?«

Seine Frage verwirrte sie und ließ ihren Atem stocken. Es ist nur eine
Frage, sprach sie sich selbst gut zu, nur eine äußerst unangemessene Frage.

»Ja, Sir.«

Er näherte sich ihr weiter, die Distanz zwischen ihnen verringerte sich auf einen einzigen Schritt. Der scharfe Duft des Rasierwassers steig ihr in die Nase. Ihr Herz begann zu rasen.

»Entkleide dich. Ich will es sehen.«

»Das … scheint mir unangebracht.«

Mit entschlossenem Griff fasste er ihren Arm und zog sie zu sich. Vor Schreck konnte sie kaum noch atmen.

»Zier dich nicht so. Mit euch Weibern ist es immer dasselbe.«

Während er sprach, nahm sie wahr, dass sein Atem ihren Nacken streifte. Durch eine gezielte Bewegung seines Arms gelangte er an die Schleife ihrer Schürze, welche daraufhin aufging und nach vorne rutschte, sodass sie lediglich noch um ihren Hals baumelte. Mit einer Hand fixierte er ihren Körper. Die Fingerspitzen gruben sich schmerzhaft in ihren Oberarm.

»Ich bitte Sie inständig darum, davon abzusehen«, wimmerte sie erstickt, doch George zeigte sich unbeeindruckt. Er ließ sie einen Moment lang los. Sie nahm einen heftigen Ruck an ihrem Kleid sowie einen kalten Windhauch um ihre Schultern wahr, ehe sie das Klappern der Knöpfe auf dem Parkettboden vernahm.

Tränen liefen über ihre Wangen, sie zitterte und wimmerte. Angsterfüllt schloss sie die Augen und wünschte sich weit weg. Er packte den Saum ihres Kleides und zog ihn nach oben.

Ein Geräusch, das einem Klacken ähnelte, war zu vernehmen, woraufhin eine plötzliche Stille eintrat. George verharrte in seiner Position und es schien, als stünde die Welt still.

Als Josephine die Augen öffnete, sah sie Catherine samt Verlobten in der Tür stehen. In ihrem Gesicht das blanke Entsetzen, ehe dies einer schieren Wut wich.

»Du unglaublicher Bastard!« Mit diesen Worten stürzte sie sich auf ihren Bruder. Mit ihrer Handtasche und ihren bloßen Fäusten schlug sie auf ihn ein. George hatte die Arme erhoben, um sich vor den Schlägen zu schützen, und taumelte einige Schritte nach hinten. Josephine nutzte diesen Moment und floh in die Ecke, wobei sie sich mit dem Rücken gegen die Wand presste. Ihre Beine gaben unter ihrem Gewicht nach und sie sackte in sich zusammen.

Mister Gould trat hinter seine Verlobte und hinderte sie daran, ihren Bruder weiter zu malträtieren. Ihr Zorn jedoch schien ungebrochen. Sie bäumte sich gegen die Arme ihres Verlobten auf, wobei sie George mit ihren Augen fixierte.

»Wenn du auch nur noch einmal in ihre Nähe kommst, sie auch nur schief ansiehst! Ich warne dich!«

George richtete sein Hemd, strich sich arrogant durch die Haare und mit einem letzten Blick zu Josephine verließ er ohne weitere Proteste, jedoch mit hocherhobenem Kopf, die Suite. Kaum hatte sich die Tür hinter Mister Gould und seiner Verlobten geschlossen, eilte diese zu Josephine.

»Oh Gott. Hat er dir etwas angetan?«

Josephine öffnete den Mund, doch es drang kein Laut daraus hervor. Sie schüttelte den Kopf, ehe sie von den Armen umfangen wurde. Sie spürte das dumpfe Klopfen ihres Herzens. Es war vorbei.

»Ich werde dich von nun an keinen Augenblick mehr aus den Augen lassen, das verspreche ich dir! Und ich schreibe eine Nachricht an Vater. George muss bestraft werden. Wenn Vater es nicht tut, dann … dann gehe ich zur Polizei!«

»Darling«, unterbrach Mister Gould sie, »Jetzt übertreibst du.«

Er hockte in der Mitte des Raumes und sammelte die Knöpfe von Boden auf.

»Was soll ich dann tun? Es ihm durchgehen lassen? Wären wir lediglich wenige Minuten später erschienen, hätte sich …« Sie ließ den Satz unvollendet.

»Solange wir auf dem Schiff sind, wird es schwierig. Ich werde meinen Kammerdiener mit dieser Aufgabe betrauen. Er wird sich fortwährend bei Josephine aufhalten und sie beaufsichtigen. Sobald wir in New York angekommen sind, werden wir die weitere Vorgehensweise erörtern.«

»Du kannst mich nicht davon abhalten Vater einen Brief zu schreiben!«

»Das hatte ich auch nicht in Betracht gezogen«, äußerte sich Mister Gould mit einem Seufzen und trat an die Frauen heran. Er hielt Josephine seine offene Hand mit den acht runden Knöpfen hin, welche zuvor von ihrer Uniform abgegangen waren. Josephine packte sie und steckte sie in die Tasche an der Vorderseite ihres Schurzes.

»Ich hole meinen Kammerdiener. Catherine bleibt bei dir, bis er hier ist.«

Sein Blick vermittelte ihr das Gefühl von Sicherheit, was sie sehr zu schätzen wusste, da sie sich in der Obhut ihrer Herrschaften sehr wohlfühlte.

»Darling, ich suche für dich eine Stewardess« fügte er an Catherine gewandt hinzu, »Es findet sich bestimmt eine, die dir heute Abend zur Hand gehen kann. Josephine kann sich somit den Abend freinehmen, um sich zu erholen.«

Miss Harding nickte eifrig und strich Josephine über die Haare. »Das ist eine fabelhafte Idee. Wir legen dich in der Zwischenzeit in mein Bett und du ruhst dich etwas aus.«

»Nein, Miss Catherine, ich kann doch nicht …«

»Selbstverständlich kannst du. Ich bestehe darauf«, sagte Catherine und ergriff ihre Hand, um sie hochzuziehen. Mister Gould drehte sich um, um nicht Josephines Untergewand zu sehen, welches unter dem zerrissenen Kleid hervorlugte.

»Ich überlasse dir eines meiner bequemeren Kleidungsstücke, damit du nicht länger mit dem zerrissenen Ding da vorliebnehmen musst. Bitte Josephine. Du tust jeden Tag so viel für mich, lass mich das eine Mal etwas für dich tun.«

Josephine gab sich geschlagen und ließ sich von Catherine unter den Deckenberg drücken. Von dort aus beobachtete sie, wie die Miss zum Kleiderschrank lief und zwei Kleider herausholte. Eines der Kleider wurde auf den Stuhl vor dem Bett gelegt, während das andere in das angrenzende Zimmer gebracht wurde. Als sie zurückkehrte, verdunkelte sie das Zimmer, schloss vorsorglich alle Türen ab und ließ sie schließlich mit einem besorgten Lächeln zurück.

Josephine versank tiefer in die weichen Kissen, zog die Bettdecke bis über die Ohren, atmete tief durch und wünschte sich an einen fernen Ort.

24

CATHERINE

1912 | APRIL 12

»Dieser Mistkerl! Das ist inakzeptabel!« Catherine tigerte im Zimmer auf und ab, ließ kaum ein Möbelstück unberührt, wenn sie daran vorbeikam. Es war für sie nach wie vor schwer nachvollziehbar, dass ihr Bruder Hand an Josephine gelegt hatte.

»Darling«, Matthew seufzte, »Du hast maßlos übertrieben. Wir können froh sein, dass es niemand gesehen hat.«

»Wie bitte?«

Sie riss ihren Kopf zu ihm herum und könnten Blicke töten, wäre er auf der Stelle in sich zusammengesackt und hätte aufgehört zu atmen.

Erneut seufzte er und rieb sich mit dem Finger die Stelle zwischen den Augen.

»Es war nicht angemessen, jedoch kann die Tat vor dem Gesetz nicht als Verbrechen gewertet werden. Sie hat sich nicht gewehrt, kein Richter dieser Welt würde für sie entscheiden, und das weißt du auch.« Er nahm die Hand aus dem Gesicht und stützte sich an einer der Sessellehnen ab. »Du hast maßlos übertrieben mit deinen Worten. Bei dem späteren Dinner, zu dem selbstverständlich auch dein Bruder erscheinen wird, wäre es wünschenswert, wenn du dich etwas mehr zurückhalten würdest. Wir lenken zu viel Aufmerksamkeit auf uns, und das gilt es zu vermeiden.«

Catherine zitterte vor Zorn. Sie erkannte, dass ihr Verhalten nicht den konventionellen Standards von Höflichkeit und Etikette entsprach, jedoch war sie der Meinung, dass ihre Reaktion angesichts der Umstände angemessen war. Die arme Josephine! Wie sie dastand, von Angst erfüllt und mit Tränen in den Augen. Allerdings würde dies vor Gericht nicht ausreichen.

»Ich habe mir ehrlich gesagt gedacht, ich könnte mir Josephine offiziell zur Mätresse nehmen.«

Anfangs waren Matthews Worte in Catherines Gedankengewirr untergegangen, doch nach einem stillen Moment knallten sie ihr wie eine harte Ohrfeige ins Gesicht. Sie lachte trocken auf. »Wir sind noch nicht einmal verheiratet und du sprichst nun bereits von einer Mätresse«, sagte sie bitter und schüttelte den Kopf.

»Catherine, hör mich an. George wäre folglich nicht mehr befugt, sie erneut zu berühren, da er sich dadurch mit mir in einen Konflikt begeben würde.«

Ihr Mund klappte auf, sodass sie ihrem Verlobten gegenüber ihre unbändige Wut entladen konnte. »George besaß nie das Recht, sie anzufassen! Keiner darf jemanden gegen seinen Willen berühren!«

Er blickte sie mit einer gewissen Verwirrung an, als sei er nicht imstande, ihre Aufregung nachzuvollziehen. Sie fochten einen stillen Kampf der Blicke aus, bis er schließlich seufzte.

»Dann bist du in dieser Welt wohl allein mit deiner Sichtweise. Ich hole dir eine Stewardess, damit du dich umziehen kannst.«

Kaum hatte er das Zimmer verlassen, stöhnte sie auf. Sie wusste, worauf er angespielt hatte, schließlich wäre sie bald mit ihm verheiratet. Und eine verheiratete Frau hatte die Pflicht, ihrem Ehemann jederzeit zur Verfügung zu stehen, sollte er mit ihr das Bett teilen wollen. Eine Verweigerung dieses Wunsches konnte eine rechtskräftige Scheidung zur Folge haben.

Wütend packte sie einen der Dekorpolster der Sitzgelegenheiten und warf ihn quer durch die Kabine, wo er die Vase mit den Freesien umwarf. Die blaue Vase ging zu Boden und zersprang in hundert Einzelteile. Mitsamt den Blumen lagen die Scherben am Boden. Und inmitten ihrer, all die Hoffnung die Catherine noch für ihr Leben hegte.

∞

Die Stewardess, welche Catherine beim Ankleiden ihres Kleides unterstützte, trug den Namen Violet Jessop. Sie machte ihre Arbeit sorgfältig und erzählte Geschichten von der Olympic, dem Schwesterschiff der Titanic. Catherine war jedoch nicht gewillt, sich auf ein Gespräch einzulassen, und zeigte auch kein Interesse an den von Violet Jessop dargebotenen Erzählungen. Violet würde sie zu einem späteren Zeitpunkt wohl als gefühlskalt und herzlos beschreiben, doch dies war für sie von untergeordneter Bedeutung.

Matthew legte größten Wert auf seine Garderobe und sah wie aus dem Ei gepellt aus. Er war ein ansehnlicher Mann und selbst die Stewardess konnte ihren Blick kaum von ihm wenden. Catherine jedoch ging in ihrem Kopf nur die Worte durch, die sie ihrem Vater schreiben würde. In Gedanken schrieb sie den Brief hundertmal um. Ihr Vater tolerierte keine Schimpfworte von seiner Tochter. Leider kamen ihr davon eine ganze Menge in den Sinn, wenn sie an ihren Bruder dachte.

Virginie und Lawrence erschienen pünktlich in der Suite, um die beiden abzuholen. Catherine warf noch einen kurzen Blick auf Josephine, die tief und fest schlief, instruierte Matthews Kammerdiener, sich keine einzige Sekunde aus der Suite zu entfernen, und verließ die Kabine. Erst als Virginie an Catherines Seite trat, sie am Arm nahm und ihre Schritte verlangsamte, sodass die Männer auf dem Weg in den Speisesaal über Geschäftliches sprechen konnten, konnte sie sich von ihrer Anspannung erholen.

»Du siehst hinreißend aus, Chérie«, meinte Virginie, »Trägt dieses Kleid möglicherweise die Handschrift von Lady Lucille Duff Gordon? Es wirkt beinahe so, als würdest du es nicht nur anziehen, weil sie auch auf der Titanic reist. Natürlich weiß ich es besser«, sie schmunzelte und senkte ihre Stimme zu einem Flüstern, »Matthew platzt beinahe vor stolz, dass du die Frau an seiner Seite bist. Und wer weiß … Vielleicht kann auch ein anderer kaum die Augen von dir lassen.«

Sie zwinkerte Catherine zu, der sofort die Röte in die Wangen schoss. Ungeachtet der Tatsache, dass sie den Großteil des Abends mit der Rezeption der geschmacklosen Witze Guggenheims verbringen würde, sah Catherine ein Licht am Horizont – schließlich würde Mister Murdoch anwesend sein. Nach den turbulenten Ereignissen des Nachmittags sehnte sie sich nach einem ruhigen Gespräch mit einem Mann, der von all dem nichts wusste.

Als die Freundinnen gemeinsam das Treppenhaus betraten, warf Catherine einen kurzen Blick nach oben, der sie beinahe ins Straucheln gebracht hätte.

»Unglaublich«, hauchte sie, als ihr Blick zur Glaskuppel emporstieg, die sich über ihnen befand. Als sie ihren Blick wieder nach unten richtete, war sie für einen Moment sprachlos und ihr stockte der Atem.

Am Fuße der Treppe stand der Kapitän, herausgeputzt wie ein glänzender Kutschenwagen, und sprach mit seinen Passagieren, lachte über Witze und gab Anekdoten von seinen Reisen auf hoher See von sich. Und daneben stand er. William Murdoch.

Ihr Herz pochte in ihren Ohren und in ihrem Bauch flog plötzlich ein ganzer Schwarm wild gewordener Schmetterlinge umher, gleichzeitig fühlte sie sich leicht wie eine Feder im Wind. Er sprach mit dem Kapitän, lachte auf, doch als hätte das Schicksal es so gewollt, blickte er nach oben, und ihre Blicke trafen sich. Die Welt hörte auf, sich zu drehen, während seine Augen auf ihr lagen.

Sie musste sich zwingen, einen Fuß vor den anderen zu setzen. Als sie die letzte Stufe erreicht hatten, löste sich Virginie von ihrem Arm. »Tut mir leid, Chérie. Ich muss mich für einen kurzen Augenblick entschuldigen, um mit Noël ein paar Worte zu wechseln. Wir werden uns am Tisch wiedersehen.« Sie warf Catherine einen Handkuss zu und entfernte sich in der Menschenmenge in Richtung Countess. Unschlüssig blieb Catherine stehen und blickte sich nach Matthew um, doch der war mit seinem Gesprächspartner weitergegangen, ohne Notiz von ihr zu nehmen.

Als der Kapitän sie erblickte, zeigte er ein freundliches Lächeln und ging auf sie zu. Mister Murdoch folgte ihm. »Guten Abend, Miss Harding.« Er deutete eine Verbeugung an, »Sie sehen äußerst ansprechend aus, wenn ich mir diese Bemerkung erlauben darf.«

»Sie dürfen alles, Mister Smith. Immerhin befinden wir uns auf Ihrem Schiff.«

Der Kapitän brummte vergnüglich, schmunzelte und räusperte sich schließlich. »Mister Murdoch, würden Sie die Dame in den Speisesaal begleiten? Ich warte noch auf Misses Brown. Ihre Anwesenheit ist stets eine außerordentlich erfreuliche Abwechslung. Sie sind mir doch nicht böse, Miss Harding?«

»Nein, gewiss nicht«, entgegnete sie ihm, während der Kapitän nickte und sie beide zusammenstehen ließ. Ihr Herz klopfte mittlerweile so laut, er musste es doch hören. Das ganze Schiff hörte es, wenn nicht sogar die Hafenarbeiter in Amerika!

Mister Murdoch lächelte und bot ihr den Arm zum Einhaken an. Sie nahm seinen Arm und sofort begann er, sich in Bewegung zu setzen.

In seiner Nähe fiel es ihr schwer, klare Gedanken zu fassen.

»Ich möchte mich bei Ihnen für Ihre Unterstützung bedanken, Mister Murdoch. Ich hoffe, ich habe Sie vor dem Kapitän nicht in eine unangemessene Situation gebracht.«

»Diese Befürchtung kann ich Ihnen nehmen. Außerdem hat der Kapitän vollkommen recht. Sie sehen wunderschön aus.«

Er sah sie an und sie japste nach Luft.

»Sie sehen selbst … Die Ausgehuniform steht Ihnen ausgezeichnet«, stellte sie fest, ehe sie sich räusperte, und versuchte, wieder Herrin ihrer Gedanken zu werden. »Und wie gefällt es Ihnen hier unter all den Reichen und Schönen?« Das schelmische Grinsen gelang ihr lediglich in unzureichendem Maße.

Er zuckte mit den Schultern und senkte seine Stimme zu einem wohligen Brummen. »Genauso gut, wie Ihnen, Miss Nancy.«

Catherine wurde heiß und kalt zugleich, während sie bemüht war sich auf seine Worte zu konzentrieren.

»In der Tat erachte ich die Situation nicht als außergewöhnlich schlimm. Es ist wichtig, dass die Passagiere mein Gesicht kennen. Damit sie wissen, an wen sie sich wenden können, sollten wir während der Überfahrt Probleme haben«, führte er weiter aus.

»Mister Andrews ist sehr überzeugt von seinem Schiff. Ich glaube kaum, dass es Probleme auf dem luxuriösesten und sichersten Schiff aller Zeiten geben wird. Die Presse nennt sie sogar die Unsinkbare.«

»Gewiss. Die Titanic verfügt über eine hohe Sicherheit. Die Konstruktion wurde so ausgelegt, dass sie nur wenig Spielraum für Fehler lässt. Aber … alles, was ein Loch hat, kann potenziell sinken. Die Behauptung, die Titanic sei unsinkbar, empfinde ich als äußerst gewagt.«

»Nun, aber für den Fall gibt es doch Rettungsboote, oder nicht?«

»Selbstverständlich. Es wurden neue Davits installiert, mit denen …« Er verstummte und räusperte sich, »Verzeihen Sie, Miss. Oftmals neige ich dazu, mich in eine Art Seemannssprache zu verfallen.«

»Sie nennen mich Miss Nancy, aber trauen mir doch nichts zu, Mister Murdoch«, ereiferte sie sich, »Ich bin mir der Tatsache bewusst, dass die

Anzahl der an Bord befindlichen Rettungsboote zwar dem Gesetz entspricht, jedoch für die Anzahl an Passagieren auf der Titanic als unzureichend zu betrachten ist. Des Weiteren ist mir die Terminologie der Davits geläufig. Die Berichterstattung der Presse ist seit Monaten auf die Titanic fokussiert. Die Funktionsweise der sogenannten Davits erlaubt es, nicht nur ein Rettungsboot zu Wasser zu lassen, sondern dieses auch zu manövrieren und somit mehrere Rettungsboote zu Wasser zu lassen. Oder besteht hier ein Irrtum meinerseits?«

Murdoch unterbrach seine Bewegung und betrachtete ihr Antlitz, wo er ein breites Lächeln ausmachen konnte.

»Ich sollte überrascht sein, aber mittlerweile traue ich Ihnen beinahe alles zu.«

Catherine fühlte sich geschmeichelt. Zu wissen, dass sie ihn beeindruckt hatte, gefiel ihr.

»Mein Vater missbilligt es, wenn ich unserem Butler die Zeitung aus der Hand reiße, noch bevor sie gebügelt ist. Aber die geschwärzten Finger verraten mich jedes Mal.«

Sie lachte auf und entlockte auch ihm ein Lächeln.

»Haben Sie nicht gesagt, Sie würden sich an die Regeln halten?«

»Nein.« Sie schmunzelte. »Was ich gesagt habe, ist, dass ich die Regeln kennen würde. Und das tue ich. Nur halte ich mich selten daran.«

Sie sahen einander einen Moment zu lange in die Augen. Catherine spürte wieder diese Wärme in ihrer Brust, von der sie nicht wusste, was sie bedeutete.

Plötzlich verspürte sie einen heftigen Riss an ihrem Arm. Gewaltsam wurde sie von Mister Murdoch weggezogen. Sofort packte sie tiefe Wut, als sie das Gesicht ihres Bruders vor sich hatte.

»Was machst du da? Hast du jetzt auch noch vergessen, wo dein Platz ist?« Georges Stimme war gesenkt, aber seine Blicke sprachen Bände. Obwohl ihr Zorn sie zu überrollen versuchte, bewahrte sie Contenance. Sie hatte Matthew ein Versprechen gegeben und würde es nicht brechen, ganz besonders nicht in Gegenwart von Mister Murdoch.

»Nachdem du es allem Anschein nach auch nicht mehr weißt?«

»Es wird Zeit, dass du dich angemessen verhältst, Catherine. Ich kenne viele Möglichkeiten, dich dazu zu zwingen, wenn du es nicht von allein machst. Lass es mich nicht bereuen, dir immer und immer wieder Chancen zu geben.«

Ihr Mund öffnete sich und sie starrte ihren Bruder mit fassungslosem Blick an. Innerlich begann sie, langsam bis zehn zu zählen, da sie ansonsten vermutlich die Kontrolle über ihre Handlungen verloren hätte. Und wer weiß, ob ihr dann nicht noch die Hand ausgerutscht und in seinem Gesicht gelandet wäre.

George schäumte vor Wut. »Wieso willst du denn nicht begreifen? Gould garantiert dir ein sorgenfreies Leben!«

Die Tatsache, dass George noch immer in leisen Tönen sprach und somit den Anschein erwecken wollte, die Situation unter Kontrolle zu haben, traf sie mit voller Wucht. Der Schein einer perfekten Geschwisterbeziehung sowie einer unfehlbaren Familie. Genau wie ihre Mutter es tun würde.

»Mein Leben wird erst sorgenfrei sein, wenn du nicht mehr darin vorkommst.«

George lachte höhnisch auf. »Du blamierst dich, Catherine. Jeder der heute Abend dort unten ist und sieht, wie du mit dem da auftauchst, wird dich auslachen.«

Sie verharrte, lauschte der Musik, welche aus dem Empfangsraum am D-Deck zu ihnen empordrang. Sie atmete langsam ein und sah ihren Bruder mit durchdringendem Blick an.

»Dann lass sie lachen, George. Es ist mir egal.«

Catherine hatte keine Kraft mehr, sich fortwährend zu rechtfertigen, allen Ansprüchen gerecht zu werden und mit ihm zu streiten. Sie konnte ihm nicht jeden Verstoß gegen die Etikette verzeihen, während sie sich selbst keinerlei Verfehlungen erlauben durfte. Sie wandte sich von ihm ab und wollte zu Mister Murdoch zurückkehren.

»Und Matthew? Er ist gewillt, dich zu heiraten, und alles, was er verlangt, ist tadelloses Benehmen. Willst du dich also neben diesem Kartoffelschäler setzen? Dann brauchst du dich nicht wundern, wenn er noch dort am Tisch die Verlobung vor aller Augen auflöst.«

»Mister Murdoch ist ein Offizier, sofern dir die Bezeichnung geläufig ist!«

Sie konnte damit umgehen, dass George sie mit seinen Worten verletzte, doch er hatte nicht das Recht sie auch gegen einen Unbeteiligten zu richten.

»Dann frag ihn doch nach seinem Einkommen. Es besteht kein wesentlicher Unterschied zu einem Kartoffelschäler.«

Unfassbar schüttelte Catherine den Kopf.

Es war schwer, nachzuvollziehen, wie es möglich war, dass in ihnen dasselbe Blut floss. »Du tust mir nur noch leid, George.«

»Du wirfst alles weg!«

Er presste die Zähne zusammen und seine Augen bohrten sich in ihren Rücken, als sie ihn stehenließ.

Auch wenn Mister Murdoch den Disput zweifellos wahrgenommen hatte, begab sie sich mit selbstsicherer Miene zu ihm, als wäre nichts geschehen. »Ich bitte um Entschuldigung für das Verhalten meines Bruders. Er neigt zu Verhaltensweisen, die als schwierig bezeichnet werden könnten.«

Doch noch bevor sie weitergehen konnte, nahm der Offizier ihren Arm von seinem und stellte sich ihr mit besorgter Miene gegenüber.

»Es wäre möglicherweise ratsam, auf die Empfehlungen Ihres Bruders zu hören.«

Sofort sank ihr Herz bis zu ihren Füßen. Folglich hatte er jedes Wort mitangehört und sie würde es ihrem Bruder niemals verzeihen, dass er Mister Murdoch als Kartoffelschäler bezeichnet hatte. In ihrem Magen machte sich ein dumpfes Gefühl breit. In ihrer Vorstellung sah sie bereits, was nun geschehen würde. Er würde sich entschuldigen, sie stehen lassen und jeglichen weiteren Kontakt vermeiden. Immerhin könnte ihr Bruder ihn anschwärzen und Mister Murdoch könnte seinen Posten verlieren. Dabei wäre er nicht der Erste, dem ein derartiges Schicksal widerfuhr, da er mit Catherine verkehrte.

»Ich möchte nicht der Grund sein, warum ihr Verlobter die Verlobung löst.«

»Gott! Und selbst wenn! Die Entscheidung, ihn zu heiraten, war nicht meine eigene.« Ein Blick in sein Gesicht genügte, um zu erkennen, dass eine weitere Annäherung an ihn zwecklos war. Murdoch hatte eine Entscheidung getroffen und seinen Blick gesenkt.

»Ich ging davon aus, dass Sie mich besser verstehen würden als jeder andere«, flüsterte sie und verschränkte die Arme.

»Ich denke, ich verstehe sie sogar gut. Obwohl Geld nicht als das höchste aller Güter betrachtet werden sollte, kann es doch in vielerlei Hinsicht von Vorteil sein.«

Mit jeder Äußerung wuchs die Kluft zwischen den beiden. In Catherine wuchs die Angst, etwas zu verlieren, was sie nie besessen hatte. »Wenn es um die wenig geistreiche Bemerkung meines Bruders geht … Sie sind ja kein Kartoffelschäler. Sein Handeln zielte einzig und allein darauf ab, mich zu provozieren. Was ihm ganz offensichtlich gelungen ist.«

»Das ist es nicht, Miss. Es ist für mich irrelevant, ob mich jemand als Kartoffelschäler bezeichnet oder mich für einen solchen hält. Selbst wenn ich einer wäre, wäre ich stolz genug, um über eine derartige Bezeichnung hinwegzusehen. Aber ich verdiene nicht einmal ansatzweise das, was Ihr Verlobter verdient. Nicht mal im Geringsten. Sollte dies die Meinung Ihres Bruders sowie Ihrer übrigen Freunde in dieser Angelegenheit sein, wäre es wohl angebracht, wenn ich heute Abend nicht mit Ihnen am Tisch sitzen würde.«

Endlich verstand Catherine das wahre Problem. Sie war nur zu naiv gewesen, um es zu sehen. Sie war der Überzeugung, dass Mister Murdoch sie in einer Weise verstehen würde, wie es noch niemand vor ihm getan hatte. Er würde ebenso wenig Wert auf die bestehenden Unterschiede legen wie sie selbst, denn wenn sie beisammen waren, fielen sie ihr gar nicht auf. Doch sie hatte sich wohl in ihm getäuscht. Das Beste wäre es nun wohl zu Matthew zu gehen und ihr Leben so weiterzuführen, als sei nie etwas geschehen. Allerdings schien ihr das nicht mehr möglich.

»Wenn Sie alle so wären wie dieser Mistkerl, wäre die Gesellschaft schon lange ausgestorben«, brach es aus ihr hervor. Es herrschte einen bedrückende, alles überwältigende Stille. Die Treppe war menschenleer, die Passagiere hatten sich bereits im Speisesaal eingefunden. »Hören Sie, Mister Murdoch. Wenn das Schiff untergehen würde und Sie würden einer Frau in Not begegnen, was würden Sie tun?«

Er runzelte die Stirn. »Ich würde ihr helfen. Ich würde versuchen sie zu retten«, antwortete er nach einem Moment des Nachdenkens.

Dies war die einzige Möglichkeit, die sich ihr bot. Es ging nun um alles oder nichts. »Gut, William. Mein Schiff geht gerade unter. Und die Luft geht mir langsam aus. Also bitte … Retten Sie mich.«

In seinen Augen erkannte sie einen Sturm, der in ihm tobte und alles mit sich zu reißen drohte. Nach einer scheinbar endlosen Zeit des Schweigens hob er schließlich den Arm. »Wir müssen lernen, die Komödie zu Ende zu spielen. Wir müssen das Unglück müde machen«, zitierte er Dickens.

Sorgsam legte sie ihren Arm wieder auf seinen und ließ sich von ihm in den Speisesaal geleiten. Innerlich aufgewühlt, voller Erleichterung und der Hoffnung, er möge seine Entscheidung nicht bereuen.

25

MURDOCH

Bereits beim Betreten des Speisesaals wurden Murdoch und Catherine von einer großen Menge an Personen belagert. Es folgte Händeschütteln und eine Vielzahl an ausgetauschten Grüßen. Frauen mit Federhüten komplimentierten Catherines Abendgarderobe. Murdoch war jedoch überzeugt, dass sie auch in einem Kartoffelsack noch hinreißend aussähe. Er genoss es, in ihrer Nähe zu sein. Wann immer sie einen Moment lang Zeit hatten, Luft zu schnappen, blickte sie zu ihm und lächelte ihn an.

Die deutlichen Worte ihres Bruders waren für ihn jedoch weiterhin präsent. Auch wenn sie schlecht gewählt waren und Mister Harding nur darauf abgezielt hatte seine Schwester zu verunsichern, so war er letztendlich im Recht.

Murdoch war nicht in der Lage, Catherine eine Perspektive zu bieten. Vor allem nicht finanziell. Selbst bei einer Scheidung von Ada könnte es sein, dass der Richter ihn zu einer Unterhaltszahlung an seine Ehefrau verpflichtete.

Er hätte sich ohrfeigen können für diesen Gedanken. Noch vor wenigen Tagen hatte er sich den Kopf zerbrochen, was er nur tun konnte, damit Ada ihn nicht verließ. Nun, unter dem Einfluss von Catherines Charme, gingen seine Hirngespinste mit ihm durch. Frustriert zwang er sich dazu, seine Gedanken der Gesellschaft und dem Abend vor sich zu widmen.

Seine Befürchtung, er wäre fehl am Tisch der Passagiere der ersten Klasse, erwies sich als unbegründet. Die Anwesenheit eines Offiziers an Catherines Seite wurde von den Damen des Abends mit neidischem Interesse zur Kenntnis genommen. Auch die Befürchtung eines Dramas um Catherines Verlobten bewahrheitete sich nicht. Während Murdoch sich neben den Kapitän setzte, verließ ihn Catherine und nahm ihren Platz an der Seite ihres Verlobten ein.

Die Gespräche liefen gut, die Stimmung war heiter und ausgelassen. Er ließ den Blick über die Teller gleiten, nahm die kunstvoll arrangierten Speisen wahr – eine Selbstverständlichkeit auf einem Schiff wie der Titanic, und doch erstaunte es ihn jedes Mal aufs Neue. Bei jedem Gericht überlegte er dreimal, welche Gabel und welches Messer er benutzen sollte, schaute sich aber ein paar Kniffe bei seinem Vorgesetzten ab.

Zum delikaten Essen flossen Wein und Champagner in rauen Mengen. Murdoch hingegen trank ausschließlich Wasser, beobachtete jedoch, wie zahlreiche der hier hoch angesehenen Männer über ihren Durst tranken.

Früher oder später würden diese dann zusammen mit ihren Frauen in die Kabine gehen und über sie herfallen. Obwohl nicht darüber gesprochen wurde, was hinter verschlossener Tür geschah, wussten alle, dass nicht jede eheliche Verbindung auf freiem Willen basierte. Sein Blick fiel auf Catherine, die sich in einem Gespräch mit der Countess befand und dabei lächelte. Ihr Verlobter war in Geschäftsgespräche vertieft, doch seine Hand ruhte fast besitzergreifend auf ihrem Arm. Immer wieder glitt sein Blick über sie, als müsse er sich daran erinnern, dass sie noch neben ihm saß und ihm gehörte. Murdoch presste die Lippen aufeinander und wandte seine Gedanken Fröhlicherem zu, ehe er noch vor Zorn etwas umstieß.

Das Orchester begleitete das Essen mit geübten Fingern über Stunden hinweg. Nach dem Hauptgericht erhoben sich einige Paare von ihren Plätzen und begannen, zu den Klängen eines Walzers zu tanzen. In den letzten Jahren war das keine Seltenheit mehr, aber für Murdoch war es nach wie vor seltsam. Früher hätte es niemand gewagt, während des Dinners den Tisch zu verlassen.

»Wer von Euch Herren leistet mir bei einem Tanz Gesellschaft?«, fragte Catherine in die Runde.

»Oh ja, das ist eine gute Idee! Komm, Lawrence!«, rief eine Frau in etwa

Catherines Alter aus, ergriff die Hand ihres Ehegatten und zog ihn auf die freie Fläche.

»Matthew?«

Doch Mister Gould schüttelte bloß den Kopf und wandte sich ab, als sei sein Gespräch um Längen interessanter als die Bitte seiner Verlobten.

»Mister Smith?«

Der Kapitän lächelte entschuldigend. »Ich fürchte, das köstliche Essen hat zur Folge, dass ich mich kaum noch bewegen kann. Gleichwohl ich als Kapitän Ihre Bitte kaum ablehnen kann … Wie wäre es, wenn Mister Murdoch meinen Platz einnimmt? Er verfügt über weitaus bessere tänzerische Fähigkeiten und der Ruf der Besatzung wäre somit gewahrt.«

Murdoch blickte verwundert zum Kapitän auf. Smith hatte bislang keine Gelegenheit gehabt, ihn tanzen zu sehen, sodass ihm die Einschätzung seiner tänzerischen Fähigkeiten nur schwer möglich war. Obwohl er nun endlich froh war, dass Aid ihn gezwungen hatte das eine oder andere Mal mit ihr tanzen zu gehen. Sein Blick fiel auf Catherine, die ihn mit hoffnungsvoll leuchtenden Augen ansah.

»Gerne. Nicht, dass ich am Ende noch ohne meinen Lohn nach Hause gehe.«

Die Männer lachten über seine frechen Worte, während er nur Augen für Catherine hatte.

»Oh, ich möchte nicht, dass Sie das falsch verstehen, Mister Murdoch. Es ist ein Befehl des Kapitäns«, bemerkte Smith mit einem Schmunzeln.

Murdoch schob den Stuhl zurück, stand auf und ging um den Tisch herum, um Catherines Hand zu ergreifen. Gemeinsam begaben sie sich zur freien Tanzfläche, wobei er lediglich durch die Aussicht, sie in Kürze im Arm zu halten, nervös wurde. Seitdem er sie zum ersten Mal gesehen hatte, hatte er sich dies gewünscht. In seinen Träumen waren sie zwar allein an Deck und nicht in einem überfüllten Speisesaal, doch er würde jeden Augenblick genießen.

Im Nachhinein konnte er nicht mehr genau sagen, zu welchem Walzer sie getanzt hatten. Er wusste nur noch, wie seine Hand an ihrer Taille lag, ihre Hand in seiner Hand. Ihre Augen blickten einander an, während sich der Raum um sie drehte.

Kaum hatte der Walzer geendet, setzten sie sich wieder an den Tisch. Keine Sekunde zu früh, denn just in diesem Moment wurde der Nachtisch aufgetragen. Während er sich der Fruchtcreme widmete, sprach er kein

Wort. Er wollte sich diesen kostbaren Moment mit Catherine für immer bewahren.

Als er sich schließlich von seinem Sitz erhob, wandten alle Anwesenden ihre Blicke ihm zu. »Sehr geehrte Damen, es war mir eine außerordentliche Freude, heute mit Ihnen zu dinieren. Ich werde mich nun zurückziehen, da meine Schicht morgen bereits sehr früh beginnt.«

»Oh nein. Ich bitte Sie, noch zu bleiben. Sie müssen doch mit mir auch noch tanzen.«

Er zeigte sich überrascht von der Offenheit, mit der die Frau ihm Avancen machte. Die Dame schien zwar noch nicht verheiratet und ihre offene Art unter den anderen Damen gut anzukommen, aber er hatte nur Augen für Catherine. Er lächelte ihr zu und verließ schließlich den Speisesaal, in dem noch bis in die frühen Morgenstunden weitergefeiert werden würde.

26
JOSEPHINE

1912 | APRIL

Josephine lag in der weichen Umarmung der Kissen, doch von Geborgenheit konnte keine Rede sein. Ihr Körper war schwer, als hätte die Angst sich in ihre Glieder gegraben, und ihr Geist war rastlos. Das gedämpfte Flackern der elektrischen Wandleuchten ließ Schatten über die Wände tanzen, und in der Stille der Kabine hallten ihre Gedanken nur umso lauter wider.

Catherine und Matthew hatten noch lange lautstark im angrenzenden Zimmer diskutiert. Sie hatte jedes Wort gehört. Die Miss hatte sie verteidigt – mit einer Leidenschaft, die Josephine rührte. Doch es war nicht genug, um das beklemmende Gefühl in ihrer Brust zu vertreiben.

Sie hätte niemals mitkommen sollen. Zuhause wäre sie sicher gewesen, fern von diesem schrecklichen Abend, fern von George und seinen abscheulichen Händen. Ein Schauer lief ihr über den Rücken, und sie zog die Decke fester um sich. Aber sie konnte nicht einfach hier liegen und warten.

Sie hatte kein Vertrauen darin, dass Gerechtigkeit geschehen und George zur Rechenschaft gezogen würde. Nicht in dieser Welt, in der Männer wie er sich alles nehmen konnten, ohne Konsequenzen fürchten zu müssen.

Sie musste hier raus. Sie musste zu Josef. Seine Arme waren der einzige Ort, an dem sie sich sicher fühlte. Wo ihr Atem nicht schwer in der Brust lag und die Welt für einen Moment stillzustehen schien. Und so lange sie hier in dieser Suite war, eingesperrt mit ihren Gedanken und Ängsten, konnte sie keinen klaren Kopf bekommen.

Doch sie wusste, dass Georges Kammerdiener im angrenzenden Zimmer war. Sie hörte seine tiefe Stimme, als er sich mit einer Frau unterhielt – Violet Jessop, die Stewardess, die Miss Catherine in ihr Kleid geholfen hatte. Catherine und Matthew waren bereits fort. Jetzt war es nur noch eine Frage der Zeit, bis Bronlow vielleicht nach ihr sehen wollte.

Josephine richtete sich auf und ließ die Decke von ihren Schultern gleiten. Ihr Blick fiel auf ihr Kleid. Sie trug es noch immer, das Dienstbotenkleid mit den abgerissenen Knöpfen und dem Riss an der Schulter. Es war nun für immer eine Erinnerung an George Harding, auch wenn sie es wieder flicken würde. Ihre Haut prickelte unangenehm. Hastig begann sie, es abzustreifen, ihre Finger zitterten, als sie den Stoff von sich löste.

Sie griff nach dem Tageskleid, das Catherine ihr dagelassen hatte – schlicht, aber aus feinem Stoff, und viel bequemer als ihr Eigenes gewesen war. Sie schlüpfte hinein und zog es glatt, bevor sie tief durchatmete.

Mit leisen Schritten ging sie zur Tür und öffnete sie vorsichtig. Das angrenzende Zimmer war gut beleuchtet, und sie sah Luis Bronlow in seiner makellosen Livree, wie er sich mit Violet unterhielt. Die Stewardess hielt das Tageskleid der Miss in den Händen, während sie sich lebhaft mit ihm unterhielt. Beide blickten überrascht auf, als Josephine eintrat. Violet Jessops rotbraunes Haar war ordentlich zu einem Knoten hochgesteckt, und ihre graublauen Augen musterten Josephine mit einem Hauch von Besorgnis. Sie trug die makellose Uniform einer White–Star–Line–Stewardess – ein dunkelblaues Kleid mit hohem Kragen und weißen Manschetten, darüber eine gestärkte Schürze, die ihre schlanke Gestalt betonte.

»Miss Josephine?« Violet legte den Kopf leicht schief und musterte sie besorgt. »Geht es Ihnen gut? Sie sollten sich doch ausruhen.«

Luis Bronlow trat einen Schritt vor. »Es wäre wohl das Beste, wenn Sie sich noch etwas hinlegen. Ich versichere Ihnen, dass Sie in Sicherheit sind.«

Doch Josephine schüttelte leicht den Kopf. Ihr Blick wanderte zur Tür, hinaus in den Flur. Ihr Herz pochte. Sie musste hier weg – aber würde sie es unbemerkt schaffen?

Violet musterte sie noch einen Moment, bevor sie seufzte.

»Ich nehme an, Sie können nicht schlafen?« Ihre Stimme klang sanft, fast mütterlich.

Josephine sah sie an und zuckte leicht mit den Schultern. »Nicht wirklich. Zu viele Gedanken.«

Violet nickte verständnisvoll. »Das kann ich mir vorstellen. Ich bin schon lange auf Schiffen unterwegs und habe so manche unruhige Nacht und schwierige Herren erlebt.« Sie hielt kurz inne und fügte dann hinzu: »Miss Catherine war … nicht gerade freundlich zu mir, als ich ihr half. Aber Sie mögen sie, nicht wahr?«

Josephine blickte überrascht zu Violet. »Catherine ist nicht herzlos. Sie kann schroff sein, das gebe ich zu, aber das hat meistens mit ihrem Bruder zu tun. Sie hat ein gutes Herz.«

Luis Bronlow, der bisher geschwiegen hatte, räusperte sich leise. »Es gibt einige Menschen auf diesem Schiff, deren schlechte Seiten zum Vorschein kommen, wenn sie mit Mister Harding zu tun haben.«

Josephine richtete ihren Blick auf ihn. Violet blickte zwischen Josephine und Bronlow hin und her, als könnte sie damit verstehen, welche Worte nicht ausgesprochen wurden. »Sie mögen ihn nicht?«

Ein kurzer, bitterer Ausdruck huschte über Bronlows Gesicht, bevor er sich fing. »Sagen wir, er ist kein angenehmer Herr. Seine Art … es gibt Dinge, die sich nicht gehören. Und trotzdem nehmen es die meisten hin.« Er hielt inne, als hätte er mehr sagen wollen, es sich dann aber doch verkniffen.

Ein Moment der Stille trat ein, in dem Josephine nicht wusste, was sie sagen sollte. Doch dann war es Violet, die sanft ihre Stimme erhob. »Sie sind nicht allein, Miss Josephine. Und auch wenn es nicht meine Aufgabe ist, Ihnen Ratschläge zu geben – lassen Sie sich nicht von der Angst bestimmen.«

Josephine schluckte schwer. Angst hatte sie, ja. Aber sie konnte nicht zulassen, dass sie ihr den Weg zu Josef versperrte.

Violet setzte sich in Bewegung, durchquerte den Raum, um in Miss Catherines Zimmer das Kleid in den Schrank zu hängen. Mit ruhigen Bewegungen hängte sie es an einen Kleiderhaken, strich den feinen Stoff glatt und schloss die Schranktür mit einem leisen Klicken.

Als sie wieder zurückkam, wandte sie sich wieder Josephine zu, die noch immer in der Mitte des Raumes stand, ihre Arme um sich geschlungen, als wollte sie sich selbst beruhigen. »Ich nehme an, Sie fühlen sich in dieser Suite nicht besonders wohl«, sagte Violet leise, fast beiläufig, doch ihr Blick ruhte aufmerksam auf Josephine.

Josephine zögerte einen Moment, dann nickte sie kaum merklich. »Es fühlt sich an, als würde die Luft hier drin immer schwerer. Ich kann gerade nicht hier sein, nicht nach …« Sie verstummte, aber der unausgesprochene Rest ihrer Worte hing zwischen ihnen.

Violet seufzte leise und legte den Kopf schief. »Ich verstehe. Manchmal ist es besser, sich die Beine zu vertreten, anstatt in einem Raum voller schlechter Erinnerungen zu bleiben.« Sie trat näher an Josephine heran. »Soll ich Sie hinaus begleiten? Ein bisschen frische Luft kann Wunder wirken.«

Josephine sah überrascht auf. »Wirklich? Sie würden das tun?«

Ein sanftes Lächeln huschte über Violets Lippen. »Natürlich. Ich bin hier, um den Passagieren zu helfen, aber das heißt nicht, dass ich nicht auch eine Mitmenschlichkeit empfinde. Ich habe genug gesehen, um zu wissen, dass manche Dinge schwerer wiegen als andere.«

Josephine nickte langsam, und ein Funke Erleichterung flackerte in ihrer Brust auf. Doch bevor sie antworten konnte, räusperte sich Luis Bronlow. »Mister Gould hat mich beauftragt, auf Josephine aufzupassen«, sagte er mit ernster Miene, »Ich werde euch begleiten.«

Violet musterte ihn einen Moment lang, ihre graublauen Augen scharf und prüfend. Dann schüttelte sie sanft den Kopf. »Ich denke, es wäre besser, wenn nur eine Frau sie begleitet. Gerade nach … nun, nach dem, was Sie mir nicht direkt gesagt haben.« Ihre Stimme war ruhig, aber bestimmt.

Bronlow schien für einen Moment protestieren zu wollen, doch dann hielt er inne und sah Josephine an. Etwas in ihrem Gesicht – die angespannte Haltung, die Schatten in ihren Augen vielleicht – ließ ihn offenbar erkennen, dass Violet recht hatte. Schließlich seufzte er und trat einen Schritt zurück.

»Sehr gut«, sagte er schließlich. »Aber bitte, seien Sie vorsichtig. Ich decke Sie, sollten die Herrschaften früher zurückkommen.«

Erleichterung durchflutete Josephine und eine tiefe Dankbarkeit, für das Mitgefühl, das es scheinbar noch zu finden gab in dieser Welt.

Violet nickte. »Das werden wir.« Dann wandte sie sich an Josephine und reichte ihr aufmunternd eine Hand. »Kommen Sie. Lassen Sie uns etwas Abstand von dieser Suite gewinnen.«

Josephine atmete tief durch, zögerte noch einen Moment, bevor sie Violets Hand nahm. Mit leisen Schritten verließen sie das Zimmer und traten hinaus in den gedämpften Lichtschein des Flurs. Für einen kurzen Augenblick fühlte sich Josephine leichter, als hätte sie die Dunkelheit der letzten Stunden endlich hinter sich gelassen.

Violet Jessop ging mit ihr, ruhig, aber bestimmt. Josephine bemerkte, dass die Stewardess stets die richtige Haltung hatte, selbst wenn sie wie jetzt in einem so unscheinbaren Moment durch die leeren Korridore schritt. Sie war immer so sicher, so fest – und Josephine, so schien es, war das genaue Gegenteil. Ihre Gedanken rasten, und es fiel ihr schwer, den Blick zu heben. Ihre Augen blieben am Boden hängen, während der Flur sich vor ihr auszudehnen schien.

»Wissen Sie, Miss Josephine«, begann Violet nach einer Weile und sprach mit jener leisen, aber festen Stimme, die sie oft benutzte, um sich zu behaupten, »als ich das erste Mal auf einem Schiff arbeitete, musste ich mich sogar anders kleiden, um weniger auffällig zu wirken, nur um einen Job zu bekommen. Ich war 21 als ich als Stewardess auf einem Schiff der Royal Mail Line anheuerte.«

Josephine hörte die Worte, doch sie kamen kaum bei ihr an. Ihr Kopf war noch immer bei all dem, was sie heute erlebt hatte. Sie wusste, dass Violet sie mit ihren Erzählungen ablenken wollte und Josephine versuchte wirklich, sich auf die Worte zu konzentrieren, doch ihr Geist wanderte wieder.

»Und dann«, fuhr Violet fort, als wäre sie nicht darauf angewiesen, Josephine mit ihren Worten zu fesseln, »arbeitete ich auf der Olympic. Ein riesiges Schiff, können Sie sich vorstellen, wie es war, mit all diesen Menschen an Bord, das größte Schiff seiner Zeit. Ich war sogar dabei, als sie vor etwa einem Jahr mit der Hawke kollidierte. Ein echtes Unglück, aber Gott sei Dank, es gab keine Verletzten. Der Schaden war beträchtlich, doch das Schiff kehrte, wie es sich gehörte, ohne fremde Hilfe zurück in den Hafen. Die Olympic und die Titanic sind so stabil gebaut, wie es die Presse sagt – man könnte fast meinen, sie seien unsinkbar.«

Josephine nickte, obwohl ihre Gedanken noch immer weit entfernt waren.

»Hören Sie, Josephine«, sagte Violet schließlich, als ihre Schritte langsamer wurden. Ihre Stimme war nun sanft, fast einfühlsam. »Ich verstehe, wie es ist, als Frau in dieser Zeit zu kämpfen. Besonders als Angestellte. Es ist eine Last, die schwerer wiegt, als viele verstehen. Aber Sie dürfen nicht aufgeben. Sie sind stärker, als Sie glauben, auch wenn Sie es jetzt vielleicht nicht sehen können. Sie müssen sich selbst daran erinnern, dass Sie die Kraft haben, das hier zu überstehen.«

Josephine blieb stehen und sah Violet an, spürte den sanften, aber festen Blick auf sich, doch ihre Worte schienen in ihr zu verhallen. Ihre Gedanken waren so laut, dass sie kaum etwas anderes hören konnte.

»Haben Sie jemanden an Bord, zu dem Sie gehen können?«

Josephine warf einen flüchtigen Blick auf Violet, spürte, dass sie es ernst meinte. »Josef«, flüsterte sie schließlich, »Er hat mir immer Halt gegeben. Er war immer für mich da, wenn ich ihn brauchte.«

Violet nickte, und für einen Moment schien es, als würde die Zeit um sie herum stillstehen. Ihre Hand, die gerade noch auf Josephines Arm gelegen hatte, zog sich etwas zurück, doch sie sprach mit der gleichen sanften Dringlichkeit weiter. »Dann gehen Sie zu ihm. Sie müssen sich nicht alleine durch diese Dunkelheit kämpfen. Manchmal hilft es, sich jemandem anzuvertrauen. Sie verdienen es, nicht immer allein zu sein.«

Josephine atmete tief ein, als die Worte in ihrem Kopf widerhallten. Es fühlte sich fast so an, als würde sich eine Tür öffnen, die sie so lange verschlossen hatte.

Ein kleiner Schritt. Ein winziger Funken Hoffnung.

»Danke«, sagte sie leise und war überrascht, wie anders sich die Worte anfühlten, als sie sie aussprach. »Ich werde zu ihm gehen.«

Violet nickte nur, ein flüchtiges Lächeln auf ihren Lippen. Es war kein großes Lächeln, aber in diesem Moment schien es das Einzige zu sein, das Josephine brauchte.

»Passen Sie auf sich auf, Josephine. Und erinnern Sie sich daran, dass Sie nicht alleine sind«, sagte Violet schließlich und wandte sich ab. Ihre Schritte hallten langsam im Flur wider.

Josephine verweilte noch einen Augenblick, das Zittern in ihren Händen spürend. Der Gang vor ihr schien lang, doch der Gedanke an Josef, an jemanden, dem sie vertrauen konnte, ließ den Weg plötzlich weniger entmutigend erscheinen. Ein kleiner Schritt, dachte sie bei sich, und vielleicht war das alles, was sie gerade brauchte.

27

MURDOCH

Sein Weg führte ihn ohne Umschweife zur Kommandobrücke. Er trat die Stufen der großen Treppe empor und wollte den letzten Rest des Weges draußen an Deck zurücklegen. Erst als ihm die kalte Nachtluft ins Gesicht schlug, wurde er wieder klarer im Kopf. Als hätte ihn ein seltsames Fieber ergriffen, das nun mit der salzigen Seeluft weniger wurde. Wie sie in seinen Armen gelegen hatte, brachte ihn schier um den Verstand. Für einen kurzen Moment hatte er zugelassen, sich mit der Möglichkeit zu befassen, wie es wäre, wenn …

Doch in diesem Moment wurde ihm die harte Realität bewusst. Er war nicht in der Lage, ihr etwas zu bieten. Nichts von alledem, mit dem sie aufgewachsen war und für selbstverständlich hielt. Ein Leben an seiner Seite würde sich grundlegend von ihrem Bisherigen unterscheiden.

Und letzten Endes würden sie genauso enden, wie er und Ada. Irgendwann würde sie sich nicht mehr damit abfinden wollen, dass er ständig auf See war und ihn verlassen. Sie würde unglücklich werden. Kinderlos bleiben. So wie Ada. Und sie zu enttäuschen hatte ihn sehr mitgenommen. Catherine zu enttäuschen, würde ihn umbringen.

Die Kommandobrücke kam in Sicht. Er würde zu Bett gehen, morgen seiner Arbeit nachgehen und wie geplant in zwei Wochen nach Southampton zurückkehren und versuchen, zu retten, was zwischen ihm und seiner Frau noch zu retten war.

Und Catherine würde sein Grund sein, warum er alles in seiner Macht Stehende tun würde, um Ada doch noch zu einem glücklichen Leben zu verhelfen. Nur so war es richtig.

»Mister Murdoch!«

Er kniff die Augen zusammen. Nun hörte er also schon ihre Stimme, selbst wenn sie nicht zugegen war. Er durfte sie nicht wiedersehen!

»Mister Murdoch, warten Sie.«

Als er sich umdrehte, erblickte er sie und die Luft blieb ihm weg. Das Kleid, das unten im warmen Licht der Kronleuchter edel gewirkt hatte, makellos – sie wie eine beherrschte Dame von untadeliger Eleganz erscheinen ließ –, war nun kaum wiederzuerkennen. Die sanften, übereinanderliegenden Stofflagen, die zuvor wie kostbare Seide geflossen waren, wirkten nun leichter, fast schwerelos. Das dunkelblau schien nicht länger nur eine Farbe zu sein, sondern eine lebendige Bewegung – flüchtig kaum greifbar, heller, als wäre es im Mondlicht erweckt worden. Der Saum des Kleides schmiegte sich bei jedem Schritt um ihre Beine. Das Licht fiel auf den Stoff und ließ ihn durchscheinend wirken, als würde er nicht verhüllen, sondern enthüllen.

Auch sie selbst schien verändert. Ihr Atem ging schnell, ihre Wangen waren gerötet, lose Strähnen hatten sich aus ihrem sorgfältigen Zopf gelöst. Fort war die makellose Erscheinung aus dem Speisesaal – an ihrer Stelle stand jemand anderes. Wilder. Unberechenbarer. Lebendiger. Sie strahlte in der Dunkelheit der Nacht wie ein leuchtender Stern.

Er blieb stehen, nutzte die Sekunden, um sich zu wappnen – gegen sie, gegen diese neue Version von ihr, die ihm gefährlicher schien als alles zuvor.

»Miss Harding. Was tun Sie hier?«

Sie zögerte einen Moment, dann antwortete sie mit einem kurzen Lächeln, das jedoch nur wenig ihrer Unsicherheit verbergen konnte. »Mir ist bewusst, dass mein Verhalten … unkonventionell ist. Ihnen zu folgen, als wäre es das Selbstverständlichste auf der Welt – ohne Begleitung oder vernünftigen Grund, der es rechtfertigen könnte …«

Sie schien nach den richtigen Worten zu suchen, doch er konnte sehen, dass sie sich ebenso wenig in ihrer Haut wohlfühlte wie er in ihrer Nähe.

»Ich weiß …«, wieder brach sie ab. Sie suchte seinen Blick, ihre Unterlippe bebte. »Ach herrje!«, rief sie aus und lachte nervös, »Alle Worte, die ich mir auf dem Weg hier hoch zurechtgelegt habe, scheinen sich in Luft aufgelöst zu haben. Und das passiert mir immer wieder, wenn Sie in meiner Nähe sind.«

Ein tiefer Seufzer entglitt ihr, und sie schloss kurz die Augen, als wollte sie sich sammeln. Als sie sie wieder öffnete, war da ein Hauch von Entschlossenheit in ihrem Blick. »Ich bin Ihnen nachgelaufen, um Ihnen zu sagen, dass ich … Ich empfinde etwas für Sie, Mister Murdoch. Etwas, das ich nicht länger verleugnen kann.«

Das Herz in Murdochs Brust schien für einen Augenblick stillzustehen. Er wollte Freudensprünge machen, malte sich in seinem Kopf aus, wie er sie in den Arm nahm, an sich zog und küsste.

Diese wunderbar weichen Lippen, diese Augen …

Doch plötzlich wurde er von der Erinnerung an Ada eingeholt, wie sie ihm enttäuscht gestanden hatte, dass sie unglücklich war. Und ihr Gesicht vermischte sich mit Catherines.

Was tat er hier? Warum zögerte er?

Warum war er so nahe daran, das zu riskieren, was er für Ada aufgebaut hatte? Hatte er vergessen, was er ihr schuldig war? Bis dass der Tod euch scheidet. Das hatte er geschworen, vor ihr und vor Gott.

Der heftige Zug zu Catherine, das Verlangen, das ihn fast überwältigte, geriet in den Hintergrund. Die Erinnerung an die bescheidene Zeremonie in dieser alten Kirche in Southampton stieg in ihm hoch. Das Gelöbnis waren nicht nur Worte gewesen, sondern ein Versprechen.

»Miss Harding.« Die Worte kamen nur schwer über seine Lippen, seine Stimme klang fremd in seinen Ohren. Hart und distanzierter, als er beabsichtigt hatte. Auch ihr schien das nicht entgangen zu sein, denn sie zog die Stirn kraus und in ihren Augen lag ein ungläubiges, fast verletztes Zögern. »Ich habe die Einladung angenommen und mit Ihnen getanzt, weil es unhöflich gewesen wäre, dies nicht zu tun.« Ein schmerzlicher Seufzer entglitt ihm, und er merkte, wie seine Worte sich wie ein schweres, unerträgliches Gewicht anfühlten. »Es ist mir ein Bedürfnis, Ihnen mitzuteilen, dass meine bisherigen Aussagen möglicherweise zu falschen Hoffnungen Ihrerseits geführt haben könnten.«

Der Blick auf ihr Gesicht schnürte ihm die Kehle zu. Ihre Augen, die Enttäuschung, die sofort in ihnen aufblitzte, trafen ihn härter, als er je erwartet hätte.

Er wusste, dass er sie verletzte, und doch schien er keine andere Wahl zu haben. Kurz zögerte er. Warum war er so ein Narr? Er könnte einfach ... Noch konnte er die Worte zurücknehmen. Er ließ den Gedanken noch einen Moment in seinem Kopf nachhallen.

Dann rief er sich erneut zur Vernunft. Dies war nicht der richtige Moment, um seinen Gefühlen nachzugeben. Er hatte bereits einmal versagt – Ada war der Beweis dafür. Konnte er sich wirklich erlauben, dass es ein zweites Mal geschah? Besser er verletzte sie jetzt, als später, wenn ihr Leben vorbeigezogen war.

»Was? Aber«, stotterte sie, ihre Stimme brach. Sie suchte seinen Blick, doch er wich ihr aus, »Wir verstehen uns doch so gut, das verstehe ich nicht. Da ist doch etwas zwischen uns.«

In seinem Hals hatte sich ein handgroßer Knoten gebildet, der sich weder hinunterzuschlucken, noch zu ertragen ließ. Seine Hände waren feucht. Obwohl sich alles ihn ihm sträubte, wusste er, dass es die einzig richtige Entscheidung war.

»Es ist bedauerlich, Miss Harding, aber ... alles, was zwischen uns ist, ist die Luft, die wir atmen. Ich möchte mich für das entgegengebrachte Interesse bedanken, sehe mich jedoch außerstande, diesem nachzukommen. Ich bin verheiratet und meine Frau erwartet meine Rückkehr.«

Ihre Augen weiteten sich, als er das letzte Wort sprach. Sie trat einen Schritt zurück, als könnte sie den Schmerz in ihren eigenen Gedanken nicht fassen. Ihre Hände zitterten leicht, als sie sie vor sich verschränkte, als wollte sie sich selbst schützen.

Murdoch sah den Ausdruck in ihrem Gesicht – ein ungläubiges, schmerzliches Zusammenziehen ihrer Züge, das tief in ihm hallte. Ihre Augen, die sich für einen Moment wie von einer unsichtbaren Wand entfernten, trugen mehr Schmerz, als Worte je hätten ausdrücken können. Er konnte ihr nicht länger in die Augen sehen. Es war zu viel. Zu schmerzhaft. Er drehte sich rasch um und sprach die letzten Worte, die er aussprechen musste. »Ich wünsche Ihnen eine gute Nacht.«

Er ging schneller, als er wollte, doch der Druck, den er in seiner Brust spürte, trieb ihn vorwärts. Er durfte nicht zurückblicken. Nicht jetzt. Wenn er ihr in die Augen gesehen hätte, wäre er zu ihr zurückgelaufen. Er hätte seinen Gefühlen doch noch nachgegeben. Aber es durfte nicht sein.

Er betrat das Steuerhaus, in dem Lightoller und Lowe standen und ihn mit verwunderten Gesichtern ansahen, als hätten sie nur darauf gewartet, dass er eintrat. Natürlich hatten sie ihn belauscht! Er äußerte sich lediglich durch ein Schnauben. Er wollte nicht darüber sprechen. Am liebsten würde er es sofort vergessen. Murdoch fühlte sich, als hätte ihm gerade jemand tief in den Magen geschlagen. Seine Kameraden stellten sich ihm nicht in den Weg, als er an ihnen vorbei trat. Dennoch folgten sie ihm, als er sich in Richtung seiner Kabine begab.

»Ist das dein Ernst, Will?« Lightollers Stimme war scharf und voller Unverständnis.

»Nicht jetzt«, brummte Murdoch, doch er wusste, dass er nicht einfach davonkommen würde. Noch bevor er das Steuerhaus verlassen konnte, hatten sie ihn bereits eingeholt und festgehalten.

»Was sollte das?« Lights schien verärgert.

»Ich verstehe nicht, was du meinst.« Murdoch wich seinem Blick aus.

»Sie offenbart dir ihre Zuneigung, und du sagst ihr, dass du eine Frau hast?«

»Das entspricht nun mal der Wahrheit«, entgegnete Murdoch mit einem Hauch Frustration. Er wollte ins Bett, diesen grässlichen Abend vergessen und hoffen, dass der morgige Tag leichter würde, denn im Moment fühlte er sich schwer und leer, als hätte jemand ihm die Luft zum Atmen genommen.

»Warum hast du ihr dann nicht gesagt, dass ihr unglücklich seid? Dass eure Ehe praktisch am Ende ist? Das wäre nämlich auch die Wahrheit gewesen.« Während Lights ihn mit Worten konfrontierte, zeigte Lowe sich zurückhaltend.

Doch mehr Vorwürfe als die, die er sich selbst schon machte, hätte Murdoch ohnehin nicht ausgehalten. Er würde das Gesicht von Catherine – von Miss Harding – niemals vergessen, den Schmerz und die Enttäuschung in ihren Augen, vollkommen hoffnungslos, den Tränen nahe.

»Ada ist nicht glücklich, ja. Ich bin jedoch zuversichtlich, dass ich die Situation wieder verbessern kann. Nach so vielen Jahren gibt man nicht einfach auf. Ich bin überzeugt, dass…«

»Wir sind jetzt, was, zwanzig Jahre befreundet?«, unterbrach Lightoller ihn, »Es ist für mich schwer nachvollziehbar, dass du deine Freunde so dreist anlügst, zumal ich davon ausgehen muss, dass du dich selbst auch belügst. Will, das zwischen dir und Ada war an dem Tag vorbei, als sie Kinder wollte und du nicht auf die See verzichten konntest. Und ich verstehe dich, ich könnte das auch nicht! Aber wenn du mir jetzt sagst, dass du glücklich bist, mit der Art wie eure Ehe verläuft, dann ist das gelogen. Und das wissen wir beide.«

Natürlich hatte Lightoller recht, was seine Ehe betraf. Allerdings war ihm lediglich die eine Hälfte der Geschichte bekannt.

»Catherine … Miss Harding«, verbesserte er sich, »entstammt einer sehr wohlhabenden Familie. Abgesehen davon, dass sie um einiges jünger ist als ich, ist sie mit einem ebenfalls sehr wohlhabenden Mann aus guter Familie verlobt. Ich bin Offizier. Ich bin nicht in der Lage, ihr das zu bieten, was sie sich wünscht, oder was ihrer gesellschaftlichen Stellung entspricht. Und er kann es.«

Bei der Offenheit seiner Worte verspürte er einen schmerzhaften Druck in seiner Brust.

Lightoller fixierte ihn mit einem ungläubigen und etwas wütenden Blick, dann atmete er hörbar aus. »Und trotzdem stand sie dort draußen und gestand dir ihre Liebe. Glaubst du, sie weiß nicht, was sie da tut? Denkst du ernsthaft, sie ist sich der Konsequenzen nicht bewusst, wenn sie zu dir kommt, und dir ihre Liebe gesteht? Du kannst ihr keine glänzende Zukunft, keinen Platz in der Oberschicht oder die Sicherheit geben, die ihr Verlobter ihr bieten wird. Und dennoch hat sie sich entschieden, dir ihre Gefühle zu offenbaren, als ob all das nichts zählt. Sie hat dich gewählt, Will, trotz allem.«

Murdoch fühlte, wie ein scharfer Schmerz in seiner Brust stechend zunahm, während die Wahrheit von Lightollers Worten durch ihn hindurchbrach. Catherine wusste es. Sie wusste, was sie aufgäbe – den sicheren Weg, den sie mit ihrem Verlobten gegangen wäre – und hätte sich trotzdem für den unsicheren Pfad entschieden. Es war ein unmissverständliches Zeichen ihrer Entschlossenheit, ihn trotz aller Unterschiede, trotz der Risiken, die damit verbunden waren, zu wählen.

»Ach Will.« Lightoller seufzte. »Ich setze uns eine Kanne Tee auf und dann wirst du uns jede Kleinigkeit dieses Abends erzählen. Ich will herausfinden, in welcher Minute genau du zu dieser einfältigen Version geworden bist, die ich nicht verstehen kann. Wie kannst du nur so blind sein?« Er schüttelte den Kopf und fuhr fort, wobei der Zorn in seiner Stimme kaum zu verbergen war. »Harold, bleib bei ihm, damit er uns nicht wegläuft.«

Lowe nickte und stellte sich neben Murdoch, der an die Reling getreten war und das tat, was er immer tat, wenn es ihm nicht gut ging: Er blickte auf das Wasser. Dort starrte er hinaus auf das dunkle, wellenbewegte Meer, als würde es ihm die Antwort auf all seine Fragen liefern können. Doch das Wasser spiegelte nur die unaufhörliche Leere wider, die in ihm brodelte.

»Ihr versteht das nicht«, murmelte Murdoch. Er kämpfte mit sich selbst, suchte nach den richtigen Worten, doch alles schien in seinem Kopf ein unauflösbarer Knoten zu sein.

»Was verstehen wir nicht?«, fragte Lowe ruhig, als hätte er diese Reaktion schon erwartet. Er trat einen Schritt näher, doch Murdoch wich unmerklich zurück, als wäre er der Konfrontation noch nicht gewachsen.

»Es ist nicht so einfach«, fuhr Murdoch fort, die Hände zu Fäusten geballt. »Ada ... sie ist meine Frau. Wir sind seit Jahren zusammen und wir haben gemeinsam viel durchgemacht. Ich habe ihr – verdammt noch mal – mein Wort gegeben! Bis dass der Tod uns scheidet. Ich kann sie nicht einfach verlassen.«

Lowe atmete tief ein und schüttelte den Kopf. »Und doch hast du sie längst verlassen, Will. Du bist nicht mehr bei ihr, nicht wirklich. Was bleibt, ist ein Versprechen, das du nicht halten kannst, weil ihr beide etwas anderes erwartet habt. Du hast dich von ihr entfernt, auch wenn du es nicht willst.«

Murdoch blinzelte, die Worte hallten in seinem Kopf nach. Er hatte sich von ihr entfernt ... Das stimmte. Er fühlte es. Schon lange. Aber er konnte und durfte nicht zulassen, dass diese Gefühle jetzt seine Welt erschütterten. Er atmete tief ein und verdrängte alles, was in ihm aufwallte. Er hatte keine Wahl.

»Ich habe das einzig Richtige getan«, sagte er dann mit fester Stimme, »Es war das einzig Richtige für mich, für Ada und für ... alles, was wir aufgebaut haben. Auch wenn es schwer ist, ist es die einzige Entscheidung, die ich treffen konnte.«

Lowe blickte ihn mit einem schmerzlichen Ausdruck an. »Du bist der Einzige, der das so sieht, Will. Du hast dir selbst etwas vorgemacht, genauso wie du es bei Ada getan hast. Und Catherine? Sie hat sich in etwas gestürzt, bei dem sie genau weiß, was auf dem Spiel steht. Du hast sie verletzt, und du wirst nicht nur sie enttäuschen, sondern auch dich selbst, wenn du nicht ehrlich zu dir bist. Catherine sieht dich nicht nur als Zeitvertreib, Will, sie sieht den Mann, der du bist. Und das solltest du nicht so leichtfertig wegwerfen.«

Murdoch starrte in die Dunkelheit des Wassers, seine Gedanken stürmten durch seinen Kopf, wühlten alles durcheinander. Catherine sieht den Mann, der du bist. Die Worte von Lowe brannten sich in sein Gedächtnis, durchdrangen den Nebel der Überzeugungen, die er sich über Jahre hinweg aufgebaut hatte. War er wirklich der Mann, den Catherine in ihm zu sehen glaubte?

Er dachte zurück an die letzten Jahre – an die Entfremdung von Ada, an die Momente der Enttäuschung, an die Abwesenheit, die er zwischen ihnen gebaut hatte, auch wenn er es nicht gewollt hatte. Es war nicht nur sein Leben auf dem Meer, nicht nur die Pflicht. Er hatte sich entfernt. Vielleicht hatte er nie wirklich gesehen, wie sehr er sich von ihr entfernt hatte. Vielleicht hatte er sich selbst über die Jahre in eine Rolle gezwängt, die er nicht mehr ausfüllen konnte, ohne zu merken, wie sehr er zu verlieren drohte.

Er hatte immer geglaubt, dass das Leben schwarz und weiß war, dass die Entscheidungen klar waren. Doch seit er Catherine kannte, fing er an, daran zu glauben, dass es viele Farben dazwischen gab. Farben, die er nie für möglich gehalten hätte, so viele Nuancen, die er nie wahrgenommen hatte. Sie waren wie die See: tief und unberechenbar. Und mit jeder Begegnung, mit jedem Blick, den sie ihm zuwarf, hatte er unbewusst ein Stück seiner eigenen Weltordnung hinterfragt. Doch war es genug, um den Schritt zu wagen, alles zu riskieren?

Er kämpfte gegen die aufkommende Welle von Zweifeln. Wenn er sich jetzt die Möglichkeit gab, ihre Zuneigung zu erwidern, würde er dann der Mann sein, den sie sich erhoffte? Oder würde er sich als der Versager entpuppen, der nie in der Lage gewesen war, für das zu kämpfen, was wirklich wichtig war? Was, wenn er in diesem Moment seine eigene Zukunft zerstörte, indem er sich von der Angst vor dem Unbekannten lähmen ließ?

Er drehte sich mit einem Ruck zur Reling und murmelte wieder, als wolle er sich selbst davon überzeugen: »Ich habe das Richtige getan.«

Lowe seufzte nur und legte Murdoch eine Hand auf die Schulter. »Nein, hast du nicht.«

28

JOSEPHINE

1912 | APRIL 12

Josephine hatte genug von der Enge der ersten Klasse, von den prunkvollen Räumen, die sie immer wieder an George und seine Hände erinnerten. Sie wusste, dass er sich entweder im Speisesaal auf dem D–Deck oder im Rauchersalon auf dem A–Deck aufhielt – beides Orte, die sie nun meiden wollte.

Es gab für sie nur einen Ort, an dem sie sich sicher genug fühlte, um ohne ständige Fürsorge auszukommen. Nur dort würde ihr nicht die Decke auf den Kopf fallen.

Als sie durch den Ausgang der ersten Klasse das Deck betrat, fröstelte sie augenblicklich, doch sie wollte um jeden Preis die Sterne sehen. Außer einigen Mitgliedern der Crew befand sich niemand an Deck, sodass sie die Stille, die der Ozean mitsamt Sternenhimmel ausstrahlte, genießen konnte. Die Titanic präsentierte sich als eine schwimmende Wolke, gehüllt in Gold und Silber, und ausgestattet mit jeder Annehmlichkeit, die sich die bessere Gesellschaft nur vorstellen konnte.

Josephine hegte keine Eile, das Deck in den achteren Teil des Schiffes zu erreichen, da sie sich in Sicherheit wähnte. Sie machte eine Pause, reckte ihren Kopf den Sternen entgegen und versuchte, die Sternenbilder zu identifizieren. Plötzlich vernahm sie ein Geräusch. Ein seltsames Geräusch, wie es nur ein Tier machte. Wie eine kleine Katze, die verzweifelt nach der Mutter schrie. Das Geräusch führte sie jedoch nicht zu einer Katze oder gar einer besonders großen Ratte, sondern zu Catherine. Sie hielt sich an einer Wand des Schiffes versteckt, die Arme um den Körper geschlungen, sehnsüchtig in den Himmel blickend. »Miss Catherine?«

Catherine erschrak, wischte sich mit der Hand über das Gesicht und richtete sich sofort auf. »Josephine? Ich … Einen Moment. Ich komme gleich.« Als Lady Catherine aus dem Schatten trat, wirkte sie fast, als sei nichts gewesen. Aber nur fast.

»Miss, warum verstecken Sie sich hier hinten?«

»Oh, ich …« Ihre Stimme zitterte. »Ich dachte, ich hätte Ratten gesehen und ich hätte kein Auge zugetan, wenn dem wirklich so wäre.«

Josephine nickte, ohne auf die offensichtliche Lüge einzugehen. Catherines Blick wurde daraufhin milder und ein Schatten legte sich über ihre Augen. »Was machst du hier draußen?«

»Ich brauchte Luft.«

»Das Kleid steht dir«, bemerkte die Dame und lächelte sie wohlwollend an. Das Lächeln erreichte aber nicht ihre Augen.

»Darf ich Sie zur Kabine zurückbegleiten?«, fragte Josephine, und obwohl sie es nicht aussprach, spürte sie den unwillkürlichen Wunsch, Catherine zu helfen, sie irgendwie aus dieser stummen Unruhe zu befreien. Catherine schüttelte den Kopf so kräftig und entschieden, dass es Josephine nicht entging, dass sie eine tiefere Entscheidung traf, als es den Anschein hatte. »Nein, ich möchte nicht hinein.«

Josephine verspürte eine Welle der Erleichterung. Sie wollte eigentlich nie wieder in diese Kabine zurückkehren. Aber weiter hier draußen herumzustehen würde ihnen beiden nichts einbringen, außer einer Erkältung.

»Verzeihen Sie, Miss, aber ich gewinne den Eindruck, als hätten Sie ganz dringend etwas Spaß nötig. Ich wollte gerade Freunde besuchen. Ich möchte Sie einladen, mich zu begleiten. Es gibt Musik und …« Josephine senkte den Blick. »Wenn ich offen sein darf, möchte ich nicht allein gehen und ich würde mich sicherer fühlen, wenn Sie mitkämen.«

Es war eine ehrliche Bitte, dass Catherine diese Einladung als eine Chance sehen würde, sich von der Last der letzten Stunden zu befreien und etwas für sich selbst zu tun. Auch Josephine spürte, wie sehr sie in diesem Moment auf das abzielte, was ihnen beiden ein kleines Stückchen Freiheit bringen konnte.

Catherine blickte sie an, und für einen Moment war es still zwischen den beiden. Doch dann erschien ein dankbares Lächeln auf Catherine's Gesicht.

Zusammen gingen sie in die Richtung des Aufenthaltsraums der dritten Klasse, wobei die frische Luft die schwere Stille ein wenig zu vertreiben schien. Schon von weitem waren die Stimmen zu vernehmen, ebenso die Musik und das Lachen. Durch eine Tür hindurch betraten sie einen langen, mit einer Treppe versehenen Korridor.

Zuerst schaute Catherine noch etwas unsicher, ließ sich aber trotzdem weiter in den Rumpf ziehen. Josephine beobachtete sie aufmerksam und sah, wie sie die Menschen und Krüge auf den Tischen beäugte, und langsam fiel die Anspannung sichtlich von ihrem Körper ab. Die ausgelassene irische Musik unterstrich ihren Wandel. Da Josephine zu viel auf Miss Catherine und zu wenig auf die Umgebung achtete, rannte sie stracks in jemanden hinein.

»Oh, Verzeihung! Ich wollte nicht …!«

Als sie hochblickte, erkannte sie Alfred, der mit hochgezogener Augenbraue ihr Kleid betrachtete.

»Du bist hier!«

»Natürlich, ich habe es dir doch versprochen.«

»Wer ist denn diese Schönheit hinter dir?«

Josephine blickte sich zu Catherine um, welche dem Gespräch keine Aufmerksamkeit schenkte, sondern wie hypnotisiert die tanzenden Paare beobachtete.

»Das ist Miss Har– … äh, Catherine.«

»Ah, ja. Wenn du Josef suchst, der ist da hinten«, sagte er leise, zog sein Barett vom Kopf und ging mit unsicherem Schritt zu Catherine. »Guten Abend.«

Catherine wandte ihren Blick dem jungen Heizer zu und ein Lächeln erschien zögerlich auf ihrem Gesicht. Alfred verwickelte Catherine sofort in ein Gespräch und als diese zum ersten Mal herzhaft auflachte, konnte Josephine sich zuversichtlich entfernen.

Sie bahnte sich weiter einen Weg durch die Menschenmenge, bis sie Josef auf einer der Bänke sitzen sah, eine Frau mit blonden Haaren an seiner Seite. Sie klebte an seinen Lippen und schmachtete ihn an. Als Josephine dem Tisch näherkam und er sie erkannte, sprang er auf.

»Josephine! Das ist Marta. Eine Freundin von Freunden.«

Diese Marta erhob sich ebenfalls und lächelte Josephine zu. Die hatte kaum ein Lächeln für die Blondine übrig. Ein Stich durchzog ihre Brust und Wut flammte auf. Josef war zwar nach der abgesagten Hochzeit ein freier Mann, aber sich hier gleich mit der Nächstbesten einzulassen! Sie war hergekommen, weil sie sich in Josefs Armen so sicher fühlte wie sonst nirgendwo und musste nun feststellen, dass er mit einer anderen Frau liebäugelte. Sie drehte sich am Absatz um und wollte davon stürmen, doch er war schneller und holte sie ein.

»Was soll das, Josephine?«

Sie standen inmitten der feiernden Menschen und Josephine hatte wenig Lust vor allen ihren Streit auszutragen.

»Was soll was?«

»Du willst mich nicht, schon vergessen? Warum darf ich also nicht mit einer anderen reden?«

»Darfst du doch. Es ist aber nicht erforderlich, dass ich mir dieses Schauspiel anschaue.« Ihre Stimme klang motzig, wie von einer frechen jungen Göre.

Josef schnaubte und blickte über sie hinweg, bis seine Augen immer größer wurden. »Ist das die Harding dort drüben?«

»Ja. Ich habe sie mitgebracht.«

Zwischen all den Menschen war es fast unmöglich, sie auszumachen. Aber als Josephine zu den tanzenden Paaren blickte, erkannte sie Catherine. Die Dame, die sich sonst durch unerschütterliche Manieren auszeichnete und damit der Königin von England Konkurrenz machen konnte, befand sich in den Armen des Heizers und ließ sich von ihm durch den Raum wirbeln.

29
CATHERINE

1912 | APRIL 12

Noch nie hatte Catherine Bier getrunken. Das herbe, zähflüssige Getränk unterschied sich grundlegend von dem, was sie bisher kannte. Bei jedem Schluck verspürte sie eine Gänsehaut, was Alfred Anlass zu ausgelassenem Gelächter gab. Obwohl er nicht besonders gesprächig war, war seine Art äußerst angenehm und ließ sie sich immer mehr in seiner Nähe wohlfühlen. Catherine fiel durch ihre Abendgarderobe aus dem Rahmen, doch die Menschen zeigten sich unbeeindruckt. Sie lächelten ihr freundlich zu, als sie vorbeiging, wobei für sie der Eindruck entstand, als gäbe es keinen Unterschied zwischen ihnen.

Als Alfred von einer hübschen Blondine zum Tanzen aufgefordert wurde, setzte sich Catherine auf eine der Bänke in Sichtweite, den Bierkrug vor sich am Tisch. Neben ihr saßen Männer, die pokerten, mit Zigaretten im Mund und düsteren Blicken, um ihr Blatt nicht zu verraten.

»Ehi, ciao!« Ein Mädchen ihr gegenüber hielt ihr die Hand hin. Catherine ergriff sie.

»Sono Giulia, come ti chiami?«

Sie hatte kohlrabenschwarze Haare und Catherine war sich sicher, dass sie es mit einer waschechten Italienerin zu tun hatte, obwohl sie keine einzige Silbe verstand.

»Es tut mir leid, aber ich verstehe Sie nicht.«

Das Mädchen lachte. »Mein Name Giulia. Du?«

»Oh, ich heiße Catherine.«

»Caterina«, wiederholte das Mädchen den Namen, wobei sie das R rollte, »Come si dice? Mögen du Alfredo? Wenn nein, dann ich tanze mit ihm.« Sie entriss dem Mann neben ihr die Zigarette, machte einen Zug daran und ihre Wangen färbten sich rot, als die Glut aufflammte. Catherine schüttelte lächelnd den Kopf, während Giulia bereits aufsprang und geradewegs auf Alfred zumarschierte.

Die Musik wechselte und stimmte heitere Stücke an. Irgendwann setzten sich auch Josephine und ihr Freund zu Catherine an den Tisch, redeten und tranken aus ihren Bierkrügen. Als die Kartenspieler neben ihnen aufstanden und ihrer Wege gingen, schnappte sich Josef die Karten und winkte Alfred zu sich. Außer Atem und an der Hand die hübsche Giulia, setzte er sich Catherine gegenüber.

»Wenn wir in New York sind, müssen wir mit den Calliaris eine Pizzeria eröffnen.«

»Die Calliaris? Wer ist das? Und was ist eine Pizzeria?«, fragte Josephine.

»Darf ich vorstellen. Giulia Calliari. Ihr Bruder Filippo sitzt irgendwo dahinten bei seiner Frau und den Kindern. Und in einer Pizzeria wird üblicherweise Pizza serviert.«

»Und was ist Pizza?«

»Was zu essen. Rundes, flaches Brot mit Tomaten darauf«, versuchte sich Alfred an einer Erklärung.

Giulia lächelte und schüttelte den Kopf. »No, no. Ist mehr als das. Mein Vater ...« Sie hielt inne, als suchte sie nach den richtigen Worten. »Mein Papa hatte kleine Pizzeria in Neapel. War sein Leben. Sein Traum? Große Pizzeria in Amerika. Aber er ... er starb.« Ihr Lächeln verblasste kurz, bevor sie tapfer weitersprach. »Meine Mama, sie nahm uns mit nach England. Ich, Filippo ... meine kleine Schwester, mein kleiner Bruder. Mama ist noch dort mit ihnen, sie wartet auf nächste Schiff.«

Alfred sah sie bewundernd an. »Und du willst also den Traum deines Vaters weiterführen?«

Giulia nickte eifrig. »Sì! In New York. Pizzeria Calliari. Wir machen beste Pizza!« Ihre dunklen Augen leuchteten. »Mein Papa sagte immer: Gute Pizza, gutes Leben. Und er sagte ... Wichtig ist ... dolce far niente.«

»Und was heißt das?«, fragte Josef amüsiert.

»Keine Ahnung, aber es klingt unglaublich lecker«, meinte Alfred grinsend.

»Besser auf jeden Fall als rundes, flaches Brot«, warf Josephine beinahe etwas spöttisch ein.

»No, no.« Giulia zuckte mit den Schultern, rang nach Worten. »Ist … Leben genießen. Nicht immer arbeiten, nicht immer Sorgen. Zeit nehmen für Freude, für Familie.«

»Du willst also ein Restaurant betreiben? Weißt du, was man da alles beachten muss? Abgesehen davon, dass es ein Heiden Geld kostet«, feixte Josef und teilte die Karten aus. Alfred lachte auf und schüttelte belustigt den Kopf.

Catherine hielt inne. Zeit nehmen für Freude, für Familie. Die Worte klangen nach. In ihrer Welt hatte Zeit immer Geld gekostet. Ihr Vater hatte sie gelehrt, dass jede Minute Arbeit einen Wert hatte, dass nichts im Leben umsonst war.

Aber hier, auf diesem Schiff, zwischen den einfachen Leuten der dritten Klasse, begann sie zum ersten Mal in ihrem Leben zu verstehen, was es bedeutete, das Leben einfach zu genießen. Kein Reichtum, kein Status – nur das Hier und Jetzt. Ein Teil von ihr fragte sich, ob das System, auf dem ihre Gesellschaft aufgebaut war, wirklich richtig war. Und wenn nicht – könnte sie je etwas daran ändern?

»Das Geld kannst du von mir haben«, hörte sich Catherine plötzlich sagen und alle Gesichter wandten sich zu ihr um.

»Du würdest uns helfen?«, fragte Alfred mit einem ehrlichen Lächeln im Gesicht.

Catherine nickte langsam, fast überrascht über ihre eigenen Worte. »Ich habe mein Leben lang gelernt, dass Zeit nur Geld kostet. Aber vielleicht ist es an der Zeit, dass Geld Zeit erkauft. Zeit für etwas, das Bestand hat.«

Josephine zog sie sanft am Ärmel ihres Kleides und senkte ihre Stimme, als sie sagte: »Aber Cat– … Miss Catherine, Sie können das Geld Ihrer Familie doch nicht einfach an Fremde geben.«

Catherine sah sie nachdenklich an. »Warum nicht? Ist das nicht genau der Grund, warum wir es haben? Um etwas daraus zu machen?«

Josephine seufzte. »Sie wissen, was Ihre Eltern sagen würden. Dass das Erbe nicht für Träumereien gedacht ist.«

»Vielleicht ist es genau das, was ein Erbe sein sollte – eine Möglichkeit Träume Realität werden zu lassen«, erwiderte Catherine leise. Ihr Blick wanderte zu Giulia, die sie noch immer ungläubig ansah, und dann zu Alfred, dessen Augen leuchteten. »Und vielleicht ist es ein Traum, der es wert ist, eine Chance zu erhalten. Aber«, fuhr Catherine fort, »ich will, dass ihr euch vorher Gedanken macht. Eine gute Pizza reicht nicht. Ihr braucht ein Konzept. Eine klare Idee, die euch von anderen Restaurants abhebt.«

Alfred runzelte die Stirn. »Wir haben doch eine Idee – die beste Pizza der Stadt!«

»Und woher kommen die Zutaten? Wie macht ihr Menschen auf euch aufmerksam? Habt ihr Helfer? Personal?«, zählte Catherine auf, »Mein Vater hat zuhause oft vom Geschäft gesprochen, über Planung, Kalkulation, Organisation. Ein Unternehmen braucht mehr als eine Leidenschaft.«

Giulia sah sie nachdenklich an. »Uff. Das ist viel. Ich weiß, wie Pizza backen, aber du hilfst uns ... auch mit Rest?«

Catherine nickte. »Ja. Ich will, dass wir uns zusammensetzen und alles durchdenken. Dass wir eine solide Grundlage schaffen. Ich kann Matthew fragen, ob er uns hilft.«

Giulia nahm plötzlich Catherines Hände in ihre eigenen und drückte sie fest. »Grazie, Donna Caterina. Ich ... ich werde es nicht vergessen.«

Alfred grinste breit. »Dann fehlt uns nur noch ein anständiger Ofen und Platz.«

»Das wird eine Menge Arbeit«, ergänzte Josephine trocken, ließ sich aber doch von der Euphorie am Tisch mitreißen und lächelte.

Catherine lehnte sich zurück. Zum ersten Mal seit langer Zeit fühlte sich das Leben nicht wie eine Verpflichtung an – sondern wie eine Möglichkeit. Sie ließ den Blick über die fröhliche Runde schweifen, spürte die Hoffnung, die zwischen ihnen lag. Vielleicht war dies der Moment, an dem sie begann, nicht nur über ihre Zukunft nachzudenken, sondern sie aktiv zu gestalten.

Plötzlich vernahm sie ein Klirren, dann das Scheppern von Holz auf Boden. Sie hatte kaum Zeit, sich danach umzudrehen, schon sah sie weitere Gläser durch die Luft fliegen. Ein Knäuel aus Menschen hatte sich nicht unweit von ihr gebildet. Fäuste flogen, lautstarke Diskussionen wurden in der Hitze des Gefechts ausgetragen, doch die Musik spielte ungeniert weiter und die sie umringenden Menschen hörten nicht auf zu feiern. Catherine beobachtete mit Überraschung, wie Stewards versuchten, die Auseinandersetzung zu beenden, und dabei selbst in die Konfrontation involviert wurden. Die Musik verstummte. Die kämpfenden Männer wurden von Matrosen mit Gewalt auseinandergerissen.

»Was passiert jetzt?«, fragte Catherine interessiert.

Alfred blickte sich kurz um und erklärte dann seelenruhig: »Es wird ein Offizier geholt und ein Bericht erstellt. Entweder kann der Streit so gelöst werden oder sie kriegen eine Auflage, dass sie sich nicht mehr einander nähern dürfen. Verstoßen sie dagegen, kriegen sie echte Probleme. Das kommt hier so häufig vor, wie das Amen in der Kirche.«

Catherine verfolgte das Geschehen mit wachsamen Augen, bis sie zwei Offiziere die Treppe in den Aufenthaltsraum herunterkommen sah. Sofort duckte sie sich hinter Josef und machte sich so klein wie nur irgend möglich.

30

MURDOCH

1912 | APRIL 12

»Was ist hier los?«, donnerte Murdoch mit seinem kräftigen schotti-schen Akzent durch den Raum. Ein Matrose trat rasch an ihn heran und flüsterte in gedämpfter Lautstärke einen Bericht über den vorgefunde-nen Zustand. Murdoch nickte knapp, während seine Augen die Situa-tion musterten.

»Das ist doch ein Witz!«, schrie plötzlich einer aus der dritten Klasse und versuchte, sich gegen den Matrosen zur Wehr zu setzen, der ihn fest-hielt, »Hier darf man nicht mal mehr seine Meinung sagen!«

Murdoch schnaubte. Er drehte sich zu dem Mann um, der sich gegen den Matrosen wehrte. Seine Stimme blieb ruhig, aber fest. »Und was wäre Ihre Meinung, Sir?«

Eigentlich hatte er darauf gehofft, bald ins Bett zu kommen, seine Wun-den zu lecken, die er sich selbst zugefügt hatte, bis sie alarmiert wurden, dass es erneut eine Schlägerei in der dritten Klasse gab. So etwas war nichts Außergewöhnliches – trotzdem mussten sie einschreiten. Lights und er hatten übernommen und waren gemeinsam nach unten gekommen, wäh-rend Lowe in der Brücke geblieben war.

Der Passagier schnaubte. »Wir werden hier eingesperrt wie die Tiere, dürfen fast nicht ans Tageslicht und die aus der ersten Klasse glauben sie können mit ihrem Geld überall hin. Die sollen bleiben, wo sie herkommen! Wir brauchen sie hier nicht!«

Murdoch fühlte, wie seine Geduld auf die Probe gestellt wurde. Doch er blieb gefasst. »Sir, ich versichere Ihnen, dass die Passagiere der ersten Klasse kein Interesse daran haben, Ihnen Ihren Platz auf dem Schiff streitig zu machen.« Er versuchte zu lächeln, doch es war ein mühsames, kontrolliertes Lächeln.

»Ach nein? Und was ist dann sie? Ein bunter Papagei?«

Der Finger des Mannes bohrte sich in eine Richtung. Sofort wandten sich alle Blicke der Versammelten dorthin. Murdoch folgte dem Finger, ohne zu wissen, was ihn erwartete, doch als sein Blick auf die Frau fiel, die sich versuchte, in der Menge zu verstecken, stockte ihm der Atem.

Catherine.

Ein Moment der Stille trat ein. Murdoch schloss die Augen, um seine Fassung wiederzufinden. Was tat sie hier? War sie wirklich so naiv, sich unter die Leute hier zu mischen, ohne zu merken, welche Gefahr von dieser Situation ausging? Sein Herz raste. Als er seine Augen wieder öffnete, war sein Blick wieder bestimmt, der erste Offizier, der die Kontrolle übernahm.

»Ich kümmere mich darum«, sagte er ruhig und mit festem Ton, »Mister Lightoller, wären Sie so freundlich, den Bericht zu verfassen?«

»Aye«, entgegnete Lightoller und Murdoch begann, sich zügig einen Weg durch die Menschen zu bahnen. Sie wichen ihm aus, als wüssten sie, dass er keine Zeit und keine Geduld für ihre Aufregung hatte.

Catherine stand da, immer noch mit gesenktem Blick. Als er sich ihr näherte, fühlte Murdoch, wie sein Magen sich zusammenzog. Es war eine Mischung aus Überraschung und Enttäuschung. Warum war sie hier?

Er blieb vor ihr stehen, der Schock steckte noch in seinen Gliedern. Sie war es wirklich. Die Frau, die er abgewiesen hatte. Die Frau, für die er keine Gefühle haben durfte.

Er versuchte, den Blickkontakt zu meiden, doch ihre Augen, die jetzt zu ihm aufblickten, ließen ihn nicht los. Die Verlegenheit, die er in ihrem Blick sah, ließ ihn einen Moment zögern.

»Miss Harding, würden Sie mit mir kommen?« Seine Stimme war neutral, fast wie aus Gewohnheit.

Murdoch beobachtete, wie Catherine sich erhob, als plötzlich ein Mann aus der dritten Klasse vor ihr auftauchte. Er stellte sich schützend neben sie und legte eine Hand an ihren Arm, um sie zurückzuhalten. »Sie hat nichts getan! Sie war doch nur hier, da ist nichts dabei.«

Murdoch konnte seinen Blick nicht abwenden, als er die Hand des Mannes an ihrem Arm bemerkte. Ein Stich der Eifersucht durchzuckte ihn, schnell und unerwartet. Doch die Nähe, die der Mann scheinbar zu Catherine hatte, weckte in ihm ein unwillkürliches Gefühl der Unruhe. Murdoch schüttelte diese Gedanken ab und antwortete ruhig: »Sie wird auch keine Probleme bekommen, Sir. Trotzdem sollte sich eine Dame der ersten Klasse nicht alleine hier unten aufhalten.«

Der Mann prustete auf. »Dame? Sie sollten mal sehen, wie schnell Missy hier ihr Bier kippen kann. Nur schöne Kleider machen sie nicht gleich zur feinen Dame.«

Murdoch unterdrückte ein weiteres Gefühl der Verärgerung. Seine Geduld war nahezu am Ende.

»Außerdem«, ereiferte sich eine junge Frau plötzlich und trat ebenfalls nach vorne, »war sie nicht alleine. Ich bin ihre Zofe und das ist Alfred, der beste Freund meines Verlobten. Wir waren gemeinsam hier. Ihr wäre nie etwas zugestoßen.«

Murdoch nickte nur knapp, seine Geduld war jetzt vollends aufgebraucht. »Ich verstehe. Aber trotzdem muss Miss Harding mit mir kommen. Ihr Bruder und ihr Verlobter suchen sie bestimmt bereits.«

Catherine atmete tief aus und trat schließlich entschlossen zwischen diesem Alfred und dem Dienstmädchen hindurch. »Ist schon in Ordnung, wirklich. Ich komme mit.«

»Ich warte hier auf dich«, sagte Alfred und wieder zog sich Murdochs Herz zusammen. Er blieb für einen Moment wie erstarrt stehen. Warum fühlte er sich so? Er wusste es. Es war irrational, fast unprofessionell, aber es war da.

Er wollte, dass er es war, der sich schützend vor sie stellte.

Er wollte derjenige sein, der für sie da war, der die Verantwortung übernahm, ohne dass ein anderer Mann ihr in den Weg trat.

»Ich werde nicht zurückkommen«, sagte Catherine zu Alfred und legte ihre Hand in seine. Die Dankbarkeit auf Catherines Gesicht hätte Murdoch beinahe dazu gebracht, sie hier zu lassen. Hier, wo sie offensichtlich so viel glücklicher war, als dort oben. Doch es ging nicht.

»Doch, natürlich«, erwiderte der Mann, »Du bist vielleicht als Lady geboren, aber das hier bist du wirklich. Und was sein soll, findet einen Weg.«

Er zwinkerte ihr zu.

In Murdoch explodierte die Eifersucht mit einer solchen Wucht, dass es ihm fast den Boden untern den Füßen weggezogen hätte. Er zwang sich, ruhig zu bleiben, seine Rolle als Offizier und Herr der Situation zu wahren. »Kommen Sie, Miss Harding«, sagte er leise, und seine Stimme hatte wieder die vertraute, feste, professionelle Note. Doch innerlich war er noch nicht ganz bei der Sache.

Murdoch folgte ihr dicht, während sie langsam die Treppe nach oben stieg. Mit jedem Schritt spürte er, wie sich ein unbehagliches Gefühl in seiner Brust breitmachte. Es war, als würde die Luft zwischen ihnen dicker werden. All das Unausgesprochene drang in die Stille zwischen ihnen.

Als sie die frische Nachtluft erreichten, spürte er, wie die kalte Brise seine aufgeheizte Haut kühlte. Der Raum drinnen war heiß gewesen, und das Getümmel der Menschen hatte eine unangenehme Enge geschaffen. Sie wagte es nicht, ihn anzusehen, und das verwirrte ihn. All die Worte, die zwischen ihnen geflossen waren, schienen jetzt so weit entfernt.

Er spürte ein seltsames Ziehen in seiner Brust, ein Ringen zwischen Zorn und Bedauern. Hatte er ihr wirklich nur leere Hoffnungen gemacht? In dieser Stille kamen ihm all die Augenblicke in den Sinn, in denen er ihr ganz bewusst Nähe signalisiert hatte, weil er sich zu ihr hingezogen fühlte, auch wenn er es nicht sehen wollte. Er hatte ihr genau das gezeigt, was zwischen ihnen war – mehr als nur flüchtige Freundlichkeit, mehr als nur die höflichen Gesten eines Offiziers.

Als sie endlich zu ihm aufsah, sich ihre Blicke trafen, brach es aus ihm hervor: »Was zum Teufel hast du dir dabei gedacht, Catherine?« Der Satz fiel aus seinem Mund, scharf und unerwartet.

Sie zuckte zusammen, als hätte er sie geschlagen. Sie sah ihn nun mit einem fast erschrockenen Blick an, und erst da wurde ihm klar, dass er sie gerade beim Vornamen genannt hatte – zum ersten Mal.

»Hast du irgendetwas anderes von Nancy erwartet?«

Sie hatten nun endgültig eine Grenze überschritten.

»Nein, von Nancy nicht. Aber von Catherine. Es hätte sonst was passieren können. Diese Männer hätten dich … Es hätte zu einer körperlichen Auseinandersetzung kommen können, es hätte dir etwas zustoßen können. Keiner wusste, dass du dort bist. Es war schrecklich gedankenlos von dir.«

Er konnte fühlen, wie der Zorn in ihm aufstieg, als er die Worte aussprach. Seine Hände fuhren wild in der Luft umher, als wollte er die Wor-

179

te greifbar machen, die seine Wut begleiteten. Verdammt, warum hatte sie es getan? Warum hatte sie sich in diese Situation gebracht? Warum war sie so stur, jetzt nicht zu verstehen, wie gefährlich ihre Entscheidung gewesen war? Als er schließlich merkte, wie die Kraft aus ihm wich, ließ er die Hände an seine Seiten fallen und starrte sie an.

»Bist du besorgt?«

Ihre Worte schockierten ihn. Sie klangen so weit entfernt, so ungläubig, dass er für einen Moment dachte, er hätte sie nicht richtig gehört. Doch als er in ihre Augen sah, wusste er, dass sie nach etwas suchte, nach einer Wahrheit, nach einem Zeichen. Er spürte, wie die Verantwortung auf seinen Schultern lastete.

»Natürlich bin ich das! Ich bin erster Offizier dieses Schiffes!« Seine Stimme schallte lauter, als er die Worte aussprach, aber der ganze Widerspruch in ihm war schwer zu verbergen. Sie wollte die Wahrheit hören, aber was konnte er ihr sagen?

Dass er sich um sie sorgte? Dass er nicht wollte, dass ihr etwas zustieß? Dass er – verdammt noch mal – nie wollte, dass ihr etwas passierte?

Er sah, wie sie den Blick senkte, den Kopf zur Seite neigte. Der Augenblick zwischen ihnen dehnte sich aus. Murdoch musste sich zwingen, seinen Blick abzuwenden und auf die offene See zu starren. Diese Stille war kaum auszuhalten.

»Wirst du meinen Bruder darüber in Kenntnis setzen?«

Er schnaubte. »Dafür sehe ich keinen Grund, sofern sich die Situation vermeiden lässt. Es ist schließlich nichts passiert.«

Er hatte es geschafft, sie aus der unmittelbaren Gefahr zu holen, und jetzt war alles in Ordnung. Trotzdem konnte er den Gedanken nicht abschütteln, dass es nicht nur darum ging. Nicht nur darum, was zwischen den Grenzen von richtig und falsch lag.

Sie war nicht nur irgendeine Passagierin auf diesem Schiff. Das wusste er – auch wenn er sich noch immer nicht eingestehen wollte, was das genau bedeutete. Nach weiteren stummen Minuten räusperte er sich schließlich. »Miss Harding …«

»Nein!«, unterbrach sie ihn scharf, »Hör auf mich so zu nennen!«

Es war der Moment, in dem die Fassade, die sie so lange aufrechterhalten hatten, endgültig fiel. Murdoch spürte einen schmerzhaften Stich. In ihren Worten lag mehr als nur Wut – da war ein Verlangen nach einer anderen Realität, nach einer anderen Version von ihm und ihr.

Und er? Welche Rolle spielte er dabei?

Ein Mann, der sie in eine Richtung schickte und dann nicht bereit war, mit ihr zu gehen? Ein Mann, der immer wieder die Grenze zog, obwohl er wusste, dass er sie schon zu oft überschritten hatte?

Er versuchte, sich zu fassen. Die Grenze, die er nicht nur für sie, sondern auch für sich selbst gezogen hatte, verschwamm immer mehr. Und es gab kein Zurück mehr.

31

CATHERINE

1912 | APRIL 12

Der plötzliche Wechsel in seiner Anrede traf sie wie ein Schlag. Erst hatte er sie geduzt, sich mit ihr auf eine Ebene gestellt, und jetzt, im nächsten Moment, war sie wieder Miss Harding. Als ob nie etwas gewesen wäre. Die Art, wie er immer wieder Grenzen überschritt, nur um sich im nächsten Augenblick sofort zurückzuziehen, ließ ihr Herz schneller schlagen und zerriss ihr zugleich die Seele. Er machte ihr Hoffnungen, lockte sie in eine Nähe, die sie sich insgeheim gewünscht hatte, nur um sie im nächsten Moment wieder zurückzustoßen, als wäre alles, was sie geteilt hatten, nichts als ein Missverständnis.

Das Korsett schnürte sich noch enger um ihre Brust, der Druck in ihrem Kopf nahm zu, und der Raum um sie schien sich zu verengen. Ihre Gedanken rasten vor lauter Fragen, doch die Antworten blieben ihr verborgen. Sie fühlte sich betrogen – von ihm, von ihren eigenen Gefühlen.

Obwohl sie schweigen sollte, brach nun alles aus ihr heraus. »Du verstehst nicht, was es bedeutet, dieses Leben zu führen!« Sie kämpfte mit aller Kraft gegen die Tränen an, die sich in ihren Augen sammelten. »Die Annahme, dass das Leben einer Harding ohne Mühen und Herausforderungen sei ... Was kann die schon für Probleme haben? Aber noch nie in meinem ganzen Leben traf ich auch nur eine Entscheidung selbst. Seit ich denken kann, entscheiden andere über meinen Kopf hinweg. Wie ich meine Haare trage, was ich anziehe und was ich esse. Wann ich aufstehe oder zu Bett gehe. Selbst mit wem ich spreche und wen ich ignoriere. Die Verlobung wurde arrangiert und selbst während dieser Reise unterliegt mein Handeln der Kontrolle meines Bruders.«

Ihr gesamter Körper zitterte vor Wut. »Ich werde bald für immer eingesperrt sein. Ein Leben fristen, in dem mein Wort kein Gewicht hat und ich mich den Wünschen und Vorstellungen meines Ehegatten unterwerfen muss. Und ich kann nichts dagegen tun. Einmal nur, wollte ich dem allen entfliehen, und du hast dasselbe getan, wie alle anderen auch. Du hast es mir genommen! Dabei wollte ich doch nur selbst entscheiden, mit wem ich den Abend verbringe, oder … für wen mein Herz schlägt.« Ihre Stimme brach, doch sie fuhr fort, ohne ihren Blick abzuwenden. »Ich weiß, dass deine Gefühle für mich nicht dieselben sind, wie meine für dich und es tut mir leid, wenn ich dich in eine unangenehme Situation damit gebracht habe. Das war nie meine Absicht.«

Sie schnaubte und ließ die Schultern hängen. Es hatte keinen Sinn. Die Wut, die sie noch eben durch ihre Adern gepumpt hatte, schwand nun fast augenblicklich, ersetzt durch eine tiefe, erschöpfende Verzweiflung. Es war ein Gefühl, das sie zu gut kannte – das Gefühl, gegen unsichtbare Mauern zu schlagen, die niemals nachgeben würden. Sie wusste, dass ihr Klagen immer nur auf taube Ohren stoßen würde. Als reiche Tochter einer angesehenen Familie war es nicht ihr Recht, sich über ihre Situation zu beschweren. Sie war zu wohlhabend, zu privilegiert, zu fern von den tatsächlichen Sorgen der Welt. Niemand würde sich für die innere Zerrissenheit einer Frau wie ihr interessieren. In ihrer ausweglosen Situation tat sie also das Einzige, das sie noch tun konnte: Sie gab auf.

»Ich danke Ihnen für Ihre Anteilnahme und dafür, dass Sie meinem Bruder gegenüber nichts erwähnen werden. Ich werde nun zu Bett gehen.« Ihre Stimme klang fremd, als hätte sie einen Teil von sich selbst darin verloren. »Gute Nacht, Mister Murdoch.«

Gerade als sie sich abwenden wollte, spürte sie, wie sich warme, feste Finger um ihre Hand schlossen, sie zurückzogen. Sie erstarrte, sah ihn verwundert an. In seinen Augen war etwas, das sie nicht ganz einordnen konnte – ein Funken Entschlossenheit, aber auch Zweifel, als kämpfte er mit sich selbst. Sein Blick war unnachgiebig, seine Stirn gerunzelt. Als er sprach, war seine Stimme nur noch ein leises Flüstern.

»Ich kann dir nichts bieten.«

Die Worte trafen sie wie ein Schlag. Sie wollte antworten, wollte etwas sagen, das die ungleiche Schwere zwischen ihnen verringern würde, aber als er weitersprach, hielt sie inne.

»Ich habe nichts, was du brauchst. Nichts, was du dir jemals wünschen könntest. Ich habe keine Zukunft, die deiner Vergangenheit ähnlich wäre.«

Sie öffnete den Mund, doch der Schmerz, den sie in seinen Worten las, hielt sie zurück. Ihr Blick wanderte zu seinen Händen, die immer noch ihre festhielten. Sie spürte den festen Griff, der sich nicht lösen wollte, und eine Welle von Wärme durchflutete sie, die sie so lange nicht mehr gefühlt hatte.

Dann stieg eine Erinnerung in ihr auf – seine Worte von vor wenigen Stunden. *Ich bin verheiratet und meine Frau erwartet meine Rückkehr.* Diese Worte schallten in ihrem Kopf wider, unaufhörlich. Er war verheiratet. Hatte er deshalb keine Zukunft für sie?

Sie sah wieder zu ihm hoch, erkannte in seinen Augen eine klare Antwort auf ihre eigene innere Unruhe, aber auch eine Einladung zu einem anderen Weg, den sie nicht gehen sollte.

»Das ist mir egal, William«, sagte sie leise, aber bestimmt. »Ich brauche nichts von dir. Nicht das, was du glaubst mir bieten zu müssen, und auch nichts, was die Welt von dir erwartet.«

Trotz seiner Worte, trotz seiner Frau, trotz der Realität, die sie so drängend spürte, konnte sie nicht leugnen, was in ihr war. Es war ein Gefühl, das sich nicht in eine der festen Bahnen ihrer Welt pressen ließ. Ein Gefühl, das sie nicht einfach abtun konnte, egal, wie viele Hindernisse sich ihr in den Weg stellten. Sie war nicht hier, um zu erfahren, ob er ihr das Leben versüßen konnte oder nicht. Sie hatte nie nach jemandem gesucht, der sie rettet. Sie hatte lediglich den Wunsch, selbst zu entscheiden, zu leben, zu fühlen – und in diesem Moment konnte sie das. Sie konnte selbst bestimmen, was für sie wichtig war.

Sein Blick veränderte sich, aber es war eine Mischung aus Verwunderung und Zweifeln. »Warum willst du mich dann?«, fragte er.

Catherine blickte ihn einen Moment lang an, als sie sich überlegte, was sie antworten sollte. Ihre Antwort kam sanft, aber mit einer Klarheit, die sie nie zuvor gespürt hatte. »Weil du der Einzige bist, der mich nicht an eine Rolle erinnert, die ich spielen soll. Du siehst mich nicht durch die Augen der Erwartungen, sondern als die Frau, die ich bin. Vielleicht ist es das, was mich zu dir zieht – die Freiheit, ich selbst zu sein. Du siehst mich, William. Du siehst, was ich fühle, und das ist genug. Es ist mehr, als ich je von irgendjemandem erwartet habe.«

Ihre Worte hingen einen Moment in der Luft, und sie beobachtete ihn still. Sie konnte sehen, wie er seinen Blick abwandte, als würde er ihr nicht ganz glauben. Aber sie bemerkte auch das Zucken seines Gesichts, als er den Schmerz und die Verwirrung spürte, die zwischen ihnen lagen.

»Ich kann dir keine Sicherheit geben, keine Versprechungen. Nur das, was ich fühle.«

»Und das ist alles, was ich will, William«, antwortete sie ruhig, doch ihre Stimme war fest. »Die Wahrheit, die in diesem Moment zwischen uns steht. Keine Lügen, keine Erwartungen. Nur du, nur ich. Ohne das, was die Welt von uns fordert.«

Sie fühlte, wie die Spannung in der Luft zwischen ihnen langsam nachließ. Die Worte, die sie aussprach, waren nicht nur eine Antwort auf ihn, sondern auch eine Antwort auf sich selbst. Sie wusste, dass sie diese Wahl nicht für ihn oder für irgendjemand anderen traf – es war die Entscheidung, die sie für sich selbst treffen musste. Einen Moment lang hatte sie das Gefühl, als würde sie von einer Last befreit, als ob die Ketten, die sie so lange gehalten hatten, gerade aufgelöst wurden. Es war die Freiheit, sich selbst zu wählen, nicht für das, was andere von ihr erwarteten, sondern für das, was sie brauchte.

Murdoch schien das zu spüren, als er sie ansah, und ein Funken von Verständnis durchbrach die Mauer zwischen ihnen. »Ich kann dir nicht das Leben bieten, das du dir vielleicht erhoffst, Catherine«, sagte er schließlich, seine Stimme rau, als kämpfe er mit den Worten, »Aber ich kann dir meine Wahl geben. Die Entscheidung, bei dir zu sein. Hier, jetzt, ohne all die Verpflichtungen, die uns binden.«

»Und das ist alles, was ich will«, flüsterte sie, als die Welt um sie stillzustehen schien.

Als hätten ihre Worte den Schalter umgelegt, wurde sein Blick weich. Langsam hob er die Hand, als wolle er sicherstellen, dass sie es wirklich wollte, dass sie ihm wirklich vertraute.

Dann berührte seine Hand sanft ihre Wange, und die Wärme seiner Berührung ließ ihren Atem stocken. Der Raum zwischen ihnen schien sich zu verengen, als ob nur noch dieser Augenblick zählte. Mit einer Bewegung, die fast zögerlich und zugleich entschlossen war, beugte er sich zu ihr und drückte seine Lippen sanft auf ihre. Es war kein leidenschaftlicher, verzweifelter Kuss, sondern einer, der all die unausgesprochenen Worte, die zwischen ihnen standen, in sich aufnahm – all die Sehnsüchte, die Hoffnung, aber auch die Ängste, die sie miteinander teilten.

Catherines Beine wurden weich, als er sie küsste. Ein heißer Schauer lief ihr den Rücken hinab, und sie fühlte, wie sich ein loderndes Feuer in ihr entfachte – wild, ungebändigt und fremd. Es war eine Hitze, die in ihren Adern pulsierte und die ihre ganze Existenz durchflutete, als hätte er einen längst verborgenen Teil in ihr geweckt, von dem sie nicht einmal gewusst hatte, dass er existierte.

Ihre Hände fanden nach einer Weile den Halt an seiner Brust. Sie schmiegte sich noch enger an ihn, als wollte sie sich in ihm verlieren, als wollte sie diesen Moment für immer festhalten.

Die Welt drehte sich weiter, doch für Catherine schien alles andere unwichtig. Alles, was zählte, war der Mann vor ihr, der sie nicht nur mit seinen Händen, sondern mit seinem ganzen Wesen zu berühren schien.

Und sie spürte, dass auch er in diesem Augenblick alles riskierte, um bei ihr zu sein – für sie, für diesen Augenblick der Wahrheit, der alles veränderte.

32

JOSEPHINE

1912 I APRIL 13

Leise schloss Josephine die Tür hinter sich und blickte den leeren Gang entlang. Catherine war nach dem Lunch in das Schreibzimmer gegangen und Josephine hatte sie darum gebeten, mitkommen zu dürfen. Eigentlich wollte sie einen Brief an ihre Eltern schreiben, doch mit den wenigen Lesekenntnissen kam sie kaum über den ersten Satz hinaus, und so schrieb Catherine ihn ihr in leserlicher Schönschrift.

Nachdem auch die Miss ihren Brief beendet hatte, bat sie Josephine, zum Auskunftsbüro zu gehen, um die Briefe aufzugeben. Catherine selbst war zurückgeblieben mit der Ausrede noch einen Spaziergang an Deck machen zu wollen, ehe sie sich für den Abend in das enge Korsett schnüren ließ.

An der Auskunftsstelle warteten noch zwei Passagiere. Ein Kammerdiener und eine Dame, die sich eine Behandlung im türkischen Bad reservieren ließ. Als dieser erklärt wurde, dass die Titanic sogar über ein Schwimmbad verfügte, wurden Josephines Augen groß. Wozu brauchte man denn auf einem Schiff, das umgeben war von Wasser, noch mehr Wasser? Als sie an der Reihe war, trat sie nach vorne und legte die Briefe auf den Tresen. »Meine Lady hat mich angewiesen, diese Korrespondenz zu übermitteln.«

Der Mann hinter dem Tresen sah sie nicht einmal an, sondern nickte lediglich und überreichte ihr einen Zettel, den sie unterschreiben musste. Etwas nervös zeichnete sie eine Schlaufe sowie drei Zickzack-Linien, wie sie es bei der Dame immer beobachtet hatte. Der Mann schlichtete die Briefe in ein hölzernes Regal, wovor ein anderer Mann saß, der wieder alles umsortierte.

»Name und Kabinennummer.« Er war kurz angebunden und wirkte schlecht gelaunt.

»Miss Catherine Harding, C–62–66.«

»Harding, Harding, Harding«, murmelte er vor sich hin, »Oh ja, ich weiß!« Er trat von der Theke zurück, begab sich zur gegenüberliegenden Seite des Raumes und ergriff einen dort liegenden Briefumschlag. »Kennen Sie einen George Harding?«

Kurz zuckte sie bei dem Namen dieses Mistkerls zusammen. »Ja, Sir. Er ist der Bruder Ihrer Lady.«

»Sehr gut. Wir haben diesen Brief zwar aussortiert, aber vergessen auszugeben. Können Sie ihn mitnehmen?«

Er fuchtelte mit dem Papier in der Luft umher und Josephine nickte. Es war für sie ausgeschlossen, den Brief diesem Unmenschen zubringen. Sie würde ihn Miss Catherine geben, damit diese eine Entscheidung über das weitere Vorgehen treffen konnte. Da Catherine bestimmt noch an Deck war, konnte Josephine sie vielleicht noch einholen, wenn sie sich etwas beeilte.

Der Tag auf hoher See war von außerordentlicher Schönheit geprägt. Der Ozean zeigte sich von seiner ruhigen Seite, während die Titanic mit einer eleganten Bewegung übers Wasser glitt. Die Sonne strahlte vom Himmel und obwohl erst der Monat April angebrochen war, wärmte sich das Deck auf, sodass einige Herren bereits mit ausgezogenem Jackett spazieren gingen.

Vorsichtig stellte sich Josephine an die Reling und blickte auf das Wasser hinunter. Die Bewegungen der Wellen, die an die Schiffswand wogten, hypnotisierten sie. In einem kurzen Anflug von Mut hob sie den Fuß auf die erste Sprosse. Schnell blickte sie sich noch einmal um und drückte sich schließlich nach oben.

Adrenalin schoss ihr durch die Glieder und ihr Herz klopfte schneller. Der Wind umschloss sie, nahm ihr alle Sorgen. Sie verteilte das Gewicht besser auf ihren Beinen und ließ die Reling los.

Es fühlte sich gut an, nicht zu wissen, was geschehen würde, immerhin reichte schon ein kurzer Moment der Unachtsamkeit und sie würde über die Reling kippen und ins Wasser stürzen.

Sie hörte Schritte hinter sich, doch ließ sich nicht aus der Ruhe bringen. In den vergangenen Jahren war es ihr nur selten möglich gewesen, sich eine Auszeit zu nehmen, da sie aufgrund ihrer Verpflichtungen stets stark eingebunden war. Diesen Moment, in Ruhe zu genießen, bedeutete ihr alles.

»Ma'am!«

Die Stimme klang besorgt und Josephine wollte ihr mitteilen, dass alles in Ordnung war. Kaum hatte sie den Kopf gedreht, erfasste der Wind ihre Haube und hob sie ihr vom Kopf. Sie versuchte, die Haube zu ergreifen, verlor jedoch das Gleichgewicht und drohte, vornüber zu kippen. Sie würde ins eiskalte Wasser eintauchen und vom Sog des Schiffes mitgezogen werden, bis sie jämmerlich ertrank.

Plötzlich spürte sie einen Ruck an ihrer Kleidung und wurde zurück an Deck gezogen. Als sie wieder festen Boden unter den Füßen hatte, fing sie an, vor Erleichterung zu kichern.

Zwei Offiziere standen vor ihr und beäugten sie besorgt. Einen davon erkannte sie. Als Mister Gould die Treppen hinabgestoßen worden war, hatte er sich vor Ort befunden, und die Situation aufgeklärt. Außerdem befand er sich am Vorabend im Aufenthaltsraum der dritten Klasse. Hatte sie ihn nicht noch irgendwo gesehen?

»Haben Sie sich verletzt?«

»Nein, ich denke nicht.«

Sie zitterte zwar am ganzen Leib, aber das war bestimmt nur die Erleichterung über das knappe Entkommen aus den Klauen des Todes.

»Es ist gefährlich, auf die Reling zu steigen!«, schimpfte der zweite Offizier.

»Es tut mir leid, Sir.« Sie blickte dem einen Offizier ins Gesicht und ein Licht ging ihr auf, »Habe ich Sie nicht heute Morgen an Deck mit Miss Harding sprechen sehen? Mister Murdoch, richtig?«

Der Offizier räusperte sich und wich ihrem Blick aus, während der andere Offizier seinen Kollegen schmunzelnd beobachtete. Aber Josephine war sich ganz sicher, dass er es gewesen war.

Die Sonne war gerade am Aufgehen gewesen und hatte den Himmel in wunderschöne Farben getaucht. Sie hatte nicht mehr schlafen können, weil Clara die ganze Nacht über schnarchte, wie ein ganzes Orchester.

Josephine hatte sich also angezogen und wollte die Morgenstunden nutzen, um einen Spaziergang an Deck zu machen. Über das ganze Deck war sie spaziert, als sie sie dort stehen sah. Da kaum einer unterwegs war, fielen ihr die Silhouetten schnell auf.

Catherines dunkle Haare waren offen und tanzten im Wind. Sie trug eines ihrer Teekleider, die sie auch ohne fremde Hilfe an– und ausziehen konnte. Die aufgehende Sonne warf oranges Licht in ihr Gesicht und sie strahlte geradezu, als sie mit dem Offizier plauderte.

Josephine hatte sich noch gewundert, warum sie so nah aneinander standen, und vor allem um diese Uhrzeit.

»Aha. Gesprochen hast du also mit ihr«, feixte der zweite Offizier und Murdoch schnaubte.

»Ja. Haben wir.«

Es schien, als hätten die Offiziere Josephines Anwesenheit bereits vergessen. Schmunzelnd beobachtete sie sie.

»Handelte es sich dabei lediglich um ein Gespräch, oder wurden auch andere … Formen der … Kommunikation verwendet?«

»Lights. Ich bitte dich. Nur einmal.«

»Na ja, man weiß ja nie, auf welche Gedanken du plötzlich kommst. Du bist gestern auch erst recht spät in die Kabine zurückgekehrt.«

»Es geht dich nichts an, wann ich meine Kabine aufsuche.«

»Ich dachte mir nur, weil du heute früh nicht aufhören konntest zu lächeln. Und vor allem in der Früh kenne ich das gar nicht von dir.«

»Fertig?« Murdoch wies auf Josephine, woraufhin sich auch der zweite Offizier von seinem Begleiter abwandte und den Versuch startete, seine Miene wieder zu versteifen.

»Sollen wir Sie zum Schiffsarzt bringen? Oder in Ihre Kabine?«

Heftig schüttelte Josephine den Kopf, was ihr leichte Kopfschmerzen bescherte. »Nein, danke. Es geht mir gut.«

Nachdem sie sich von den Offizieren entfernt hatte, nahmen diese ihr Streitthema wieder auf. Dabei konnte Lights seine Belustigung über die Situation nicht verbergen, während Murdoch jede Beteiligung von seiner Seite bestritt. Josephine fragte sich was es wohl gewesen und wie – denn es war offensichtlich – Catherine dabei involviert war.

33

CATHERINE

1912 | APRIL 13

»Willst du mir erzählen, was geschehen ist?«

Virginies Stimme klang ehrlich interessiert, als sie sich umdrehte und Catherine das mit Bourbon gefüllte Glas überreichte. Kaum hatte sie die Kabine ihrer Freundin betreten und nach dem Alkohol verlangt, hatte Virginies Mann die Kabine verlassen und gemeint, er würde sich niemals in wichtige weibliche Unterredungen einmischen.

»Was meinst du?« Catherine nippte zunächst in zurückhaltender Manier an dem Glas, ehe sie ihre Vorsicht über Bord warf und einen großzügigen Schluck nahm.

»Liebes, auch wenn ich geneigt bin, der lächerlichen Hoffnung, du wärst nur hier um zu tratschen, nachzugeben, muss ich leider anmerken, dass ich nicht dumm bin. Du schüttest den Bourbon, als sei es Wasser, in dich. Irgendetwas muss also vorgefallen sein.« Virginie nahm neben Catherine auf dem Futon Platz und seufzte, bevor sie sich zurücklehnte und sie eingehender betrachtete.

Catherine zwang sich zu einem Lächeln. »Ich bin nur müde.«

Virginie drehte sich nun doch um, eine Augenbraue leicht hochgezogen.

»Ach, müde also? Merkwürdig, dabei bist du doch sicher brav in deiner Kabine gewesen die ganze Nacht, oder etwa nicht?«

Catherine spürte, wie ihr Herz einen Schlag aussetzte. Hatte Virginie etwas bemerkt? Natürlich nicht – sie konnte es nicht wissen. Und doch fühlte sich Catherine ertappt. Sie war eben nicht in ihrer Kabine geblieben. Sie hatte sich in den frühen Morgenstunden hinausgeschlichen, hatte sich durch die stillen Korridore bewegt, die kalte Seeluft eingeatmet – nur, um ihn wiederzusehen. William.

Ihr Magen zog sich zusammen, als die Erinnerungen zurückkamen. Sein Blick, als er sie in der dritten Klasse gefunden hatte. Die angespannte, hitzige Diskussion. Seine Worte, ihre Worte – ein Schlagabtausch zwischen Vernunft und Trotz, der in diesem einen Moment gegipfelt war. Der Moment, in dem alles andere unwichtig geworden war.

Der Moment, in dem er sie geküsst hatte.

Sie fuhr sich unbewusst mit den Fingerspitzen über die Lippen. Es war kein sanfter, wohlüberlegter Kuss gewesen – nein, er war fordernd gewesen, von Emotionen und unausgesprochenen Gedanken getrieben. Und sie … sie hatte nicht einmal versucht, sich zurückzuziehen.

Ein warmes, verwirrendes Gefühl breitete sich in ihr aus, doch es wurde sofort von der eiskalten Welle der Realität erstickt.

Es hätte nicht passieren dürfen.

Sie war verlobt. Ihr Leben war bereits vorgezeichnet. Sie würde einen Mann heiraten, der zu ihrer Welt passte, der ihr Sicherheit bot. William Murdoch tat das nicht. Er war alles, was sie nicht haben sollte. Ein Offizier, ein Seemann – ein Mann, dessen Leben von Wellen und einem straffen Schichtplan bestimmt wurde, nicht von Ballkleidern und feinen Gesellschaften.

Und doch …

Catherine schloss kurz die Augen. Sie konnte den Gedanken nicht einfach abschütteln. Ihre Füße hatten sie heute Morgen fast wie von selbst zu ihm geführt, als könnte sie sich der Anziehung nicht entziehen. Aber was, wenn jemand sie gesehen hatte? Was, wenn jemand Verdacht schöpfte?

Das würde alles nur noch schwieriger machen. Und dann war da noch etwas anderes, das sie nicht aus ihrem Kopf bekam – was William ihr gesagt hatte. Er hatte eine Frau. Ein verheirateter Mann.

Der Gedanke, dass er in einer anderen Welt schon verankert war, dass seine Verpflichtungen und Bindungen bereits an eine andere Frau gingen, nagte an ihr. Wie konnte sie sich überhaupt darauf einlassen, wenn sie wusste, dass er jemand anderem gehörte? Aber sie hatte das alles gesehen,

hatte seine Worte gehört. Doch statt sich zurückzuziehen, hatte sie zugelassen, was passiert war. Was, wenn sie sich jetzt in etwas verrannt hatte,
das sie nicht mehr kontrollieren konnte? Was, wenn all diese komplizierten
Gedanken und Gefühle nur eine weitere Illusion waren, die in der Realität
keinen Platz hatte? Doch was, wenn er es wirklich ernst meinte?

»Catherine?«

Sie fuhr zusammen und sah auf. Virginie musterte sie mit einem durch-
dringenden Blick.

»Was auch immer es ist – du wirst es mir nicht erzählen, oder?«

Catherine rang sich ein Lächeln ab. »Es ist nichts, wirklich.«

Virginie ließ einen leisen Laut hören, der deutlich machte, dass sie ihr
kein Wort glaubte. Dann zuckte sie mit den Schultern. »Nun gut. Ich gebe
dir noch ein wenig Zeit, bevor ich dich zwinge, es mir zu erzählen.«

Catherine zwang sich zu einem Lachen, aber innerlich blieb die Unruhe.
Sie wusste, dass sie eine Entscheidung würde treffen müssen. Früher oder
später. Konnte sie Virginie vertrauen?

»Es ist einfach … Die ganze Welt, in der wir leben. Hast du dich nie gefragt, ob das alles richtig ist? Was ist, wenn dieses ganze Spiel der Reichen
und Schönen für uns nicht gut endet?«

Noch nie hatte Catherine derart ehrlich mit ihrer Freundin gesprochen.
Zumindest nicht darüber, wie ihre Gefühlswelt aussah. Normalerweise
hatte sie, gleich wie ihre Mutter, ihre Gefühle im Griff und gab der Außen-
welt nichts preis. Seit ihrem Zusammentreffen mit William jedoch hatte
sich ihre Einstellung grundlegend gewandelt. Es war, als wäre sie von
einem endlos langen Traum erwacht und spüre zum ersten Mal die Realität.

»Enden? Es besteht Gott sei Dank kein Anlass zur Annahme, dass das
hier in absehbarer Zeit endet. Immerhin sind wir jung und haben noch viele
Jahre vor uns. Zugegeben, einiges wird uns gefallen und anderes weniger,
aber das ist der Lauf der Dinge. Zumindest erleichtert der Bourbon die
Akzeptanz der weniger erfreulichen Aspekte des Lebens erheblich.«

Es folgte ein langatmiges Schweigen. Catherine bemühte sich, nicht
ständig an die meerblauen Augen des Offiziers zu denken, während Virginie ihre Freundin anblickte und schließlich die Augen aufriss, als hätte
sie endlich die Lösung des Rätsels gefunden.

»Ist die Ursache für deine seltsamen Gedanken dieser Mann?«

»Wie bitte?«

»Von dem du mir erzählt hast. Du weißt, dass du mit mir jederzeit darüber reden kannst, wenn du möchtest. Was auch immer du mir anvertraust, wird diesen Raum nicht verlassen.«

Catherine gefiel der Gedanke, dass sie die Bürde ein Geheimnis zu wahren nicht mehr allein tragen musste, sollte sie sich Virginie anvertrauen. Geschlagen senkte sie den Kopf. Für Virginie reichte dies als Eingeständnis.

»Ich hatte bereits eine Vermutung diesbezüglich. Wer ist es?«

»Es handelt sich um jemanden, der nicht unserem Stand entspricht, wie mein Bruder es in seiner humorvollen Art ausgedrückt hat.«

Virginie kniff die Augen zusammen. »Ein Passagier der zweiten – oder nein, doch eher der dritten Klasse?«

»Nein.« Catherines Stimme versagte. Der anfänglich verspürte Mut war nicht länger vorhanden. Vertraute sie Virginie genug, um ihr mehr zu erzählen, als sie es ohnehin schon getan hatte?

»Ein Offizier.«

Virginies Kiefer sank weit nach unten, ehe sie ihren Mund geräuschlos wieder schloss. Sie nahm Catherine das Glas aus der Hand und kippte sich den Rest in den Rachen, ehe sie sich erhob und zum Fenster trat.

»Ich versteh dich selbstverständlich«, begann sie und drehte sich wieder zu Catherine, »Mir sind zahlreiche Frauen in unserem Alter bekannt, die sich auf See mit einem Offizier der White Star Line vergnügt haben. Lissy zum Beispiel. Diese Art von Arrangements ist keineswegs ungewöhnlich. Der Offizier, mit dem du beim Dinner getanzt hast, er …« Virginie stockte. Ihre Augenbrauen zogen sich zusammen, ehe sie die Augen weit aufriss. »Er!«

Es war draußen und jegliche Möglichkeit, es zurückzunehmen, war dahin. Virginie nahm wieder neben Catherine Platz.

Catherine wandte erneut den Blick ab, um den Vorwurf in Virginies Augen nicht erkennen zu müssen. Sie würde es nicht aushalten, wenn Virginie sie verabscheute.

»Erster Offizier, William Murdoch. Der schneidigste Schotte, der je für die White Star Line gearbeitet hat.«

»Bitte Virginie! George darf davon nichts erfahren.«

»Also bitte, du weißt, dass ich mit diesem Crétin nicht verkehre. Aber viel wichtiger ist jedoch Folgendes: Was willst du jetzt tun?«

»Ich habe keine Ahnung.«

»Zu jeder anderen meiner Freundinnen würde ich sagen, dass sie sich zusammenreißen sollte. Es gibt in der Tat Schlimmeres, als in einer lieblosen Ehe gefangen zu sein, die jedoch mit einem gewissen finanziellen Wohlstand einhergeht. Aber bei dir? Für dich ist eine Heirat mit Matthew kaum denkbar, solange du Gefühle für einen Anderen hast. Oh Gott, habt ihr etwa …?«

»Nein!«, entgegnete Catherine heftig. Sollte sich das Gerücht verbreiten, Catherine sei nicht mehr unberührt, wäre die Möglichkeit auf eine Heirat mit Matthew oder einem Anderen für immer dahin.

»Deine Familie ist auf Matthews finanzielle Unterstützung angewiesen. Es wäre nur noch eine Frage der Zeit, ehe es zu einem Verlust sämtlicher Vermögenswerte führen würde. Schau mich nicht so an! Larry redet am Abend ständig über geschäftliche Angelegenheiten. Manchmal wundert es mich, dass er nicht seine Aktiendepots aufzählt, während wir das Bett teilen.« Virginie ergriff Catherines Hand, drückte sie und sah ihr in die Augen. »Bist du dir sicher, dass es sich nicht nur um eine Schwärmerei handelt? Etwas, das vorübergeht?«

Catherine schloss die Augen. Sie wusste kaum um die Unterschiede zwischen einer Schwärmerei und Liebe. Den ersten Kuss hatte sie vom Sohn eines Geschäftspartners ihres Vaters erhalten. Sie hatten sich heimlich in der Bibliothek versteckt, aber George hatte sie entdeckt und verpetzt.

Die Mutter untersagte ihr den Umgang mit dem Jungen und verdeutlichte ihr, dass sie eines Tages einen Mann heiraten würde, den man für sie aussuchen würde. Aus diesem Grund sei es reine Zeitverschwendung, die Nähe von jungen Männern in der Stadt zu suchen.

»Es wäre möglich«, antwortete sie und wünschte sich ein weiteres Glas Bourbon herbei.

»Gut, dann eins nach dem anderen. Zuerst solltest du herausfinden, wie ernst es wirklich ist. Sofern es sich lediglich um eine Schwärmerei handelt, hat es keinen Sinn deswegen einen Streit vom Zaun zu brechen. Es wäre dann nicht erforderlich, Matthew darüber in Kenntnis zu setzen. Wüsste Larry über jede meiner Kopfaffären Bescheid, hätte er längst die Scheidung eingereicht.«

»Kopfaffäre?«

»Männer, mit denen man gerne für eine Nacht gegen alle Regeln verstoßen würde, die jedoch lediglich Gegenstand der Fantasie sind. Es gibt

Seelenklempner, die behaupten, dass dies sogar förderlich für die Liebe sei.«

»Also soll ich eine Kopfaffäre mit ihm haben?«, es kam Catherine seltsam vor, darüber zu sprechen, als sei es nichts Anrüchiges.

»Sofern du keine Möglichkeit für eine ernsthafte Beziehung mit ihm siehst, würde ich es empfehlen.«

Hitze stieg in Catherine hoch. Nur der Gedanke daran bereitete ihr Unbehagen. Eine ernsthafte Beziehung zu Mister Murdoch würde ihre Familie niemals für gut heißen. Sie müsste mit ihnen brechen. Und wenn sie sich heimlich … Nein, für eine Dame war es nicht angemessen, vor der Ehe das Bett mit einem Mann zu teilen. Darüber hinaus hatte Catherine noch keinerlei Erfahrung mit einer solchen Situation. Sie wollte gerade nachfragen, auf welche Art und Weise sie eine derartige Handlung bewerkstelligen könnte, als es an der Kabinentür klopfte und sie hochschreckte.

»Herein!«, rief Virginie, »Bitte lass es den Steward mit mehr Bourbon sein.«

Josephine betrat den Raum mit einem Kuvert in der Hand. »Ich bitte um Verzeihung für die Störung, aber Mister Gould meinte, ich würde Sie hier finden. Ein Schreiben für Ihren Bruder wurde mir in der Auskunftsstelle des Büros übergeben.«

»Dann überbringe den Brief doch ihrem Bruder«, platzte Virginie dazwischen.

»Nein, ist schon gut, danke, Josephine«, sagte Catherine hingegen, erhob sich und nahm den Brief entgegen, »Du kannst schon vorgehen, ich komme gleich nach. Ich denke, ich werde das indigoblaue Kleid zum Dinner tragen.« Josephine nickte und zog sich zurück. Catherine drehte das Kuvert zwischen ihren Fingern hin und her.

»Überwachst du jetzt auch schon deinen Bruder? Hast du nicht größere Sorgen?«

»Es ist immer gut, zu wissen, was er vorhat«, entgegnete sie und riss den Umschlag auf. Sofort stach ihr die Handschrift ihrer Mutter ins Auge.

Lieber George,
Kümmere dich darum, dass unsere Angelegenheiten geklärt sind, be-

vor du nach England zurückkehrst. Bleibe so diskret wie möglich, doch stelle sicher, dass diese Missgeburt niemals wieder einen Fuß auf dieses Anwesen setzt. Ich will keine unerwarteten Ereignisse.

Deine Mutter Eliza

Verwirrt faltete sie den Brief wieder zusammen und steckte ihn in ihr Handtäschchen. Von wem sprach ihre Mutter? Von Catherine? Wollte sie Catherine loswerden? Beim bloßen Gedanken daran, dass ihre Mutter sie mit solch hässlichen Worten bedachte, schnürte es ihr den Hals zu.

Natürlich hatte sie nie ein so gutes Verhältnis zu ihr gehabt, wie zu ihrem Vater, trotzdem hätte Catherine das Verhältnis nicht als schlecht bezeichnet. Sie hielt sich meistens an alle Regeln, obwohl sie zugeben musste, dass Eliza es nicht immer einfach mit ihr gehabt hatte. Was konnte sie ihrer Mutter angetan haben, dass sie so von ihr dachte? Dass sie alles daran setzte, dass Catherine nie wieder nach Hause zurückkehrte?

Während des gesamten Dinners kreisten Catherine tausend Fragen durch den Kopf, die alle den Brief und die Worte ihrer Mutter betrafen. Der Brief wurde laut Stempel in Irland an Bord aufgegeben und es ließ sich eine hohe Dringlichkeit bei der Versendung ableiten, was darauf hindeutete, dass der Inhalt von großer Wichtigkeit war. Es war ihrer Mutter also sehr wichtig, dass George sicherstellte, dass alles nach Plan ablief.

Als sie sich nicht länger mit der Countess über Vorhangmuster unterhalten konnte, verließ sie das Dinner vorzeitig, mit der Begründung, sie habe Kopfschmerzen und wolle früh zu Bett gehen. Des Weiteren bat sie Matthew, sie am Morgen nicht zu wecken, damit sie endlich ausschlafen konnte.

Als sie den Speisesaal verließ und die große Treppe nach oben trat, begegnete sie Thomas Andrews. Er hatte ein ledernes Mäppchen in der Hand, in das er alle paar Schritte etwas notierte, während sein Blick prüfend durch den Raum glitt, als würde er jedes Detail zum ersten Mal erblicken. Er bemerkte sie erst, als sie fast auf seiner Höhe war. Sofort glättete sich seine Stirn, und ein warmes Lächeln trat auf seine Züge. »Miss Harding, es ist mir eine außerordentliche Freude, Sie hier anzutreffen.«

Er verstaute das Mäppchen in der Innentasche seines Jacketts und und musterte sie freundlich. Sein aufrichtiger, unaufgeregter Tonfall ließ sie augenblicklich entspannen.

»Die Freude ist ganz meinerseits. Warum sind Sie denn nicht beim Dinner?«, fragte sie, während sie sich ein wenig zur Seite drehte, um anderen Passagieren Platz zu machen, die die Treppe hinaufgingen.

»Ich habe bereits eine leichte Mahlzeit in meine Kabine bestellt. Wenn ich jeden Tag so üppig speise, besteht die Möglichkeit, dass die Hose bis zum Ende der Überfahrt nicht mehr passt.« Andrews lachte leise und klopfte sich mit gespielter Besorgnis auf den Bauch. Sein warmes Lächeln erreichte seine Augen, wodurch sich Catherine unmittelbar wohl bei ihm fühlte. Sie erwiderte sein Lächeln und nickte verständnisvoll. »Das wäre in der Tat ein Unglück«, scherzte sie und glättete dabei unbewusst den Stoff ihrer eigenen Abendrobe.

»Aber ich will Sie nicht länger aufhalten.« Andrews machte eine leichte Geste in Richtung der Treppe. »Es gibt noch eine Menge zu tun.« Er trat an ihr vorbei, und sie war sich sicher, dass er ohne weiteres Zögern in seiner Arbeit versinken würde. Doch im letzten Moment – vielleicht war es ein Impuls oder die aufrichtige Bewunderung für den Mann, der dieses Schiff zum Leben erweckt hatte – drehte sie sich zu ihm um.

»Mister Andrews?«

Er hielt inne und wandte sich ihr noch einmal zu, die Brauen leicht angehoben. »Ja, Miss Catherine?«

»Ihr Schiff ist einzigartig. Es gibt nichts Vergleichbares auf der Welt.«

Etwas in seinem Gesicht veränderte sich. Seine Augen wanderten über das prachtvolle Treppenhaus, über die kunstvoll geschnitzten Geländer, die funkelnden Kronleuchter, die goldenen Verzierungen. Für einen Moment betrachtete er es so, als sähe er es zum ersten Mal – oder vielleicht zum Letzten.

»Ich danke Ihnen«, sagte er schließlich leise, fast nachdenklich. Dann kehrte sein Blick zu ihr zurück, und diesmal lag ein amüsiertes Funkeln darin. »Bestellen Sie Mister Murdoch einen schönen Gruß von mir, wenn Sie ihn sehen.«

Catherine erstarrte. »Sir?« Ihr Herz begann augenblicklich, schneller zu schlagen. Sie wusste, dass der Ausdruck in ihren Augen sie verraten würde.

Andrews Lächeln vertiefte sich kaum merklich. Er senkte die Stimme, als würde er ihr ein Geheimnis anvertrauen. »Das Schiff hat keine Geheimnisse vor mir.« Er zwinkerte ihr zu und führte schließlich, eine wunderschöne Melodie pfeifend, seinen Weg fort, als wäre nichts gewesen.

Catherine blieb stehen, ihr Puls noch immer unruhig. Thomas Andrews wusste es. Und wenn er es wusste – wer wusste es dann noch? Leicht zitternd trat sie die restlichen Stufen nach oben. Natürlich würde sie noch zur Brücke gehen, in der Hoffnung dort auf William zu treffen, doch vorerst musste sie sich um eine andere Angelegenheit kümmern. Hinter der Theke der Auskunft saß ein Mann, der gelangweilt und starr zu Boden blickte.

»Entschuldigen Sie bitte. Sie haben heute meiner Kammerzofe einen Brief an meinen Bruder, George Harding, gegeben. Ich möchte lediglich wissen, ob weitere Korrespondenzen unter seinem Namen existieren.«

Der Mann musterte sie eingehend, bevor er eine Mappe auf die Ablage hievte und das Namensregister durchging. »Ich bin leider nicht befugt, Ihnen diese Informationen zur Verfügung zu stellen. Diese Informationen unterliegen der Vertraulichkeit.«

Catherine nickte und griff in ihre Tasche, woraufhin ein Bündel Geldscheine daraus hervorkam. »So vertraulich sind sie doch gar nicht, nicht wahr?«

Der Mann blickte wiederholt zwischen ihrem Gesicht und den Geldscheinen hin und her. Plötzlich räusperte er sich und steckte die Geldscheine ein. »Insgesamt sind vier Korrespondenzen von Mister George Harding seit seinem Aufbruch an Bord der RMS Titanic eingegangen. Es existieren ein Brief sowie zwei Telegramme, die an seinen Namen gerichtet sind, sowie ein weiteres Telegramm, das von ihm selbst versandt wurde.«

»Gibt es Aufzeichnungen davon?«

»Die vorliegenden Unterlagen umfassen lediglich die Abschrift des Telegramms, welches durch den Betroffenen versandt wurde. Alle weiteren Unterlagen wurden an ihn weitergeleitet.«

»Ich würde gerne Einsicht in die Abschrift nehmen.« Sie ging bereits davon aus, dass sie ihn abermals bestechen müsste, doch der Mann grunzte, drehte die Mappe zu ihr herum und wandte sich schließlich ab. Vor ihr lagen das ausgefüllte Formular sowie die beglichene Rechnung.

Von: George Harding
An: Southampton, Eliza Harding

Sag mir endlich, was es mit Josephine auf sich hat.

34

MURDOCH

1912 | APRIL 13

Die Schicht war endlich zu Ende. Obwohl die Arbeit grundlegend gleich war wie auf jedem anderen Schiff dieser Welt, war die Titanic doch etwas speziell. Aufgrund der Tatsache, dass es sich um die Jungfernfahrt handelte, wurd von den Offizieren mehr Leistungen gefordert.

Trotzdem musste er sich eingestehen, dass seine Erschöpfung nicht allein durch die Arbeit an Bord bedingt war. Schließlich hatte er sich dazu entschieden, vor Sonnenaufgang aufzustehen, obwohl er nur wenig Schlaf bekommen hatte, um Catherine zu sehen.

Was auch immer sie tat, sie übte eine unwiderstehliche Anziehungskraft auf ihn aus. Und wie die Dinge im Moment standen, war er sogar bereit, für Catherine seine Ehe mit Ada aufzugeben.

Nach der Übergabe der Kommandobrücke an Lights, der die Schicht mit Lowe absitzen würde, zog sich Murdoch in seine Kabine zurück. Er hatte sich gewaschen und die Uniform aufgeknöpft, als er ein Klopfen an der Tür vernahm. Frustriert ließ er das Klopfen unbeantwortet.

Es war bestimmt Lowe oder Lightoller – oder noch schlimmer – Wilde. Oder war es womöglich der Kapitän? Er blickte auf seine Taschenuhr, stellte jedoch fest, dass es erst kurz nach zehn Uhr war. Es war anzunehmen, dass der Kapitän noch beim Abendessen weilte.

»Herein«, schrie er widerwillig. Er wollte sich heute nicht mehr mit Angelegenheiten des Schiffes befassen, sondern nur noch seinen Feierabend genießen. Die Tür öffnete sich mit einem deutlichen Quietschen. Murdoch sah nicht hoch. Sein Blick war noch auf das Waschbecken gerichtet, während er seine Hände wusch. Die Tür fiel wieder ins Schloss. Verwundert drehte er das Wasser ab und schnappte sich das Handtuch.

»Hallo William.«

Ein Stromschlag durchfuhr ihn. Beinahe hätte er das Handtuch wieder fallen gelassen. Er drehte sich um und da stand sie.

»Catherine! Was machst du hier?« Er hatte seine Stimme gesenkt, um nicht von anderen Personen gehört zu werden. Es war ihr eigentlich nicht gestattet, sich hier aufzuhalten.

Sie sah atemberaubend aus. Einen kurzen Moment lang ließ er ihre Erscheinung auf sich wirken, ehe ihm die Tragweite ihres Handelns bewusst wurde. Was sie alles riskierten, nur weil sie gerade in seiner Kabine stand!

Abrupt stolperte er zur Tür und drehte den Messingschlüssel herum.

»Wie bist du an der Brücke vorbeigekommen?«

»Der Offizier scheint mich zu mögen.«

Innerlich verfluchte er Lowe und Lightoller. Lediglich die beiden Offiziere waren über seine Schwärmerei für diese Frau informiert und wie immer waren sie keineswegs auf seiner Seite.

»Kommt das öfter vor bei den Offizieren der White Star Line?« Ein verschmitztes Lächeln umspielte ihre Lippen.

»Was genau?«

»Dass sich Passagierinnen in die Offiziersquartiere schleichen.«

Selbstredend war ihm dies bekannt. Es gab eine recht große Anzahl von Offizieren, die jung und ungebunden waren und die es zu schätzen wussten, von allen Seiten bewundert zu werden. Die Mannschaft sowie mitunter sogar der Kapitän selbst tolerierten solche Ereignisse, sofern sie nicht zu oft vorkamen oder den Ruf des Schiffes und seiner Crew gefährdeten.

Die ständige Abwesenheit von der Heimat und die damit einhergehende Einsamkeit wurden von den Männern als äußerst belastend empfunden. Es wurde ihnen daher zugestanden, sich gelegentlich zu vergnügen. Vorausgesetzt sie gefährdeten den unangetasteten Ruf der White Star Line nicht.

Diese Vorzüge galten jedoch nur für ungebundene Männer. Murdoch gehörte nicht zu dieser Gruppe.

»Nicht bei mir«, entgegnete er wahrheitsgemäß. Bislang hatte er nur eine einzige Frau hinter verschlossener Tür gehabt, nämlich seine Ehefrau. Er hatte nie auch nur in Erwägung gezogen, eine andere Frau zu brauchen oder gar zu wollen. Bis Catherine in sein Leben getreten war.

Catherine nickte und sah sich im Raum um. Ihre Augen wanderten über das gebügelte Hemd, das er sich für den kommenden Tag herausgelegt hatte.

»Was kann ich für dich tun?« Er nahm ein leichtes Zittern in seiner Stimme wahr. Sie machte ihn nervös. »Ich würde dir gerne etwas anbieten, allerdings habe ich nichts hier. Möchtest du dich setzen?«

Er deutete auf sein Bett, während ihm die Zweideutigkeit seiner Geste auffiel und er seinen Arm schnell wieder nach unten nahm.

Sie stand unsicher im Raum und räusperte sich. »Ich bin deinetwegen hier. Offensichtlich. Es gibt eine Angelegenheit, die ich mit dir besprechen muss.«

Er schluckte. Sein Mund fühlte sich staubtrocken an und er wünschte sich nichts sehnlicher als ein Glas Whiskey, um seine Zunge zu befeuchten und seine flatternden Nerven zu beruhigen. Anhand ihres Blickes war es für ihn unmöglich, abzuschätzen, was sie ihm sagen würde. War ihr bewusst geworden, dass es ein Fehler war? Hatte sie realisiert, dass er ihr nicht das Leben bieten konnte, das sie sich wünschte und das sie verdiente?

»Ich …« Ihre Stimme brach, als sie zu einer Antwort ansetzte. Die Luft zwischen ihnen knisterte. »Ich denke – nein – ich weiß es sogar. Ich hege tiefe Gefühle für dich, William.«

Die Welt war stehen geblieben. Er war der festen Überzeugung, sich verhört zu haben. Es verging eine beträchtliche Zeitspanne, während derer er sie weiterhin starr und regungslos anblickte, ohne dass auch nur ein einziger Gedanke in seinem Geist aufkam.

Catherine hingegen verlor langsam die Fassung. Ihre Stirn wurde von Falten durchzogen und sie wollte seine Hand ergreifen, doch er trat einen Schritt zurück, um eine größere Distanz zwischen ihnen zu schaffen. Es bedurfte eines weiteren Moments, um die Tragweite dieser Erkenntnis zu erfassen. Doch egal wie viel Zeit er sich dafür nehmen würde, egal wie oft er alle möglichen Szenarien durchspielte, immer wieder kam ihm nur eine Frage in den Sinn. Warum?

»Wie kannst du ernsthafte Gefühle für mich hegen? Ich bin viel zu alt für dich und verheiratet. Ich bin nur ein Offizier«, stammelte er vor sich hin.

»Diese Argumente sind nicht wirklich überzeugend.« Ein schiefes Lächeln erschien auf ihrem Gesicht. »Es gibt zweifellos einige Herausforderungen, da stimme ich dir zu. Aber dein Alter oder deine Uniform haben nichts mit meinen Gefühlen für dich zu tun. Zum ersten Mal in meinem Leben habe ich das Gefühl, wahrgenommen zu werden. Du behandelst mich nicht wie ein hübsches Accessoire, sondern dir ebenbürtig.«

Erneut schüttelte er den Kopf. Es konnte nicht sein. Ausgeschlossen. Eine Frau wie sie würde sich doch niemals ernsthaft in einen Mann wie ihn verlieben. An Lowe's Seite hätte er sie sich vorstellen können, jedoch nicht an seiner eigenen.

»Du bist anders, als alle Männer, die ich kenne. Du beeindruckst mich, William. Und das nicht mit Geld oder Eigentum. Sondern mit deiner Intelligenz, deinen Worten und deiner Art.«

Er hob den Blick und sah in ihre warmen Augen. Sein Körper reagierte, ohne dass er eine bewusste Entscheidung treffen musste. Er nahm ihr Gesicht in seine Hände und einen Moment später spürte er ihre weichen Lippen.

Der Kuss wurde schnell leidenschaftlicher. Er konnte kaum noch sagen, ob es von ihm aus ging oder von ihr. Er wusste nur, dass seine Hand an ihre Taille wanderte und sie vorsichtig nach hinten schob, bis sie gegen die Wand stieß und nicht weiter ausweichen konnte. Er beendete den Kuss und blickte sie mit einem fiebrigen Ausdruck an, während er seine Stirn gegen die ihre legte. Ihre Brust hob und senkte sich schnell. Catherine hob ihre Hand, legte sie in seinen Nacken und strich mit dem Daumen daran auf und ab.

»Lass es zu«, flüsterte sie. Bei jedem Wort kitzelte ihr Atem sein Gesicht. Wie im Traum berührten sich ihre Lippen erneut in einem hungrigen Kuss. Er nahm wahr, wie ihre zarten Hände seine Brust berührten, was ihm ein wohliges Grummeln entfahren ließ. Murdoch versank in ihrer Liebe, bis er bemerkte, dass ihre Finger sich an einem der goldenen Knöpfe seiner Uniform zu schaffen machten. Er ergriff ihre Hände und beendete den Kuss. Es fiel ihm schwer, einen klaren Gedanken zu fassen. »Wir sollten nicht …«

Die Sehnsucht, begehrt zu werden, war über einen zu langen Zeitraum hinweg unerfüllt geblieben. Viel zu lange hatte er ohne die Nähe einer Frau leben müssen. Doch, obwohl sich etwas in ihm regte, musste er sich zusammenreißen und nichts überstürzen.

Catherine. Ihr bloßer Anblick ließ etwas in ihm erbeben. Sie stand vor ihm, so zerbrechlich und doch voller unerschütterlicher Entschlossenheit, und er wusste, dass sie ihn wollte. Aber noch stärker, war die Erkenntnis, dass er sie ebenso wollte.

Er hätte innehalten sollen. Hätte sich selbst an die Grenze erinnern sollen, die er sich so oft auferlegt hatte. Aber als sein Blick über ihr Gesicht glitt – über ihre geröteten Wangen, ihre leicht geöffneten Lippen –, spürte er, wie seine Zurückhaltung in sich zusammenbrach.

Catherine stammte aus einer wohlhabenden und angesehenen Familie. Murdoch war sich der Bedeutung dieser Tatsache bewusst: Sie war noch jungfräulich. Bislang hatte kein Mann sie berührt. Der Gedanke ließ sein Herz schneller schlagen, ließ seinen Atem für einen Moment stocken. Es war nicht nur der körperliche Reiz, der ihn packte – es war das Vertrauen, das sie ihm entgegenbrachte, das Wissen, dass sie sich ausgerechnet ihm hingeben wollte. Doch er durfte seinen Gelüsten nicht aus Eigennutz nachgeben.

»Doch.« Ihre Stimme war nichts weiter als ein zarter Hauch, aber er hatte sie genau verstanden.

»Bist du dir sicher?« Er schluckte schwer, strich ihr behutsam über die Wange und suchte ihren Blick, um sich zu vergewissern. Er würde nicht weitergehen, wenn auch nur ein Hauch von Zweifel in ihr lauerte.

Doch da war keiner.

»Ja.« Ihre Stimme war nichts weiter als ein zarter Hauch, kaum mehr als ein Flüstern, aber er hörte sie deutlich. Ihre Hände, die bis eben noch unruhig gezittert hatten, legten sich nun fester gegen seine Brust. »Ich möchte es.« Ihre Lippen bebten leicht, doch ihre Entschlossenheit schwankte nicht. »Ich will das mit dir. Ich will dich.«

Er atmete tief ein, als würde er versuchen, sich einen letzten Rest Kontrolle zu bewahren – doch in dem Moment, in dem ihre Fingerspitzen an seinem Kragen zogen, war es um ihn geschehen.

Mit flinken Fingern öffneten sie Knöpfe, lösten Maschen, während die Welt um sie herum immer kleiner wurde. Nichts existierte mehr außerhalb dieses Moments, außerhalb der sanften Berührungen, der leisen Seufzer, der Blicke, die so viel mehr sagten als Worte. Sie stolperten ein wenig unbeholfen zum Bett, fanden Halt ineinander, als sich Hitze und Nervosität in einem atemlosen Tanz vermischten. Sein Herz schlug so laut, dass es sich anfühlte, als würde es in ihrer beider Brust pochen.

Der Augenblick umschloss sie in einer seidenen, hauchdünnen Schicht aus Verlangen, Zärtlichkeit und bedingungslosem Vertrauen. Und die Nacht gab sie erst in den ersten Strahlen des Morgens wieder frei.

35

JOSEPHINE

1912 | APRIL 14

Die silbernen Löffel wiesen exakt den richtigen Winkel auf. Der Butler der Hardings wäre außerordentlich stolz auf Josephine gewesen, hätte er ihr Werk in Augenschein nehmen können.

Ein Hauch von Traurigkeit überkam sie, als ihr bewusst wurde, dass dies nicht passieren würde, schließlich würde sie vielleicht nie wieder englischen Boden betreten.

Sie steckte die frischen Schnittblumen in die Kristallvase auf dem Tisch. Mister Gould hatte bereits das Bett verlassen und durchschritt einige Male das Kaminzimmer. Catherine schlief noch. Am Vorabend hatte Mister Gould Josephine mitgeteilt, dass die Miss aufgrund von Kopfschmerzen ausschlafen und nicht gestört werden wollte.

»Josephine?«, vernahm sie den Ruf von Mister Gould, ehe er mit besorgter Miene aus seinem Zimmer trat.

In seiner Hand hielt er zwei unterschiedliche Krawatten. »Welche soll ich nehmen? Ich treffe mich gleich mit Astor, um einige finanzielle Details im Hinblick auf den neuen Vertrag zu besprechen und bin mir nun doch nicht mehr sicher, welche besser passt.«

»Diese hier«, antwortete sie ihm, nahm ihm die Nadelstreifenkrawatte aus der Hand.

»Ich habe Bronlow bereits verschickt, können Sie mir vielleicht helfen?«
Sie nickte lächelnd und legte ihm die Krawatte um den Hals. Flink band
sie sie ihm. Sein Blick lag dabei aufmerksam auf ihr. Ihre Köpfe waren nur
wenige Zentimeter voneinander entfernt. Sie zog die Krawatte fest und
blickte zu ihm auf.

»Danke.«

Er lächelte.

Sie lächelte zurück.

Erst als er das Kaminzimmer verließ, um zu seinem Termin zu gelangen, kehrte etwas Klarheit in ihr vernebeltes Gehirn zurück.

Die zweite Krawatte hatte Mister Gould beim Verlassen des Raumes
über den Sessel geworfen. Josephine nahm sie und wollte sie sorgsam in
sein Zimmer zurückhängen. Sie staunte, wie sauber und ordentlich es war,
obwohl sie auch nichts anderes erwartet hatte. Das Zimmer war anders
eingerichtet als das der Miss. Selbst die Bettbezüge hatten eine andere Farbe. Sie ließ ihren Blick durch das Zimmer gleiten, als ihr das verfärbte
Papier auf der Kommode ins Auge stach.

Sie trat näher und betrachtete es. Es war ein Brief, doch der Inhalt wurde vom Kuvert verdeckt. Sie konnte nur die ersten Worte lesen, mit denen
der Brief eröffnet wurde.

Mein liebster Matthew

Verwundert versuchte sie, noch mehr zu erkennen. Es war äußerst unwahrscheinlich, dass Catherine ihm einen Brief geschrieben hatte, das hätte
Josephine zweifellos bemerkt. Also stammte der Brief entweder von seiner
Mutter oder einer heimlichen Geliebten – alles andere ließen die vertrauten
Worte nicht zu. Als sie das leise Klicken der Türklinke hörte, überkam sie
eine schreckliche Angst, die ihr über den Rücken schoss. Ohne weiter darüber nachzudenken, packte sie den Brief samt Kuvert und versteckte ihn
unter ihrer Schürze.

Sie wollte in das angrenzende Zimmer fliehen, während Catherine gerade versuchte über die zweite Tür des Zimmers, im selben dunkelblau-
en Kleid vom Abend zuvor, hineinzuschleichen. Ihre Haare waren
zerzaust, als würde an Deck ein starker Wind wehen.

Catherine erstarrte als sie Josephine erblickte und schloss leise hinter
sich die Tür, ehe sie beschwichtigend die Hand nach oben nahm. »Mir
ist bewusst, wie das aussehen muss. Aber wir werden darüber kein Wort
verlieren, verstanden, Josephine?«

Josephine nickte. Sie besaß keine Berechtigung, die Miss zu fragen, wo sie sich aufgehalten hatte, auch wenn es – darüber hinaus offensichtlich – nicht ihre Kabine gewesen sein konnte. Ob wieder dieser Offizier damit zu tun hatte? Die Stoffe raschelten sanft, als sie Catherine aus ihrem Kleid half. Josephine kannte sie gut genug, um zu wissen, dass ihr dunkle Gedanken auf dem Herzen lagen. »Sie sind still, Miss«, bemerkte Josephine, während sie vorsichtig die feinen Perlmuttknöpfe öffnete.

Catherine lächelte schwach. »Ich habe viel nachzudenken.«

Josephine warf ihr im Spiegel einen schnellen Blick zu. »Über Mister Murdoch?«

Catherine lachte leise. »Bin ich so durchschaubar?«

Josephine zuckte kaum merklich mit den Schultern. »Wenn ich mir erlauben darf, Miss – Sie sehen ihn an wie jemand, der bereits entschieden hat, aber sich nicht traut, es auszusprechen.«

Catherine ließ sich auf den gepolsterten Hocker vor der Frisierkommode sinken, während Josephine das Kleid zur Seite legte. »Vielleicht«, murmelte sie. »Oder vielleicht bin ich eine Närrin.«

Josephine trat hinter sie, begann mit geschickten Fingern, die Haare auszubürsten und sie zu frisieren. »Weil Sie in ihn verliebt sind?«

»Weil ich bereit bin, alles dafür aufzugeben.« Catherine sah ihr Spiegelbild an. Josephine folgte ihrem Blick die blasse Haut am Hals entlang, das teure Unterkleid, das silberne Armband an ihrem Handgelenk. »Meine Familie wird mich verstoßen. Meine Freundinnen werden mich meiden. Ich werde ein Leben führen, das nicht mehr aus Bällen und Teegesellschaften besteht, sondern aus … Warten. Auf einen Mann, der oft fort ist. Auf Briefe, die Wochen brauchen, um mich zu erreichen. Auf ein Leben, das ich nicht kenne.«

Josephine sagte nichts, aber ihre Hände hielten für den Bruchteil einer Sekunde inne. Catherine drehte sich leicht um, sah sie an. »Josephine … glaubst du, ich könnte das überleben? Ein Leben als einfache Frau? Ohne … deine Hilfe?«

Josephine blinzelte überrascht, dann schüttelte sie mit einem kleinen Lächeln den Kopf. »Oh, Miss Catherine, ehrlich gesagt … nein. Sie könnten nicht einmal Ihr eigenes Korsett binden.«

Catherine lachte kurz auf, doch dann wurde ihr Blick weicher. »Du weißt, dass du so viel mehr für mich bist als nur jemand, der mir hilft, mich an- und auszuziehen, nicht wahr?«

Josephine hielt inne, als hätte sie nicht damit gerechnet, das zu hören. »Miss Catherine …«

»Du bist meine Vertraute«, fuhr Catherine leise fort. »Die Einzige, mit der ich ehrlich sprechen kann. Und vielleicht die Einzige, die mich wirklich versteht.«

Josephine sah sie an, ein Anflug von Rührung in ihren Augen. Dann trat sie einen Schritt näher, ihre Stimme sanft, aber bestimmt: »Miss Catherine, wenn Sie wirklich mit ihm gehen wollen, dann werden Sie lernen. Sie werden fallen und wieder aufstehen. Und ich denke, Sie sind stärker, als Sie selbst glauben.«

Catherine schluckte. »Und wenn ich scheitere?«

Josephine lächelte leicht. »Dann haben Sie es wenigstens versucht – aus Liebe. Und das ist mehr, als viele von uns je tun werden.«

Ein langer Moment verstrich. Catherine fuhr mit den Fingern über die feinen Stickereien ihres Unterkleids. »Ich habe Angst, Josephine. Und doch … wenn ich mir mein Leben ohne ihn vorstelle, erscheint es mir plötzlich so farblos.«

Josephine nickte langsam. »Vielleicht ist das die Antwort, die Sie suchen.«

Catherine drehte sich wieder zu ihrem Spiegelbild um, diesmal mit einem Hauch von Entschlossenheit.

Sanft legte Josephine ihr eine Hand auf die Schulter. »Lassen Sie mich Ihnen helfen, Miss.« Sie trat an den Kleiderschrank und holte das zart bestickte Morgenkleid hervor, das Catherine zum Frühstück mit ihrem Verlobten tragen würde. Behutsam half sie ihr in die weichen Stoffe, zog die Bänder fest und glättete die Falten.

Als sie sich bückte, um den Saum zu richten, spürte sie plötzlich, wie etwas aus ihrer Schürzentasche rutschte. Ehe sie reagieren konnte, flatterte der Brief aus ihrer Tasche heraus und segelte direkt vor die Füße von Catherine.

Josephine erstarrte. Schnell wollte sie sich nach dem Papier bücken, doch Catherine war schneller.

»Was ist das?«

Josephine erstarrte. Ihr Herz setzte einen Schlag aus, dann begann es zu rasen. Es war, als hätte sich der Raum um sie herum plötzlich verkleinert, als würden die Wände näher rücken, die Luft schwer und drückend werden. Ihr Blick blieb an dem Stück Papier haften, das nun offen auf dem

Teppich lag – wie ein dunkles Geheimnis, das sich nicht länger verbergen ließ. »Miss Catherine, es tut mir so leid. Ich hätte ihn nicht an mich nehmen sollen, aber er lag auf Mister Goulds Anrichte und …«

»Du hast ihn Matthew gestohlen?«

Die Worte schnitten wie ein Messer. Josephine sog zittrig die Luft ein, schüttelte heftig den Kopf. »Nein, ganz bestimmt nicht. Ich beabsichtigte, ihn zurückzulegen, wurde jedoch durch das Öffnen der Tür überrascht. Ich wollte nicht, dass er den Eindruck gewinnen könnte, ich würde in seinen Unterlagen herumschnüffeln.«

»Ist schon gut. Gib ihn mir.«

Doch als Josephine noch immer wie erstarrt dastand, trat Catherine einen Schritt näher, legte sanft eine Hand auf ihren Arm.

»Josephine, es ist wirklich in Ordnung. Du musst dich nicht entschuldigen.« Ihre Stimme war leise, fast schon weich. »Gerade erst habe ich dir gesagt, dass du für mich mehr bist als eine Zofe. Du bist meine Vertraute … fast wie eine Schwester.« Sie schenkte ihr ein kleines Lächeln. »Du könntest nichts tun, das ich dir nicht verzeihen könnte.«

Josephine schluckte schwer. Trotz der beruhigenden Worte brannte die Scham in ihr, aber zugleich spürte sie die Wärme in Catherines Blick. Zittrig nickte sie und reichte ihr schließlich den Brief.

Catherine faltete ihn auseinander und begann zu lesen, während sie sich von Josephine weiter in die Kleidung helfen ließ. Mit jeder weiteren Aussage wurden Catherines Augen größer und die Furchen auf ihrer Stirn tiefer.

»Es ist ein Liebesbrief.«

»An wen ist er adressiert?«

»An Matthew. Aber ich weiß nicht, von wem er stammt. Er ist lediglich mit einem A unterschrieben. Anna, Alina, Annamarie, es könnte alles sein. Sie äußert ihre Dankbarkeit für die gemeinsame Zeit und äußert die Hoffnung auf eine Wiederholung.«

Josephine zurrte das Korsett so eng wie nur möglich. Catherine ließ den Brief auf das Bett fallen, umklammerte den Bettpfosten und versuchte, flacher zu atmen, während sie die Prozedur über sich ergehen ließ.

»Aber glauben Sie denn, dass diese Frau noch von Bedeutung für ihn ist?«

»Es macht keinen Unterschied. Mir war von Anfang an bewusst, dass er dieser Hochzeit nicht aus freien Stücken zustimmt. Er hätte mich allerdings informieren können, dass noch eine weitere Frau involviert ist. In

Anbetracht der jüngsten … Ereignisse erscheint dies jedoch irrelevant.«

Die Worte der Miss klangen so endgültig, dass Josephine sich schon denken konnte, was vor sich ging. Die Begegnung zwischen Catherine und dem Offizier, das seltsame Verhalten, welches dieser beim Erwähnen von Catherine an den Tag gelegt hatte, sowie die Tatsache, dass die Miss die vergangene Nacht nicht in ihrer Kabine verbracht hatte … Es passte alles zusammen.

»Sie könnten ihn darauf ansprechen. Ich bin mir sicher, es klärt sich alles auf«, entgegnete Josephine nur. Auch wenn ihre Theorien zum Offizier bestimmt der Wahrheit entsprachen, sah sie davon ab, Catherine zu konfrontieren.

Catherine seufzte. Fertig angezogen stand sie im Raum und blickte auf den Brief. »Das werde ich wohl. Es gibt noch einiges zu klären. Danke Josephine. Und bitte, sei so gut und pass auf dich auf. Ich denke, dass mein Bruder etwas im Schilde führt. Mir ist noch nicht klar was, allerdings scheint dein Name eine gewisse Relevanz zu besitzen. Versuch, dich von ihm fernzuhalten.«

»Mein Name?«

»Er stand in einem Brief meiner Mutter an meinen Bruder.«

Als Catherine merkte, wie Josephine erstarrte, trat sie zu ihr hin und packte sie fest an beiden Armen. »Ich werde mich darum kümmern. Versprochen.«

Mit einem mulmigen Gefühl im Bauch ließ sie Josephine allein zurück, damit sie sich im Kaminzimmer zum festlich gedeckten Sonntagsfrühstück setzen konnte. Josephine hing die Kleider zurück und es schien ihr, als sei die Entscheidung, dieses Schiff zu betreten, die größte Fehlentscheidung ihres Lebens gewesen.

36

CATHERINE

1912 | APRIL 14

Der Kaffee war bereits kalt, als Matthew endlich das Kaminzimmer betrat. Sein Blick fiel auf seine Verlobte am Frühstückstisch und er lächelte ihr freundlich zu.

»Darling, du solltest dich ankleiden. Um zehn Uhr findet im Speisesalon eine Messe statt. Der Kapitän wird sie leiten. E.J. lässt sonntags immer eine Messe feiern, ein braver Christ der Mann.«

Catherine reagierte nicht auf seine Worte, sondern blickte ihn weiterhin stumm an. Er zog seine Augenbrauen in die Stirn und näherte sich um einen Schritt. »Was ist passiert?«

»Setz dich. Wir müssen reden.«

Matthew kniff die Augen zusammen, räusperte sich und zog widerwillig den Stuhl zurück, um darauf Platz zu nehmen. »Darling, ich bin mir der Tatsache bewusst, dass unsere Beziehung einen schwierigen Anfang hatte, jedoch bin ich zuversichtlich, wenn wir uns beide etwas zurücknehmen …«

Sie verstärkte ihren Griff um den Brief, den sie auf ihrem Schoß hielt, und warf ihn mit einer entschlossenen Bewegung über den gedeckten Tisch direkt auf den leeren Teller vor Matthew.

Sein Gesicht wechselte von tiefem Rot zu einem bleichen Weiß. Er schluckte und blickte auf. Auf seiner Stirn schimmerten Schweißperlen.

»Oh Gott!«

»Die Worte entsprechen nicht ganz denen, die mir durch den Kopf gingen, als ich den Brief fand, aber sie treffen doch ganz gut zu.«

Catherine nahm überrascht zur Kenntnis, wie wenig ihr der Brief in ihrem tiefsten Inneren ausmachte. Natürlich war es eine bodenlose Frechheit, dass er ihr nichts davon gesagt hatte und lieber das Geheimnis mit sich herumtrug. Andererseits war ihr bewusst, dass sie als Frau einem Mann kaum vorschreiben konnte, wie er sich zu verhalten hatte. Ganz abgesehen davon, dass auch sie mit der Wahrheit besser nicht hausieren ging.

»Catherine, ich versichere dir, dass diese Information niemals an die Öffentlichkeit gelangen wird. Es muss sich nichts ändern.«

Er hob beschwichtigend die Hände, als erwarte er beinahe von ihr, dass sie ihm eine Szene machte. Seine Oberlippe begann zu zittern, seine Nasenflügel bebten.

»Wer ist *A*?«

Er hielt inne, zog die Augenbrauen zusammen und öffnete die Augen in einem Akt der Verwunderung. »Du hast das Foto nicht gesehen?«

Von einem Foto wusste Catherine nichts. Einen Moment bekam sie es mit der Angst zu tun. War ihr Plan, ihn zu überführen, nach hinten losgegangen?

Natürlich war sie nicht ihre Mutter und verfügte über keine Expertise in der Konzeption von Komplotten, doch hatte sie die Hoffnung gehegt, wenigstens Antworten zu finden.

Matthew schloss die Augen, atmete tief durch und als er die Augen wieder öffnete, nahm er den Umschlag vom Teller und hielt in ihr wieder entgegen. »Hier. Keine Geheimnisse mehr.«

Mit zitternden Fingern nahm sie das Kuvert und zog neben dem Brief noch ein Bild heraus. Es war deutlich kleiner als der zusammengefaltete Brief und ihr deshalb nicht aufgefallen. Das Motiv erschütterte sie bis ins Mark.

Auf einem Baumstamm vor einem Gewässer saß Matthew, mit hochgekrempelten Hosenbeinen, in Begleitung eines weiteren jungen Mannes. Die beiden Männer saßen nebeneinander, wobei der eine den anderen an den Händen hielt. Der zweite Mann saß nach vorne gebeugt, während er seine Lippen gegen Matthews Wange drückte.

Es verstrichen zahlreiche Minuten. Die Erkenntnis sickerte in Catherine ein, während sie das Bild mit offenem Mund betrachtete.

Sie wagte nicht es laut auszusprechen. »*A* ist ein …«

»*A* ist Andy. Eigentlich Andrew.«

»Ich verstehe nicht«, erklärte sie mit belegter Stimme.

»Doch, ich denke, du verstehst sehr wohl.« Matthew erhob sich und lockerte seine Krawatte. »Andrew war mein Nachbar. Wir waren stets beieinander, selbst als wir größer wurden. Unsere Freundschaft währte über viele Jahre und durchlief sämtliche Höhen und Tiefen.«

In Catherines Ohren rauschte es. Bei allem, was sie erwartet hatte – das war es nicht. Völlig aus der Bahn geworfen legte sie das Foto mit der Bildseite nach unten auf den Tisch, damit sie es nicht länger ansehen musste. Matthew trat zum Fenster und öffnete es, was Catherine nur recht war, auch ihr war heiß geworden.

Das angenehme Rauschen des Wassers und die nun hörbaren Geräusche der Maschinen drangen in die Suite. Vielleicht hörte sie deshalb nicht, dass jemand nebenan das Zimmer betrat.

»Ist das der Grund, weshalb du eine Heirat mit mir ablehnst? Besteht die Möglichkeit, dass du eine romantische Beziehung zu einem anderen Mann unterhältst?« Ihre Stimme war kaum mehr als ein Flüstern. Diese Neuigkeiten durften unter keinen Umständen die Kabine verlassen.

»Oh nein. Nein! Ich schwöre es. Das Foto entstand vor vielen Jahren. Meine Schwester hatte dieses Monstrum von Kamera von unserer Tante geschenkt bekommen und lichtete stundenlang absurde Motive ab. Nachdem dieses Foto aufgenommen wurde, wir waren gerade sechzehn geworden, hatte Andy öfter Sätze fallen lassen und meine Hand genommen. Bis zu diesem einen Abend war ich der Meinung, dass sich die Situation von selbst erklären würde. Wir hatten zu viel getrunken und eins führte zum anderen.«

Er räusperte sich und trat wieder an den Tisch, krallte seine Hände in die Stuhllehne, als müsse der Stuhl ihm den Halt geben, den er verloren hatte.

»Ich wusste damals selbstverständlich, dass es falsch war und die Konsequenzen einer solchen … Begegnung enorm sind, aber ich war neugierig. Natürlich wurden wir entdeckt. In der Folge wurde Andy von seinen Eltern auf die Militärschule geschickt und ich durfte bleiben, allerdings unter der Bedingung, dass es zu keiner Wiederholung käme. Und es blieb eine Ausnahme, das musst du mir glauben. Ich schäme mich bis heute dafür. Nicht nur, dass es passiert ist … sondern, dass ich es schön fand. Aber dieser Brief, war das letzte Mal, dass ich von Andy gehört habe. Ich habe keine Ahnung, was er macht, oder wo er ist.«

Catherine hielt den Atem an.

Es war eine Sünde. Eine, die von gläubigen Mitbürgern und von Gott selbst, bestraft wurde. Für einen Mann hatte eine derartige Eskapade gesellschaftliche Konsequenzen, beinahe so schlimm, als würde eine ledige Frau ein Kind gebären. Unterhielt man einen bestimmten sozialen Status, war es von großer Bedeutung, sich an die vorherrschenden Konventionen zu halten und beide Situationen zu vermeiden.

Und plötzlich machte alles Sinn. Wortfetzen fügten sich aneinander und ergaben eine Wahrheit, deren Grausamkeit sie nur mühsam verstand.

»Deshalb heiratest du mich. Meine Mutter übt Druck auf dich aus. Sie weiß davon.«

»Es lässt sich lediglich mutmaßen, auf welchem Wege sie in den Besitz dieses Schreibens gelangt ist. Mit der Heirat verpflichtet sie sich, keinerlei Informationen preiszugeben. Wüsste die Öffentlichkeit von dieser Tatsache, wäre mit Sicherheit davon auszugehen, dass die Presse mich denunzieren und meine Eltern mich enterben würden. Ich müsste ins Gefängnis. Ich wäre ein Niemand.«

Catherine wurde von einer Fülle an gottlosen Worten übermannt, doch lediglich ein seltsam erstickter Laut verließ ihren Mund. Die nachfolgende Stille dehnte sich über das Kaminzimmer aus und hinterließ bei Catherine ein Gefühl der Ratlosigkeit.

Plötzlich vernahm sie ein Knarzen der Tür, und als sie ihren Blick hob, gewahrte sie George am Türrahmen zum Kaminzimmer lehnen, mit einem selbstgefälligen Grinsen im Gesicht. Catherine sprang auf und erstarrte noch am Platz zur Salzsäule.

George räusperte sich und stieß sich mit einer eleganten Bewegung vom Rahmen ab, um sich sodann mit geschmeidigen Schritten ihnen zu nähern. »Nachdem Catherine nun endlich im Bilde ist, müssen wir nicht mehr in aller Heimlichkeit sprechen. Weißt du Catherine, in gewisser Weise amüsiert mich dein Leid sogar.«

Er trat an den Tisch, schnappte sich einen Apfel aus der Obstschale und biss herzhaft hinein. »Das arme reiche Mädchen, das nichts anderes will, als die große Liebe aus ihren Groschenromanen, wird gezwungen einen Mann zu heiraten, der sie niemals lieben wird. In dem Moment, in dem sie die wahre Liebe tatsächlich findet, erfährt sie die Wahrheit und muss sich entscheiden, zwischen der selbstsüchtigen und selbstlosen Option. Dein Verhalten war stets von einer bemerkenswerten Selbstgerechtigkeit geprägt. Also, welche Wahl wirst du treffen?«

Er zog einen Stuhl heran, ließ sich darauf nieder, lehnte sich entspannt zurück und blickte sie herausfordernd an.

Ihr Herz schlug schneller als jemals zuvor, trotzdem straffte sie ihre Schultern und beruhigte ihre Nerven. Unter keinen Umständen würde sie sich ihm gegenüber geschlagen zeigen.

»Ich weiß nicht, wovon du sprichst. Ein Geheimnis kann eine Ehe durchaus stärken.«

George blickte sie weiterhin an und sein Grinsen wurde breiter.

»Tatsächlich? Dann hast du ihm von deinem kleinen tête a tête auch schon berichtet?«

Ertappt sog Catherine die Luft ein. Hitze stieg in ihr hoch. George konnte es nicht wissen, sie war übervorsichtig gewesen. Matthew blickte ebenfalls entgeistert zu ihr, während George theatralisch seufzte. »Also nein. Aber es macht keinen Unterschied. Ihr habt eure Geheimnisse und wart unvorsichtig genug, dass andere sie kennen. Dass ich sie kenne. Wenn ihr nach den Regeln spielt, werden sie irgendwann in Vergessenheit geraten. Brecht ihr die Regeln … C'est la vie.«

Schockiert starrte sie ihren Bruder an, der sie mit einer Kälte betrachtete, als würden sie einander nicht kennen, als hätten sie nicht als Kinder zusammen in einem Bett geschlafen, weil Catherine Angst vor Gewittern hatte.

»Warum tust du das?«, murmelte sie erstickt.

Er erhob sich erneut, legte den noch nicht vollständig verzehrten Apfel auf den Teller und trat zu ihr heran. Er war einen Kopf größer als sie und sah ihr tief in die Augen. »Du bist Vater so ähnlich«, hauchte er, hob seine Hand an ihre Wange und strich zärtlich darüber, »Er hat alles zerstört und du gehst denselben Weg wie er, ohne nachzudenken.« Mit einem zornigen Funken in seinen Augen riss er die Hand zurück und schrie plötzlich: »Du kleine Hure!« Im selben Moment traf seine Hand mit voller Wucht auf ihre Wange. Ihr ganzes Gesicht schien Feuer gefangen zu haben.

Benommen versuchte sie, die Geschehnisse zu verarbeiten. Ihr Kopf pochte, das Sichtfeld war verschwommen und sie hatte Schwierigkeiten, Georges Worten zu folgen.

Er ergriff sie grob an den Armen und schüttelte sie mit Nachdruck. »Du wirst mir das nicht zerstören, habe ich mich deutlich ausgedrückt?«

Als er sie wieder losließ, brannten Tränen in ihren Augen. Er richtete sich die Krawatte, während sein Gesicht wieder alle Regung verlor. Er strich sich durch die gegelten Haare und blickte zwischen Matthew und Catherine hin und her.

»Gut, dann wäre das geklärt. Und Catherine? Du wirst diesen Mann nicht wiedersehen, sonst sorge ich persönlich dafür, dass er in diesem Leben niemals wieder eine Anstellung bekommt. Nicht einmal als Kartoffelschäler.«

George trat zur Tür, welche in den Korridor führte und blickte sich ein letztes Mal um. »Ich erwarte euch in der Messe. Die Kleiderwahl sollte dezent sein, ich will, dass wir wie eine Familie aussehen.«

Kaum fiel die Tür hinter ihm ins Schloss, liefen die ersten Tränen an Catherines Wangen hinab. Hoffnungslos blickte sie zu Matthew, der ein Taschentuch aus der Jacketttasche zog, es mit kaltem Wasser aus dem Krug auf dem Tisch benetzte und es ihr vorsichtig gegen die Wange drückte. Doch die Schmerzen an ihrer Wange waren nichts im Vergleich zu den Schmerzen in ihrer Brust. Es war vorbei.

37

MURDOCH

1912 | APRIL 14

Das leise Ticken der Uhr füllte den Raum, während Murdoch mit der Gabel über seinen Teller strich. Er hatte kaum Appetit, aber irgendetwas musste ihn wachhalten. Die Tür öffnete sich, und Henry Wilde trat ein. Murdoch nahm ihn aus dem Augenwinkel wahr und erwartete, dass der Chief Offizier sich vielleicht einen Kaffee nahm und wieder verschwand. Doch stattdessen setzte Wilde sich mit seinem eigenen Teller und einer Teetasse ihm gegenüber. Obwohl die gesamte Offiziersmesse leer war und es genügend freie Plätze gegeben hätte, setzte er sich ausgerechnet zu ihm. Einen Moment lang aßen sie schweigend.

»Ich weiß, dass das nicht deine Entscheidung war, Murdoch«, sagte Wilde schließlich, ohne aufzusehen.

Murdoch legte das Besteck beiseite. »Was genau?«

»Dass du herabgestuft wurdest. Dass ich hier bin. Ich wollte das nicht.«

Murdoch lehnte sich zurück, musterte ihn. »Nein, aber du hast dich auch nicht dagegen gewehrt.«

Wilde lachte leise, aber ohne jede Heiterkeit. »Würdest du das tun, wenn dir die Reederei einen Posten wie diesen anbietet?«

Murdoch hielt seinem Blick stand. Dann zuckte er mit den Schultern. »Nein.«

»Eben.« Wilde drehte die Teetasse in seinen Händen, als läge darin eine Antwort, die er suchte. Dann seufzte er. »Ich spüre es. Den Widerstand der Männer. Das Misstrauen.«

Murdoch zögerte und atmete tief durch, bevor er antwortete. »Das hat nichts mit der Beförderung zu tun. Es ist deine Art.«

Wilde sah ihn scharf an. »Meine Art?«

Murdoch zuckte nicht einmal mit der Wimper. »Als würdest du dich für etwas Besseres halten.«

Wilde verzog das Gesicht, als wollte er protestieren – doch dann sackten seine Schultern leicht ab. Er fuhr sich mit einer Hand übers Gesicht, als würde er versuchen, eine Antwort zu finden, die nicht bloß eine Verteidigung war. »Vielleicht … vielleicht hast du recht.« Sein Blick war auf die Tischkante gerichtet, seine Stimme ungewohnt ruhig. »Vertrauen fällt mir nicht leicht. Zumindest nicht, wenn es um Kollegen geht.«

Murdoch runzelte die Stirn. »Warum nicht?«

Wilde zögerte. Dann griff er nach seinem Löffel, drehte ihn zwischen den Fingern, als wäre er sich nicht sicher, ob er weitersprechen sollte. »Es ist lange her«, begann er schließlich. »Und eigentlich … Nun, ich rede nicht oft darüber.«

Murdoch sagte nichts. Wartete einfach. Wilde atmete langsam aus. »Die erste Frau, die ich je geliebt habe, hat mich für einen Offizier verlassen.«

Murdoch blinzelte. Diese Antwort hatte er nicht erwartet.

»Ich war noch jung. Einundzwanzig, vielleicht zweiundzwanzig. Und ich war überzeugt, sie zu heiraten.« Er hielt inne, musterte seine Hände, als könnte er dort die Erinnerung noch einmal sehen. »Es schien alles klar. Bis …« Er schüttelte den Kopf.

Murdoch wartete einen Moment, ehe er leise nachhakte: »Bis?«

Wilde seufzte. »Bis ich herausfand, dass sie sich für einen anderen Mann entschieden hatte. Ein Mann, mit dem ich damals auf demselben Schiff diente.«

Eine lange Stille dehnte sich zwischen ihnen aus.

»Und dann hat sie ihn geheiratet?«, fragte Murdoch schließlich.

Wilde nickte knapp. »Ja. Ich sah sie nie wieder.«

Murdoch betrachtete ihn einen Moment schweigend. Er hätte nichts sagen müssen. Doch er tat es trotzdem. »Das verstehe ich.«

Wilde hob langsam den Blick, als ahnte er, dass Murdoch diese Worte nicht leichtfertig sagte. »Tust du das?«, fragte er leise.

Murdoch hielt seinem Blick stand. Sagte nichts. Doch Wilde schien die Antwort zu sehen. Er ließ sich in seinem Stuhl zurücksinken, fuhr sich durch die Haare. Dann lachte er wieder – diesmal leiser, nachdenklicher. »Die Liebe ist kompliziert.«

Murdoch senkte den Blick. Da war es. Das, was er nicht zulassen wollte. *Die Liebe ist kompliziert.*

Catherine, ihr Lachen, ihre Berührungen, die Art, wie sie ihn ansah, als wäre er der einzige Mann auf der Welt. Die Art, wie sie ihn fühlte – als ob es nichts auf dieser Erde gäbe, was sie mehr wollte als ihn.

Und dann Ada.

Sein Magen zog sich schmerzhaft zusammen.

Er hatte das Schlimmste getan, was ein Mann seiner Frau antun konnte. Das wusste er. Auch wenn er sich mit Catherine richtig anfühlte. Dass es das war, wonach sein Herz geschrien hatte. Aber es gab keinen Weg, diesen Verrat schönzureden. Keine Ausrede, kein Wenn und Aber. Er war immer ein ehrenhafter Mann gewesen – pflichtbewusst, aufrichtig. Und doch hatte er in dieser einen Nacht alles über Bord geworfen. Er konnte sich nicht einmal einreden, dass es ein Fehler gewesen war. Denn es fühlte sich nicht wie einer an.

Er atmete langsam aus, zwang sich, die Schultern zu entspannen. »Da kann ich nicht widersprechen«, murmelte er schließlich.

Wilde beobachtete ihn für einen Moment. Dann nahm er seine Tasse und lehnte sich wieder vor. »Weißt du, was ich daraus gelernt habe?«, fragte er schließlich.

Murdoch schüttelte den Kopf.

»Dass man in der Liebe – und im Leben – nie zögern sollte«, sagte Wilde. »Wenn man zu lange nachdenkt, verfliegt alles.«

Murdoch sagte nichts. Denn die Wahrheit war: Er wusste nicht, was schmerzhafter war. Dass Wilde recht hatte. Oder dass er selbst genau das wieder tat – zögern.

Er hatte mit Catherine die Grenze überschritten, die er sich so lange selbst gesetzt hatte. Hatte sie nicht nur berührt, sondern sich ihr hingegeben, sie geküsst, sie geliebt, als gäbe es kein Gestern und kein Morgen. In dieser Nacht war nichts gewesen außer ihr – außer ihnen. Kein Schiff, keine Verpflichtungen, keine Ehefrau, die zu Hause auf ihn wartete.

Doch der Morgen hatte ihn eingeholt. Die Realität saß ihm nun im Nacken, schwer wie Blei. Catherine war eine junge, unverheiratete Frau aus gutem Hause. Was hatte er ihr anzubieten? Einen Mann, der gebunden war? Dessen Herz längst entschied, doch dessen Verstand ihn davon abhielt, einfach mit ihr fortzugehen?

Er wollte ihr nichts versprechen, was er nicht halten konnte. Doch war es nicht genau das, was er letzte Nacht getan hatte? Er fühlte sich, als stünde er auf einem Schiff, das sich langsam in entgegengesetzte Richtungen teilte. Auf der einen Seite Catherine, mit all der Lebendigkeit, die sie in sein Leben brachte. Auf der anderen Seite Ada – die Frau, mit der er sein Leben aufgebaut hatte. In der Mitte er selbst, unfähig, sich endgültig zu bewegen.

Er atmete tief durch, zwang sich, den Blick zu heben.

Wilde stieß sich vom Tisch ab und erhob sich. »Ich weiß, dass ich es mir bei manchen verscherzt habe, aber ich werde mich bemühen, mich etwas anzupassen«, sagte er. Für einen Moment lag so etwas wie Dankbarkeit in seiner Stimme.

»Das wird schon. Die Männer sehen, wenn man sich anstrengt.«

Wilde nickte. Dann klopfte er Murdoch leicht auf die Schulter. »Ich muss in die Brücke, aber genieß den Gottesdienst. Bis nachher.«

Murdoch nickte, sah ihm nach, wie er die Messe verließ.

Er blieb noch einen Moment sitzen, spürte das Nachhallen der Worte im Raum. *Nicht zögern.*

Er schloss für einen Moment die Augen, lehnte den Kopf zurück gegen die hölzerne Lehne des Stuhls. Langsam schien er zu begreifen, dass er sich schon längst entschieden hatte.

So sehr er es auch verleugnen wollte, sein Herz war bereits gegangen. Hatte längst die Richtung eingeschlagen, in die er zu blicken sich nicht traute. Vielleicht hatte es das schon in dem Moment getan, als er Catherine das erste Mal gesehen hatte. Oder als er ihr damals auf dem Bootsdeck erklärt hatte, dass es für sie keine Möglichkeiten gab – und dabei genau das Gegenteil gefühlt hatte.

Sein Verstand sträubte sich noch, hielt an alten Pflichten fest, an einem Leben, das er nicht einfach abstreifen konnte. Aber tief in sich wusste er: Es gab kein Zurück mehr.

Die Frage war nicht mehr, ob er sich entschied.

Sondern, wie er es seiner Frau erklären konnte.

Schnaubend stand er auf, schob den Stuhl zurück und machte sich auf den Weg nach draußen. Klare, kühle Morgenluft empfing ihn. Die See lag ruhig, kaum eine Welle kräuselte die Oberfläche, die aufgehende Sonne tauchte das Deck in sanftes Licht. Murdoch atmete tief durch, genoss für einen Moment die Stille – bis er Schritte hinter sich hörte.

»Guten Morgen, Will.« Lightoller gesellte sich zu ihm, die Hände in die Taschen seines Mantels gesteckt. »Hast du gut geschlafen?«

Murdoch zögerte einen Moment, dann schnaubte er leise. »Nicht wirklich.«

Lightoller musterte ihn mit schiefgelegtem Kopf. »Und trotzdem siehst du aus, als hättest du die beste Nacht deines Lebens gehabt.«

Murdoch wollte gerade protestieren, als sein Blick auf das Wasser fiel. Die sanfte Bewegung der Wellen brachte seine Gedanken zurück. Unwillkürlich war er wieder dort, in diesem kleinen, kostbaren Moment, als er mit Catherine im Arm aufgewacht war. Ihre Haare in seinem Gesicht, ihr warmer Atem an seiner Haut, der zarte Duft nach Orangenblüten … Er unterdrückte ein Lächeln, aber Lightoller hatte es längst bemerkt.

»Du grinst heute so schelmisch. Was war? Oder sollte die Frage lauten, mit wem?«, fragte Lights feixend, während sie die letzten Meter an Deck zum Aufgang der ersten Klasse schritten.

»Ich weiß nicht, wovon du sprichst«, entgegnete er bloß und versuchte, seine Miene ernst zu halten, doch das Lächeln, das sich auf seinen Lippen ausbreitete, war unvermeidlich. Es fühlte sich an, als würde endlich alles an seinen richtigen Platz rücken, als hätte er ein Stück Klarheit gefunden, das ihm lange gefehlt hatte.

Der Kapitän erwartete sie pünktlich um 10.20 Uhr im Speisesaal. Alle Offiziere, die nicht im Dienst waren, waren angehalten zu erscheinen.

Die Messe wurde vom Kapitän selbst abgehalten. Er hatte dies vor Jahren so eingeführt und seit dem nichts mehr daran geändert.

Murdoch blickte der Zeremonie mit einem Hauch von Frust entgegen. Lieber hätte er sich in seiner Kabine ausgeruht, aber wenigstens würde es nach der Messe einen Moment Ruhe geben.

Er hoffte, Catherine vor seiner Schicht am Abend wiederzusehen. Vielleicht in einem ruhigen Moment, in dem er sich nicht zwischen den Pflichten der Offiziere und der Verantwortung für das Schiff zerreißen musste.

»Folglich stimmen die Gerüchte nicht?«

»Welche Gerüchte?«

»Ein Geist soll auf der Titanic sein Unwesen treiben. Eine Jungfrau in edlen Kleidern soll des Nachts in den Kabinen erscheinen und die Offiziere wachhalten.« Lights konnte sich ein Schmunzeln nicht verkneifen, während Murdoch entnervt stöhnte. Selbst unter aller Vorsicht waren sie nicht unerkannt geblieben, aber etwas anderes als wachsame Offiziere unter seiner Leitung hatte er auch nicht erwartet.

»Lowe hat also nicht stillgeschwiegen?«

»Nein. Allerdings besteht kein Anlass zur Sorge, nur ich weiß es. Und ich freu mich für dich. Nach all den Strapazen hast du ein wenig Glück verdient.«

Bei Erwähnung der vergangenen Nacht wurde ihm heiß. Selbstredend war die Gesamtsituation alles andere als angemessen. Wenn er ehrlich zu sich selbst war, hätte es unter anderen Umständen niemals so kommen dürfen.

Catherine hätte an seiner Seite stehen müssen, als seine Frau, aber die Realität sah anders aus. Was sie getan hatten, war unbedacht. Für eine Frau wie sie, die aus einem so respektablen Elternhaus stammte, war es verwerflich, sich noch vor der Ehe mit einem Mann ins Bett zu begeben.

Murdoch seufzte schwer. Ihre Entscheidung hatte beide in eine prekäre Lage gebracht. Sollte jemand davon erfahren, könnte es zu einer rechtlichen Auseinandersetzung kommen, die ihn vieles kosten könnte.

Ein Ehebruch war kein Bagatelldelikt.

Ada würde sicherlich das Recht auf eine Scheidung einfordern, was ihm egal sein könnte, doch dies könnte ihn auch seine Position kosten – als Mann in der Gesellschaft, sowohl diese auf dem Schiff.

Nicht auszumalen, was es für Catherine bedeuten würde, sollte diese Geschichte publik werden. Mit einem solchen Makel würde ihr Leben auf immer schwieriger werden. Sie würde in den Augen vieler nie wieder die respektable Frau sein, die sie heute noch zu sein schien. Sie hätte es schwierig, jemals einen Ehemann zu finden. Was blieb einer Frau dann schon übrig, außer sich als Hure ihren Lebensunterhalt zu verdienen, wie Nancy aus Oliver Twist. Kurzerhand brachte er seine Gedanken zum Schweigen. Es würde niemand herausfinden.

»Lowe ist schrecklich neidisch auf dich. Ich glaube, er hatte selbst ein Auge auf sie geworfen. Dass er sie jetzt seinem zehn Jahre älteren ranghöheren Kollegen überlassen muss, verkraftet sein Ego kaum.« Lightoller lachte schadenfroh auf und auch Murdoch stieg darauf ein. »Ich kann ehrlich gesagt kaum glauben, dass du dich darauf eingelassen hast«, meinte Lightoller, während sie über das Deck schlenderten. »Du bist doch sonst nicht der Mann, der so leicht alle Vorsicht über Bord wirft.«

Murdoch biss sich auf die Zunge, als die Worte von Lightoller in seinem Kopf widerhallten. Normalerweise war er der Überlegte, der, der alles abwog, jedes Risiko kalkulierte und jede Entscheidung mit Bedacht traf. Es war seine Art, seine Sicherheit, sein Schutzmechanismus. Er hatte sich nie von seinen Gefühlen leiten lassen, nie so leicht von einer Sehnsucht überwältigen lassen. Doch mit Catherine war es anders.

Sie hatte eine Seite in ihm berührt, die er längst vergessen glaubte, und dieser Schritt war … befreiend gewesen. Gleichzeitig löste er in ihm eine tiefe Angst aus. Die Gedanken an das, was war und was sein könnte, die Folgen für ihn, für Catherine …

Die Ungewissheit nagte an ihm, wie sie es immer tat, doch wer wusste, ob er sich nicht unnötig Sorgen machte? Warum also alles zerdenken? Warum nicht einfach genießen, was der Moment ihm bot? Er atmete tief ein, ließ den Blick über das weite Meer gleiten und schüttelte dann den Kopf, um sich von den Gedanken zu befreien.

Dann schnaubte er und wechselte das Thema. »Weißt du, was noch unglaubwürdiger ist? Wilde hat mit mir geredet.«

Lightoller zog skeptisch die Augenbrauen hoch. »Und das ist jetzt … besonders weil?«

»Volle Sätze, von Angesicht zu Angesicht. Nicht von oben herab.« Murdoch grinste. »Er meinte, er wolle sich mehr um die Männer bemühen.«

Lightoller blieb abrupt stehen und blinzelte. »Nein. Wirklich?«

»Ja.«

»Das würde wenigstens sein seltsames Verhalten erklären.« Lightoller schüttelte den Kopf, während sie weitergingen. »Er hat mich vorhin gegrüßt und gefragt, wie es mir ginge. Ich dachte schon, ich hätte es mir eingebildet.«

Immer wieder kreuzten sie einen warmen Luftzug, der sogleich einem eiskalten wich. »Spürst du das? Wir nähern uns dem Labradorstrom.« Murdoch zog sich die Offiziersjacke enger und starrte noch einen Augenblick auf die ruhige See hinaus, ehe er die Tür zur ersten Klasse öffnete und Lightoller vor ihm eintreten ließ.

»Bei Beibehaltung dieser Geschwindigkeit werden wir die Eisfelder genau dann erreichen, sobald ich das Kommando auf der Brücke habe«, murmelte Lightoller verdrießlich, »Wilde bestand darauf, dass ich ihn um sechs Uhr ablöse.«

»Gut zu wissen, dann komm ich dich besuchen. Ich habe von Oberst Archibald Gracie Zigarren geschenkt bekommen, als Dank für die arbeitenden Männer in der Kommandobrücke«, äffte er den Oberst nach. Lightoller wollte ihm gerade darauf antworten, als ihnen eine Frau den Weg versperrte.

»Oh Gott sei Dank!«, sie warf die Hände nach oben und rang nach Luft. Sie kam Murdoch bekannt vor, doch es dauerte einen Moment, bis er sie zuordnen konnte. Es war diese Freundin von Catherine, die er am ersten Abend der Überfahrt zurück in die Kabine getragen hatte.

»Sagen Sie uns doch, was geschehen ist, wir können sicher helfen.«

Murdoch überließ Lightoller das Gespräch mit der Frau, während seine Augen aufmerksam im Treppenhaus umherwanderten. Wenn Catherines Freundin hier war, war sie vielleicht auch nicht weit. Er suchte nach ihren dunklen Locken, das bezaubernde Gesicht, ihre roten Lippen. Er hörte kaum, was die Frau zu Lightoller sagte. Doch Catherine konnte er beim besten Willen nicht erblicken. In gewissem Maße enttäuscht wandte er sein Augenmerk wieder auf das von Angst gezeichnete Gesicht vor ihm.

»Ich hege die Befürchtung, dass Catherine etwas zugestoßen ist.«

Die Erwähnung ihres Namens führte bei Murdoch zu einer abrupten Rückkehr in die Realität.

»Sind Sie sich sicher, dass es Ihre Freundin war?«

»Natürlich! Ich weiß doch, wie ihre Stimme klingt! Sie war es, die geschrien hat«, empörte sie sich.

Lightoller seufzte. »Sie warten bitte hier.« Er drehte sich zu Murdoch um. »Ich geh mir das mal anschauen. Geh ruhig schon vor, es sollte nicht lange dauern.«

Doch Adrenalin pumpte bereits durch seinen Körper. Es bestand die Möglichkeit, dass Catherine etwas zugestoßen war. War die nächtliche Abwesenheit von Catherine von jemandem bemerkt worden? Auch wenn er sich äußerlich zur Ruhe zwang, übernahm die Panik langsam die Kontrolle über seine Gedanken.

»Nein, ich komme mit!«

38

JOSEPHINE

1912 | APRIL 14

Josephine eilte durch die langen Korridore des Schiffes, die Papiere fest an ihre Brust gedrückt. Catherine hatte sie beauftragt, Giulia ausfindig zu mache, um ihr diese Dokumente zu überbringen – erste Fragen rund um die Pizzeria, über die sie sich Gedanken machen sollte.

Josephine hatte sie noch nie so erlebt. Entschlossen. Tatkräftig. Nicht nur trotzig reagierend, sondern aufgeweckt agierend. Sie gestaltete ihr Leben aktiv, traf Entscheidungen für sich selbst, für ihre Zukunft. Es war, als hätte jemand einen Funken in ihr entzündet, und dieser Funke wurde mit jedem Tag zu einem lodernden Feuer.

Josephine wusste, wer dahintersteckte. William Murdoch.

Seit er in Catherines Leben getreten war, hatte sich etwas verändert. Es war nicht nur das Lächeln, das Josephine so bei ihr noch nie gesehen hatte. Es war die Art, wie sie sprach, wie sie sich bewegte, wie sie endlich begann, das Leben nicht als etwas zu betrachten, das ihr auferlegt wurde, sondern als etwas, das sie selbst formen konnte.

Und vielleicht war es genau das, was Josephine jetzt auch tun musste. Wenn Catherine den Mut hatte, ihr eigenes Leben in die Hand zu nehmen, dann sollte Josephine sich doch ein Beispiel an ihr nehmen. Außerdem kamen Josefs Worte ihr immer wieder in den Sinn.

Du musst dich nicht entscheiden, Josephine. Du kannst beides haben – deine Stellung und mich.

Damals hatte sie ihn fast ausgelacht. Wie naiv das doch klang. Ihr Leben war kein romantischer Tagtraum, in dem sie sich nach Belieben eine Zukunft nach Maß schneidern konnte. Und doch … war es wirklich so unmöglich?

Ein Bild formte sich in ihrem Kopf, so lebendig, dass es fast greifbar war. Sie kehrte nach einem langen Tag nach Hause zurück. Müde, aber mit dem Wissen, etwas Sinnvolles getan zu haben. Der vertraute Geruch von Brot und Kräutern lag in der Luft, die warme Behaglichkeit eines echten Zuhauses umgab sie. Und da war Josef.

Er saß an einem kleinen Tisch, ihre Tochter neben ihm, ein Buch aufgeschlagen zwischen ihnen. Josef brachte ihr das Lesen bei.

Josephine fühlte, wie ihr Brustkorb sich engte – eine Mischung aus Sehnsucht und bittersüßer Hoffnung.

Josef konnte lesen. Ein einfaches Detail, und doch fand sie es wundervoll. Es war eine Eigenschaft, die sie an ihm bewunderte. Vielleicht, weil das Lesen ihr selbst so lange fremd gewesen war, vielleicht, weil es für sie eine Welt bedeutete, die sich änderte, in der Frauen als ein wertvoller Teil dieser Gesellschaft akzeptiert wurden.

War es wirklich unmöglich, dass sie eines Tages von ihrer Arbeit nach Hause kam und ihn genau so vorfand? Dass er ihrer Tochter etwas beibrachte, ihr eine Zukunft schenkte, die sie selbst nie hatte?

Vielleicht war es an der Zeit, nicht nur von Veränderungen zu träumen, sondern sie tatsächlich zu wagen. Wenn Catherine es konnte – wenn sie sich gegen ihren Bruder auflehnte, wenn sie begann, für sich selbst einzustehen – dann konnte Josephine es auch.

Vielleicht musste sie einfach nur den Mut aufbringen.

Einen Schritt nach vorne machen.

Gerade, als sie um eine Ecke bog, ließ sie ein Geräusch innehalten.

Vertraute Stimmen. Gedämpft, kaum mehr als ein Flüstern, aber sie erkannte sie sofort.

Josephines Atem stockte. Instinktiv drückte sie sich an die Wand, bevor sie sich vorsichtig nach vorne beugte. Die Tür zu einem der Kabinenräume stand einen Spaltbreit offen, und durch den schmalen Spalt konnte sie George erkennen, wie er mit übergeschlagenen Beinen in einem Sessel saß. Sein Kammerdiener stand neben ihm, den Blick respektvoll gesenkt, während George mit einer Mischung aus Selbstgefälligkeit und Kälte zu ihm sprach.

»Sie wird schon noch lernen, nach meiner Pfeife zu tanzen.«

Josephine fröstelte, doch es hatte nichts mit der Kälte der Schiffskorridore zu tun.

»Es ist nur eine Frage der Zeit«, fuhr er fort. »Sie ist stur, ja, aber sie wird sich fügen. Sie hat gar keine andere Wahl.«

Er sprach von Catherine.

»Und wenn sie sich weigert? Ihre Schwester ist bekannt für ihren Eigensinn.«

»Das kann sie sich nicht leisten. Wir können uns das nicht leisten. Wir müssen einfach dafür sorgen, dass sie keine andere Wahl mehr hat.«

»Ich gehe Recht in der Annahme, dass Sie bereits eine Idee haben, wie Sie das bewerkstelligen?«

Ein leises, amüsiertes Lachen folgte. »Es ist wie bei einem Tropfen, der immer wieder auf denselben Punkt fällt – scheinbar unbedeutend, kaum spürbar. Doch mit der Zeit höhlt er selbst den härtesten Stein aus, bis er schließlich bricht. Wir werden ihr alles nehmen, dem sie sich so sicher ist, Tropfen für Tropfen, Stück für Stück. Mit der Zeit wird der Boden unter ihren Füßen bröckeln, bis sie erkennt, dass nichts von dem, worauf sie vertraut hat, noch besteht.«

Josephines Magen zog sich zusammen.

»Das … ist ein guter Plan, nur fürchte ich, dass die Zeit knapp wird. Es sind nur noch wenige Tage.«

»Catherine wankt bereits. Sie glaubt, sie hätte Kontrolle über ihr Leben. Doch in Wahrheit … habe ich sie bereits da, wo ich sie haben will.«

Josephine wollte nicht weiter zuhören, wollte nicht wissen, was er noch zu sagen hatte, doch ihre Füße rührten sich nicht. Ein innerer Kampf tobte in ihr. Sie schluckte schwer. Catherine war gerade erst dabei, sich von ihrem Bruder zu lösen. Sie hatte einen Mann gefunden, der sie nicht als Eigentum betrachtete, sondern als gleichwertige Partnerin. Aber George … George sah das und wusste, dass ihm die Kontrolle über seine Schwester entglitt. Ein Gefühl des Unbehagens stieg in ihr auf, wühlte in ihrem Inneren wie eine dunkle Vorahnung.

Doch dann spürte sie die Papiere in ihren Händen.

Giulia wartete.

Josephine atmete tief durch. Catherine hatte ihr diesen Auftrag nicht leichtfertig gegeben – sie hatte ihn ihr anvertraut. Sie zwang sich, weiterzugehen, würde sich aber nach getaner Arbeit auf dem schnellsten Wege wieder zur Suite begeben.

Ihre Schritte hallten gedämpft auf dem Boden wider, während sie tiefer in den Schiffsbauch vordrang. Doch die Unruhe blieb in ihrem Herzen sitzen, nistete sich ein, ließ sich nicht vertreiben.

39

MURDOCH

1912 | APRIL 14

Seine Beine führten ihn nahezu von alleine zu ihrer Kabine, als seien sie genau diesen Weg schon tausend Mal gegangen. Sein Geist war erfüllt von Befürchtungen, die in den dunkelsten Farben die Situationen ausmalten, in denen Catherine sich befinden könnte. Sein Wunsch war es, sie in seine Arme zu schließen, sie an sich zu drücken, ihren Geruch aufzunehmen und sich zu vergewissern, dass sie unversehrt war.

Er ermahnte sich jedoch zur Professionalität. War es noch immer ein Geheimnis zwischen ihm und ihr, und einigen seiner Kameraden, wollte er sich nicht durch undurchdachte Taten verraten.

Lightoller klopfte an die Kabinentür, wobei jede verstrichene Sekunde die Qualen in Murdoch weiter verstärkte. Er und Lights tauschten einen sorgenvollen Blick, ehe dieser erneut klopfte. Plötzlich wurde die Tür aufgezogen. Mister Gould stand darin, seine Haare ordentlich gekämmt, in seiner Sonntagskleidung.

»Ich bitte um Verzeihung für die Störung«, fing Lightoller an.

Murdoch versuchte am Körper des Geschäftsmannes vorbei, einen Blick in das Zimmer zu erhaschen. Er wollte ihr Gesicht sehen, sich vergewissern, dass alles in Ordnung war, doch Gould hatte die Tür nur einen Spalt weit aufgezogen und blockierte die Sicht.

»Kann ich den Herren behilflich sein?«, fragte er und blickte einen Moment zu lange zu den beiden Offizieren.

»Misses Rutherfords Sorge erreichte uns. Sie gab an, dass sie eine Person habe schreien hören und dass ihr niemand die Tür geöffnet habe.«

Goulds Blick war das reinste Pokerface. Er lachte auf und verdrehte die Augen. »Ich habe vorhin geflucht, weil ich meine Taschenuhr verlegt habe. Möglicherweise hat sie dies wahrgenommen.«

Er log. Murdoch besaß genug Menschenkenntnis, um dies an der Art und Weise wie er sprach zu erkennen. Die Lüge schürte Murdochs Sorge nur noch mehr.

»Wo befindet sich Miss Harding zurzeit?« Lightoller blieb stur, also war es ihm auch aufgefallen, dass Gould nicht die Wahrheit sprach.

»Sie befindet sich zurzeit in ihrem Zimmer, um sich für den anstehenden Gottesdienst umzuziehen.«

»Wir würden gerne einen kurzen Blick auf sie werfen. Nur um uns zu vergewissern, dass wirklich alles in Ordnung ist.«

Gould schien mit seiner Geduld am Ende, trotzdem nickte er widerwillig und schnalzte mit der Zunge. »Selbstverständlich. Catherine, Darling? Kommst du bitte kurz?«

Ein Stich durchzog Murdochs Brust, als Gould sie Darling nannte und er erkannte seine tiefe Eifersucht auf das Privileg sie Darling zu nennen – in aller Öffentlichkeit. In diesem Moment wollte er nur noch den Raum stürmen, sie an sich reißen und Gould aus dem Weg räumen. Doch er hielt sich zurück.

Gould schob die Tür etwas weiter auf und eine zierliche Figur erschien darin. Sie trat heran und riss ihre Augen auf, als sie die Offiziere erkannte. Sie neigte den Kopf sofort Richtung Boden und hielt ihn gesenkt, während sie nähertrat und sich dicht an ihren Verlobten stellte.

»Miss Harding, Ihre Freundin ist in großer Sorge um Sie.«

Catherine presste ihr Gesicht an die Brust dieses vermaledeiten Schnösels, konnte damit jedoch weder ihre rote, geschwollene Wange, noch die Angst in ihren Augen verbergen.

»Gab es Schwierigkeiten?« Murdochs Stimme durchschnitt die Stille. Wut stieg in ihm hoch und er schluckte hart, während er sich am Riemen riss, um nicht sofort auf den Mistkerl loszugehen.

Gould verzog das Gesicht und schnaubte. »Es gibt absolut keinen Grund zur Beunruhigung, Gentlemen.« Er drückte Catherine schützend an sich.

»Darling, sag ihnen doch bitte selbst, dass alles in bester Ordnung ist.«

Catherine hob ihren Blick und suchte kurz Murdochs Augen. Ihr Blick war voller unsäglicher Dinge – die Angst, die Scham, aber auch die stille Bitte um Verständnis. Sie öffnete ihren Mund, aber ihre Stimme war kaum mehr als ein Flüstern. »Es ist alles in Ordnung.«

Die Worte hallten in der Luft, aber Murdoch wusste, dass sie nicht der Wahrheit entsprachen. In diesem Moment war alles an ihr so verletzlich, dass es ihn fast zerriss.

Gould schien zufrieden. Er drehte sich leicht zu ihr, hob die Hand und strich ihr mit dem Daumen sanft über das Kinn, als wäre sie eine Puppe, die er wieder in die richtige Position rücken musste. Dann neigte er sich ein Stück zu ihr hinab. »Geh zurück in die Suite. Ich komme gleich nach.«

Seine Stimme war ruhig, freundlich – doch es war keine Bitte. Es war eine Anweisung. Catherine verharrte einen Moment, als wolle sie widersprechen. Doch dann nickte sie gehorsam, drehte sich um und verschwand lautlos hinter der Tür.

Murdoch ballte die Fäuste. Es war nicht nur die Art, wie Gould sie berührte, sondern das selbstverständliche Besitzdenken, das in jeder seiner Gesten lag.

»Wie Sie zweifelsfrei erkennen können, meine Herren, ist alles in bester Ordnung«, sagte Gould dann wieder an sie gewandt.

Lightoller verschränkte die Arme. »Miss Rutherford sagte, sie hätte eine weibliche Stimme gehört. Einen Schrei.«

Gould hob eine Braue, dann verzog er die Lippen zu einem amüsierten Lächeln. »Miss Rutherford hat sich wohl verhört. Aber ich versichere Ihnen, falls Catherine je meinetwegen schreien sollte, wäre es bestimmt kein Grund zur Sorge.«

Murdoch spürte, wie sich die Wut in ihm verhärtete, heiß und unaufhaltsam. Sein Magen zog sich zusammen, doch er zwang sich, zu schweigen. Ein kurzer Blick zu Lightoller genügte, um sich bestätigt zu fühlen, dass auch dieser die ganze Situation befremdlich fand.

Es kam häufig vor, dass Frauen von ihren Männern geschlagen wurden. Die Gesellschaft ignorierte dies wissentlich, schließlich ging es niemanden etwas an, was hinter verschlossenen Türen geschah. Doch zu wissen, dass auch Catherine dieses Schicksal teilte, riss Murdoch beinahe das Herz aus der Brust.

Lightoller ließ sich nichts anmerken, musterte Gould jedoch mit kühler Skepsis. Nach einem Moment nickte er knapp. »Dann ist ja alles geklärt.« Sein Tonfall verriet, dass er nicht überzeugt war.

Gould lächelte selbstgefällig. »Selbstverständlich.«

»Rufen Sie uns, wenn noch etwas ist«, bot Lightoller an.

»Wir werden keine weitere Hilfe benötigen.«

Die Tür wurde ins Schloss gedrückt, sodass die Offiziere im leeren Gang standen und vom Treiben im Inneren der Suite ausgeschlossen waren. Lightoller seufzte, zog sich die Offiziersmütze vom Kopf und fuhr sich durch die Haare. »Was denkst du? Du schaust aus wie ein geprügelter Hund.«

»Ich würde ihm am liebsten eine reinhauen.«

»Ja, ich auch. Aber wir können nichts tun. Rein nach Gesetzeswegen gehört sie eher ihm als zu dir. Tut mir leid. Komm, wir sollten in den Speisesaal, sonst kommen wir zu spät.«

»Als könnte ich jetzt noch beten.«

»Du kannst immer noch dafür beten, dass er über Bord geht.« Lightoller zuckte mit den Schultern, ehe sie ihren Weg zum Speisesaal fortsetzten.

Die Messe war die reinste Qual. Murdoch befand sich in nächster Nähe zum Kapitän, wobei alle Anwesenden ihre Blicke auf die beiden richteten. Dabei ruhte der Blick von Murdoch ausschließlich auf Catherine. Sie stand zwischen ihrem Bruder und ihrem Verlobten. Die ganze Zeit über hielt er sie an der Hand und flüsterte ihr leise ins Ohr. Die Wange war nicht mehr gerötet, also hatte Catherine sie entweder noch gekühlt oder mit diesen Dingen für Frauen übermalt, die diese so gern und – für Murdochs Geschmack – zu großzügig verwendeten.

Als der Kapitän das Lied Eternal Father anstimmte, blickten alle Passagiere in ihre Texthefte. Murdoch nutzte die Zeit, um Catherine unbemerkt zu beobachten. Im Anschluss an die Messfeier verließen sämtliche Passagiere den Speisesaal, damit der Saal für das Mittagessen vorbereitet werden konnte. Murdoch hielt sich weiterhin in der Nähe des Kapitäns auf, nickte, lächelte, schüttelte Hände und tauschte einige, freundliche Worte mit ihm aus. Sein Geist hingegen weilte unablässig bei der anmutigsten Dame im Saal, welche sich in der Obhut ihres Verlobten befand und ihm wiederholt scheue Blicke zuwarf.

»Ich habe ihnen versprochen auch an der Brücke vorbeizukommen, sofern dies in Ihrem Sinne ist.«

»Natürlich Mister Andrews. Mister Murdoch wird ebenfalls vor Ort sein und für die Beantwortung von Fragen zur Verfügung stehen. Nicht wahr?«

Widerwillig beteiligte sich Murdoch am Gespräch und ärgerte sich gleichzeitig, dass ihm die wenige Freizeit, die er hatte, nun auch noch strittig gemacht wurde.

»Ich möchte Ihnen aber nicht Ihre wohlverdiente Pause nehmen.«

»Ich versichere Ihnen, Mister Andrews, ich bin gern da. Wo sollte ich auch sonst sein?«

Auf dem Rückweg in seine Kabine, um sich umzuziehen, dachte er über die beste Art und Weise nach, Ada zu informieren, dass er einer Trennung nun nicht mehr abgeneigt war. Wenn ihm seine Eifersucht heute eines gezeigt hatte, dann, dass Catherine nicht nur eine Laune oder ein vorübergehendes Verlangen war. Sie war die Frau, die er an seiner Seite haben wollte – nicht nur für einen Moment, sondern für den Rest seines Lebens. Und er würde sie beschützen, egal, was es kostete. Selbst wenn es bedeutete, sie aus den Klauen ihres Verlobten zu reißen.

In seiner üblichen Uniform, mit frisch gewaschenem Hemd, trat er ins Freie und sog die frische Sonntagsluft ein. Die kühle Brise half ihm, seine Gedanken zu ordnen, doch nicht für lange – denn seine Aufmerksamkeit wurde sofort von einer Gruppe Passagiere eingefangen, die sich langsam der Brücke näherte. Angeführt wurde sie von Mister Andrews, der wie immer mit aufrechter Haltung und lebhafter Gestik sprach, während die Anwesenden ihm gespannt lauschten.

»Die Konstruktion eines Schiffes, welches den Ansprüchen dieser vornehmen Gesellschaft genügt, ist keine leichte Aufgabe. Ich denke aber, dass man die Umsetzung durchaus als gelungen bezeichnen darf.«

An der Seite von Mister Andrews befand sich Misses Rutherford, welche jede seiner Äußerungen mit großem Interesse aufnahm. Gould hatte Catherines Hand ergriffen und ließ sie nicht mehr los, während er zu Mister Andrews aufschloss.

»Die Untertreibung des Jahrhunderts! Es ist ein Wunderschiff!«, äußerte eine Frau, die schnell aufschloss. Murdoch erkannte die etwas fülligere Silhouette von Margaret Brown. Sie war eine Frauenrechtsaktivistin und Frau eines Goldminenbesitzers. Jeder kannte ihre extravagante Erscheinung und ihre äußerst speziellen Meinungen.

»Als befände man sich in einem Palast. Man vermag Traum nicht mehr von Wirklichkeit zu unterscheiden«, sprach die junge Frau von Astor.

Sie waren an der Brücke angekommen und Mister Andrews erklärte bereits die Funktion der Brücke, als Catherines Bruder sich zu Mister

Gould beugte und flüsternd hinzufügte »Sie ist achtzehn. Es ist erstaunlich, wie viel Wissen sie sich bereits über Traum und Realität angeeignet hat.«

Gould lachte hinter vorgehaltener Hand. Murdoch widerstand dem Drang, über dieses kindische Verhalten die Augen zu verdrehen.

»Mister Murdoch, ich war gerade dabei, den Damen zu erläutern, welche Funktionen die Offiziere an Bord in der Kommandobrücke wahrnehmen. Wären Sie so freundlich, uns aufzuklären?«

Murdoch zwang sich zu einem Lächeln und trat einen Schritt näher. Er sprach ruhig, mit der Gelassenheit, die von ihm erwartet wurde, doch innerlich spürte er, wie seine Nerven zum Zerreißen gespannt waren. Catherine stand nur wenige Schritte entfernt, und er konnte ihren Blick auf sich fühlen.

Noch vor wenigen Stunden hatten sie dort drinnen eng umschlungen dagelegen, während die Sonne den Horizont in ein rosafarbenes Licht tauchte. Verspürte sie auch dieses Ziehen im Bauch, wenn sich ihre Blicke trafen? Vergaß sie dann auch stets für einen Moment die Welt um sich herum?

Er zwang sich, nicht zu lange hinüberzusehen, nicht zu offensichtlich an ihr hängenzubleiben. Der Kapitän hatte sich zu der Gruppe gesellt und sprach mit ruhiger Autorität über die Schifffahrt. Die Passagiere hörten aufmerksam zu, nickten gelegentlich, stellten Fragen. Ein angenehmes, höfliches Miteinander, das jedoch unterbrochen wurde, als eine weitere Person hinzustieß: Bruce Ismay.

Mit selbstgefälliger Miene schritt er zu der Gruppe, sein Blick schweifte prüfend über die Anwesenden. »Es ist mir eine außerordentliche Freude, Sie alle hier anzutreffen«, sagte er mit einem einnehmenden Lächeln. Dann wandte er sich direkt an Madeleine Astor. »Madeleine, wollen Sie sich hinsetzen? Die Schwangerschaft muss Ihnen schrecklich zusetzen. Meine Frau klagte wiederholt über Schmerzen in den Beinen.«

Ein höfliches Lächeln umspielte Madeleine Astors Lippen, als sie das Angebot mit sanfter Stimme ablehnte. Doch neben ihr verhärteten sich Catherines Züge. Sie musterte Ismay mit einem Blick, als hätte er ihr gerade einen Faustschlag angeboten statt eines Sitzplatzes. Es war eine Frechheit, einer Frau in der Öffentlichkeit ihre Schwangerschaft so unverblümt vorzuhalten – noch dazu, wenn es um Madeleine ging, die sich ohnehin bereits mit unzähligen Blicken und Gerüchten konfrontiert sah.

Murdoch beobachtete, wie Catherine kaum merklich den Kopf schüttelte, die Lippen aufeinanderpresste. Es war nur ein winziger Moment des stillen Protests, doch für ihn war er unübersehbar. Ihr Gerechtigkeitssinn war unerschütterlich. Und genau das war eine der unzähligen Eigenschaften, die ihn rettungslos in ihren Bann zogen.

»Und Matt? Wann ist es bei Euch so weit?« Ismay grinste überheblich, während er die Frage mit der Selbstverständlichkeit eines Mannes stellte, der sich zu nah an den privaten Angelegenheiten anderer wähnte.

Gould lachte, legte eine Hand auf Ismays Schulter und klopfte ihm gönnerhaft darauf. »Sie müssen sich wohl oder übel noch bis nach der Hochzeit gedulden, Bruce.«

Seine Stimme triefte vor Selbstzufriedenheit, als wäre das ganze Gespräch eine reine Formalität – als wäre es nur eine Frage der Zeit, bis Catherine ihm Kinder schenkte, ob sie es nun wollte oder nicht.

»Wir wissen doch alle, wie sehr sich Eliza auf ihre Enkel freut. Es gibt kaum ein anderes Thema, wenn man sie beim Dinner antrifft.«

Murdoch stand etwas abseits, die Hände hinter dem Rücken verschränkt. Von außen wirkte er ruhig, kontrolliert, doch in seinem Inneren kämpfte er gegen die düsteren Gedanken, die sich mit kalter Hartnäckigkeit in seinen Kopf schoben.

Sollte Catherine nicht imstande sein, sich aus den Fesseln ihrer Familie zu befreien, wäre sie gezwungen, Gould zu heiraten und ihm Kinder zu gebären, wie es von ihr erwartet wurde.

Seine Finger ballten sich leicht, kaum merklich. Nur ein einziges Mal huschte sein Blick zu Catherine hinüber. Ihre Miene war höflich, neutral – und doch erkannte er das angespannte Zittern ihres Kiefers. Sie fühlte sich gefangen. Je länger die Unterhaltung andauerte, desto bleicher wurde Catherine im Gesicht.

Ismay reagierte mit einem lauten Lachen. »Nun, dann solltet ihr wohl so bald wie möglich heiraten.«

»Keine Sorge, Bruce«, fiel George Harding ihm ins Wort, noch ehe Gould etwas erwidern konnte, »Erst heute früh hat Catherine mich gebeten, ob wir den Termin der Hochzeit nicht vorverlegen könnten. Sie kann es wohl kaum erwarten, endlich Misses Gould zu sein.«

Murdoch schluckte und vergaß für einen Moment zu atmen. Das konnte nicht wahr sein. Nicht nach der Szene, die er in der Suite gesehen hatte.

Nicht nach der Angst in ihren Augen, der Art, wie sie gezittert hatte.

Nicht nach der intensiven Stille zwischen ihr und Murdoch, nach den Worten, die unausgesprochen in der Luft schwebten.

Nicht nach diesem Moment, in dem alles so klar und so unglaublich gewesen war.

Zwang Gould sie dazu, sich auf diese Weise zu äußern? War er es, der ihre Entscheidung diktiert hatte? Konnte es wirklich sein, dass sie sich dem Willen dieses Mannes beugen musste?

Oder – und dieser Gedanke schmerzte am meisten – hatte sie in Murdoch nur eine Flucht gesucht? Eine Auszeit von der Erstarrung ihres Lebens, eine Gelegenheit, der Welt und der Zukunft für einen Moment zu entkommen. Vielleicht hatte sie erkannt, dass es nicht das war, was sie wirklich wollte. Murdoch fühlte sich, als würde sich der Boden unter seinen Füßen öffnen.

Catherines Kopf schnellte empor. Ihre Augen flogen zuerst zu ihrem Bruder, dann zu Gould, als suchte sie nach einer Erklärung, nach einem Ausweg, nach einer Bestätigung, die sie in diesem Moment nicht fand. Schließlich blieb ihr Blick an Murdoch hängen.

Sie sah ihn mit großen Augen an und schüttelte kaum merklich den Kopf, doch der bereits entstandene Schaden war nur schwer wieder gutzumachen. Für einen Moment schien die Welt stillzustehen. Alles um ihn herum verblasste, während er sich in ihren Augen verlor. Konnte er in der Tiefe ihres Blicks die Wahrheit finden? Doch welche Wahrheit war es? Und war er bereit, die Antwort zu hören?

40

JOSEPHINE

1912 | APRIL 14

»Ich weiß nicht … Vielleicht soll es eine Überraschung werden. Sollte die Titanic den Hafen von New York früher als erwartet erreichen, wäre dies zweifellos ein Ereignis, das von der Presse mit großem Interesse verfolgt werden würde.«

»Und du bist dir sicher, dass sie schneller fährt?«

»Nein. Billy behauptet zwar sie würden mehr verheizen, aber er war ja immer schon so einer, der gerne übertreibt.«

Josephine ließ sich die Sonne ins Gesicht scheinen, während Alfred und Josef darüber diskutierten, ob es ihnen nur so vorkam, als fahre das Schiff schneller, oder ob es der Tatsache entsprach.

Ein Großteil der anfänglichen Aufregung um Josephine und Josef hatte sich gelegt. Die Situation hatte sich beinahe wieder zum Ausgangszustand zurückentwickelt. Und sie genoss es, in seiner Gegenwart zu sein, als bekäme sie dadurch ein Stück ihrer Heimat zurück.

Selbst wenn sie erst wenige Tage von ihrer Familie getrennt war, vermisste sie sie schrecklich. Noch nie zuvor war sie so lange von ihnen getrennt gewesen.

»Aber man spürt die Vibrationen unter Deck stärker als vorher.«

»Und seit wann genau bist du nun ein Experte für Schiffsvibrationen?«

Josef lachte und stellte sich neben Josephine an die Reling. Sie bemerkte seinen Blick auf ihr.

»Was machst du, wenn wir in Amerika sind?«, fragte er und sie spürte die Wärme, die von ihm ausging.

»Was immer Miss Harding will«, sagte sie, ohne nachzudenken.

»Und was willst du?«

Sie stockte. Er stellte ihr Fragen, auf die sie keine Antwort wusste. Ein Teil sehnte sich danach, trotz allem bei der Dame zu bleiben, an ihrer Seite und in Gesellschaft von Mister Gould. Der andere Teil sehnte sich jedoch nach der Rückkehr in die vertrauten vier Wände ihres Zuhauses und der Gewissheit, dass ihr Leben einer vorherbestimmten Ordnung folgte. Und ein anderer Teil wollte den Tagtraum wieder aufleben lassen, indem sie beides hatte. »Ich weiß es nicht.«

Josef seufzte und richtete sich auf. »Ich möchte dir einen Vorschlag unterbreiten. Ein Bekannter war schon öfter in Amerika, er reist seit Jahren mit Schiffen über den Atlantik. Es soll in Amerika große Jahrmärkte geben, die das ganze Jahr geöffnet sind. Ich würde dich gerne dorthin mitnehmen. Wir essen Zuckerwatte und tanzen.«

»Josef …«

»Ich weiß, ich weiß.« Er schmunzelte. »Aber ich werde nicht aufgeben. Und ich bitte dich nur um einen Nachmittag auf dem Jahrmarkt.«

Er kannte ihre Schwächen nur zu gut. Sie war einmal in ihrem Leben auf einem Jahrmarkt gewesen. Die Truppe zog durch ganz England und danach hatte Josephine tagelang von nichts anderem geschwärmt.

»Gut. Ein Nachmittag.«

Josefs Gesicht erhellte sich und er zeigte lächelnd seine Zähne.

»Ich muss gehen. Miss Harding will, dass ich in ihrer Kabine bin, wenn sie zurückkommt. Und ich muss ihr Abendkleid noch bügeln.«

»Ja, ich muss auch bald meine Schicht antreten. Aber morgen habe ich Frühschicht und am Abend werden wir wieder im Aufenthaltsraum sein, wenn du kommen möchtest. Ich würde mich freuen.«

Er hob seine Hand an ihre Wange und strich mit dem Daumen sanft darüber, ehe er sich umdrehte und zu Alfred ging. Josephine atmete tief durch und machte sich auf den Weg. Sie war früh dran und glaubte, nicht vor einer Stunde mit der Miss rechnen zu müssen, doch so konnte sie das Kleid für den Abend herauslegen und kontrollieren, ob es sauber und faltenfrei war. Doch als Josephine die Kabine betrat, sah sie Catherine auf ihrem Bett sitzen und an ihrem Kleid nesteln. Als diese ihren Kopf hob, erkannte Josephine die Tränen in ihren Augen.

»Miss Catherine!«, sie begab sich mit hastigen Schritten zu ihr und kniete sich neben sie auf den Boden, »Was ist denn geschehen?«

»Es ist nichts geschehen. Noch nicht. Aber womöglich mache ich einen gravierenden Fehler. Und ich brauche schon wieder deine Hilfe dabei, Josephine.«

»Miss, ich kann nicht folgen. Ich verstehe nicht.«

Catherine erhob sich und ging im Zimmer auf und ab. »Ich auch nicht.«

Noch nie hatte Josephine die Miss so gesehen, und es jagte ihr eine Gänsehaut ein. Catherine wirkte aufgewühlt, zerrissen – als würde sie mit aller Kraft versuchen, sich an einer Überzeugung festzuhalten, die ihr mit jedem Moment mehr entglitt.

Josephine erhob sich langsam, stellte sich ihr in den Weg und legte ihr sanft die Hände auf die Arme, um sie zu stoppen. Sie musste sich setzen, sie musste sich beruhigen. »Miss Catherine, bitte. Erzählen Sie mir, was passiert ist.« Sie hielt ihren Blick fest, suchte nach einem Anzeichen von Klarheit hinter all der Unruhe. Schließlich nahm sie Catherines zitternde Hände in ihre eigenen, eine stille Aufforderung, nicht nur zu sprechen, sondern sich auch anvertrauen zu dürfen.

Catherine nickte kaum merklich. Sie ließ sich von Josephine zum Sessel führen, sank fast hinein, als würde ihre eigene Entschlossenheit sie plötzlich zu viel Kraft kosten. Josephine holte ihr ein Glas Wasser, das Catherine einen Moment lang einfach nur in den Händen hielt, ohne einen Schluck zu nehmen.

Dann hob sie den Blick und sagte es.

»Ich liebe ihn.«

Josephine erstarrte. Es war keine Überraschung – natürlich nicht. Sie hatten schon einmal darüber gesprochen, sie hatte die Veränderung in Catherine gesehen, das Strahlen, die Art, wie ihr Blick immer wieder zu Mister Murdoch gewandert war. Und doch war es etwas anderes, es laut ausgesprochen zu hören. Eine endgültige Entscheidung.

»Ich will mit ihm zusammen sein, Josephine. Mehr als alles andere.«

Josephine schloss für einen Moment die Augen. Natürlich wollte sie das. Doch ihre Sorge wuchs mit jeder Sekunde, nicht nur wegen der ungewissen Zukunft, die Catherine erwartete, sondern wegen der Gefahr, die sie nicht kommen sah.

»Aber …«, fuhr Catherine fort, »ich kann diese Entscheidung nicht treffen, ohne zu wissen, was wirklich vor sich geht. Wenn ich diesen Weg gehe, dann gibt es kein Zurück mehr. Mein Bruder verweigert mir die Wahrheit, ich weiß, dass er mir etwas verschweigt. Und bevor ich mich endgültig entscheide, muss ich verstehen, was ihn antreibt, was seine Pläne sind.«

Josephine rang mit sich.

Sie könnte es ihr sagen. Sie könnte ihr von Georges Worten erzählen, von seinem erschreckenden Plan, sie zu brechen, ihr Stück für Stück alles zu nehmen, was sie glaubte zu besitzen. Aber würde es etwas ändern? Oder würde es sie nur noch mehr verunsichern? Vielleicht sogar noch weiter in Gefahr bringen?

Sie atmete tief durch, versuchte, ihre Stimme ruhig zu halten. »Das ist … klug«, sagte sie schließlich, obwohl es nicht das war, was sie sagen wollte.

Catherine suchte ihren Blick, vielleicht weil sie spürte, dass Josephine mehr wusste, als sie sagte. Aber Josephine konnte ihr diese Last nicht jetzt aufbürden – nicht in diesem Moment, in dem ihre Gefühle so roh und ihre Gedanken so verwirrt waren.

Und doch, die Angst in ihr ließ sich nicht verdrängen.

Josephine spürte, wie sich ein Knoten in ihrer Brust bildete. Ihr Herz hämmerte, während sie Catherine ansah – diese junge Frau, die so voller Hoffnung und Sehnsucht war, ohne zu wissen, was in den Schatten auf sie lauerte.

Sie konnte nicht schweigen.

Langsam stellte sie das Wasserglas auf den Tisch, als müsste sie sich selbst Zeit verschaffen, ihre Worte mit Bedacht zu wählen. Dann griff sie nach Catherines Händen, drückte sie sanft und sagte leise: »Miss … es gibt etwas, das Sie wissen müssen.«

Catherines Stirn legte sich in Falten. »Was ist es?«

Josephine schluckte schwer. »Ich habe George belauscht«, begann sie zögernd. »Nicht absichtlich – ich kam zufällig vorbei, aber als ich hörte, was er sagte, konnte ich nicht einfach weitergehen.«

Catherine wurde schlagartig still. Ihr Gesicht war beherrscht, doch Josephine sah, wie ihre Finger sich fester um ihre eigenen schlossen.

»Was hat er gesagt?«, fragte sie, ihre Stimme kaum mehr als ein Flüstern.

Josephine atmete tief durch. »Er sprach mit seinem Kammerdiener. Er sagte … er würde Ihnen alles nehmen, worauf Sie sich sicher glaubten. Stück für Stück. Tropfen für Tropfen, bis Sie nichts mehr haben, woran Sie sich festhalten können. Er hat es geplant, Catherine«, fuhr Josephine vorsichtig fort. »Er hat sich vorbereitet. Er glaubt, Sie würden sich ohnehin nicht durchsetzen können. Und was mir noch mehr Sorgen macht – er klang, als würde es nicht mehr lange dauern.«

Catherine saß völlig reglos da. Ihr Blick war auf einen Punkt im Raum gerichtet, als würde sie versuchen, die Worte zu verarbeiten.

Dann lachte sie leise – ein bitteres, tonloses Lachen.

»Natürlich«, murmelte sie. »Natürlich tut er das.«

Josephine fühlte, wie ihr Magen sich zusammenzog. »Sie müssen vorsichtig sein, Miss Catherine. Ich weiß, dass Sie stark sind, aber er … er ist skrupellos.«

Catherine richtete sich auf. »Und was soll ich tun?«, fragte sie ruhig. »Soll ich mich verstecken? Mich zurückziehen und mich damit abfinden, dass mein eigenes Leben nicht mir gehört? Matthew heiraten und ihn damit durchkommen lassen?«

Josephine schüttelte heftig den Kopf. »Nein! Das meine ich nicht. Aber Sie müssen wissen, worauf Sie sich einlassen. Wenn Sie wirklich vorhaben, sich gegen ihn zu stellen, dann dürfen Sie nicht naiv sein. Sie brauchen einen Plan. Sie brauchen Verbündete.«

Catherine atmete tief ein, dann nickte sie langsam. »Du hast recht«, sagte sie schließlich. Ihre Stimme war fester als zuvor. »Ich kann es mir nicht leisten, blind zu sein. Nicht, wenn ich eine Zukunft mit William will.«

Josephine spürte, wie ihr Herz schwer wurde. Sie hatte gehofft, dass Catherine wenigstens einen Moment zögern würde. Dass sie innehalten und erkennen würde, wie gefährlich das alles war. Doch stattdessen saß sie nun vor einer Frau, die trotz der Angst in ihren Augen zu einer Entscheidung gekommen war.

Und Josephine wusste, dass es kein Zurück mehr gab.

»Ich muss in seine Kabine. Und du musst für mich lügen«, sagte Catherine entschlossen.

»Nein Miss, das geht nicht.«

Sie spürte, wie ihre Finger um den Stoff ihrer Schürze krampften. Allein der Gedanke ließ ihr das Blut in den Adern gefrieren. George würde sie zweifellos entdecken, und nachdem er seiner Schwester kaum etwas antun konnte, würde sich sein Zorn gegen sie entladen. Er würde sie zermürben und ihr alles nehmen, was sie besaß – ihre Stellung, ihre Sicherheit, ihre Würde.

Die Risiken, die mit dem Vorhaben verbunden waren, waren zu hoch, als dass man das eigene Leben leichtfertig aufs Spiel setzen konnte. Nicht mal für Catherine konnte sie dieses Wagnis eingehen.

»Ich werde mit Matthew sprechen und ihn ersuchen, einige Herren nach dem Abendessen in die Kabine einzuladen, um eine Partie Bridge zu spielen. In der Zwischenzeit werde ich mich in Georges Kabine begeben. Es ist lediglich erforderlich, dass du hierbleibst und sicherstellst, dass George nicht frühzeitig zu Bett gehen will. Für den Fall, dass er es doch tut, musst du mich warnen, oder ihn aufhalten.«

Josephine hörte die Worte, aber alles in ihr sträubte sich dagegen. Der Plan klang in der Theorie einfach – zu einfach. In der Praxis gab es tausend Möglichkeiten, wie er scheitern konnte.

»Bitte Josephine«, flehte Catherine, »Ich fürchte, was geschieht, wenn wir seine Pläne nicht durchkreuzen.«

Sie schloss für einen Moment die Augen.

Natürlich hatte Catherine Angst – und sie hatte allen Grund dazu. Doch warum musste Josephine es sein, die ihr dabei half? Warum konnte sie nicht einfach schweigen, so tun, als wüsste sie von nichts? Warum musste sie immer wieder in Dinge hineingezogen werden, die ihr Leben verkomplizierten?

»In Ordnung. Aber wenn etwas schiefgeht …«

Catherine schüttelte den Kopf. »Es wird nichts schiefgehen.«

Josephine glaubte ihr kein Wort. Doch sie war die Zofe der Miss und es war ihre Pflicht, ihren Wünschen Folge zu leisten. Auch wenn es sich diesmal wie ein großer Fehler anfühlte.

Normalerweise bestand ihre Aufgabe darin, Catherine zu helfen, sie zu umsorgen, sich diskret im Hintergrund zu halten. Doch nun war sie mehr als nur ein Dienstmädchen, oder eine Zofe – sie war eine Mitwisserin, eine Komplizin in etwas, das mit jeder Sekunde gefährlicher wurde.

Während sie Catherine in ihr Abendkleid half, merkte Josephine, dass ihre Hände zitterten. Sie wusste nicht, ob es an der Anspannung lag oder an der unausweichlichen Angst, die sich in ihr festgesetzt hatte.

Als schließlich die Herrschaften die Kabine verließen und die Tür hinter ihnen ins Schloss fiel, begann das große Warten.

Sie bereitete alles für den Bridge-Abend vor. Sie ließ sich von einem Steward Drinks und Häppchen in die Suite bringen, drehte die Heizung auf und bereitete das Kaminzimmer für die Gesellschaft vor.

Als die Gäste kurz nach zehn Uhr eintrafen, klopfte Josephines Herz mit einer Intensität, dass sie die Standuhr übertönte.

Neben Mister Gould und George hatten sich auch Misses Rutherford und ihr Mann eingefunden.

»Bitte setzt euch! Josephine, bring Virginie doch bitte ein Glas Wasser«, sagte Catherine just in dem Moment, als die Gäste die Suite betreten hatten. Sie war eine geborene Gastgeberin und hätte eine gute Dame des Hauses Gould abgegeben, fand Josephine.

»Für mich kein Wasser. Ich möchte den Abend gern mit einem Glas Weißwein fortführen«, äußerte Misses Rutherford und nahm neben ihrem Ehegatten Platz.

Er warf ihr einen misstrauischen Blick zu, schwieg jedoch.

Nachdem alle Gäste Platz genommen hatten, erhob sich Catherine plötzlich wieder von ihrem Sitzplatz. »Oh nein. Ich habe meine Tasche im Speisesaal liegen lassen.«

»Wir können Josephine nach unten schicken, um sie zu holen«, entgegnete Mister Gould.

»Ach nein, ich gehe selbst. Wer kümmert sich sonst um unsere Gäste? Ich bin sofort wieder hier, Darling.«

Sie hauchte ihrem Verlobten einen Kuss auf die Wange und entfernte sich aus der Suite.

Josephine bemerkte, dass George seiner Schwester mit zusammengekniffenen Augen nachsah, und sich möglicherweise fragte, was seine Schwester im Schilde führte. Währenddessen holte er aus seinem Jackett eine Zigarrenbox mit dem Firmenlogo seiner Familie und verteilte Zigarren an die Herrschaften. Er steckte sich die Zigarre in den Mund und tastete seine Taschen ab.

»Ich habe wohl den Cutter verlegt.«

»Oh, ich habe einen«, meinte Mister Gould, »Ich habe aber Bronlow schon zu Bett geschickt. Josephine, wärst du so freundlich und würdest mir den Cutter aus meinem Zimmer holen? Er sollte sich auf der Anrichte befinden, in der Nähe des Etuis für die Manschettenknöpfe.«

Josephine nickte und huschte in sein Zimmer, um im Halbdunkel den Cutter zu suchen.

Im Nachhinein ärgerte sie sich, nicht gleich das Licht angemacht zu haben, denn als sie mit dem Cutter zurück in das Kaminzimmer trat, fiel ihr sofort auf, dass George nicht mehr am Tisch saß.

»Wo ist Mister Harding?« Ihre Stimme zitterte.

Er war bestimmt geradewegs in seine Kabine geeilt und würde dort Catherine vorfinden, die in seinen Sachen wühlte.

41

CATHERINE

1912 | APRIL 14

Die Durchsuchung der Kabine hatte sie sich ergiebiger vorgestellt. In ihrem Innersten hatte sie sich eingeredet, dass es nur ein schneller Blick sein würde – ein geöffneter Schrank, eine durchwühlte Schublade, vielleicht ein Bündel sorgsam versteckter Dokumente unter einem Hemdenstapel. Doch mit jeder verstreichenden Minute wuchs die Beklemmung in ihr.

Papier gab es reichlich, aber nichts von Bedeutung. Ein paar Geschäftsbriefe, eine halb geschriebene Notiz, Rechnungen. Und dann, in einer unteren Schublade, ein Stapel Banknoten, fein säuberlich gebündelt.

Catherine starrte auf den beachtlichen Geldbetrag und spürte, wie sich ihr Magen verkrampfte. Geld bedeutete Macht. Und George war ein Mann, der es verstand, beides zu seinem Vorteil zu nutzen.

Doch das war nicht, was sie suchte.

Hatte er die Telegramme ihrer Mutter verworfen? Diese Möglichkeit schloss sie aus. George war ein Kontrollmensch, einer, der Gegenstände aufhob – nicht aus Nostalgie, sondern aus Kalkül. Dokumente, Korrespondenzen, selbst triviale Briefe, die längst hätten verbrannt oder zerrissen werden sollen, sammelten sich in seinem Besitz wie Schachfiguren auf einem Spielbrett. Er ließ nichts aus der Hand, was er möglicherweise noch gegen jemanden verwenden konnte.

Catherine sog scharf die Luft ein und blickte zur Tür. Sie war schon zu lange hier. Jede weitere Sekunde erhöhte die Gefahr, dass jemand nach ihr suchte. Wenn sie einfach nur nach unten gegangen wäre, in den Speisesaal, um ihre Tasche zu holen, wäre sie längst zurück in ihrer Kabine.

Sie konnte ihr Fernbleiben nur noch wenige Minuten hinauszögern. Und wenn sie die Telegramme nicht fand … dann wäre alles umsonst gewesen.

Sie presste die Lippen zusammen. Sie konnte nicht zu William gehen, nicht mit einem reinen Gewissen, solange ihr Bruder noch etwas in der Hand hatte, das alles zerstören konnte.

Catherine hatte sich bereits mit dem Gedanken abgefunden, dass sie ihr gesellschaftliches Ansehen verlieren würde. Sie würde als Konsequenz auch von ihren Eltern verstoßen werden. Und vielleicht – irgendwann – könnte sie sogar damit leben. Vielleicht könnte sie sich selbst eines Tages verzeihen, dass sie mit ihrer selbstsüchtigen Entscheidung auch Matthews Leben unwiderruflich zerstört hatte.

Aber da war noch etwas. Etwas, das sie nicht benennen konnte, das sich jedoch tief in ihre Knochen grub.

Oh, wie William sie zu Mittag angesehen hatte, so als würde er jedes verlogene Wort aus dem Mund ihres vermaledeiten Bruders glauben. Sie würde niemals bereuen, was in der vergangenen Nacht geschehen war, auch wenn sie damit selbst einem Leben, das dem jetzigen ähnlich war, für immer entsagt hatte.

Und dennoch fühlte es sich an, als würde sie aus einer anderen Welt darauf zurückblicken – aus einer, in der der Boden unter ihr zu bröckeln begann.

Die Erinnerung kam nicht in klaren, geordneten Bildern zu ihr zurück, sondern in einem Strom aus Gefühlen, Berührungen, unausgesprochenen Worten. Die Wärme seiner Hände auf ihrer Haut, der leise Rhythmus seines Atems, als er ihre Stirn mit den Lippen berührte, als würde er sie in sich aufnehmen. Das raue Flüstern seines Namens in der Dunkelheit.

Es war keine Nacht gewesen, die man bereute. Es war eine, die man für immer in sich trug, selbst wenn sie einen zerstörte. Catherine wusste nicht, wann genau sie ihre Ängste hinter sich gelassen hatte – ob es der Moment war, als William sie an sich gezogen und ihre Zweifel mit einem einzigen Blick hinweggefegt hatte.

Oder ob es geschah, als sie selbst entschied, sich ihm hinzugeben, ohne Zurückhaltung, ohne Angst vor dem Morgen.

Er hatte sie angesehen, als wäre sie der einzige Mensch auf dieser Welt – und alles für ihn. Nicht Miss Catherine Harding. Nicht die Schwester eines skrupellosen Mannes oder die Tochter einer berechnenden Mutter. Sondern als Mensch, als Frau. Als Catherine. Das, was sie war, wenn all die Titel, das Geld und die prunkvollen Kleider von ihr abblätterten. Das, was sie tief im Herzen war.

Wie konnte eine einzige Nacht so viel bedeuten? Wie konnte eine einzige Nacht eine ganze Welt auf den Kopf stellen?

Wenn sie jetzt scheiterte ... wenn sie Georges Pläne nicht aufdeckte ... wenn sie nicht verstand, was er wirklich vorhatte ... wäre alles umsonst. Dann würde diese eine Nacht nichts weiter gewesen sein, als ein kurzer Moment des Glücks, den die Realität erbarmungslos auslöschen würde.

»Denk nach«, murmelte sie zu sich selbst. Früher als Kind war George immer schlecht darin gewesen, sich zu verstecken. Sie erinnerte sich noch genau an die Tage, an denen er ihr Zeug gestohlen hatte – einen Fächer, eine Brosche, einen Handschuh. Nie aus Bosheit, sondern aus irgendeiner absurden Freude daran, sie in Schwierigkeiten zu bringen.

Einmal hatte er ihre Ohrringe gestohlen. Catherine erinnerte sich lebhaft daran, wie ihre Mutter sie dafür gerügt hatte, etwas so Wertvolles verloren zu haben.

Als Catherine hinter sein verlogenes Spiel gekommen war, hatte sie ihm eine so heftige Ohrfeige verpasst, dass er tagelang nicht ausreiten konnte, da die Wunde wieder aufplatzte und sofort zu bluten begann.

Damals hatte er die Ohrringe unter seinem Kopfkissen versteckt. Doch der erwachsene George wäre doch wohl kaum einfältig genug, den Beweis seiner Intrigen unter dem Kopfkissen in seiner Kabine zu verstecken.

Um sicherzugehen, trat sie an sein Bett und hob das Kissen an. Wie erwartet lag dort kein Papier. Doch als sie das Kissen wieder hinlegen wollte, vernahm sie ein Rascheln und ein siegessicheres Lächeln stahl sich auf ihre Lippen.

»Mein dummer, dummer Bruder.«

Mit einer fast beängstigenden Ruhe öffnete sie einen Knopf am Kissenbezug. Ihre Finger glitten zwischen Stoff und Füllung, und dann – da war es. Etwas Glattes, Festes. Papier.

Catherine umschloss es mit den Fingern und zog es langsam hervor, als würde sie einen lang verborgenen Schatz bergen. Ein einziger Blick reichte aus, um ihr Herz schneller schlagen zu lassen.

Das Logo der White Star Line prangte oben auf dem Dokument. Darunter die feinen, eleganten Lettern der Marconi–Gesellschaft, der Betreiber der drahtlosen Kommunikation an Bord der Titanic.

Ihre Brust zog sich zusammen, ein Gefühl, als hätte jemand eine unsichtbare Schlinge um sie gelegt und begann nun langsam, unerbittlich zuzuziehen. Tief atmete sie durch, versuchte, sich zu sammeln, doch ihre Finger waren verräterisch – sie krallten sich um das dünne Papier, als wäre es ein Rettungsanker oder vielleicht auch eine Waffe, je nachdem, was es enthielt.

Sie entfaltete es. Ihr Atem stockte. Die Worte brannten sich in ihr Bewusstsein, als wären sie mit einem heißen Eisen in ihre Seele eingebrannt worden.

Die Nachricht war von ihrer Mutter. Und sie enthielt eine Wahrheit, die alles veränderte.

Catherine spürte, wie sich der Raum um sie herum zu drehen begann. Sie blinzelte. Versuchte, sich auf den Boden unter ihren Füßen zu konzentrieren, auf die Wände, die Möbel – irgendetwas, das sie daran erinnerte, dass sie noch immer hier war, dass sie noch immer in Georges Kabine stand.

Doch mit jedem Wort, das ihre Augen erneut überflogen, zersplitterte diese Realität ein wenig mehr. Die Tinte auf dem Papier war so unscheinbar, so unschuldig – und doch fraß sich die Bedeutung dahinter durch ihre Brust, grub sich tief in ihr Innerstes, als würde sie von innen heraus ausgehöhlt.

Sie las es wieder. Immer und immer wieder. Aber egal, wie oft sie es tat – die Bedeutung änderte sich nicht.

Catherine umklammerte das Telegramm fester, als könnte sie verhindern, dass es ihr aus den Händen glitt, als könnte sie verhindern, dass diese Wahrheit sie verschlang. Ihr Herzschlag hämmerte in ihren Ohren, ihr Atem ging flach, und für einen Moment wusste sie nicht mehr, was real war.

Was sollte sie jetzt tun? Was sollte sie überhaupt noch glauben?

42

JOSEPHINE

1912 I APRIL 14

»Wo ist Mister Harding?« Josephines Stimme klang rau, als wäre ihr Hals plötzlich ausgetrocknet. Sie wusste, dass jede Sekunde zählte.

»Es dauerte ihm zu lange. Er ist in seine Kabine gegangen, um den Reservecutter zu holen. Holst du ihn bitte zurück?«

Josephine nickte knapp und eilte los. Sie hatte keine Ahnung, was sie tun oder sagen würde, aber sie wusste, dass sie George aufhalten musste. Wenn er zurück in seine Kabine ging und Catherine dort vorfand ... Nein. Sie durfte gar nicht erst daran denken. Ihre Schritte hallten auf den Fliesen des Flurs wider, als sie um die Ecke bog. Dort war er. George Harding bewegte sich mit seiner üblichen, bedächtigen Gelassenheit, die ihn so gefährlich machte. Er war kein Mann, der sich hetzen ließ, keiner, der in Eile Fehler beging. Er wusste, dass die Zeit auf seiner Seite war.

Josephine atmete tief durch. »Mister Harding!«

Er blieb stehen, eine Hand bereits am Geländer der Treppe. Langsam drehte er sich um. Sein Blick glitt über sie hinweg, scharf wie eine Klinge, als würde er bereits vermuten, dass hier etwas nicht stimmte. »Was?«

Josephine setzte ein hastiges Lächeln auf, das nicht zu breit sein durfte – nicht zu verzweifelt. Sie durfte ihm nicht das Gefühl geben, dass sie ihn aufhalten wollte.

»Wir haben den Cutter gefunden. Es gibt keinen Grund mehr, dass Sie in Ihre Kabine gehen müssen.«

George sagte nichts. Er betrachtete sie lediglich, ließ den Moment unangenehm lange anhalten. Dann hob er die Brauen. »Irgendetwas ist hier faul.« Seine Stimme war ruhig, beinahe belustigt. »Warum willst du nicht, dass ich in meine Kabine gehe?«

Josephines Herz begann so laut zu pochen, dass es in ihren Ohren rauschte. Ihre Hände schlossen sich unbewusst zu Fäusten. Sie spürte, wie ihr Körper sich versteifte – und genau das durfte nicht passieren.

Er wartete auf eine Antwort.

Noch eine Sekunde. Noch eine.

Dann atmete Josephine hörbar aus, ließ demonstrativ die Schultern sinken, als würde sie eine innere Hürde überwinden. Sie zwang sich, langsamer zu sprechen, während sie ihre Stimme ein wenig senkte – gerade genug, um einen Hauch von Intimität zu suggerieren. »Das ist es nicht …«

Ein kurzer Blick zur Seite. Sie musste sich sammeln. Dann, als würde sie sich entschließen, trat sie einen Schritt näher an ihn heran.

George zuckte nicht zurück. Aber seine Haltung veränderte sich – nicht viel, nur eine kaum merkliche Verlagerung des Gewichts, ein leichtes Anspannen der Finger, die noch auf dem Geländer ruhten.

Er hörte zu.

Josephine hob eine Hand, als wolle sie nach seiner greifen – zog sie dann jedoch schnell wieder zurück. Ein unsicherer Schritt, der ihn neugierig machte.

»Ich sollte Sie holen, ja.« Sie schluckte hörbar. »Aber eigentlich … eigentlich wollte ich einen Moment mit Ihnen allein sein.«

George erstarrte. Es war ein winziger Augenblick, aber Josephine bemerkte ihn. Erneut musterte er sie. Intensiver. Suchend.

„Oh?"

Kein ungläubiges, sondern ein prüfendes Oh. Er war misstrauisch. Aber nicht abgeneigt.

Josephine atmete durch die Nase ein. Sie durfte jetzt nicht auf halbem Weg aufgeben – sie musste noch weiter gehen. Sie hob ihre Hände und rieb sie an ihren Oberarmen entlang, bevor sie sich dazu zwang, den Blick zu heben.

Sie wusste genau, dass ihr Zögern den Eindruck erweckte, als koste es sie Überwindung, das zu sagen, was als Nächstes kam. Tat es auch.

»Seit dem Nachmittag … kann ich an nichts anderes mehr denken.« Sie sagte es, als wäre es ein Geständnis. Leise. Fast schüchtern.

George blinzelte nicht einmal.

Josephine spürte, wie sein Blick sich veränderte. Er beobachtete sie jetzt nicht mehr nur, er prüfte jede einzelne Regung, suchte nach Anzeichen einer Lüge. Sie musste tiefer gehen.

Vorsichtig nahm sie eine Hand vom Arm – und ließ die Fingerspitzen für den Bruchteil einer Sekunde über den Ärmel seines Jacketts gleiten. Nicht genug, um aufdringlich zu sein. Aber genug, um eine Reaktion hervorzurufen.

Sie sah, wie er kurz den Kiefer anspannte. Ein Lächeln umspielte seine Lippen. Langsam, lauernd. »Ist das so?«

Josephine zwang sich, nicht zurückzuweichen. Sie hob das Kinn, ließ ihren Atem leicht vibrieren, als hätte sie Angst vor dem, was sie tat – aber nicht genug, um es nicht zu tun.

»Ich weiß, dass ich nicht … dass ich nicht sollte. Aber ich kann es nicht ändern.«

Ihr eigener Körper verriet sie fast. Der Ekel, die Angst, der Drang, zurückzuweichen – all das schrie in ihr. Aber sie blieb.

George betrachtete sie lange, ehe er sich vorneigte, gerade so weit, dass sie seinen Atem an ihrer Wange spüren konnte. »Komm um Mitternacht in meine Kabine.«

Er sagte es so beiläufig, als wäre es nichts. Aber Josephine wusste nun, dass er nun nicht mehr an den Cutter dachte. Er hatte vergessen, warum er überhaupt unterwegs gewesen war. Er hatte nur noch sie im Kopf.

Josephine blinzelte langsam, als würde sie über die Einladung nachdenken – und dann ließ sie ein fast unhörbares »Ja« über ihre Lippen gleiten.

George hielt noch einen Moment inne. Dann richtete er sich wieder auf und ließ die Treppe hinter sich, während er in Richtung der Suite zurückging. Kein weiteres Wort über die Kabine. Kein Cutter.

Sie hatte es geschafft.

Josephine blieb zurück, während er sich entfernte. Sie spürte, wie ihre Knie weich wurden, aber sie zwang sich, aufrecht zu bleiben. Als sie sicher war, dass er nicht mehr in Sichtweite war, schloss sie die Augen.

Ihr ganzer Körper bebte.

43

CATHERINE

Ihre Füße konnten sie nicht schnell genug zu ihrem Bruder bringen. Als sie die Suite endlich betrat, blickten sie alle an. Ihre beschleunigte Atmung und die roten Wangen schienen kein Misstrauen zu wecken.

»Darling, wo ist deine Tasche?«, fragte Matthew nur, der kurz seinen Blick vom Bridgespiel abgewandt hatte. Ihr Blick galt ihrem Bruder, der, die Zigarre im Mundwinkel, keinerlei Notiz von ihr nahm.

Sie hatten einander nie verstanden, nicht so, wie Bruder und Schwester es sollten, und sie hatte sich schon damit abgefunden, dass sie nie ein normales Verhältnis zueinander haben würden. Nun war jedoch eine Grenze überschritten worden. Er hätte es ihr sagen müssen, in genau dem Moment, in dem er es erfahren hatte. Doch nun war sie sich sicher, dass sein Schweigen mit dem Brief ihrer Mutter zu tun hatte, in dem sie ihn angehalten hatte, sich um das Problem zu kümmern.

»Du unbeschreiblicher Bastard«, entfuhr es ihr in einem erstickten Ton. Erneut wandten sich alle Blicke erschrocken zu ihr. Nun hob auch George seinen Blick, erkannte den Zettel in ihrer Hand und zog erneut an der Zigarre.

»Du warst in meinem Zimmer. Du bist so vorhersehbar«, antwortete er ihr in ruhigem, beinahe gelassenem Tonfall.

»Du wagst es«, zischte sie.

»Darling, was ist los?« Matthew erhob sich von seinem Sitzplatz und trat näher an Catherine. Sein Blick drückte Missbilligung aus, insbesondere angesichts der Anwesenheit von Gästen, so vulgär zu sprechen.

Virginie verfolgte das Geschehen wachsam, blieb aber ungewöhnlich still.

»Warum, George?«, fragte Catherine ihn.

George nahm einen weiteren Zug und blies den Rauch in den Raum, ehe er die Zigarre im Aschenbecher ausdrückte. Je entspannter er wirkte, desto zorniger wurde Catherine.

»Du willst die Wahrheit hören? Die Wahrheit verträgst du doch gar nicht.«

»Ich bitte um Aufklärung. Was ist hier los? Ich verlange nach einer Antwort!«, herrschte Matthew die beiden an und stellte sich zwischen sie. Catherines Sicht auf ihren Bruder wurde blockiert.

Sie hob den Arm und streckte Matthew den Zettel entgegen, während sie ihn anblickte. »Herzlichen Glückwunsch, Darling, deine Träume werden wahr. Es besteht keine Notwendigkeit mehr, Josephine als Mätresse zu beschäftigen. Eine Heirat wäre eine adäquatere Lösung.«

»Was veranlasst dich zu dieser Äußerung?«, sichtlich pikiert wegen des Gesprächsthemas, riss er ihr den Zettel aus der Hand. Noch während er ihn las, wurde er kreidebleich und setzte sich langsam zurück auf seinen Stuhl.

»Josephine ist meine Schwester«, offenbarte Catherine schließlich, was sie erfahren hatte, und musste mit ansehen, wie diese am anderen Ende des Zimmers stand und ebenfalls bleich wurde.

»Das ist nicht möglich«, hauchte Matthew, während er mit zitternden Händen das Telegramm vor sich hielt und immer und immer wieder die Worte las. Catherine kannte die Worte auswendig.

Richard hatte eine Affäre. Josephine ist eine Harding.

Es war nicht verwunderlich, dass ihr Vater eine Affäre unterhielt, schließlich tat das doch jeder Mann, so traurig es auch war. Das Wissen hingegen, dass ihr Dienstmädchen, Josephine, die sie beinahe ihr Leben lang kannte, ihre Schwester war, zerriss ihr das Herz.

Die Bausteine fügten sich aneinander und langsam ergab alles Sinn. Der Vater hatte stets eine freundlichere Einstellung gegenüber Josephine an den Tag gelegt. Mutter schien sie aus tiefstem Herzen zu hassen und hatte sie im Vergleich zu den anderen Mädchen stets schlechter behandelt.

Plötzlich durchschnitt ein langsames und deutliches Klatschen die Luft. George lachte trocken auf. »Bravo, Schwesterchen. Du hast das Rätsel gelöst. Ich bin durchaus überrascht von dir.«

»Wie kannst du nur? Ist dir unsere Familie dermaßen gleichgültig?« Sie spürte, wie ihr die Tränen in die Augen stiegen.

»Gleichgültig?«, donnerte er. Unerwartet sprang er auf und stieß dabei den Stuhl nach hinten, der klappernd zu Boden kippte. »Du hast keine Ahnung, wie Mutter gelitten hat, als dieser Bastard bei uns anfing.« Er deutete mit dem Finger auf Josephine, die sich an die Wand gedrückt hatte, als würde sie ohne den Halt jeden Moment umkippen. »Und da wir jetzt wissen warum, frage ich mich ernsthaft, ob es dir etwa gleichgültig ist? Sie und ihre Hure von einer Mutter haben unsere Familie zerstört!«

Über Josephines Wangen liefen die ersten Tränen. Matthew saß noch immer auf dem Stuhl, seine Augen fixierten die Worte, als würden sie sich ändern, wenn er nur lange genug darauf starrte.

»Oh Gott, George! Du und Mutter zerstört die Familie mit euren ständigen Intrigen. Ihr zerstört die Familie, indem ihr einen Teil davon loswerden wollt. Josephine ist unsere Schwester! Aber wie praktisch, dass man sie einfach nach Amerika verschiffen kann, damit sie niemals wieder auch nur einen Fuß nach England setzen wird. Ihr zerstört unsere Familie, indem ihr mich zu einer Heirat zwingt, die nicht auf Liebe, sondern auf anderen Motiven basiert.«

Es war gesagt. Ihr ganzer Körper zitterte.

Und sie begriff, dass sie die Wahrheit offen auf den Tisch gelegt hatte – einem Tisch voller Zuhörer.

George räusperte sich und begann, in einem leisen, aber unüberhörbaren Ton zu lachen. Er lachte sie aus. »Liebe. Was weißt du schon von Liebe.«

»Mehr als …«

»Was? Mehr als ich? Ich bezweifle, dass dein Offizier mehr als nur eine schnelle Nummer auf dem Ozean in Betracht gezogen hat. Glaubst du ernsthaft, er liebt dich?«

Catherine zuckte zusammen. Sie wollte ihm widersprechen, doch es gelang ihr nicht, auch nur ein Wort über ihre trockene Kehle zu bringen.

George zog die Augenbrauen in die Stirn und lachte lauter. »Dieser Überzeugung bist du wirklich? Es ist erstaunlich, wie naiv du bist! William Murdoch. Ja, mir ist bewusst, mit wem du liebäugelst. Erster Offizier auf dem renommiertesten Schiff der Welt sowie Aushängeschild der White Star Line. Ein Offizier seines Ranges ist für zahlreiche Frauen von Interesse. Welcher Umstand lässt dich glauben, dass du etwas Besonderes oder gar die Erste wärst?«

Ein schmerzhafter Stich durchzog ihre Brust bei seinen Worten. Sie war sich der Fähigkeit ihres Bruders, mit Worten Schmerzen zuzufügen, bewusst, jedoch war ein Teil von ihr gezwungen, die Möglichkeit der Wahrheit seiner Worte zumindest in Erwägung zu ziehen.

»Woher weißt du, wie er heißt? Ich habe seinen Namen niemanden gegenüber erwähnt, außer …« Sie spürte eine große Dunkelheit ihr Herz ergreifen, während ihr Blick zu ihrer treuen Freundin Virginie glitt, der einzigen Freundin, die sie jemals hatte.

Diese hingegen schien von den Enthüllungen des Abends keineswegs überrascht. Und in ihren Augen erkannte Catherine die grausame Wahrheit.

»Nein«, hauchte sie, »Wie konntest du nur?«

Virginie stand auf und schnaubte. Ihr Gesicht verzog sich zu einer grässlichen Fratze. »Du solltest dich mal sprechen hören! Deine Schwärmerei für diesen Mann ist beinahe so lächerlich wie du selbst. Du bist vierundzwanzig, Cath. Entweder du wirst endlich erwachsen, oder du verhältst dich wenigstens entsprechend!«

Catherine riss die Augen auf. »Wie kannst du so etwas sagen?«

Virginie trat näher, ihre Stimme wurde eisig. »Glaubst du allen Ernstes, du wärst etwas Besseres als wir anderen? Du hättest mehr Glück verdient? Dir wurde schon immer alles in den Schoß gelegt. Macht, Geld, Schönheit. Und doch bist du zu dumm es zu ergreifen, selbst wenn es vor dir liegt. Jede Frau auf diesem Schiff wäre dankbar für die Möglichkeit Matthew zu heiraten! Ein sorgenfreies Leben zu leben und in Luxus und Geld zu schwimmen. Aber nein, unsere liebe Catherine hier ist etwas Besonderes! Das reicht ihr nicht, also will sie alles.«

»Das stimmt nicht«, entgegnete Catherine erstickt, »Ich wollte immer nur eines: Die Freiheit, meine eigenen Entscheidungen zu treffen.«

Virginie lachte bitter auf. »Freiheit? Mir wird übel von deinem lächerlichen Gerede von Freiheit. Du hättest nie freier sein können, als mit dem reichsten Junggesellen Amerikas verheiratet zu sein. Du glaubst liebestrunkene Phantasien, mit einem verheirateten Mann auszuleben, ist Freiheit? Das ist nicht Freiheit, das ist billig.«

»Ich verstehe das nicht …«, murmelte Catherine, versuchte, zu verstehen, was sie ihrer Freundin angetan haben könnte, was diesen Ausbruch und ihr Verhalten rechtfertigte.

»Natürlich nicht!« Virginie riss die Hände hoch, als könne sie ihre Wut nicht mehr zurückhalten. »Weil du nie über deine eigenen Launen hinausgesehen hast! Weil du nie verstanden hast, was deine Worte anrichten können! Erinnerst du dich an das kleine Gerücht, das du in die Welt gesetzt hast? Dass ich mich gern heimlich mit jungen Männern treffe?« Sie schnaubte. »Ja, ich weiß, dass du das warst! Du dachtest, das wäre ein harmloses Spiel. Ein kleiner Spaß. Aber meine Eltern dachten das nicht. Sie dachten, ich sei eine Schande für unsere Familie! Sie haben mich in eine Ehe gedrängt, bevor mein Ruf völlig ruiniert war. Und weißt du, wen ich wirklich wollte?«

Catherine blieb stumm.

»Deinen Bruder.« Virginies Stimme brach fast. »Ich liebte George. Und er hätte mich vielleicht geliebt. Aber er hat mir nie eine Chance gegeben. Denn er glaubte dein verdammtes Gerücht!« Sie atmete schwer, als müsste sie sich zwingen, weiterzusprechen. »Als ich erfuhr, dass Georges damals um meine Hand anhalten wollte, habe ich ihn unmittelbar nach dem Betreten dieses Schiffes aufgesucht. Ich dachte, wenn ich die Vergangenheit schon nicht ändern konnte, dann sollte er wenigstens die Wahrheit wissen. Dass ich damals nicht irgendeinen wollte, sondern ihn. Dass ich ihn geliebt habe.« Sie ließ ein bitteres Lachen hören. »Weißt du, was er mir gesagt hat? Eure Eltern hätten ihm nach diesem Vorfall untersagt, auch nur in Erwägung zu ziehen, eine Verbindung mit mir einzugehen – mein Ruf hätte schließlich auf eure Familie und insbesondere auf dich abgefärbt. Es war ja schon skandalös genug, dass die ehrenwerte Catherine überhaupt mit einer wie mir verkehrte. George ging der Sache nach, wollte wissen, woher diese Behauptungen stammten. Und schließlich erfuhr er, dass sie von dir ausgingen. Dein Gerücht hat mir die Chance auf meine wahre Liebe genommen.«

Catherine spürte, wie ihr das Blut aus dem Gesicht wich.

Virginie schüttelte den Kopf. »Und jetzt stehe ich hier, gefangen in einer Ehe mit einem Mann, den ich nie wollte, während du dich aufführst, als hättest du das Recht, dein Glück nach Belieben zu wählen. Ich hatte nie diese Wahl, Catherine. Und nur Gott weiß, wie sehr ich sie mir gewünscht hätte. Als George mich also fragte, ob ich ihm helfen würde, musste ich nicht eine Sekunde nachdenken.« Ihre Stimme war nun ruhiger, aber nicht weniger schneidend. »Du sprichst von Freiheit«, fuhr Virginie mit einem kalten Lächeln fort, »und hast mir meine genommen. Und ich konnte nicht zusehen, wie du dir einfach das nimmst, was mir durch dich verwehrt wurde.«

Stille breitete sich zwischen ihnen aus, schwer wie Blei. Catherine spürte ein eisiges Gewicht in ihrer Brust. Die Worte ihrer Freundin hingen wie ein eiserner Ring um ihre Kehle. Sie wollte widersprechen, wollte sich rechtfertigen – doch was hätte sie sagen können? Dass es ein dummer Spaß gewesen war? Dass sie nie gewollt hatte, dass es so weit kam?

Sie erinnerte sich genau an den Moment, als sie das Gerücht in die Welt gesetzt hatte. Sie war genervt von George gewesen, von seiner ständigen Schwärmerei für Virginie. Ein paar beiläufige Worte hier, eine kleine Bemerkung da – nichts weiter als ein harmloser Seitenhieb, hatte sie gedacht.

Doch es war nicht harmlos gewesen.

Sie hatte nicht daran gedacht, was sie damit in Bewegung setzen würde. Dass diese eine kleine Lüge sich wie ein Lauffeuer ausbreiten würde. Dass es nicht nur Georges Gefühle verletzen, sondern Leben zerstören könnte. Und als sie erkannt hatte, was sie angerichtet hatte, hatte sie geschwiegen. Nie hatte sie Virginie davon erzählt. Nie hatte sie sich entschuldigt. Nie die Wahrheit gesagt. Aus Angst. Angst davor, selbst ins Visier zu geraten, selbst als Lügnerin dazustehen, selbst ihre makellose Fassade zu verlieren. Sie hatte es weggesperrt, in der Hoffnung, dass es vergessen werden würde. Aber es war nicht vergessen worden. Virginie hatte die Konsequenzen ihres Handelns getragen – und nun musste Catherine es auch.

Sie schluckte hart, doch die Worte blieben ihr im Hals stecken. Keine Entschuldigung hätte je gereicht, also blieb sie einfach stumm.

Virginie machte einen Schritt zurück, als hätte sie alles gesagt, was es zu sagen gab. »Genieße deine naive Vorstellung von Liebe, solange du kannst. Aber glaub nicht, dass sie dich retten wird.«

Ohne ein weiteres Wort drehte sie sich um und verließ den Raum.

Catherine war für einen Moment wie gelähmt, während ihr bisheriges Leben an ihr vorbeizuziehen schien. Alles, was sie jemals besessen hatte, wurde ihr just in diesem Moment genommen. Die Familie, die sie liebte, hatte sie über einen langen Zeitraum hinweg belogen, und die Frau, der sie ihr größtes Geheimnis anvertraut hatte, hatte sie verraten. Sie hatte nichts mehr.

Und in ihrer Hoffnungslosigkeit fing Catherine an zu lachen. Ein bitteres, leeres Lachen über sich selbst und ihre grenzenlose Dummheit.

Ihr Lachen hallte in dem engen Raum wider, kalt und leer wie das Herz ihres Bruders. Es war das Lachen einer Frau, die nichts mehr zu verlieren hatte – außer der letzten Illusion, die sie sich selbst so verzweifelt bewahren wollte.

Für einen Moment ließ sie den Kopf sinken, schloss die Augen, als könne sie all das Unaussprechliche einfach auslöschen, wenn sie es nur stark genug wollte. Doch als sie wieder aufsah, war die Wahrheit immer noch da, unerbittlich und grausam.

Ihr Blick traf Georges, suchte nach etwas – nach einem Funken, einer Spur von Bedauern. Doch sie fand nur Kälte, unerschütterliche Gleichgültigkeit.

Und mit einem Mal war es, als würde sie ihn zum ersten Mal wirklich sehen. Langsam straffte sie die Schultern, ihre Stimme scharf wie eine Klinge. »Ich wünsche euch ein schönes Leben.« Sie ließ die Worte in der Luft stehen, schmeckte den bitteren Nachgeschmack. Dann fügte sie mit fester Stimme hinzu:»Fahrt zur Hölle.«

Sie wollte nur weg von hier, weg von dieser Lüge, die sie nicht länger ertragen konnte. Sie drehte sich um, riss die Tür auf und stürmte in den Korridor hinaus. Das Blut rauschte in ihren Ohren. In diesem Moment vernahm sie Schritte, die sich von hinten näherten.

»Bleib stehen!«, rief ihr Bruder ihr nach, doch erst als er sie eingeholt hatte und sie am Arm festhielt, verharrte sie reglos.

»Wohin willst du jetzt? Zu ihm?«

»Das geht dich nichts an, George.«

Sein Griff um ihren Arm war stark, sie konnte sich nicht von ihm losreißen.

»Du hast noch immer eine Verpflichtung dieser Familie gegenüber. Ohne die Heirat mit Gould ist die Firma verloren.«

»Wie kannst du es wagen, mir noch mit Familie zu kommen! Nach allem, was geschehen ist.« Ihre Stimme zitterte, wenngleich sie nicht sagen konnte, ob vor Wut oder Trauer.

Der Gang war leer, die Passagiere hielten sich zu dieser Uhrzeit schon in ihren Kabinen auf und schliefen, oder feierten in der Lounge. Leise Musik drang aus den unteren und oberen Decks zu ihnen. Als er seinen Griff um ihren Arm lockerte, wollte sie ihn stehenlassen und aus der erdrückenden Enge dieser Gänge entkommen, als seine Stimme sie erneut zurückhielt.

»Als Josephine damals bei uns anfing, war Mutter plötzlich ständig gereizt. Es kam häufig zu Auseinandersetzungen zwischen ihr und Vater, wenn sie glaubten, wir würden es nicht hören. Aber ich hörte es. Und ich wusste, dass irgendetwas geschehen war, nur konnte ich es damals noch nicht begreifen. Und du hast mich nicht ernst genommen. Du hast weiter deine Pferde beritten und dein Leben genossen.«

»Gott, George! Als Josephine bei uns anfing, war ich fünfzehn Jahre alt. Mit fünfzehn sollte man das Leben genießen und spielen und Kind sein dürfen. Und nicht den Schatten der Eltern verfolgen in der Hoffnung die nächste Intrige offenbart sich.«

Sie bemerkte, wie eine Träne über ihre Wange rollte, und wischte sie schnell weg. Sie näherte sich ihm und ergriff seine kalte Hand. »Ist dir etwa egal, dass wir eine Schwester haben, die uns fast zehn Jahre lang bedient hat?«

Der bloße Gedanke daran genügte, um ihr Herz schwer werden zu lassen. Josephine hatte ihr über einen langen Zeitraum bei der Garderobe assistiert, ihr die Haare frisiert und im Haushalt geholfen, obwohl sie vom gleichen Blut abstammten. Die gleichen Privilegien, die Catherine täglich genossen hatte, wären auch ihr zuteilgeworden.

Plötzlich fiel ihr der Brief ein, den sie an ihren Vater schreiben wollte, aufgrund der Ereignisse, die sich vor wenigen Tagen in ihrer Suite zugetragen hatten. »Bitte sag mir, dass du es noch nicht wusstest, als …« Sie wagte den Gedanken nicht einmal auszusprechen.

George schloss die Augen. Als er sie wieder öffnete, konnte Catherine einen zarten Schimmer in ihnen erkennen. »Josephine und ich sind nicht blutsverwandt.«

»Wie bitte?«

»Du und ich, wir haben nicht denselben Vater. Richard ist nicht mein Vater. Als er Mutter heiratete, wusste er, dass das Kind, das sie erwartete, nicht von ihm war. Er hat von den Vanderbilts eine großzügige Summe erhalten, damit er nie wieder ein Wort darüber verliert. Mit dem Geld erweiterte er die Firma, die ohne diese Mittel heute nicht da wäre, wo sie ist – und unsere Familie auch nicht.«

»Darum hat Vater dich ständig behandelt, als wärst du dem Geschäft nicht gewachsen. Und aus diesem Grund soll ich Matthew heiraten.«

»Solltest du dich weigern, Matthew zu heiraten, wird dies den Verlust der Firma zur Folge haben. Wir sind auf sein Geld angewiesen. Und auf einen rechtmäßigen Erben.«

Catherine versuchte, nach Luft zu schnappen, doch es gelang ihr nicht. Sie war die einzige leibliche Tochter von Richard Harding und Eliza Maria Vanderbilt.

»Aber wie kann das sein? Selbst wenn ... Wir gehören doch zu einer alten Familie, haben Land, Besitz und Titel. Das muss doch etwas wert sein? Wenn wir Land verkaufen, dann ...«

George seufzte tief und sah sie mit ernster Miene an.

»Catherine, du verstehst es nicht. Selbst wenn wir all unsere Ländereien und Besitztümer verkaufen würden, würde es nicht reichen. Richard hat in den ersten Jahren klug gewirtschaftet, doch um den amerikanischen Markt zu erschließen, nahm er beträchtliche Kredite auf. Zunächst lief es gut, doch dann kam der Börsencrash. Danach stiegen die Zinsen und die Kosten für Rohstoffe und Transport schossen in die Höhe, was die Erträge verringerte. Sie reichten kaum noch aus, um die Schulden zu begleichen. Wir versuchten zu sparen, wo es nur möglich war. Die Pferde wurden verkauft – alle, auf die wir verzichten konnten. Aber es war nur ein Tropfen auf einem heißen Stein.«

»Aber Vater hat doch die Automobile angeschafft. Ich nahm an, wir hätten schlicht nicht mehr so viele Pferde benötigt ... Ich wusste es nicht.«

George schüttelte den Kopf und sein Blick wurde schärfer. »Nein? Ist dir nie aufgefallen, dass von all unseren Pferden plötzlich nur noch deines übrig war? Die Kutschpferde wurden verkauft, weil sie überflüssig waren. Die Rennpferde, weil wir sie uns nicht mehr leisten konnten. Früher hatten wir eine volle Stallung, Stallburschen, die sich um die Tiere kümmerten und dann ... Nach und nach war fast alles verschwunden. Aber du hast es nie hinterfragt. Warum auch? Solange du dein Pferd hattest, deine teuren Kleider und deine Vergnügungen, war es dir egal, was um dich herum geschah.«

Catherine blinzelte irritiert. Die finanziellen Schwierigkeiten ihrer Familie waren ihr nie bewusst gewesen. Ihr Leben schien unverändert weiterzugehen – sie ritt noch immer, besuchte Bälle, wurde von Gouvernanten unterrichtet. Doch nun, da George es aussprach, erinnerte sie sich: Die Koppeln wirkten leerer, und anstelle der prachtvollen Rennpferde standen dort nur noch ein paar Reitpferde. Und auch das Haus war nicht mehr so lebendig gewesen wie früher. Die Dienerschaft war kleiner geworden, sie und ihre Mutter teilten sich eine Zofe, was unüblich war, aber ihr nie besonders zu denken gab. Damals hatte sie sich nicht viel dabei gedacht. Jetzt wurde ihr klar, dass dies die ersten sichtbaren Folgen des Niedergangs gewesen waren.

»Unsere Fabrik hat ihre Marktstellung vielleicht noch, aber ohne das Kapital aus dem Geschäft und ohne Matthew, der uns unterstützt, wird es nicht lange dauern, bis alles zusammenbricht«, fuhr George fort. »Deshalb hat Mutter dieses Arrangement mit den Goulds getroffen. Richard stellte sich zuerst dagegen!« Seine Wut brodelte unter der Oberfläche, er ballte seine Hände zu Fäusten, »Er wollte nicht, dass seine geliebte Tochter einen Fremden heiraten musste, noch dazu einen Amerikaner. Er hat jede andere Möglichkeit in Betracht gezogen, und dann …«, George machte eine kurze, ungeduldige Pause, »Schließlich meinte er, er hätte eine Lösung gefunden. Ich wusste nicht, worum es ging, nur dass es mit Josephine zu tun hat. Aber nachdem ich nun weiß, dass sie seine Tochter ist, ist alles klar.«

Er trat einen Schritt zurück und lachte bitter, die Enttäuschung und der Zorn in seinem Blick brannten. »Er will Josephine als leibliche Tochter anerkennen. Sie ist schon verlobt und die Wahrscheinlichkeit, dass sie in absehbarer Zeit einen männlichen Erben zur Welt bringt, ist größer als bei dir. Und mit der Anerkennung bliebe die Firma in der Familie.« Sein Gesicht verfinsterte sich. »Familie!«, spie er das Wort aus, als wäre es etwas Giftiges, »Wenn dieser Dienstmädchen–Balg die Fabrik erbt, verlieren Mutter und ich jegliche Besitzansprüche, als gehörten wir nicht zur Familie. Er würde uns ohne mit der Wimper zu zucken alles nehmen!«

»Das hätte er niemals getan«, erwiderte Catherine.

Ihr Vater würde, trotz all seiner Fehler, niemals so weit gehen und seine Familie in eine solche Situation bringen. Doch je mehr sie nachdachte, desto unsicherer wurde sie, schließlich hätte er sie mit Gould verheiraten lassen. Der Plan mochte zwar von ihrer Mutter gekommen sein, doch er hatte ihm zugestimmt, er hatte nichts dagegen unternommen. Wenn er sogar bereit gewesen war, seine eigene Tochter in dieses Unglück zu schicken, nur um die Fabrik zu retten … Wie weit würde er dann noch gehen, sollte dieser Plan scheitern?

»Oh doch! Mutter wusste, was er vorhatte und scheinbar sorgte sie sich genug, um mich zu bitten, sicherzustellen, dass Josephine diesen Ozean überquert und uns nicht mehr in die Quere kommen kann.«

»Seit wann weißt du es?«

»Das tut nichts zu Sache.«

»Doch, tut es«, drängte Catherine weiter, »seit wann?«

George seufzte, der Schmerz in seiner Stimme war kaum hörbar, aber er war da. »Das von Josephine weiß ich seit dem Telegramm … Aber mir ist seit einigen Jahren bewusst, dass ich kein rechtmäßiger Erbe bin und Richard mich auch nicht als solchen einsetzen lassen will.«

»Seit Jahren?« Catherines Brust hob und senkte sich rasch, trotzdem fühlte es sich an, als bekäme sie nicht genügend Luft. »Du hättest es mir sagen können. Nein, du hättest es mir sogar sagen müssen! Ich bin deine Schwester!«

George antwortete nicht und Catherine erkannte schließlich die schmerzhafte Wahrheit: Er betrachtete sie nicht als Schwester. Nun verstand sie endlich, warum sich ihr Verhältnis über die Jahre so plötzlich verändert hatte.

Als der Schmerz in ihrer Brust zu groß wurde, drehte sie sich weg und versteckte ihre Tränen vor ihm, während sie die ersten Schritte machte, die sie nach draußen bringen sollten.

»Catherine. Es ist deine Familie! Willst du, dass sie zugrunde geht?«

Ein allerletztes Mal blieb sie stehen und blickte über ihre Schulter. »Unsere Familie basiert auf einer Lüge. Was mich betrifft, kann sie zugrunde gehen. Und ich hoffe, sie zieht dich dabei mit in den Abgrund.«

44

MURDOCH

APRIL 14 | 23.05 UHR

Eine unsagbare Kälte war heraufgezogen. Murdoch war die Temperatur-schwankungen auf seinen Überfahrten gewohnt. Trotzdem zog er den Mantel enger und rieb seine durch die Kälte taub gewordenen Wangen mit den behandschuhten Händen, um sie aufzuwärmen.

Die Nacht war angenehm, die See ruhig und es wehte kein Lüftchen. Das Himmelsfirmament leuchtete, tausende Sterne blinkten zu ihm her-unter.

Sein tiefes Verlangen, Catherine möge hier bei ihm sein, flammte in ihm auf. Sie hatte eine solche sternenklare Nacht vielleicht noch nie erlebt. Er konnte nicht wissen, ob und wann sie sich wiedersehen würden. Insge-heim hoffte er, sie könnte sich aus der Gesellschaft schleichen und ihn hier besuchen, damit sie noch ein paar ruhige Stunden miteinander verbrin-gen konnten, ehe der neue Tag anbrach.

Den ganzen Tag über hatte er versucht, die dunklen Gedanken aus sei-nem Kopf zu verbannen, die ihr Bruder ihm dort erfolgreich eingepflanzt hatte.

Er stand allein an der Reling der Brücke und blickte zum Bug. Weder er noch der Steuermann wagten es, die nächtliche Stille zu stören. Wie üb-lich schwiegen sie und führten ihre Arbeiten konzentriert in wohltuender

Einsamkeit aus.

Als er vor einer Stunde Lightoller abgelöst hatte, hatte dieser ihm die Befehle des Kapitäns weitergegeben – besonders auf Eis zu achten – eine gute Nacht gewünscht und hatte sich mit einem Schmunzeln in die Kabine begeben. Seither hatte Murdoch an diesem Ort ausgeharrt, den Nachwuchskräften Anweisungen erteilt und sich einmal einen Tee bringen lassen, in der Hoffnung, die Kälte möge aus seinen Gliedern weichen.

Die Titanic befand sich nun in einem Gebiet, in dem um diese Jahreszeit mit dem Auftreten von Eis zu rechnen war. Da er bisher noch keines gesichtet hatte, machte sich Sorge in ihm breit, dass das Schiff möglicherweise vom Kurs abgekommen war. Lights hätte jedoch alle notwendigen Vorkehrungen getroffen und den Kapitän informiert, wenn es denn so wäre.

Trotzdem fragte er sich, warum der Kapitän die sonst gefahrene südlichere Route mied und die nördlichere Route eingeschlagen hatte, schließlich war dies nicht die normale Vorgehensweise zu dieser Jahreszeit.

Murdoch nahm sich einen Moment, um durchzuatmen. Es gab keinen ersichtlichen Grund, sich deswegen den Kopf zu zerbrechen. Bestimmt war er nur durcheinander, da schon die ganze Überfahrt äußerst ungewöhnlich gewesen war.

Um für die Schicht wach und ausgeruht zu sein, hatte er sich am Nachmittag noch etwas hingelegt, doch der Schlaf wollte ihn nicht überkommen. Zuerst dachte er, es liege an den Gedanken an die Passagierin der ersten Klasse, die ihm immer wieder durch den Kopf gingen. Natürlich plagten ihn Sorgen ihretwegen, immerhin war ihre Zukunft ungewiss. Doch selbst diese Gedanken schienen nicht die wahre Ursache seiner Schlaflosigkeit zu sein. Es war eher ein seltsames Gefühl, das ihn nicht losließ, eine tiefe Unruhe, die in ihm brodelte und seine Gedanken in alle Richtungen zerrte. Etwas Großes schien sich zusammenzubrauen. Es war wie die Stille kurz vor einem Sturm, wie an dem Tag vor seiner Hochzeit, als er sich ebenfalls unruhig und angespannt gefühlt hatte, als ob das Schicksal selbst einen unausweichlichen Kurs eingeschlagen hatte.

Sein Blick war auf den Horizont gerichtet. In der Dunkelheit konnte er kaum Ozean von Himmel unterscheiden. Die spiegelglatte Wasseroberfläche reflektierte das Licht der Sterne, sodass es aussah, als würden Millionen Kerzen auf der Oberfläche des Meeres treiben.

Seine Gedanken wanderten zu den Männern im Krähennest. Es musste schwierig sein, die Augen gegen den eisigen Fahrwind offenzuhalten.

Leider hatten sie nicht mal ein Fernglas, was es ihnen etwas einfacher gemacht hätte, aber sie waren eingeschlossen und der Schlüssel war mit Offizier Blair bei der Umstufung der Offiziere von Bord gegangen.

Murdoch wollte sich gerade zum Steuermann wenden, um eine leichte Konversation anzufangen, da vernahm er schnelle Schritte hinter sich. Als er sich nach dem Geräusch umdrehte, sah er nur noch ein Stück wehenden Stoffes, ehe er einen Körper spürte, der sich an ihn drückte. Ihr unverkennbarer Duft stieg ihm in die Nase und ein Teil seiner Anspannung fiel von ihm ab.

Die Freude, sie in seinen Armen zu halten, übermannte ihn augenblicklich, dennoch schob er sie von sich und blickte in ihr Gesicht. Ihre Augen waren voller Tränen und sie wich seinem Blick aus. Sofort zog sich etwas in seiner Brust schmerzhaft zusammen.

»Catherine, was ist geschehen?«

Seine leise Stimme wirkte in der Stille lauter als erwartet. Er drehte sich zum Steuermann um, doch Hichens blickte konzentriert auf den Horizont und bemerkte nicht, dass Murdoch außerhalb des Steuerhauses mit einer Frau im Arm stand.

Catherine seufzte, wischte die Tränen von der Wange und ergriff schließlich seinen Mantel, während sie ihm endlich in die Augen sah. »William, du musst mir versprechen, dass du mich niemals belügst.« Ihre Stimme brach.

Murdoch nickte, noch immer im Unklaren, was geschehen war. Trotz ihrer Tränen und der Hoffnungslosigkeit in ihren Augen wurde ihm nur bei ihrem Anblick warm ums Herz. In diesem Moment war er sich gewahr, dass er alles in seiner Macht Stehende tun würde, um sie glücklich zu sehen, egal was ihm dafür abverlangt werden würde.

»Selbstverständlich. Aber was ist denn geschehen?« Die Sorge in seiner Stimme überraschte ihn. Noch nie hatte er sich so sprechen gehört, nicht mal zu seiner Ehefrau. Ein Gefühl des Bedauerns überkam ihn, als er daran dachte, was er Ada alles nicht gegeben hatte und sich nun schwor, diese junge Frau damit zu überhäufen. Das schlechte Gewissen nagte nach wie vor an ihm.

Catherine krallte sich tiefer in seinen Mantel. Erst jetzt wurde ihm bewusst, dass sie weder Handschuhe noch Mantel trug. Lediglich das teure Kleid, das sie wohl während des Dinners getragen hatte, schützte sie vor der eisigen Kälte an Deck. Ihre Wangen färbten sich in der Nachtluft rot, während der Rest ihres Gesichts zunehmend an Farbe verlor.

»Das ist nicht mehr wichtig.« Ihre Brust hob und senkte sich rasch, ihre Augen blickten noch immer tief in Seine, als suchte sie darin die Wahrheit. »William, ich will mit dir von Bord dieses Schiffes gehen.«

Die Luft wich aus seinen Lungen und ohne darüber nachzudenken, trat er einen Schritt zurück. Hatte er richtig gehört? Er nahm ihre Hände von seinem Mantel und hielt sie fest.

»Bist du dir sicher?«

Es war für ihn kaum nachvollziehbar, dass sie die geäußerten Worte ernst meinte. Sie war die Tochter eines reichen Mannes, hatte eine gesicherte Zukunft vor sich. Catherine hatte ihre Schäkerei zweifellos genossen. Doch wie die meisten Frauen, die einer Liaison mit einem Offizier der White Star Line zustimmten, hatte sie sicherlich kein echtes Interesse daran, diese nach dem Anlegen des Schiffes fortzuführen.

Doch sie nickte beharrlich und erneut traten Tränen in ihre Augen. »Ich möchte mein Leben mit dir verbringen. Nur mit dir.«

Seine Brust füllte sich mit Wärme, ehe er sie an sich zog und küsste. Die Freude, die er empfand, war groß genug, dass es ihm sogar egal gewesen wäre, hätte man sie in dieser kompromittierenden Situation erwischt.

Er fand keine Worte, um das Glücksgefühl zu beschreiben, das ihn angesichts der Tatsache, diese vollkommene Frau in seinen Armen zu halten, überkam. Als er sich von ihr löste und sie anblickte, hatte er das Gefühl, dass sich endlich alle seine Wünsche und Sehnsüchte erfüllen würden.

Er merkte, wie ihr Körper unter seinen Händen zitterte. »Du zitterst. Du musst schrecklich frieren. Warte hier.« Eilends begab er sich in seine Kabine, um aus dem Schrank eine Jacke zu entnehmen. Er wickelte sie darin ein, strich ihr eine Haarsträhne aus dem Gesicht und schob sie hinter ihr Ohr. Offiziersstreifen zierten die Jacke und kaum schmiegte sich der dunkelblaue Stoff an ihren Körper, hätte er sie ihr am liebsten wieder von diesem gestreift – zusammen mit der restlichen Kleidung. Murdoch rieb mit den Händen über ihre Arme und zog dann seine Handschuhe aus, um sie ihr über die Finger zu streifen.

In der Zwischenzeit waren Catherines Tränen getrocknet. Obwohl er wissen wollte, was seine Liebste in diese Traurigkeit gestürzt hatte, sprach er sie nicht darauf an. Er vertraute darauf, dass sie ihm alles, was ihn betraf, zur rechten Zeit mitteilen würde.

»Wohin gehen wir, wenn die Titanic in New York anlegt?«, wollte sie von ihm wissen und er schluckte hart, bei der erneuten Rückkehr in die

Realität. Sollte er sich zu diesem Schritt entschließen – vorausgesetzt, dass Gott ihm die Kraft dazu verlieh – würde ihn eine lange, sorgenvolle Zeit erwarten. Abgesehen von den rechtlichen Hürden, die bei einer Trennung zu überwinden wären, würde er sich und Ada um ihre soziale Stellung bringen. Es war ungewiss, ob sich sein Ruf jemals wieder vollständig erholen würde. Die White Star Line würde es unter keinen Umständen in Erwägung ziehen, einen geschiedenen Mann zum Kapitän eines ihrer Schiffe zu ernennen.

»Ich habe noch einige Dinge in Southampton zu klären. Dies könnte einen längeren Zeitraum in Anspruch nehmen.«

»Ist es wegen deiner Ehefrau?«, fragte Catherine und tiefe Sorgenfalten traten auf ihre Stirn.

»Ja«, hauchte er und ließ die Arme sinken, ehe er sich neben sie an die Reling stellte und wieder auf den schwarzen Horizont blickte. Sie zog die Offiziersjacke enger um sich und richtete ihren Blick ebenfalls auf die Dunkelheit vor ihnen.

»Habt ihr Kinder?«

Er spürte ihren Blick von der Seite, bevor sie ihn rasch wieder zurück auf die See lenkte.

»Nein. Das nicht, allerdings …« Er seufzte. Obwohl dieses wunderbare Ding zwischen ihm und Ada weg war, wollte er sie nicht verletzen. Er hatte sie niemals verletzen wollen. Sie war eine gute Frau. Aufopferungsvoll, freundlich, intelligent. Einen Moment lang war es still, nur der Fahrtwind blies um seine Ohren.

»Du liebst sie noch«, flüsterte Catherine, ihre Stimme zitterte wie Espenlaub.

Murdoch wandte seinen Kopf zu ihr. Ihre Augenbrauen waren sorgenvoll in die Stirn gezogen.

Er konnte ihre Besorgnis nachvollziehen. Sie hatte so viel mehr zu verlieren als er, und das wusste er. »Ja. Aber nicht wie ein guter Ehemann seine hingebungsvolle Ehefrau liebt. Die Liebe zur See war stets stärker als zu ihr, sodass sie irgendwann zu der Erkenntnis gelangte, dass es sich nicht mehr lohnte, auf mich zu warten. Ich kann es ihr nicht verdenken.«

Er nahm wahr, wie ihre Finger sich sanft um die seinen legten. Sie hatte die Handschuhe wieder ausgezogen und die Wärme ihrer Finger war angenehm auf seiner Haut. Noch immer war die Angst nicht aus ihrem Blick gewichen.

»Das zwischen uns …« Sie brach ab, wandte ihren Kopf zur Seite.

Ihre Zweifel waren nicht unbegründet. Sie hatte Angst, dass er vielleicht doch noch zu seiner Frau zurückkehren würde. Dass sie nur ein flüchtiger Moment in seinem Leben gewesen war, ein leichter Spaß auf hoher See, der bald von der Realität ersetzt würde.

Murdoch legte behutsam seine Hand an ihr Gesicht, drehte es zu sich, damit sie ihm in die Augen sehen musste. Ihre Miene war voller Sorge, und er spürte, dass er etwas tun musste, um diese Angst zu vertreiben. Er lehnte sich etwas nach vorn. Seine Stimme ein wenig fester, als wollte er sie mit seinen Worten beruhigen. »Catherine, du musst dir keine Sorgen machen. Was auch immer du gerade denkst – das hier, was wir teilen, das war nicht nur ein kurzer Augenblick. Ich …« Er atmete tief ein, wappnete sich, denn es auszusprechen, war mehr, als es sich nur zu denken. »Ich werde meine Frau verlassen. Das hier ist mehr als ein Abenteuer, mehr als ein kurzer Spaß auf See. Ich will, was ich will. Du bist es, die ich will, Catherine. Du.«

Sein Herz klopfte schneller, als er die Veränderung in ihren Augen bemerkte, ein Hauch von Hoffnung, der sich durch ihre Besorgnis schob. Sie war sich unsicher, vielleicht war sie auch einfach nur überfordert von allem, was sie in dieser kurzen Zeit zwischen ihnen erfahren hatte.

Er ergriff ihre Hände und zog sie etwas näher zu sich. »Und wenn du mich auch willst, dann musst du etwas über mich wissen. Ich will Kapitän meines eigenen Schiffes werden, damit ich meine zukünftigen Kinder stolz machen kann. Ich will eine Zukunft für uns schaffen. Eine Zukunft, in der ich dir und unseren Kindern alles bieten kann, was sie verdienen. Das damit verbundene Einkommen würde uns ein Leben ermöglichen, das so viel mehr bietet, als ich dir jetzt bieten kann. Allerdings musst du wissen, dass ich stets auf See sein werde. Und ich werde damit nicht aufhören. Das ist mein Leben, das ist mein Weg.«

Er hatte es ausgesprochen, auch wenn es ihm schwerfiel. Es sollte keine Frau mehr ihr Leben aufgeben und am Ende unglücklich zurückbleiben. Bevor sie eine Entscheidung traf, die nicht wieder rückgängig gemacht werden konnte, hatte sie das Recht alles zu wissen.

Mit spürbarer Besorgnis blickte er sie an, doch das Lächeln in ihrem Gesicht verblasste nicht. Sie drückte seine Hände und lächelte kaum merklich noch etwas mehr. »Ich hätte nichts anderes von dir erwartet. Und ich würde es auch nicht anders wollen.«

Sie legte ihre zarte Hand an seine Wange und es war beschlossen. Er würde sich der Herausforderung stellen, dem Löwen seine Hand ins Maul zu legen, und alles Notwendige unternehmen, sobald er wieder in Southampton war. Sein Leben mit ihr an seiner Seite, würde anders werden als gewohnt – doch wer sagte, dass anders schlecht war. Murdoch wollte sie erneut küssen, die wohltuende Süße ihrer Lippen schmecken, als plötzlich …

Ding! Ding! Ding!

Er erkannte das Tönen der Glocke sofort und richtete seinen Blick zunächst auf das Krähennest, von wo das Klingeln zu vernehmen war, bevor er schließlich die schwarze See in Augenschein nahm. Er konnte kaum etwas erkennen. Die Lichter des Schiffes erschwerten ihm die Sicht in die Dunkelheit. Dort war nichts. Die Männer im Krähennest mussten sich getäuscht haben.

Doch gerade als er sich abwenden wollte, nahm er eine Kontur wahr, die sich vor ihm aus der Dunkelheit abzeichnete und von einem besonders intensiven Schwarz zu sein schien. Und es kam geradewegs auf sie zu. Das Telefon auf der Brücke, welches mit dem Krähennest verbunden war, begann zu klingeln. Seine Entscheidung wurde innerhalb weniger Augenblicke getroffen. Catherine war vergessen, alles hing nun nur noch von ihm ab. Murdoch rannte in die Brücke, erkannte Offizier Moody am Telefon, doch er musste nicht auf dessen Bestätigung warten – er wusste es bereits.

»Eisberg direkt voraus!«

45

JOSEPHINE

APRIL 14 | 23.35 UHR

Das Telegramm zerknittert in ihrer Hand stürmte Josephine die Gänge der Titanic entlang. Der Weg zu ihrer Kabine in der zweiten Klasse erschien ihr lang, als würde sie das gesamte Schiff ablaufen und doch nie ankommen.

Sie wollte nur noch in ihr Bett, die Bettdecke über ihren Kopf ziehen und schlafen. Morgen oder übermorgen würde sie sich die Zeit nehmen, um zu verarbeiten, was geschehen war, doch gerade durfte sie keinen Moment an den Gedanken verschwenden, dass sie ihr ganzes Leben lang belogen worden war. Josephines Puls raste, sie bekam kaum noch Luft in ihrem Korsett und ihr war viel zu heiß.

Morgen. Morgen würde sie sich darum kümmern! Wenn sie eine Nacht darüber geschlafen hatte, würde morgen alles besser sein. Wenn sie dann zu Miss Catherine – ihrer Schwester …

Ihr blieb die Luft weg. Josephine blieb stehen und stützte sich an der Wand ab. Bemüht normal zu atmen richtete sie sich auf und rang um Fassung. Sie musste es nur bis in ihre Kabine schaffen, dann konnte sie getrost einem Zusammenbruch nachgeben. Wie im Delirium schaffte sie es in die zweite Klasse, vorbei an der Bibliothek, aus der noch Licht und lautes Stimmengewirr bis zu ihren Ohren drang. Schließlich erreichte sie das Treppenhaus und stürzte die Stufen hinab.

»Josephine! Josephine, warte doch! Ich begleite dich in unsere Kabine.«
Clara holte sie ein und schritt neben ihr her, ohne Notiz davon zu nehmen,
dass Josephine nicht bei Sinnen war.

»In der Bibliothek wurde von Herrn Carter und Herrn Beesley eine mu-
sikalische Darbietung organisiert. Es waren so viele Menschen dort und
alle sangen gemeinsam. Ich habe schon so lange nicht mehr gesungen!
Wenn dann immer nur in der Kirche und in letzter Zeit war ich nicht wirklich häufig dort.« Clara lachte und erzählte wie ein Wasserfall von den Ereignissen des Abends. Kaum hatten sie die Kabine erreicht, nahm Josephine
auf dem Bett Platz. Ihre Beine gaben unter ihrem Gewicht einfach nach.

»Im Anschluss wurden Kaffee und Kekse serviert. Als könnte ich jetzt
noch schlafen, wenn ich um diese Uhrzeit Kaffee trinke. Aber ich habe mit
Marygold gesprochen und wir haben unsere Adressen ausgetauscht, da-
mit wir den Kontakt nicht verlieren, wenn wir in New York ankommen.«
Clara entfernte die Haarspangen aus ihren Haaren, sowie die um ihre
Schultern geschlungene Schärpe.

Josephine hob die Bettdecke an und wollte angezogen unter sie schlüp-
fen, als sie eine leichte Bewegung wahrnahm. Es schien, als sei das Schiff
von einer leichten Welle erfasst worden. Kaum wahrnehmbar folgten daraufhin ein Kratzen und Schütteln. Es verging eine kurze Zeit, dann wurde es wieder still. Auch Clara schien es gespürt zu haben, denn sie stand
mit offenem Mund in der Kabine und blickte zu Josephine.

»Was war das denn?«

Josephine zuckte lediglich mit den Schultern und erhob sich. Das Telegramm steckte sie dabei in die eingenähte Tasche an ihrem Rock.

Clara rannte beinahe zum Bullauge, um einen Blick nach draußen zu
werfen. »Ich verstehe ja nichts von diesen Sachen, aber irgendetwas ist gerade an unserem Fenster vorbeigerauscht.«

Josephine spürte ein seltsames Unbehagen in ihrer Brust. »Sollten wir
nach oben und nachsehen?«

»Hm. Es würde bestimmt nicht schaden, wenn wir zumindest nach jemanden suchen und uns erkundigen.«

Gemeinsam verließen sie die Kabine und Clara ergriff Josephines Hand.
An der Treppe trafen sie auf einen Steward, der die leeren Teller wegtrug.

»Entschuldigen Sie bitte«, übernahm Clara das Wort und trat an den
jungen Steward heran, »Wir haben eine Erschütterung gespürt. Gibt es ein
Problem?«

»Oh nein, keineswegs Ma'am.«

Genau in diesem Moment fiel Josephine auf, dass das gewohnte tiefe Brummen des Schiffes, an das sie sich in den letzten Tagen gewohnt hatte, nicht mehr da war. »Die Maschinen haben gestoppt.«

Clara betrachtete Josephine mit besorgter Miene. »Bist du dir sicher?«

»Ma'am, bitte seien Sie unbesorgt. Wäre etwas geschehen, würden wir Sie selbstverständlich in Kenntnis setzen. Ich empfehle Ihnen, sich zur Ruhe zu begeben. Ich bin überzeugt, dass alles in bester Ordnung ist.«

Clara nickte und ergriff Josephines Arm, um sie vom Steward wegzuziehen. Kaum hatten sie die Tür zur Kabine hinter sich geschlossen, packte Clara Josephine an den Armen und drehte sie zu sich um. »Bist du dir ganz sicher?«

»Ja. In den vergangenen Tagen habe ich mit Josef so oft über das Brummen gesprochen, dass ich auf das Brummen erst aufmerksam geworden bin. Es ist nicht mehr da.«

»Vielleicht ist das ja normal. In der Nacht schlafen wir sonst doch, vielleicht …«

»Nein, das kann ich mir nicht vorstellen. Wir sind mitten auf dem Atlantik. Irgendetwas ist da los, das spüre ich.«

»Und was willst du jetzt tun?«

»Wir sollten an Deck gehen und uns selbst überzeugen. Vielleicht finden wir Josef, der weiß bestimmt, was los ist.« *Und lügt uns nicht an,* fügte Josephine in Gedanken hinzu. Das seltsame Gefühl in ihrer Brust wurde stärker. Erst wenn Josef sie mit einer plausiblen Antwort beruhigt hatte, würde sie diese Nacht Schlaf finden.

»Gut, ich komme mit. Aber zieh dir einen warmen Mantel an, es war den ganzen Tag über schon eisig kalt an Deck.«

Josephine warf sich den einzigen Mantel über, den sie besaß, und begab sich nach draußen auf das Promenadendeck der zweiten Klasse, wo Clara bereits wartete. Es waren weitere Personen an Deck, die ebenfalls den Entschluss gefasst hatten, nach dem Rechten zu sehen.

Als Josephine sich aber über die Reling lehnte, konnte sie nur den sternenklaren Nachthimmel erblicken. »So etwas sieht man auch nicht alle Tage«, bemerkte Clara neben ihr und stieß sich von der Reling ab, um sich zu einer kleinen Gruppe von Passagieren zu begeben, die sich unterhielten, »Miss Buss! Kate! Gut, dass ich Sie hier treffe. Ist es Ihnen auch aufgefallen?«

»Ja, es hörte sich an, als würde sich jemand am Schlittschuhlaufen versuchen, der es weder kann, noch die körperliche Zartheit dafür mitbringt. Marion und Ernest boten sich an, mit mir hier hochzukommen und zu sehen, was los ist.«

Josephine verblieb in der Nähe, lauschte den Gesprächen, fokussierte jedoch ihre Aufmerksamkeit auf das Deck unter ihnen, welches der dritten Klasse zuzuordnen war. Sie hoffte, Josef unter den Schaulustigen zu erblicken, doch sie konnte ihn beim besten Willen nicht erspähen.

»Die Maschinen haben wohl gestoppt«, entfachte Clara das Gespräch erneut.

»Es wurde sogar berichtet, dass die Maschinen eine gewisse Zeit lang rückwärtsgelaufen seien«, eiferte sich Miss Buss, »Seht, da kommt Herr Norman. Er weiß bestimmt etwas.«

Josephine betrachtete den jungen Herrn, der zur Gruppe hinzukam. Er hatte helle Haare und eine hohe Stirn. Der Ausdruck in seinen Augen passte nicht zu seinem lässigen Lächeln.

»Guten Abend, die Damen.«

»Wissen Sie, was geschehen ist?« Miss Buss trat näher und beäugte ihn skeptisch.

»In der Tat, wir haben einen Eisberg gestreift. Aber nicht weiter schlimm. Wir haben ihn kaum berührt.«

»Oh mein Gott! Sind Sie sicher?«

»Ja, seien Sie beruhigt«, versicherte er der Dame, die sich die Hand vor den Mund geschlagen hatte, »Ich habe soeben beobachtet, wie einige Passagiere mit Eisbrocken Fußball an Deck spielten. Auch das Personal zeigt sich von seiner gewohnten ruhigen Seite. So etwas kann vorkommen. Angeblich sogar recht häufig.«

Clara drehte sich erleichtert zu Josephine um. »Nochmal Glück gehabt, was?«

Die Stimmung an Deck war gelöst, keiner schien sich ernsthaft Sorgen zu machen, doch die Vorahnung in Josephine blieb hartnäckig bestehen. Irgendetwas stimmte nicht. Auf dem Rückweg in ihre Kabine wurde ihr bewusst, dass sie unbedingt Josef sprechen musste. Nur bei ihm war sie sich sicher. Er würde ihr stets die Wahrheit offenbaren, unabhängig davon, wie gravierend diese auch sein mochte.

In der Kabine entledigte sich Clara ihres Mantels und bereitete sich für die Nachtruhe vor.

Josephine nahm auf dem Bett Platz, wobei sie ihre Kleidung nicht ablegte, sondern starr geradeaus blickte.

»Was willst du jetzt machen? Hier sitzen bis morgen früh?«

»Nein, ich werde mich auf den Weg machen und Josef suchen. Kommst du mit?«

»Ich denke, ich werde mich schlafen legen. Der Tag war anstrengend. Aber weck mich, wenn was ist.«

Josephine wollte sie überreden mit ihr zu kommen, nicht nur damit sie sich nicht allein fühlte, sondern, damit sie nicht um Claras Sicherheit bangen musste. Doch Clara schlüpfte schon unter die Decke. »Pass auf dich auf.«

»Werde ich«, entgegnete Josephine, ehe sie das Licht ausknipste und die Tür zur Kabine hinter sich zuzog.

46

CATHERINE

APRIL 14 | 23.50 UHR

Wie erstarrt stand Catherine an der Reling. Sie blickte zu den Matrosen und den wenigen Passagieren, die sich nach dem Zusammenstoß nach draußen begeben hatten, um in Erfahrung zu bringen, was geschehen war.

Ihre Hände umklammerten das kalte Metall, ihr ganzer Körper zitterte. Sie hatte geglaubt, die Kälte des Eisbergs zu spüren, so nah war er am Deck der Titanic vorbeigerauscht. Hätte sie sich nicht festgehalten, hätten ihre Beine unter ihr nachgegeben und sie wäre in sich zusammengesackt.

William hatte sich in Richtung Brücke bewegt, um dort Anweisungen zu erteilen. Er befand sich nach wie vor im Inneren des Schiffs. Auf dem Deck unter ihr waren abgebrochene Eisbrocken auszumachen, welche sich über das Deck schoben. Sie entfernte sich von der Reling und begab sich mit der gebotenen Vorsicht die Treppe hinab. Ihr Blick war wie hypnotisiert auf das Eis gerichtet. Es war kaum zu glauben, dass sie nur um Haaresbreite einem Zusammenstoß mit einem Eisberg entgangen waren. Kaum stand sie festen Fußes auf dem unteren Deck, näherte sie sich dem Eis und griff nach einem handgroßen Stück. Noch immer zitterte sie, ihre Brust hob und senkte sich rasch.

»Miss!«

Die Stimme ließ sie erschrocken zusammenzucken.

Der Eisklumpen glitt ihr aus der Hand, fiel klirrend zu Boden und zerbrach in mehrere kleine Stücke.

Als sie sich nach der Stimme umdrehte, erkannte sie Alfred, den Freund Josephines, mit dem sie vor wenigen Tagen an Bord getanzt hatte. »Es tut mir leid, wenn ich Sie erschreckt habe. Die Hand …« Alfred stürzte herbei und nahm ihre Hand in seine. Erst jetzt erkannte sie das helle Blut, das aus ihrer Handfläche quoll. Der Schnitt konnte nicht tief sein, immerhin spürte sie ihn nicht. Er griff in seine Jacke und holte ein Taschentuch hervor, in das er ihre Hand wickelte, ehe er es fest zuband.

»Nicht perfekt, aber besser als nichts.«

»Es geht schon, danke. Es muss das Eis gewesen sein.« Ihr Blick fiel auf den Eisklumpen an Deck. Er glitzerte hellblau, beinahe durchsichtig wie Glas.

»Haben Sie gesehen, was passiert ist?«, fragte er sie und schob sich die Hände in die Hosentaschen. Catherine nickte. Sie war nicht imstande Worte zu formen.

»Wir haben bloß ein Ruckeln gespürt. Ich war schon wach, unsere Schicht beginnt gleich. Die Gemeinschaftskabine hat wohl ein Leck. Als ich dort raus bin, war der ganze Boden nass. Ich hoffe, sie stopfen das Leck, bis ich wieder ins Bett kann. Mit nassen Füßen schlafen ist bei weitem nicht das, was ich mir vorgestellt hatte, als ich für die Arbeit angeheuert habe.« Er lachte herzhaft.

Alfred schob die Hände in die Hosentaschen und seufzte. »Ich wollte mir ansehen, wie die Offiziere hier oben reagieren, bevor ich meine Arbeit antrete.« Er deutete mit dem Kinn zur Brücke. »Die Art, wie sie miteinander reden … ihre Gesichter … da ist mehr los als nur ein bisschen Wasser im Schiff. Da bin ich mir sicher.«

Catherine blinzelte. »Glauben Sie, es ist ernst?«

»Ich weiß es nicht«, gab er ehrlich zu. »Aber zumindest ernst genug, um wieder zurückzugehen und meine Leute zu warnen.«

»Wo ist ihr Freund? Joe … Josephines …«

»Josephines Josef? Joe ist sie suchen gegangen. Er war immer schon überfürsorglich, wenn es um Josie ging.« Er zuckte mit den Schultern.

Ein taubes Gefühl ergriff Catherine. Josephine war ihre Schwester und sie kannten einander nun schon zehn Jahre, und trotzdem wusste sie nichts von ihr. Das Gefühl kam plötzlich und mit einer Wucht, die sie nicht erwartet hatte – eine seltsame Mischung aus Schuld, Bedauern und einer bohrenden Leere. Sie konnte nicht einmal sagen, ob es sie mehr überraschte, dass Josephine jemanden hatte, der sich so um sie sorgte – oder dass sie selbst keine Ahnung davon gehabt hatte. Wie wenig wusste sie eigentlich über das Leben ihrer Schwester?

Catherine versuchte sich an Momente zu erinnern, in denen sie Josephine wirklich zugehört hatte. Momente, in denen sie sich für ihre Welt interessiert hatte. Doch stattdessen fielen ihr nur all die Gelegenheiten ein, in denen sie sich abgewandt hatte.

Sie kannte den Namen des Mannes nicht, den Josephine liebte. Sie wusste nicht, wo sie lebte, was sie am liebsten tat, ob sie eine Farbe hatte, die sie glücklich machte, oder ein Lied, das ihr Trost spendete. Ihre Kehle fühlte sich plötzlich trocken an, und sie senkte den Blick.

Alfred bemerkte es nicht. Er stand neben ihr, sein Kiefer mahlte, als würde er in Gedanken an etwas kauen, das er nicht ganz verdauen konnte.

Doch Catherine konnte sich in diesem Moment nicht auf ihn konzentrieren. Denn in ihrem Inneren wuchs ein beklemmendes Gefühl, das sie nicht mehr abschütteln konnte. Es war nicht nur die Erkenntnis, dass sie Josephine all die Jahre nicht wirklich gesehen hatte, sondern auch die unbändige Angst, dass es nun zu spät war, es noch zu ändern.

Alfred wirkte unruhig, sein Blick schweifte über das Schiff, als suche er nach etwas – oder nach jemandem. Dann ballte er die Hände zu Fäusten.

»Ich muss Giulia finden«, sagte er plötzlich, seine Stimme fest. »Wenn das hier doch schlimmer ist … will ich, dass sie hier oben ist und schnell von Bord kommt.«

»Warten Sie, Ihr Taschentuch.«

»Behalten Sie's. Und gehen Sie zum Schiffsarzt damit, bevor es sich entzündet. Gute Nacht.«

Sein Lächeln war warm, ehrlich – doch Catherine spürte die Unruhe, die darunter lag. Mit schnellen Schritten verschwand er in Richtung des Schiffsrumpfes und ließ sie allein zurück.

Wie in Trance bewegte sie sich zurück zum Bootsdeck, in der Hoffnung dort auf William zu treffen. Obgleich Alfred die Situation nicht allzu ernst zu nehmen schien, klang das Eindringen von Wasser besorgniserregend. Vielleicht kam so etwas öfter vor und war nicht weiter von Bedeutung auf dem größten Schiff der Welt.

Catherine hatte keine Ahnung, doch William würde es wissen und es ihr sagen. Sie stand abseits der Brücke und beobachtete das Personal, das sich darin aufhielt. Der Steuermann stand noch immer am Steuer und stierte auf die See. Sie wagte es nicht, näherzutreten, aus Sorge den Offizieren im Weg zu stehen, doch was sollte sie tun, wenn William nicht wieder nach draußen kam? Sie konnte nicht abschätzen, wie lange sie dort gestanden hatte, als eine Gruppe von Männern aus der Brücke stolzierte, allen voran der Kapitän. Hinter ihm befanden sich Mister Andrews und Mister Ismay, der lediglich einen Morgenmantel über dem Pyjama trug. Sie unterhielten sich mit gesenkten Stimmen. Auf Andrews Stirn fanden sich Schweißperlen, Ismay gab sich ungewohnt schweigsam. Es musste sich um eine gravierendere Angelegenheit handeln, als ursprünglich angenommen, wenn der Besitzer der Titanic zu dieser späten Stunde im Nachtgewand aus seiner Kabine geholt wurde.

Als Catherine einen Blick auf die Brücke warf, bemerkte sie William, der einem Offizier einen Zettel überreichte und ihn sodann fortschickte. Er blickte über das Deck und erkannte Catherine. Sein Gesicht nahm sofort einen besorgten Ausdruck an, und er begab sich mit schnellen Schritten zu ihr.

»William, was ist geschehen?«, fragte sie ihn. Er ergriff ihre Hände und bemerkte das Taschentuch, aus dem bereits Blut quoll.

»Herrgott Catherine! Was ist passiert?«

»Es ist nur ein Kratzer.«

»Ich werde dich zum Schiffsarzt begleiten. Wie ist das passiert?«

Er versuchte, sie mit sich zu ziehen, doch sie entriss ihm die Hände und blieb standhaft. »Es ist nichts! William, ich sah den Eisberg. Es gibt Männer, die von Wasser in den unteren Decks sprechen. Bitte sag mir, wie ernst es ist.«

Ihr Herz klopfte schmerzhaft gegen die Rippen, die kalte Nachtluft brannte bei jedem Atemzug in ihren Lungen. Sie betrachtete William eingehend und ihr wurde bewusst, dass er zum ersten Mal wirklich ratlos war.

»Ich will, dass du in deine Kabine zurückgehst und dir dort eine Rettungsweste anziehst. Zieh dich warm an, so warm du kannst. Dann begib dich in den Salon und warte dort«, erneut griff er ihre Hand, dieses Mal jedoch sanfter, »Der Kapitän macht gerade einen Rundgang, um zu sehen, wie viel beschädigt wurde und was wir mit den Pumpen erreichen können. Vielleicht bleibt dies alles nur eine Vorsichtsmaßnahme, aber ich will, dass du bereit bist, wenn es so weit ist.«

»Für was bereit sein? Will?«

Er schluckte schwer und schloss für einen Moment die Augen. Als er seine Augen wieder öffnete, glaubte Catherine, ihr Herz würde stehen bleiben. »Für den Moment, in dem die Rettungsboote zu Wasser gelassen werden. Ich bitte dich. Du musst genau das tun, worum ich dich bitte, hast du mich verstanden?«

Sie zwang sich, weiter zu atmen, auch wenn es ihr beinahe unmöglich schien und nickte, unfähig noch einen einzigen Gedanken zu fassen. Sie packte seinen Mantel und zog William näher. »Wenn ich jetzt gehe, sehen wir uns wieder?«

Catherine suchte seinen Blick, wollte darin Gewissheit lesen – irgendetwas, an dem sie sich festklammern konnte. Sein Blick wurde weich und ein schiefes Lächeln erschien auf seinem Gesicht. »Ja, ja. Ich setze dich persönlich in eines dieser Boote.«

Er zog sie an sich und drückte ihr einen Kuss auf die Stirn. Die von ihm ausgehende Wärme wiegte sie in trügerischer Sicherheit. Als er sich von ihr entfernte, blickte er sich nicht noch einmal zu ihr um.

Für einen kurzen Moment versuchte sie, sich zu sammeln, bevor sie sich eilends auf den Weg zurück aufs C–Deck machte. Es war erforderlich, Matthew und Josephine zu informieren, damit sie sich bereit hielten, falls sich die Situation verschlimmerte.

47

MURDOCH

APRIL 14 | 23.55 UHR

Er hatte die Angst in ihren Augen wahrgenommen und wurde das Gefühl nicht los, dass es seine Schuld war. Hätte er sich während seiner Arbeitszeit nicht ablenken lassen, hätte er den Eisberg früher bemerkt und hätte …

Mit klopfendem Herzen verharrte er in der Brücke, unfähig einen klaren Gedanken zu fassen. Er beobachtete den Kapitän, der in unmittelbarer Nähe stand. Er überreichte dem Quartiermeister ein Schriftstück und nahm schließlich die Kapitänsmütze vom Kopf, um sich mit der Hand über die feuchte Stirn zu wischen.

»Kapitän Smith!« Wilde stolperte beinahe in die Brücke, in seinen Augen befand sich dieselbe Skepsis, die sich auch in Kapitän Smith widerspiegelte. »Der Peak Tank steht unter Wasser.«

Murdoch trat näher, um jedes Wort klar verstehen zu können, als plötzlich ein ohrenbetäubender Lärm die Erzählung Wildes abrupt beendete. Ein lautes Rauschen, erzeugt durch den Dampf, welcher unter hohem Druck aus den Kaminen gepresst wurde, war zu vernehmen.

Der Kapitän hatte also die Maschinen gestoppt, was aber unter diesen Bedingungen dem Protokoll entsprach. Murdoch musste noch nähertreten, um überhaupt noch ein Wort zu verstehen. Kapitän Smith nickte, sein

Blick glitt unruhig über den Boden, ehe er aufblickte und direkt an Murdoch vorbeisah. »Gut, ich werde mir selbst ein Bild machen. Mister Murdoch, Sie übernehmen das Kommando.«

Murdoch schluckte hart und bestätigte. »Aye, Sir.«

Nachdem der Kapitän die Brücke verlassen hatte, näherte sich Wilde und betrachtete ihn. Doch zum ersten Mal nicht von oben herab. Wilde legte Murdoch die Hand auf die Schulter und drückte sie leicht.

»Es trifft dich keine Schuld, William. Diese Reaktion wäre von jedem anderen an deiner Stelle ebenfalls zu erwarten gewesen.« Mit diesen Worten ließ er ihn zurück. Doch Murdoch ließ der schleichende Gedanke nicht los, dass alles, was nun geschehen würde, seinetwegen geschah. Er stellte sich neben das Schiffsruder und fühlte sich unbeholfen und im Weg, während ihm tausend Sorgen im Kopf kreisten. Das hätte nicht passieren sollen. Er war erster Offizier und hatte so viele Jahre Erfahrung auf See. Ein so banaler Fehler hätte verdammt noch mal nicht passieren dürfen!

Das Warten kam ihm wie eine Ewigkeit vor und mit der Zeit merkte er, wie sich das Schiff ganz leicht zur Seite neigte. Als der Kapitän in die Brücke zurückkehrte, trat Murdoch mit ihm ins Bootshaus. Ismay folgte ihnen.

»Herrschaften, aufgrund der gegebenen Umstände ist es erforderlich, die Rettungsboote vorzubereiten. In erster Linie ist dies noch immer eine Sicherheitsmaßnahme.«

Auf einmal stürmte Boxhall in die Brücke, wobei seine Offiziersmütze ihm schief auf dem Kopf saß. »Kapitän Smith.« Seine Wangen waren gerötet, sein Atem beschleunigt. »Der Postraum auf dem G–Deck ist unter Wasser.«

Die Blicke aller Anwesenden richteten sich auf den Kapitän, der sich vom Ernst der Lage unbeeindruckt zeigte. »Gut. Danke.«

Ohne weitere Worte zu verlieren, verließ er die Brücke und ließ seine Offiziere mit einer klaren Anweisung, jedoch ohne ein Gefühl der Sicherheit, zurück. Ismay folgte dem Kapitän, dessen Gesicht bereits jede Farbe verloren hatte.

Murdoch blickte seine Kameraden an. Wilde war nicht anwesend, folglich hatte er erneut die oberste Entscheidungsgewalt inne und sie warteten auf weitere Anweisungen von ihm. Obwohl in seinem Bauch ein mulmiges Gefühl aufkeimte, war ihm bewusst, dass er etwas unternehmen musste.

»Na gut, Männer! An die Arbeit! Boxhall, veranlassen Sie, dass Offizier Lightoller, Pitman und Lowe geweckt werden. Lowe kommt zu mir auf Steuerbord.«

Das Adrenalin pumpte durch seine Adern, denn als er aus der Brücke trat und sich dem ersten Rettungsboot näherte, verspürte er keine Kälte mehr.

»Seemänner zu mir«, rief er den Männern in den dunklen Uniformen zu, die am Bootsdeck waren und ihre Arbeiten verrichteten. Als sie ihm entgegenliefen, atmete Murdoch tief ein und beruhigte die aufkommende Nervosität, »Ich möchte, dass ihr die Rettungsboote abdeckt und herausdreht. So leise wie möglich, als wäre nichts geschehen. Wir wollen keine Panik.«

Die Männer signalisierten ihre Zustimmung und begannen mit der Umsetzung der Maßnahme. Aus der ersten Klasse betraten nun zunehmend mehr Passagiere das Deck, um sich ein Bild von der Lage zu machen. Murdoch musste um jeden Preis eine Panik vermeiden. Als er die Frauen in ihren flatternden Gewändern sah, sprangen seine Gedanken einen kurzen Moment zu Catherine. Hatte sie ihre Familie schon informiert? War sie womöglich gerade auf dem Weg an Deck? Er schwor sich, sie als allererste in eines der Rettungsboote zu setzen.

Das Rauschen des Kamins dauerte an und erschwerte das Denken. Doch die Arbeit war ihm so routiniert, dass er kaum einen Gedanken daran verschwenden musste, als er die Abdeckung vom nächsten Rettungsboot herunterzog. Obwohl sie eine Rettungsübung hätten durchführen müssen, hatte Kapitän Smith keine angeordnet. Es beunruhigte ihn zwar, doch er hatte Vertrauen in seine Männer.

Das Vorbereiten der Boote sollte nur eine Sicherheitsvorkehrung sein, doch sein Bauchgefühl sagte ihm, dass die Lage ernster war, als Kapitän Smith zugeben wollte. Murdoch wurde das Gefühl nicht los, dass die Tragödie erst begonnen hatte.

»Will!«

Als er sich umdrehte, sah er, dass Lights ihm entgegenkam. »Wie ernst ist es?«

»Ernst genug, um die Boote vorzubereiten.«

»Boxhall meinte, wir haben einen Eisberg gestreift?«

»Aye. Das Schiff nimmt schnell Wasser auf.«

Lightoller versicherte sich in Murdochs Blick. Sie waren schon so lange befreundet, dass es keiner weiteren Worte benötigte.

Er nickte und mit einem letzten Blick verließ er die Steuerbordseite und machte sich selbst an die Arbeit. Die Crew arbeitete schnell. Mit routinierten Bewegungen wurden die Rettungsboote abgedeckt und die Davits ausgefahren. Als Murdoch einen Blick nach vorne warf, erblickte er den Kapitän, der mit hastigen Schritten die Brücke betrat. Sein Gesichtsausdruck glich dem eines Verurteilten, der sich auf den Weg zum Scharfrichter befand.

Murdoch begab sich mit schnellen Schritten zur Brücke, um sich vom Kapitän weitere Anweisungen zu holen. Auch Wilde war in der Brücke anzutreffen und sie umringten den Kapitän.

Die Stimme des Kapitäns klang rau und ernst, als er das Schicksal aller besiegelte. »Evakuiert das Schiff. Die Passagiere werden angewiesen, mit ihren Rettungswesten nach oben zu kommen. Setzt sie in die Boote und fiert sie ab. Die Lage ist ernst.«

48

JOSEPHINE

APRIL 15 | 00.15 UHR

Josephine versuchte bereits lange, Josef aufzuspüren. Die Vielzahl an Gängen und Korridoren der Titanic erschwerten ihr die Suche. Und je länger sie suchte, desto sinnloser erschien es ihr. Sie hatte keinen Zutritt zu den Unterkünften der Crew und ihren Räumlichkeiten, was ihre Hoffnung mit jeder Minute weiter schwinden ließ.

Passagiere huschten in ihren Nachtgewändern mit übergeworfenen Mänteln durch die Decks. Sie wollten herausfinden, warum die Maschinen gestoppt hatten. Die Gerüchte über den Zusammenstoß hatten nun auch die unteren Decks erreicht. Außerdem hatten die Kohleschöpfer ihre Posten wohl mit nassen Füßen verlassen – zumindest hatte Josephine das aufgeschnappt, als ein paar Männer im Vorbeigehen darüber sprachen.

Gerade als sie das Treppenhaus der zweiten Klasse bis zum unteren Ende durchlaufen hatte, begegnete sie einem Steward. Als er Josephine erreicht hatte, nahm er sie zur Seite und sprach zu ihr. »Miss, ich muss Sie bitten, sich in Ihre Kabine zu begeben und die Rettungsweste anzuziehen. Wenn sich Kinder in Ihrer Kabine befinden, helfen Sie ihnen bitte in die Rettungswesten und begeben Sie sich dann an Deck. Seien Sie unbesorgt, es handelt sich nur um eine Sicherheitsmaßnahme. Sie werden bald in Ihre Kabine zum Schlafen zurückkehren können.«

Er legte seine Hand auf ihre Schulter und drückte sie leicht, doch obwohl seine Geste Sicherheit bedeuten sollte, fühlte sie sich nun noch unbehaglicher.

»Nein, ich muss ...«

»Miss, ich muss Sie wirklich mit Nachdruck bitten in Ihre Kabine zu gehen.«

»He, lass sie sofort los!«, donnerte Josef, der Josephine entgegenlief und umgehend die Hand des Stewards von ihrer Schulter wischte.

»Ich habe doch nur – egal«, murrte der Steward, verdrehte die Augen und ließ sie zurück.

Josephine sah zu ihrem Retter und erst, als sich ihre Blicke trafen, fühlte sie sich wieder sicher. Er nahm sie in den Arm und während sie die Augen schloss, wünschte sie sich ganz weit weg.

»Josef, was ist los?«

Er schob sie von sich, behielt sie jedoch in seinem starken Griff. »Es schaut nicht gut aus, Josie.«

»Der Steward versicherte mir, dass alles in Ordnung sei.« Sie fühlte, wie ihr Hals trocken wurde und sie schwer Luft bekam.

Josef zog sie zur Seite und senkte seine Stimme. »Der Kapitän hat den Befehl gegeben, die Rettungsboote vorzubereiten. Und der ganze Postraum ist schon unter Wasser.«

Josephine suchte eine Lüge in seinen Augen, doch er sagte ihr die Wahrheit. »Und was machen wir jetzt?«

»Ich will, dass du sofort zu den Hardings gehst. In der ersten Klasse bist du am sichersten und kommst am schnellsten in eins der Boote.«

»Und du?«

»Ich muss zurück in die Zentrale. Mein Chef zählt auf mich.«

»Was? Nein, ich geh nicht ohne dich!« Sie krallte sich an seinem Hemd fest und sah ihn mit großen Augen an. Josephine fühlte sich sicher bei ihm, sie würde nicht ohne ihn gehen.

»Ich werde nicht mit dir diskutieren, Josephine! Komm mit mir mit, ich bringe dich auf schnellsten Weg nach oben.«

Er packte sie an den Händen und zog sie grob mit sich. Wenn er erstmal mit ihr in der ersten Klasse war, würde ihr schon noch ein guter Grund einfallen, warum er mit ihr zusammen in eines der Boote steigen musste. Josef war mit den Räumlichkeiten der Crew vertraut und sie erreichten in kürzester Zeit das Treppenhaus der ersten Klasse.

Ab diesem Zeitpunkt übernahm Josephine die Führung.

Obwohl ihr Zweiergespann für Aufmerksamkeit sorgen sollte, wurden sie von den Passagieren offenbar als Teil des Personals wahrgenommen und nicht weiter beachtet. Die Stimmung der Passagiere, die sich in der ersten Klasse in den Korridoren aufhielten, schien ausgelassen zu sein, als seien sie sich keiner Gefahr bewusst. Als sie die Kabine der Miss erreicht hatten, konnten sie bereits aufgeregte Stimmen im Inneren vernehmen. Sie klopfte an und zusammen mit Josef an der Hand betrat sie die Suite. Doch das Bild, das sich ihr offenbarte, war keineswegs das der sich vorbereitenden Passagiere auf eine bevorstehende Evakuierung.

Catherine stand in eine Offiziersjacke gehüllt an einen Stuhl gelehnt, während ihr Bruder vor ihr auf und ablief, die Hände erzürnt in die Luft warf und auf sie einredete. Mister Gould stand am anderen Ende des Raumes, ein Glas Whiskey in der Hand, sein Blick war glasig. Er sah kurz auf, als Josephine den Raum betrat.

»Wie kannst du es wagen?!«, schrie George seine Schwester an, die ihn mit einer gewissen Gleichgültigkeit betrachtete. Doch Josephine kannte Catherine gut. Sie versteckte hinter ihrem Ausdruck keineswegs Langeweile, sondern die Enttäuschung, die sie empfand, nach allem, was geschehen war.

Auch Catherine hob den Blick und als sie Josephine erblickte, erhellte sich ihr Gesicht. Sie löste sich von ihrem Stuhl und begab sich mit schnellen Schritten zu ihr, um sie in die Arme zu schließen. »Oh Gott sei Dank, dir geht es gut!«

Josephines Körper versteifte sich. Sie war es nicht gewohnt von Catherine umarmt zu werden. Und dabei war sie sogar ihre Schwester.

»Catherine, ich bin noch nicht fertig mit dir!« Georges Gesicht war rot vor Zorn.

»George, es ist vorbei.«

»Es ist erst vorbei, wenn ich es sage!« Er plusterte sich auf, doch da Catherine seine Worte nicht mehr ernst nahm, wagte es auch Josephine, über ihn und seinen Wutausbruch hinwegzusehen.

»Miss Catherine, es ist etwas Schreckliches geschehen«, begann sie.

»Ich weiß. Ich bin gekommen euch alle zu holen. Wir müssen sofort an Deck. Wir dürfen keine Zeit mehr verlieren.«

George lachte trocken auf, trat an Catherine heran und zupfte an der Offiziersjacke. »Und warum sollten wir dir auch nur ein Wort glauben?

Weil du nun seine Hure bist?«

Catherine riss sich von ihrem Bruder los. Mister Gould nahm einen Schluck von seinem Getränk und sah zu Catherine, als hätte ihm jemand tief in die Magengrube geschlagen.

Ein festes Klopfen gegen die Tür der Suite ließ sie aufhorchen. Ein Steward betrat die Kabine, musterte die Umgebung für einen kurzen Moment mit einem Ausdruck der Verwunderung, bevor sich eine Maske der Professionalität über sein Gesicht legte und er in die Suite vordrang. »Die Herrschaften, die Damen. Der Kapitän hat angeordnet, dass alle Passagiere die Rettungswesten anlegen und sich an Deck begeben sollen.«

Er lief durch die Kabine, zog einige Rettungswesten aus dem Kasten hervor und verteilte sie zuerst an Catherine und Josephine und dann an die Männer. »Es ist eine reine Vorsichtsmaßnahme, aber ich bitte Sie trotzdem sich zu beeilen. Außerdem empfehle ich warme Kleidung, es ist recht kühl draußen.«

Er trat zur Tür, blickte erneut etwas verwirrt zu Catherine und der Offiziersjacke, ehe er ihnen einen guten Abend wünschte und die Kabine verließ.

Eine Totenstille breitete sich über die Suite aus. Es wurde nicht gesprochen, bis George mit einem langen Atemzug die Rettungsweste über die Sessellehne warf. »Eine Farce ist das, nichts weiter!« Sein Blick wurde zunehmend finsterer, seine Augen nahmen einen beinahe schwarzen Farbton an. »Das ist noch nicht vorbei. Glaube nicht, das rettet dich.«

Er strich sich die Haare zurecht und verließ gemeinsam mit seinem Kammerdiener die Suite. Die Rettungsweste ließ er zurück. Als die Tür ins Schloss fiel, atmete Catherine angespannt aus.

»Wir sollten zügig an Deck und den Anweisungen Folge leisten«, folgerte Catherine. Mister Gould nickte, stürzte sein Getränk herunter und schlüpfte in die Rettungsweste.

»Ich kann nicht«, stieß Josephine hervor. Josef ergriff sie grob an den Armen und drehte sie zu sich, doch sie ließ ihn nicht zu Wort kommen und erklärte: »Ich muss in die Kabine zurück, um Clara zu holen.«

»Sie ist bestimmt auch an Deck.«

»Nein, sie wollte schlafen gehen. Ich gehe nicht, ohne sie gewarnt zu haben. Ich geh allein und komme, so schnell es geht an Deck.« Josephine wusste, dass ihr Verhalten trotzig war, doch sie konnte ihre Zimmergenossin nicht ihrem Schicksal überlassen.

»Nein, Josephine!«, entgegnete Catherine mit Nachdruck, »Du gehst ganz bestimmt nicht allein.«

»Sie geht nicht allein.« Josef nahm ihre Hand in seine und drückte sie. »Ich begleite sie.«

In Josephines Brust wurde es warm. Obwohl Josef, besonders im Angesicht der Situation, weitaus Wichtigeres zu erledigen hatte, würde er sie nicht allein lassen. Er würde Seite an Seite mit ihr wieder in den Bauch des Schiffes hinabsteigen.

Catherine blickte zwischen Josef und Josephine hin und her, unsicher was sie tun wollte, ehe sie nickte. »Gut, aber beeilt euch. Und um Himmelswillen, passt auf euch auf.«

Josephine nickte lächelnd und ehe sie sich umdrehte, trat sie erneut zu Catherine hin und umarmte sie. Die Wärme des Körpers fühlte sich angenehm an, die Geborgenheit einer Schwester, die ihr in dieser Gefahr beistand, wiegte sie in Sicherheit.

»Du auch auf dich … Schwester«, flüsterte Josephine und ließ zum ersten Mal die ihr so gewohnten Floskeln weg, die sie seit jeher eingetrichtert bekommen hatte und die innerhalb eines Abends überflüssig geworden waren.

Kaum hatten sie die Suite verlassen, ergriff sie erneut Josefs Hand, während sie zusammen gegen den Strom der nach oben kommenden Passagiere anstürmten.

49

CATHERINE

APRIL 15 | 00.35 UHR

Unausgesprochene Fragen lagen in der Luft. Seit Catherine und Matthew alleine waren, hatten sie kein Wort mehr gesprochen.

»Wir sollten wirklich an Deck gehen«, brachte Catherine hervor. Sie wusste nicht, wie sie sich Matthew gegenüber verhalten sollte. Er war offiziell noch ihr Verlobter, doch nachdem sie in der Offiziersjacke in die Suite zurückgekehrt war, zweifelte selbst Matthew nicht mehr daran, dass eine Heirat nicht mehr in Betracht kam.

Matthew sah sie mit einem Blick an, der tief in sie eindrang, als versuchte er, in ihr zu lesen. Doch seine Augen verrieten keine Wut, keine Enttäuschung. Nur eine unendliche, schweigende Traurigkeit, die sie nicht ertragen konnte. »Ist es also das?«, fragte er schließlich und deutete auf die Jacke. »Ist es das, was du willst?«

Sie ließ sich Zeit mit der Antwort, versuchte sie sogar in ihrem Kopf umzuformen, in der Hoffnung, sie würde besser klingen. Doch am Ende des Tages konnte die Nachricht nicht verschönert werden, unabhängig davon, welche Worte verwendet wurden. Catherine seufzte. »Es tut mir leid, Matthew, aber ja. Das ist es, was ich will.«

Der Ausdruck in seinen Augen veränderte sich für einen Augenblick, als er die Bedeutung ihrer Worte verstand. Ein Schatten der Enttäuschung, so tief, dass er Catherine fast den Atem raubte, legte sich über sein Gesicht. Doch er sagte nichts. Stattdessen trat er einen Schritt näher und legte seine Hand sanft an ihre Wange. »Dann sollten wir dich schnellstens nach oben zu ihm bringen. Komm mit.«

Er drehte sich von ihr weg und begab sich zur Tür, doch sie ergriff seine Hand und zog ihn zurück, um sich an ihn zu lehnen.

»Ich danke dir, Matthew. Und es tut mir leid.«

Er umfasste sie mit festem Griff und strich ihr beruhigend über den Rücken. Für einen Moment hätte sie nur die Augen schließen müssen, um alles um sich herum zu vergessen.

»Du brauchst dich nicht zu entschuldigen«, sagte er schließlich, als hätte er ihre inneren Kämpfe in einem Blick erkannt. »Ich weiß, dass du in einer schwierigen Lage bist. Du hast dich nicht leichtfertig entschieden.«

Sie spürte, wie ein Schmerz in ihrer Brust wuchs, als sie sich etwas von ihm löste und ihm in die Augen sah. »Matthew«, sagte sie leise, »was sollen wir jetzt tun? Was passiert, wenn dein Geheimnis ans Licht kommt? Was wird dann aus dir?«

Matthew sah sie eine Weile nur an, als überlegte er, was er ihr antworten sollte. Schließlich zuckte er mit den Schultern, als könne er nicht anders.

»Wir haben beide in unserem Leben eine Wahl getroffen. Jetzt leben wir mit ihr und mit allen Konsequenzen, die diese Wahl mit sich bringt«, sagte er, als er sich langsam von ihr abwandte und die Tür öffnete. Es war, als ob die Worte in der Luft hingen und sich die Schwere der Entscheidung in ihr Herz bohrte. Doch ehe sie noch weiter in Gedanken versinken konnte, nahm Matthew sie bei der Hand, und ohne ein weiteres Wort stürmten sie gemeinsam aus der Suite.

Von der opulenten Schönheit und Anmut der großen Treppe samt Glaskuppel war in der Hektik nichts mehr erkennbar. Die Anspannung der Passagiere und der Crew war deutlich spürbar und der Kontrast zu dem üppig verzierten Treppenhaus erschien ihr beinahe spöttisch. Die Band spielte auf ihren Saiteninstrumenten all die großen Klassiker, die sie auch während des Dinners stets von sich gegeben hatten, doch Catherine achtete nicht auf sie. Sie nahm sie nur am Rande wahr, wie aus einem unwirklichen Traum.

Die Nachtluft war unerwartet kalt. Ein ohrenbetäubendes Rauschen, das die gesamte Umgebung erfüllte, drängte sich in ihr Bewusstsein. Entgegen ihren Erwartungen befanden sich nur wenige Menschen an Deck.

Verwundert blickte sie sich um, konnte jedoch lediglich Seeleute ausmachen, die die Rettungsboote klarmachten. »Wo sind sie denn alle?«

»Es besteht die Möglichkeit, dass die Situation nicht ganz so dramatisch ist, wie angenommen.«

»Nein, das glaub ich nicht. William würde mich niemals belügen. Sie halten sich bestimmt hier irgendwo auf.« Obwohl Catherines Worte vor Überzeugung strotzten, zweifelte sie in ihrem Inneren. Erst als sie einen Blick durch die Fenster ins Gymnasium warf und die zahlreichen Passagiere im Inneren erblickte, konnte sie ihre Anspannung ablegen.

»Gut. Mister Hogg, steigen Sie in das Boot. Sie sind dafür verantwortlich. Ich bitte Sie, sich in der Nähe des Schiffes aufzuhalten, bis weitere Anweisungen von uns erteilt werden. Haben Sie diese Anweisung verstanden?«

Williams Stimme hätte sie zweifelsfrei unter Tausenden wiedererkannt. Sie drehte ihren Kopf danach und sah ihn bei einem der Rettungsboote stehen, das bereits in den Davits hing und mit Passagieren besetzt war. Sie packte Matthew am Arm und zog ihn in die Richtung der Rettungsboote.

»Bereitmachen zum Abfieren!«, tönte Williams Stimme, die sich gegen den Lärm des Schiffes beinahe verlor. Er stand mit dem Rücken zu ihr, konzentrierte sich auf das Rettungsboot und schrie der Crew Befehle zu.

Das Rettungsboot sank nach unten und mit jeder verstrichenen Sekunde verschwand es mehr und mehr aus Catherines Sichtfeld. Dies war der Moment, in dem sie unweigerlich begriff, dass etwas Schreckliches geschehen war.

»Gut, weiter abfieren. Gleichzeitig. Langsam abfieren.«

»William!« Ihre Stimme ging im Getöse unter, doch er schien sie gehört zu haben, denn er wandte seinen Kopf kurz um. Dann rief er etwas überrascht einen weiteren Befehl der Crew zu und drehte sich schließlich zu ihr. Als sie bei ihm ankam, musterte er sie von Kopf bis Fuß mit einem verwirrten Ausdruck.

»Wo ist deine Rettungsweste?«

Matthew trat hinter sie und Williams Augen verengten sich einen Moment lang, ehe sein Gesicht wieder zur professionellen Miene eines Offiziers wechselte. »Geht es dir gut?«

»Ja, ja.«

»Ich will, dass du unverzüglich ins nächste Rettungsboot steigst, hörst du mich?«

In seinen blauen Augen erkannte sie den Ernst der Lage. Ihre Aufmerksamkeit wurde plötzlich auf Ismay gelenkt, der am Rettungsboot hinter ihnen wie besessen in die Nacht schrie: »Abfieren, abfieren!« In seinem Gesicht stand das blanke Entsetzen.

Ein Offizier näherte sich ihm und eine kurze verbale Auseinandersetzung war zu vernehmen. William versteifte sich und ließ Catherine zurück, um einzugreifen.

»Sind Sie sich darüber im Klaren, mit wem Sie es hier zu tun haben?!«

»Sie sind ein Passagier und ich bin ein verdammter Offizier! Und nun befolgen Sie meine Anweisung!«

Matthew drehte Catherine zu sich und zwang sie, ihn anzuschauen. »Catherine er hat Recht. Du musst dich in das nächste Rettungsboot begeben.«

»Nein, wir müssen auf Josephine warten. Wir haben gesagt, wir treffen uns hier.« Es war für sie unvorstellbar, ihre neu gewonnene Schwester zurückzulassen. »Es gibt noch genügend Boote, wir warten, bis sie eintrifft, und steigen dann gemeinsam ein.«

»Und wenn sie nicht rechtzeitig kommt? Die Anzahl der zur Verfügung stehenden Boote ist begrenzt«, versuchte er es mit Nachdruck.

Sie riss sich von ihm los und blickte an William vorbei nach vorne zum Bug des Schiffes. Das Schiff lag schief, nicht mehr lange und der Bug würde ins eiskalte Wasser abtauchen.

»Wir warten auf Josephine.«

Plötzlich vernahm sie hinter sich ein hohles Lachen, dessen Stimme sie überall erkannt hätte. »Ich würde nicht darauf wetten, dass sie es noch rechtzeitig an Deck schafft.«

Sie schoss abrupt herum und erkannte ihren Bruder. Er trug sein selbstgefälliges Lächeln mit solch einem Stolz im Gesicht, dass ihr beinahe schlecht davon wurde.

»Was hast du getan?«

»Ich habe meinen Kammerdiener angewiesen, sämtliche Kabinen abzuschließen. Wir wollen ja nicht, dass aus unseren Kabinen, während unserer Abwesenheit, etwas entwendet wird. Zu dumm, dass Josephine sich gerade auf dem Weg in ihre Kabine befand, als ich ihr zuletzt begegnete.«

Catherines Herz blieb stehen, kein Gedanke war mehr fassbar. Eine tiefe Traurigkeit ergriff sie und erschwerte ihr das Atmen. Mit offenem Mund starrte sie ihn an, versuchte zu begreifen wie herzlos ihr eigenes Fleisch und Blut wirklich war.

»Ich habe Mutter zugesichert, mich dieser Angelegenheit anzunehmen.« Er strahlte eine ungeheure Gleichgültigkeit aus. »Damit betrachte ich meine Arbeit als erledigt.«

Es kam ihr wie Stunden vor, in denen sie ihn einfach nur anstarrte, unfähig auch nur etwas zu erwidern.

»Catherine!« Die Stimme Williams riss sie aus ihrer Erstarrung. Plötzlich stand er neben ihr, sah sie mit durchdringendem Blick an. »Komm, steig in das Boot.«

Das Boot, auf das er zeigte, war vollbesetzt. Männer und Frauen saßen in ihren Rettungswesten darin und blickten unheilvoll auf den Abgrund unter ihnen. Als sie keine Reaktion zeigte, ergriff William ihren Arm. »Ich bitte dich, steig in das Boot.«

Sie wollte in das Boot steigen, vom Schiff weggebracht werden, das ihr so viel Kummer und Schmerz bereitet hatte.

Allerdings hätte sie sich nie wieder im Spiegel anblicken können, wenn sie nun einfach geflohen wäre. Sie sah William in die Augen, versuchte, sich sein Gesicht einzuprägen, da sie fürchtete, es vielleicht nie wiederzusehen.

»Ich kann nicht. Es tut mir leid.«

Mit einer energischen Bewegung befreite sie sich von ihm und eilte zurück zum Treppenhaus, um ihre Schwester vor dem eisigen Tod zu retten.

50

JOSEPHINE

APRIL 15 | 00.45 UHR

Der Weg zurück in die zweite Klasse wurde ihnen zusehends erschwert. Die entgegenkommenden Passagiere mit ihren Rettungswesten versperrten ihnen den Weg und jeder Steward, dem sie begegneten, hielt sie auf und versuchte, sie zu überreden an Deck zu gehen. Mit jedem Schritt tiefer in den Bauch des Schiffes wurde ihre Angst größer. Josephine fühlte sich eingeschlossen und verteufelte die Menschenhand, die jemals angefangen hatte, diese sich auf Wasser bewegende Monstrosität zu erbauen.

»Wir sollten hier lang!« Josephine zog Josef mit sich. Sie war den Weg schon tausendmal gelaufen, wann immer sie sich von der Suite im C–Deck zurückgezogen hatte. Nun fiel es schwer, irgendetwas anderes zu bemerken als die vielen verängstigten Gesichter um sie herum.

Als sie ihre Kabine erreichte und ohne zu klopfen hineinstürmte, fuhr Clara hoch und stieß einen spitzen Schrei aus. In der Kabine herrschte Dunkelheit, lediglich das Licht des Ganges erzeugte einen Lichtstreifen auf dem Bett von Clara.

Sie saß noch mit den Lockendrehern im Haar in ihre Decke gewickelt dort und starrte sie mit aufgerissenen Augen an.

Josephine drehte das Licht an und Clara zog sich die Bettdecke höher, als ihr Blick auf Josef fiel.

»Was soll das? Seid ihr von allen guten Geistern verlassen?«

»Wieso liegst du noch im Bett? Steh auf, zieh dich an!« Josephine eilte zum Schrank und wühlte darin nach den Rettungswesten.

»Josephine, ich bin gleich wieder da, ich hole Alfred.« Josef verließ den Raum und überließ die beiden Frauen sich selbst.

»Was ist denn los?« Clara stieg aus dem Bett, schloss die Kabinentür und stellte sich breitbeinig vor Josephine hin, eine Erklärung fordernd.

»Das Schiff sinkt.« Als Josephine die Rettungswesten ergriff, zog sie sie hervor und warf sie auf das Bett.

»Oh Gott, du meinst das ernst«, stieß Clara hervor. Ihr Gesicht wurde aschfahl, ehe sie zu ihrem Koffer eilte und sich ankleidete.

Josephine nahm währenddessen auf dem Bett Platz, auf dem sie die vergangenen Nächte verbracht hatte, und fragte sich, wie lange es wohl dauern würde, bis das gesamte Schiff unter Wasser stand.

Als Josef zurückkam, hatte er Alfred und eine verängstigten Giulia dabei, beide in Rettungswesten gekleidet. »Zieht euch an. Wir müssen los«, drängte Alfred, während sein Blick rastlos durch die Kabine flog. Josephine gehorchte sofort. Sie griff nach ihrer Jacke, streifte die Rettungsweste über und half Clara mit den Schnüren. Ihre Finger zitterten. Sie mussten hier raus. Jetzt. Doch als sie die Tür erreichten, blieb Giulia abrupt stehen, und riss Josephine am Ärmel zurück. »Aspetta! Aspetta!« Ihre Stimme bebte.

Josephine drehte sich ruckartig zu ihr um. »Was ist?«

»Non possiamo andare senza i documenti!«

»Was heißt das, ich verstehe dich nicht!«

»Dokumente. Pass. Hast du sie mit?«

Josephine blinzelte sie verständnislos an. »Was meinst du?«

»Habt ihr nicht gehört, was sie gesagt?« Giulias Stimme überschlug sich fast. »Le persone in terza classe …« Sie schnaubte und versuchte es erneut. »Die Leute in dritte Klasse … sagen, dass die Amerikaner sind streng. Chi non ha documenti, lo rimandano indietro … wer keine Papiere hat, darf nicht an Land!«

Ein eiskalter Schauer lief Josephine den Rücken hinunter. Clara, die sich gerade ihre Schuhe anzog, warf ihnen einen kurzen Blick zu. »Ich habe auch so etwas gehört. Manchmal schicken sie die Leute wirklich wieder zurück.«

Josephine wollte widersprechen. Widersprechen und weiterrennen. Alles in ihr schrie danach.

Doch Giulias Finger krallten sich in ihren Arm, und ließen sie nicht los.

»Io... io li ho sempre con me.« Sie schlug sich mit der flachen Hand gegen die Brust, dorthin, wo unter der Weste ihre Papiere verborgen lagen. »Non posso rischiare ... ich kann nicht riskieren. Wo sind deine?«

Josephine öffnete den Mund. Dann schloss sie ihn wieder. Wo waren ihre Papiere? Hatte sie sie nicht zuletzt in ihre Tasche gelegt? Hatte sie sie überhaupt ausgepackt? Sie wusste, dass sie nicht alle beisammen hatte.

Die Panik kam in Wellen.

Giulia sprach weiter, ihre Stimme wurde lauter, verzweifelter. »Senza documenti non siamo nessuno! Ohne unsere Papiere sind wir nichts! Glaubst du, du kannst in Amerika einfach anklopfen und sagen: ,Salve, ich bin Joseffa, nehmen Sie mich auf'?«

Josephine spürte, wie sich ihr Magen zusammenzog.

Alles in ihr wusste, dass sie keine Zeit hatten. Dass sie rennen mussten. Dass es Wahnsinn war, sich jetzt noch einmal in Gefahr zu begeben, nur wegen ein paar Dokumenten. Aber was, wenn Giulia recht hatte? Ihr Atem ging flach und viel zu schnell. Ihr Kopf raste. Ihre Gedanken überschlugen sich.

Josef, der die ganze Zeit geschwiegen hatte, trat vor. »Dann suchen wir sie«, sagte er ruhig.

Josephine sah ihn mit aufgerissenen Augen an. »Aber ...«

»Das dauert nicht lange. Ich helfe dir, dann sind wir schneller und du musst dir keine Sorgen mehr machen.« Seine Stimme hatte diesen festen, entschlossenen Klang, der keinen Widerspruch duldete. Er drehte sich zu Clara und Alfred. »Bringt Giulia nach oben. Ihr könnt nicht warten. Geht.«

Clara warf ihm einen ernsten Blick zu, dann nickte sie. Ohne ein weiteres Wort zog sie Giulia mit sich. Alfred zögerte einen Moment, dann folgte er. Die Tür fiel ins Schloss.

Josephine stand da, das Herz hämmerte gegen ihre Rippen, der Kopf voller Angst und Zweifel. Dann spürte sie eine warme Hand an ihrem Rücken. Josef schob sie beiseite, ging zu ihrer Tasche, hob sie hoch und drehte sie um. Alle ihre Habseligkeiten kullerten heraus und verteilten sich wie ein Teppich am Boden.

»So geht's schneller«, murmelte er und ließ sich neben ihr nieder. Als sie so dort nebeneinander mit dem Rücken zur Tür knieten, blickte Josephine zu Josef. »Danke.«

Er ergriff ihre Hand und drückte sie, während er keine Sekunde lang den Blick von ihr nahm. »Ich lass dich nicht allein.«

Gerade als Josephine weitersuchen wollte, stach ihr das helle Papier in die Augen. »Ich habe sie!«

Eine Welle der Erleichterung durchfuhr sie, doch ein seltsames Geräusch ließ sie herumfahren. Die Tür zu der Kabine war geschlossen und sie fragte sich einen Moment, ob Josef sie geschlossen hatte, als er sie nach ihr betreten hatte.

Doch als sie den Schlüssel im Schloss hörte, wurde ihr kalt und heiß zugleich.

»Nein, nicht!« Sie erhob sich und stürmte zur Tür, die sich nicht mehr öffnen ließ. »Bitte warten Sie! Wir sind noch in der Kabine! Bitte öffnen Sie die Tür!« Ihre Stimme wurde mit jedem Wort hysterischer. Das blanke Entsetzen kroch ihr den Rücken hoch. Auch Josef gesellte sich zu ihr und begann, gegen die Tür zu hämmern.

»Pst, hör doch!«, fuhr sie ihn an und brachte ihn zum Schweigen. Sie presste ihr Ohr gegen das Holz und vernahm eine tiefe Stimme von draußen.

»Mister George Harding lässt seine Grüße ausrichten.«

Josephines Blick schoss zu Josef, der seinen Kopf ebenfalls an die Tür gepresst hatte. Nachdem sie festgestellt hatten, dass keine Geräusche mehr zu vernehmen waren, griff Josephine erneut nach der Klinke und ruckelte daran, die Angst in ihr wurde größer. Josef ließ von der Tür ab und stieß mit dem Fuß dagegen, während er schnaubte.

»Bitte, hört uns denn niemand? Bitte holen Sie Hilfe!«, versuchte Josephine es weiter, doch entweder war der Korridor mittlerweile leer, oder die vorbeikommenden Passagiere wollten nicht helfen.

»Oh nein, nein, nein«, wimmerte sie, ließ von der Tür ab und Tränen schossen ihr in die Augen. Sie drehte sich um, lehnte sich an der geschlossenen Tür an und ließ sich kraftlos an ihr heruntergleiten. Der vermaledeite Bengel der Hardings würde seinen Willen bekommen.

»Geh da weg, Josephine.«

Sie kroch von der Tür weg und sah zu wie Josef immer und immer wieder gegen die Tür lief, um sie aufzubrechen – vergeblich. Irgendwann ließ er von seinem Vorhaben ab, als hätte nun auch er akzeptiert, dass dies das Ende war. In diesem Moment begann die Türklinke, sich von außen zu bewegen.

»Josephine? Bist du da drin?«

Catherines Stimme drang durch das Holz und überglücklich sprang Josephine auf und knallte gegen die Tür.

»Ja! Josef und ich wurden von Georges Kammerdiener hier eingeschlossen. Bitte, Miss Catherine, helfen Sie uns!« Ihre Stimme zitterte, Tränen mischten sich mit ihrer Spucke.

»Ich kann die Tür nicht öffnen. Ich hole Hilfe! Haltet durch!«

Catherines Stimme entfernte sich wieder. Josephine drehte sich zu Josef um, der sich vor das Bett auf den Boden gesetzt hatte.

»Sie wird es nicht rechtzeitig schaffen, habe ich recht?«, fragte sie leise. Josef fixierte sie mit seinem Blick und klopfte mit der Hand auf den Boden neben sich. Kaum hatte Josephine Platz genommen, legte er seinen Arm um sie und sie schmiegte sich an seinen warmen Körper.

51

MURDOCH

APRIL 15 | 00.47 UHR

Murdoch wurde langsam warm in seinem Mantel. Seitdem Catherine in der Menge verschwunden war, erschien ihm alles wie ein schlechter Traum. Er konnte nicht nachvollziehen, weshalb sie sich nicht in das Rettungsboot begeben hatte. Anstatt die Möglichkeit zu haben, sie zu suchen, war er nun gezwungen, seine Pflicht zu erfüllen und sich mit den schlimmsten Szenarien zu befassen, die die tiefsten Ecken seines Unterbewusstseins hergaben.

»Mister Murdoch.«

Die Stimme des Kapitäns ließ ihn herumfahren. Obwohl der Kapitän immer noch ruhig war, konnte man das Unaussprechliche in seinen Augen lesen. Hinter ihm stand Wilde, der mit unruhigem Blick über das Deck schaute, und Lights, dessen Gesicht in den vergangenen Stunden um Jahre gealtert war.

»Wir sollten die Möglichkeit in Betracht ziehen, dass die Passagiere mit der Zeit unruhiger werden.«

Der Blick, den er ihm zuwarf, ließ keine Fragen offen. Murdoch wusste umgehend, welche Forderung der Kapitän an ihn stellte.

»Selbstverständlich, Sir. Kommen Sie mit.«

Er überließ die Seemänner an Rettungsboot Nummer 3 sich selbst und begab sich mit schnellen Schritten in die Brücke. Für den Fall der Fälle hatte die Titanic eine Truhe mit Revolvern verschlossen in der Kabine des ersten Offiziers. Normalerweise kamen sie nicht zum Einsatz, doch es beruhigte die Crew zu wissen, dass der nötige Schutz jederzeit geboten war. Nun hingegen schien es sinnvoll, die Revolver auszuhändigen, schließlich konnte niemand sagen, wie es weitergehen würde, vor allem, wenn nach und nach die Rettungsboote das Schiff verließen. Während er die Truhe aufschloss und die Revolver herauszog, dachte er erneut an Catherine.

Es gab nicht genügend Plätze in den Booten für die Passagiere und wenn Catherine nicht bald wieder an Deck war, konnte er ihr keinen Platz garantieren. Was würde dann geschehen? Würde er die Waffe benutzen, wenn er sie damit beschützen konnte? Doch waren sie nicht sowieso zu einem eisigen Tod verdammt, wenn es keine Rettungsboote mehr gab?

»Nutzen Sie sie nur bei äußerster Dringlichkeit. Wir dürfen keine Panik auslösen«, warnte der Kapitän, ehe sie alle zu ihrer Arbeit zurückkehrten, nun mit dem schweren Metall an ihrem Körper.

Als Murdoch nach draußen gelangte, zischte eine Leuchtrakete an ihm vorbei in den Himmel und explodierte in tausend weißen Funken. Das Deck wurde für einen kurzen Moment in gleißendes Licht getaucht, als würde die Sonne selbst es erleuchten, um im nächsten Augenblick von der Dunkelheit verschluckt zu werden. Das Schiff lag nun schon so weit mit dem Bug voran im Wasser, dass Murdoch die Neigung beim Gehen wahrnehmen konnte.

»Lowe, wie weit ist das Rettungsboot?«

Der Offizier stellte sich neben Murdoch. »Bereit zum Abfieren, Sir!«

Lowe betrachtete Murdoch die ganze Zeit von der Seite aus und irgendwann konnte er es nicht mehr unkommentiert lassen. »Was, Mister Lowe? Sprechen Sie frei heraus.«

Lowe zögerte dennoch einen Moment, ehe er sich einen Schritt näher an Murdoch stellte. »Will, wo ist sie?«

Murdoch schnaubte. Lowe hatte damit den Nagel auf den Kopf getroffen. »Wenn ich das nur wüsste.«

Ihr Verhalten frustrierte ihn. Er wollte sie beschützen und sie rannte davon wie ein kleines Kind. Was konnte wichtiger sein als einen Platz in einem der Boote zu bekommen?

»Wenn sie nicht bald in eines der Boote steigt …«

»Ich weiß!«, fuhr Murdoch Lowe an und bereute seine harschen Worte sofort. »Harold …«

»Schon gut, Will. Mir ist bewusst, dass sie dir wichtig ist.«

Murdoch blickte sich um, doch niemand stand in ihrer Nähe und konnte sie belauschen. Seine Stimme wurde sanfter, sein Herz schwer. »Ich will sie nur in Sicherheit wissen. Sollte ihr etwas zustoßen …«

»Das wird ihr nicht. Wir finden sie und setzen sie in ein Boot. Ihr wird nichts passieren, ich verspreche es dir.«

»Danke.«

Lowe legte ihm die Hand auf die Schulter, ließ sie einen Moment dort verweilen, ehe er mit einem letzten Blick zum nächsten Rettungsboot eilte, um es vorzubereiten. Murdoch holte seine Taschenuhr aus der Innentasche seines Mantels hervor und betrachtete sie. Es war ein Uhr nachts. Das kurze Leben der Titanic war beinahe vorbei und Murdoch blieb nur noch wenig Zeit, um die Passagiere zu retten.

Getrieben von der unsichtbaren Hand des Todes eilte er zum Notfall–Kutter, damit das Boot rechtzeitig zu Wasser gelassen werden konnte, ehe die Titanic zu weit nach unten driftete.

52

CATHERINE

APRIL 15 | 01.10 UHR

Keiner der Stewards wollte ihr helfen und ihr lief die Zeit davon. Obwohl sie offensichtlich ein Passagier der ersten Klasse war, weigerten sich die Angestellten der White Star Line, mit ihr in die zweite Klasse zu kommen, um Josephine und Josef zu befreien. Der einzige Ort, an dem sie noch um Unterstützung bitten konnte, war das Zahlmeisterbüro.

Als sie das Büro schließlich erreichte, musste sie jedoch feststellen, dass ihre Bemühungen vergeblich waren. Vor dem Büro versammelte sich eine Vielzahl von Passagieren, welche die Herausgabe ihrer im Safe verwahrten Wertsachen forderten.

Sie könnte sich an Deck begeben und William um Unterstützung ersuchen, doch dieser würde lediglich versuchen, sie in eines der Rettungsboote zu setzen, und Josephine wäre abermals verloren. In Anbetracht fehlender alternativer Optionen begab sie sich dennoch auf den Weg nach oben. Noch immer schienen die Passagiere den Ernst der Lage nicht bemerkt zu haben, in der sie sich befanden.

Als sie das A–Deck erreicht hatte und weitergehen wollte, schwang plötzlich die massive Holztür zum Rauchersalon der Herren auf. Eine dichte, graue Zigarrenwolke waberte nach draußen und hüllte den Gang für einen Moment in einen undurchdringlichen Schleier. Sie blinzelte, ihr Herz hämmerte in ihrer Brust, während ihr der markante Geruch von Tabak in die Nase stieg. Durch den Nebel hindurch hörte sie das tiefe Lachen mehrerer Männer, begleitet vom Klirren von Gläsern. Eine dieser Stimmen schien ihr nur allzu vertraut – Matthew.

Sie zögerte, warf einen kurzen Blick über ihre Schulter, als könnte sie dort eine andere Lösung für ihr Dilemma finden. Doch die Zeit lief ihr davon. Mit einem tiefen Atemzug – der sofort von der beißenden Luft in ihrer Lunge bestraft wurde – überwand sie ihre Hemmungen und trat in den Salon. Der Zutritt zum Rauchersalon war Frauen nicht gestattet, sodass sich einige der Männer verwundert nach ihr umwandten.

Der Rauch hing schwer unter der mit dunklem Holz verkleideten Decke, sodass die Kronleuchter nur noch trübes Licht spendeten. Gedämpftes Murmeln, das Geräusch von Karten, die auf Filz fielen, und das gelegentliche Klirren von Whiskeygläsern erfüllten den Raum. Als wäre die Zeit in diesem Zimmer eingefroren, verhielten sich die Männer, als ginge dort draußen nicht gerade das Schiff unter.

Matthew saß an einem der Tische und widmete sich einer Runde Poker. Eine dicke Zigarre steckte in seinem Mund und er lachte lauthals. Die Rettungsweste hatte er ausgezogen und ordentlich um den Stuhl gehängt, auf dem er saß.

»Einverstanden, noch eine Partie.« Er warf seine Karten in die Mitte des Tisches und nahm einen tiefen Zug aus seiner Zigarre.

»Oh Gott sei Dank, Matthew!« Catherines Stimme zerschnitt die träge Atmosphäre des Raumes wie eine Peitsche.

Die Pokerrunde verstummte. Matthew, der noch in Richtung des Croupiers gesehen hatte, riss erstaunt die Augen auf, als er Catherine erkannte. Schnell erhob er sich, sein Stuhl kratzte über den Boden. »Was um alles in der Welt tust du hier?« Er trat auf sie zu, während sich in seinem Gesicht ein Ausdruck wachsender Besorgnis abzeichnete. »George sagte mir, du seist bereits in einem der Boote.«

Ihre Lippen pressten sich für einen Moment zusammen. Also hatte ihr Bruder tatsächlich behauptet, sie sei in Sicherheit. Catherine wollte ihren Zorn herausschreien, wollte ihn fragen, wie er so naiv sein konnte, Georges Worte ungeprüft zu glauben – doch die Zeit drängte. Sie schluckte die Wut hinunter und fokussierte sich auf das Wesentliche.

»Josephine ist in ihrer Kabine eingesperrt, ich kann die Tür nicht öffnen und niemand will mir helfen.«

»Was?« Matthew blinzelte einige Male und sein Gesicht wurde ernst.

»Catherine, dies ist nicht der Moment für Heldentaten. Du musst in ein Rettungsboot. Sofort.« Sein Ton war bestimmt, fast befehlend.

Catherine spürte, wie sich ihre Muskeln anspannten. Ihr ganzer Körper wollte gegen seine Worte aufbegehren, wollte ihm sagen, dass sie nicht einfach davonlaufen konnte. Es war ihre Schwester, ihr Blut, das dort unten gefangen war! Ertappt trat sie einen Schritt zurück, um etwas Raum zwischen sich und ihm zu schaffen. In ihr türmten sich Berge von Worten, die sie ihm gerne an den Kopf geknallt hätte, doch letztendlich würde sie das nur Zeit kosten. »Gut, ich schaffe es auch ohne deine Hilfe.«

Sie drehte sich auf dem Absatz um und marschierte aus dem Rauchersalon, ohne sich noch einmal umzusehen. Ihr Herz raste, während sie durch die Tür trat, zurück in die kalte Nachtluft.

Sie wusste, dass sie allein kaum eine Chance hatte – aber wenn Matthew nicht helfen wollte, dann musste sie es eben selbst tun. Sollte ihr William auch noch seine Unterstützung versagen, wäre sie mit ihren Möglichkeiten am Ende.

»Warte!« Matthews Stimme war hinter ihr. Sie hörte schnelle Schritte, dann fühlte sie, wie er sie sanft am Arm fasste, um sie zum Stehen zu bringen. »Das ist also dein Ernst?«

»Natürlich ist es das!«

Seine Kiefermuskeln spannten sich an. Dann atmete er tief durch und sah ihr direkt in die Augen. »Ich kümmere mich darum.«

»Ich komme mit.«

»Catherine, du bist nach wie vor meine Verlobte, also mach gefälligst, was ich von dir verlange!« Trotz seiner harschen Worte war sein Ausdruck sanft. »Du wärst mir nur im Weg.«

Sie fühlte sich nicht wohl dabei ihn allein gehen zu lassen. Es war ihre Schwester. Catherine war für sie verantwortlich. Doch eine Stimme in ihr sagte ihr auch, dass er recht hatte. Sie wäre ihm im Weg. Unschlüssig stand sie vor ihm, weigerte sich, aufzugeben.

»Bitte, lass mich das tun. Du kannst inzwischen Murdoch suchen. Er weiß sicher, wo man einen Generalschlüssel auftreiben kann. Wenn irgendjemand uns schnell helfen kann, dann er.«

Catherine stockte. Sein Vorschlag ergab Sinn – William hatte Einfluss, er könnte helfen. Doch gleichzeitig spürte sie, dass da mehr hinter Matthews Worten steckte. Sie wollte widersprechen, doch ihre Gedanken rasten. Vielleicht war das tatsächlich der schnellste Weg.

»William?«, wiederholte sie, mehr zu sich selbst als zu ihm. Ihre Hände ballten sich zu Fäusten. »Meinst du wirklich, er kann ...?«

Etwas ließ sie innehalten. Sie betrachtete ihn einen Moment, doch noch begriff sie nicht ganz. Stattdessen atmete sie tief durch und nickte langsam. Einen Moment standen sie unschlüssig voreinander, tausend ungesagter Worte zwischen ihnen, doch egal was sie gesagt hätten, es hätte niemals gereicht.

»Es tut mir leid«, sagte Matthew plötzlich leise. »Alles.«

Catherine blinzelte, irritiert. »Was meinst du mit alles?«

Matthew schloss für einen Moment die Augen, dann sah er sie wieder an. »Dass ich dich in diese Situation gebracht habe. Dass ich so lange an dem Bild festgehalten habe, das unsere Familien von uns wollten, anstatt dich zu unterstützen. Ich habe dich kennengelernt und war fasziniert von deiner Flamme die Welt zu verändern. Trotzdem habe ich nur zugesehen, wie du gekämpft hast, und nichts getan, als dein Bruder diese Flamme zu ersticken versuchte. Aber jetzt ... jetzt kann ich nicht noch einmal wegsehen.«

Seine Worte trafen sie unerwartet tief. Catherine schluckte. Er hatte sich bei ihr entschuldigt. Nicht nur für das, was jetzt war, sondern für all die Momente, in denen er nicht für sie eingestanden hatte. Für die Zeiten, in denen er zugesehen hatte, anstatt zu handeln.

Es war mehr als bloße Reue – es war ein Eingeständnis. Ein Zeichen dafür, dass er sich seiner eigenen Schwäche bewusst war. Und sie konnte ihn verstehen. Wie musste es für ihn gewesen sein? Er war vielleicht reich, wuchs in Privilegien auf, doch das bedeutete nicht, dass sein Leben einfach war. Er hatte Gefühle für jemanden, für den er keine hegen durfte und wusste, was es bedeutete, in einer Welt zu leben, die ihm dafür keinen Platz ließ. Die Angst, alles zu verlieren, war allgegenwärtig: das Erbe seiner Familie, seinen gesellschaftlichen Status, vielleicht sogar sein Leben. Catherine spürte einen schmerzhaften Stich der Erkenntnis. Sie konnte ihn verstehen. Auch sie war in dem Glauben erzogen worden, dass es ein unumstößliches Richtig und Falsch gab. Doch in den letzten Tagen hatte sie gelernt, dass dazwischen unendlich viele Nuancen existierten.

Dann sagte sie leise: »Du kannst nichts dafür. Wir sind alle nur die Summe der Entscheidungen anderer.«

Matthew schüttelte den Kopf. »Vielleicht, aber jetzt ist der Moment gekommen, zu zeigen, aus welchem Holz wir wirklich geschnitzt sind. Und ich werde Josephine da rausholen. Das ist meine Chance, es richtig zu machen. Meine Möglichkeit, für all das einzustehen, was ich versäumt habe. Lass mich das tun.«

Ein Kloß bildete sich in ihrer Kehle. Dann trat sie einen Schritt auf ihn zu und zog ihn in eine feste Umarmung. »Pass auf dich auf.«

Er hatte verdient sich seine Erlösung, auf die Art und Weise zu holen, wie er es für richtig hielt.

Er hielt sie einen Moment lang. »Du auch.«

Dann löste er sich und eilte die Treppe hinunter. Catherine blieb stehen und sah ihm nach, bis er im Schatten verschwand. Ihr Herz fühlte sich an, als würde es in zwei Richtungen gezogen. Doch jetzt gab es nur noch eine Möglichkeit. Sie musste William finden.

53

JOSEPHINE

APRIL 15 | 01.30 UHR

Seit geraumer Zeit saß Josephine am Boden der Kabine. Ihre Beine hatte sie angezogen und ihren Kopf auf ihren Knien abgelegt. Josef hatte sich lange bemüht, die Tür aufzutreten, doch irgendwann war er mit schmerzender Schulter zurückgetreten und hatte einen wütenden Schrei losgelassen. Catherine wollte Hilfe holen, doch es war niemand gekommen.

Sie hatte noch so viel vor in ihrem Leben, das konnte es nicht gewesen sein. Josephine hatte ihre Eltern angelogen und nun bereute sie es mehr als je zuvor.

»Hörst du das?«, fragte Josef. Ein leises Plätschern, das unaufhaltsam näherkam. Josef sah sie an, setzte sich schließlich neben sie und nahm ihre Hand in seine.

»Ich hätte niemals zusagen dürfen. Wenn ich dich vor einem halben Jahr geheiratet hätte, dann wären wir jetzt zuhause und nicht hier. Es tut mir leid«, hauchte sie, während Tränen in ihre Augen schossen. Josef legte seinen Arm um ihre Schultern und drückte sie an sich.

»Es ist schon gut, Josephine. Nirgendwo wäre ich jetzt lieber als hier bei dir.«

Das erste Wasser quoll durch den Spalt unter der Tür hindurch.

»Danke Josef. Danke, dass du hier bist.«

Sie legte ihren Kopf an ihn und schloss die Augen. Niemand würde in letzter Minute kommen, um sie zu retten. Dies war nun der letzte Moment, die letzten Atemzüge, die sie jemals machen würde. Nichts war mehr von Bedeutung. Die Titanic würde untergehen und sie mit ihr.

54

CATHERINE

APRIL 15 | 01.30 UHR

Die Suche nach William an Deck gestaltete sich schwieriger als angenommen. Passagiere vermischten sich mit Crewmitgliedern, darunter Heizer, Stewards und sogar Kellner, die an Deck auf einen Platz in einem Boot warteten. Herzzerreißende Szenen eröffneten sich ihr.

Frauen wollten ihre Männer nicht verlassen, Kinder wurden ihren Vätern entrissen und mittendrin wieder Passagiere, die ihr Schicksal angenommen hatten und ihren Familien winkten, die mit dem Rettungsboot nach unten gelassen wurden.

Aufgrund der Schräglage des Schiffs hatte Catherine Schwierigkeiten, zum Heck zu gelangen. Es schien ihr, als würde sie einen Berg ersteigen.

Mit jedem Schritt wurde ihr die Knappheit der Rettungsboote deutlicher bewusst. In der Tat befanden sich nur noch am Heck des Schiffes Rettungsboote, welche von einer Menschenmenge belagert wurden. Als sie näherkam, erblickte sie ihn. Mit unnachgiebiger Entschlossenheit gab er Anweisung, das letzte Boot auf dieser Seite abzufieren. Die Panik der Passagiere war hier draußen greifbarer als im Inneren, auch wenn sich alle noch immer gesittet verhielten.

»William!«, rief sie über die Tränen und das Schluchzen der Frauen hinweg, die sich von ihren Männern verabschiedeten. Ihr Schrei ging unter, und erst als sie fast neben ihm stand, schien er sie zu hören. Sein Kopf schnalzte herum, sein Blick suchte die Menge ab und als ihre Blicke sich trafen, schien die Welt einen Moment stillzustehen. Catherine kämpfte sich die letzten Meter zu ihm durch und auch er kam ihr entgegen. Die Menschen um sie herum völlig ignorierend nahm er sie in den Arm und drückte sie fest an sich.

»Gott sei Dank«, murmelte er immer wieder gegen ihre Haare, seine Stimme bebend vor Erleichterung. Seine Arme hielten sie so fest, als könnte er sie mit bloßer Kraft vor allem Unheil bewahren. Dann drückte er sie leicht von sich, nahm ihr Gesicht in seine Hände und sah ihr tief in die Augen. Sein Blick war voller Sorge, Verzweiflung – und einer stummen Dringlichkeit. »Wir müssen dich sofort in ein Boot setzen. Komm mit!« Er ließ sie los, ergriff ihre Hand und blickte sich am Deck um. »Auf der Backbordseite gibt es noch Boote.«

Er war entschlossen, sie in Sicherheit zu bringen. So entschlossen, dass sie kaum ein Wort einwerfen konnte. Hektisch bugsierte er sie durch das Chaos, wich panischen Passagieren aus, hielt sie eng bei sich, als ob er fürchtete, sie könnte ihm aus den Fingern gleiten. Doch genau das tat sie.

Mit einem Ruck riss Catherine sich los. »Warte! Warte, William! Woher bekomme ich einen Generalschlüssel?«

Er fuhr zu ihr herum, das Gesicht angespannt. »Catherine, wir haben keine Zeit für—«

»Josephine!« Ihre Stimme überschlug sich fast. »Sie ist noch unten, in ihrer Kabine! Sie wurde von George eingesperrt und ich muss sie holen. Ich kann nicht ohne sie gehen!«

Einen Moment lang sah er sie einfach nur an, sein Blick hart wie Stahl. Dann schnaufte er, während sich eine Falte zwischen seinen Augenbrauen bildete. »Wo ist ihre Kabine?«

»Zweite Klasse, E–Deck glaube ich.«

Er schien kurz zu überlegen, schüttelte dann aber den Kopf. »Die Kabinen der zweiten Klasse sind weiter hinten, aber bei dieser Neigung sind sie vermutlich bereits unter Wasser.«

Die Worte trafen sie mit der Wucht eines Hammerschlags. Ihr Magen zog sich zusammen, ihr Herz raste, als hätte es plötzlich begonnen, für zwei zu schlagen.

»Nein.« Sie schüttelte heftig den Kopf. »Nein, das kann nicht sein! Sie … sie ist dort unten! Sie wartet darauf, dass ich sie rette! Ich kann nicht einfach …« Ihre Stimme brach, ihre Kehle fühlte sich eng an. »Es ist meine Schwester! Ich muss sie holen! Ich kann sie nicht einfach ertrinken lassen!«

Er packte sie an den Schultern, hielt sie fest, als könnte er sie allein mit seiner Kraft in der Realität verankern. »Catherine, wenn du jetzt nach unten gehst, wirst du nicht zurückkommen.«

»Dann ist es das wert!«, rief sie mit verzweifelter Wut. »Ich werde sie nicht im Stich lassen!«

»Catherine! Hör mich an!« Seine Stimme war scharf, eindringlich. »Wenn du da runtergehst, wirst du sterben. Es gibt keinen anderen Ausgang. Keine Rettung. Nur Wasser. Willst du, dass Josephine stirbt, und du mit ihr?«

Sie rang nach Atem. Ihre Hände zitterten.

Die Hoffnung entglitt ihr, wie feiner Sand zwischen den Fingern. Josephine war dort unten. Und wenn William recht hatte – wenn die zweite Klasse bereits unter Wasser stand – dann war es zu spät.

Sie rang nach Atem, aber die Luft schien nicht in ihre Lungen zu gelangen. Alles um sie herum war in Bewegung – Menschen drängten sich an den Booten, stießen sich gegenseitig zur Seite, Offiziere riefen Befehle, Frauen schrien nach ihren Männern, Kinder weinten. Die Angst war greifbar. Eine alles verschlingende Welle aus Panik.

Dann ein Schuss. Ein erstickter Schrei.

Catherine blinzelte. Jemand rannte an ihr vorbei, stieß sie an, doch sie spürte es kaum. Ihr Körper fühlte sich an, als wäre er nicht mehr ihrer, als wäre sie nur noch ein Schatten in diesem Chaos.

Matthew.

Er war nach unten gegangen. Wegen ihr.

Ihr Magen zog sich zusammen, als hätte jemand ihn mit bloßen Händen gepackt und umgedreht. Es war fast unmöglich, dass er Josephine noch finden würde. Wahrscheinlicher war, dass er jetzt bereits gegen die Strömung kämpfte, dass das Wasser eiskalt an seinen Knöcheln zog, ihn mit jedem Schritt verlangsamte, bis es ihn ganz verschlang.

Hatte sie ihn in den Tod geschickt?

Das Schiff neigte sich weiter nach vorn. Ihre Beine zitterten. Sie wollte sich festhalten, aber es gab nichts, was ihr Halt bot.

»Ich kann nicht …« Ihre Stimme war kaum zu hören, erstickt von den Schreien um sie herum. Ihr war kalt, aber nicht wegen der Luft. Es war die Angst. Die Schuld. Das Wissen, dass sie nichts mehr tun konnte. »Ich kann nicht einfach gehen.« Ihre Finger krallten sich in die eigene Kleidung, als könnte sie sich selbst daran festhalten. Matthew war fort. Josephine war fort. Und sie stand hier, während um sie herum alles zerbrach.

Dann eine Berührung.

Warme Hände um ihre, fest, lebendig.

Sie blinzelte, sah auf. William. Er nahm ihre zitternden Hände in seine. »Catherine, kannst du dir ein Leben mit mir vorstellen?«

»Was?«

»Nach der Titanic. Nach heute Nacht.« Seine Stimme wurde weicher, flehender. »Stell es dir vor. Wir wachen zusammen auf, irgendwo, wo das Wasser nicht unser Feind ist. Ein Leben voller Licht, voller Leben. Zusammen. Du und ich. Kannst du dir das vorstellen?«

Sie sah ihn an, suchte nach Worten, nach Luft, nach Halt. Dann, leise, fast ein Gebet: »Ja.«

Seine Hände drückten ihre fester. »Dann musst du auf mich hören. Du musst in dieses Boot steigen, Catherine. Du musst überleben.«

Sie schwieg. Sie kämpfte.

Er hielt ihren Blick, als könnte er sie so davon überzeugen, dass es eine Zukunft gab – eine, in der sie beide überlebten, in der all das hier nicht das Ende war. Doch wie konnte sie an morgen denken, wenn die Nacht um sie herum zerbrach?

Ein Zittern lief durch ihren Körper. Ein Teil von ihr wollte glauben. Ein anderer wollte zurück. Dann ließ er sie los, aber nur, um ihre Hand fester zu packen.

»Komm.« Seine Stimme war entschlossen. Keine Bitte mehr.

Er zog sie mit sich, durch die Menge, vorbei an fremden Gesichtern, Tränen, verzweifelten Stimmen. Der Boden bebte unter ihnen, das Schiff stöhnte in den dunklen Himmel.

Er ließ sie stehen und eilte mit einem anderen Offizier davon, um die Taue vorzubereiten. Stimmen erhoben sich, Befehle wurden gerufen, doch Catherine hörte nichts davon.

Sie hörte nur noch die Stille, die Josephines Namen trug.

55

JOSEPHINE

Das Wasser war eiskalt. Scharf wie tausend Nadeln, die sich in ihre Haut bohrten. Es stand ihnen bis zu den Knien, zog an ihren Kleidern, an ihren Körpern, als wollte es sie mit sich reißen. Die Luft war stickig, feucht, durchzogen von dem modrigen Geruch der aufsteigenden Fluten, während das stetige Gurgeln des Wassers ihnen ins Ohr kroch – ein grausames, unaufhaltsames Geräusch.

Josephine saß reglos auf dem Bett, ihre Arme um sich geschlungen. Neben ihr saß Josef, ebenso still. Sein Blick war auf die geschlossene Tür gerichtet, die einzige Barriere zwischen ihnen und dem Tod.

Sie hatten aufgegeben.

Es gab kein Entkommen. Nicht mehr.

»Es wird schnell gehen«, murmelte Josef schließlich.

Sie nickte, ihr Blick war leer auf die Tür gerichtet. Die Tür, die sich nie wieder öffnen würde. Sie hatte gedacht, Panik würde sie in ihren letzten Momenten überfallen. Angst. Ein unaufhörliches Flehen nach einem Wunder. Doch da war nur Stille. Ein dumpfes Bewusstsein darüber, dass es vorbei war.

Bis plötzlich eine Stimme durch das Holz brach. »Josephine!«

Josephine riss den Kopf hoch. Die Stimme war dumpf, verzerrt durch das Holz – aber unverkennbar. Mister Gould. Für einen Sekundenbruchteil war da nichts als Stille in ihr. Dann ein Aufschrei, ein verzweifeltes, heiseres Keuchen: »Mister Gould!«

Adrenalin jagte durch ihre Adern. Sie sprang auf, das Wasser riss an ihr, zog ihre Röcke mit sich, klatschte gegen ihre Beine wie ein lebendiges Wesen.

»Wir sind hier!« Ihre Stimme überschlug sich. »Mister Gould! Matthew!«

Josef war neben ihr, seine Hände hämmerten gegen die Tür, seine Fingerknöchel schlugen dumpf gegen das feuchte Holz. Draußen polternde Schritte, ein dunkles Fluchen. Dann Matthews Stimme, rau, gepresst: »Catherine hat mich geschickt! Ich hole euch hier raus!« Seine Worte durchbohrten Josephines Brust.

»Tretet von der Tür zurück!«

Sie riss Josef mit sich, stolperte rückwärts, drückte sich gegen die Kabinenwände.

Ein harter, dumpfer Schlag. Das Holz erzitterte, das Zimmer bebte.

Catherine hatte sie nicht vergessen. Josephine schnappte nach Luft, ein Schluchzen entkam ihr – ein Gemisch aus Erleichterung und Panik.

Hinter Matthew ertönte eine fremde, ungeduldige Stimme: »Das Geld, Sir! Sie haben versprochen …«

»Später!« Matthews Stimme war scharf. Noch ein Schlag. Das Holz splitterte, ein langer Riss zog sich über die Tür.

Noch ein Hieb.

Ein letztes, splitterndes Krachen.

Dann barst die Tür auf, und das Wasser schoss wie eine lebendige Flut in den Raum.

Josephine keuchte auf, als es gegen sie prallte, sich um ihre Beine wälzte und weiter anstieg. Es hatte ihnen zuvor bereits bis zu den Knien gestanden, doch nun reichte es ihr bis an die Oberschenkel, drückte und zog, als wollte es sie mit sich reißen.

Matthew stand auf der anderen Seite, hatte das Beil, mit dem er die Tür aufgebrochen hatte noch hocherhoben. Er ließ es sinken und streckte eine Hand aus. »Kommt!«

Sie stolperte vorwärts, kämpfte sich durch das Wasser, und als sie endlich durch den Spalt schlüpfte, warf sie sich ihm entgegen. Ihre Finger krallten sich in sein nasses Hemd, ihr Körper bebte. »Du hast uns gefunden«, flüsterte sie, halb lachend, halb weinend. »Du hast uns gefunden!«

Matthew hielt sie kurz, drückte sie dann sanft von sich. »Wir müssen los!«

Hinter ihr kämpfte sich Josef durch die Tür, das Wasser zerrte an ihm, drohte ihn zurückzuhalten. Matthew drehte sich um, zog ein Bündel Geldscheine aus seiner durchnässten Jacke und drückte sie dem Steward in die Hand. »Hier. Danke.«

Der Mann riss sie ihm hastig ab, zählte nicht einmal nach, bevor er sich sofort in eine Richtung aufmachte, ohne zurückzusehen.

Josephine konnte kaum atmen. Ihr Herz hämmerte. Sie waren draußen. Sie konnten überleben.

»Wir folgen dem Steward«, sagte Matthew. »Er kennt den schnellsten Weg nach–«

Dann – ein Flackern. Ein kurzes Aufzucken der Glühbirnen, die den Gang erhellten, als würden sie gegen das Unvermeidliche ankämpfen. Ein grelles Aufflackern, ein letzter verzweifelter Atemzug – dann ein ersticktes Summen.

Das Licht erlosch.

Plötzlich war alles schwarz.

Nicht nur dunkel, sondern vollkommen, gnadenlos schwarz. Keine Konturen, keine Schatten, nichts. Nur ein bodenloses Nichts, das jede Orientierung raubte. Es war, als hätte sich die Welt mit einem Schlag aufgelöst.

Josephine erstarrte. Ihr Atem ging flach, ihre Finger krallten sich instinktiv in Matthews Ärmel. Ihre Ohren rangen nach Anhaltspunkten – nach irgendeinem Beweis, dass sie noch existierte, dass das Schiff noch da war. Aber die Stille war schwer. Dann kam das Ächzen.

Ein tiefes, durch Mark und Bein gehendes Stöhnen aus dem Inneren der Titanic. Stahl, der sich unter gewaltigem Druck bog, riss, zerbrach. Die Wände bebten unter einem unheilvollen Knirschen, als würde das Schiff selbst aufschreien. Irgendwo krachte Metall auf Metall, hohl und laut, begleitet von einem schabenden Geräusch.

Und dann – das Wasser. Ein gurgelndes, lauerndes Geräusch, das die Stille füllte. Das Herz des Ozeans, das durch offene Wunden ins Innere der Titanic sickerte. Es kroch über den Boden, suchte seinen Weg durch Gänge und Spalten. Josephine schnappte nach Luft. »Josef?« Ihre Stimme war nur ein Hauchen.

Keine Antwort.

Nur das Gurgeln des Wassers. Das Wimmern von Metall.

Plötzlich ein dumpfes Klopfen – drei Schläge auf Stahl. Von irgendwoher, vielleicht aus einem anderen Gang. Ein Signal? Ein Hilfeschrei? Dann wieder Stille. Es war, als wäre die Welt erstarrt.

Ihr Herz schlug so laut, dass es dröhnte.

»Josef!« Jetzt panisch. Sie tastete nach ihm, aber da war nur Leere, bis sie endlich auf Stoff traf.

»So fühlt es sich also an …« Seine Stimme kam aus dem Dunkel, leise, fast ehrfürchtig.

Josephine schluckte hart. »Was?«

Ein leises Knistern, als irgendwo ein Kabel funkte, erschöpft vom Kampf.

»Wenn das Licht stirbt.«

Ein Zittern lief über ihren Rücken.

»Die Hoffnung stirbt mit ihm.«

Ein leises, zitterndes Brummen, irgendwo über ihnen. Ein verzweifeltes Knistern. Das Licht flackerte wieder auf. Zuerst ein schwaches Glühen, kaum mehr als ein Schimmer, dann ein plötzlicher, zuckender Blitz, als sich die Lampen ein letztes Mal aufbäumten. Ihre Augen mussten sich erst an das Licht gewöhnen, aber sie sah Josef sofort.

Er stand noch immer da, doch sein Gesicht hatte sich verändert. Die Dunkelheit hatte ihn getroffen, den Mann, der sein Leben dem Licht verschrieben hatte.

Er hob den Kopf, seine dunklen Augen trafen ihre. Er sah sie lange an, dann drehte er sich um, blickte den Gang hinunter. Das Wasser schlug in dunklen Wellen gegen die Wände, leckte an der zerbrochenen Tür. Von irgendwoher hallten Stimmen, gedämpft, hektisch.

Ein Zittern lief über seine Schultern. Dann atmete er tief durch und wandte sich wieder zu ihr. Ruhig. Entschlossen. Seine Entscheidung schien gefallen.

»Lebwohl, Josie.«

Ein Schauder durchlief sie. Das Wasser stieg weiter, kroch an ihren Beinen hinauf, als würde es versuchen, sie beide hinabzuziehen.

»Was soll das? Wieso kommst du nicht mit?«

»Ich muss zurück zu meinen Kameraden.« Seine Stimme war ruhig, aber sie hörte den Kloß darin. »Wir müssen dafür sorgen, dass die Lichter nicht ausgehen. Ohne uns versinkt das Schiff in völliger Dunkelheit, noch bevor der letzte Notruf gesendet wurde. Die Menschen da oben …« Er schluckte. »Sie haben Angst. Aber sie können noch sehen. Sie können sich noch orientieren. Die Funker können noch Signale senden. Jedes Licht, das brennt, gibt ihnen eine Chance.«

Matthew fluchte leise. »Josef, verdammt! Die Lichter halten das Wasser auch nicht mehr auf!«

Josef lachte leise, bitter. »Ich weiß. Darum gehts nicht.« Er zuckte mit den Schultern, ein kaum merkliches, müdes Lächeln. »Aber ich muss dabei helfen, ihnen jede Chance zu ermöglichen.«

Josephine spürte, wie ein eiskalter Griff sich um ihr Herz legte. »Nein … nein, das kannst du mir nicht antun!«

Ihre Stimme brach. Sie wollte ihn packen, ihn mit sich reißen, ihn zwingen, das Richtige zu tun – doch was, wenn dies für ihn das Richtige war?

Er trat einen Schritt näher, nahm ihre Hände in seine. Seine Finger waren klamm, kalt vor Nässe, doch sein Griff war warm. Fest.

»Du hattest recht.« Seine Stimme war sanft, fast ein Flüstern. »Wir waren nicht dafür bestimmt, für immer zusammen zu sein.«

Josephine schnappte nach Luft. »Was redest du da? Ich habe mich doch für dich entschieden!«

Ein trauriges Lächeln umspielte seine Lippen. »Ich würde mich auch immer und immer wieder für dich entscheiden, Josephine. Aber jetzt muss ich …«

»Nein!« Sie klammerte sich an seine Hände, als könnte sie ihn so festhalten. »Wir entscheiden gemeinsam, wohin wir gehen!«

Josefs Daumen strich sacht über ihre Finger. Er hielt sie noch einen Moment, als wollte er sich das Gefühl einprägen. »Jeder muss seine eigenen Entscheidungen treffen«, sagte er leise. »Das hier ist meine.«

Josephines Kehle brannte. »Bitte … Du hast mir doch gesagt, ich könnte beides haben. Die Arbeit und dich!«

Seine Stirn berührte für einen Moment ihre, eine letzte Geste, eine letzte Berührung. Seine Stimme war kaum mehr als ein Hauch. »Du wirst immer wieder Entscheidungen treffen müssen, das ganze Leben besteht daraus. Ich treffe jetzt meine und sobald du vor Ende der Nacht noch dran bist, deine zu treffen – triff sie weise.«

Ein Zittern lief durch ihren Körper. Josef traf seine Entscheidung nicht leichtfertig. Er war kein Narr, kein Draufgänger, der sich in sinnloser Opferbereitschaft verlor. Er wusste genau, was er tat – und warum.

Ohne die Elektriker würde das Schiff viel früher in Dunkelheit versinken. Ohne sie würden die Funker keine Zeit mehr haben, weitere Notrufe zu senden. Ohne sie würde das Chaos noch größer, die Panik noch unkontrollierbarer.

Er entschied sich nicht gegen sie. Er entschied sich für etwas Größeres.

Sie verstand. Und trotzdem brach es ihr das Herz.

Hinter ihnen gurgelte das Wasser. Es kroch höher.

»Wir müssen los.« Matthew packte ihren Arm.

Josef ließ ihre Hände los. Sein Blick war ein letzter, sanfter Abschied. »Geh, Josephine.« Dann drehte er sich um, und ohne noch einmal zurückzusehen, watete er in den dunklen, überfluteten Gang.

Sie blickte ihm wie versteinert nach, konnte sich nicht mehr rühren.

Er hatte seine Wahl getroffen. War es nun an ihr die ihre zu treffen? Widerwillig packte sie Matthew an der Hand und zog ihn mit sich. Hinaus. Nach oben. In die Nacht.

56

CATHERINE

APRIL 15 | 01.45 UHR

»Catherine jetzt! Du musst in das Boot steigen.«

»Nein.« Sie wich zurück. Williams Gesicht erstarrte. Für einen Moment schien er, als hätte sie ihm den Boden unter den Füßen weggezogen. Hoffnungslosigkeit trat in seine Augen, eine Qual, die ihr fast den Atem nahm. Dann griff er nach ihrer Hand, zog sie näher, seine Finger umschlossen ihre mit einer Dringlichkeit, die sie zittern ließ.

Er senkte die Stimme, und obwohl um sie herum Schreie, panische Befehle und das Klirren von Taue gegen Holz erklangen, sprach er mit ihr, als wären sie allein.

»Bitte, Catherine. Ich flehe dich an. Steig in das Boot.«

Ihre Brust hob und senkte sich rasch, ihr Herz pochte so laut, dass es fast alles andere übertönte. Wie konnte er das von ihr verlangen? Wie sollte sie ihn einfach zurücklassen? Ihre Lippen bebten, ihre Augen brannten, und dann brach es aus ihr heraus:»Bitte zwing mich nicht dazu, ich gehe nicht ohne dich. Ich liebe dich, William«

Sein Griff um ihre Hand verstärkte sich, als würde er versuchen, sie mit bloßer Kraft hierzubehalten, in diesem Moment, in dieser Entscheidung. Er schluckte schwer, ein innerer Kampf tobte in ihm, sichtbar in jeder Linie seines Gesichts. Dann ließ er langsam den Kopf sinken, legte seine Stirn gegen ihre und schloss die Augen. Sein Atem streifte ihre Wange, warm und vertraut, so verzweifelt und doch sanft. Sie sog seinen Duft ein, spürte die Wärme seines Körpers, das Zittern in seinen Schultern. Sekunden verstrichen, in denen die Welt für sie beide still stand, während um sie herum das Chaos wütete.

»Ich liebe dich auch.« Er öffnete die Augen und seine kalten Lippen legten sich auf ihre. Einen Moment lang zählte nichts mehr. Nicht der Untergang, nicht die Menschen um sie herum. Nur noch er und sie.

Als er sich von ihr löste, sah er sie bestimmt an. »Und jetzt steig in das Boot. Ich bin direkt hinter dir, wir bleiben zusammen.«

Ein Zittern lief durch ihren Körper. Sie wollte ihm glauben, musste ihm glauben – doch Angst schnürte ihr die Kehle zu. »Versprich es mir.«

Keine Sekunde zögerte er. Er hielt ihrem Blick stand, ruhig, sicher, so, als wäre das, was er sagte, die einzige Wahrheit, die existierte. »Ich verspreche es dir. Jetzt komm.«

Sie suchte in seinen Augen nach der Lüge. Nach dem Zweifel, der ihn verraten würde. Nach dem leisesten Zeichen, dass er ihr nicht die Wahrheit sagte.

Seine Gefühle wichen der Professionalität und er trat mit ihr zusammen an die Deckkante. Das Rettungsboot war bereits befüllt. Durch die Schlagseite, die die Titanic langsam bekam, hing das Boot an den Seilen einen halben Meter von der Schiffswand entfernt. Als Catherine in den Spalt zwischen Schiffswand und Rettungsboot blickte, erkannte sie das Wasser, das noch so weit entfernt wirkte.

»Vorsicht, Miss, nehmen Sie meine Hand!«, schrie ihr ein junger Seemann, kaum älter als sie selbst, aus dem Rettungsboot entgegen. Sie ergriff sie und überwand mit dieser Sicherheit den Spalt. Beinahe wäre sie an der Rettungsbootkante ausgerutscht, doch die Hand des Seemanns und die Hand von William hielten sie, bis zum letzten Moment. Als sie sich weiter in das Rettungsboot hineinwagte, entglitt ihr Williams Hand. Unvermittelt wandte sie sich ihm zu.

Ihr Herz hämmerte gegen ihre Rippen, während sie auf ihn wartete – darauf, dass er ihr folgte, dass er ebenfalls in das Boot sprang. Doch er rührte sich nicht. Stattdessen stand er da, betrachtete sie mit einem Ausdruck, den sie nicht sofort deuten konnte. Eine Mischung aus Schmerz, Zärtlichkeit und etwas anderem … etwas Endgültigem. Ein unheilvolles Ziehen breitete sich in ihrer Brust aus, als er nicht nach ihrer Hand griff, sondern stattdessen einen Schritt zurücktrat. Ihre Kehle zog sich zusammen.

»William?« Ihre Stimme war kaum mehr als ein Flüstern. Doch er sagte nichts. Er sah sie nur an. Selbst als er seine Worte an den Seemann richtete, lagen seine Augen auf ihr.

»Mister Buley, Sie tragen die Verantwortung für dieses Rettungsboot.«

»Aye, Sir!«

»Abfieren!«, gab William den Befehl und Catherine verstand sofort. Ein eiskalter Schauer rann ihr den Rücken hinab, als die Bedeutung seiner Worte zu ihr durchdrang.

Ihre Finger krampften sich um den Bootsrand. Panik stieg in ihr auf, brannte heiß in ihrer Kehle. Das konnte nicht sein. Er hatte es ihr versprochen. Sie hatte es in seinen Augen gesehen, in seiner Stimme gehört – oder hatte sie sich das nur eingebildet?

»William!« Ihre Stimme brach, ihr Blick flehte ihn an. Doch er stand nur da, das Gesicht hart, die Augen voller unausgesprochener Worte.

Die Taue knarrten, das Boot setzte sich in Bewegung.

Catherine spürte, wie sich Tränen in ihren Augen sammelten, heiß gegen die Kälte der Nacht. Sie wollte nach ihm greifen, wollte sich aus dem Boot hieven, zurück auf das Deck, zu ihm, aber ihre Beine gehorchten nicht.

Er sah sie an. Stumm formten seine Lippen die Worte: Es tut mir leid.

Ein Schluchzen entkam ihr. Das Rettungsboot sank weiter, zog sie von ihm fort, trennte sie unausweichlich. Sie konnte seinen Blick nicht losreißen, konnte nicht begreifen, dass dies das Ende war.

Hinter ihm tobte das Chaos. Männer rannten, riefen, ein Schuss hallte über das Deck, doch William stand still, regungslos – nur seine Augen folgten ihr, bis sie ihn nicht mehr sehen konnte.

57

MURDOCH

APRIL 15 | 01.55 UHR

Wie in Trance sah er dabei zu, wie das Rettungsboot mit jeder verstrichenen Sekunde weiter nach unten gefiert wurde und obwohl es sein Befehl gewesen war, wurde ihm übel dabei. Er hielt ihrem Blick stand.

Murdoch hatte sie angelogen, doch wie hätte er sich in dieser Situation anders verhalten sollen? Er musste sie in Sicherheit wissen, sonst konnte er seine Arbeit nicht erledigen und nur Gott wusste, welche weiteren Aufgaben er noch zu erfüllen hatte, bevor die Nacht vorüber war. Das schwere Metall der Waffe in seiner Manteltasche erinnerte ihn daran.

Wilde stand plötzlich neben ihm, den Blick auf das Rettungsboot gerichtet. Schreie trieben über das Deck, doch zwischen ihnen lag für einen Moment nur Stille.

Dann sagte Wilde leise: »Du hast das Richtige getan, Murdoch.«

Murdoch starrte weiter auf das dunkle Wasser. »Habe ich das?« Seine Stimme klang rauer, als er erwartet hatte.

Wilde zuckte kaum merklich mit den Schultern. »Wir alle haben Entscheidungen zu treffen. Jeden Tag. Manche sind leicht, manche zerreißen uns das Herz, aber wir müssen weitermachen, auch wenn sich alles in uns dagegen sträubt. Aber schlimmer als eine falsche Entscheidung zu treffen, ist gar keine zu treffen.«

Murdoch sah ihn fragend an, und Wilde hielt seinem Blick für einen Moment stand, ehe er fortfuhr: »Es gibt Momente, da muss man springen. Da muss man alles aufs Spiel setzen, weil es keine zweite Chance gibt.«

Murdoch spürte, wie sich sein Hals zuschnürte. Sein Blick glitt über die Kante, dorthin, wo das Rettungsboot längst verschwunden war. Murdoch drehte langsam den Kopf zu ihm. Seine Kiefermuskeln spannten sich an. »Und wenn man zögert, weil man trotzdem die richtige Entscheidung treffen will?«

Wilde hielt seinem Blick stand. »Dann verliert man.« Er ließ die Worte einen Moment sacken. »Aber weißt du, was die bittere Wahrheit ist? Manchmal bedeutet die richtige Entscheidung nicht, dass man die Frau bekommt. Manchmal heißt es nur, dass sie weiterleben kann.«

Murdoch schluckte hart. Sein Blick glitt zur Stelle, an der das Rettungsboot in der Dunkelheit verschwunden war.

»Sie wird überleben, Murdoch«, sagte Wilde noch einmal, diesmal fast sanft. »Dank dir.«

Für einen Moment standen sie einfach nur da, während der kalte Wind ihre Gesichter peitschte. Dann nickte Murdoch langsam.

Wilde musterte ihn noch einen Moment, als wolle er sicherstellen, dass seine Worte angekommen waren. Er atmete tief durch, dann drehte er sich um und verschwand in der Menge. Murdoch blieb zurück, das Echo von Wildes Stimme in seinen Gedanken.

Wir müssen weitermachen, auch wenn sich alles in uns dagegen sträubt.

Die Worte zu Herzen nehmend, eilte Murdoch über das Deck nach vorne. Die Rettungsboote hatten das Schiff alle verlassen. Es gab noch Engelhardtboote über den Offizierskabinen, um die er sich nun kümmern würde. Auch wenn die Kapazität geringer war, war jeder Platz von Belang. In Zusammenarbeit mit Wilde und dem Quartiermeister Rowe wurde das Klappboot vom Dach geholt und in den Davits befestigt, um eine zügige Wasserung zu ermöglichen. Die Unruhe der Passagiere nahm zu, insbesondere angesichts der Erkenntnis, dass nur noch eine begrenzte Anzahl an Rettungsbooten verfügbar war, die eine Rettung gewährleisten konnten. Für alle anderen blieb lediglich der Tod durch Erfrieren. Murdoch wurde beinahe vom Ansturm der Passagiere und Angestellten überwältigt, welche in das Rettungsboot klettern wollten.

Plötzlich zerrissen zwei Schüsse die Luft um ihn herum. Einer der Purser hatte Warnschüsse abgegeben und die Passagiere wichen zurück.

In Zusammenarbeit mit Wilde gelang es Murdoch, das Rettungsboot zu beladen. Ismay rannte vor dem Boot am Deck auf und ab und trommelte lauthals Frauen und Kinder zusammen.

»Rowe! Sie übernehmen die Verantwortung über dieses Boot«, hörte sich Murdoch dem Quartiermeister zurufen, der nickte und in das Rettungsboot kletterte.

»Gibt es noch Frauen und Kinder?« Schnell blickte er durch die Menge. »Gut, dann alle anderen in das Rettungsboot.«

Die Männer blickten ihn mit Dankbarkeit an, bevor sie ebenfalls in das Boot stiegen.

Murdoch drehte sich um, und Wilde signalisierte ihm durch ein Kopfnicken, dass er sich auf den Weg über die Brücke auf die andere Seite machen würde. Als Murdoch sich wiederum zum Rettungsboot umdrehte, um den Befehl zu geben, wurde er gewahr, dass Ismay sich im Rettungsboot befand. Sein Gesicht war bleich und er hatte den Morgenmantel enger gezogen.

Es existierte ein ungeschriebenes Gesetz, dem zufolge die Männer des Schiffes bis zum bitteren Ende an Bord blieben, um möglichst viele Leben zu retten. Ismay traf die bewusste Entscheidung, sein eigenes Leben zu retten. Doch es war nicht Murdochs Aufgabe, ihn dafür zu richten. Wären sein Pflichtgefühl und die Schuld nicht dermaßen groß, vielleicht hätte er sich auch in das Boot gesetzt. Vielleicht hätte er sein Leben gerettet, damit er Catherine beim nächsten Sonnenaufgang wieder hätte in den Armen halten können. Da es aber seine Befehle gewesen waren, die sie in diese Lage gebracht hatten, würde er jedes Leben nach Möglichkeit retten. Auch das von Ismay.

»Gut, Männer. Bereit? Abfieren. Langsam und gleichmäßig.«

Es dauerte lange, bis das Rettungsboot das Wasser erreichte. Noch bevor er sich versichern konnte, dass es sicher unten angekommen war, rannte Murdoch weiter. Der gesamte Bug war nun unter Wasser und ihnen würde nicht mehr viel Zeit bleiben. Das Wasser hatte den Ausguckmasten erreicht und stieg rasant nach oben. Ein Blick die Treppe nach unten reichte, um zu sehen, dass das Wasser das B–Deck erreicht hatte und die Stufen nach oben kletterte. Offizier Moody half ihm, das Faltboot A vom Dach zu holen.

Doch kaum krachte es auf das Deck, erreichte das erste Wasser seinen Platz und schwappte über Murdochs Stiefel, während das Schiff einen spürbaren Satz nach unten machte. Sein Herz blieb stehen und er trat einen Schritt zurück, doch das Wasser schwappte in einer Welle über die Reling und riss ihm den Boden unter den Füßen weg.

58

JOSEPHINE

Mit einem letzten verzweifelten Sprung stolperte Josephine aus dem Inneren des sinkenden Schiffes ins Freie – und blieb wie erstarrt stehen.

Ein Anblick wie aus einem Albtraum breitete sich vor ihr aus. Die Titanic war nichts mehr weiter als ein sterbender Koloss. Ihr Bug war bereits tief unter Wasser verschwunden, und das Heck ragte unnatürlich steil in den Himmel, als würde es gegen die eigene Vernichtung aufbegehren. Von irgendwoher hallten Schreie – unmenschlich, verzweifelt, ein Chor aus Angst und Wahnsinn.

Josephine schnappte nach Luft. Sie hatte gewusst, dass es schlimm war – aber nicht so schlimm. Ihre Knie fühlten sich plötzlich weich an, ihr Körper schwer, als könnte sie sich keinen Schritt weiter bewegen. Die kalte Nachtluft biss in ihre Haut, das Salzwasser sog an ihren Röcken, und doch war das alles nichts gegen die lähmende Furcht, die sie packte.

»Josephine!« Matthews Hand schloss sich fest um ihren Arm, zog sie mit sich. »Wir müssen zum Heck! Schnell!«

Sie zwang sich, zu nicken, zwang ihre Beine, weiterzulaufen. Doch mit jeder Sekunde wurde es schwerer. Das Deck neigte sich immer weiter, das Metall unter ihren Füßen vibrierte wie das Zittern eines verwundeten Tieres. Unter ihnen krachte etwas – eine Explosion oder vielleicht das Brechen eines Schotts. Die Vibrationen ließen den Boden beben, als würde das Schiff sich unter ihren Füßen auflösen.

»Wir schaffen das!«, presste Matthew hervor, seine Stimme entschlossener, als er sich wohl fühlte. »Wir müssen nur hoch genug kommen.«

Sie wollte ihm glauben. Musste ihm glauben.

Dann – ein Schatten bewegte sich in ihrem Blickfeld.

Josephine blieb abrupt stehen.

Ein Mann stand vor ihnen, halb im Dunkeln, das verzerrte Licht der Titanic spiegelte sich in seinen irren Augen.

George. Sein Anzug klebte feucht an seinem Körper, das Gesicht gezeichnet von Erschöpfung, Wut und schierem Wahnsinn.

Er lachte leise, atemlos. »Ich wusste es. Ich wusste, dass du dich wieder herauswinden würdest. Du bist wie eine Kakerlake.« Seine Stimme bebte, zwischen Anklage und Unglauben. »Aber diesmal nicht, Josephine. Nicht mit mir.«

Ehe sie reagieren konnte, packte er sie brutal an der Schulter. Seine Finger bohrten sich in ihre Haut, rissen sie nach vorne. Sie stolperte, rang nach Halt.

»George, hör auf!« Ihre Stimme überschlug sich vor Panik. Er schüttelte sie, seine Fingernägel gruben sich in ihr Fleisch. Sie keuchte auf.

»Lass sie los!«

Matthew war mit einem Satz bei ihnen. Ohne zu zögern, packte er George und riss ihn zurück.

Doch George ließ nicht los. Mit einem kehligen Knurren rammte er Matthew die Faust ins Gesicht. Der Aufprall war dumpf, hässlich. Matthew taumelte, verlor den Halt auf dem schrägen Deck. Josephine schrie auf, als er beinahe stürzte.

Das Schiff erzitterte, ein ohrenbetäubendes Kreischen zerriss die Luft. Metall barst, Holz splitterte, als sich das gewaltige Wrack weiter aufbäumte. Der Boden unter ihren Füßen kippte steiler, unaufhaltsam.

George strauchelte. Seine Füße glitten über das nasse, schrägstehende Deck. Für einen entsetzlichen Moment ruderte er mit den Armen, suchte Halt – und griff ins Leere. Sein Körper schwankte, taumelte.

Dann fiel er.

Aber nicht in den Abgrund.

Seine Finger krallten sich mit verzweifelter Kraft in Josephines Arm. Ein Ruck durchfuhr sie wie ein Peitschenhieb. Die Welt kippte. Das Chaos um sie herum – das Stöhnen des sterbenden Schiffes, die Schreie, das Tosen des Meeres – wurde bedeutungslos. Ihre Hände schlugen gegen eine Reling, fanden Halt. Aber sein Gewicht zog an ihr, unerbittlich, als wollte es sie mit sich in die Tiefe reißen.

Sie hing über dem Abgrund. Und George hing an ihr.

Instinktiv wagte sie einen Blick nach unten – und sofort schnürte Angst ihr die Kehle zu. Die Titanic lag schräg unter ihr, ihr einst so majestätisches Deck nun ein rutschiger Abhang, der direkt ins eisige Verderben führte. Die Planken glänzten nass im schwachen Licht der letzten, flackernden Lampen, während Trümmer und Menschen gleichermaßen in Richtung Wasser glitten.

Tief unter ihr klaffte die schwarze See, die sich immer weiter nach oben kämpfte. Eiskalte Wellen schlugen gegen das zerberstende Schiff, rissen Teile der Reling mit sich. Schreie hallten durch die Nacht – Rufe nach Hilfe, nach Gott, nach einem Wunder. Doch es gab kein Entrinnen mehr.

Wenn sie fiel, würde sie nicht einfach stürzen – sie würde rutschen, unaufhaltsam, mit George an ihr geklammert, hinab ins dunkle, eiskalte Grab.

Ihr Atem ging keuchend, ihr Herz hämmerte gegen ihre Rippen. Sie spürte Georges Finger, die sich verzweifelt in ihren Arm gruben. Oben, über ihr, kniete Matthew an der Reling.

»Josephine!« Er streckte die Hand nach ihr aus. »Halte durch! Ich ziehe dich hoch!«

Sie sah ihn an, seine Augen voller Entsetzen, und dann hörte sie ihn nach unten rufen. »Lass sie los, verdammt! George, du wirst uns alle mit in den Tod reißen!«

Ein stechender Schmerz durchzuckte ihre Schultern, als Georges Gewicht an ihr zerrte. Es fühlte sich an, als würden ihre Arme aus den Gelenken gerissen, als würde ihr Körper in zwei Teile gespalten. Ihre Finger krampften sich um die Reling, doch sie wusste, dass sie nicht mehr lange durchhalten konnte. Jeder Muskel schrie, ihr Atem kam in rauen, verzweifelten Stößen. George würde nicht loslassen. Sie war das Letzte, das zwischen ihm und der Tiefe lag.

Die Titanic bebte. Sie neigte sich weiter. Matthew geriet ins Wanken, verlor beinahe das Gleichgewicht. Ein Schreckenslaut entfuhr ihm, als er sich mit aller Kraft an der Reling festklammerte, die Füße suchend auf dem nassen Holz.

Sie konnte nicht zulassen, dass sie Matthew mit in die Tiefe reißen würden. Matthew, der nie Teil der Intrigen gewesen war. Der keine Schuld an den Machenschaften von George oder ihrer Familie trug. Wenn sie fiel, würde er vielleicht mit ihr stürzen. Und wenn nicht – wenn es ihm gelang, sie hochzuziehen – dann würde auch George es schaffen. Dann würde er weitermachen, immer weiter, bis er alles zerstört hatte, nur um das zu bekommen, was er wollte.

Sie ließ ihren Blick schweifen – über das Schiff, das einst eine schwimmende Stadt gewesen war. Die Lichter der Titanic warfen einen gespenstischen Schein auf das Chaos um sie herum. Menschen klammerten sich an Reling und Schornsteine, rutschten über das steile Deck, wurden von den Wellen erfasst. In der Ferne – so weit entfernt und doch so nah – erkannte sie die Aufbauten der unteren Decks, die bereits unter Wasser lagen. Und dort unten war Josef.

Ein Schauder durchlief sie. Jetzt verstand sie.

Du wirst immer wieder Entscheidungen treffen müssen, das ganze Leben besteht daraus. Ich treffe jetzt meine und sobald du vor Ende der Nacht noch dran bist, deine zu treffen – triff sie weise.

Das hatte Josef gesagt, bevor er sie zurückließ. Sie hatte gegen seinen Entschluss angekämpft, hatte ihn festhalten wollen. Doch nun war sie an seiner Stelle. Nun war sie diejenige, die ihre Entscheidung treffen musste. Und zum ersten Mal an diesem schrecklichen Abend fühlte sie eine seltsame Ruhe in sich.

Sanft, fast zärtlich, sah sie Matthew an. Ihre Lippen formten ein kleines, trauriges Lächeln. »Jeder muss seine eigenen Entscheidungen treffen«, flüsterte sie.

Ihre Finger, blass vor Anstrengung, lösten sich einer nach dem anderen.

Matthew brüllte ihren Namen, doch es war zu spät. Für einen endlosen Moment schwebte sie zwischen Himmel und Meer. Dann fiel sie – und George mit ihr.

Die eisige Dunkelheit riss sie fort.

59

CATHERINE

APRIL 15 | 02.15 UHR

Die Männer an den Rudern hatten Angst, dass der Sog, den das Schiff verursachen könnte, sie mit in die Tiefe reißen könnte. Deshalb behielten sie mit dem Rettungsboot genügend Abstand.

Schreie füllten die Nacht, die Lichter der Titanic wurden dunkler, das Wasser schwappte schon über das Bootsdeck und stieg rasch an. Plötzlich vernahm sie ein lautes Krachen, als würde ein ganzer Schrank voller Porzellanteller umfallen und alles darin am Boden zerbersten.

Catherine hielt ihre Augen fest auf der Titanic, selbst als sie sich wegdrehen wollte, zwang sie sich dazu. Dann gab der erste Schornstein nach. Mit einem markerschütternden Krachen löste er sich aus seiner Verankerung, neigte sich langsam, ehe er mit unbändiger Wucht ins Wasser stürzte. Gischt und Trümmer wurden in die Luft geschleudert. Catherine keuchte auf, ihr Atem ging flach und stoßweise. Ihre kalten Finger umklammerten das Holz des Bootes so fest, dass ihre Knöchel weiß hervortraten. Tränen rannen ihre Wangen hinab, während die Frauen um sie herum in lautes Wehklagen ausbrachen. Eine von ihnen schrie nach ihrem Mann. Die Titanic sank schneller. Das Wasser verschlang Deck um Deck, wie ein gieriges, dunkles Monster, das keine Gnade kannte. Das Licht flackerte noch einmal, dann – völlige Dunkelheit.

Ein lautes Bersten durchschnitt die Nacht.

Die gewaltigen Stahlplatten der Titanic gaben nach, Metall kreischte, Holz splitterte, die Geräusche eines sterbenden Giganten. Das Heck krachte zurück aufs Wasser, Wellen schlugen hoch, ein dumpfes Dröhnen vibrierte durch die eiskalte Luft. Sekunden später bäumte sie sich erneut auf, immer steiler, immer höher, bis sie beinahe senkrecht in den Himmel ragte.

Für einen Moment verharrte sie dort, ein schwarzer Schatten gegen die Sterne.

Dann rutschte die Titanic in die Tiefe.

Das Meer riss sie erbarmungslos mit sich, das Heck verschwand mit erschreckender Geschwindigkeit, bis nur noch die äußerste Spitze sichtbar war – und dann war da nichts mehr. Nur noch dunkles, kaltes Wasser.

Doch die Schreie blieben.

Hunderte Stimmen, ein schrecklicher Chor aus Angst, Schmerz und Verzweiflung. Hilferufe, Bitten, Gebete. Sie kamen von überall, vom Wasser um sie herum, aus der Finsternis. Männer, Frauen, Kinder – sie alle kämpften gegen das eisige Meer.

Catherine konnte nicht mehr. Ein Schluchzen entkam ihr, und sie vergrub ihr Gesicht in den Händen. Ihr Körper bebte. Die Titanic war fort. Sie war im eiskalten Ozean versunken, zusammen mit all ihren Hoffnungen und Träumen.

Und mit ihr William.

Die Zeit verging nur schleppend. Sie konnten in den Rettungsbooten nichts tun außer warten. Schweigend saßen sie eng aneinander, um der Kälte zu trotzen. Die Schreie der Passagiere im Wasser wurden mit fortschreitender Zeit leiser, bis sie schließlich ganz verstummten. Und nach dieser Nacht war nichts mehr wie zuvor.

60

CATHERINE

APRIL 15 | CARPARTHIA

Catherine saß zitternd am Boden, eingewickelt in eine Decke, mit einem heißen Tee, den sie mit beiden Händen umklammert hielt. Sie hielt den Blick gesenkt, da sie die traurigen Gesichter nicht ertragen konnte. Irgendwann in den frühen Morgenstunden war dieses Schiff am Horizont erschienen und hatte die Überlebenden der Titanic an Bord genommen.

Die Passagiere der Carpathia begegneten ihnen mit Freundlichkeit. Viele von ihnen hatten sich in den Kabinen zusammengepfercht, um den Überlebenden der Titanic einen Platz zu bieten. Sie teilten ihr Essen mit ihnen und einige überließen den aus dem Wasser gezogenen Männern Kleidung, damit sie nicht froren. Catherine wollte eigentlich über das Deck wandern und nach William suchen, doch die Angst ihn nicht zu finden, hielt sie zurück. Sie klammerte sich an die Hoffnung, dass er sich von Bord und in eines der Rettungsboote hatte retten können.

»Miss?«

Sie wurde aus ihren Gedanken geschreckt und blickte nach oben. Ein junger Offizier stand vor ihr. Er ging vor ihr in die Hocke und sie glaubte, sein Gesicht zu kennen. Es war kantig und von angespannten Zügen gezeichnet. Sein dunkles Haar war leicht zerzaust, seine Augen, zeigten eine Mischung aus Bestürzung und Konzentration. Die Uniform, die er trug, saß tadellos. In einer Hand hielt er ein Klemmbrett, in der anderen einen Bleistift.

»Miss, ich bin Harold Lowe, der fünfte Offizier der Titanic. Wir erstellen eine Liste der Überlebenden. Können Sie mir Ihren Namen sagen?«

Während Catherine ihm in die Augen sah, zog ihr Leben an ihr vorüber. Sie befand sich an einem Scheideweg. Sie hatte die Möglichkeit, in ihr altes Leben zurückzukehren. Sofern sie sich zu erkennen gab, würde ihr Vater noch im Verlauf dieser Woche ein Ticket für sie zurück nach England erwerben. Wenn Matthew überlebt hatte, würde sie dessen Heiratsantrag annehmen. Andernfalls würde ihre Mutter einen anderen passenden Mann finden.

Doch eigentlich wollte Catherine nicht zurück. Zu viel war geschehen und zu viel hatte sich verändert. Ihre Stimme brach, als sie zu einer Antwort ansetzte. Sie räusperte sich und begann zu stottern: »Ich bin … Ich …«

Harold legte seine Hand auf ihren Arm und lächelte sie mit wohlwollendem Ausdruck an. »Es besteht keine Verpflichtung, mir jetzt Ihren Namen zu nennen. Ich kann wiederkommen.«

Es war, als hätte er ihren Zwiespalt wahrgenommen. Und sie war dankbar für seine Diskretion. Er stand auf und wollte weitergehen, doch Catherine sprang auf und hielt ihn zurück. »Mister Lowe. Haben Sie zufällig jemanden mit den Namen Gould, Harding oder Patterson auf der Liste?«

Sie sah ihn mit großen Augen an. Ihre Finger schmerzten bei jeder Bewegung, so kalt war es an diesem Montagmorgen.

Harold fokussierte seine Aufmerksamkeit auf die handgeschriebenen Namen, wobei er seine Augen zusammenkniff. »Nein, leider nicht, Miss. Allerdings wurden bislang noch nicht alle Namen erfasst. Es besteht die Möglichkeit, dass sie noch erscheinen werden.«

Sie nickte und für einen Moment wurde der Griff um seinen Arm stärker. »Und Murdoch?«

Harold zog die Augenbrauen zusammen und fixierte Catherine. Dann blinzelte er mehrmals und räusperte sich. »Dies kann ich mit Sicherheit ausschließen, Miss.«

Sie hatte das Gefühl, den Halt zu verlieren, während ihr Herz entzweibrach. Tränen traten in ihre Augen, welche sie mit der Hand zügig wegwischte. »Mister Lowe, gestatten Sie mir bitte, Ihnen eine Frage zu stellen. Was machen wir nun? Nach …« Ihre Stimme brach und sie blickte hastig aufs Meer hinaus. Auf dem Wasser trieben endlos viele Holzstücke, welche aus dem Inneren der Titanic herausgebrochen und durch den Druck an die Meeresoberfläche befördert worden waren. Lowe ließ sich Zeit mit seiner Antwort, als wüsste er die Antwort selbst nicht genau.

»Ich denke, wir versuchen, an unser altes Leben anzuknüpfen. Weiterzuleben.«

»Das Leben, das ich vorher führte, existiert nicht mehr.«

Eine unangenehme Stille machte sich zwischen ihnen bemerkbar. Sie nahm wahr, dass sich Personen in ihrer Umgebung leise unterhielten, dass Kinder weinten und Frauen unter Tränen immer wieder den Namen ihres Mannes flüsterten.

»Würden Sie mich begleiten? Ich kann etwas Hilfe gebrauchen«, fragte er mit einem leichten Lächeln auf den Lippen.

Dankbar nickte sie, reichte ihre Tasse Tee einem Überlebenden und nahm Harold das Klemmbrett aus der Hand.

»Ich bin froh, dass Sie sich entschlossen haben mit mir zu kommen, Miss«, meinte er und deutete ein Lächeln an.

»Wissen Sie was, Harold? Nennen Sie mich Nancy.« Bei der Erwähnung dieses Namens stiegen Bilder in ihr hoch und ihre Brust zog sich schmerzhaft zusammen.

Auch wenn die Hoffnung schwindend gering war, dass Catherine ihre Suche erfolgreich beenden würde, würde sie nicht aufgeben und nach ihnen suchen. Vor allem nach William. Er hatte ihr ein gemeinsames Leben versprochen und er würde niemals ein Versprechen brechen.

61

LOWE

APRIL 18 | CARPATHIA

Lowe hatte sich am Nachmittag hingelegt, doch seit Tagen machte er kein Auge richtig zu. Immer wenn er sie schloss, sah er die Titanic vor sich aufleuchten, hörte die Schreie der Menschen im eiskalten Wasser.

Nachdem er sich über einen längeren Zeitraum hinweg in seinem kleinen Bett nur noch unruhig hin und her gewälzt hatte, stand er schließlich auf und begab sich an Deck. Es war wärmer als vor wenigen Tagen, als sie auf die Carpathia gekommen waren.

Während des Tages widmete er sich der Unterstützung der Offiziere der Carpathia sowie der gemeinsamen Durchsicht der Liste der Überlebenden mit Nancy. Er war sich sicher, dass sie Murdochs Mädchen war. Und auch, dass er sie ganz bestimmt nicht Nancy genannt hatte. Es schien jedoch einen Grund zu haben, dass sie ihren eigentlichen Namen nicht verwendete. Und da sie offensichtlich ihr altes Leben zusammen mit der Titanic auf den Grund des Meeresbodens hatte sinken lassen, ließ er es auf sich beruhen.

Sofern sie um Murdoch trauerte, zeigte sie dies nicht, während sie sich um die Aufnahme der Überlebenden kümmerte. Im Gegensatz zu den anderen Frauen, die täglich mit Tränen in den Augen um ihre Männer flehten, wirkte sie gefasst.

Sie unterstützte die Gemeinschaft bei allen anfallenden Arbeiten mit großem Engagement. Vielleicht machte sie es aus demselben Grund wie Lowe selbst. Um nicht ständig an diese schreckliche Nacht denken zu müssen.

Es waren nicht viele von ihnen übriggeblieben. Boxhall und Pitman hatten das Kommando über ein Rettungsboot über. Lightoller hielt sich die ganze Nacht an einem umgedrehten Rettungsboot über Wasser. Erst am Morgen wurde er zusammen mit anderen Überlebenden von Lowe und seinen Männern gerettet.

Die übrigen Offiziere wurden als verschollen betrachtet. Es konnte nicht mit Sicherheit festgestellt werden, ob sie zu einem späteren Zeitpunkt von einem Schiff aus dem Wasser an der Unglücksstelle gezogen worden waren. Auf der Carpathia befanden sie sich jedoch definitiv nicht. Lowe hegte keine großen Hoffnungen. Er kannte die Männer und wusste, dass sie bis zum bitteren Ende an Bord geblieben und es vermutlich nicht geschafft hatten.

Lowe ging an Deck, vorüber an den vielen hoffnungslosen Überlebenden, bis er an der Brücke angekommen war. Eine ihm bekannte Gestalt lehnte dort an der Reling und blickte in die aufziehende Nacht. Sie trug noch immer die Offiziersjacke wie an dem Tag, als sie aus Rettungsboot Nummer zehn auf die Carpathia gekommen war. Lowe war sich sicher, dass es Murdochs Jacke war, und sie klammerte sich daran, als sei sie aus purem Gold. Ihr Haar war offen und fiel in etwas wirren Wellen über ihre Schultern.

Sie waren unweit von New York, man konnte die Freiheitsstatue bereits erkennen, die sich hell erleuchtet gegen den Himmel reckte.

Lowe stellte sich neben sie und einige Momente blickten sie schweigend auf das Meer.

»Stellen Sie sich vor, Harold, genau das hätten wir ebenfalls beobachten können, allerdings an Bord eines anderen Schiffes. In einem anderen Leben.«

Er wusste nichts darauf zu antworten. Sie seufzte und sah zu ihm auf. Der Schatten in ihrem Gesicht verschwand und sie versuchte sich an einem Lächeln. »Ich dachte, Sie wollten sich noch etwas hinlegen, ehe wir ankommen?«

»Ich konnte nicht schlafen. Mal wieder.«

»Ich weiß, was Sie meinen. Mir geht es genauso.«

»Was machen Sie, wenn wir andocken?«

Sie blickte zurück auf das Wasser und ein Schleier legte sich über ihr Gesicht. »Ich weiß es nicht. Ich habe keine Pläne und kein Zuhause mehr. Und Sie?«

Harold zuckte mit den Schultern. Für ihn hatte sich nicht viel verändert. Er würde weiterhin auf den Schiffen der White Star Line zur See fahren. Es wurde sogar eine Möglichkeit organisiert, dass die übriggebliebene Besatzung zurück nach England kehren konnte.

»Möchten Sie vielleicht noch eine Weile bei mir bleiben?«, fragte er direkt heraus, obwohl er ihre Antwort etwas fürchtete. Er mochte sie und hatte die letzten Tage in ihrer Gegenwart genossen, denn trotz der Trauer, die die Carpathia verschlingen wollte, empfand er die Gesellschaft der jungen Frau an seiner Seite als durchaus erfreulich.

»Ab morgen werden die Besatzung sowie einige Passagiere vor einem Untersuchungsausschuss aussagen müssen. Unsere Unterbringung erfolgt im Astoria. Sollten Sie sich derzeit noch unsicher bezüglich Ihrer weiteren Pläne sein, so kann ich Ihnen gerne meine Unterkunft anbieten.«

Lowe betrachtete sie von der Seite. Ihre Gefühlsregungen waren nicht erkennbar, was es ihm beinahe unmöglich machte, ihre Gedanken zu erraten. »Selbstverständlich ist dies völlig unverbindlich«, fügte er hinzu und bemerkte, wie ihm die Hitze in die Wangen schoss.

Als fühlte sie sein Unbehagen, sah sie zu ihm und lächelte ihn an. Sie legte eine Hand auf seinen Arm. »Sehr gerne. Danke für das Angebot, Harold.«

Mit einem bestätigenden Nicken ließ sie ihn los und legte ihre Hände wieder an die Reling, um sich sodann dem Ausblick zu widmen.

Ihre Zusicherung war Balsam für seine Seele. Er schickte ein Stoßgebet gen Himmel und versicherte Murdoch in seinen Gedanken, sein gegebenes Wort zu halten, das war er seinem Freund schuldig. Er würde auf sie aufpassen und dafür sorgen, dass es ihr immer gut ging.

62

CATHERINE

APRIL 19 | NEW YORK

Das Ticken der Standuhr machte sie nervös. Catherine nestelte zum wiederholten Male an ihrer Frisur herum, die noch immer nicht saß. Das Waldorf Astoria Hotel, in dem sie untergebracht worden waren, war herrlich. Sie genoss es, zu baden, und hatte sich den Tag über Zeit genommen sich wieder vorzeigbar herzurichten.

Wie vereinbart hatte Harold sie mitgenommen und im Hotel als seine Reisegefährtin angegeben, um etwaige Tuscheleien zu vermeiden. Obwohl sie im selben Zimmer nächtigten, standen zwei separate Betten zur Verfügung. Nachdem sie auch auf der Carpathia mit fremden Menschen die Kabine hatte teilen müssen, nahm sie dies ohne weiteres hin. Harold hatte das Zimmer bereits vorzeitig verlassen, um an der in einem der Säle des Hotels anberaumten Untersuchung teilzunehmen. Er wollte seine Kameraden mit seiner Anwesenheit unterstützen. Außerdem hoffte er, selbst einige Lücken der Unglücksnacht zu füllen. Er hatte Catherine angeboten, ihn zu begleiten, doch eine innere Unruhe hielt sie davon ab. Sie hatte noch nicht die Courage dort hinunterzugehen und den Worten der Überlebenden zu lauschen, im Wissen, dass so viele es nicht geschafft hatten.

Die Zeitungen waren voll von dem Unglück der Titanic. Über 1.500 Menschen hatten das Unglück nicht überlebt, wobei der Großteil der Opfer unter der Besatzung und den Passagieren der dritten Klasse zu finden war.

Catherine hatte die Entscheidung getroffen, sich vorerst nicht zu erkennen zu geben. Sie wollte hier in diesem Zimmer sitzen und in aller Ruhe mit den Albträumen zurechtkommen, die sie auch bei geöffneten Augen ständig heimsuchten.

Als Harold zurückkehrte, hatte sie ihre Position auf dem Bett noch nicht verändert und blickte weiterhin an den schweren Brokatvorhängen vorbei zum Fenster hinaus. Egal wie ihr Leben verlaufen wäre, hier hätte sie sich niemals wiederfinden sollen.

»Es hat länger gedauert, als ich ursprünglich angenommen hatte, bitte entschuldige.« Er lockerte seine Krawatte und seufzte müde. Sie duzten sich, seit sie gemeinsam die Carpathia verlassen hatten. In Anbetracht der Tatsache, dass sie zukünftig ein gemeinsames Zimmer beziehen würden, erschienen die höflichen Floskeln wenig angebracht.

»Möchtest du noch etwas essen gehen? Ich möchte dich einladen.«

Sollte ihn der Untergang bedrücken, so zeigte er dies nur selten. Er gab sich als der starke, unerschütterliche Mann, zumindest vor ihr. Auch wenn sie den Wunsch hegte, ihm zu antworten, war sie nicht imstande, die dafür erforderliche Kraft aufzubringen. Innerhalb kürzester Zeit bildeten sich Tränen in ihren Augen, die in Strömen über ihre Wangen liefen.

»Weißt du was? Ich lasse uns vom Hotelrestaurant etwas ins Zimmer bringen. Es mag vielleicht etwas ungewöhnlich erscheinen, aber es erspart uns den Gang nach draußen.« Harold lächelte sie aufmunternd an, zog die Krawatte wieder enger und verließ das Zimmer.

Catherine wusste, dass sie sich nicht länger ihrer Trauer hingeben konnte. Sie musste William finden. Er war bestimmt von einem anderen Schiff gerettet worden und wusste nun nicht, wo er nach ihr suchen sollte. Obgleich die Hoffnung auf eine Rettung von Josephine und Matthew nicht mehr bestand, war sie dennoch gewillt, für William zu kämpfen. Denn ohne ihn wäre ihr Leben ohne Liebe und somit sinnlos.

Harold kam mit einfachen Gerichten zurück, errichtete provisorisch einen Esstisch und kaum später saßen sie einander gegenüber und aßen bei Kerzenschein. Er bemühte sich sehr, dass sie sich wohlfühlte.

»Wie war die Anhörung?«, erkundigte sie sich nach einer Weile und über seine leuchtenden Augen legte sich ein dunkler Schatten.

Innerhalb eines Moments schien er um Jahre gealtert.

»Du musst bei mir nicht den Starken spielen, Harold. Wir haben beide dasselbe erlebt«, hauchte sie und schluckte den sich bildenden Kloß in ihrem Hals hinunter.

Er sah auf, ließ die Hand sinken, in der er die Gabel hielt, und räusperte sich. »Es sind so viele gestorben. Das waren Männer, die ich meine Freunde nannte. Heute diesen Feigling Ismay zu hören, wie er von Dingen spricht, von denen er keine Ahnung hat ...« Wütend ballte er die Hand zur Faust und schlug auf den Tisch, sodass die Teller schepperten. »Er ist geflohen und hat sein mickriges Leben gerettet, während so viele gute Männer sterben mussten!«

Sein Unterkiefer zitterte und er schnaufte laut.

»Es tut mir leid, dass ich nicht für dich da war«, entgegnete Catherine. Er sorgte und kümmerte sich um sie und als Gegenleistung hätte sie ihm beistehen können, doch sie hätte es keine Sekunde in diesem Raum ausgehalten. So nah und doch so fern von William.

»Nein, entschuldige dich nicht, Nancy. Ich würde niemals von dir verlangen, dass du das mithörst. Es ist schlimm genug, dass ich den ganzen Tag da bin.«

»Wann musst du aussagen?«

»Wenn ich das nur wüsste. Ich habe kurz mit Lights gesprochen. Er meinte, dass die Untersuchung in Washington fortgesetzt werde. Das hieße natürlich, dass wir dorthin reisen und für unbestimmte Zeit dort sein werden. Selbstverständlich besteht keine Verpflichtung, mich auf dieser Reise zu begleiten.«

Catherine erwog ihre Möglichkeiten.

Sie hatte kein Zuhause mehr, in das sie zurückkehren wollte und William würde sie am ehesten wiederfinden, wenn sie sich in der Nähe der Offiziere aufhielt.

Die Entscheidung war noch gefallen, ehe sie richtig darüber nachdenken konnte. »Wann reisen wir ab?«

Auf Harolds Gesichts erschien ein warmes Lächeln. »Morgen Nachmittag. Ich werde gleich morgen früh unsere Tickets kaufen. Zugreisen sind für dich hoffentlich kein Problem?«

Den Rest des Abends verbrachten sie auf dem Diwan vor dem Kamin und redeten.

Über die Zeit nun nach der Titanic.

Wie alles weitergehen sollte und über die letzten Momente des Schiffes.

Über Gott und die Welt.

Und in den späten Abendstunden fielen Catherine die Augen zu. Eingewickelt in eine Decke, dicht an Harolds Körper, wachte sie zum ersten Mal nicht weinend auf.

63

CATHERINE

APRIL 20 | NEW YORK

Sie überprüfte erneut ihr Antlitz im Spiegel, zog sich den Mantel zurecht und verließ das Zimmer. Harold hatte das Hotel bereits früh verlassen, um am Bahnhof Fahrkarten zu erwerben. Catherine hatte noch eine Weile am Fenster gestanden und den Blick auf die Straßen von Manhattan gerichtet, bis sie zu einer Entscheidung gelangt war. Obwohl sie sich noch nicht imstande sah, sich abermals den Schrecken dieser Nacht auszusetzen, blieb ihr keine andere Wahl. Es war unumgänglich, sich den Geistern zu stellen.

Die Gänge des Waldorf Astoria waren großzügig und weitläufig angelegt, trotzdem fühlte sie sich unwohl, als würden die Wände mit jeder verstrichenen Sekunde näher kommen. Eigentlich wünschte sie sich in die Sicherheit des Zimmers zurück. Sie wusste nicht, in welchem Saal die Anhörung stattfand, also begab sie sich im Parterre zur Rezeption. Ein Angestellter im Frack stand hinter dem Empfangstresen und beantwortete tausende Fragen mit einem freundlichen Lächeln im Gesicht.

»Guten Morgen, Miss. Mein Name ist Laurent. Wie kann ich Ihnen behilflich sein?«, tönte er, als sie sich ihm näherte.

»Verzeihen Sie, wo findet die Anhörung statt?«

»Im Myrtle Room. Der Senator wird allerdings mit Verspätung eintreffen, sodass sich der Beginn der Anhörung entsprechend verzögern wird.«

»Oh«, entfuhr es ihr tonlos und sie spürte ihren Mut bereits schwinden. »Setzen Sie sich doch in der Zwischenzeit hier hin und ich lasse Ihnen Tee servieren.«

Sie nickte dankbar und ließ den Blick für einen Moment durch den Raum schweifen. Ihr Herz hämmerte, und eine unangenehme Enge breitete sich in ihrer Brust aus. Der Raum war gefüllt mit dem Murmeln gedämpfter Gespräche, dem Rascheln von Notizblöcken, dem gelegentlichen Klirren von Porzellantassen. Doch über allem lag eine Schwere, ein unausgesprochener Schmerz, der die Luft zu verdichten schien.

Ihre Finger glitten über die geschwungene Lehne des Sessels neben ihr, während sie sich für einen Moment sammelte. Dann, wie ferngesteuert, griff sie nach der Tasse Tee auf dem kleinen Tisch, den eine Bedienung für sie abgestellt hatte. Sie führte sie an ihre Lippen, doch das Porzellan zitterte leicht in ihren Händen. Der bittere Geschmack war kaum wahrnehmbar – als wäre ihr ganzer Körper betäubt von der Last der Vergangenheit.

Catherine spürte Blicke auf sich gerichtet, wusste aber nicht, ob es nur ihre eigene Paranoia war. Sie nahm schließlich in einem der dicken Ledersessel Platz. Das Leder knarrte leise unter ihr, eine beruhigende, vertraute Geräuschkulisse, die jedoch kaum gegen das Chaos in ihr ankam.

Die stickige Luft schien Catherine die Kehle zuzuschnüren. Oder vielleicht war es die Anspannung in ihrem eigenen Körper. Das Wissen, dass sie hier nicht sein sollt, nicht erkannt werden durfte.

Dann hob sie langsam den Blick – und sah ihn.

Matthew saß am Rand des Foyers in einem Rollstuhl, sein einst so aufrechter Körper zusammengesackt, sein Gesicht gezeichnet von dem, was sie alle durchgemacht hatten.

Neben ihm stand ein Mann, der ihr entfernt bekannt vorkam. Er war groß, mit dunklem Haar, seine Haltung ruhig und sicher, als wäre er ein Anker inmitten all dieses Chaos.

Catherine beobachtete, wie seine Hand für einen winzigen Moment über Matthews Schulter strich – eine fast unmerkliche Geste der Vertrautheit. Die Berührung war flüchtig, aber nicht bedeutungslos. Der Mann neben Matthew sah sie zuerst. Seine braunen Augen musterten sie. Doch als Matthews seinem Blick folgte, und verstand, wen er da vor sich hatte, trat eine Spur von Überraschung in seine Züge. Matthew flüsterte ihm etwas zu. Der Mann neigte sich leicht zu ihm, als wollte er widersprechen, doch dann nickte er langsam und schob den Rollstuhl vorwärts.

Catherine konnte nicht atmen. Ihre Gedanken taumelten zwischen dem überwältigenden Glück, ihn lebend zu sehen, und der lähmenden Angst vor der Antwort auf die Frage, die sie nicht zu stellen wagte:

Wenn Matthew es geschafft hatte, dann auch Josephine?

Oder war sie …

Sie schluckte schwer, ihr Mund war staubtrocken.

»Catherine?« Matthews Stimme war rau, ein wenig heiser – und doch trafen sie diese wenigen Silben mit der Wucht einer Welle, die sie fortzureißen drohte.

Sie erstarrte.

»Nein«, flüsterte sie hastig. »Nenn mich nicht so.« Ihr Blick huschte nervös durch den Raum, suchte nach Anzeichen von Aufmerksamkeit. Niemand durfte sie erkennen. Niemand durfte wissen, dass sie hier war. »Ich bin nicht mehr Catherine. Ich bin Nancy.«

Matthew musterte sie lange. Sein Blick durchbohrte sie, suchte nach einer Wahrheit, die sie nicht preisgeben wollte. Dann nickte er langsam.

»Nancy«, wiederholte er leise, als koste er den Klang ihres neuen Namens.

Ein Schweigen legte sich über sie, schwer und voller unausgesprochener Worte. Catherine spürte, wie ihre Fassade zu bröckeln drohte.

Schließlich fragte er mit rauer Stimme: »Wie geht es dir?«

Catherine schüttelte den Kopf. Was sollte sie darauf antworten? Sie lebte. Das war alles.

Matthew seufzte leise. »Ich verstehe. Mir geht es gleich.«

Ein leises Hüsteln ließ Catherine aufblicken. Der Mann neben Matthew trat einen Schritt vor. »Ich sollte mich vorstellen«, sagte er mit ruhiger Stimme, »Mein Name ist Andrew.«

Catherine zuckte fast unmerklich zusammen.

Matthew schien es zu bemerken. Ein sanftes, wissendes Lächeln huschte über seine Lippen, als er den Blick zwischen ihnen wechselte. »Ich wusste nicht, dass er an Bord der Carpathia war. Zumindest nicht, bis ich im Lazarett aufwachte. Ich war nicht mehr ganz bei Bewusstsein, aber ich erinnere mich an eine Stimme, die mir sagte, ich solle durchhalten.« Er lächelte leicht und sah zu Andrew, dessen Blick weich wurde.

Andrew räusperte sich. »Ich bin Schiffsarzt auf der Carpathia. Ich war gerade unten bei den Verletzten, als sie die ersten Überlebenden aus den Rettungsbooten brachten. Er war einer der Letzten.«

Catherine schluckte. »Sein Bein …« Sie sprach die Worte nicht aus.

Andrew senkte den Blick. »Es musste amputiert werden. Die Erfrierungen waren zu schlimm.«

Catherine legte eine Hand über ihren Mund.

Matthew schüttelte leicht den Kopf. »Es ist vorbei, Catherine.«

Sie erstarrte.

Er hatte es wieder gesagt. Er hatte ihren Namen gesagt.

Doch dann sah er sie einfach nur an, mit einer Ruhe, die ihr klarmachte, dass es keine Absicht war. Er wollte sie nicht verraten. Er wollte es nur nicht leugnen.

Sie atmete schwer aus. »Ich bin froh, dass du nicht alleine warst«, sagte sie schließlich und sah zwischen den beiden Männern hin und her.

Matthew musterte sie einen Moment und sprach dann so leise, dass sie ihn fast nicht verstanden hätte. »Liebe findet ihren Weg.«

Catherine spürte, wie sich ihr Hals zuschnürte. Sie wollte noch etwas sagen, doch ihre Lippen zitterten.

»Josephine war stark«, sagte Matthew plötzlich, seine Stimme ein wenig brüchiger. »Wir konnten sie befreien und schafften es sogar bis zum Deck hoch, als … Am Ende hat sie ihre eigene Entscheidung getroffen.« Seine Finger krallten sich für einen Moment in den Stoff der Decke, die über seinen Beinen lag. »Sie wusste, was sie tat. Auch wenn ich nicht verstehe warum.« Er sah sie lange an. »Und George … sie hat ihn mit sich genommen. Ich weiß nicht, ob es Gerechtigkeit war, aber … es war ihre Entscheidung.«

Catherine fühlte, wie sich ihr Magen zusammenzog. Josephine war tot. Ihre Schwester. Ein Teil der Familie, den sie nie wirklich als solchen gekannt hatte, war innerhalb einer einzigen Nacht ausgelöscht worden. Das junge Mädchen, das sie all die Jahre für ihr Dienstmädchen gehalten hatte. Deren Hände sich wundgeschrubbt hatten, während Catherine ihre eigenen in Seide gehüllt hatte. Josephine, die immer ein wenig zu still gewesen war, ein wenig zu vorsichtig, als hätte sie Angst, zu viel Raum einzunehmen. Und jetzt war sie fort.

Wie hatte es sein können, dass sie erst auf dem Schiff erfahren hatte, wer sie wirklich war? Dass sie Schwestern waren, Fleisch und Blut – und doch standen all die Jahre zwischen ihnen wie eine undurchdringliche Mauer.

Hätte es anders kommen können?

Wenn sie es gewusst hätte, wenn sie Josephine als das gesehen hätte, was sie wirklich war – hätte sie ihr dann mehr von sich gegeben?

Aber es war zu spät. Nicht nur für sie, sondern auch für George. Catherine spürte, wie ihre Kehle sich zuschnürte.

Ihr Bruder war kein guter Mensch gewesen, das wusste sie. Er hatte falsche Entscheidungen getroffen, viele davon. Aber war er je wirklich böse gewesen?

Sie hatte ihn als Kind geliebt. Er war der große Bruder gewesen, der sie auf die Schultern genommen hatte, wenn sie nicht über die Gartenmauer sehen konnte. Der ihr heimlich Kuchen aus der Küche mitgebracht hatte, wenn ihre Mutter ihr den Genuss versagte.

Doch irgendwann war das Leben dazwischengekommen.

Catherine glaubte zu verstehen, dass sich sein Leben wie ein Schiff angefühlt hatte, das im Begriff war zu sinken. Und Menschen, die am Ertrinken waren, taten nicht imm er das Richtige.

War es Gerechtigkeit, dass Josephine ihn mit sich genommen hatte? Catherine wusste es nicht. Sie wusste nur, dass sie beide fort waren. Und dass sie nicht weinen konnte. Vielleicht, weil der Schock noch zu tief saß. Oder weil ihre Tränen sich schon lange in eine Art kalte Taubheit verwandelt hatten.

»Danke«, flüsterte Catherine schließlich.

Matthew erwiderte nichts, nur ein Nicken. Dann legte Andrew sanft eine Hand auf seine Schulter. Catherine sah die ungesagten Worte zwischen ihnen, die Blicke, die sich trafen und so viel bedeuteten.

»Catherine …« Matthews Stimme war leise, fast zögerlich. »Virginie hat überlebt. Ich habe sie am Dock gesehen, als ich von der Carpathia gebracht wurde.«

»Ich weiß.« Catherine spürte, wie ihr Herz einen Schlag aussetzte.

Ihre einst beste Freundin. Das Mädchen, mit dem sie aufgewachsen war, mit dem sie gelacht und Geheimnisse geteilt hatte. Bis sie sich auf Georges Seite gestellt und Catherine verraten hatte. Sie hatte ihr so wehgetan. Und doch …

Catherine schloss für einen Moment die Augen. Virginie hatte gesehen, dass Catherine im Begriff war, das Leben zu führen, das sie sich für sich selbst erträumt hatte. Und das hatte sie nicht ertragen, also wollte sie es zerstören. Catherine konnte es ihr nicht verzeihen. Aber sie konnte es verstehen. Vielleicht hätte Catherine in ihrer Lage ähnlich gehandelt.

»Ich bin froh, dass sie es geschafft hat«, erwiderte Catherine und spürte im tiefsten Inneren ihres Herzens, dass sie es ernst meinte.

Matthew musterte sie lange, sein Blick bohrte sich in ihren. »Wirst du mit ihr sprechen?«

Catherine presste die Lippen aufeinander. »Nein.«

Matthew seufzte. »Deine Eltern? Wissen sie, dass du …?«

»Catherine Isabel Harding ist tot, Matthew. Für sie alle. Es ist besser so.«

Er schwieg einen Moment. Dann schob er den Kiefer vor, als kämpfte er mit sich selbst. »Wirst du das für immer bleiben?«

»Ich hätte noch nie von einem Fall gehört, wo ein Toter zurück ins Leben gekehrt wäre. Versprich mir, dass du mich vergisst. Du hast mich nie getroffen.«

Matthew schien nach Worten zu suchen, vielleicht nach einem Grund, sie umzustimmen. Doch schließlich nickte er.

»Wie du willst, Nancy.«

Das erste Mal sagte er ihren neuen Namen ohne Zögern. Ein seltsamer Schmerz stach in ihre Brust. Sie wollte noch etwas sagen, aber ihr Hals war wie zugeschnürt und noch bevor sie den Mund öffnen konnte, gab Matthew seinem Andrew ein Zeichen und er schob ihn von ihr weg. Eines der Räder quietschte. Catherine sah ihnen nach, bis sie in der Menge verschwanden.

64

CATHERINE

APRIL 19 | NEW YORK

Catherine stellte die Tasse zurück auf die Untertasse. Der schwarze Tee war mittlerweile nur noch lauwarm, aber sie trank ihn dennoch weiter – nicht, weil sie den Geschmack genoss, sondern weil die Wärme ihr wenigstens für einen Moment das Zittern nahm.

Das Foyer des Hotels war erfüllt von gedämpftem Stimmengewirr, das gelegentliche Klirren von Besteck auf Porzellan und das leise Rascheln von Zeitungsseiten.

Sie hatte sich in eine Ecke gesetzt, den Hut tief ins Gesicht gezogen, den Mantelkragen hochgestellt – eine verzweifelte Geste, als könnte der Stoff sie unsichtbar machen. Sie wollte allein sein, unerkannt bleiben. Vor allem nach diesem Gespräch mit Matthew.

Ein Mann ließ sich am Nebentisch nieder. Er trug einen dunklen Anzug, die Haare ordentlich gescheitelt, und in seiner Hand hielt er ein Notizbuch. Ihr Blick wanderte zu dem Stuhl gegenüber von ihm, wo er seine abgenutzte Ledertasche ablegte. Als er sie öffnete, blitzte der Titel einer Zeitung auf.

Die neuesten Enthüllungen über die Titanic-Katastrophe!

Catherine fröstelte. Natürlich. Die Tragödie war für die Presse ein Geschenk des Himmels. Die Überlebenden versuchten noch, zu begreifen,

was geschehen war, verarbeiteten ihre Verluste, ertränkten ihre Schuldge-
fühle oder versuchten sich schlicht, an ein Leben nach der Katastrophe zu
gewöhnen.

Die Zeitungen hatten währenddessen bereits ihr Urteil gefällt. Sie suchten Helden und Schuldige, zerrten Namen in die Öffentlichkeit, schrieben
Geschichten voller Dramatik. Und ignorierten dabei die Wunden, in denen sie stocherten.

Ein Schaudern lief ihr über den Rücken. Dieser Mann war einer von ihnen. Er schlug sein Notizbuch auf, zog einen Füllfederhalter aus seiner Tasche und begann zu schreiben. Seine Stirn war gerunzelt, seine Lippen
bewegten sich stumm, während er vermutlich die Einleitung seines nächsten Artikels formulierte.

Catherine fragte sich, wie viele von ihnen mit demselben Eifer die Berichte verschlungen hatten, als die ersten Listen mit den Überlebenden
veröffentlicht wurden. Wie viele von ihnen hatten nach Namen gesucht –
in der Hoffnung, einen Verwandten, einen Freund zu entdecken? Und wie
viele hatten Catherines Namen gesucht und ihn nicht gefunden?

Sie senkte den Blick. Für die Welt war sie tot.

Sie wusste nicht, ob sie je den Mut aufbringen würde, das zu ändern.

Dann bewegte sich wieder etwas am Nebentisch.

Ein zweiter Mann hatte sich gesetzt – geschäftsmäßig, korrekt, mit star-
rem Blick und geradem Rücken. Sein dunkler Mantel war fein geschnitten,
der Hut akkurat neben sich auf die Sitzbank gelegt.

Er war kein Überlebender. Er war ein Mann der White Star Line. Ein
Sprachrohr, entsandt, um zu beschwichtigen, zu glätten, zu rechtfertigen.

Sie beobachtete, wie er den Reporter mit einem dünnen Lächeln begrüßte, ohne echte Herzlichkeit. »Ich nehme an, Sie möchten ein State-
ment«, sagte er sachlich.

Der Reporter legte den Füllfederhalter beiseite und nickte langsam.
»Die Öffentlichkeit hat ein Recht auf Antworten.«

»Und die werden Sie bekommen«, erwiderte der Mann kühl.

Die Öffentlichkeit würde nicht die Wahrheit hören. Sie würde hören,
was die White Star Line wollte, dass sie hörte. Die Schuldzuweisungen,
die Versuche, das Unglück in Worte zu fassen, all die taktischen Erklärungen – es war alles bedeutungslos für die, die auf diesem Schiff gewesen waren.

Für die, die gestorben waren.

Für die, die überlebt hatten.

Catherine senkte den Kopf. Sie wusste, dass sie nicht bleiben durfte.

»Nun gut, Mister Delewis. Sagen Sie mir also, was soll ich schreiben? Nun besteht noch die Möglichkeit, den Inhalt der Nachricht zu modifizieren, um deren potenzielle Brisanz zu reduzieren. Es ist schwer vorstellbar, dass die White Star Line einverstanden wäre, dass einer ihrer besten Offiziere denunziert wird.«

»Die von Ihnen geäußerten Vermutungen sind durch keinerlei Beweise untermauert.«

»Ich habe Beweise, Sir. Oder hatte nicht der erste Offizier die Verantwortung über das Schiff, als es mit dem Eisberg kollidierte?«

»Es ist unwahrscheinlich, dass das tragische Schicksal des Schiffes auf einen einzigen Mann zurückzuführen ist.« Die Stimme des White–Star–Line–Vertreters blieb ruhig, doch ein angespannter Unterton war nun unüberhörbar. »Dies demonstriert nur, dass Ihnen die nötige Expertise in dieser Materie fehlt.«

Der Reporter lachte leise. »Möglich. Aber meine Leser wird es interessieren, was ich über den ersten Offizier der White Star Line zu sagen habe. Eine derartige Schlagzeile wäre mit einem nachhaltigen Schaden für die Reputation Ihrer Reederei verbunden.«

»Sie würden das Andenken an diesen Mann, diesen Helden, lediglich für eine Steigerung der Verkaufszahlen opfern? Selbst wenn Sie es schreiben ... es wird Ihnen niemand glauben.«

Der Reporter schwieg für einen Moment, dann lehnte er sich leicht nach vorne. »Murdochs Ableben wirft viele Fragen auf ...«

»Ach hören Sie doch auf mit diesen Märchen!«

»Ich verfüge über Zeugenaussagen. Von meinem Standpunkt aus wirkt es beinahe so, als habe er sich aufgrund des schlechten Gewissens erschossen. Und meine Leser werden das genauso sehen.«

Ein Zittern lief Catherines Körper hinab. Mit einem lauten Scheppern fiel ihre Teetasse zu Boden, das feine Porzellan zerbrach klirrend in Dutzende kleine Scherben.

Einen Moment lang schien die Zeit stillzustehen. Ihr Kopf begann zu pochen, ihr Blick verschwamm, während ein schwerer Kloß sich in ihrer Kehle bildete.

Die Männer warfen ihr kurz einen Blick zu – nur eine flüchtige Geste der Irritation, dann wandten sie sich wieder einander zu.

Doch Catherine hörte sie nicht mehr.

Sie wusste nicht, wie sie sich aus ihrem Sessel erhob, wie ihre Finger fahrig nach ihrem Mantel griffen. Ein seltsames Rauschen füllte ihre Ohren.

Es konnte nicht wahr sein.

Es *durfte* nicht wahr sein.

65

LIGHTOLLER

APRIL 20 | NEW YORK

Lightoller saß steif in einem der Stühle. Seine Hände hatte er zu Fäusten geballt, so fest, dass die Knochen weiß hervortraten. Jeder Tag seit dem Untergang der Titanic war eine Zerreißprobe für seine Nerven. Sehnlichst wünschte er sich zurück nach England und in die Arme seiner Ehefrau, um diesem Albtraum entfliehen zu können.

Er hatte ihr frühestmöglich ein Telegramm zukommen lassen, in dem er ihr mitteilte, dass er wohlauf sei und so schnell wie möglich nach Hause zurückkehren werde.

Jedoch konnte er, solange er noch vom Untersuchungsausschuss benötigt wurde, ebenso gut seine Uniform anziehen und jeden Tag hier sitzen, um den Zeugen zu lauschen. Ansonsten säße er nur in seinem Zimmer und wüsste nichts mit sich anzufangen.

Der Senator nahm gerade den Funker Bride in die Mangel. Der arme Junge machte einen äußerst mitgenommenen Eindruck. Er wurde in einem Rollstuhl ins Zimmer geschoben. Bei einer ersten Inaugenscheinnahme wurden beide Füße als gebrochen festgestellt und mit einer Bandage versorgt. In seinem Gesicht waren Schnittwunden zu erkennen, zudem hatte sein rechtes Auge die Farbe eines lebhaften Sonnenuntergangs angenommen.

»Können Sie sich demnach nicht entsinnen, ob Mister Ismay am Sonntag eine Nachricht gesendet oder empfangen hat?«

»Nein, Sir.«

»Können Sie sich erinnern, ob der Kapitän …«

Lightollers Gedanken schweiften ab. Er selbst hatte dieses Verhör erst am Tag zuvor über sich ergehen lassen müssen und es war kein Zuckerschlecken gewesen. Wann immer er in die Gesichter seiner Kameraden geblickt hatte, sah er die Titanic vor sich, befand sich wieder auf ihrem Deck, ehe er von ihr gespült wurde. Gegen das Gitter des Luftschachts gepresst wäre er beinahe ertrunken.

Ein lauter Knall ließ ihn aus seinen Gedanken aufschrecken. Eine weinende Frau stürmte zur Tür herein.

»Bitte, sagen Sie mir, ob es stimmt! Murdoch, William Murdoch. Was ist mit ihm?« Ihre Stimme überschlug sich.

Erst bei näherer Betrachtung gelang es Lightoller, die Frau zu identifizieren. Nichts war noch übrig von der anmutigen Passagierin der ersten Klasse.

»Miss Harding?«, entkam es ihm laut. Ihr Blick schoss zu ihm und Erkenntnis trat in ihre Augen.

»Mister Lightoller, bitte sagen Sie mir, dass es nicht stimmt.« Sie schluchzte auf.

Der Senator blickte verstört zu der jungen Frau und räusperte sich schließlich. »Mister Lightoller, bitte wären Sie so gut und würden der Frau sagen, was sie wissen will?«

Er nickte, erhob sich und trat an Catherine heran, die sich weinend an ihn klammerte, während er sie nach draußen begleitete. Kaum fiel die Tür hinter ihnen zu, besah er sie genauer. Er hatte nicht gewusst, aber sehr wohl geahnt, dass sie überlebt hatte.

»Sie sagen, er hätte sich erschossen.« Sie schluchzte. »Mister Lightoller, Will hätte nie …«

Auch er hatte von diesen Gerüchten gehört. Es gab Passagiere, die felsenfest behaupteten, den ersten Offizier mit einer Pistole in der Hand gesehen zu haben, ehe er sie gegen sich selbst richtete und den Abzug betätigte.

Bei näherer Betrachtung und detaillierteren Nachfragen wurde ersichtlich, dass die Befragten keine eindeutige Zuordnung treffen konnten, ob die betreffende Person Murdoch oder ein anderer Offizier gewesen war.

Und Lightoller pflichtete Miss Harding bei. Er hatte William gut gekannt und ihn als ehrenwerten Mann wahrgenommen. Es war für ihn daher undenkbar, dass dieser sich selbst richten würde.

»Miss Harding, ich bitte Sie, sich zu beruhigen. Es besteht kein Anlass zur Annahme, dass William sich selbst erschossen hat.«

Mit großen Augen blickte sie ihn an. »Oh Gott sei Dank. Ich wusste, dass es nicht sein konnte. William hat versprochen, mit mir nach Southampton zurückzukehren. Er hätte nie sein Versprechen gebrochen.«

Lightoller packte die junge Frau fest an den Armen. Er hatte tiefstes Mitgefühl für sie, doch das änderte nichts an den Tatsachen.

»Miss Harding, ich möchte Sie bitten, mich nicht falsch zu verstehen. William ist nicht unter den Überlebenden. Diese Tatsache ist bedauerlich, jedoch unumstößlich. Er ist tot. Dies ist eine Tatsache, die Sie akzeptieren müssen.«

Seine Worte waren hart, doch über den Tod seines Freundes zu sprechen schmerzte. Er ließ sie los, zog sich die Jacke zurecht und wollte sie zurücklassen.

»Ich muss ihn suchen.«

»Unterlassen Sie das. Machen Sie es sich und allen anderen nicht unnötig schwer.« Er wollte sich wegdrehen, doch die Gestalt vor ihm erweckte all sein Mitleid. »William wollte es nie zugeben«, setzte er sanfter hinzu, »aber er hatte wirklich eine Schwäche für Sie. Halten Sie sein Andenken in Ehren und leben Sie ihr Leben. Das hätte er so gewollt.«

Er trat wieder in den Saal ein und setzte sich auf seinen Platz. Obwohl er sich auch wünschte, William würde hier neben ihm sitzen, mussten sie sich damit abfinden, dass es nicht so war.

Es wäre für alle Beteiligten besser, die junge Frau würde kein weiteres Aufsehen erregen. Williams Ehefrau Ada hatte ihren Ehemann verloren, in dem Wissen, dass er sie noch immer liebte. Es würde nur unnötiges Leid verursachen, würde sie dahinterkommen, dass William die letzten Stunden seines Lebens mit einer anderen Frau verbracht hatte.

Mit einer Frau, die dort draußen nun auf sich allein gestellt war. Und Lightoller wünschte sich, dass alles anders gekommen wäre.

66

LOWE

1913 | WALES

An der Küste Deganwys befand sich ein kleines Cottage mit Veranda, weißer Mansarde und blassgrünen Fensterläden. Noch immer war es schwül, obwohl die Sonne bereits unterging. Der Frühling war von unglaublichen Temperaturen gesegnet gewesen, der Sommer würde wohl der heißeste seit Jahren werden. Das Cottage, zu dem ein kleiner Feldweg führte, lag abgegrenzt von der Stadt. Es war ein Flecken Paradies auf Erden. Harold wusste sein Glück zu schätzen, auch wenn ihm noch immer ein dunkler Schatten folgte.

Seit dem Untergang der Titanic hatte er keine Nacht ohne Träume überstanden. Wäre Nancy nicht gewesen, er hätte sich nicht zu helfen gewusst. Seit ihrem gemeinsamen Einzug vor einem Jahr hatten sie jede Nacht miteinander verbracht. Sie war ihm nach Wales gefolgt, in seine Heimatstadt, und begleitete ihn zu jeder Anhörung. Stundenlang saß sie schweigend an seiner Seite, hielt seine Hand und spendete ihm Trost. Im Gegenzug hatte Harold ihr ein Heim geboten, brachte sie, wann immer es ihm möglich war, zum Lachen und verbrachte oft ganze Nächte mit ihr unter freiem Sternenhimmel, wenn die Albträume sie nicht schlafen ließen.

Als sie ihn durch das Küchenfenster heimkommen sah, begab sie sich auf die Veranda. Ihr braunes Haar fiel ihr in ungestümen Locken über die

Schultern. Er näherte sich ihr und küsste sie auf die Wange.

»Ich hoffe, du hattest einen schönen Tag«, meinte sie und verzog ihre vollen Lippen zu einem Lächeln.

»Ja danke«, erwiderte er und beließ es weiterhin dabei, ihr nicht zu offenbaren, dass er die Büroarbeit bereits seit geraumer Zeit als Belastung empfand. Er war ein Seemann und jeder Muskel in seinem Körper schrie nach dem Meer. Doch einerseits fürchtete er sich davor, von ihr getrennt zu sein, und andererseits war es für sie unerträglich, wenn er wieder zur See fuhr und sie ihren schrecklichen Gedanken überließ.

Harold hatte ein Versprechen abgegeben und war es seinem treuen Freund schuldig, es einzuhalten. Doch Harold schimpfte sich selbst jeden Abend einen Heuchler, schließlich waren seine Gefühle für die junge Frau inniger, als es die Pflicht sie zu beschützen, je sein konnte. Umso mehr fürchtete er sich vor den Nachrichten, die er ihr übermitteln würde.

Harold war nunmehr dreißig Jahre alt und eigentlich wollte er sie zur Ehefrau nehmen und eine Familie gründen. Mit wem könnte er dies auch besser als mit jemandem, dem er alles anvertraute. Nun ja, fast alles.

Beim Betreten des Hauses nahm er sofort den Duft des Abendessens wahr, das sie mit Sorgfalt zubereitet hatte. Er wollte nicht, dass sie arbeitete. Er wollte sie vor allen Gefahren beschützen, die in der Welt dort draußen auf sie lauerten. War es vielleicht zu viel?

»Setz dich. Ich habe dein Leibgericht gekocht.«

Geschmeichelt reichte er ihr den Mantel, zog die Schuhe aus und setzte sich an den gedeckten Tisch. Sollte er es wagen und noch heute Abend um ihre Hand anhalten? Sein Gewissen rumorte in seinem Magen.

Sie lenkte seine Aufmerksamkeit auf sich, indem sie sich an den Tisch setzte, die geöffnete Weinflasche in der Hand haltend, und die Gläser mit der dunkelroten Flüssigkeit füllte.

»Gibt es einen besonderen Anlass für eine Feier?«, erkundigte er sich zögerlich. Wartete sie womöglich auf einen Antrag?

Die Dauer ihrer Beziehung stand im Widerspruch zur Intensität ihrer Verbindung. Sie hatten gemeinsam eine Katastrophe überlebt – selbst wenn sie einander nicht immer vollkommen verstanden, so etwas schweißte doch unweigerlich zusammen. Außerdem hatte er es nie gewagt, diesen einen Schritt auf sie zuzugehen. Er hatte nie versucht, ihr körperlich näherzukommen oder sie zu küssen – obwohl es unzählige Momente gab, in denen er es sich vorgestellt hatte.

Er überließ es stets ihr, zu entscheiden, ob und wann der Moment gekommen war, ihre Beziehung zu vertiefen.

»Nein, ich dachte nur, es wäre angebracht.«

Immer trug sie ein höfliches Lächeln auf den Lippen und nur, wenn man genauer hinsah, erkannte man, dass sich hinter dieser Fassade eine tiefe Traurigkeit versteckte.

In der Folge fasste Harold den Mut, seine Hand auf ihre am Tisch liegende Hand zu legen. Als sie ihre Hand nicht zurückzog, wurde er mutiger und lächelte ebenfalls. »Ich bin sehr froh um dich.«

Ihre Wangen wurden von einem blassen rosafarbenen Schimmer überzogen. Vielleicht war es Zeit, den nächsten Schritt zu wagen. Sie stießen auf den weiteren Verlauf des Abends an und führten eine angeregte Unterhaltung über den vergangenen Tag. Harold hatte die negativen Nachrichten nahezu vollständig aus seinem Gedächtnis verdrängt.

»Es ist bald so weit«, hauchte sie plötzlich und ihre Stimmung schlug von einem auf den anderen Moment um. Das Datum war auch an ihm nicht spurlos vorübergegangen. Abgesehen davon, dass seine Kollegen ihn, schon seit gut einer Woche, wie ein rohes Ei behandelten, spürte er es in seinen Knochen.

Ein Jahr. Ein Jahr war es her, seit ... Nein, er würde sich nun nicht hinreißen lassen. Einmal in diesen düsteren Gedanken, brauchte er Tage, um wieder herauszufinden.

»Warte, ich weiß etwas, was dich aufmuntern wird«, meinte er verschwörerisch und stand vom Tisch auf.

Er begab sich in das Schlafzimmer und öffnete den Kleiderschrank. In einer Höhe, die Nancy aufgrund ihrer Körpergröße nicht erreichen konnte, hatte er hinter Hutschachteln und alten Kisten, neben einem Revolver, den Ring versteckt, den er bereits vor einigen Wochen in Liverpool erworben hatte.

Er war sich nicht sicher, wie lange er warten sollte, doch einen optimalen Zeitpunkt würde es vermutlich nie geben. Er war überzeugt, ihr Band war stark genug, um allem zu trotzen.

Selbst, wenn er irgendwann mit der Wahrheit herausrücken musste. Doch ein Versprechen würde ihm die Sicherheit geben, die er benötigte, um reinen Tisch zu machen.

Er schob die Hutschachtel zur Seite und griff dahinter, dabei stieß er die Schachtel vom Regal. Schnell griff er nach dem Karton und bekam ihn noch zu fassen, ehe er den Boden erreichte, doch der Deckel flog im weiten Bogen durch das Zimmer.

Was darin zum Vorschein kam, war ganz sicher kein Hut. Und plötzlich war er sich nicht mehr sicher, ob er und Nancy überhaupt ein Band hatten oder sich alles nur in seinem Kopf abgespielt hatte.

67

CATHERINE

1913 | WALES

Noch bevor Harold aus dem Zimmer zurückkam, hatte sie die Teller abgeräumt und in die Spüle gestellt, damit sie den Nachtisch auftischen konnte, den sie zubereitet hatte.

Das Leben an Harolds Seite war von Anfang an angenehm und unkompliziert gewesen – so angenehm, dass ihr die Erinnerungen an die Zeit davor wie verblasste Fragmente vorkamen. Die Frau, die sie einst gewesen war, schien wie eine Figur aus einem früheren Leben, eine, die untergegangen war mit dem Schiff in jener verhängnisvollen Nacht. Harold hatte sie aufgefangen, als sie glaubte, an ihrem Schmerz zu zerbrechen. Nicht mit großen Worten oder dramatischen Gesten, sondern mit schlichter Beständigkeit. Er stellte keine Fragen, die sie nicht beantworten wollte. Er forderte keine Erklärungen, die sie nicht geben konnte. Er war einfach da.

Ihre Tage verliefen in geordneten Bahnen – ein Rhythmus, der nichts mit der Vergangenheit gemein hatte. Die Tage begannen mit dem Duft von Tee und der leisen Melodie eines Grammophons. Gespräche über belanglose Dinge, über Bücher, das Wetter, manchmal über die Nachrichten, aber niemals über die Titanic. Niemals über die Toten.

Es war ein Leben in der Dämmerung. Nicht völlig ohne Licht, aber auch nicht strahlend hell.

Obwohl ihre Beziehung als freundschaftlich beschrieben werden konnte, war sich Catherine darüber im Klaren, dass es früher oder später auf etwas anderes hinauslaufen würde. Vielleicht auf eine Ehe. Nicht aus Leidenschaft, sondern aus Vernunft. Welcher Mann würde sonst für eine Frau sorgen, ohne zumindest die Hoffnung darauf zu haben? Und war das nicht auch für sie der naheliegendste Weg?

Manchmal ertappte sie sich dabei, dass sie ihn ansah und versuchte, sich eine Zukunft mit ihm vorzustellen. Eine Zukunft, in der sie seinen Namen trug, in der ihre Abende mit ruhigen Gesprächen und gemeinsamen Mahlzeiten endeten, in der sie niemals wieder fürchten müsste, alles zu verlieren.

Es war eine Zukunft, die Sicherheit versprach.

Und doch …

Wenn der Wind durch die Straßen wehte, wenn sie das entfernte Rufen der Möwen hörte, wenn eine Melodie aus einer Bar an ihre Ohren drang – dann spürte sie es. Ein Teil von ihr war immer noch nicht angekommen. Dieser Teil stand immer noch an Deck eines sinkenden Schiffes. Er war in einem Paar ozeanblauer Augen gefangen, die nie wieder die ihren suchen würden. Und kein noch so ruhiges, sicheres Leben konnte diesen Teil in ihr jemals ganz auslöschen.

Am Anfang wäre es niemals infrage gekommen. Die bloße Vorstellung, ihr Leben mit jemand anderem als William zu verbringen, erschien ihr damals absurd – als würde sie einen Schatten lieben und ihn gleichzeitig vergessen wollen. Doch je mehr Zeit verging, desto mehr wich die Vergangenheit der Gegenwart. Und mit ihr wurde sie offener für die Möglichkeit, dass ein anderes Leben existieren konnte. Ein Leben jenseits von Verlust und Schuld.

Harold war ein ehrbarer, geselliger Kumpan, dessen ruhige Art sie erdete. Er war ein Fels, unaufdringlich und doch zuverlässig. Und vielleicht – wenn sie ehrlich zu sich war – hatte sie begonnen, etwas für ihn zu empfinden. Es war nicht das lodernde Feuer, das sie einst verzehrt hatte, nicht die stürmische, atemlose Intensität, die sie mit William erlebt hatte. Aber es war Wärme. Eine sanfte, stetige Wärme, die nicht wehtat, die nicht zerstörte.

Nicht so wie mit William – das war einmalig gewesen. So etwas geschah nur einmal im Leben. Vielleicht auch nur einmal in vielen Leben.

Schnell lenkte sie ihre Gedanken von ihm ab. Obwohl bereits ein Jahr vergangen war, dachte sie täglich an ihn. In Anbetracht dieser ganzen Zeit mit Harold und wie er sie manchmal ansah, wuchs in ihr die Überzeugung, dass sie in Kürze einen Antrag erhalten würde. Vielleicht sogar schon heute Abend.

Catherine streute die feinen Flocken über den Nachtisch. So hatte sie es früher serviert bekommen, als sie noch Teil eines anderen Lebens gewesen war. Eines Lebens, in dem Bedienstete ihre Wünsche erahnten, bevor sie sie überhaupt aussprach, und ein prächtiger Esstisch jeden Abend für sie gedeckt wurde. Jetzt war alles anders. Ihre Hände, einst zart und unberührt von harter Arbeit, waren nun rauer, die Nägel nicht mehr makellos poliert, sondern kurz gehalten und manchmal mit Mehl oder Seifenlauge bestäubt.

Das Leben an Harolds Seite war bescheidener, aber es gehörte ihr.

Sie waren nicht arm – ein Offiziersgehalt bot Sicherheit, doch es reichte nicht für Luxus. Es gab keine Bediensteten, die sich um den Haushalt kümmerten, keine Hausmädchen, die ihr morgens das Frühstück ans Bett brachten oder die Kleider für den Tag auswählten. Sie musste selbst kochen, putzen und einkaufen, sich um die kleinen und großen Dinge des Alltags kümmern.

Am Anfang hatte sie es als erniedrigend empfunden, sich die Hände im Spülwasser schmutzig zu machen oder ihre Röcke selbst auszubessern. Doch mit der Zeit hatte sie eine gewisse Zufriedenheit darin gefunden. Jeder selbst gekochte Eintopf, jeder frisch gewischte Boden war ein stiller Triumph, ein Beweis dafür, dass sie sich nicht nur an dieses neue Leben angepasst hatte – sie hatte es zu ihrem eigenen gemacht.

Obwohl sie ihre Familie vermisste, verspürte sie keinen Drang, in ihre alte Heimat zurückzukehren. Zu viel war geschehen, zu viele Wunden waren geschlagen worden. Sie konnte sich nicht vorstellen, wieder in das große, dunkle Herrenhaus zurückzukehren, in dem jeder Schatten Erinnerungen barg und jede Tür einen Geist der Vergangenheit verbarg.

Hier, in diesem kleinen Heim, war sie nicht mehr Miss Catherine Isabel Harding – Erbin eines Namens, einer Familie, einer Schuld, die sie nie ganz hatte abschütteln können. Hier war sie Nancy, eine Frau, die sich ihr Leben selbst aufbaute.

Es war nicht das Leben, das sie sich als junges Mädchen erträumt hatte, nicht das Leben, das sie mit William hätte führen wollen. Aber es war ein Leben, das sie sich selbst gewählt hatte.

Und das allein machte es wertvoll.

Als sie Harold hinter sich vernehmen konnte, nahm sie die zwei Gläser mit dem Nachtisch in die Hand und drehte sich mit einem Lächeln im Gesicht schwungvoll um.

»Ich hoffe, du magst Crumble.«

Ihr Lächeln wich augenblicklich einer ernsten Miene, als sie ihn in der Tür stehen sah, mit besorgtem Blick und der Hutschachtel in der Hand.

»Oh weh«, entfuhr es ihr. Ihr Herz rutschte ihr in die Hose und sie stellte den Nachtisch auf den Tisch, bevor sie ihn noch fallen ließ. »Lass es mich erklären«, begann sie und ihr Herz klopfte schmerzhaft gegen ihre Rippen.

Er trat an den Tisch, stellte die Hutschachtel darauf ab und nahm Platz. Darin befanden sich Zeitungsausschnitte, sorgsam gesammelt. Und darunter – Williams Offiziersjacke. Selbst nach all der Zeit meinte sie noch, seinen Duft darin zu erkennen. Vielleicht war es nur Einbildung, doch der Gedanke ließ ihr Herz jedes Mal für einen Moment lang schneller schlagen.

Catherine hatte mit Harold nie über William gesprochen oder gar nach ihm gefragt. Dennoch zog es sie jedes Mal, wenn Harold bei der Arbeit war, ins Stadtzentrum – in der vergeblichen Hoffnung, einen Hinweis zu finden, dass er überlebt hatte. Erfolglos.

»Oh, Harold, ich weiß nicht, wie ich beginnen soll. Es mag seltsam erscheinen, doch …« Sie war sprachlos. Es gab keine respektvolle Art und Weise ihm zu erklären, dass sie ihm die ganze Zeit über etwas verschwiegen hatte.

»Wie lange suchst du bereits nach ihm?«, entgegnete Harold ihr. Geschickt wich er ständig ihrem Blick aus. Catherine spürte, wie sich ihr Hals zuschnürte, und die Worte wollten ihr nicht über die Lippen kommen. »Oder sollte ich besser fragen, wie weit du gekommen bist?«

»Harold, ich möchte mich für mein Verhalten entschuldigen … Ich schwöre dir, ich wollte die Angelegenheit nach dem Jahrestag auf sich beruhen lassen, es ist nur …«

Er würde ihr nun vorwerfen, dass sie sich nur mit ihm eingelassen hatte, um an Informationen zu gelangen. Im Anschluss würde er sie verlassen. Dabei mochte sie Harold wirklich.

Es wäre an der Zeit, die Wahrheit zu gestehen, zumal er ihr gegenüber stets geduldig gewesen war und sie nie gedrängt hatte, von ihrer Kindheit oder ihrer Familie zu erzählen. Im Endeffekt wusste Harold nichts über sie und hatte sie doch gutmütig aufgenommen.

»Ich möchte endlich ehrlich sein.«

Er lehnte sich im Stuhl zurück und hob den Blick. In seinen Augen spiegelte sich eine ernsthafte Ratlosigkeit. »Dann los.«

Sein Tonfall hatte jegliche Zuneigung verloren, und Catherine wurde kalt ums Herz. Sie nahm all ihren Mut zusammen und atmete tief ein.

»Ich heiße nicht Nancy.« Der erste Schritt war getan. Nun gab es kein Zurück mehr. Gerade als sie den Mund öffnete, um weiterzusprechen, unterbrach er sie.

»Ich weiß, Catherine.«

Ihr Herz blieb stehen, Tränen der Verwunderung schossen ihr in die Augen.

Harold atmete tief durch und sein Blick wurde weicher. »William sprach von dir. Es gab kaum ein Geheimnis, das man in der Offiziersmesse nicht gelüftet hätte. Inmitten der Hektik an Deck, kurz vor dem Untergang, nahm er mir das Versprechen ab, auf dich achtzugeben. Nachdem wir beide auf der Carpathia angekommen waren und er nicht, interpretierte ich dies als eine Art Wink des Schicksals, meine Pflicht zu erfüllen.«

Catherines Herz schlug nun schmerzhaft gegen ihre Brust und das Zimmer schien sich unaufhörlich zu drehen. Zudem wurde ihr schwarz vor Augen, und sie befürchtete, das Bewusstsein zu verlieren. Schließlich gelang es ihr, sich auf den Stuhl vor sich zu setzen, bevor ihre Beine nachgaben. »Aber, aber warum hast du denn nie etwas gesagt?«

»Was hätte ich denn sagen sollen? Es war nicht meine Intention, dich zu einer bestimmten Handlung oder Äußerung zu drängen. Für mich war es irrelevant, ob du dich Nancy oder Catherine oder sonst wie nennst. Oder woher deine Eltern kommen oder eben nicht. Ich dachte, dass … Oh Gott, Catherine, ich dachte die Hälfte der Zeit überhaupt nicht nach!« Er erhob sich, drehte sich um den Stuhl und stützte sich an der Lehne ab. »Ich habe gelebt und dabei festgestellt, dass das von mir erdachte Traumschloss meinen Vorstellungen entspricht. Ich wollte glauben, dass wenn wir uns nur vorher kennengelernt hätten, alles genau so gekommen wäre.«

Catherine verstand gar nichts mehr. Da war vor ihr diese Schachtel und von einem Zeitungsausschnitt blickte ihr das schwarz–weiße Gesicht von William entgegen. Doch sie stand hier mit Harold, dem Mann, mit dem sie das letzte Jahr gelebt hatte, und anscheinend kannten sie einander überhaupt nicht.

»Ich … Himmel Herrgott!«, fluchte Harold und ging einige Schritte im Raum auf und ab.

Catherine hingegen saß wie angewurzelt da und blickte ins Leere. Er näherte sich ihr, holte ein Schächtelchen aus seiner Tasche hervor, öffnete es und stellte es vor sie auf den Tisch. Ein schmaler goldener Ring, besetzt mit einem kleinen Saphir, erregte ihre Aufmerksamkeit.

»Ich wollte dich heute Abend fragen, damit diese ganzen Lügen, die ich mir jeden Tag am Morgen vor dem Aufstehen erzähle, wahr werden.« Er stützte sich erneut auf die Lehne des Stuhls, während Catherines Blick auf dem Ring ruhte.

»Harold, du kannst mich nach wie vor fragen. Das hier«, sie wies auf die Hutschachtel, »muss nicht zwangsläufig eine Veränderung bedeuten.« Ihre Hände zitterten und sie spürte ihre Beine nicht mehr.

Harold sah sie lange an, dann senkte er den Blick. Seine Miene war von Traurigkeit gezeichnet. »Nein, vielleicht nicht. Aber das wird es tun.« Er schloss für einen Moment die Augen, als müsse er Kraft sammeln, bevor er weitersprach. »Dein Vater hatte einen Herzinfarkt.«

Ihr Blick schoss zu ihm, während sie das Blut in ihren Ohren rauschen hörte. »Was …?« Das Wort kam kaum hörbar über ihre Lippen.

Harold sah sie mitfühlend an. »Ich habe es heute von einem Arbeitskollegen erfahren. Er sollte seine Ohren offenhalten.« Er zögerte. »Es tut mir leid, Catherine.«

Die Stille, die folgte, war erdrückend. Die Welt um sie herum schien sich zu verlangsamen, als wäre sie nur noch ein ferner Schatten ihrer eigenen Realität.

Ihr Vater …

Sie schluckte, wollte etwas sagen, doch die Worte blieben ihr im Hals stecken. Schließlich richtete sie den Blick auf Harold. »Wann?« Ihre Stimme war leise, brüchig.

Harold antwortete nicht sofort. Dann sagte er sanft: »Vor ein paar Tagen.«

Ein unbestimmtes Gefühl breitete sich in ihr aus – ein Sturm aus Bedauern, Schuld und etwas, das sie nicht greifen konnte. Catherine atmete tief ein. Sie durfte sich nicht verlieren. Nicht jetzt.

Sie presste die Hände gegen den Tisch, um Halt zu finden, und schloss für einen Moment die Augen. Als sie sie wieder öffnete, war ihr Blick klarer, auch wenn der Schmerz tief in ihr nagte.

»Danke, dass du es mir gesagt hast.« Ihre Stimme war kaum mehr als ein Flüstern, ein schwacher Hauch, der im Raum verpuffte.

Doch die Worte fühlten sich fremd an, bedeutungslos.

Ihr Blick blieb auf die Hutschachtel gerichtet, als könnte sie darin irgendetwas finden – Trost, Halt, einen Anker in der Flut aus Schmerz. Doch da war nichts.

Ihr Vater war tot.

Es war nicht nur die Nachricht, die sie traf. Es war das, was sie bedeutete. Etwas in ihr riss auf. Ein leiser, kaum hörbarer Riss, tief in ihrem Innersten. Sie stand noch, doch es fühlte sich nicht danach an. Ihre Beine trugen sie, aber wofür?

Ein beklemmendes Nichts breitete sich in ihrer Brust aus, zog sich eng um ihr Herz. Der Raum um sie herum war derselbe – und doch war er fremd geworden. Kälter. Leerer.

Vergangenheit.

Alles, was ihr blieb, war Vergangenheit.

Die Hutschachtel, die Zeitungsausschnitte, die Offiziersjacke – alles Erinnerungen an ein Leben, das ihr immer wieder entrissen wurde.

Erst Josephine. Ihre eigene Familie, zerrüttet durch Lügen und Verrat. Durch Intrigen, die sie aus dem engsten Kreis heraus hintergangen hatten. Virginie, ihre Vertraute, die ihr in den Rücken fiel. Dann William. Jetzt auch noch ihr Vater.

Wie oft konnte ein Mensch verlieren, bevor nichts mehr übrig blieb?

Catherine spürte, wie sich ein beklemmendes Gewicht auf ihre Brust legte, schwerer als all die Male zuvor. Jeder einzelne Verlust hatte sie gezeichnet, ihr etwas genommen, das nicht wiederkehrte. Was blieb ihr noch?

Nichts außer Erinnerungen. Und die waren nichts als Schatten eines Lebens, das längst nicht mehr ihr Eigenes war.

Harold sagte etwas, doch die Worte erreichten sie nicht mehr. Die Welt war nur noch ein ferner Schatten. Geräusche gedämpft, Licht fahl, als hätte selbst das Leben um sie herum an Farbe verloren.

In dieser Stille, in dieser erdrückenden, hoffnungslosen Stille, tat sich ein Gedanke auf. Nicht laut. Nicht greifbar. Nur ein Flüstern in ihrem Hinterkopf.

Und es ließ sie nicht mehr los.

68

CATHERINE

1913 | SOUTHAMPTON

Catherine hatte sich tausendmal vorgestellt, wie es wäre, wieder in Southampton zu sein. Nun, da sie hier war, war es trotzdem vollkommen anders. Unabhängig davon, wohin ihr Blick auch fiel, blickte man in traurige Gesichter von alten Frauen und Kindern, die allesamt den größten Verlust ihres Lebens erlitten hatten.

Sie hatte gewusst, warum ein Teil in ihr dieser Stadt am liebsten für immer den Rücken gekehrt hätte. Der Verlust war derart präsent, dass sie sich ihm nicht entziehen konnte. Sie fühlte sich taub, schon seit sie die Nachricht des Todes ihres Vaters erhalten hatte. Auch wenn sie sich mit der Vorstellung, ihn nie wiederzusehen, arrangiert hatte, war es schön gewesen, zu wissen, dass er noch da war.

Er sollte ein langes erfülltes Leben haben, doch der Tod seiner beiden Kinder, und der damit einhergehende Verlust seiner Zigarrenfabrik verkraftete er nicht. Seit Catherine von seinem Tod erfahren hatte, wurde sie von ihrem schlechten Gewissen geplagt. Sie stellte sich die Frage, ob er noch am Leben wäre, wäre sie zu ihm zurückgekehrt. Zum ersten Mal seit dem Untergang ließ sie die Erinnerungen zu, ohne sich dagegen zu wehren. Sie dachte an seinen strengen Blick, an die rauchige Stimme ihres Vaters. Daran, wie er mit unbeirrbarer Haltung Entscheidungen für sie traf, ohne zu fragen. Er war hart gewesen, distanziert, selten anwesend. Und doch hatte er sie in seiner eigenen Weise geliebt. Er hatte ihr das Reiten beigebracht, ihre Entscheidungen vor der Mutter gerechtfertigt, auch wenn er selbst kaum Zeit für sie hatte.

Vielleicht war es die Zeit, in der er aufgewachsen war, eine Ära, in der Strenge als Tugend galt, in der Männer ihre Gefühle nicht zeigen sollten. Vielleicht war es auch die Last, die das Leben in der Öffentlichkeit mit sich brachte, die ständige Erwartung, ein perfektes Bild abzugeben.

Ihre Mutter verließ nach dem Ableben ihres Mannes umgehend die gemeinsame Residenz. Sie übersiedelte nach Amerika, um dort ihren familiären Verpflichtungen nachzukommen. Das Anwesen war nun leer, doch ihre Mutter hatte sich noch nie sonderlich für den Besitz auf englischem Boden interessiert. Sie war, so lange Catherine denken konnte, berechnend gewesen, gefühllos. Nie hatte sie Catherine spüren lassen, dass sie geliebt wurde. Sie erwartete Gehorsam, Anpassung, ein Ebenbild ihrer selbst. Doch vielleicht hatte sie auch selbst gelitten. Die Untreue ihres Mannes, die Einsamkeit in einer Welt, in der sie nie wirklich Wurzeln schlagen konnte, hatten sie verhärtet.

Trotzdem rechtfertigte es nicht, dass sie Catherine und George so lange in Unwissenheit gehalten hatte. Vielleicht hätte viel Schlimmes verhindert werden können.

Doch nun ließ sich nichts mehr ändern. Tränen brannten ihr in den Augen, als sie erkannte, dass sie loslassen musste. Sie konnte die Vergangenheit nicht rückgängig machen, aber sie konnte Frieden finden. Ihrem Vater vergeben für seine Abwesenheit, ihrer Mutter für ihre Kälte. Und sich selbst für die Jahre des Zorns und der Distanz.

Ein sanfter Windhauch strich über ihr Gesicht. Für einen Moment fühlte sie sich leichter, als wäre eine Last von ihrer Seele gefallen. Vielleicht war das der erste Schritt zur Heilung. Harold war stets in Catherines Nähe. Sie indes klammerte sich an seinen Arm, da sie ohne ihn ihren Halt in dieser Welt zu verlieren drohte. Sie hatte alles verloren. Er hatte das Fahrzeug den Hügel hinaufgefahren und am Eingang des Friedhofs abgestellt. Catherine verließ das Fahrzeug und begab sich mit langsamen, bedächtigen Schritten in Richtung des Friedhofs. Vom Meer her zogen schwere dunkle Wolken auf. Am Abend würde es wohl regnen.

Mit jedem Schritt in Richtung ihres Familiengrabes, in dem bereits ihre Urgroßeltern beerdigt worden waren, fiel es ihr schwerer, zu atmen.

Harolds Hand musste bereits taub werden, so stark bohrten sich ihre Nägel in sein Fleisch.

Seit mehreren Tagen zeigte er sich ihr gegenüber äußerst zurückhaltend und wortkarg. Als wäre, nachdem alles geklärt worden war, nichts mehr zu sagen. Alle Geheimnisse waren gelüftet und die Karten offen ausgelegt. Catherine hatte ihm alles anvertraut. Harold nahm sie jeden Abend schweigend in den Arm, während sie still vor Kummer weinte.

Eine baldige Verlobung wurde von ihm nicht mehr angesprochen und sie hatte keinen Gedanken mehr daran verschwendet, denn ihr Leben erschien ihr nach so viel Tod sinnlos und leer.

Als sie den Namen ihres Vaters in den Stein eingraviert sah, atmete sie tief ein. Daneben standen die Namen ihres Bruders, sowie ihr eigener. Die sterblichen Überreste der Vermissten wurden nie aufgefunden. Da sie auf dem Grabstein als verschollen galt, war dies das letzte Zeugnis ihrer Existenz. Sie hob ihren Blick und sah in den Hafen hinunter.

»Wie geht es dir?«, erkundigte sich Harold mit sanfter Stimme.

Er hatte sich passend für diesen Tag ganz in Schwarz gekleidet. Obwohl sie die Regeln des Benehmens in– und auswendig kannte, hatte sie sich noch spontan am Morgen umentschieden und das einzige rote Kleid angezogen, das sie besaß. Harold hatte es ihr geschenkt und sie trug es mit Stolz. Trotz des düsteren Anlasses war sie nicht länger gewillt, in Trauer zu verharren.

»Hier ruht Catherine Isabel Harding. Geliebte Tochter. Umgekommen beim Untergang der Titanic«, las sie ab, »Josephines Namen sollte hier neben meinem stehen.«

Sie spürte, wie Harold seine Finger zwischen ihre schob, und drehte sich, von Müdigkeit übermannt, vom Grab weg, um Zuflucht in seinen Armen zu suchen.

»Möchtest du noch zu deinem Zuhause fahren?«, fragte er sie sanft und strich ihr behutsam über die Haare. Sie löste sich von ihm und blickte ihn mit Tränen in den Augen an. »Nein. Wir fahren zum Hafen, wie geplant.«

Nachdem sie sich in das Fahrzeug begeben hatten, ließ Catherine die Hutschachtel, welche sie zuvor von Deganwy mitgebracht hatte, nicht mehr los. Sie sprachen kein Wort, eine seltsame Ruhe lag zwischen ihnen. Kaum erreichten sie den Hafen, stellte Harold den Motor ab, doch machte keine Anstalten auszusteigen. Stattdessen griff er in die Innentasche seines Mantels und zog einige zusammengefaltete Blätter hervor.

»Ich habe nach ihnen gesucht«, sagte er schließlich leise.

Catherine blinzelte verwirrt und sah zu den Blättern, die er ihr nun hinhielt. Ihre Hände zögerten einen Moment, bevor sie sie an sich nahm.

»Nach wem?«, flüsterte sie.

»Nach den Namen, von denen du mir erzählt hast«, antwortete Harold ruhig, »Nach den Menschen aus deinem Leben. Du solltest es dir ansehen.«

Langsam faltete sie das erste Blatt auseinander. Ihr Atem stockte. Harold hatte sich bemüht, zusammenzutragen, was er finden konnte – doch es war nicht viel. Drei vergilbte Zeitungsartikel, ein Nachruf. Mehr war nicht geblieben. Trotzdem zitterten ihre Hände, als sie über das Papier strichen.

»Ich weiß nicht, ob ich das kann«, murmelte sie.

»Du musst nicht«, entgegnete er, »Aber du solltest.«

Ihr Blick fiel auf den ersten Artikel.

Vom Schiffbruch zum Vermögen
Wie Lawrence Rutherford an der Börse ein Vermögen macht

Der Text war ein sachlicher Bericht, der Lawrence Rutherford als einen der erfolgreichsten Börsenmakler der letzten Jahre pries. Ihr Blick wanderte zum Foto, das daneben abgedruckt war. Es zeigte Lawrence in einem teuren Anzug, tadellos gekleidet und mit einem selbstbewussten Lächeln, das den Erfolg ausstrahlte. Aber das Bild von Virginie, die an seiner Seite stand, ließ ihr Herz einen Schlag aussetzen. Ihr Bauch rund und schwer mit einem ungeborenen Kind. Sie war in feinste Kleider gehüllt und sie standen vor einem Herrenhaus mit ausladendem Garten. Virginie hatte am Ende alles bekommen, was sie immer wollte. Sicherheit. Einfluss. Reichtum.

Aber Catherine wusste es besser. Sie kannte den leer gewordenen Blick in Virginies Augen, der trotz allem Reichtum nichts anderes verriet als eine innere Leere. Geld konnte keine Liebe kaufen. Geld konnte kein Glück kaufen. Und das wusste Virginie am besten.

Catherine blätterte weiter. Ihre Augen überflogen den nächsten Artikel. Sie hielt inne und las: »Matthew Gould, Eisenbahnerbe, setzt sich für Frauenrechte ein, gründet Stiftung.«

Sie schmunzelte. Auf dem Foto saß er an einem großen Schreibtisch, daneben stand Andrew. Ein leises, zitterndes Lächeln legte sich auf ihre Lippen – nicht nur aus Stolz, sondern auch aus tiefer Traurigkeit. Sie konnte ihn sich vorstellen, mit dieser Entschlossenheit in den Augen, mit der er schon damals an Bord für das Richtige eingestanden war, als er zu Josephine in den Schiffsbauch hinabgestiegen war.

Sie ließ den Zeitungsausschnitt sinken und griff nach dem Nächsten. Ein weiteres Bild. Es zeigte ein kleines Restaurant in New York – unscheinbar, fast gewöhnlich. Doch das, was es begleitete, ließ ihr den Atem stocken.

»Neue Hoffnung nach der Katastrophe – italienische Pizza kommt nach New York.«

Die Worte brannten sich in ihr Gedächtnis ein, als sie die Frau mit dunklem Haar und einem warmen Lächeln auf dem Bild sah. Daneben–

Alfred!

Der Zeitungsartikel knisterte in ihren zitternden Fingern. Ihr Kopf wurde schlagartig leicht, als hätte ihr Körper für einen Moment vergessen, wie man atmete.

Alfred und Giulia hatten überlebt. Sie hatte geglaubt, er sei mit der Titanic untergegangen, einer der vielen, deren Namen nie mehr genannt wurden. Doch nun war er am Leben, hatte sich eine neue Existenz aufgebaut, und zusammen mit seiner Giulia hatte er ein neues Kapitel geschrieben. Der Name der Pizzeria, auf dem Foto schwer zu erkennen, lautete *The Calliaris*.

»Sie haben es geschafft«, flüsterte sie, mehr zu sich selbst als zu Harold. Er sagte nichts, ließ sie die Teile ihrer Vergangenheit selbst zusammensetzen.

Catherine atmete tief ein, der Nachruf fiel ihr auf. Sie erkannte ihren eigenen Namen, noch bevor sie die Worte vollständig erfasst hatte. Der Druck in ihrer Brust ließ keinen Raum für Zweifel. »In ewiger Erinnerung: Catherine – verloren im Nordatlantik.«

Die Welt schien für einen Moment stillzustehen. Catherine spürte, wie ihr Herz einen Schlag aussetzte, ehe es sich in einem schmerzhaften Krampf zusammenzog.

Ihr Name.

Ihr altes Leben.

Ihr offizieller Tod.

Ihre Vergangenheit war nun nur noch eine Erinnerung, in einem winzigen Abschnitt zwischen anderen Namen, ein winziger Moment in der Geschichte. Die Welt hatte sie für tot erklärt. Sie wusste, dass es so sein musste. Und doch war es etwas anderes, es in gedruckten Lettern vor sich zu sehen. Sie existierte nicht mehr.

»Sie haben mich für tot erklärt«, sagte sie tonlos. Ihr Blick war leer, als sie es endlich aussprach.

Er holte tief Luft, als hätte er darauf gewartet, dann reichte er ihr ein Blatt Papier, auf dem die Namen derer standen, die sie auf der Titanic begleitet hatten. Nicht zu allen gab es einen Zeitungsartikel, wurde ihr bewusst. Nicht für alle gab es ein glückliches Ende.

»Ich wusste nicht, ob ich es dir zeigen soll«, murmelte er, »Aber du hast das Recht, alles zu wissen.«

Catherine starrte auf die verstreuten Zeitungsseiten.

Ihr altes Leben existierte nicht mehr. Es war in Schlagzeilen gepresst, in zerknittertem Papier, das niemand mehr lesen würde.

»Ich …« Ihre Stimme versagte. »Ich weiß nicht, was ich jetzt tun soll.«

Harold legte seine Hand auf ihre, sein Blick ruhig und fest. »Du lebst, Catherine. Das ist mehr, als die meisten auf dieser Liste bekommen haben.«

Sie schloss die Augen.

Sie hatte überlebt. Sie lebte. Aber war es genug?

Als Catherine sich überwunden hatte, aus dem Auto auszusteigen, erstreckte sich vor ihr das White Star Dock und sie fröstelte. Ein Jahr war vergangen, auf den Tag genau, seit sie von hier aus das Schiff der Träume bestiegen hatte. Die Erinnerung an die zahlreichen freudig lachenden Gesichter war noch immer präsent. Die Aufbruchsstimmung war beinahe greifbar gewesen. Und nun war alles verloren.

Melancholisch drehte sie sich zum Fahrzeug und holte die Hutschachtel hervor. Sie hatte bereits seit Tagen die Absicht geäußert, die in der Hutschachtel befindlichen Habseligkeiten ins Wasser zu werfen, um damit ihrer Vergangenheit ein Ende zu setzen. Harold hatte ihrem Vorhaben schweigend gelauscht, sie dabei nicht unterbrochen. Danach hatte er weder versucht, es ihr auszureden, noch euphorisch zugestimmt.

Sie blickte sich unsicher nach ihm um, der sich einige Schritte hinter ihr befand. »Bist du dir sicher, dass du das machen willst?«, fragte er und blickte sie mit besorgter Miene an.

»Es muss sein. Es ist an der Zeit.« Sie fühlte sich längst nicht so sicher, wie ihre Stimme klang. Harold holte seine Taschenuhr hervor und blickte kurz darauf, ehe er sie wieder einsteckte und Catherine sich von ihm abwandte.

Sie trat bis ganz nach vorne. Einen halben Schritt vor ihr plätscherte das Wasser sanft gegen das Dock. Sie platzierte die Hutschachtel vor ihren Füßen und hob den Deckel an. Für einen Moment stand die Welt still. Wie immer lächelte ihr William entgegen – dieses vertraute, sanfte Lächeln, das einst ihr Zuhause gewesen war. Ein leiser Schmerz durchzog ihre Brust, süß und bitter zugleich. Wehmut legte sich über sie, vermischt mit einer Sehnsucht, die nie ganz verging.

Doch als sie an ihr Vorhaben dachte, strömte eine tiefe Ruhe in sie, die ihr bestätigte, dass sie das Richtige tat. Sie beugte sich über die Hutschachtel, um ein allerletztes Mal die Offiziersjacke herauszunehmen. Da, wo sie hingehen würde, brauchte sie sie nicht mehr.

Vorsichtig zog sie den schweren Stoff an sich, als könnte sie so die Zeit zurückholen, die ihr entrissen worden war. Sie drückte die Jacke an ihr Gesicht, schloss die Augen und atmete tief ein – ein letzter verzweifelter Versuch, seinen Duft zu finden. Für sie roch sie noch immer nach William. Nach dem, was war. Nach dem, was hätte sein können.

Ein letztes Mal ließ sie all die Emotionen über sich hinwegspülen. Die Wärme, die Liebe, die Erinnerungen – bevor sie endgültig verblassten.

Dann ließ sie die Jacke sinken.

In diesem Moment zerriss ein ohrenbetäubender Knall die Stille.

69

CATHERINE

1913 | SOUTHAMPTON

Sie fuhr ruckartig herum, ihr Herz hämmerte in ihrer Brust. Ihr Blick huschte über die dunklen Konturen der Lagerhäuser, die still und unbewegt dalagen. Dann entdeckte sie Harold am Auto. Er lehnte gelassen an der Tür, die wohl eine Spur zu energisch ins Schloss gefallen war.

Er hob beschwichtigend die Hände, ein sanftes Lächeln auf seinen Lippen. »Lass dich nicht stören. Du hats alle Zeit der Welt.«

Seine Stimme klang weich, beruhigend, fast unwirklich.

Catherine blinzelte. Irgendetwas fühlte sich … anders an. Die Luft war schwer und doch leicht zugleich, als würde sie nicht mehr richtig atmen müssen. Der Raum um sie herum wirkte vage, als hätte er an Kontur verloren, und doch war jedes Detail seltsam klar.

Alle Zeit der Welt.

Ein seltsames Frösteln kroch ihre Wirbelsäule hinab. War es das, was es bedeutete, wenn nichts mehr übrig blieb?

Sie atmete langsam aus, zwang ihren Körper zur Ruhe. Es war nur Harold. Nur die Tür. Doch die Anspannung saß noch tief in ihren Gliedern, während sie sich wieder nach vorne wandte.

Der Nachmittag war vorangeschritten, und die Gewitterwolken, die den Tag beherrscht hatten, waren plötzlich verschwunden – als wären sie nie da gewesen. Zurück blieb ein Himmel, klar und ungerührt, als hätte er das Unwetter vergessen.

Die Sonne senkte sich langsam, aber unerbittlich dem Horizont entgegen. Goldenes Licht legte sich über das Wasser, die Gebäude und selbst über die massiven Steinplatten des Piers, von dem einst die Titanic abgelegt hatte.

Der Himmel brannte in Rot und Orange, spiegelte sich flimmernd auf der ruhigen Oberfläche des Hafens. Ein Anblick von atemberaubender Schönheit, den sie kaum wahrnahm.

Es war still. Keine Stimmen, kein Rufen der Hafenarbeiter, kein Kreischen der Möwen. Nur das leise Rauschen der Wellen gegen die Pfeiler.

Und doch fühlte sich diese Stille nicht bedrohlich an. Sie war nicht leer oder trostlos – sie war vollkommen. Fast wie in einem Traum. Als hätte sich die Welt für einen Moment zurückgezogen, um Platz zu machen, für etwas Bedeutendes. Alles, was war, alles, was sein würde, lag in dieser einen Sekunde bereit und wartete nur darauf, dass das letzte Puzzlestück an seinen Platz fiel. Es war beinahe friedlich. Ein Friede, der alles umhüllte, als hätte die Welt endlich aufgehört, sich zu wehren. Die Farben des Himmels wirkten weicher, das Licht legte sich sanft über das Wasser, als wolle es sie einladen, eins mit ihm zu werden.

Catherine atmete tief ein, ließ das Gefühl von Frieden und Klarheit in sich einsinken. Zum ersten Mal seit langer Zeit war da kein Zweifel, keine Unsicherheit – nur die leise Gewissheit, dass sie genau hier sein musste und das nun alles gut war.

Ihr Blick fiel zurück in die Hutschachtel. Zwischen all den vertrauten Dingen – den Zeitungsausschnitten, den alten Fotos – lag ein Stück Papier, das ihr noch nie zuvor aufgefallen war.

Als sie es herauszog, erkannte Catherine, dass es sich um einen Brief handelte. Der Umschlag war geöffnet und an Harold adressiert. Sie blickte sich fragend nach ihm um. Harold senkte den Blick und spannte die Schultern an.

»Was ist das?«, fragte sie unverblümt und hielt ihm den Brief hin.

Er streckte jedoch nicht die Hand aus, um ihn zu nehmen. Stattdessen trat er langsam näher, sein Blick ruhte prüfend auf dem Umschlag. »Schau nach, von wem er unterzeichnet wurde.«

Seine Stimme war sanft, trotzdem, glaubte sie, ein Zittern darin zu vernehmen. Verwirrt zog sie das Papier schließlich hervor. Sie machte sich nicht die Mühe die Schrift zu lesen, schließlich ging sie der Inhalt dieses Briefes nichts an.

Als sie das Papier auseinanderfaltete und den Absender in Augenschein nahm, blieb ihr Herz stehen. Harold machte sich doch einen dummen Spaß mit ihr. Der Brief war unterzeichnet mit den Worten *in tiefer Verbundenheit, William Murdoch.*

Zu wissen, dass William einst diesen Brief in Händen gehalten hatte, trieb ihr die Tränen in die Augen.

»Sieh nach dem Datum«, forderte Harold. Mit zitternden Händen und kurzem Atem blickte sie auf das obere Ende des Papiers und hatte das Gefühl, dass ihr der Boden unter den Füßen entglitt. Der Brief datierte auf den 22. Februar 1913.

»Das ist unmöglich«, hauchte sie und taumelte einen Schritt nach hinten. Sie war sich sicher, dass sie nun den Verstand verloren hatte. Sie hatte sich bestimmt verlesen, doch auch mehrmaliges Kontrollieren änderte nichts an der Jahreszahl.

»Du hattest immer recht«, vernahm sie Harolds Stimme hinter sich »Die ganze Zeit über.«

»Was … Ich verstehe nicht.«

»Du wolltest seinen Tod niemals akzeptieren und du hast dich nicht geirrt. Er ist nicht mit dem Schiff untergegangen.« Harold nahm den Hut von seinem Kopf und knetete ihn in seinen Händen. »Er wurde vom Deck gespült und am darauffolgenden Morgen von der SS Californian aus dem Wasser gezogen.«

»Nein, das ist unmöglich. Die SS Californian hat lediglich Leichen geborgen, keine lebenden Passagiere«, weigerte sie sich, Harolds Aussage zu glauben.

»Aufgrund der starken Unterkühlung bestand seitens der behandelnden Ärzte keine Hoffnung auf eine Rettung. Er hat sich nie als Offizier zu erkennen gegeben.«

»Aber warum? Das ergibt keinen Sinn.«

»Das dachte ich mir auch. Er hat dich gesucht, weißt du? Aber laut den Listen hat Catherine Isabel Harding nicht überlebt.«

Catherine war nicht gewillt, diesen Hoffnungsschimmer zuzulassen, der in ihr aufkeimte. In den vergangenen Monaten hatte sie wiederholt die Hoffnung gehegt, Hinweise auf sein Überleben zu finden, nur um dann erneut enttäuscht zu werden.

»Zu einem späteren Zeitpunkt nahm er schließlich Kontakt zu mir auf. Er strebte eine Rückkehr in seine Heimat an, musste jedoch feststellen, dass seine Ehefrau Ada das Anwesen in Southampton bereits veräußert hatte und nicht mehr vor Ort war. Die lebenslange Rente, welche Ada von der White Star Line erhalten sollte, war aufgrund der Selbstmordgerüchte bereits gefährdet. Ein plötzliches Auftauchen hätte lediglich den Verdacht gestärkt, dass es sich um einen Betrug handelte. Dabei wollte er nur das Beste für sie.«

Zweifel mischte sich mit überschwänglicher Freude. Es fiel Catherine schwer, angemessen auf die Informationen zu reagieren. »Seit wann weißt du es?«

Harolds Mund mimte ein freudloses Lächeln, bevor er sein Gesicht zu einer reuigen Fratze verzerrte. »Viel zu lange. Aber ich befürchtete, dass du aus meinem Leben verschwindest und nie zurückkehrst.«

»Warum sagst du es mir dann jetzt? Ist dir nicht bewusst, dass ich nach ihm suchen werde?«

»Es besteht keine Notwendigkeit, ihn zu suchen«, entgegnete er und wollte ihre Hand nehmen, doch sie entriss sie ihm sofort wieder.

»Selbstverständlich muss ich ihn suchen! Er muss erfahren, dass ich lebe.«

»Catherine!«, unterbrach er sie und trat noch einen Schritt näher, während er beruhigend die Hände hob, »Er weiß es. Ich habe ihn heute an diesen Ort gebeten.«

Beinahe hätte sie den Brief fallen gelassen, doch im letzten Moment gelang es ihr, ihn fester zu packen. Ihr Magen rebellierte, weshalb sie sich an Harolds ausgestrecktem Arm festhielt, um nicht das Bewusstsein zu verlieren.

»Das kann nicht ernst gemeint sein …«, hauchte sie und suchte hektisch in Harolds Augen die Lüge. Dieser schüttelte jedoch nur den Kopf. »Warum tust du das für mich?«

Harolds Augen leuchteten, als er Catherine ansah, seine Hand an ihre Wange hob und sanft darüberstrich. »Weil ich dich liebe, Catherine. Schon immer. Seitdem ich dich zum ersten Mal erblickt habe.«

Er umfasste ihre Schulter mit der anderen Hand und zog ihren Körper an den seinen. Catherine ließ ihn gewähren, schmiegte sich an ihn und versteckte ihr Gesicht an seiner Brust, während Tränen über ihre Wangen liefen.

»*Catherine*.«

Ihr Herz setzte für einen Moment aus, als sie die Stimme hörte, von der sie glaubte, sie niemals wieder zu vernehmen. Ihr Herzschlag beschleunigte sich merklich, während gleichzeitig ein Kribbeln durch ihre Gliedmaßen fuhr.

Sie sah zu Harold hoch, der über sie hinwegsah und lächelte. Harold blickte zu ihr hinab und ihre Blicke trafen sich.

»Geh schon«, sagte er leise, »Jetzt seid ihr endlich wieder vereint. Und nichts kann euch mehr trennen.« Er atmete tief ein, sein Blick fest auf ihr ruhend, als wollte er sicherstellen, dass sie es verstand.

Langsam sickerte die Bedeutung seiner Worte in ihr Bewusstsein. Mit ihr die Erkenntnis, dass es keinen Weg zurückgab.

»Ich danke dir«, hauchte sie, ehe ihre Stimme brach. Er nickte ihr ein letztes Mal zu, löste sich von ihr und packte die Hutschachtel zusammen, ehe er den Weg zum Fahrzeug zurückging.

Catherine drehte sich langsam um. Die Welt um sie herum wirkte seltsam entrückt, als wäre sie in einen wunderschönen Traum geglitten, aus dem sie nicht mehr erwachen wollte.

Dort stand er. William. Ein unsicheres Lächeln lag auf seinen Lippen, voller Zärtlichkeit, voller Sehnsucht.

Sie setzte sich in Bewegung, doch ihre Schritte fühlten sich federleicht an, als würde der Boden sie kaum noch halten. Die Schwere des vergangenen Jahres fiel von ihr ab – die Trauer, die einsamen Nächte, die endlosen Fragen. All das verblasste wie Nebel im ersten Licht des Morgens. Als sie vor ihm stand, war nur noch Wärme da. Seine Wärme.

»Mein Gott, deine Schönheit übertrifft meine Erinnerung«, hauchte er und streckte die Hand nach ihr aus.

Sie zögerte nicht. Sie legte ihre Hand in seine – und erst als sich seine Finger fest um sie schlossen, wusste sie, dass es wirklich geschah. Ein tiefer Friede durchströmte sie, ein Ankommen nach langer Reise.

»Du bist hier.«

William lächelte und zog sie sanft näher zu sich. »Ja. Und du auch, Catherine.« Er hob eine Hand, strich eine lose Haarsträhne aus ihrem Gesicht und sah ihr tief in die Augen. Seine Stimme war leise, voller Liebe. »Du bist jetzt zu Hause.«

Etwas in ihr löste sich, ein letztes Echo von Angst, von Zweifel. Catherine antwortete nicht mit Worten. Stattdessen trat sie näher, griff sanft nach seinem Hemd und zog ihn zu sich. Ihre Lippen trafen seine, und in diesem Moment verschmolz alles – Vergangenheit, Schmerz, Zeit – zu einem einzigen zeitlosen Gefühl von Wärme und Geborgenheit.

Die Sonne sank langsam hinter ihnen, tauchte den Himmel in goldenes Licht, das allmählich in tiefe Purpurtöne überging. Ihre letzten Strahlen glitten über das Wasser, über die Dächer der Stadt, über das Dock, auf dem sie einst gestanden hatte – und mit ihr verblasste die Welt, die sie einst gekannt hatte.

Alles, was gewesen war, löste sich sanft auf, wurde weicher, ferner, bis es schließlich in der warmen Umarmung der Dämmerung verschwand.

70

LOWE

1913 | APRIL 18

Das Ruckeln der eisernen Räder auf den Schienen wirkte einschläfernd. Die Lokomotive rollte gemächlich durch die grünen Täler von Lancashire.

Lowe hatte sich an einem Tisch am Fenster gesetzt, die Hutschachtel neben sich auf den freien Sessel platziert und die Tasche unter den Sitz geschoben. Er hatte sich am Bahnhof von Manchester eine Zeitung gekauft und durchblätterte diese nun. Die ein– und aussteigenden Passagiere wurden von ihm nur peripher wahrgenommen, ebenso wenig registrierte er die junge Frau, die sich ihm gegenübersetzte.

In Anbetracht der jüngsten Ereignisse war er nicht in der Lage, Gespräche zu führen, die ein Mindestmaß an Aufmerksamkeit erforderten. In regelmäßigen Abständen nahm er das Datum, welches sich auf jeder Seite am oberen Rand befand, zur Kenntnis. Genau ein Jahr war vergangen, seitdem Catherine sich entschlossen hatte, ein Stück seines Weges mit ihm zu gehen.

Und jetzt war er wieder allein. Sie war aus seinem Leben verschwunden, so abrupt, dass er keine Zeit gehabt hatte, sich damit abzufinden.

»Es stört Sie doch nicht, wenn ich mich hier hinsetze, oder?«

Lowe blickte kurz von seiner Zeitung auf und schüttelte lächelnd den Kopf. Die Frau trug ihre Haare in Übereinstimmung mit den aktuellen modischen Konventionen, wobei sie sich in ihrer Kleidung eher an schlichten als an aufwendigen Schnitten orientierte. Er wandte seinen Blick ab und zog sich erneut hinter die Zeitung zurück. Die junge Frau schien allerdings nicht zu erkennen, dass er Ruhe suchte.

»Könnten Sie mir vielleicht mit meiner Tasche helfen?«

Erneut lugte Lowe hinter der Zeitung hervor, wägte kurz seine Optionen ab, ehe er seufzte, die Zeitung zusammenlegte und mit einem fröhlicheren Gesichtsausdruck aufstand, um der Frau zu helfen.

»Vielen Dank, Sie sind mein Retter. Meine Mutter hat mir noch gesagt, ich soll nicht allein verreisen, aber eine neue Zeit bricht an und es ist so um einiges spannender, finden Sie nicht auch? Ich bin Ellen Marion Whitehouse, aber nennen Sie mich einfach Ellen. Und Sie sind?«

Lowe hegte keinerlei Interesse an einer Konversation, aber er empfand ihre offene und herzliche Art als interessant. Als wäre sie ein Lagerfeuer, sprang ein kleiner Funken dieser Fröhlichkeit auf ihn über.

»Ich bin Harold Lowe. Sehr erfreut Sie kennenzulernen.«

»Ebenfalls. Wie weit fahren Sie?«

»Bis Dalbeattie.«

Ellen zeigte sich überrascht und zog ihre Augenbrauen hoch. »Das ist aber noch ein gutes Stück. Sie sollten sich überlegen, die Jacke auszuziehen.« Sie lachte und dabei wurden ihre Augen klein. Auch Harold konnte sich einem Schmunzeln nicht erwehren.

Einige Zeit schwiegen sie. Miss Whitehouse fixierte ihn jedoch unentwegt. Ihr Gesicht war verkniffen, als würde sie nur nach einer Gelegenheit suchen mit ihm zu reden.

»Darf ich fragen, welche Umstände Sie nach Schottland führen?«

Diese Frage, so normal sie auch war, hatte er nicht erwartet. Bei der Vorstellung, welche Aktivitäten er in der Heimatstadt von William Murdoch plante, verspürte er eine starke Beklemmung. Er räusperte sich. »Ich muss etwas für eine gute Freundin dort hinbringen.«

Ellen nickte und deutete auf die Hutschachtel. »Der Hut da? Ich dachte mir schon, dass Sie keine Hüte tragen, die so groß sind.« Erneut lächelte sie freundlich.

Harold legte seine Hand auf die Schachtel, als wolle er sich vergewissern, dass sie noch da war, wohlbehütet in seiner Nähe.

»Aber dass Sie nur für einen Hut das Land durchqueren? Man hätte ihn doch schicken können.«

»Er ist meiner Freundin sehr wichtig und ich wollte sichergehen, dass er ankommt, wo er hinmuss«, erwiderte Lowe geduldig.

Ellens Gesicht strahlte Freundlichkeit aus. Immer, wenn sie lächelte, bildeten sich Grübchen an ihren Wangen. Sie war ein herzensguter Mensch, das spürte Lowe.

»Diese Freundin muss Ihnen viel bedeuten, wenn Sie sich all das für sie antun.«

»Ja, das hat sie. Sie hat mir sehr viel bedeutet.« Wieder spürte er einen Hauch von Traurigkeit, der sich unter all seine anderen Empfindungen mischte.

»Wo ist diese Freundin jetzt?«

»Bedauerlicherweise nicht mehr bei mir.«

Harold war im Begriff, mit seiner Erzählung zu beginnen, als ein lautes Pfeifen von außen durch die Glasscheiben des Fensters zu ihnen hindurchdrang. Er warf einen Blick nach draußen. Die Lokomotive fuhr gerade in einen Bahnhof ein, am Steig drängten sich die Menschen.

»Oh, wie schade, ich muss hier schon aussteigen«, bemerkte Ellen mit einem schiefen Lächeln.

»Moment, ich helfe Ihnen mit der Tasche«, bot Lowe sofort an und stand auf. Nachdem er ihr die Tasche überreicht hatte, begann sie, in deren Inhalt zu kramen, und holte schließlich einen Kohlestift hervor. »Ich möchte Ihnen jedoch einen Vorschlag unterbreiten, Harold. Ich finde es richtig schön, was Sie da für Ihre Freundin machen. Und wenn Sie mal wieder in der Gegend sind, kommen Sie mich doch besuchen.«

Sie beugte sich über den Tisch, zog seine Zeitung heran und notierte auf dem Rand ihren Namen sowie ihre Adresse. »Machen Sie es gut. Es war schön, Sie kennenzulernen«, meinte sie noch, ehe sie ihre Reisetasche fester packte und den Zug verließ. Perplex setzte sich Harold wieder auf seinen Platz und betrachtete schmunzelnd die Adresse.

∞

Bei seiner Ankunft in der kleinen Granitstadt wurde Harold von einem strahlend blauen Himmel begrüßt. Doch er konnte sich noch in aller Ruhe in der Stadt umsehen, nachdem er seine Pflicht erfüllt hatte. Im Stadtkern hatte er sich ein Zimmer genommen, in dem er eine Nacht verbringen würde, ehe er wieder die Heimreise antrat.

Die schottische Landschaft präsentierte sich in ihrer ganzen Pracht, und zunehmend konnte er nachvollziehen, warum Murdoch das eine oder andere Mal mit Begeisterung von seiner Heimat gesprochen hatte. Beim Überqueren der saftig grünen Wiese, vorbei an den Steinen, in denen schwarze Inschriften eingraviert waren, überkam ihn eine seltsam melancholische Ruhe. Als er vor dem von ihm gesuchten Stein stand, wurde ihm noch schwerer ums Herz.

MURDOCH WILLIAM MCMASTER
Der beim Titanic Desaster sein Leben verlor.
15. April 1912 im Alter von 39 Jahren

Obwohl die sterblichen Überreste Murdochs nie aufgefunden wurden, veranlassten seine Eltern die Anbringung einer Inschrift auf dem Familiengrab und die Beisetzung mit einem leeren Sarg.

Harold seufzte. »Oh Will. Ich hoffe, du passt jetzt auf sie auf, wenn ich schon nicht mehr in der Lage dazu bin.«

Er stellte den Hutkarton vor den Grabstein und öffnete ein letztes Mal dessen Deckel. Die Offiziersjacke Williams sowie Zeitungsartikel und Ausschnitte, welche Catherine zusammengetragen hatte, befanden sich nach wie vor in der Schachtel. Kaum erblickte er erneut die Karte, die sie obenauf gelegt hatte, fuhr ihm ein schmerzhafter Stich durch die Brust und er schnappte nach Luft.

Ihre schöne geschwungene Schrift schrie ihm förmlich entgegen. Sie demonstrierte ihm mit einer bohrenden Gewissheit die schmerzhafte Wahrheit. Sie hatte die Geschehnisse bis ins Detail geplant. Und ihm war es entgangen. Er nahm die Karte in die Hand und richtete sich auf, während die Erinnerungen an den Tag vor einer Woche wieder in ihm hochstiegen, so frisch, dass es sich anfühlte, als wäre er wieder dort.

Sie hatten gemeinsam das Grab ihres Vaters aufgesucht, den Blick über Southampton schweifen lassen und sich über ihre Schwester unterhalten. Der Tag war geprägt von grauen, verregneten Farben und Harold sehnte sich lediglich nach der Rückkehr in die von ihnen für die Nacht gemietete Herberge.

Nach dem Friedhofsbesuch wollten sie zu ihrem Elternhaus fahren, um sich dort umzusehen. Catherine hatte sich noch nicht entschieden, wie sie nun weiter vorgehen wollte, doch Harold war sich sicher, dass mit der

Zeit eine Lösung gefunden werden würde. Er wollte sie in dieser schwierigen Zeit nicht drängen.

Als sie jedoch plötzlich die Absicht aufgab, zum Elternhaus zu fahren, wäre es für Harold an der Zeit gewesen, es zu verstehen. Aber er war froh gewesen, dass sie somit früher im Trockenen wären, und hegte keinerlei Verdacht. Catherine klammerte sich die ganze Fahrt über an der Hutschachtel fest. Sie sprachen kein Wort miteinander. Als Harold das Fahrzeug abstellte und ausstieg, hatte sie die gesamte Fahrt über keine Regung gezeigt und starrte nun vor sich hin, als wolle sie sich dem geplanten Abschied entziehen. Spätestens hier hätte er erkennen müssen, dass etwas nicht stimmte. Als ihr Blick über die Worte glitt, als ihr Gesicht erstarrte und die Farbe aus ihren Wangen wich. Als er den Ausdruck in ihren Augen sah, während sie den Nachruf über sich selbst las. Da hätte er es verstehen müssen.

Als sie jedoch die Tür öffnete, verspürte Harold eine immense Erleichterung. Sie traten gemeinsam nach vorne, wobei Harold einige Schritte zurückblieb, um ihr den benötigten Raum zu gewähren. Dort stand sie nun, mit der Hutschachtel in der Hand, in gedankenverlorener Haltung und mit Blick auf das Wasser.

»Bist du dir sicher, dass du das machen willst?«, erkundigte er sich und blickte sie mit besorgter Miene an.

»Es muss sein. Es ist an der Zeit.«

Harold war es nur recht, wenn sie mit der Vergangenheit abschließen wollte. Es war Zeit, die Titanic in der Tiefe des Atlantiks zu lassen und sie nicht jede Nacht wieder und wieder zu heben, um das grausame Desaster von Neuem zu erleben. Er hatte sich an der Hoffnung festgeklammert, dass die Zukunft, die sie gemeinsam aufbauen würden, all das hinter sich lassen könnte. Dass nach all dem Schmerz endlich etwas Besseres auf sie wartete.

Plötzlich verspürte er einen Tropfen auf seiner Wange. Wie üblich in der Hafenstadt folgten diesem Tropfen rasch weitere. Harold blickte in den Himmel und ging davon aus, dass ein starker Regen folgen würde, da sich dunkle Wolken gebildet hatten. Catherine schien sich nicht dafür zu interessieren. Sie stellte die Hutschachtel ab und öffnete den Deckel.

Harold blickte auf die Uhr und ging schließlich zum geparkten Fahrzeug zurück. Er würde den Schirm holen, den sie vorsorglich mitgenommen hatten.

Catherine würde ohnehin etwas Raum und Ruhe benötigen, um mit den zahlreichen Erinnerungsstücken fertigzuwerden.

Als er das Fahrzeug erreicht hatte, öffnete er die hintere Tür und bückte sich, um den roten Schirm, der eine passende Ergänzung zu Catherines Kleid darstellte, herauszuholen. In diesem Moment vernahm er einen ohrenbetäubenden Knall.

Er fuhr abrupt hoch. Der Knall war aus der Richtung von Catherine gekommen, weshalb er sich umgehend zu ihr umdrehte. Doch was er sah, zerriss ihm das Herz. Vollkommen im Rausch rannte er die paar Meter nach vorne bis zum Wasser, schrie dabei allerhand Worte, an die er sich danach nicht mehr erinnern konnte.

Als er schließlich am Wasser ankam, waren seine Gesichtszüge von Tränen – oder möglicherweise von Wassertropfen – gezeichnet.

Neben der Hutschachtel lag ein Revolver – sein Revolver – und im Wasser trieb Catherine, mit dem Gesicht nach unten. Das rote Kleid breitete sich um ihren Körper aus, als würde es sich beim Drehen heben.

Lange Zeit hatte sich Harold neben der Hutschachtel hingekauert und eine Vielzahl an Flüchen gegen Gott und die Welt ausgestoßen. Doch schließlich verstummte er. Die Wut machte einer bleiernen Leere Platz. Er atmete zitternd aus, fuhr sich mit einer fahrigen Bewegung durchs Haar und zwang sich, aufzusehen.

Sein Blick fiel auf die Schachtel. Zögernd streckte er die Hand aus, als könnte schon die Berührung ihn weiter brechen. Zwischen den von Catherine sorgsam zusammengelegten Dingen lag eine Postkarte. Er hob sie auf. Ihre schwungvolle, dünne Handschrift war deutlich erkennbar.

Bring sie ihm zurück, ich gehe schon vor.
Catherine

Sein Atem stockte. Seine Finger umklammerten das Papier fester. Die Worte fraßen sich in sein Bewusstsein, kalt und endgültig.

Dann drehte er die Karte um. Es war eine dieser Gedenkpostkarten, wie sie seit dem Titanic–Unglück an jeder Straßenecke verkauft wurden. Die Vorderseite zeigte das gewaltige Schiff mit seinen vier Schornsteinen, eingefasst in einen schwarzen Trauerrand. Der Himmel darüber war dunkel, nur der Mond spiegelte sich auf den Wellen. Er wachte über das tobende Meer, ein stiller Beschützer über all die verlorenen Seelen.

Einen Moment lang spürte Harold einen Anflug von Ärger. In jener Nacht, als die Titanic sank, war kein Mond zu sehen gewesen. Nur Schwärze, ein Ozean aus Finsternis. Das Einzige, was Hoffnung hätte spenden können, war nicht da gewesen. Genau wie der Mond in jener schicksalhaften Nacht hatte Catherine ihn nun auch noch verlassen.

Am unteren Rand war ein Spruch in geschwungenen, goldfarbenen Lettern aufgedruckt:

Wahre Liebe überdauert.

Doch darunter, mit der gleichen feinen Handschrift, die er so gut kannte, hatte Catherine etwas hinzugefügt:

… sogar den Tod

Harold spürte, wie sich alles in ihm zusammenzog. Seine Brust brannte, als hätte er die Worte laut ausgesprochen. Er hatte es gewusst. Hatte es gespürt. Und doch hatte er nichts getan.

Voller Schmerz riss er sich von den Erinnerungen los und blickte wieder auf Murdochs Grabstein. Harold hätte es merken müssen, er hätte etwas dagegen unternehmen müssen. »Es tut mir leid, dass ich mein Versprechen nicht einhalten konnte, Will. Aber ihre Liebe zu dir war so groß. Sie konnte einfach nicht mehr ohne dich. Und ich verdenke ihr nicht, dass sie so gehandelt hat.«

Er nahm Catherines Karte aus dem Karton und steckte sie in seine Jackentasche, aus der er im Gegenzug einen Stift herauszog. Er schloss die Hutschachtel und schrieb Für Mister und Misses Murdoch darauf. Williams Eltern sollten seine Offiziersjacke als Andenken an ihn erhalten. Ein letzter Gruß von einem Sohn, den das Meer genommen hatte.

Harold strich mit der Hand über die raue Oberfläche der Schachtel, als könne er damit all die Erinnerungen darin bewahren. Er würde das Geheimnis um seinen Vorgesetzten und die Passagierin der ersten Klasse mit ins Grab nehmen, damit sie, wo auch immer sie jetzt waren, auf ewig zusammen sein konnten.

Er straffte die Schultern, nahm Haltung an und trat einen Schritt zurück. Er wusste, was nun zu tun war. Mit einer ruhigen Bewegung hob er die Hand an die Schläfe und salutierte – formvollendet, respektvoll.

»Ihr Dienst ist beendet, Sir.«

Einen Moment hielt er inne, ließ den Abschied auf sich wirken.

Als er tief durchatmete und die Schultern sacken ließ, war es, als würde er mit der Förmlichkeit auch einen Teil der Last ablegen. Ein leises Lächeln huschte über sein Gesicht, müde, wehmütig.

»Lebwohl, William.«

Die Worte waren leise, beinahe ein Flüstern. Dann drehte er sich um. Weg von diesem Ort, zurück in sein Leben.

Harold war sich gewiss, dass der Schmerz mit der Zeit abklingen und schließlich ganz verschwinden würde. Er war sich dessen so sicher, wie Catherine sich sicher gewesen war, dass wahre Liebe selbst den Tod überdauerte.

71
EPILOG

RMS TITANIC | JENSEITS DER WELLEN

Die See lag ruhig da, das Sonnenlicht brach sich golden auf den Wellen, und eine leichte Brise trug den salzigen Duft des Ozeans heran. Es hätte ein Tag wie jeder andere auf See sein können – doch es gab keine stürmischen Nächte mehr, keine drohenden Eisberge, keine Angst vor dem, was kommen mochte.

Soeben hatte Murdoch seine Schicht beendet. Obwohl es ihn frustrierte, erneut als erster Offizier zu arbeiten, genoss er es mehr als alles andere, wieder auf dem Wasser zu sein. Er begab sich an die Reling und genoss die wärmenden Sonnenstrahlen, welche den frühen Abend erhellten.

Hier gab es nur ewigen Horizont, nur sanfte Dünung und das leise Rauschen der Wellen. Keine Sorgen, keine Schatten der Vergangenheit. Nur die Titanic, majestätisch und makellos, auf ihrer niemals endenden Reise.

»Hey Murdoch, ich weiß, du genießt deine Pause, aber musst du mir dafür in der Sonne stehen?«

Murdoch drehte sich um und erkannte den leitenden Offizier Henry Tingle Wilde, der mit einem breiten Lächeln auf ihn zukam. Die vormals bestehenden Rivalitäten waren beigelegt und die Zusammenarbeit der beiden effizienter als jemals zuvor.

»Hast du dir die Sonne überhaupt verdient?«, feixte Murdoch zurück.

»Na gut, du als Schotte brauchst sie eh mehr als ich, Blasshaut.«

Wilde lehnte sich an die Reling neben ihn und blickte für einen Moment auf das Meer hinaus. Das Wasser glänzte wie flüssiges Gold, kein Lüftchen kräuselte die Oberfläche. »Es ist für mich nach wie vor unerklärlich, wie jemand mit deiner Erfahrung noch nicht die Position des Kapitäns innehat.«

»Sei froh, sonst müsstest du um deine Stelle fürchten«, bemerkte Murdoch scherzhaft.

Manchmal wurde ihm bewusst, dass er seine ehemaligen Kameraden, die nicht mehr auf der Titanic dienten, vermisste. Lightoller, Lowe, Pitman. Doch das war ein flüchtiger Gedanke, denn hier, auf diesem Schiff, fühlte er sich zu Hause.

Wilde lachte hell und klopfte Murdoch auf die Schulter. »Als ob! Aber du hast das Zeug dazu, rede mit dem Kapitän. Er gibt mir nämlich recht. Es besteht die Möglichkeit, dass die nächste Überfahrt mit einer Beförderung verbunden ist. Aber gut, ich lass dich mit deiner Angebeteten mal allein.«

Er zwinkerte Murdoch zu und entfernte sich in Richtung Brücke. Murdoch schüttelte schmunzelnd den Kopf, drehte sich wieder um – und da war sie. *Catherine.*

Sie kam mit diesem ansteckenden Lächeln auf ihn zu, die Sonne fing sich in ihren dunklen Locken, und ihr Blick war voller Leben.

»Guten Abend, Herr erster Offizier«, sagte sie mit einem Schmunzeln, »Hätten Sie eventuell Interesse, Ihre Pause mit einer Stewardess zu verbringen?«

Murdoch hob eine Augenbraue und lächelte. »Und warum verbringst du deine Pause nicht wie sonst mit Josephine?«

Catherine seufzte und verschränkte die Arme. »Nun«, sagte sie mit einem frechen Grinsen, »Josef hat genau zur selben Zeit Pause wie ich, und wenn meine Schwester zwischen mir und Josef entscheiden muss, gewinnt immer er!« Sie lachte leise, während sie mit einem Augenzwinkern fortfuhr: »Würde man meinen, dass der Vorteil eine Schwester zu haben, darin bestünde, dass man bei ihr an erster Stelle kommt.«

Murdoch musste schmunzeln und nickte verstehend. »Es ist schön, dass ihr euch so gut versteht«, sagte er mit einem Lächeln.

Sie nickte zustimmend, ein Hauch von Zuneigung in ihrem Blick. »Ist es. Ich bin so froh, dass ich sie wieder um mich habe.«

Als Catherine nah genug stand, nahm Murdoch sie bei der Hand und zog sie an sich. Manchmal noch sah er sie in ihrem wunderschönen blauen Kleid vor sich, wie sie damals an Deck vor ihm gestanden hatte. Doch nun trug sie mit Stolz die schlichte, hochgeschlossene schwarze Uniform der Stewardessen, die weiße Schürze darüber sauber gebunden.

Catherine hätte nicht arbeiten müssen, es gab keine Zwänge und keine Notwendigkeit dafür, doch sie hatte darauf bestanden. Sie wollte eine Aufgabe, wollte sich nützlich machen. Es schien ihm, dass sie die Arbeit zu schätzen wusste.

»Du siehst schöner aus als der Sonnenuntergang«, murmelte er gegen ihre Haare, atmete den Duft nach Orangenblüten ein und vernahm ihr glockenhelles Lachen.

»Was hast du angestellt, dass du mir so schmeichelst?«

Catherine löste sich von ihm und stellte sich neben ihn an die Reling, um auf das Wasser zu blicken. Murdoch legte seinen Arm um sie und genoss ihre Wärme.

Die Titanic glitt ruhig über die Wellen, die Sonne versank in goldenem Licht am Horizont. Ein Bild von vollkommener Schönheit. Und doch würde Catherine nie verstehen, dass für ihn nicht die untergehende Sonne, nicht das endlose Meer, nicht die ewige Reise das Licht in seinem Leben war.

Sondern sie.

»Weißt du …« Ihre Stimme war leise, kaum mehr als ein sanftes Säuseln im warmen Abendwind.

Murdoch kannte diesen Tonfall. »Was ist, mein Liebling?«, fragte er sanft.

Catherine seufzte und lehnte sich mit den Armen auf die Reling. »Ich habe heute an Harold gedacht.« Sie schmunzelte leicht, doch ihre Augen verrieten eine Spur von Wehmut. »Ich frage mich, wie es ihm wohl geht. Ob er glücklich ist. Was er macht …«

Murdoch sagte nichts, sondern ließ sie reden.

»Es ist nur …« Sie stockte und lachte leise, ein Hauch von Verlegenheit in ihrer Stimme. »Es ist albern, nicht wahr? Aber es wäre schön, ab und zu von ihm zu hören. Ein Brief, ein Telegramm … irgendetwas.«

Murdoch betrachtete sie einen Moment, sein Blick voller Verständnis, dann nahm er ihre Hand und drückte sie sanft. »Du weißt, dass wir hier keine Briefe mehr bekommen können. Kein Telegramm wird uns je erreichen. Du wirst erst erfahren, wie es ihm ergangen ist, wenn er irgendwann zu uns kommt. Das ist der Preis, den wir zahlen, für immer zusammen zu sein.«

Catherine senkte den Blick, fuhr mit den Fingern über die Reling. Die glatte, kühle Oberfläche fühlte sich so real an. Doch alles hier war eine Erinnerung, ein Schatten dessen, was einmal gewesen war. »Ich weiß, aber es ist so endgültig. So still. Vielleicht hat er längst eine Familie. Eine Frau, Kinder. Vielleicht hat er ein Haus voller Leben, voller Stimmen, die ihn rufen.«

Sie schloss die Augen. Irgendwo, weit entfernt, brandete sanft die See – ein leises Echo der Welt, die sie zurückgelassen hatte.

Murdoch lächelte leicht. »Und ich wette, er hat mindestens so viele Kinder wie Lights Frau.«

Catherine runzelte die Stirn, brauchte einen Augenblick, bis sie begriff. Dann hob sie eine Augenbraue und sah ihn amüsiert an. »Sechs Kinder, wie Sylvia? Das würde Harold nicht aushalten.«

Murdoch lachte leise. Die Schwere des Moments hatte sich nicht ganz aufgelöst, aber für einen Augenblick war die Welt wieder ein wenig heller.

Sie lehnte sich gegen ihn, spürte seine Wärme, sein Herz, das ruhig und beständig gegen ihres schlug. Die Stille, die sie eben noch beklagt hatte, fühlte sich nicht mehr erdrückend an.

Es war die Ruhe des Meeres, die Gewissheit, dass alles gut war – und dass sie beide ihren Platz gefunden hatten. Catherine schloss für einen Moment die Augen. »Ich hoffe, er ist glücklich.«

»Das ist er. Ganz bestimmt.«

Catherine hob den Kopf leicht und sah Murdoch an, während eine sanfte Brise über das Deck strich. Sie brachte den leichten Duft von Meersalz mit sich, vermischt mit einer Spur Kohle und frischer Farbe – diesem typischen Geruch eines makellos gepflegten Schiffes.

Ihre Stimme war leise, fast zögerlich. »Bist du es?«

Murdoch blinzelte kurz, überrascht von der Frage. »Was meinst du?«

»Glücklich.« Sie hielt seinem Blick stand, ihre braunen Augen suchten nach einer Antwort, die über Worte hinausging. »Hier. So, wie es ist.«

Hinter ihnen drang das leise Klirren von Geschirr aus dem Speisesaal, vermischt mit gedämpften Stimmen von Matrosen, die draußen eine Zigarette genossen. Das Deck unter ihnen knarzte sanft, als das Schiff weiter durch die ruhige See glitt. Er ließ ihren Blick nicht los, während er eine ihrer Hände hob und sanft über ihre Fingerspitzen strich. Weich, warm.

»Catherine …« Seine Stimme war ruhig, aber voller Tiefe. »Ich bin genau da, wo ich immer sein wollte. Ich bin auf dem Meer. Ich bin auf meinem Schiff. Und ich bin bei dir.«

Er neigte sich ein Stück vor, sodass ihre Stirnen sich sanft berührten. »Ich kann mir nichts vorstellen, das mich glücklicher machen könnte.«

Catherine schloss für einen Moment die Augen. Sie lauschte der Stille – nicht bedrückend, sondern voller Leben. Das Schiff atmete, bewegte sich, umgab sie mit einer beständigen, vertrauten Geborgenheit.

Dann sah sie ihn wieder an.

»Und du?«, fragte er sanft.

Sie zögerte, nicht weil sie es nicht wusste – sondern weil sie sich die Antwort auf der Zunge zergehen lassen wollte, ehe sie sie aussprach.

»Ja.« Sie atmete tief ein. »Ich bin glücklich. Ich bin frei. Ich bin da, wo ich sein will.« Ein Lächeln huschte über ihre Lippen. »Auch wenn ich manchmal finde, dass du ruhig Kapitän sein könntest.«

Murdoch lachte leise, während in der Ferne das sanfte Läuten der Schiffsglocke erklang. »Nun, wer weiß? Vielleicht ja bei der nächsten Überfahrt.«

Das Leben an Bord näherte sich langsam dem Abend. Catherine spürte ein sanftes Vibrieren unter ihren Füßen, hörte das ferne Zischen eines Dampfventils, das dumpfe Klacken von Schuhen auf den Decksplanken. Das war der Klang ihres Zuhauses.

Sie lehnte sich leicht an die Reling, ließ den Blick über das unendliche Blau schweifen. Die Oberfläche des Wassers schimmerte im Licht der tiefstehenden Sonne, als würde es die letzten goldenen Strahlen in sich aufnehmen. Sie sog die salzige Luft tief in ihre Lungen. Dann hob sie den Blick zum Horizont, wo der Himmel in zarten Rosé– und Goldtönen auf das Wasser traf.

»Es ist schön hier, nicht wahr?«, fragte sie leise.

Murdoch folgte ihrem Blick. Das Meer lag ruhig und weit vor ihnen, eine schimmernde Unendlichkeit. Ein leichter Wind strich über die Oberfläche und hinterließ flüchtige Muster auf den Wellen, die sich in einem ewigen Rhythmus bewegten. Er lächelte. »Ja.«

Catherine schloss für einen Moment die Augen, ließ das Hier und Jetzt durch sich hindurchfließen. Keine Eile, kein Morgen, kein Gestern mehr. Sie lächelte sanft.

Als sie die Augen wieder öffnete, suchte sie seinen Blick. Als sie sprach, lag in ihrer Stimme eine tiefe, unerschütterliche Zärtlichkeit.

»Wir … für immer. Und unter uns der Ozean.«

Murdoch hielt ihrem Blick stand, er hob die Hand, strich ihr eine lose Strähne hinters Ohr, ließ die Fingerspitzen einen Herzschlag lang auf ihrer Wange verweilen. »Aye«, flüsterte er schließlich, mit all der Liebe, die er für sie empfand. »Für immer.«

Die Welt um sie herum verblasste in sanfter Harmonie, schien in diesem sanften Licht zu schmelzen, als würde der Tag sie behutsam in die Ruhe der Nacht überführen. Hier musste sie sich nicht mehr sorgen. Es gab nichts, das ihr genommen werden konnte, nichts, das verloren ging. Keine Ängste, keine Abschiede. Nur das sanfte Wiegen des Schiffes, die Ewigkeit der Wellen – und sie beide, vereint in einem Traum, der niemals enden würde.

ANMERKUNGEN

In diesem Teil möchte ich euch nun auf eine Reise in die echte Welt der Geschichte mitnehmen. Wahrheit von Fiktion trennen, denn jede Geschichte ist erzählenswert.

Dabei fühle ich mich etwas wie in X–Faktor, das Unfassbare: Hat Catherine Isabel Harding je existiert? Hat sie den Transatlantik überquert und auf der Titanic die Liebe ihres Lebens kennengelernt? Ist diese Geschichte so passiert oder waren Ihre Augen blind vor Liebe? Leider, denn diese Geschichte wurde frei erfunden.

Catherine Isabel Harding hat nie existiert (zumindest nicht, soweit ich wüsste). Auch nicht die Angestellten der Hardings, sowie Richard Harding, George und Virginie mit ihrem Mann. Ebenso wenig wie natürlich Josephine und ihr geliebter Josef.

Sie sind Ausgeburten meiner Fantasie, um der Geschichte Leben und Persönlichkeit einzuhauchen. Aber, um der Geschichte nicht den ganzen Wind aus den Segeln zu nehmen, sind einige Details um ihre Leben und ihre Geschichte wahr oder zumindest an der Wahrheit angelehnt.

∞

Die Familie Vanderbilt existiert(e) tatsächlich, sogar eine Eliza Vanderbilt findet sich um die Zeit, in der »Schiff der verlorenen Träume« spielt. In Wahrheit hieß sie Eliza Osgood Vanderbilt und kam 1860 in Staten Island

(US) zur Welt. Sie heiratete Dr. William Webb und lebte bis zu ihrem Tod 1936 in Vermont, einem Staat im Nordosten Amerikas.

Die Familie geht zurück auf einen Niederländer, der in der Mitte des 17. Jahrhunderts nach Amerika kam, um sich dort in einer der niederländischen Kolonien anzusiedeln. Sein Nachfahre Cornelius Vanderbilt gründete schließlich das Schifffahrts– und Eisenbahnimperium, das die Familie im 19. Jahrhundert zur reichsten Familie der Welt machte.

Matthew Charles Gould, der Verlobte von Catherine, auch wenn er niemals gelebt hat, hat seine Wurzeln in der Nähe von New York. Sein Vater George Jay Gould (1864–1923) existierte wirklich. Er war ein Finanzier und Eisenbahnmanager der Denver und Rio Grande Western Railroad, der Western Pacific Railroad und der Manhattan Railway Company. Als ältester Sohn des Eisenbahnmagnaten Jay Gould kann davon ausgegangen werden, dass er gut von seinem Vater geerbt hat. Das Anwesen, in dem Matthew und Catherine hätten heiraten sollen, gibt es wirklich. Heute ist es der Standort der Georgian Court University in New Jersey.

Offizier William McMaster Murdoch wurde 1873 in Dalbeattie (Schottland) geboren. Er entstammt einer Familie von Seefahrern. Sein Vater, wie sein Großvater waren Kapitäne. Murdoch war der Einzige seiner Titanic–Kollegen, der alle Prüfungen der Handelskammer auf Anhieb bestanden hatte. Das Masters Certificate war zu dieser Zeit die höchste Qualifikation für einen nautischen Offizier und Murdoch erreichte es innerhalb von nur acht Jahren und zwei Monaten, was in etwa die Mindestzeit ist, um diese Qualifikation zu erwerben. Ab 1899 arbeitete er für die White Star Line, was dazu führte, dass er 1903 an Bord der Runic Ada Florence Banks kennenlernte. Sie war eine Lehrerin aus Neuseeland, die auf dem Schiff die Überfahrt von Australien zurück nach Europa machte. Nach 4 Jahren heiratete er sie und sie zogen nach Southampton, in eine Wohnung in der 94 Belmont Road. Ab 1911 war er erster Offizier auf der Olympic, dem Schwesterschiff der Titanic, und arbeitete dort Seite an Seite mit dem Chief Officer Henry Tingle Wilde. Unstimmigkeiten zwischen den beiden wurden nie aufgezeichnet und sind daher nicht belegt.

Eingesetzt als Chief Officer für die Titanic, erfuhr er noch vor Beginn der Reise, dass er für die Jungfernfahrt zurückgestuft wurde und Henry Tingle Wilde seinen Posten übernahm.

Obwohl es mittlerweile viele Theorien gibt, und einige davon glauben zu beweisen, warum das Desaster auf einer Fehlentscheidung des ersten Offiziers beruht, kann man die Schuld nicht auf eine Person allein schieben. Wie die insgesamt 3300 Besatzungsmitglieder und Passagiere an Bord war er ein Opfer der Umstände, ein Opfer mehrerer Faktoren, die zusammen zu einer Katastrophe führten. Obwohl die Befehle, die er gab, nach allgemeinem Konsens Faktoren waren, die das Schiff zum Scheitern brachten, waren sie natürliche und instinktive Entscheidungen. Erst im Nachhinein konnte man ihre verheerenden Folgen erkennen.

Trotz alledem war und bleibt er ein Held! Viele Menschen verdanken ihm ihr Leben, da er in dieser schicksalhaften Nacht (wie viele andere auch) bis zur letzten Minute bemüht war Leben zu retten. Die Gerüchte über seinen Selbstmord halten sich bis heute und sind umstritten. Seine Leiche wurde nie gefunden, sein Grabstein kann jedoch auf dem Friedhof von Dalbeattie in Schottland besucht werden. Außerdem wurde von der Stadt Dalbeattie ein Gedenkfond geschaffen, um an das Heldentum von William zu gedenken.

Es gibt keinen Hinweis darauf, dass die Ehe von William und Ada Florence Banks in Scherben lag. Ada verließ Großbritannien, verkaufte ihre Haushälfte in Southampton und kehrte 1918 nach Neuseeland zurück. Sie erbte Murdochs Nachlass, eine Lebensversicherung und ein kleines Stipendium aus dem Titanic–Katastrophenfond. Sie heiratete nie wieder. Ihrer Familie gestand sie im Nachhinein, dass die einzige Enttäuschung in der Ehe mit Murdoch darin bestand, dass sie nie Kinder hatten.

Harold Godfrey Lowe war der fünfte Offizier an Bord der Titanic. Als das Schiff gegen 2.20 Uhr unterging, hatte Lowe begonnen, mehrere Rettungsboote zu sammeln. Er kehrte mit einem Boot zurück zur Unglücksstelle und zog vier Männer aus dem Wasser, einer davon starb noch in der Nacht.

Lowe ging am 2. Mai an Bord der Adria und kehrte nach England zurück. Im September 1913 heiratete er Ellen Marion Whitehouse (die Frau im Zug) und sie bekamen zwei Kinder. Während des Ersten Weltkrieges diente er in der Royal Naval Reserve. Nach dem Krieg diente er auf Schiffen der International Mercantile Marine und der White Star Line, bis er 1931 in den Ruhestand ging und mit seiner Familie nach Deganwy zog. Im Zweiten Weltkrieg meldete er sich freiwillig als Sektorposten und diente als Air Raid Warden, bis er aus gesundheitlichen Gründen auf einen Rollstuhl angewiesen war. Lowe starb 1944 an Bluthochdruck, sein Grab befindet sich auf dem Friedhof in Rhos–on–Sea in Nordwales.

∞

Während der Anhörung von Harold Bride in New York platzte eine weinende Frau in die Befragung, die Informationen über den Verbleib Murdochs verlangte. Lightoller nahm sich ihrer an. Ein Artikel der New York Tribune (vom 21. April 1912) sprach jedoch von einer weinenden Frau, »die angeblich eine Miss Harding ist«. Ohne weitere Informationen lassen sich nur spekulative Schlüsse ziehen.

Alle Informationen, die mit der Titanic oder dem Untergang der Titanic zusammenhängen, wurden recherchiert. Da vor allem die zeitlichen Abläufe von Zeugenaussagen stammen und es viele verschiedene Quellen gibt, können sie von den wahren Begebenheiten abweichen.

∞

ZUM ROMAN

Wer sich die Realität anschaut, findet schwerlich ein perfektes Happy End. Wir haben gelernt, das Glück in den kleinen Dingen zu finden, und suchen nicht mehr nach dem Märchen–Ende (»Und sie lebten glücklich bis ans Ende ihrer Tage«). Heutzutage hat sich dieser Satz nämlich schnell verwandelt zu »Und sie lebten glücklich, bis einer keine Lust mehr hatte«. Natürlich finden sich auch heute noch (wenn auch seltener) die großen Liebesgeschichten. Wenn zum Beispiel zwei in die Jahre gekommene Liebende am Balkon sitzen und Händchen halten. Wobei er nicht mehr viel hört und sie immer schon ein bisschen blind über alles hinweggesehen hat (vielleicht ist das tatsächlich das Rezept für ewig währende Liebe).

Ich, als Autorin, finde es schrecklich, dass sich die heutige Realität schwerlich noch mit dem alten Sinnbild des romantischen Happy Ends verknüpfen lässt. Wie man aber so schön sagt: Im Grunde hat jede Geschichte ein gutes Ende. Man muss nur entscheiden, wo man aufhört zu erzählen.

Und in der Realität endet die Liebesgeschichte nicht beim ersten Kuss, bei der Hochzeit, oder beim gemeinsamen Hauskauf. Leider endet sie immer mit gebrochenen Herzen oder dem Tod. In der Geschichte Schiff der verlorenen Träume wollte ich euch daher eigentlich mit einem richtigen Happy End glücklich machen. Einem Happy Ever After, einem Sie–lebten–glücklich–für–immer–und–ewig, einem Ende aus einem Märchenbuch oder einem Disney–Film. Noch während ich es schrieb, fühlte ich mich wie eine Lügnerin, als würde ich euch etwas vortäuschen, was es im echten Leben nun mal nicht in dieser Form gibt. Und somit ist das wahre Ende entstanden, denn ich habe verstanden, dass man nicht aus beiden wählen muss. Auch wenn das Leben die Geschichte so lange erzählt, bis irgendwann nichts mehr übrigbleibt, was als Happy End bezeichnet werden könnte. So lange, bis die Geschichte zusammen mit dem Leben endet. Aber (und hier der Clue) die wahre Liebe, genau die aus den Büchern, die, nach der wir uns alle sehnen, endet eben nicht mit dem Leben. Sie besteht fort, über alle Grenzen hinaus, für immer und ewig. Denn wenn die Geschichte der wahren Liebe erzählt wird, gibt es kein Ende.

Und ich wünsche euch (und mir selbst) nichts sehnlicher als genau so eine Liebe und ein Fortbestehen der Liebe, wie im letzten Kapitel meines Buches, auch wenn das Leben schon lange vorbei ist.

Eure Lara.

DANKSAGUNG

So ein Buch schreibt sich natürlich nicht von alleine und es gibt einige Leute, denen ich danken möchte. Aber zuerst, würde ich euch gerne noch auf eine Reise mitnehmen. Die Reise zur Geburt dieser Geschichte.

Es erfüllt mich mit Freude und tiefer Trauer, dass ich hier nun den letzten Punkt setze. Die Geschichte um die Titanic begleitet mich nun schon Jahrzehnte (und das ist nicht mal übertrieben). Den ersten Draft (ganze drei Seiten handgeschrieben) habe ich in der Grundschule verfasst, nachdem ich mir meinen Lieblingsfilm zum vermutlich 100sten Mal angeschaut habe. Matthew gab es damals schon und Catherine hieß noch Grace.

Die Jahre vergingen, die Idee wurde ausgebaut und schließlich auf meinem ersten PC inklusive Röhrenbildschirm abgetipselt (waren dann bestimmt schon 20 Word-Seiten).

Danach war die Geschichte erstmal vergessen. Doch das Interesse an der Titanic blieb und während meines Auslandsaufenthaltes, als ich immer mit dem Bus durch Southampton fuhr, wurde der Drang, die Geschichte endlich ordentlich zu schreiben, wieder größer. Die vielen Stunden voller Heimweh halfen immens dabei, eine Geschichte zu schreiben, die danach vermutlich schon um die 300 Seiten lang war. Ob Catherine da schon Catherine hieß, kann ich nur schwer sagen.

Es musste noch mal ein Jahrzehnt ins Land ziehen, ehe ich das Manuskript erneut hervorzog. Mittlerweile war mein Interesse an dem Schiff einem totalen Fanatismus gewichen und um die hundert Bücher zum Thema waren schon bei mir eingezogen (sogar einen Podcast habe ich in der Zeit dazu gemacht). Nun besser ausgerüstet stürzte ich mich erneut in die Geschichte, stellte sicher, dass historische Details so nah am Original lagen, wie möglich und steckte den größten Teil meiner Arbeit in die Recherche. Nun ist alles geschrieben, der letzte Punkt gesetzt und ich darf ruhigen Gewissens behaupten, dass die Geschichte von Catherine und William so geraten ist, wie sie sich mein 8–jähriges Ich gewünscht hat. Voller Drama, voller Titanic und voller Liebe.

∞

Danke in aller erster Linie an meine Eltern. Abgesehen davon, dass ihr mich und meinen Wissensdurst ausgehalten habt, habt ihr mir Raum geschaffen, in dem ich mich und meinen Fanatismus ausleben konnte. Auch wenn ich mir bis heute jedes Jahr um dieselbe Zeit anhören darf: Nein, schon wieder die Titanic? Aber es ist auch eure Schuld, schließlich habt ihr mich mit auf Kreuzfahrt genommen und meine Liebe für Schiffe mitgestaltet.

Danke an meinen tollen Bruder, der mir als Kind das erste Titanic–Buch in die Hand gedrückt hat und mit meinem Vater sogar mal eine Titanic aus Pappkarton nachgebaut hat. Danke auch an seine Frau, die auch von diesem Schiff fasziniert ist und mich immer wieder mit Fakten füttert (von denen ich die meisten aber schon kenne).

Ein riesiges Danke an meinen Lebensabschnittspartner (obwohl ich ja nach wie vor hoffe, dass er meinen restlichen Lebensweg mit mir beschreitet). Als ich ihm von einem Jahr erzählt habe, dass in Paris eine Ausstellung mit echten Exponaten aus dem Wrack sein würde, hat er mir geantwortet, und direkt mögliche Flüge mitgeschickt. Und was soll ich sagen? Paris ist für mich nicht nur aus altbekannten Gründen die Stadt der Liebe. Danke, dass du von mir gefühlt 1000 Fotos auf der Treppe unter der Glaskuppel gemacht hast. Danke, dass du mich immer unterstützt, vor allem, wenn es ums Schreiben geht und meine kleinen Erfolge mit mir feierst, als wären es deine Eigenen.

Danke an meine Testleser, euer wertvolles Feedback bedeutet mir viel! Durch euch wurde diese Geschichte erst so gut, wie sie jetzt ist. Auch wenn ich mich zwischendurch gefühlt habe, als müsste ich die ganze Titanic neu konstruieren. Danke an meine tollen Blogger und Bookstagrammer im Marconi–Room! Vielen Dank für eure Unterstützung! Danke auch an meine Lektorin, Karin, die mir eigentlich nur einen Gefallen getan hat. Danke! Und danke auch an den Titanic–Verein Schweiz, dessen Mitglied ich schon jahrelang bin und durch den ich an so viele Informationen rund um das Schiff und die Personen an Bord gelangt bin. Für alle, die mehr über die Titanic wissen wollen, ist das eine tolle Anlaufstelle (https://titanicverein.ch/). Ansonsten kann ich euch auf noch die Encyclopedia Titanica (https://encyclopedia–titanica.org/) ans Herz legen. Bei beidem findet man auch tolle Buchvorschläge!

So, das war's jetzt aber. *My heart will go on,* aber vielleicht sieht man sich ja noch mal auf dieser Reise.

LASS UND IN KONTAKT TRETEN

Wenn du mehr über mich und meine Geschichten erfahren möchtest, würde ich mich sehr freuen, dich auf meinen Social-Media-Kanälen begrüßen zu dürfen!

Instagram:	wordsbylaraj
TikTok:	autorinlaraw
Facebook:	Lara J. Winter
Threads:	wordsbylaraj

Schau auch gerne auf meiner Homepage Lara's Bücherchaos vorbei – dort gibt es noch viel mehr spannende Einblicke und Inhalte, die dich interessieren könnten.

Homepage:
winterlara.wordpress.com

Scheue dich nicht mir zu schreiben, ich freue mich, von dir zu hören!

Bisherige Veröffentlichungen:
•Kurzgeschichte »Weihnachtsüberraschung« in der Anthologie »Weihnachten mit Hindernissen« von Edition Paashaas Verlag EPV
ISBN: 978-3-9617-4152-6
•Gedicht »Die Herrscher dieser Welt« in der Anthologie des 10. Bubenreuther Literaturwettbewerb 2024
ISBN: 978-3-7693-0779-5

TRIGGERWARNUNG

Dieses Buch enthält potenziell triggernde Inhalte.

Diese sind:
Verlust von geliebten Menschen
Psychische Belastung und Selbstmord
Verbotene Liebe und moralische Konflikte
Gewalt und Katastrophen
Familienkonflikte und Missbrauch